一座營盤

一座营盘

陶纯 著

人民文学出版社

图书在版编目（CIP）数据

一座营盘/陶纯著. —北京：人民文学出版社，2021
ISBN 978-7-02-016235-2

Ⅰ.①一… Ⅱ.①陶… Ⅲ.①长篇小说—中国—当代 Ⅳ.①I247.5

中国版本图书馆 CIP 数据核字（2021）第 152908 号

策划编辑　脚　印
责任编辑　王　蔚
装帧设计　刘　静
责任印制　任　祎

出版发行　人民文学出版社
社　　址　北京市朝内大街 166 号
邮政编码　100705

印　　刷　三河市中晟雅豪印务有限公司
经　　销　全国新华书店等

字　　数　330 千字
开　　本　890 毫米×1290 毫米　1/32
印　　张　14.25　插页 3
印　　数　1—3000
版　　次　2015 年 4 月北京第 1 版
印　　次　2021 年 9 月第 1 次印刷

书　　号　978-7-02-016235-2
定　　价　49.00 元

如有印装质量问题,请与本社图书销售中心调换。电话:010-65233595

第 一 章

一

　　傍晚时分，空中飘起了雪花。天气冷寒，路上几乎没有行人，道路坑坑洼洼，布花骑一辆破自行车，艰难地向前行进。她脖子上围一条红围巾，如果不是因为天色已晚，她应该是很醒目的。途中，不知谁家的一只狗，追着她跑了一阵，狂吠了几声，然后无趣地掉头跑进了荒野。

　　到达县城西边的粮食局招待所门口时，雪花已经把布花的头发染白了。布花下车，拍打干净头上和身上的积雪，找个地方把自行车放好，落了锁。这时已是晚上八点钟左右。突然天边传来一声隆隆的炸雷，把布花吓了一跳。年底的天气，下雪是再寻常不过，但是天上打雷，却是很多年没有的事了。

　　粮食局招待所的服务员告诉布花，接兵的干部都不在，到街对面的三元酒家喝酒吃饭去了。布花不好意思在招待所前厅等人，就踱出来，先是到三元酒家窗户外面转了转，确实听到有操普通话的人在里面喝酒。然后，她回到招待所门口不远处的一棵柿树下，耐心地等。街上的一个大喇叭里正播放国际国内的新闻，国内的新闻，主要是说党的十一届三中全会在北京召开，全党工作重心要转到经济建设上来；然后又说国际新闻，主要是说越南背信弃义，忘恩负义，武装军警镇压和驱赶华侨等等，声音慷慨激昂。等到新闻播完，布花的脚快要冻僵时,三元酒家门上的布帘挑开了,出来五六个穿军装的人,说话带着明显的酒意,咋咋呼呼往这边走来。

布花的心扑通狂跳起来,几乎蹦到了嗓子眼。她背过身去,借着柿树的掩护,从棉袄口袋里掏出一个小镜子,飞快地照照脸庞,理了理额边散乱的头发。这当儿,那五六个人过来了,迈着矫健的步子进了招待所大门。但是这时候,布花才发现,她来时积攒的勇气消失得差不多了,她已经没有了跟进去的勇气。

布花犹豫一阵,决定回去。就在她往停放自行车的地方走去时,一个身材修长挺拔的军官摇晃着,朝她走了过来。她一下子认出来了,这人是接兵连的副连长,姓康,人们叫他康副连长。一个月前,在县医院她陪弟弟布小朋体检时,见过这个人。康副连长可能因为酒后小解,从三元酒家出来晚了。

康副连长打量了一眼布花。布花脖子上的红围巾是那么的耀眼。

仿佛地上有磁铁,布花的脚步也被吸住了:"康……康副连长……"

康副连长问:"你找谁?"

布花不知该怎样回答,一咬牙说:"就找你。"

康副连长四下看看,悄声说:"2楼201。你晚一会儿上去。"

说罢,康副连长晃荡着挺拔的身躯,旋风一般进了招待所大门。

布花犹豫片刻,没再犹豫,两分钟后,她进了门。她担心值班的服务员会盘问她,她想,如果服务员问她什么,她也许会掉头走掉。但是服务员头都没抬,什么也没说,一切仿佛都是命中注定。

布花上到二楼,楼道里光线昏暗,长长的走廊里只有三只灯泡亮着,其他的灯泡都像是睡着了。201房间的门虚掩着,没等布花敲门,康副连长就把门打开了一条缝,示意布花快进来。屋里明显地温暖,窗帘已经拉上,大灯没开,床头的小台灯开着。康副连长问布花渴吗，喝水吗？布花说不渴。只有一把椅子，椅子上搭着康副连长的军大衣，没有地方可坐，布花只好怯怯地坐到了床边。康副连长真像是喝多了，说话舌头直打弯，他先是到脸盆架那儿洗了几把脸，又拿起杯子漱了漱口。他说他很少喝酒，今天高兴，征兵任务即将完成，架不住几个战友劝酒，喝了有小半斤，出洋相了。

"你叫什么？"他问。

"我姓布，叫布花。"

"你是哪个村的？"

布花的装束不像城里人，他一下子就看透了。布花捏着袄角，说："我家是大王公社胡家庄的。"

"胡家庄的……我没记错的话，是你弟弟想当兵，对吧？"

"是。"布花好生感动。喝醉了酒的康副连长居然能记得她弟弟。她赶紧补充说，"体检过了，政审也过了。"

"我知道。"康副连长说，"屋里热，你把围巾、棉袄都脱掉吧。"

布花愣了愣，想想人家说得对，就把围巾摘下来，把棉袄也脱掉了。昏黄灯光下的布花头发有些蓬乱，气息是迷人的。等她抬起头来时，看到康副连长正痴痴地望着她，离她那样近，眼里似乎有小火苗蹿出来。布花吓了一跳。然而没等她有什么反应，康副连长一把抱住了她，一种她从来没闻到过的浓烈的男人气息，瞬间击倒了她……她迷迷糊糊地说："我兄弟叫布小朋。"

她又说："胡支书的儿子胡一宫也想当兵。可村里就一个名额。"

她又说："我兄弟身体条件比胡一宫好，可武装部不让我兄弟走。"

康副连长的嘴巴堵住了她的嘴。她一时透不过气来，挣扎了几下，呼噜着继续说："胡一宫满脸疙瘩不说，脚底板还是个平的……"

后来她又说："我兄弟上过高中，胡一宫初中都没毕业，我兄弟文化比他高……"

她还说了一些话，后来连她都记不得到底说了些什么。再后来就是一阵尖锐的疼痛，她喊叫了一声，眼泪淌下来了。他在上面说着酒话、疯话、难听的话，过了一会儿，他停下来，居然头一歪就睡着了。

二

半夜，布花骑车回到离县城三十里远的家。雪停了，路上很滑，回家途中摔了两跤，疼得眼冒金星，她不敢停顿，爬起来接着骑，恐惧一直伴随着她。到了家，顾不上点灯，她往床上一倒，衣服没脱就睡了。睡梦中觉得像是有小鬼缠身，弄得她浑身疼痛不堪。

天蒙蒙亮时，住在胡同北头的三叔喊醒了布花，说："你还睡得着呀？小朋一夜没回家，你不知道吗？"布花当然知道，昨天下午小朋惹了祸，从昨天下午到现在，一直关押在牛棚里，有两个基干民兵持枪看守。这事全胡家庄的人都知道了。

布小朋身材虽不高，但身体结实敦厚，力气比一般人大，尤其是他遇事胆大不要命的性格，让他多次闯祸，更让姐姐布花头疼不已。他们的爹娘死得早，爹娘死得早是因为他们的爷爷是地主，地主爷爷解放前不是地主，是穷人，生性好赌，把家里不多的家产输得一干二净，就差卖老婆了。但是谁也没想到，他自己更是做梦也想不到，临解放的时候，他时来运转，一夜之间赢下了四十多亩土地，把村里最大的地主胡老瓜赢得差点上吊。如此一来，爷爷成了胡家庄最大的地主。

然而，四十多亩土地的地契拿在手里还没暖热乎，土改工作开始了，他们的爷爷立马就傻眼了——按照划定成分的具体规定，他们的爷爷板上钉钉是地主成分，而原地主胡老瓜只划了个中农。按照镇压反革命的具体规定，他们的爷爷在镇压之列，一颗子弹就送他见阎王去了。

因为爷爷是被镇压的地主,他们的爹娘在人前始终抬不起头来,是胡家庄最下层的人,干最重的农活,挣最低的工分,每逢遇到斗争大会,时常被拉去游街陪斗。布小朋十岁那年,父亲终于精神崩溃了,先是疯掉,不久,在村外的歪脖子枣树上把自己吊死了,又过了两年,母亲喝农药而死。这一切一切的家庭变故,后来布小朋都归罪于祖父的好赌。如果不是他好赌,他们一家人的命运绝对不是后来的样子。所以布小朋这辈子最烦、最恨的事情就是赌,他甚至连打扑克牌、下象棋这类的娱乐活动都不参加,更不用说打麻将了。

布小朋比姐姐布花小三岁。姐姐布花其实更像是妈妈,为了这个弟弟,真是操碎了心。他上初中就因为打架被公社中学开除,布花找到中学校长,给人家下跪,求人家让她弟弟回来上学。校长法外开恩,同意第二年让他回来复读。问他为什么打架,他说是别人找事,侮辱他,欺负他。别人就说:"你一个地主崽子,我们不欺负你,又能欺负谁呢?"最后他实在难以忍受,被迫还击,不过是下手重了些,把人打伤了,造成了恶劣后果。

布小朋好赖初中毕业,考上了高中。这已经是胡家庄的孩子里文化水平最高的了。在这之前,胡家庄共出过三个高中生,其中两个入伍后提了军官,一个进城当了工人,端上了铁饭碗,这让布花看到了希望,淘气、刚烈、不服软的弟弟,或许会有一个好前程。

然而,他仅仅上了一年高中,又被县中学开除了,原因还是打架。班上一位男生死皮赖脸追求一个女生,在路上拉拉扯扯,女生气哭了,男生还不罢手。碰巧被他碰上,他喝令男同学住手。男同学说:"哪里冒出个臭虫,轮到你说话?"他不说话,瞪眼看着男同学。女生趁机跑了。男同学气急败坏,指着他鼻子说:"日你姐,你瞪什么牛蛋子眼?关你屁事!"天底下所有骂人的话,在布小朋听来,"日你姐"是最恶毒的。于是，他头一大，脑袋一响，就由不得自己了，一拳猛捣过去，男同学鼻梁当即就塌了，鲜血流到胸前，像是衣服上画了个红色的火炬。

这下他闯祸闯大了，因为男同学的爸爸是县革委会的副主任，母亲是组织部副部长。男同学紧接着被送到县医院做了鼻梁正骨手术，所幸没有破相，不然他非被拘留不可。说实在的，人家男同学的家长并没有太难为他，一没让他赔钱，二没让他赔礼道歉。但是学不能再上了，县中学宣布开除了他。

这时候，布花已经没有气力再去求人了。面对这个熊弟弟，她能有什么办法呢？她恨极了，气得说不出话，扑上去狠狠咬了他一口，在他左胳膊上留下了两道牙痕。几年之后布小朋谈恋爱，女朋友揪着这两道牙痕不放，坚持认为他以前谈过女朋友，连牙印都留身上了，还有什么好抵赖的？布小朋告诉女朋友，是姐姐留下的，不信，可以给姐姐写信问问。

他退了学，身体更结实了，唯一要做的事情就是下地干农活。他并不偷懒，干活也舍得下力气，但就是不得要领，本来挺简单的农活，他学起来很费劲。而且他话更少了，基本不同外人说话，没有一个玩伴，谁都不愿意同他交流。布花看在眼里，愁在心里，照这样下去，用不了几年，他的结局就会像父亲那样，疯掉是必然的，上吊也不是没有可能。

天无绝人之路。这一年，家庭成分不好的孩子也可以考大学了，也可以参军入伍了。布花让弟弟到学校报名参加高考。他不去，说报了也没用，肯定考不上。布花知道他说的实话，虽说上了高中，但他的成绩是见不得人的。那么入伍呢？他也不想去，说："咱这样的家庭，到了队伍上，也不会有啥出息，当几年大头兵回来，屁用不顶，还得重新回到田里干活，图什么呢？"

布小朋不愿走的最直接的原因，是他舍不得离开姐姐。他走了，姐姐一个人怎么办呢？有人欺负她，谁给她撑腰？布花看出了弟弟的心思，说："男人就得出去闯闯，天下大着呢，你不出去转转，一生枉为男人。你留在胡家庄，顶多混成胡支书那样，可你能吗？你混不到他那个份儿。"布花又说，"你别舍不得我，你留下来，反而是我的拖累，没有你，我活得更好。"

布小朋答应布花，去武装部报名。

按说布小朋的运气不坏。这时，南方边境的局势日趋紧张，明眼人都能看出，打一仗似乎难以避免了。可能因为要打仗，征兵工作就不如往年那么热闹红火，冷清了许多。家庭成分不好的布小朋居然没被别人找茬挤下来，体检、政审一路过关。只是到了最后的定兵阶段，出了一个岔子。

三

胡家庄只给了一个入伍指标。支书胡胜的儿子胡一宫起初并没有报名，他是半道上斜插进来的。胡家打的算盘是，让儿子到部队上锻炼一下，争取入党，复员回来接父亲的班。胡家庄总得有一个支书，胡胜年纪渐大，换上别人他不放心，让儿子接班那是再好不过了。

于是，因为名额问题，胡一宫就和布小朋发生了冲突。

昨天下午，布小朋在家闲得无聊，就到村北的大田里转悠，看能不能捉一只野兔，马上就到阳历年了，他想给姐姐弄点肉吃，补补身子。这一阵为他当兵的事，姐姐操心操得眼圈都青了，显然是牵挂太多，夜不能寐所致。

野兔没碰到，回来路上，在村北的小石桥上，却与胡一宫相遇。胡一宫身边还有两个帮手，一个是他表弟李相，一个是村会计的儿子胡正海。胡一宫坐在石桥墩子上抽烟，李相首先发难，横在布小朋面前，说："布小朋，你为啥要当兵？"

石桥很窄，只能过一辆马车。李相往布小朋面前一横，他就没法通过了。

"我也不知道为啥。"布小朋说。

"你连为啥都不知道，还想去当兵？地主小崽子就是没觉悟，你这操性，出去也是给胡家庄丢脸，不如留家种地。"

"这事你说了不算，我说了也不算，得公家定。"布小朋克制着，不想马上动手。他知道，这回动手是免不了啦，对方三个人，摆好了架势，只等胡一宫一声口哨，李相和胡正海就会扑上来。而只要一动手，打伤一个人，当兵的事，基本就泡汤了。

"想当兵可以，叫我一声爷爷，从我裆底下钻过去，我表哥就把名额让给你。"

布小朋扭头想往回走，他不想惹他们。但是，胡一宫吹了声口哨，胡正海抢到他前头，挡住了他。一前一后，都有人挡着，这仗想不打，不可能了。布小朋说："你们让开，让我过去。"

胡正海说："你别想从我身边过去。"

李相说："你也别想从我身边过去，除非钻裆。"

那就是说，布小朋要想过去，只能跳河了。小石桥下面的小河，水并不深，上面结了一层冰凌，跳下去，裤子肯定会湿掉。布小朋犹豫着，是豁出去跳河呢？还是钻裆？其实他看清了，不论是钻裆，还是跳河，都还没完，胡一宫的计谋是想破坏他当兵，那就是激怒他，让他惹上祸，让他当兵的事情落空。人家父亲是村支书，如果真想争，是争不过人家的，当不上就当不上吧，这个兵他原本就不是特别想当，是姐姐逼着他当的。想到这儿，布小朋就不想受辱了，就想痛痛快快打一仗。于是，他假装要钻裆，头一沉，猛地朝胡正海肚皮上顶去，胡正海倒退几步，仰面倒地。身后，李相挥拳来袭，他躲开，顺势一脚，把李相踢到了桥下的水中。胡一宫一看不好，想溜，打红了眼的布小朋哪能让他轻易跑掉？快步追上去，几下就把他打倒在地。如果这时候布小朋收手，什么事情都好说，毕竟是三人挑衅在先。但是，布小朋是个疾恶如仇的人，他把多年受的怨气，多年来的愤懑不快，都发泄到这三个人身上，他先是把胡一宫拖到桥上，扔到桥下的水中，又把疼得岔气哎哟直叫唤的胡正海丢下了小石桥，结果胡正海的脑袋触碰到了水底的一块尖石头，额角当即就破了，脏兮兮的河水，泛起了红色的气泡。

这件事情被胡支书定为恶性伤人事件，受伤者胡正海被送往公社卫生院救治，所幸没有生命危险，只需要扣掉布花家的二百个工分，就能补上医药费。布小朋应征入伍的资格，村里紧急报往公社武装部，公社武装部又紧急报往县武装部，看来拿掉他，是毫无疑问的了。

布小朋被关进了村里的牛棚，也就是圈养大牲畜的地方，由两个民兵看守。布花一急之下，才去了县城——这些你都知道了。

这一夜布小朋睡得踏实，牛棚里虽然气味不佳，但暖和，听着牛、马倒嚼的声音入睡，像春夜听着雨声入睡那样，感觉格外的幸福。以至于有人踢了他一脚，打搅了他的好梦，令他好生不满。他睁开眼，就看到了康文定。

康文定就是康副连长。凌晨，康文定酒醒爬起来上厕所，回来看到床单上的一片血迹，他吓了一跳，蒙眬间想起昨夜的经历，他坐不住了，吃过早饭，就到县武装部问了问相关情况，又给接兵连张连长打了个招呼，从武装部要了辆吉普车，从县医院带上一个外科医生，立即赶到了胡家庄。他先去了支书胡胜家。

胡一宫正好在家。康文定让外科医生仔细检查胡一宫的两只脚，看是不是有一只脚足底弓完全消失，属于扁平足。这是当兵所不允许的，因为无法长途行军。胡胜一看就明白了，拦住医生说："不用检查了，我儿不合格。"

康文定说："胡支书，对不起了。"

胡胜指了指一个小收音机,说:"南边要打仗了,我儿不能入伍,不能去打仗,是我对不起国家。我是老党员了,真想为国家做点啥。"

康文定说:"胡支书觉悟好高,我们年轻人差太远了。"

说起昨天打架的事,胡支书一下子都拦了过来:"不怪布家小子,他一个人怎么敢对三个人动手?肯定是被逼的。康副连长,你想办法把这个孩子带走吧。"

康文定说:"谢谢。我争取。"

胡胜最后一句话,让康文定犹豫了一下。胡胜在送康文定出门的时候说:"布家小子,将来要么是个大英雄,要么是个大奸贼。就看他的造化了。"

穿军装的康文定就这么站在了布小朋面前。

布小朋赶紧爬起来。他是在草堆里睡的觉,头发上、身上沾满了草屑,眼窝里糊着眼屎,这使他看上去很狼狈。康文定喜欢干净,所以脸膛黑红、衣服破旧、不讲卫生的布小朋,并没有给他留下一个好的第一印象,一瞬间他甚至想扭头就走。但是,昨晚的经历,让他拔不动腿,他不忍走掉。

康文定上上下下打量一阵布小朋。看上去,他的身体健壮结实,这一点毋庸置疑。康文定出其不意朝他前胸捣了一拳,他身体只是摇晃一下,随即稳稳当当立住。

"当过红卫兵吗?"康文定问。

"没有。"

"为什么不当?"

"我没有资格。我家成分不好,是专政对象。"

"幸亏你没当,你如果是'文革'中打砸抢分子,你这辈子就完了。"

布小朋笑了笑:"我一没资格,二年龄小,没赶上趟。"

布小朋一笑,露出一口洁白的牙齿,这在农村孩子中比较少见,康文定马上转变了对他的看法："说说你为什么想当兵？"

在当时，人们一般回答："当兵为了保家卫国。"如果布小朋也这么说，康文定认为再正常不过。但是布小朋却没这样说，他说："我在家是我姐的拖累，我不能帮她，光给她添乱，我出去，我姐就能过正常日子了。"

康文定又问："你怕死吗？"

布小朋想了想："人人都怕死，就看值不值。"

"如果让你上前线，你怎么想？"

"还能怎么想？让去就去，不让去就算。既然去了，死那儿也不后悔，至少可以混个烈士吧？我姐以后就是烈属，国家管着，就没人敢欺负了。"

这都是大实话。就在这一瞬间，康文定决定，把布小朋带到A基地去。而一分钟之前，他想到的是，让他穿上军装就可以了，至于他分配到哪个部队，新疆也好，西藏也好，广西也好，云南也好，他就顾不得那么多了。

布小朋当兵的事，就这么定下来了。康文定告诉他，填表时，想着点儿，成分一栏，不要填"地主"。

布小朋不解："那填什么？"

"富农……中农吧，就填中农。"

"可我家成分是地主。"

"你家有多少地？"

"现在一亩没有。"

"没有地，你充什么地主？你填地主，多难听啊？记住，就填中农，我给公社交代一下，叫他们盖章时不要为难你。"

康文定在村里待到晌午时分，就回县城了。布花原打算留下他吃饭，家里还有一只老母鸡，正好派上用场，老母鸡给亲人解放军吃，天经地义。布花早早把鸡炖好，自己不好意思去叫人，就委派三叔代她去喊人，三叔赶到牛棚时，康文定前脚刚走。

炖好的鸡肉自己舍不得吃，布花想了想，端到了胡支书家。胡一宫昨天掉进冰水里，受了惊吓，兵也当不成了，布花觉得对不住人家，让一宫兄弟补补身子吧。布花刚走，胡支书的老婆就把一盘子鸡肉倒进了猪圈："我还怕她下了毒呢。"

布小朋家的祖坟在村西的荒坡上。说是祖坟，其实只有父母的坟，老地主两口子的坟早被刨过无数次，尸骨无存。布花把两个苹果、两个梨放在父母的坟前，自己先跪下了。布小朋犹豫一阵，也跪下了。

布花说："爹、娘，我兄弟他长大了，要当兵去了，以后我就管不了他啦。"

布花又说："以后你们也不要牵挂他，他走得远远的，不常回来了，到他老了的时候，再回来看你们。"

布花收回目光，看着布小朋："你当着我面，给爹娘起个誓。"

"起什么誓？"

"就说你当兵要走，以后不回来了，就留在外面世界了。"

"……为啥不回来？"

"回来干什么？这儿不是你待的地方，你得找适合你待的地方去。你起誓，就说再也不回来了。"

他明白了，姐姐不想给他留后路，不想让他有后路，才逼他起誓的。他还是不甘心："我总得回来，给爹娘上坟。"

"不用，我替你上。"布花态度决绝。

他只好起誓："爹、娘，过几天我就走了，到哪儿我不知道，但我以后不常回来了……"

"不行！就说你不回来了，再也不回来了！"

"可这儿是我的家。"

"那也不行，不能回来了。"

"……我想你了怎么办？"

"我去你待的地方找你，行不行？"

他无话可说了，只得说："爹，娘，以后我……再也不回来了……"说到这儿，他眼睛湿了，有冰凉的东西滚落下来，想必这就是眼泪了，而他活到二十岁，他似乎就没有流过眼泪，或者他不记得流过眼泪。

新军装发放了，要求走那天都要穿上。布花特意烧了两大锅开水，倒进木桶里，让他洗得干干净净，把二十年岁月留在身上的脏污都洗掉，再换上新衣裳。泡在温热的水桶里，听到隔壁姐姐烧柴火引起的咳嗽声，他忍不住又哭了。索性哭个痛快吧，哭过了，往后就不哭了，路很长，抹干眼泪好上路。

两天后，布小朋背着背包到县城集结，上了一辆闷罐火车，跟着康文定奔向了 A 基地。

又过了两天，布花出嫁。她嫁给了牛家店的杀猪匠牛奔。本来双方约定好腊月里办喜事，但布花不想等了，想提前，弟弟走了，她一个人待在胡家庄，还有什么意思呢？牛奔家自然喜出望外。像布花这样水灵光鲜的丫头，愿意嫁给五大三粗、一脸横肉、满身油腻的牛奔，牛家人感觉那真是上一辈子烧来的高香。

布花临上拖拉机之前，做出了一个令所有胡家庄人感到吃惊的举动——她把自家的两间土坯房子点火烧了。房子虽是破房子，本来不值几个钱，但要把它烧掉，却不是一般人做得出来的。三叔要拦布花，布花说："我弟弟走了，不回来了，还留着房子干啥呢？"

一把火，就把房子烧了。有人嘀咕，布花是不是疯了？你们看她的眼神，不对劲呀？八成是魔怔了。

四

从县城到 A 基地所在的龙城，路途虽不太远，但闷罐火车走走停停，用了近将一天一夜的时间。

接兵干部差不多每个人都捎带着几个纸箱子，让新兵帮提着。里面无非是一些当地的土特产，香烟、烧酒、大枣、香菇、干笋什么的。布小朋注意到，似乎只有康文定没有这样的箱子。康副连长不抽烟，也不贪杯，更不爱占小便宜，这让布小朋和新兵们对他心生敬佩之情。

A基地处在龙城的南郊，占了好大一片地，有上百栋建筑，好大的操场，好大的气派。但是这一年的新兵们暂时还不能住到基地本部，新兵团设在离基地几十公里外的郭镇，那儿是一个老营房，每年当做培训新兵之用。

布小朋分到了新兵三连。同来的新兵都打散了，分到了各个连，不少各个地方来的兵补充进来，组成了一百二十人左右的新兵三连。宣布连队干部名单时，布小朋听到，康文定担任副连长。也就是说，自己还可以和康文定在一起，这让布小朋心里比较踏实，毕竟他是康文定一手带来的，如果没有康文定，他可能一辈子都走不出家乡的土地。

康文定把新兵们带到营房，就不见了人影。布小朋分到了二班。班长说："康副连长回城里洗澡了，他爱干净，穷干净，三天不洗澡，就受不了。"班长是个老兵，专门抽来带新兵的，兵龄、年龄都超过康文定，言语中对康副连长流露出不屑，说，"就康文定这德性，如果不是靠他老子，凭他那点本事，给我提鞋我都不要。"

到部队后的第一顿饭，是晚饭。一百多号人先是稀稀拉拉地集合，然后站在寒风中，听领导讲话。讲话的是副指导员，他自我介绍说，他叫王新亮，山东人。他先讲了一段，大意是让大家遵守纪律。他说："大家刚来部队，对纪律这个词还不熟悉，"他举例说，"纪律就是十字路口的红绿灯，红绿灯不是限制大家的，而是保护大家的，要是没有这个，马上就得交通瘫痪。"他这么一说，大家都听明白了。布小朋想,部队的领导讲话水平就是高。王副指导员紧接着讲道:"除了遵守纪律,还有一件事需要注意:不要浪费。"他说,"我们军人,花的每一分钱,我们吃的、穿的、用的,都是军费,军费是从国库里拨给的,其实都是老百姓的血汗钱,它包括我们这些人的父母和兄弟姐妹的劳动成果,每一分钱都来之不易。咱当兵的人,都要靠军费养着,所以军费就是咱的亲爹亲娘,咱的衣食父母,所以,一粒米、一棵菜都不能随便浪费。"王副指导员讲得入情入理,布小朋不由想到了姐姐布花大冬天下田劳动的情景,他记住了王副指导员的这些话。

晚饭吃面条。百十号人,都涌到放在地上的四个大桶那儿捞面条,场面有些乱。布小朋因为坐火车晕车,头昏沉沉的,没有食欲,就躲在后面,没有上去抢。王副指导员注意到了他,过来问他:"你叫布小朋吧?"他说:"我是。"王副指导员说:"康副连长刚才进城之前说起过你。像你家这种情况,当兵不容易,好好干。"他心里一热,头也不觉得晕了。打上面条的所有新兵都端着满满一碗,找凳子坐下,狼吞虎咽地吃。王副指导员又说:"吃面条有窍门的,你以后注意,上去先打半碗,赶紧吃,然后再打满满一碗,慢慢吃,基本就可以吃饱了。那些一上去打一大碗的人,等他吃完回来再打,就会发现,面条已经没了。"

王副指导员教给布小朋的这个办法果真管用,后来他屡屡使用这个办法,确保比一般人多吃半碗。他身材虽不高,但有股蛮劲,饭量也大,布花以前就曾说过:"就你这肚皮,我可管不了你一辈子,你得自己找饭碗。"

新兵团条件差,睡的是大通铺,每班一个房间,十二个人头挨头。班长命令全班剃了光头,到了晚上,十二个光脑袋亮溜溜的一字排开,着实让人忍不住发笑。和布小朋铺面紧挨着的孟广俊讲了个笑话,说是解放前,一群长工住大通铺,半夜,一个长工梦游,他拿起一把切瓜刀，敲敲一个脑壳，说这个不熟，又敲了一个，说这个也不熟，他挨个敲下来，终于敲到一个"熟的"，说就开这个，举刀就要砍。被敲的人醒了，大喊："哎哎，我这个也不熟！"

孟广俊讲到这里，大伙都笑了。岁月艰涩，大伙难得笑一回。班长听出了问题，问："你们谁有梦游的毛病？"没人吭声。班长还是不放心，晚上睡觉前，命令所有人，把身上的刀子交给他，包括很小的水果刀。

孟广俊五短身材，胖胖的，张口就笑，嘴巴也巧，像一尊弥勒佛。他比布小朋大几个月，当兵时已经过了二十岁，明显比年龄小的兵成熟。来了没几天，就赢得了领导的喜欢。班长说："咱这个班，孟广俊最有前途，不信你们等着瞧。"布小朋最先吃了他一个哑巴亏。一天凌晨，搞紧急集合，睡得正香的新兵们被一阵尖利的哨子声惊醒，班长要求不要乱，赶紧穿衣服，打背包，用最快的速度跑出去。结果，慌乱中布小朋的裤子被孟广俊穿身上了，布小朋摸过一件，是孟广俊的，孟广俊没有布小朋高，也没有他那么壮实，衣服码数自然比他小两号，布小朋费了很大劲，才穿身上。他是最后一个跑出去的。连长发现了问题——他不仅穿反了裤子，前开门转到了屁股上，而且露出了里面的红衬裤。红衬裤是姐姐布花给他买的，叮嘱他尽量多穿，说是辟邪。结果就这样闹出了笑话。

连长让布小朋出列，站在队列前，屁股朝大家，让大伙参观。人们盯着他屁股上露出的红布，像欣赏猴子一样，想笑又不敢笑。这回他洋相出大了，臊得脸通红，大冬天的，脑门上全是汗。回到宿舍，班长还没完，班长继续惩罚他。班长有办法，不打不骂，不让他作自我批评，而是把盛烟灰的破杯子倒满水，让布小朋喝烟灰水。这是班长的作风，教训一次就能让你记住。布小朋辩解说："是孟广俊穿错了裤子。"班长说："别怪别人，怪你自己下手慢。"他只好咬咬牙喝下去了。班长问："记住了吗？"他说："记住了。"

从这以后，每晚睡觉，他都把自己的物品放到枕头边上，夜里醒来，还不放心，不时伸手摸摸。

其实这个时候，大家的注意力都集中到南方边境，搞得人心惶惶，尤其是干部们，神情格外紧张，新兵连的训练也不像往年那样抓得紧了。有传言说，他们这批新兵有可能要上战场，因为战端一开，谁也不知道打多大，打多久，全国进入战争状态，也不是没有可能。

孟广俊脑子活，他竟然写了一封请战书，交到了连部，他是全连第一个交请战书的，就差没写血书了。连长说："你个新兵蛋子，枪都不会打，上战场还不是找死？滚一边去！"连长虽然骂了他，但还是在全连军人大会上表扬了他，说他勇敢不怕死，是个好兵等等。

或许是因为穿错了布小朋的裤子害了他一回，孟广俊对布小朋很是客气，私下透露说，他的一个老乡在基地当保密员，老乡来看他时，向他透露，这回只选部分基层干部到南方去，战士一个不去，他这才有了写请战书的胆子，否则借给他十个胆，他也不敢写那样的信，真要去打仗，他还没想过。

孟广俊说得没错，上级很快下达了指标，要选一批连排干部，补充到南方边境上的部队去。新兵团虽不是建制部队，临时拼凑起来的，但也不能例外。团领导先让每个连的干部自愿报名，然后再进行挑选。当然要选政治思想、军事素质双过硬的。

听班长说起这个消息，布小朋心里一紧：会是谁去呢？王副指导员、康副连长，还是连长、指导员？对于连长、指导员，布小朋不关心，他关心的是王新亮和康文定，因为这两个人都关心过他。

五

到新兵连后，布小朋一直没再见到康文定，说是他病了，住进了803医院。开始人们没当回事,等到上级要选人去前线,人们这才回过味来,这家伙在逃避。

王新亮第一个报了名,强烈要求上前线。

一年多来,王新亮一直受着煎熬。他在老家有一个未婚妻,他入伍之前二人订了婚。王新亮入伍第三年提了干,当了排长,突然提出退亲。女方不干了,先是到他家吵,后追到部队,非要跟他结婚,不同意就不走。各级领导找王新亮谈话,要他端正态度,不要当陈世美,地位变了,人心不能变。王新亮解释,说跟她没有感情,没有感情怎么能结婚?而且发誓说,连女方的手都没拉过,更别说发生关系了。女方拿出了干到底的架势,不论部队怎么做工作,就是不回去,每天到营门口堵王新亮,或者到领导的办公室哭鼻子,弄得全基地都知道这事。为了让他躲避,他所在的警卫营派他到新兵团带兵。以为躲到郊区的郭镇,女方找不到他,会回老家去,哪想到她还是很快打听到了,追到了郭镇,每天到新兵团门口喊他的名字,弄得新兵团领导很不高兴。有一天,她居然混进来了,到操场上找王新亮。布小朋和新兵们这才知道,王副指导员有这么一个甩不掉的麻烦。那一阵子他消瘦得厉害,人几乎脱了形。

上级给王新亮下达了最后通牒:要么和未婚妻结婚,要么脱军装当战士复员回老家。

王新亮就在这个时候,第一个递交了上前线的自愿书。

这么一来,人们反而更加同情王新亮。本来他人缘就好,对士兵没架子,对领导特顺从,不仅婚姻不幸,还要再去冒险,他这个人命真够苦的。这时候,人们纷纷对康文定有看法了。

班长是农村人,对同样是农村出身的王副指导员深表同情。班长说:"有些高干子弟,爹当多大官,儿摆多大谱。"

到这时,布小朋他们才知道,康文定的父亲是基地司令。这让布小朋吓了一大跳,如果没有这个家庭背景,他能把自己带到部队来吗？那还真得两说着呢。

听说要上前线，就躲进医院，人们虽然人前敢怒不敢言，但私底下还是少不了嚼嘴皮子。布小朋也有点看扁了他。

就在这时，一个消息传来：康文定也递交了要求上前线的自愿书。

多年之后，布小朋才得知，当时并不是康文定本人有意躲避，而是基地机关有人出的主意，康文定不是病了吗？正好借机让他住进医院，下一个比较严重的诊断书，比如心脏病、心肌炎之类，那样他就可以被排除在外了。当然他们这样做，是拍康司令的马屁。康司令、康文定父子并不是草包，他们识破了这个"诡计"，父亲命令儿子立即出院回连队待命，儿子回到新兵连，立马递交了自愿书。

当时内部掌握的原则是，基本上一个连队挑选一人。王新亮、康文定等四个连队干部，必有一人要到前线去。据说当时连里想把康文定报上去，他们认为，报上康文定，上面也会把他卡下来，这样就等于保护了王新亮。但是王新亮坚决要求去，他说："我这个样子，留下也是半死不活，搞不好脱军装，不如让我到前线去，痛痛快快打一仗，活着回来算是赚了条命，死了也没啥遗憾的，毕竟为国捐躯嘛。"

最终，王新亮得以如愿。病没好利索的康文定又回803住院去了。

王新亮临走之前，和布小朋交谈过一次，这让布小朋一辈子都无法忘记他。王副指导员把他约到操场上，风很大，刮得人睁不开眼，天气很冷，冻得脚都麻了。但是布小朋心里热热的，因为王副指导员在他心里，已经成了一个英雄；因为英雄临上前线之前，那么看重他，愿意给他一个陌生人，一个穿上新军装没几天的小兵，讲心里的话。

王新亮说："布小朋，我查了你的档案，发现你和我家庭情况差不多，父母双亡，不同的是，你只有一个姐姐，而我有两个。是两个姐姐把我拉扯大的。"

"是吗?这么巧呀,咱俩真差不多。"布小朋说着,不由心里一酸。他想起了姐姐,姐姐出嫁后,还好吗?

"所以我走前,就愿意和你说几句话。我们不是为自己活着,我们是为姐姐活着,要让姐姐省心,让姐姐放心。什么时候,都不能忘了姐姐的眼睛,不论走多远,姐姐都望着你呢。"

王新亮虽然出身贫寒,但他多才多艺,会写诗,会谱曲,会拉手风琴,说话有水平,这都是他当兵后学的。部队确实锻炼人啊。布小朋深感认识他晚了,刚认识,就要分开。

"副指导员,上了前线,你可得多加小心啊……"

"没事,上前线不一定会死,还没开打呢,也许打不起来呢。"

"最好别打,打仗就要死人,谁死了都是个悲剧。"

"其实现在的我,渴望上战场当英雄。我成了英雄,我和王淑华的事,就好办了,到那时,部队就不会逼我和她结婚,对不对?我也不用再打背包回老家了。他们不知道,我和她真的没有爱情,我一点不爱她,要是逼我和她结婚,我宁愿去死……"

布小朋不知道该怎么劝王新亮,毕竟他没经历过爱情,为了爱情去死,或者没有爱情宁愿死的心情,他没有体验过,也无法表达什么。

最后,王新亮说:"我的名声在这里坏掉了,你刚来,以后的路长着呢,千万别像我。记住,人品的品,三个口字,也就是说,你的好坏是由别人说的,不是自夸。回来见。"

王新亮说罢就走了,留给布小朋一个瘦弱的背影。还能再见吗?他不敢往下想了。

王新亮离开了新兵二连,布小朋顿时感到,这里冷清多了。他盼着康副连长回来,可那个家伙一直养病,见不到他的人影。班长说他怕苦,一个公子哥儿,哪里受得了新兵连的苦?整个基地,基层干部们最不愿待的地方，就是新兵团。布小朋问："那他当初为什么要来新兵团？"班长说："是他老子逼他下来锻炼的，贴金呗。"

说起布小朋是康副连长带来的兵，班长小眼睛眨巴着，似乎发现了什么："他为什么带你来？你家和他有亲戚关系？"

"没有。我家不可能有这样的好亲戚。"

"那他为啥要帮你？"

"我哪知道？他好心眼呗。"

班长很快知道布小朋家里只有一个姐姐，班长怪怪地笑了："你姐漂亮吧？"

"都说她是我们胡家庄最漂亮的女孩。"

"那我就明白了。"

"你明白什么？"

"你真傻还是装傻？我没猜错的话，你姐让他办了。"

"什么意思？"

"这点意思你还不明白？你姐让他搞了。"

"胡说！"布小朋眼里似乎要冒血，死死地盯着班长，"再胡说，我就……"

布小朋把拳头攥紧了。班长吃惊地看着他。班长当了十年兵，没人敢这样瞪他。这小子吃了熊心豹子胆了。班长打算找个机会教训一下他。布小朋认为班长是在侮辱姐姐，这是他绝对不允许的，别说你是班长，你就是连长、军长，也不能这样信口开河。他从此对班长有了芥蒂。轮到他值日，班长让他帮着洗衣服，他就不好好洗，烧开两大壶水，把班长的脏衣服摁到大脸盆里，兑上热水凉水，倒进洗衣粉，用筷子夹着涮一阵，然后拿到外面，搭到铁丝上，冬天风大，怕刮跑，用订书机咔咔地订几下，就不会被刮跑。

孟广俊却和布小朋相反，他嘴巴甜，家里经济条件也好些，每月六块钱的津贴费可以不用攒，都拿来侍候班长了，班长人前人后不断地夸孟广俊,说你们都要像小孟这样,以后才能混出人模狗样来。班长有意地给孟广俊派轻活,出公差什么的,都免了。布小朋正好相反,队列走不好,时常挨训挨罚,公差出得多,也没人表扬他。

这天在宿舍,就班长和布小朋在。班长嫌布小朋被子叠得不好,一生气把他被子扔到了地上。布小朋想起他侮辱姐姐的事,气不打一处来,上前揪住了班长脖领子。班长愣了,有点傻眼,想不到会有兵敢这样反抗他,这个新兵蛋子要反天了。班长推了布小朋一把。布小朋一不做二不休,挥拳朝班长胸前打来,这一拳力道不轻,班长如果躲不开,会横着飞到门外去。但班长毕竟是班长,转眼之间就闪开了,顺势抓住布小朋手腕,一下子把他扔到了大通铺上。轮到布小朋傻眼了。以他的身手,在老家时,很少有人是他的对手。但是和班长一比,他还是差太多,他远不是班长对手。他不想服输,火气更大了,他跳起来,又一次扑向班长。班长再一次闪开,并且又一次把他扔到大通铺上。他拿出拼命的架势,正想再次扑上来,半开的门突然被一脚踢开。

康文定回来了。康文定瞪着班长:"徐三虎,你想干什么?"

班长嘿嘿一笑:"副连长啊,我……我教布小朋拳脚呢,我们练着玩……"

"放屁!为什么打他?"

"我没打他,是他要打我。"

康文定看着布小朋:"你为啥打他?"

"他……他骂我姐……"

康文定指着班长的鼻子:"徐三虎你给我记住,以后骂他什么都可以,就是不能骂他姐,听明白了吗?"

班长点点头,表示明白了。班长在新兵面前凶得很,见了领导,像小绵羊一样,屁都不敢放一个。

康文定转向布小朋,不客气地说:"你从你那个破老家打到部队,打架还没打够吗？再不老实，滚回老家去，部队不养打架的人。我白把你领来了。"

说完，康文定就走了。

班长望着额角摔得发青的布小朋，心里的火气一直没有下去，说："行！你跟上这样一个姐夫，以后有光沾，老子不惹你了。"

这话让布小朋再一次心里蹿火，真想上去再给班长一拳，想想自己不是他的对手，刚刚又挨了康副连长一顿训，他攥紧的拳头也就悄悄松开了。

六

布小朋他们在新兵连的训练生活刚结束，战争也终于打响了。那段时间，人们的目光都集中在那场规模有限的战争上。

布小朋最牵挂的是王新亮，希望得知他的消息，又害怕有什么消息到来。

从新兵连往各单位分兵时，心思活一点的人都想进基地大院。在基地大院当兵，比到郊区、山里的部队去，那是强多了。孟广俊早就活动开了，他提醒布小朋，最好找找人，千万别给分到山里去。他说他老家就在山区，在山里待了二十年，待够了，一辈子不想再进山了。布小朋说："随便吧，反正当兵，在哪儿当不都一样？"孟广俊说："不一样，你还打算回去吗？"布小朋说："我也不知道，走一步看一步吧。"

最终，布小朋和孟广俊都被分到了基地大院警卫营警卫一连，而且在同一个班。班长换了，新兵连时的班长徐三虎回到老单位警卫二连，继续当他的班长。分手时，徐班长对布小朋提出了忠告："别学康文定，这人不正经，干部子弟，一身臭毛病。"

布小朋笑了笑，说："我就是想学人家，也没资格，我算什么呀？

什么也不是。"

布小朋隐约感到，这回肯定又是康文定暗中帮了他的忙。对于康文定一次次帮自己，他也糊涂了。

警卫一连主要有三个哨位，一个是基地的北门，也叫正门，二是基地办公大楼门前的哨位，三是首长住宅区的哨位。这三个哨位是基地大院最重要的哨位，它决定了警卫一连比警卫二连和三连的地位重要。

布小朋和孟广俊第一次上岗，是到正门值勤，康文定和班长董河带他们去的。在基地警卫人员的眼中，正门是神秘的，庄严的，令人神往的。但是到了那儿一看，布小朋和孟广俊都很失望。因为正门看上去太普通了，无非是大块的石头垒起来的门脸，很有些年头了，而且大门很窄，只能通过两辆汽车，看上去真是寒酸。在布小朋眼里，家乡人民公社的大门，也比这个阔气啊。

康文定说："二十多年了，从基地创建到现在，东门、西门、南门，都经过几次改建、扩建，唯独这个大门没人动过。"

"为啥呢？"布小朋好奇地问。

"都说它和北京的天安门正对着。"

"动它，怕犯错误？"布小朋问。

"那倒不是。"

"那是什么？"布小朋更好奇了。

"今天告诉你们，但你们不许乱说。"

布小朋和孟广俊都点点头。

"以前有人请风水先生看过，说是这个大门动不得，因为它和天安门正对着，在龙脉上，这院里出大官。确实也是，几任司令、政委大都到北京当官，还有不少人荣升到其他部队高就。你们想，这么好的风水，谁敢动它呢？"

孟广俊乐了："我在这里站岗，是不是将来也会发达？"

康文定说："这个还真说不定。你们两个家伙，好好干吧，你们真正的军旅生涯，就从今天这班岗开始。"

布小朋和孟广俊站到了哨位上，大门两侧，各有一个木制岗亭，涂着军绿色。从今天开始，他们都要在规定时间里，站到这个位置上，每个班两小时，每天两个白班，一个夜班，加起来统共六个小时，偶尔加个班，就是说，顶多每天值勤八小时。按说这个时间不算长，工人还要每天工作八小时呢，农民的工作时间更是没点。站在哨位上，虽然说冬天冻得难受，夏天热得难受，像个棍子一样戳那儿，但是不用你出力，只要求你站直了，站得精神点，就可以了。遇有情况，传达室有带班的老兵或干部，他们会过来处理。

康文定刚当战士时在正门站过一年多的岗，王新亮也在这里站过。二十多年来，在这个哨位上站过岗的人，上万不敢说，成千没问题。这些人，大部分离开部队了，很少一部分还穿着军装，当然都是干部了，最大的干部，据康文定考察，在总部的一个部门当处长，前年回来过一次，还曾到当年的哨位上看了看，和站岗的战士攀谈了几句，一时传为佳话。

因为有了康文定的介绍，布小朋站在哨位上，就不由感觉到了神圣，这儿正对着北京的天安门，那感觉就仿佛站在了天安门城楼下，保卫着那些令他从小敬仰的伟人。其实，哨兵腰间挎着的五四式手枪里，并没有子弹，如今南线开战，形势有些紧，晚上值勤，发五发子弹，白天还是空枪。刚下连的新兵，只是白天上岗，晚上还轮不到他们。腰间的枪是空枪，这让布小朋有些遗憾。

不断有消息从南线传来，A基地最关心的是从这儿派出去的那些人的消息。布小朋当然最关心王新亮。开战一个礼拜后，A基地派出去的四十七名干部，有三个牺牲，四个负伤，还好，没有王新亮。

半个月后，不幸的消息再次传来，王新亮牺牲了。

布小朋仿佛有心理准备，这个消息并没有让他太吃惊。那晚在风中的操场上，望着他孤独瘦弱的背影远去，布小朋就有了一个不好的预感。一个月后，战争结束，我军全部撤回国内，A基地派出参战的四十七人，回来了三十七个，有十个再也回不来了。他们的遗像张贴在基地办公大楼门口的宣传栏上。布小朋从那儿走过，不敢去看他们。

让人纳闷的是，牺牲的那九个人，分别追记了一、二、三等功，唯独王新亮没有，他只是普通的烈士。后来不断有新消息扩散。人们这才知道王新亮没有立功的原因。是他战场上贪生怕死吗？不是。那是因为什么？王新亮临上战场之前，犯了男女关系错误。

开战之前，王新亮在新连队担任副指导员，他所在的连队驻扎在一个白族寨子里。虽然只有短短的三天，但是王新亮竟然和一个刚结婚的白族姑娘好上了。姑娘很漂亮，上过中学，会吹箫，能歌善舞，军民联欢时，和王新亮合唱过一首歌。他们在她家的猪圈里发生了关系，不幸的是，被女人的丈夫察觉了。新郎官告到了团里。团领导劝慰新郎官一番，希望他不要声张。但是新郎官不依不饶，非要揪出那个和他的新娘子相好的解放军。他不认识那人，只知道他穿着四个口袋的衣服。显然那是个干部。连队共有十一个干部，分别是连长、指导员、副连长、副指导员、三个排长、三个副排长，还有司务长。没有办法，只好追查。十一个干部如数来到那对新婚夫妇家，站成一排，让新郎新娘指认。新郎显然认不出是谁，人们都希望新娘子不作声，简单走个过场就算了，她认不出来，部队也没办法，总不能一个个过堂吧？

但是，令人意想不到的是，那新娘子径直走到王新亮面前，眼里流露出爱恋之情，眼泪噙满了眼眶，对团领导说："就是他，我爱他，我想马上离婚，马上嫁给他。"王新亮这样就暴露了。王新亮当即表示，他也很爱这个姑娘，如果活着回来，愿意和她结婚。事情的结局当然是上级不可能批准，并且撤销了王新亮副指导员职务，降为副排长，后续处理要等战后再说。本来上级已决定不让他上战场，让他留后方，但他坚决要求随连队作战。临行前，他和姑娘约定，回来就结婚。

他这一去，再也没有回来。他所在的三排参战第七天陷入了绝境，通信器材全部失灵，与上级失去了联系，被一个连的敌人堵在一个山坳里。排长命令坚守，他主张马上突围，排长不干，说没有上级的命令，不能撤退。二人为此大吵一顿，甚至拿枪指着对方脑袋，被人拉开。排长说："你不是副指导员了，你只是个副排长，我管着你。"王新亮没脾气了。三排坚守了一天，打退了敌人数次进攻，自己也损失过半。幸好排长傍晚时分阵亡了，王新亮接过了指挥棒，命令残部利用夜色突围，他带几个人留下掩护。最后三排有九个人突围成功，避免了全部阵亡。王新亮战斗到最后一刻，全身没有一个好地方，肠子都流出来了，在敌人冲上来捕获他时，他拉响了手榴弹。

两天后，大部队找到了这片血战之地，王新亮尸首四分五裂，从一件军装碎片的破口袋里，人们捡到一封未完全烧毁的信，上面写着他对那个白族姑娘的爱恋之情，这才辨认出是他的遗体。

王新亮的故事在A基地传得沸沸扬扬，人们没法评价这个人。康文定说基地和他参战的部队交涉过，希望给他记一个功，哪怕记个三等功，毕竟因为他的正确决定，挽救了九个战士的生命，并且他本人牺牲得很壮烈。但他所在的参战部队考虑到他战前犯的错误，造成了恶劣影响，拒绝了这一要求。

王新亮的两个姐姐来警卫营收拾弟弟的遗物，布小朋见到了她们，两个姐姐年龄都不算大，但头发都花白了。是因为弟弟的死而白了头吗？不知道。看到王新亮的两个姐姐，布小朋不由想起自己的姐姐，心里一阵酸楚。

康文定说:"王新亮找到了爱情之后而死,也算遂了他的愿了。"

布小朋却有些暗暗痛恨康文定。他忍不住对康文定说:"副连长,如果你当仁不让,坚决要求上前线,王副指导员或许就能留下。你也不一定去得成,因为上面总会有人把你卡下来。那样王副指导员就不会死了。"

康文定不高兴了:"你的意思,是我害死他的?"

"我不是这个意思。"

"你个新兵蛋子,你懂什么!我曾经劝过他,让他不要报名,这个犟种,他非不听我的,非要去。我有什么办法?本来我真想去的。"

"他为什么非要去?你以为他想当英雄?"

"鬼才信!他是混不下去了。他不上战场,要么和那个女朋友结婚,要么退伍回家。两者他都不想,他只有上战场了。虽然他没有立功,名声也不怎么样,但他是个真正的英雄。你内心里是不是把他当成英雄了?"

布小朋郑重地点点头。

康文定最后说:"你知道我和王新亮什么关系吗?我们是同年兵,新兵连时我和他睡上下铺,我和他的感情比你深得多。他为了爱情而死,是可以瞑目的。"

康文定说完就走了。

几年之后,说到这场战争,已经退下来的康司令对布小朋说:"我们牺牲的太多了,装备不行,战术落后,搞人海战术,吃了不少亏。比如那个王新亮所在的部队,通信器材居然全部失灵,如果能早点联络到上级,指挥得当的话,何至于死那么多人?王新亮何至于牺牲?他死得太可惜了,本来是一个难得的人才。"

七

　　A基地办公大楼门前的宣传栏上，十位烈士的遗像挂了三个月就移走了。虽然南线的战事像羊拉屎一样，哩哩啦啦不断，但基地没再派人参战，这里的人也就对南线没有了什么牵挂，那边的战事似乎与基地无关了。人们慢慢忘记了那十个烈士。

　　一年之后，康文定担任了警卫一连的连长。布小朋成为同年兵里面军姿最好的一个，往那一站，纹丝不动，一动起来，动如脱兔，各项训练指标，不输老兵。他身上有一种别的兵身上少见的英武之气，用后来时髦的说法，那叫"酷"。他所在的三班副班长调到四班接替班长，四班的班长提了干，去陆军学院参加培训。那时节，士兵若想提干，当班长是个很重要的前提条件。

　　机会来了。首先孟广俊盯上了副班长的位置。都说不想当将军的士兵不是好士兵，但要想当将军，得先当班长、排长，将军是一级级干上去的，班长、排长是最重要的台阶。孟广俊脑子活泛，他一入伍就琢磨提干的事，他是不打算回去了。琢磨这事的士兵很多，只不过孟广俊总是比他们早一步罢了。

　　孟广俊到军人服务社买了两瓶茅台酒，那时的茅台酒五块多，两瓶酒差不多花光了他两个月的津贴，舍得一下子花两个月津贴的兵还真不多。他瞅准康连长一个人在宿舍，提着两瓶酒进去了。已经不是头一回送礼了，孟广俊一点也不紧张，心理素质很好。他把报纸打开，露出两瓶酒。康文定眼睛都没抬："孟广俊，你要干什么？"

　　"连长，我从杂志上看到，许世友将军喜欢喝茅台酒，你爸爸也一定喜欢喝这个。"孟广俊嘿嘿一笑。

　　"你是不是想当副班长？"康文定一下猜中了他的心思。

　　"连长，我是想进步，请你给说句话。"

"想法没有错，但你现在还不够格，等你够格了，不用送礼，东西拿走吧。"

康文定低头看书，不再搭理他，他只好讪讪地把两瓶酒夹在大衣里往外退。康文定喊住他："哎哎，还有东西。"

孟广俊一愣。康文定指指包酒用的那张皱巴巴的报纸，意思是让他带走。孟广俊脸臊得没处搁，康文定居然这么羞辱他，连张破报纸都让他拿走，这是他完全没有想到的。高干子弟对穷人的孩子一点同情心没有，孟广俊和新兵连的班长徐三虎一样，心里恨上康文定了。

几天后，康文定在军人大会上宣布，布小朋担任三班的副班长。散了会，孟广俊对布小朋说："我算看透了，一个人要想成功，得抱一棵大树。康连长就是你的大树。能有这棵大树，你小子祖坟上冒青烟了。"

布小朋说："孟广俊你别说这个，我哪方面都比你强，你如果不服，咱们拉出去溜溜。"

孟广俊说："我没有不服。我是说，就是你行，也得有人替你说话，否则你白行。"

孟广俊没有放弃。炊事班的上士调到机关当公务员了，他又盯上了上士的位置。上士这个职务和后来授军衔时的上士不是一个概念，它在司务长之下，协助司务长工作，在炊事班算是个身份独特的人物，负责日用物品的采买，其重要性不比炊事班长差。也有些单位把这个职务称之为司务员。

那两瓶酒最终派上了用场，不久，孟广俊如愿以偿。

虽然在炊事班工作，弄得身上油渍麻花的，身上的气味也不好闻，说起来也不好听，但孟广俊当了上士后，才发现这真是一个金不换的工作。每天他到外面的自由市场上买菜、买肉、买油，可以随便出入营区，比起那些两个月上不了一趟街的兵们，那真是到了天堂一般，自由自在，更重要的是，这个工作有油水，虽然财务制度规定，采买东西必须两个人以上，但经常是人手不够，他一人包办了。从老百姓手里买东西，没有发票，只能打白条，常常是卖东西的老百姓让他自己写，他写上数字，对方潦草地签个名就完了。遇到不会写字的，签名都是他代签，这里面就有名堂了。当了一个月上士，他花出去的那两瓶酒钱，就神不知鬼不觉地回来了。

孟广俊当兵完全是偶然。他初中毕业后给招到县机械厂当工人，上班三年多了，早都出徒了，每月工资二十几块，算是活得滋润的。他结识了厂里的一个姑娘，两个人谈得来，打算年底结婚。布置婚房时，孟广俊想多买点家具，他看上了一个三开门的大衣柜，但是钱不够，他趁上夜班的机会，偷了一地排车铁条，卖掉后得了八十多块钱，这样就可以买那个大衣柜了。但是，他偷铁条的事情暴露，厂长扬言要开除他。事情传开了，他在厂里没法混了，女朋友也打算和他吹灯。就在他不知该怎么好时，部队来人征兵，有人就给他出主意，劝他不如当兵去，这样之前的事就可以一笔勾销。他动了心思，费尽心思钻营。就这样，穿上军装，来到了 A 基地。

他出来，就不打算回去了。和女朋友也彻底拜拜了。家乡，除了父母，没有什么好留恋的了。

布小朋和孟广俊各得其所，都看到了希望。

有人欢喜有人愁。康文定刚当连长一个半月，糟事就缠上身了。

事情是徐三虎引起的。说到底是徐三虎的媳妇谢小芸引起的。谢小芸肚子大了，徐三虎带她到 803 医院检查，医生帮她算出了预产期，并且据此推算出怀孕的大致时间。徐三虎一听这日子，头都大了。那段时间，他父亲病重住院，他请了一个月的假，回安徽老家侍候父亲，父亲去世后他才赶回。然而，谢小芸就在这段时间怀上了孩子，那只能说明，孩子不是他的。

回到家，徐三虎拿出拼命的架势，谢小芸很快承认了，孩子是康文定的。

谢小芸是龙城郊区人，家里是菜农，徐三虎带人帮炊事班拉大白菜时，认识了谢小芸。一来二去，二人偷偷好上了。徐三虎的身份是志愿兵，相当于后来的士官，他不是本地人，按照当时的有关规定，徐三虎不能在部队所在地找对象。但是也有一些有门路的志愿兵在本地找了对象，托托关系就登记上了，生了孩子就是龙城户口了，哪天一脱军装就随老婆留在本市，不用回原籍。对于广大农村籍的志愿兵来说，这是非常吸引人的。

徐三虎和谢小芸好了一阵子，无法结婚，二人急得不行。徐三虎脑子还算好使，一天他从饭堂出来，碰到康文定，他知道康家有势力，就提出请康副连长帮忙解决这事。康文定倒也痛快，说你把女孩子带来给我看看，如果人还不错，我就帮你找找门路，如果人不怎么样，就算了。

徐三虎找机会把谢小芸带给康文定看。谢小芸虽然是郊区菜农的女儿，但她经常出入市区，人很洋气，又会打扮，皮肤很白净、光滑、水灵，还烫了发，在那时，烫发的女孩子很少，她嘴巴也很甜，一口一个康首长，居然把只是个副连级干部的康文定叫得舒舒服服。康文定当即决定帮帮他们。不久，二人领到了结婚证。

按说康文定是徐三虎的恩人。有一天晚上，康文定去市政府斜对面的工人俱乐部舞厅，在门口碰到了谢小芸。当时舞厅刚刚允许开放，跳舞还是很新鲜很时髦的事，能进工人俱乐部跳舞，更是身份的象征。谢小芸没有票，她盼着有人带她进去开开眼界。徐三虎因为是战士，不像干部那样经常回家，谢小芸肯定是寂寞了。那天晚上，康文定教谢小芸跳舞，谢小芸一学就会，二人跳得开心极了，他们都喜欢听邓丽君的歌，听得如痴如醉，跳着跳着就贴了面。当晚，康文定就把谢小芸带回了自己住处。从此以后，差不多两年的时间里，二人一直保持着关系。康文定数次更换女朋友，挑来捡去的，一直定不下来，每当他甩掉旧女友，而新女友还没找到之前，他和谢小芸的联系就多一些。徐三虎多多少少感觉到一些异样，察觉到一点点蛛丝马迹，提醒过几次谢小芸，对康文定的感激之心也没过去那么强烈了。但他就是没想到，谢小芸竟然怀上这个公子哥的孩子，让他再也忍无可忍。

徐三虎如果选择"私了"，找康文定谈一谈，康文定什么条件都会答应他，不至于变得不可收拾。然而徐三虎直接去警卫营营部，告发了康文定。警卫营属于基地司令部的直属单位，营里感觉事情重大，马上报告了分管直属单位的副参谋长。副参谋长赶紧报告了参谋长。参谋长没敢去报告康司令，康司令要是知道了，恐怕得气个半死。参谋长让副参谋长亲自去警卫营处理这事，如果情况属实的话，争取降低恶劣影响。

情况稍一调查就有了结论，康文定全承认了，他不是个赖账的人，尽管副参谋长内心希望他赖账，他如果不承认，一切都还可以有转机，或许稀里糊涂就把这事抹过去了。但是康文定并不是个聪明人，他实在得过头了，他承认两年来一直和谢小芸保持关系，她肚里的孩子也是他的，那天他忘了戴避孕套，谢小芸答应回去补吃一片药，结果她回家就去收大白菜，给忘了。

这么一来二去，这事就传遍了整个大院，康司令成为最后一个知道的人。康司令大怒，下令停止康文定的工作，同时追查是谁给一个志愿兵办了结婚证。康文定是事情发起者，自然责任最大，机关负责盖章的人，也受到了处分，调出机关，给赶到驻山区的部队了。

徐三虎既是受害者，又是错误制造者，本不该在驻地谈恋爱，更不该结婚。老婆肚子里的孩子是打掉了，复员回安徽老家的命令也下达了。徐三虎留在龙城的希望落空，谢小芸却是坚决不跟他回他那又破又远的山区老家。到最后,谢小芸提出离婚。徐三虎挽留不成,一时想不开,一天夜里,在警卫二连宿舍后面的歪脖子柳树上,把自己吊死了。

康文定最后的结局是:正连降职为副连,调离警卫一连,到司令部军务处当了一名参谋。

两个熟悉的人,一个死了,一个调走。布小朋和孟广俊来到徐班长自杀的歪脖子柳树下,不由生发出种种感慨。布小朋说:"做人不能学徐班长,心胸太小,遇事想不开,这样的男人不适合当兵。"

孟广俊说:"咱当兵的,也不能学康文定,得看好自己的裤腰带,不能犯这种下三烂的错误。"

布小朋说:"除了看好裤腰带,还得看好口袋,不该装的东西,不能往里装。"

孟广俊脸上一阵红。不知从何时开始,他偷偷抽起大前门了,这种牌子的烟,当时一般的连队干部都抽不起。孟广俊把大前门香烟装到一个龙城牌的香烟盒里,表面上他抽一毛二一盒的龙城,实际上抽五角钱的大前门。布小朋有一次捡到他丢掉的一个烟屁股,才发现了这个秘密,而他还以为神不知鬼不觉呢。

孟广俊说:"吃点喝点没啥,只要不犯大的。"

布小朋就给他讲了一个故事,说是古时候,一个偷针的人和一个偷牛的人一起被抓游街,偷针的感到委屈,说自己不过偷了一根针,为什么和偷牛的一起游街,太不公平了。偷牛的说,我走到这一步,就是从偷针开始的。

这个寓言是布小朋八九岁时,姐姐讲给他听的,当时他偷掰了生产队的一个玉米,姐姐就给他讲了这样一个故事,他记住了。此时他讲给战友孟广俊听。孟广俊听不进去。

孟广俊摸出一根烟来,问布小朋:"抽吗?"

布小朋摆摆手,表示不会。布小朋一直没学抽烟,按说当兵的抽烟很正常，那时基本上都抽，太寂寞了，都说抽烟可以排遣寂寞，但是布小朋没学会，或者没有学，原因很简单，他没钱，每月六元津贴费，他自己只留一元，余下五元，寄给姐姐。

孟广俊点上烟，抽了两口，又说："康文定走了，但他爸还在台上，你的靠山还在，你用不着难过。"

"你觉得我难过吗？"

"我看出来了，你情绪不对。"

"如果说我难过，是因为康连长犯了错误。他不该那样。"布小朋说，"你刚才说起靠山，如果非要给自己找一个的话，我想，我的靠山不是哪一个人，我的靠山是这座营盘，是这支队伍。"

孟广俊"哧"地一笑。大概他觉得布小朋太幼稚，太书生气了。

三十多年之后，就在这个地方，布小朋和孟广俊共同回忆他们当年讲过的话。这时早已是时过境迁，一切都已不可挽回，留下的都是空悲叹而已。

八

领导换届后，部队干部制度有一项重大改革——士兵一般不再直接提干，如果要提干，必须经过军校培训。

这时候，布小朋已经当上了三班的班长，孟广俊也在上士的位置上干得红红火火，都成了连队的骨干，他们都列入了预提干对象，就等基地统一下提干任命了。然而这项干部制度的突然变革，使他们直接提干的希望落空了。

七月份，基地统一组织军校招生考试。在这之前，基地把他们那一批预提对象组织起来，搞了一个月的突击培训，临阵磨枪，希望他们都能考个好成绩。

但是由于仓促上阵，加之大多数人文化水平本就不高，能否考上军校，就看运气了。考前，警卫一连的干部分析形势，一致感到布小朋希望最大，他好歹是个高中生，孟广俊希望不大，他只上过初中。正式考试之前，基地搞了一次摸底考试，成绩都很一般，数学考零分的都有。相比之下，布小朋算是好的。

事实上连队干部高估了布小朋，他在入伍登记表上学历一栏填的是高中，实际上他只上了一年高中，本来公社初中和县上的高中，教学质量就不高，加上受读书无用论的影响，他就没学到多少有用的东西。尽管一个月的补习班布小朋拼命恶补，一个月下来，脑子反而更糊涂了，很多知识似是而非。反观孟广俊，三天打鱼两天晒网，并没见他认真复习，本来可以多拿分的政治题，他一个也不背。布小朋问他："你不是做梦都想提干吗？你不好好复习，靠什么提干？"

"我复习也没用，靠自己，累死都考不上。"

"你不靠自己，靠谁呢？"

"到时候看吧。"孟广俊神秘地眨眨眼。

正式考试那天，头一科考场纪律还好些，到了后来，场面就有些失控，前后左右互相抄的，不在少数。这时候，轮到布小朋傻眼了，因为他的座位实在太差，他在最后一排，而且最后一排就他一人，在最左边的角落里，他左边是墙，后面也是墙，右边没有人，前面是个胖子，那家伙可能小学都没毕业，啥也不会。布小朋的位置好比是个孤岛。更要命的是，一名监考干部就坐在他右手的位置上，半天不动一动。布小朋只能硬着头皮做自己的卷子，谁也指望不上了。

考试成绩公布时，人们大吃一惊。全基地几百个考生，孟广俊竟然考了个第三名，布小朋成绩很靠后，录取基本无望。

果然，布小朋落选了。

康文定还是关心他，帮他到干部处查了查分数，成绩没错，没有判错卷子，更没少给他算分数，他就是考得不好。康文定说："真他妈奇怪了，不少初中生，甚至小学毕业的家伙，都考上了，你一个高中生，怎么名落孙山了？"

布小朋说："这是我真实的成绩，没有作假。"

"难道别人作假了？"

布小朋就把考场上当时的情况简单说了说。康文定当即就火了："考试前，不是安排看考场了吗？你没去看吗？"

"看了。"

"你发现自己座位不好，为什么不找我？都是可以调的。"

"我没想到可以作弊，我以为会很严，坐哪儿还不都一样。"

"你就是个猪脑子，一根筋，不会拐弯。你看看人家孟广俊，考了个第三名，所有的军校他都可以随便上。你他妈就等着年底回家种地吧！"

康文定撂下这句狠话就走了。自从出了那件弄得满城风雨的事情之后，他的情绪一直不好，见谁都想骂人。他和女朋友也告吹了，本来他真心想跟那个女朋友结婚的，结婚戒指都选好了，女朋友是龙城市委副书记的女儿，艺术学院毕业的，据说美貌气质惊人。出了那样一件丢人的事，在基地和龙城当地上层人家中，恐怕不会有人再愿意找康文定做女婿了。

布小朋很想告诉康文定，他想看看，依靠自己能不能做成一件事。实际上他的成绩离录取线只差五分，如果大家都不作弊，他是很有希望的。但这句话他没敢给康文定说，因为没考上，等于宣布他的失败，一个失败者，标榜自己是很可笑的。

他不后悔。因为后悔已经没有用。他还有再进一次考场的机会吗？到明年，他就超龄了，已不符合报考的条件。

孟广俊考得那么好，一直是个谜。直到差不多十年后，他喝多了酒，和布小朋吹起自己考军校的经历，布小朋才知道其中的原因。当时负责监考的干部，都是外单位抽来的，他们提前一天来到基地，住在基地招待所。孟广俊通过干部处的一个干事,打听出了自己所在考场的监考人,他打着那位干事的旗号,到招待所找到了其中的一个监考人,请人家多加关照。

"多简单的事呀,两条烟、两瓶酒就打发了。"他带着醉意说,"人家也并非缺这点东西,但你礼节到了,人家就会想着你。"

果然在考场上,孟广俊可以前后左右大胆地抄。也该他运气好,前后左右几个人,学习成绩都还不错,他博采众家之长,最后他自然是分数很高。

"可惜我们当时不在一个考场。"孟广俊说,"不然我真可以帮帮你。"

那么高的分数,孟广俊可以随便上任何当时来基地招生的军校,最终他选择了后勤学校。这所军校很一般,而且是中专学历。好军校有的是,好专业更多,学历有大专,也有本科。但是孟广俊认准了后勤学校,因为这里有他最喜欢的专业——司务长。当了几年上士,他发现司务长这个职务是最好的,可以说想吃啥吃啥,想拿啥拿啥,小日子过得那真叫滋润,真是个金不换呀,如果不考虑级别大小,给个连长、指导员都不换。司务长的职务是正排,和排长平级。

还有一个说不出口的原因——毕竟他那么高的分数大有水分,真到了大专或者本科院校,他这个初中二年级水平的人,跟不上趟,麻烦就大了。几次考试不及格,给退回部队,这种情况当时也常见。他不想给自己那么大的压力,后勤学校教学水平不高,学员层次都差不多,学习没压力,毕业后有前景,这不挺好吗?

孟广俊高高兴兴去了后勤学校,临走前,他对布小朋说:"兄弟,希望我毕业回来,你还在这里。"

布小朋不知道该怎么回答他。常言道铁打的营盘流水的兵,两年后,他在不在这里,真是难说了。

孟广俊塞给布小朋两条大前门烟,嘱咐他如果有需要时,用它打点一下。他想拒绝。孟广俊不高兴了："你跟我都见外,你这人,真没味。"

他拿着两条烟,感觉它烫手。康文定不抽烟,送给他他也不会要。班里的兵,有几个抽烟的,他拿给他们抽,他们不敢要,他们怎么敢抽班长的烟,而且那么好的烟,都说:"班长还是留着办事吧。"连队干部里面,指导员抽烟最凶,他找机会把烟拿给了指导员。指导员劝他想开点,表示年底如果不想走,可以留下,连队负责给他改志愿兵。他说:"烟是孟广俊留下的,不是我买的。"指导员笑了笑,说:"你这个人,真是太实在了。"

他在路上碰到康文定,把指导员的意思说了。康文定问他:"你打算怎么办？"

"只要留下就好,能改志愿兵也不错,至少可以再服役个七八年。"他说。入伍快四年了,他在部队活出了滋味,虽然仍然是个大头兵,但在这里,他至少是受到尊重的,班里的十个兵都把他当大哥看待,他暂时忘记了姐姐的存在,每一天都感到很充实。这感觉是过去在家乡所不能比的。无论怎样,他只要留下就好,他在父母坟前,当着姐姐的面发过誓,这辈子不能再回去了。如果留不下,他要么去流浪,要么像徐三虎那样,一根绳子把自己吊死。想到这里,他后背隐隐发凉,感觉心脏要穿破后背,逃离他的身体。

"孟广俊那样的家伙都能提干,你心甘情愿当一个志愿兵？你也太没出息了！"

康文定丢下这句话,转身走了。

布小朋愣在那里,半天缓不过劲来。

康文定虽然当过他们的副连长、连长,算是布小朋革命事业的引路人,但从年龄上说,他只比布小朋大不到三岁,而且他面皮白净,还有两个酒窝,看上去似乎比布小朋还显小。犯过那个错误后,他从正连降为副连,但不到半年,又恢复了正连,现在已经是副营职参谋了。布小朋仍然是个大头兵不说，竟然让他根本瞧不上眼的孟广俊超越了，孟广俊两年之后就是正排，布小朋呢，再不努把力，这辈子都没有出头之日了。要想出头，得等下辈子。可是下辈子在哪儿？有没有下辈子呢？

康文定决定再出手帮布小朋一回。

九

当兵几年，布小朋一直在营院北大门值勤，先是站哨，后是带班。这天连长通知他，以后到首长住宅区门口站哨，不是带班，而是像新兵一样，规规矩矩站哨。给他安排的时间，早晨有一班岗，中午有一班岗，傍晚有一班岗。这正是首长们上下班的时间。

康文定当连长时，现在的连长还是副连长，他当连长，是康文定出事后让给他的位置。康文定虽然早就离开了，但他在警卫一连说话，还是有人听的。

布小朋不明就里，让去就去了。他往哨位上一站，和一般的兵一比，效果就是不一样，他笔挺的腰板，有力的胸脯，专注的眼神，会让每一个从他面前走过的人眼前一亮。

康司令上班、下班，不让人陪，都是自己步行去办公楼。路程不远，从首长住宅区到办公大楼门口，六百多米。有的首长喜欢有人陪着过去，比如张道刚政委，每天都是秘书过来，陪同他一起走。有的首长喜欢骑自行车，比如后勤部李部长，每天都是骑一辆破自行车上下班。还有的首长喜欢坐车，比如马副司令，每天都是坐吉普车上下班。

康司令出了家门，提着个旧公文包走了过来。到了哨位前，布小朋不动声色之间，举手敬礼，眼睛的余光一直跟随康司令，直到首长走到视野之外，他的右手才轻轻放下来，同时收回目光。

终于有一天，康司令在布小朋敬礼时，停下了脚步，仔细打量了他两眼，微微点一下头，然后走了。

当天晚上，连长把布小朋叫到连部，正式通知他，说："明天到康司令家上班。"

布小朋蒙了，愣在那里。连长说："你傻愣什么？收拾一下，明天搬到司令部公务班，以后你就不是咱连的人了。"

布小朋还是糊涂着。连长也糊涂了："你真不明白？"

"我……我真的什么都不知道。"

"康参谋没给你交代？"

"没有呀。"

原来康司令家的公务员上军校去了。康文定找到他父亲的秘书王俭，向王俭推荐了布小朋。康文定不敢直接给父亲说，自从他出事之后，康司令基本不理睬这个儿子了。王秘书出主意，把布小朋先调到首长住宅区哨位值勤，给康司令留下个好印象后，再提这事。如此这般，康司令终于点了头。

第二天，连长亲自把布小朋送到康司令家。首长住宅区都是老式的独栋两层楼，青砖房，楼与楼之间用红砖墙相隔。每家每户的格局都差不多。

康司令威严地坐在沙发上，连长毕恭毕敬站在康司令面前，布小朋仍然像站哨那样，笔直地站在连长身侧。连长说："首长，这是我们连最好的兵，也是最好的班长，我给您送来了。"

康司令说："来我这儿，可惜了。"

"不可惜，能为首长服务，是他的光荣，也是我们警卫一连的光荣。"

康司令摆摆手，意思是连长可以退下了。连长敬个礼，转身走了。布小朋一直笔直地站在那里，大气也不敢出。康司令摆摆手，示意他坐下。他找个地方坐下了。康司令简单问了几句他的家庭情况,哪儿人,年纪多大了,等等。他一一作答。康司令说:"你是七八年底的兵,定远县人,是不是那小子把你领来的?"

布小朋马上意识到康司令说的"那小子",是指康文定,于是就老老实实答:"是康参谋把我领来的。"

"你比他强。将来你肯定比他强。"

康司令目光炯炯,说完这话,提上旧公文包走了。布小朋感觉到,首长是在鼓励他。比康文定强,他是连想都不敢想。自己连孟广俊都不如,离康文定更是差太远。不一会儿,王秘书进来,把有关情况和注意事项向布小朋交代一番,也走了。布小朋环顾这个房间众多的家,看到司令家房子虽大,但家具都是旧的,沙发坐上去硌人的屁股,感觉弹簧都快冒出头来了。只有一台彩色电视机,算是奢侈物品。

首长家的公务员,其实就是勤务兵,说"私务员"更准确。这和后来人们所说的国家公务员完全是两个概念。基地首长身边,一般有一个秘书,一个司机,一个炊事员,一个公务员,有的家庭还雇有保姆。公务员白天在首长家服务,帮着干点杂活,接接电话,接待一下来人,看看大门,业余时间陪首长散散步,或者游游泳之类,兼负有警卫员的职责。晚上到司令部公务班集体宿舍休息,吃饭要到机关战士食堂。一般情况下,是不能在首长家就餐的。

布小朋这时候并不清楚康文定为什么选他来这里,是为了照顾好他的父亲吗?不久之后他才悟出来,康文定用心良苦。虽然战士不能直接提干了,但是每年总有几个选送军校培训的机动名额,这些名额一般从首长身边的人员中产生,他当上康司令的公务员,就多了一个机会,只要耐心等着就是了。

说实话,他内心里一直想逃离康文定的庇护,他想离康文定远远的。但是现实不容他清高,他现在竟然进到了康文定的家里,成为他父母身边最近的人之一。

他既然成为康司令家的公务员，他也就算是半个康家人了。他愿把康司令夫妇当成自己的父母一样，尽心尽力侍候他们，孝敬他们。每天他早早来到康家，打扫卫生，把院子里的花花草草侍弄得又肥又壮，两层小楼窗明几净，用司机小李的话说："首长家好多年都没这么干净了。"

　　院子里花草茂盛，竟然吸引来了鸟儿，每天都有不知名的小鸟来康家院子里逗留。康司令夫人刘美芹平时很少出屋，听到鸟鸣，她有时推开窗子，或者到院子里来看看。刘美芹原先是龙城一中的教导主任，人们都叫她刘主任。她身体不好，人很瘦弱，面色枯黄，双目无神，眉头长皱，长期在家休病假，一天说不了两句话，吃饭都不出屋，整天待在二楼的卧室。因为布小朋的努力，引来了鸟儿，刘主任脸上居然偶尔有了笑意，据说饭量也增加了。

　　有一天刘主任对康司令说："这回找的这个小公务员真是不错。"当听说是儿子帮着物色的，她笑了，说："还是文定知道疼你。"康司令说："你不提他还好，我快被他气死了。"

　　康司令原名康富贵，十四岁那年，日本人来到太行山深处，烧毁了他家的房子，本来生在殷实之家的他，愤而从戎，参加了八路军，并且改名为康又汉。所以后来他总是说，是日本人逼他参加革命的。他在老家有一个童养媳，比他大三岁，名叫王丫，他出来的时候，二人并没有圆房。解放后，已经是副团长的康又汉率部驻扎龙城，认识了师范学校毕业的女大学生刘美芹，二人产生了感情，结为夫妻。婚前，康又汉并没有告诉刘美芹他在家有一个未过门的媳妇，等他们办了喜事，王丫突然找上了门，康又汉这才报告组织，因为隐情不报，组织上给了他一个处分，批准他和王丫离婚。王丫提了一个条件——离婚不离家，帮康又汉赡养两位老人。

　　那位朴实的山村妇女王丫果真没有离开康家，尽心尽力替康又汉照顾两位老人，直到公公婆婆离世，她的头发白了，她仍然住在康家的老宅子里，一辈子不打算离开了，她也没有地方可去。康又汉的父母因为儿子抛弃王丫，坚决不来龙城，并且不允许儿子带城里的媳妇回家。康又汉这辈子感觉最对不起的人就是王丫。刘美芹这辈子最大的心病，就是害怕丈夫和前未婚妻见面，东西可以往老家寄，钱也可以寄，她都不在乎，就是不能让他们见面。后来，康又汉利用去北京开会的机会，绕道回了一趟老家，见到了王丫。尽管康又汉严格保密，还是有消息传到了刘美芹耳朵里，从此刘美芹大病一场，就成了现在这种病恹恹的样子，魂儿似乎被抽走了。

布小朋从康家的炊事员、司机，包括康文定和妹妹康莉的嘴里，只言片语地了解到康家的历史，他把这些只言片语组织起来，织成网，就成了上述的样子。在他眼里，康司令、刘主任、王丫，乃至康司令父母，都是不幸的人，他们每人都有一个心魔，纠缠了他们半辈子，让他们不得安宁。尤其是康司令和刘主任，尽管衣食无忧，小楼得住，小车得坐，地位尊崇，但他们实在是不幸，心中积年的苦痛，个中滋味，自己最清楚。你看看刘主任，都成什么样子了，穷苦人家的妇女也比她有福相啊。因此，布小朋格外同情刘主任，想方设法让她高兴。他动员她出去走走，不能老憋家里。刘主任竟然听了他的话，喊上司机，开车到郊区踏了一回青，一路上有说有笑的，回来像变了个人似的，比先前开心多了。

康文定害怕与父亲碰面，不常回家，他住机关单身宿舍，偶尔回趟家，也常常是趁父亲不在家时回来看母亲。他看到母亲气色好多了，知道是布小朋的功劳，越发感觉布小朋人好，值得帮一帮。

十

布小朋在康司令家当了一年多的公务员，一直没等到提干的机会。这中间有过几次小情况，上半年，基地争取到了一个直接送军校培训的名额，但是在首长身边等机会的人更多，这里面也得排排队，不能说给谁就给谁。张政委家的炊事员兵龄比布小朋长，干得也很好，年龄马上就过杠了，第一次机会就给了他。年底，第二次机会来了，总部又拨给基地一个名额，本来这回说好给布小朋的，最后却给了马副司令的司机，因为马副司令的司机在北京的总部机关有亲戚，这个名额是专门给他"戴帽"下达的，谁也争不走。再就是建国三十五周年要搞大阅兵，年初按计划从基地选拔几个人，到北京参加训练，康文定推荐了布小朋。如果最后能到天安门广场走一趟，提干希望很大。但是基地进行选拔时，布小朋因为一年来疏于训练，动作大不如前，落选了。

就这样，一来二去的，布小朋提干的机会越来越渺茫了。

转眼间，康司令年龄到杠，退居二线了。

离休后的康司令和蔼多了，渐渐没了往日的威严，在布小朋眼里，越来越像个老小孩儿，和妻子、子女的关系，也融洽多了，很少再见他吹胡子瞪眼。

康司令退下来后，最喜欢去的地方是龙山。

龙山就在基地大院的南面，从基地南门出去，有一条盘山道，可以直达山顶。康司令不叫车，带上布小朋，两个人步行，半个多小时即可到达。布小朋第一次攀上龙山顶，回望山的北麓，是一大片营区，这就是基地大院了。布小朋久久地望着连成一片的壮观营区，想到不久之后自己也许就要告别这里，不知要到哪里流浪，心中好一阵怅然。

康司令和布小朋并排坐在山顶的一块巨石上，像一对父子，他们久久地望着山下的营区。康司令半天一言不发，眉头紧皱，似乎一下子显得苍老了。布小朋感觉他患上了离退休综合征。不少老干部下台后，极不适应。基地孙副司令就是个典型的例子，孙副司令去年离休后得了忧郁症,见人就躲,长期不出门。还是他老伴了解他,想了个招数,每天不论干什么,都打报告让他批,比如今天买什么菜,按照公文格式写在纸上,最后一句照例是:"妥否,请批示。"孙副司令也不客气,拿起笔来批道:"拟同意。"这个招数倒也灵验,一段时间下来,好歹稳住了老头的情绪。

布小朋担心康司令也患上这样的病症,于是没话找话说:"首长,退下来好不好?"

"好。也不好。"

"好在哪儿?"

"不操心受累了。"

"不好在哪儿?"

"……担心那些家伙瞎胡搞,糟蹋钱。"

康司令是 A 基地创始人之一。当年从朝鲜战场下来,他带领他的团,修建了这座营盘,连同周边的几个试验场和训练场。基地的主要任务是搞新武器试验和训练,三十多年来,从这里搞成了几件有影响的新武器,但总的来说,成效不大。原因是国家没钱,军费不足,投入太少,再就是"文革"前后光搞运动,政治挂帅,心思不在军事工作上,荒废了十多年。改革开放了,刚要有点起色,他也到了退休年龄。他不是留恋权力,他担心继任者瞎胡搞,把钱用到不该用的地方,他虽然是高级干部,但他最大的特点就是节俭,他一辈子节俭,家里的洗菜水都不放掉,而是引出来浇花浇草,每天的剩饭都不允许炊事员倒掉,而是拿到连队喂猪。有了这个特点,他的特权就自我减少了很多。他在位时,常委会上经常为经费争来争去,每个单位打报告要钱,都是狮子大开口,净往高处说。往往每个单位都有常委做后台,替他们争,或者和稀泥,得过且过。他不干,他不代表哪个小单位,他是代表基地,他资格老,又是军事一把手,他不松口,谁也别想得逞。如今他下来了,很多人高兴,尤其是后勤部部长李长水,就差一点放鞭炮庆贺了。老小子胆子大,手伸得长,什么样的钱都敢往口袋里装,每天骑辆破自行车打掩护,看上去像个老农民,装成朴素的模样,以为他那点事神不知鬼不觉,其实群众的眼睛是亮的,是白是黑大家心里都有数。他经常在常委会上敲打这个李长水,当然也顺带敲打别人。李长水在总部有后台,不怎么怕他,但也不敢得罪他,毕竟最后他这个司令员签字,项目才能生效。

首长住宅区的小楼年头已久,落伍了,早就有人提出重新翻盖,扩大面积,有人自告奋勇到北京托人要钱,所有的常委都同意,就是康又汉不干,这事一直让他压着,他一下台,这项工程马上就启动了。

康又汉每天来龙山,其实是想躲,图个清净,眼不见心不烦罢了。这些情况布小朋慢慢才知晓。康又汉的担心就在这里,如果说他有忧郁症,那么他的忧郁症的病根也在这里。

作为一名老军人,康又汉对南线的战争也有自己的看法。

他说:"这场仗给了我们一些教训。充分说明在很长的时间里,我们这支部队刀枪入库,马放南山,缺乏训练,武器装备陈旧落后,部队不会打仗了。"他说,"不过是打了一场四十年代水平的战争,我们当年和国民党打时,也比这个打得漂亮。"

布小朋说起了王新亮。他一直忘不了王新亮,尽管他们认识没几天王新亮就走了。康又汉说:"这个人我知道,个人地位变了,他想抛弃农村女朋友,这是不允许的。"布小朋差一点说,首长,你刚解放时,不也抛弃了老家的女朋友吗?这事基地可是不少人知道。他当然没敢说出口。康又汉又说,"到了前线,听说这个人道德败坏搞破鞋,违反军纪,更不应该了。"

布小朋无话可说了。

康又汉说:"我老了,没用了。小布啊,以后你当了官,有了权,可不能乱糟蹋钱呀。军费就这么一点点,用到关键地方,搞好训练,搞好装备,打起仗来就会少死人,不然,真有了事,会多死很多人。像那个王新亮,原本可以活下来的……"

布小朋苦笑:"首长,我快二十五岁了,还是个战士,我能有什么权啊?年底我就打算离开。"

康又汉沉默了。刚才那些话,他表面上说给布小朋听,其实他想说给在职的人听,可惜除了布小朋,没人能听得到。

差不多每天都上龙山,布小朋心情还是不错的,康司令心情也慢慢平复下来。在龙山的东麓,有一片烈士墓地,名为龙山烈士陵园。有时他们也转到这边来,到烈士墓前走走看看。康又汉仔细看墓碑上的烈士生年,默默计算他们活到现在的岁数,发现他们大多数人和他差不多。"他们死的时候,和你年龄差不多。他们要是活着,和我岁数差不多。"他指着一个墓碑,"你看,这个叫张寿年的,和我同年同月生,都是一九二四年八月。我当过司令,他只是个营长。我有老婆孩子,他可能啥也没有。我住小洋楼,他住哪里呢?"

布小朋不知道该怎么回答,他看出来了,老司令对这些埋在地底下的人充满感情,这感情是发自内心的,不是装出来的,他还有必要装吗?

他们来到无名烈士墓碑前,好大的一片,都是无字碑。康又汉抚摸着一块冰凉的墓碑,说:"这些人最可怜,连个名字都没留下。我们活下来的,有很多人对不起他们。他们虽然死了,可他们眼睛还睁着,在哪儿?在天上!他们在天上盯着我们呢,所以我们不能胡来,我就不敢胡来。谁胡来,早晚会有报应。"

这一刻,布小朋受到了强烈的震撼,老司令的话像鼓点一样,敲击着他的心脏。

"我们国家什么东西多?"

布小朋摇摇头,没答上来。

"烈士陵园。几乎每个大点的城市都有。你见过几个？"

"就这一个。"

"以后你会见很多。"

"可能吧。"

"我们国家的烈士太多了。年轻人要记住，只有把军队搞好，我们的子孙，你们的子孙，才不会成为烈士。烈士越少，说明国家越强大。"

老司令的话让布小朋汗颜。他大头兵一个，哪担得起这样的责任？但他又想，虽然是一个小兵，人微言轻，但只要把自己的事情做好，也算是尽到了责任。就像他现在所做的一样，陪好老首长，照顾好他的家里人。

当然，他们并不是天天谈沉重的话题，他们也有轻松的时候。坐在暖阳下，吹着煦风，有一天康又汉说起他当兵第二年，也就是一九三九年，他差一点被一个地主小老婆拉下水。部队驻扎在一个较大的镇子里，他给连长当勤务兵，随连长驻在一个大户人家，就是后来所说的地主家。地主的小老婆比地主年轻三十多岁，身上洒香水，香风吹得人头晕。他一直记着，那女人叫小翠，比他大三四岁的样子。一天，都去镇公所开会了，只有他和小翠在家守着。小翠手捂着一只眼，来到他住的屋子，说是眼里揉进了沙子，让他帮忙给吹吹。他不明就里，当真站到她面前，张嘴帮她吹眼睛。吹了几次，她都说，不行不行，还在里面。他继续吹，吹着吹着，感觉不对劲了，小翠的身子贴到了他身子上，一只温软的手抓住了他粗硬的手……他脑子发晕，手脚不听使唤，一把抱住了小翠。事后回忆起来，这似乎可以算作他的初恋，他和老家的未婚童养妻谈不上什么感情。住进老地主家之后，他夜里做梦，曾经梦到过小翠。要不是出现了一点意外，他那回真就逃不掉了，真要犯错误了。正当他即将得手时，突然传来一声尖叫——是猫的叫声。他吓了一跳，一下子清醒过来了,赶紧一把推开小翠,匆忙整理好衣服,头一低跑了出去。他似乎听到小翠在他身后说:"弟弟,我喜欢你……"

后来,他再也没见过这个女人,解放后托人打听过,说是土改那年,老地主被镇压,地主老婆以后就不知所终。

这个故事讲到最后,还是让布小朋感到沉重。

十一

一名个头不高、身形微胖的青年军官迎着布小朋走了过来。布小朋觉得面熟,愣了愣,这才认出是孟广俊。原来他毕业回到了基地。他穿一套崭新的干部服,虽然是大热天,仍然穿着锃亮的皮鞋,看上去精神多了。

"小朋,我一回来就打听你,你小子还好吧?"孟广俊热情地伸出手来,与布小朋握了握手。

"还是老样子。"布小朋面带惭愧之色,"哎,我该叫你孟司务长吧?"

"还没任命呢,叫我广俊,和以前一样。"

"不一样,你是干部啦。"两年时间转眼过去,孟广俊穿上了四个口袋的干部服,布小朋还是原地踏步,真让他无颜面对老战友。

"你打算咋办?年底走,还是留?"

"留。"布小朋说。他早就没有退路了,姐姐早把他回去的路堵死了,他在父母坟前发过誓,除了留下,他还能去哪儿?

"改志愿兵也挺好,总比回去种地强,对吧?以后或许还有转干的机会。小朋,我希望你留下,等我有了具体单位,你过去,跟我一块干。我当司务长,你当上士,怎么样?实惠!比你当公务员强,你现在干这个,除了说出去好听点,一点都不实惠,侍候个退下来的老头子,有啥意思啊?他能帮你做什么?"

布小朋不知该怎么回答他，只说了声谢谢，二人便走开了。

布小朋这是出去帮康莉买草莓。康莉比哥哥康文定小三岁，和布小朋同岁。家里人都叫她莉莉。

莉莉是基地所属的803医院的外科护士，相貌甜美，能歌善舞，据说比刘主任年轻时还要漂亮，格外惹人喜爱。莉莉不安心做一名护士，特别想搞文艺，基地就有文工团，归政治部管理。只要康又汉一句话，她改行当一名文艺兵，是再简单不过的事。但是康司令一直没点这个头，直到自己离休，再让他去求别人，更是不可能了。

布小朋有一次陪康又汉散步时，问过他，说："首长，为什么不让莉莉改行呢？她那么好的条件。"康又汉说："当护士，治病救人，不好吗？非要当那个文艺兵干啥？搞文艺属于吃青春饭，年龄大一点，就什么也不是了，哪有搞医好？"

他这个理由似乎也说得过去。

因为没有当上文艺兵，莉莉对父亲一肚子意见，连带得刘主任对老头意见也很大，好长时间不搭理他。其实真正的理由并非像他说的那样，康文定有一次回家来，布小朋和他探讨这事，康文定说："我爸是怕别人有看法。我在机关，如果再把莉莉调到机关，在别人眼皮底下晃来晃去，毕竟不好。莉莉在医院工作，离大院远，就会差点事。还有一个原因，就是我爸嫌基地的文工团风气不好，乌烟瘴气的，尤其是女孩子，很容易跟人学坏，一旦作风不好，找个好对象都受影响。"

康司令还是太正统了。

莉莉人漂亮，生长在这样的家庭，小姐脾气是难免的，她爱吃时令水果，而且只吃好的，不吃差的，只吃贵的，不吃贱的。家里的司机、炊事员帮她买来的水果，她一般看不上，不好吃随手就扔，经常为此发脾气。布小朋来家当公务员后，帮她买水果就成了他的一项重要工作。布小朋买来的水果，质量好、新鲜，莉莉很少再挑毛病。刘主任看到眼里，夸布小朋会买东西，心细。岂不知布小朋为了买到好的时令水果，每次都要把集贸市场上所有的水果摊走到，而且他出高价，挑最好的买。为此，他几乎把自己每月的津贴费全垫了进去，这些康家人都不知道。当这个"冤大头"，他心甘情愿，他永远不会忘记，是康文定把他领到部队来的，如果没有康家，他这辈子都没有当兵入伍的机会，为了让莉莉高兴，进而为了首长夫妇高兴，垫点小钱又算得了什么？这事他从没吭过一声，没向任何人提起过。

莉莉在家里经常发火，包括对父母，唯独很少冲布小朋发火。她不高兴的时候，别人谁劝也没用，布小朋劝几句，她很快就会安静下来。有一次，刘主任对康司令说："如果小布是个干部，多好啊。"

"怎么了？"康又汉问。

"他是个干部，就可以和莉莉谈对象，他们两个很合适，你没看出来吗？"

"卤水点豆腐，一物降一物。莉莉听小布的，他们是很投缘，很合适。"

问题是，布小朋还是个战士，到年底，即使改了志愿兵，说到底还是个战士，在驻地找对象不允许且不说，司令员的宝贝女儿找一个志愿兵做老公，康家的面子上实在过不去呀。基地常委的孩子，个顶个的，找对象基本都是门当户对，那些级别低一些的师、团级干部，也没听说谁家的姑娘嫁一个志愿兵的，最次的也得嫁个军官，哪怕是个有点残疾的姑娘，也得嫁个干部。让康司令漂亮的女儿找一个志愿兵嫁了，那一定会成为全基地人人传诵的大笑话。

康家，没一个人会同意。

这事，没人敢提。康司令夫妇也就是随便说说而已，不能当真的。

康莉这么好的个人和家庭条件，追求者众多。从省、市领导的孩子，到基地其他领导的孩子，再到龙城其他驻军单位领导的孩子，包括在北京总部工作的年轻干部，不少人打过莉莉的主意，莉莉如果在康司令离休之前找对象，可以随便挑，即使是康司令离休了，她仍然可以随便挑。

但是，莉莉找对象的事，一直没有动静。康又汉夫妇问不得，劝不得，说不得。

有一天，莉莉问布小朋："孟广俊这人怎么样？他说他认识你。你应该了解他吧？"

布小朋说："我们一入伍就在一个班，当然很熟悉。"

"他人怎么样？"

"怎么说呢？"

"直说。比你怎么样？"

"比我强多了。"

"强在哪？"

"他比我有本事，比我有能力。"

孟广俊军校毕业后回到老单位警卫一连，当司务长，他当着众多炊事员的面表演刀功，不慎切破了手，到803医院外科处理伤口，是康莉为他包扎的。包扎好之后，输了一瓶液体，他就有机会和康莉聊天说话了。言谈之间孟广俊谈起布小朋，谈起康文定，这些都是熟人啊，熟得不能再熟了，他便和康莉有了亲近感，感觉和康莉有了共同语言。知道康莉爱吃水果，他费了九牛二虎之力搞来进口的美国蛇果、提子等高级水果，送到医院，这些进口水果康莉以前竟然都没有吃过，偌大的龙城，仅有一两家高级酒店卖这类昂贵的进口水果，也真难为孟广俊了。

康莉这天收到了孟广俊的一封情书，感觉事情有点不对劲了。她一定要布小朋说说对孟广俊的看法。布小朋只好说："他现在虽然只是个司务长，但他有前途。我认为他前途不可限量。"

"他追求我了。"

"……我看出来了。"

"跟他会怎么样?"

"他能让你过上好日子,衣食无忧。"

"我现在日子难道不好吗?我现在缺吃还是缺穿?我这辈子图吃,还是图穿?"

"……"

"男女之间,一定要有爱情。没有爱情,一切都无从谈起。你还没谈过恋爱吧?"

"没有。"

"记住,爱情永远是第一位的。"

康莉说完就上班去了。自然她和孟广俊的事情没了下文。

孟广俊在路上碰到布小朋,主动谈起他追康莉的事,他一点也不避讳。孟广俊这人有不少毛病,但也有不少优点,主要的一个优点是他很直爽,用后来的话说就是爽快,爽,他表里如一,想什么说什么,和他打交道,不感到累。孟广俊说:"咱没地位,人家不正眼瞧咱。"

"好像不是地位的问题,主要的是,她说她追求爱情。"布小朋说。

"爱情不是空中楼阁。谈爱情是有条件的,人混好了,要什么就会有什么。混不好,哪有什么狗屁爱情。"

"老孟,你很难过?"

"有啥难过的。自己不是那个料,人家瞧不上你,那是活该,谁也不要怨,就怨自己。好好混,以后有的是机会。"

孟广俊的心态和豁达令布小朋佩服,说:"老孟,你会找到如意的对象。"

"会的。哎,莉莉好像对你有兴趣,她和我聊天,说着说着就拐到你身上。她是不是心里有你了?"

这话把布小朋吓了一大跳,说:"怎么可能!她都看不上你,她能看上我一个大头兵？我算哪盘菜？别瞎说啊，传出去影响不好。"

布小朋说完赶紧走了。

十二

一九八四年十月一日上午，布小朋在康又汉家看电视，电视里播放建国三十五周年大阅兵的节目。宏大的场面，壮观的阵容，看得人热血沸腾，激情奔涌。康司令夫妇、康莉，还有康家的司机、炊事员，都专注地看着。康文定在单位值班，没有回家。

康司令问："看了阅兵式和分列式，你们什么感觉？"

布小朋说："太震撼了，很激动。"

司机小赵也说："很过瘾。"

康司令说："我们国家二十多年没搞阅兵了，这一回确实很不简单。但是，我得告诉你们，阅兵式上展示的所有装备，只有洲际导弹有点用，敌人害怕，其他的武器，都太落后了。"

康莉说："爸爸，别人都在兴头上，你来泼冷水，多扫兴啊。"

康司令说："我不能骗你们，我得说实话。这次大阅兵，乍一看上去，是挺唬人的。国内的人一般人只会看热闹，不会看门道。但是外国人会看得很清楚。我们展示的武器，就这款东风五号洲际导弹，有威慑力，其他的武器，将来打仗，基本都没用，都是摆设。"

众人都有些泄气。布小朋记住了东风五号这款导弹。后来他才知道，我国的导弹基本都是以东风来命名的，称为东风系列。

小赵说："分列式真带劲，我看到了两个熟人，是咱们基地的兵。"

这次基地派出八个兵参加阅兵，中途淘汰了两个，有六人参加了最后的正式阅兵，出现在今天的天安门广场上。康莉为布小朋打抱不平，说："布小朋应该去，他不比他们差。"

康司令、刘主任看着女儿，不说话。布小朋谦虚地摆摆手，说自己差远了，不能和人家比。康司令说："小布不是参加选拔了吗？他给淘汰了。"康莉说："爸你不懂，因为参加大阅兵就有提干的希望，所以竞争很激烈，得有人打招呼才行。你没给布小朋打招呼，他当然不会被选拔上。"

康司令一愣："你又瞎说。"

康莉说："谁瞎说了？我是听我哥说的，我哥也是选拔结束后才知道有这事。说是其他人都有人打过招呼。"

刘主任说："是啊，小布又错过了机会。如果他不提干，让他复员回去，太可惜了。"

康司令说："没人让他复员嘛，年底改志愿兵，他一样可以留队嘛。"

康莉不依不饶："怎么叫一样？提干是一辈子的国家干部，一辈子有保障，将来像你这样，当个司令也说不定。改志愿兵可能一辈子都没个出头之日，他很难翻身的。"

康司令不吭声了。

布小朋说："康护士，你别为我抱屈了，我能改个志愿兵，每月领工资，就很知足了。"

康莉说："你真没出息。"

康莉起身，上楼去了。

好好的气氛让布小朋提干这个话题给搅了，布小朋和司机小赵，以及炊事员小邱借故躲了出去。

刘主任说："老头子，你没看出来吗？莉莉老是替小布说话，她是不是真对他有意？"

康司令说："不会吧？多少条件好的人追她，她不动心，她会对一个战士动心，我不相信。"

司机小赵和炊事员小邱都是鬼精鬼精的，早看出来康莉对布小朋有意思。他们两个也是兵，也想提干，也干得不错，为什么康莉从来不为他们说话，单单为布小朋说话？这不是明摆着吗？

从康家客厅出来，小邱到厨房准备午饭，布小朋和小赵在营区转悠。小赵说："老布，将来你给首长当了女婿，别忘了我们啊。"

布小朋说："你千万别乱想，这怎么可能呢？我们跟人家差太远了，不合适啊。"

小赵说："只要莉莉愿意，谁也管不了她，没准你小子真有这个福气呢。"

布小朋说："别说这个了，绝对不可能……就是她愿意，我也不会同意。我心中有数。"

小赵换了个口气，说："老布，你说得也对，不该摘的桃是不能摘的，咱虽然在首长身边，但咱终归是个兵，有几斤几两，咱还是掂得出来的。"

康莉近来的确有些异常，她明显地憔悴了，有时一个人坐在那里发呆、发痴，喊她几声她都不应。有时莫名其妙地发脾气、扔东西。有时还流眼泪、叹气。有时偷着喝酒。布小朋发现过一回，没敢跟首长夫妇报告。

难道她真的对自己感兴趣，抑或爱上了自己？这事布小朋真是连想都不敢想啊。

但是他不敢想的事情，居然真的来了。

大阅兵第二天，康司令夫妇坐火车去上海方向游玩，他有个老部下，早年转业后，当了区长，眼看要到点了，下来之前请老领导到上海玩玩，看看改革开放后上海的新变化。康司令架不住老部下的劝说，咬咬牙带上妻子就去了。

康司令夫妇走的那天晚上，布小朋、小赵、小邱三人在康家待到晚上九点多钟，就离开了，布小朋和小邱回到了司令部勤务连，小赵回到了汽车连。晚上十点多钟，布小朋越想越感觉不对劲，因为一晚上都没见到康莉,她在楼上一直没下楼,而平时她要下来看电视的,她很喜欢看正在播出的电视连续剧《夜幕下的哈尔滨》。她会不会出什么事呢?布小朋想着,就离开了勤务连,临出门时,没忘了给值班的排长打了个招呼,说是首长家临时有点事,他去看看就回来。

布小朋有康家的钥匙。他打开小院的铁门,走进院子,看到二楼康莉的房间亮着灯,知道她还没睡。他打开楼门,打开客厅的灯,上了二楼,嘴里喊着"康护士"。但是没有回应。后来他想,当时叫上小邱一块回来就好了。小邱也在勤务连住,首长们身边的公务员、炊事员等服务人员,都住一个楼里。

布小朋来到康莉的房门前,敲了几下门,还是没有回应。他有些焦急,喊道:"康护士,你在吗?"他喊了几遍,仍是没回应。门是虚掩着的,他心里一紧,一咬牙推开了门。他有点傻眼,他看到康莉衣衫不整,躺在床上睡着了。床前的小桌子上,有一瓶打开的酒,喝下了约有一半。他犹豫一下,不知怎么办好,最后还是进了门。这是他头一回进康莉的闺房,房间里的女人气息令他有些睁不开眼,喘不动气。他轻轻喊道:"康护士,康护士,你醒醒……"康莉仍然没有反应,他有些害怕,担心她会不会死,他拿起床头的毛巾被,抖开,替康莉盖上。就在这时,康莉突然醒了,一把抓住了他。他吓了一跳。康莉醉意浓重,说话有点含混不清,她说:"你别走,你让我喝……"

他说:"康护士,你没事吧?我送你上医院。"

"我没事,你让我喝……"康莉坐了起来,松开抓住他手腕的手,去桌子上拿酒瓶。她拿在手里,往嘴里灌酒。不能再让她喝了,再喝就会出事,布小朋脑子里只有这一个念头。他去夺酒瓶,她不让,二人争了一阵,酒瓶最后到了他手里。她又扑上来夺,嘴里含混不清地说着什么,好像是说"我爱你"之类的情话,倒在了他怀里，他慌乱之中推开她。她又去抢夺酒瓶。他握在手里，为防止她再去夺，他举起酒瓶，咕咚咚把剩下的半瓶酒一口气灌了下去……

布小朋以前很少喝酒，在家时没有机会喝，来部队后顶多连队会餐时喝一瓶啤酒，平时他从不喝酒。他不知道自己的酒量，他更没喝过洋酒。康家的这瓶洋酒，比一般的白酒都厉害，半瓶酒下肚，没过两分钟他就不省人事，一头倒在了床上。康莉也随即倒下了。

布小朋醒来时，是第二天上午，在803医院的病房里。他和康莉都打上了吊瓶。醉酒不仅使他们的身体受到摧残，更使康家的名声受到严重影响。小赵第一时间把电话打到了上海，找到了康司令的那位老部下，老部下赶紧报告了康又汉、刘美芹夫妇。二人正在黄浦江上乘船游玩，听到这个消息，兴致立马没了。康司令得知二人没有生命危险，说："没事就好。我们继续玩。"刘主任却坚持要回龙城，她担心事态进一步发展，难以控制，她当然不希望自己的女儿找一个士兵。为此她曾特意交代司机小赵，有情况及时报告。哪想到一报告就是这么个爆炸性的重要情况，简直让人难以接受。两口子只好中断了行程，匆匆赶回龙城的家。

事情很快传开了，再经过一些人的演绎，就有些不堪入耳了，说是康司令家的闺女和公务员好上了，两个人趁康司令两口子不在家，喝酒鬼混，闹出了洋相，诸如此类。

康文定和警卫一连的连长来到医院，把布小朋接回了连队。布小朋知道自己惹了祸，对康文定说："康参谋，对不起，我不该喝酒的。更不该晚上进康护士的房间……"

康文定说："小朋你去的对，你喝酒也没错。如果你不进去，家里没人，莉莉一个人把那瓶酒喝完，她可能就没命了。你救了她，我们全家都感谢你。"

康文定的态度，令布小朋差点落泪。说到底，康文定还是最了解他。

康司令回来后，知晓了个中情况，他也没有责怪布小朋。管理处负责往首长家派勤务员，管理处长来到康家，征求康司令的意见，是不是换一个兵。康司令对管理处的处长说："还是让小布继续干吧，这个兵品质上是好的，我是放心的。"

　　布小朋却坚决不同意回来上班，他认为因为自己处置不当，已经给首长一家造成了后果，败坏了康护士的名声，他没有勇气再踏进康家的门。他反思自己的问题，觉得主要与喝酒有关，如果那晚他冷静一点，不去喝那半瓶酒，就不会有后来的事情。因此他下定决心，这辈子不再碰酒，他要做到滴酒不沾。喝酒误事，酒是敌人，是对手，他这一生要与酒彻底绝缘。

　　这时已到了复员摸底期间，连队对超期服役的老兵进行摸底，指导员问到布小朋时，他说："我还是走吧。"

　　谁都知道，布小朋是最不想离开部队的人。但是那个事情一出，他只有走掉，才能让康司令一家放心。他在基地一天，他们就会一天不放心。

　　不久前，他当班长时候的副班长安学东，从深圳给他来了一封信，劝他不要再在部队干了，年底复员来深圳吧，那边机会很多，挣钱比较容易。安学东是去年退伍的，自己办了个小公司，搞安装工程，干了不到一年，已经买了车，买了房，找到了女朋友。他给安学东回了信，同意去深圳，请他帮助联系个工作。布小朋不是因为那边挣钱容易，而是没地方可去。家乡回不去，姐姐没脸见，他还能去哪里呢？

　　布小朋向连队递交了要求复员的报告。

十三

　　龙城火车站，站台上，一年一度的为复员老兵送行的场面照例感人，人人眼里含着泪光，卸掉了领章帽徽的老兵，很多人哭红了眼。当兵几年，尽管对部队，对干部有些意见，但到了分手的时候，战友之情，留恋之情，还是像一颗子弹，击中了他们的心脏，让他们永远忘不掉这份伤痛。

布小朋拿着车票，上了第十二节车厢，找到了自己的座位。龙城没有直达深圳的车辆，要到上海转车。他望着车窗外，此时他最想见的人，就是康文定、康莉，还有康司令夫妇。当兵六年，他感觉最亲近的人，就是康家人了。另外还有孟广俊。他和孟广俊是在营区道的别，孟广俊要忙伙食，不能到车站来。康家人他一个也没见上。他觉得，以后可能永远都见不到康家的人了，内心不由一阵伤感。

他坐在临窗的座位上，闭上眼睛，希望快点发车，车子一动，他得好好合计合计以后的事情了。似乎快开车的时候，迷迷糊糊中，他听到有人喊他。他以为是错觉，睁开眼睛，才发现果真有人在喊他。站台上，康文定急乎乎地问一个干部："见到布小朋了吗？他在哪个车厢？"

车窗本来就是打开的，为的是人们告别方便。布小朋急忙伸出脑袋说："康参谋，我在这儿。"

康文定看到了他，笑了笑："赶紧下车，跟我走。"

布小朋一愣。康文定给他使眼色，示意他，不要说什么，赶紧下车跟他走。布小朋在人们的注视下，拿上东西下车。他刚下车，车门就关上了。康文定给几个送行的干部解释说："布小朋坐错车了，要换下一趟车。"

康司令的伏尔加牌小汽车停在出站口。布小朋跟随康文定坐上车，车子往基地的方向驶去。布小朋已经隐约猜到了什么，但他不敢问，他的心扑通乱跳，不知道等待他的会是一种什么样的结果。

就在这几天，康司令一家人为布小朋操碎了心。事情的起因是，康莉发现一批战士来医院体检，她一打听，是参加大阅兵的那几个战士要去总部所属的 B 基地，参加提干前的突击培训，为期半年。但是她看到有几个面孔并不是参加大阅兵的人，而是首长家的工作人员。她回家把这个情况给父亲说了。康又汉说："你管这个干什么，与我们没关系。"刘美芹说："什么没关系？小布你不管了？白让人家侍候你一年多。"康莉说："布小朋应该提干。他提了干，我的事情你们就不用操心了，不是吗？"她甚至威胁父亲："如果不帮他，让他走掉，我跟你们没完。"

　　刘主任意识到，布小朋如果成了干部，招他当女婿，一切都顺理成章了。她知道老头子固执，退下来了，更不愿低下头去求人。她让康文定悄悄去打听。康文定通过干部处的熟人很快打听到，确实有一批战士直接提干的名额下到了基地，以那六个参加大阅兵的人为基础，再补充几个一线部队的骨干。像这种事情都是常委掌握，一般人是摸不清头绪的。那六个参加阅兵的战士，有三个他们的家在北京或者上海那样的大地方，家里有背景，不愿意留队，主动放弃了提干的机会，这样就空出了几个名额，因此，首长身边的工作人员就等来了机会。

　　刘主任催促康司令找马司令、张政委解决布小朋的问题。康司令硬着头皮去了。张政委说："上级有要求，几个名额给一线部队的班长和骨干。"康司令说："不对，你家的司机也去体检了。"把张政委给顶了回去。马司令前些年一直给康又汉当副手，最清楚老首长一辈子正直，很少为自家的事争长论短，难得张一回口，觉得应该帮一下老首长，说不定这个布小朋是康家看上的女婿，更应该促成这个好事，于是就和张政委商量，给布小朋一个名额。但是政治部主任说，布小朋超龄了，上级规定战士直接提干年龄不能过二十五周岁，布小朋眼看二十六周岁了。张政委拿这个理由去堵康又汉："这回不能怪我们了吧？"康又汉犟劲上来了："给他改档案，改成二十五岁，这样的事情以前不是没有人做过。"康又汉郑重提出，只要他活着，今后他不会再因为自家的任何事情给组织上出难题找麻烦，这是最后一次。

布小朋的问题，就这样解决了。

伏尔加轿车没有回基地，而是开到了一个背街的咖啡馆，店名怪怪的，叫"梦回昨天"。这地方布小朋以前来过，有一回康莉在这里喝醉了，布小朋带车来把她拉回家的。康文定说："小朋你进去吧，最里面的108包房。"

康莉一个人坐在里面等他。《二泉映月》的乐曲，在空气里缓缓流淌，像有水在流动。窗帘是拉开的，阳光斜射进来，照在她苍白的脸上，看上去有些虚幻。近一年来，她经历着炼狱一般的情感生活。科里来了一个博士，特招来的，他是基地有史以来第一个博士，温文尔雅，风度翩翩，她竟然爱上了他，爱得死去活来。要命的是，博士有老婆，有孩子，但是爱情在她眼里是至高无上的，她执著的爱终于打动了博士，他们一同陷入了爱河。博士答应她，二人脱军装，然后一同出国。计划总是没有变化快，博士变卦了，开始躲她。她一下子坠入了深渊，几乎失去了生活下去的勇气。她和哥哥康文定最大的区别在于，哥哥在感情问题上拿得起放得下，什么都能看得开，她不行，她难以自拔，死的心都有了。这一年，没人知道她经历了怎样的煎熬，如果不是布小朋无意中的细心照料，她说不定真走了绝路。布小朋正直诚实，做事稳重，没有常人常有的功利心，这个农村来的孩子，让她渐渐走出了泥潭，她决定帮他一回。

多年之后布小朋才把这几天康家人所做的事情弄清楚。现在他只知道一个结果：他留下了，在最后一刻，他搭车要到B基地去参加为期半年的集训，然后就端上了铁饭碗，一辈子有保障了。康莉说："不要想太多，我们之间只有友谊，没有爱情。我没有爱过你，以后也不会爱你，你理解吗？"

布小朋心里既感动又忐忑，他和康莉之间，的确什么也没发生过，在别人眼里，他们有走到一起的可能，但那只是假象。他也不是一点没动心，莉莉那天晚上扑在他怀里的那一刻，他有甜蜜的冲动，这算是他的初恋吗？也许有一点点，但一闪即逝。莉莉就用这个假象，帮他完成了人生最重要的一次跳跃，他的命运因此而改变，他不用再担心姐姐的责怪，不用再害怕见到姐姐，他在父母坟前立下的那个誓言，或者说那个梦，到现在才可以说梦想成真了。

他说："我理解。我知道我不配……你们这样帮我，我该怎样报答呢？"

"我这样做，是在报答你。"

"报答我？"

"对。是你帮助了我，我终于挺过来了。"

"不对。我是首长家的公务员，算是家里人，那都是我应该做的。"

"……好吧，如果你想报答，我给你指一条路。"

布小朋看着莉莉，等她说下去。莉莉端起咖啡杯，抿了一小口："布小朋，好好干，做一个像我爸爸那样的人。"

"我会的。"

"为了给你这个机会，基地领导违反了规定。你只要在部队待一天，就不能忘了这事，要报答，你就报答给你机会的领导吧，说到底，你还是报答部队吧。"

布小朋点点头："我记住了。"

"我们的事，到此为止。我父母那边，我去说。他们心里边，还想着招你做女婿呢，我会告诉他们，是我不想这么做，与你无关。安心去上你的学吧。"

布小朋鼻子一酸，感动得差一点落下泪来，他想不到莉莉考虑得这么细致，帮他解脱，替他担当，这就是恩人呀。他控制一下情绪，他不想让她看到他的泪水。他问："你打算怎么办？"

"我嘛，想换个环境，我想脱军装。"

布小朋一愣:"你想去哪儿?"

"国外。医院我不想再待了,兵也当够了,我想换一种活法。"

"你帮我留下,你自己却要走。"布小朋感到失落,心里空荡荡的。

"男人嘛,终归要干点大事。好吧,我们再见了。"康莉站起来。布小朋赶紧站起来。康莉伸出手来,布小朋犹豫一下,伸出手。二人的手轻轻握了一下。这是他们第一次握手,也是最后一次握手。从这以后,布小朋再也没见到康莉。

往外走的时候,眼泪还是从布小朋的眼眶里涌了出来。他想起康莉刚刚说过的话——男人终归要干点大事。他硬是把流到鼻腔的泪水,咽了回去。

第 二 章

一

半年的集训期临近结束时,学员队队长找布小朋谈了一次话,队长提出,希望布小朋留下来。B基地的这个培训中心虽然在北京郊区,但毕竟在北京呀,留下来,凭他的素质,很快就会调到总部机关去,发展的路子更宽一些。布小朋谢绝了队长的好意,让他就这么离开A基地,他是无论如何做不出来的,那里有他的牵挂,有他的留恋,有他的根基。集训班的课程一结束,他就回到了龙城。

他提着行李,从正门走进大院。他看到哨位上,是两个陌生的面孔。才走了半年,感觉变化很大。值勤的那两个兵好像认识他,给他敬了个礼。他以前从这里进出,身份是个战士,以后就是干部了。军营对于战士,仿佛临时的家,而军营对于干部,就仿佛是长期的家,那感觉是不一样的。

布小朋先到老连队报到。连长告诉他,他将要接替孟广俊,担任司务长,孟广俊要调到基地机关干部食堂担任管理员,那个位置更重要。孟广俊已经把自己的房间腾了出来。他一进去,孟广俊一把抓住他的手,说:"我早知道你小子会提起来的,攀上康家这棵大树,谁也挡不住你。以后多多关照啊。"

布小朋半年前离开的时候,是悄悄走掉的,上边怕知道的人多,有副作用，特意嘱咐不要乱讲。布小朋当初没和孟广俊道别，很多认识的人，都以为布小朋复员走了。

现在他们的身份是一样的了。曾几何时，孟广俊在他面前有一种优越感。孟广俊从布小朋身上得出一个结论：要想混好，得抱一棵大树，这棵树越大越好，大树底下好乘凉，大树虽然挡住了阳光，但也遮蔽了风雨。他现在虽然顺风顺水，但他并没有抱上一棵大树，布小朋提干比他晚一年，以后超过他，应该是很轻松的事。

布小朋到机关大楼去找康文定。和康文定一个办公室的人说："他早不来上班了。"布小朋问："为什么？"对方回答："他打了转业报告。"

这时候，裁军一百万的消息已经传开了，各部队都是人心惶惶，似乎人人面临走与留的抉择，想留的人怕走，想走的人怕留。难道康文定想借大裁军一走了之吗？布小朋到机关单身宿舍找他，摸了半天，才在黑乎乎的楼道里找到康文定的房间。敲了半天门，门不开，里面好像又有什么动静。布小朋转身要走时，门打开一条缝，康文定露出半边身子，说："我猜就是你。进来吧。"

布小朋进了门，一愣。床沿上坐着一个女孩，头发长长的，披散着，若隐若现露出一张白净的脸蛋。康文定说："我女朋友姗姗，艺术学院的，我们很快要领证办喜事。"

"祝贺啊。"布小朋说。康文定以前不知说过多少次，他要和某个女孩结婚了，最后总是没结果，别人也就不当回事了。他是单身汉，有权利谈女朋友，尽管一些老同志对他不停地换女朋友看不上眼，有人背后说，幸亏康文定在部队，如果在地方，八三年严打，他早进去了，搞不好给押去劳改了。

"随便坐吧。"

布小朋在椅子上坐下了。

"姗姗，这是我的兄弟布小朋，他刚回来，我们好好聊聊，今天不留你了。"

姗姗站了起来,礼貌地冲布小朋笑一下,带着一阵香风,出去了。康文定关上门,在布小朋对面坐下。布小朋急切地问:"怎么你想走?大裁军我们基地要走很多人吗?"

"我走与大裁军没关系。我听说咱们基地不但不裁人,还要加强,以后新武器试验、训练任务会越来越重,基地的地位会越来越重要,你回来对了。"

"可你为什么要走?"

"我留下还有什么必要吗?和我一块入伍的干部子弟,基本走光了。如果不是我爸拦着,我早走了。"

"文革"期间,一大批干部子弟涌入部队,一是逃避上山下乡,二是受到政治冲击的老干部,想办法让孩子躲到部队来,穿上军装就等于打上了保护伞。改革开放之后,可以上大学了,可以做生意赚大钱了,可以凭关系倒卖批文,拿到手一个条子,一转手就是一大笔钱;还可以出国开洋荤见世面,路子宽多了,还窝在部队干什么?当兵毕竟太不自由,发财机会也不多。南线战争之前,就有一批干部子弟闻风离开军队,后来走掉得更多,这些人是春江水暖鸭先知,总是走在别人前面,引领风气。康文定当年为了不下乡,才入伍的,早期很顺,后来接二连三地不顺,仕途堪忧,康司令又退下来了,他想离开,除了康司令不痛快之外,其他人都是嘴上挽留,内心希望他早点走。

康文定说:"别为我惋惜,我不适合在部队干。你不一样,你能干好,这里适合你。"

布小朋说:"我是你领进门来的,你一走,我还真有点不舍。"

康文定说:"师傅领进门,修行在个人,以后自己的路自己走,我到地方上混,你在部队干,多少年后咱们回头看看,谁干得好。"

布小朋说:"可以。"

康文定说:"我爸对咱们基地有感情,他希望我好好干,将来接他的班,他这个愿望落空了。小朋,以后就看你了。"

布小朋说:"我勉勉强强提了干,一个全基地最不起眼的小干部,我能接他的班?你笑话我吧?"

康文定表情严肃,说:"接班,并不一定要你当司令。你只要干好,别让老头子失望就可以。"

布小朋点了点头。

他们又谈了点别的话题,布小朋希望他说说莉莉。康文定仿佛看穿了布小朋的心思,说:"你不想知道莉莉吗?"

"她怎么样了?"

"她已经到美国了。"

"她还好吧?"

"好不好只有她自己知道。我这个妹妹,看文艺书看多了,非要找什么爱情。世上哪有什么爱情呀?有的只是新鲜感,新鲜劲一过,就没爱情了。"

这个话题,布小朋没有发言权,他只有听着。

"莉莉不听我的,你们其实是很般配的一对,我做过工作,她就是不听。"

布小朋头一低:"我配不上她。"

康文定顾自往下说:"她追求什么狗屁爱情,碰壁是少不了的,爱情是一场病。她早晚会明白的。"

布小朋在康文定的房间待到快要吃中饭的时候,才告辞出来。下午,他出了南门,沿着盘山道往龙山上走去,路边的景物是那么熟悉,当初陪康司令上山的情景历历在目,他的心情与先前已大不相同,现在他是兴致勃勃的,未来的一切似乎都很美好。上到龙山顶,他望着斜阳下的基地大院,偌大的营盘仿佛是一个怀抱,一个召唤,值得他一辈子投身于此。

年初，康又汉一家搬离了基地大院的首长住宅区，搬到了龙山西麓的干休所，他和老伴将在这里度过余生。干休所有几十栋新盖的红色小楼，把基地的离休老干部都收容了进来，有军级、师级，也有团级，每家根据职务的高低，住房面积大小不等。康又汉在这里职务是最高的人之一，住房条件应是最好的，家里有一个院落，半个篮球场大小，刚刚栽种了一些树木。布小朋来到康家门前，摁了门铃，一个新兵过来开门，是康家新换的司机小巩，他见过布小朋的照片，一下子认出了他，说："布班长，首长经常念叨你，盼你回来。"

布小朋跟小巩来到客厅，他看到家具还是以前那些，基本没添什么新的，沙发坐上去硌屁股。刚落座，康司令从卧室出来，进到客厅。布小朋赶紧站起来敬个礼："首长好。"

康又汉打量着布小朋，说："精神多了。坐吧。"

二人落了座。康司令问布小朋回来干什么。布小朋说，干财务，先当司务长。对这个安排，布小朋不太满意，他在集训队学的就是财务专业，而他内心本来想学军事，他不愿意干财务，他不像孟广俊，对财务那么感兴趣。集训队可供选择的专业并不多，都是临时性质的，大家的目的为了提干，对专业并不挑剔。康司令听后说："学什么并不重要，本来就是走过场的，关键是回来干什么。干财务很好啊，你可不要小瞧这个，你得好好干，将来当基地的财务总管，把好关，不让小子们乱糟蹋钱。"

康司令把这个事情看得很重，他在位时，常委会上争论最多的无非两件事，一是人事，二是财务。他说："当领导，权力体现在哪儿？一是人事权，二是财权。官越大，这两个权也就越大，把这两个权用好的领导，基本就是个好领导，否则就很难说是个好领导。"

因为两个儿女的不争气，康司令近来很郁闷，尤其是他寄予厚望的儿子非要退出现役，一事无成，让他感觉康家在部队的根子被拔除了，他认为儿子干啥啥不行，都是刘主任惯的。

现在他从心里又把希望转移到布小朋身上，见了布小朋，他流露出高兴的神色，话也多了起来。看到布小朋缺乏自信，他启发说，自己当年就是一个地主家的小崽子，只读过两年私塾，谁能想到自己这样一个人，后来能够当上我军一个大基地的司令？一切事在人为，机会是均等的，就看自己是不是努力。他说到军队的问题，认为主要在两个方面，第一是缺钱，第二是乱花钱。我军四百万人的庞大军队，军费少得可怜，人均费用与先进国家的军队差太多，在世界上排名一百位之后，只能维持，很难发展，遇到大的战争，搞不好会败得一塌糊涂。毛主席在的时候，人们还有一种顶天立地的劲头，天不怕地不怕，现在这种劲头大不如前。他说："本来钱就不多，再乱糟蹋，更麻烦。就说咱们基地，有的领导，只知道往自己腰包里装钱，他有私心，工作能干好吗？钱能管好吗？不可能啊！"

康司令说的"有的领导"，布小朋心里明白，他是指后勤部长李长水。康司令在位的时候，感觉还能限制他，他一退下来，就难说了。除了前面说的首长住宅区翻盖工程已经上马之外，又有几项工程，他觉得不该上，比如办公楼前的花坛，明明有一个，非要拆掉，搞新的，光设计费就要几万；听说还要换车，常委都换新轿车。军费本来捉襟见肘，用钱的地方很多，你这么折腾，怎么得了啊？现在，像李长水这样的人，成了康司令的一块心病，每天都要念叨。刘主任劝他："不在其位，不谋其政，你操这个心干什么？你给气出病来，去803住院，还不是得浪费军费？"

退下来的老干部发发牢骚，再正常不过，康司令和别人的不同在于，他对布小朋这样的年轻人寄予了希望。这天下午，他们谈了很长时间，康司令告诉布小朋，一师的副参谋长顾玉成前几天来过，顾玉成曾经是康司令的司机，是他一手培养起来的。顾玉成说是准备弄几棵上好的树苗，银杏、玉兰、枫树之类，栽到院子里，他这个院子没一棵像样的树,都是盖干休所时随便种上的柳树和杨树,没一棵树是值钱的,被他给拒绝了。弄得刘主任不高兴,说:"你看看,谁家不是在种树种草种花,就咱这个院子冷清。"

干休所有几套房子空着,是给尚未离休的几个基地领导预备的,有张道刚政委一套,李长水一套,他们人还没住进来,院子已经收拾得像花园了,光是院子里的树,就值好几万,全是名贵品种,李长水家门口还弄了两个石狮子,张着大嘴,仿佛没吃饱。每天散步,康又汉看到它就不舒服,后来就绕着走,眼不见心不烦啊。

康又汉对布小朋说:"我不管别人,我自己得管住自己,我不能一边骂别人,一边自己乱来,顾玉成弄那个树,肯定要花公家钱,我不能要。我一辈子没伸手,到老了,更不能为这点小事坏了名声。"

布小朋颇为感慨,说:"首长,等我有空,我到郊区去,找农民买几棵树,我自己掏钱,这可以吧?我马上发工资了。"

"不行。"康又汉摇摇头,"你刚回来,不要在这方面动脑筋,还是先琢磨工作吧。"

布小朋没再坚持。

二人谈话的时候,刘主任一直没露面。她对布小朋有些看法,帮他提了干,他却没成为康家的女婿,而且女儿还脱了军装,干部身份也不要了,当战士复员的,说走就走,跑国外去了。她说:"忙活半天,沾光的是小布,咱们是赔了女婿又折兵。何苦来呢?"

"我是没地方可去。"送布小朋出来的时候,康又汉说,"如果能回老家盖个房子,我就不住这里,但是回不去了,一辈子没回去过,现在更回不去了。"

老首长不想和"有的领导"同流,更不想合污,他的孤独是注定了的,一生无解。布小朋走出好远了,康又汉还站在那里,夕阳下,远远望去,像一尊雕塑。

二

一年多以后，布小朋和孟广俊都成了家。

布小朋差点成为康家的女婿，当时在基地流传很广，不少人知道这事，他虽然还是个战士，名声已经足够大了。有的说他甩了人家，有的说他被人家甩了，反正他有点里外不是人，让他有口难辩。

当战士的时候，找对象提不上议事日程，提了干，立刻就成为大事。因为和康莉的事曾经闹得沸沸扬扬，布小朋后来在找对象的事情上一直很低调，他有点后怕，一听说给他介绍干部家的姑娘，他当场就拒绝人家。

孟广俊恰恰相反。孟广俊一直瞄着领导家的姑娘，普通人家的姑娘坚决不找。他认为这是人生的一个重要机会，既然自己的老爹不争气，不能给自己带来福分，那么，找一个有本事的老丈人，等于给自己插上了翅膀，古代的书生想当状元，不就是想给皇帝当女婿吗？有些人混得好，不见得是他干得好，而是他机会抓得好。找对象，就是一个很重要的机会，老天爷给的，人人有份，他不想随便打发掉，最好找个军级老丈人，实在不行，也得是个师一级的。

孟广俊是个有心人，他把基地现任领导，以及基地所属的几个师级单位的领导，谁家有待嫁的姑娘，都一一打听到，记在小本子上。他在机关食堂当管理员，接触机关干部多，消息灵通。另外，机关干部食堂与基地首长就餐的小灶紧挨着，他很快和小灶的管理员老胡拉上了关系。老胡大名胡德强，其貌不扬，但神通广大，干了七八年小灶的管理员，可以说在基地手眼通天。老胡帮他牵了两次线，第一个是一师王师长家的女儿，第二个是二师杨政委家的女儿，但人家都没看上孟广俊。孟广俊虽然嘴巴好使，能说会道，脑子也不赖，可他个头矮，充其量一米六五，而且他有点发胖，小肚子挺了起来，两次见面，都因为他形象不佳，打了水漂。

在职的师以上领导家，没有合适的目标了，孟广俊退而求其次，从已经离退休的干部家庭找起。终于，老胡帮他介绍成了，对方是三师副政委刘其林的女儿，在基地幼儿园当老师，长相尚可，性格不错，中专文凭。让孟广俊感到遗憾的是，刘其林上个月办了退休手续，而且只是个副师，职务低了点。老胡劝他："老丈人官小点也好，你没压力，再说也容易超过他，你将来混个正师以上，他们家不就得看你的脸色了吗？"老胡是老江湖，既然他这么说，孟广俊一咬牙，这事就这么定下来了。

星期天中午，孟广俊在一家有名的川菜馆请女朋友刘娜吃饭，刘娜把她的初中同学邱梅叫上了。邱梅在基地通信团当技师，副连级，一个很文静的姑娘，平时不爱说话，也很不起眼，她和刘娜是闺蜜，孟广俊头一回和刘娜见面，就是邱梅陪着去的。孟广俊往外走的时候，碰到了布小朋，他想在布小朋面前炫耀一下，同时他也想撮合一下布小朋和邱梅，非要拉布小朋一起去。布小朋拗不过他，跟着去了。

四个人在一个小雅间吃饭，孟广俊叫了一桌子菜，还要了一瓶茅台。他发现爱喝酒的首长基本都喜欢喝茅台，就觉得喝茅台有面子。布小朋滴酒不沾，不论孟广俊怎么劝，坚决不喝，两个姑娘也不喝，那瓶酒让孟广俊干了大半瓶。布小朋就是从这时发现孟广俊有酒量，有喝酒的才华。孟广俊喝酒实在，从不使奸耍滑，这也使他在酒桌上获得了好名声，成为他一步步走向成功的群众和领导基础，和他一块喝过酒的人，基本上都很服他的气。他有他的喝酒理论，战争年代打仗之前，如果有条件，都是先灌一顿酒再上阵，借着酒劲上战场，人不怕死，有血性，死了也不亏，毕竟不是饿死鬼。什么鬼最幸福？风流鬼和酒鬼，什么鬼最可悲？饿死鬼。

布小朋暗自算了算，一瓶茅台酒加上一桌子菜，加上饮料，得四十多块，顶上一个排长半个月的工资了。孟广俊还没完，嚷嚷着又要加菜。布小朋不干了，说："老孟，今天要花你半月工资，你是大财主吗？"

"嗨，开张发票就结了，多大点事呀。"

"开发票？"

"是啊，怎么了？"

"你今天是个人请客，开发票干什么？"

"你是装糊涂啊？还是真糊涂？"

"我不糊涂。"

"我们当司务长、管理员的，不就这么点方便条件吗？你还说你不糊涂。"

这就是布小朋和孟广俊最大的区别了。布小朋从不在外面请客吃饭，当然也没有什么发票。不仅如此，他对来往账目盯得紧，但凡买值钱的东西，他从不让上士一个人去，他亲自去，或者派两个人去，连队的领导偶尔在外面喝顿酒，拿回发票来，想让他报销，他给顶过两回，以后就没人再给他塞发票了。以前常有连干部到炊事班拿油、拿肉、拿菜，他当司务长后，弄了个登记本，谁拿东西谁登记上，写得清清楚楚，这么一搞，谁还敢拿？因为没有漏洞，警卫一连的伙食是最好的，几次检查都是最好。战士吃得好，吃得饱，训练就有热情，干部说话就有人听，年底评上了司令部的先进单位，据说连长指导员都要因此高升了。

没想到邱梅站了出来，说："孟管理员，你请女朋友吃顿饭，还要开发票报销，显得心不诚是吧？自己掏不起吗？"

刘娜赶紧说："就是就是，孟广俊今天就得自己掏腰包，别占公家便宜。"

孟广俊喝下一杯酒，放下酒杯，痛快地说："没问题！这点小钱还掏得起。老布，就你正派啊，咱佩服。"

邱梅端起饮料，要跟布小朋碰杯，感觉他们胜利了。二人碰一下杯，笑了笑。邱梅的父亲是基地的职工，当了半辈子炊事员，她父亲最反感干部们到食堂拿东西，她从小受父亲的影响，看不惯这类事情。父亲早早就退休了，家里只住两间小平房，在基地大院最西北角的"贫民区"长大，属于基地最下层的家庭，但她觉得父亲正派，值得尊敬。因此，这天布小朋给她留下了很好的印象。

吃完饭，两个姑娘先告辞走了，孟广俊到前台结账，布小朋不放心，跟他过去。孟广俊付完账，服务员给他写发票，他摆摆手，说算了。服务员感到奇怪，看样子孟广俊常来。回去路上，孟广俊说："老布，干脆你调到纪委算了。"

布小朋说："今天我让你没面子，你如果听我的，将来会感激我。"

孟广俊给他弄得哭笑不得。像布小朋这种人，他没有更多的心计，有话都说在当面，不会背后坏别人的事，而且他说话办事都一致，不像有些人说一套做一套，所以孟广俊不会生他的气。他说："以后吃饭不叫你了。这是第一。第二，你和邱梅倒是蛮合适的一对，正经——不是假正经，是真正经。真是少见。"

布小朋笑笑，说："老孟，我是把你当朋友，当铁哥们儿，才多管这种闲事的，你理解就好。"

"我理解。我也想劝你一句，像你这种不开面的家伙，绝对混不好，不出几年，你就得给撵转业，等着滚蛋吧！"

"哎哎老孟，那可不一定。"

"不信走着瞧。你知道吗？你们连的干部，对你意见大着呢。"

"我知道。我觉得他们应该感谢我，我把伙食搞得好好的，他们当领导的，省多少心啊？"

"省心是省心，可你也给人家添堵。"

孟广俊扔下这话没多久，布小朋提拔了，当上了副连长。他只当了不到一年的司务长，走在了踌躇满志的孟广俊前头，让孟广俊有点傻眼。布小朋获提，一是他干得确实好，别人没话说，二是让他挪个地方，换个人当司务长，大家也都方便点。

这时候，在孟广俊、刘娜的热心撮合下，布小朋和邱梅的恋爱关系也确定下来了。邱梅有一天突然来到布小朋的单身宿舍，巡视了一番，点点头说："我信了。"

"你信什么了？"布小朋有些莫名其妙。

"都说你是个铁公鸡，谁也别想从你手里占公家便宜，你对别人那样，对自己也那样。今天我信了。"

原来邱梅在屋里转了两圈，逡巡一番，除了看到公家配置的桌椅床铺和军服鞋袜之外，没看到一件可疑的物品——没有一个苹果，没有一个鸡蛋，没有一双筷子，没有一个碗，没有一个酒瓶。屋里干净整洁，完全是不食人间烟火的样子。她在其他连队的司务长房间，见到过一堆堆的碗碟、酒瓶、鸡蛋面条、鸡鸭鱼肉。明白邱梅的意思后，布小朋笑了，说："我敢对别人那样，我自己首先得做好，不然底气哪里来呢？不是自己的东西，只要忍着不动心，不伸手，是能做到的。"

邱梅说："我爸说了，一个人不伸手，才让人放心。过日子图个平安，有了平安，就不图别的了。"

布小朋说："我也听康司令说过类似的话，不伸手，这一点太重要了。不是一家人，不进一家门，你觉得我，行吗？"

邱梅转过身子，背对着布小朋，说："咱们的事情，定下来吧。"

这可能就算是人们常说的有共同语言了，他们的婚事，就这么定下来了。

年底，他们结了婚。双军人，公家给分了一间房子，在筒子楼里。那时候也不兴大操大办，在走廊里用煤球炉做了几个菜，一群战友简单聚了聚，事情就过去了。

差不多同一时间，孟广俊和刘娜也把婚事办了。孟广俊有办法，搞了两间房子，还在饭店办了十几桌酒席。布小朋问邱梅："你羡慕老孟两口子吗？"

邱梅说："不羡慕。刘娜爸爸当过副师长，算是高干，她家得要个面子。我爸爸是普通职工，用不着摆那个谱。"

三

一晃五年过去，这期间国际国内发生了很多大事，国际上最出名的有，一九八六年墨西哥世界杯，马拉多纳称王；八十年代末到九十年代初的东欧剧变；苏联这时也闹得很厉害，解体势在必行。

八十年代中期，尽管军费不足，部队的发展变化仍然是看得见摸得着的。武器装备方面，没什么大变化，基本还是老一套。A基地由于经费紧张，正在研制和试验的几款装备停下来了，部队没有新装备列装，只能用老装备维持一般的训练。

A基地看得见的变化，主要是新盖了几栋房子，新修了几条路，基地第一招待所（简称一所）翻修工程正在热火朝天地进行，每天夜里拉建筑材料的大卡车从西门进出，夜晚的营区像白天一样热闹。

对于一所的重建，老干部有意见，尤其是康又汉，见了基地领导就唠叨，说那么好的房子你们重新装修一下就行，用不着推倒重盖，那是我们当初按苏联专家的设计建造的，比龙城市委招待所还气派，你们给推倒，太可惜。弄得好长一段时间内没人敢去看他。

这五年，基地的领导层，差不多换了个遍，司令马玉斌还在，政委张道刚和李长水都退了，李长水退休前的职务是基地副司令，副军职，挂上了少将军衔。康又汉曾经和老伴刘美芹打过赌，康又汉认为，李长水在基地领导层里，名声最不好，他提不了副军，刘美芹说："他是后勤部长，能量大得很，他想提就能提。"果然让刘美芹说准了，李长水即将满五十五岁，在后勤部长的位置上等待退休的时候，命令来了，他提了副司令，这就又可以多干三年。康又汉的判断力越来越差，刘美芹嘲笑他说："你这就叫跟不上时代，被时代淘汰了。"

张道刚和李长水退休后，住进了龙山干休所，和康又汉做了邻居。康又汉对这两个人不感冒，早晚散步，路上遇见，能不说话就不说话，能少说一句就少说一句。

布小朋和孟广俊两家变化也不小。他们两家都搬进了两室一厅的旧房子，用上了煤气罐，家里有了彩色电视机。布小朋有了女儿布依，孟广俊有了儿子孟涛。刘娜和邱梅天天合计，将来两个孩子大了，两家搭亲家。

一九八八年授军衔，可看作是部队的大事。布小朋和孟广俊授了中尉。孟广俊问布小朋有什么愿望。布小朋说："将来成个中校，就知足了。"孟广俊嘲笑他，没有雄心壮志。布小朋问："你的目标呢？大校？"孟广俊说："低了。"布小朋吃惊："少将？"孟广俊说："低了。中将。"

布小朋感到，孟广俊简直是痴人说梦，茅台酒喝多了，脑子喝出毛病了。孟广俊说："人有多大胆，地有多大产。兵有多大胆，官有多大权。你连想都不敢想，能有多大出息？"

一九九〇年，布小朋已经是基地财务处的副营职助理，此前他当过连长，他带的连队伙食最好，战士干劲高。看一个基层单位的工作好坏，看伙食；卫生好坏，看厕所。这两样做好，工作上就省心。但他当连长刚刚一年，没来得及大展宏图，上级决定，调他到后勤部财务处当助理员。

据说是康又汉向马司令推荐的他。马司令去看康又汉，说起财务管理上出现的问题，康司令说："管财务的人，得是铁管家，不把人选好，钱就管不好。"康又汉向马司令推荐了布小朋，说这个人可以放心。就这样，布小朋换了单位。

布小朋在财务处负责预算方面的工作。孟广俊认为他受到了重用,很羡慕。但是上班没多久,布小朋就发现,报预算时,每个单位,每个项目,都是朝大了报,本来十万的项目,往往要报二十万、三十万;本来不该立的项目,也要想办法立,目的就是多要经费。布小朋和其他助理就得想办法往下压,或者砍掉。财务处的领导、后勤部的领导、基地分管后勤的副司令,包括司令政委,会上会下经常要求严格按照财务规定来,堵住漏洞,减少浪费,不能让某些胃口大的人或者单位得逞。一方面领导提要求,一方面领导又打招呼批条子,让某些单位达到了目的。同时,财务处还得按照领导的要求,想方设法、巧立名目到总部申请经费,那意思是,不要白不要,你不要,就会被兄弟单位要走,反正每年的经费得花光,你要不来钱,靠什么发展?单凭正常下拨的经费,远远不够。

　　布小朋作为一个小小的助理员,人微言轻,一点主都做不得,在财务处,他就是个摆设,无奈得很。不像在连队,很多事情他能说了算。在这里他能做到的,就是不吃请,不抽别人递的烟,不拿别人送的小礼物,本来他就不抽烟,不喝酒,他拒绝别人,显得很自然。虽然他死认真,得罪了一些人,但别人也说不出他更多的毛病,他的名声还不错。

　　孟广俊干得顺风顺水,职务上却总是比布小朋慢一点。胡德强获得提拔,当上了管理处的副处长,孟广俊终于干上了他梦寐以求的小灶管理员。他来小灶一年,花费超预算十三万。他到财务处报账,布小朋不干了,说:"老孟,你超得太多了,不能报。"

　　孟广俊没想到布小朋敢卡他,说:"老兄,你睁开眼看看,我这是小灶的账,不是机关干部灶。"

　　"哪个灶也不行,你不能乱来。"

　　"怎么是我乱来?以前老胡来报账,哪年不超个十万二十万?又不是我吃的,都进了首长们的肚子。"

"那也不行，得按预算来。"

孟广俊急了，指着布小朋鼻子："你一个小助理员，吃了豹子胆，敢卡我。你脑子是不是进水了？你心里没数啊？"

布小朋也不跟他急，任你说什么，就是坐在那里不动。

"你等着，我去找你们翟处长。"孟广俊气哼哼的拿起架势，要往外走。

布小朋说："老孟，我知道我本人卡不住你，这个账早晚得报，但我得让你知道，你和你的灶违犯了财务制度，我卡你，是让你以后注意点。"

孟广俊说："既然你明知卡不住，你还要卡，那你就是个棒槌。"

孟广俊真去找翟处长了，果然不一会儿，处长就打来电话，让布小朋无条件放行。孟广俊转回来，叼根烟，看布小朋办结账手续，说："老布，看你们处长多会来事呀？你真不适合在这里干。这么好的岗位，你怎么不珍惜？这样子下去，哪天就把你调走了。"

布小朋说："老孟你哪天给首长说说，干脆把我调走，我本来就不想在这里干，整天生气。"

孟广俊说："要我说你还是少见多怪，习惯了就好。明年我还会超，可能超得更多，先给你打个招呼啊。"

孟广俊打着口哨走了。翟处长进来了，说："小布你卡得对，小灶真是不像话，感觉首长天天吃鲍鱼、海参，其实不是，我去看过，吃的也不是想象的那么高级，主要是外流太严重。"

布小朋说："只有一个办法把费用降下来。"

"什么办法？"翟处长很好奇地问。

"把账目公开。"

翟处长哈哈笑了，说："真要那样，我头一个打背包走人。超就超吧，咱基地就一个小灶，首长们辛苦，多吃点也正常。"

布小朋无言以对。

"以后遇到这样的事，该卡还得卡，最后我来把关。"翟处长说完就走了。布小朋心里明白，翟处长是想让他在前头顶着，把这份人情留给处长。

一九九一年初，龙城第一场雪飘下来的时候，发生了一件对世界军事影响重大的事件：海湾战争。布小朋坐在自家刚买的彩色电视机前，等着看美军碰壁。他以为美国人会血流成河，尸横沙漠，像朝鲜战争那样，死几万人，哪想到，光靠飞机导弹，就把萨达姆打晕了，陆军根本没出什么力，只在边境上小规模打了几仗。美军仅用远程火力，就重创了伊拉克数十万所谓的精锐军队。这让布小朋感到惊愕，完全不是他想象中的战争。美军首次将大量高科技武器投入实战，展示了压倒性的制空、电磁优势，像一个巨人打一个三岁的小孩子，这仗没法看了。饭堂里，上班路上，大家谈论这场战争，都觉得很乏味。

一天，康又汉让司机给布小朋打来电话，请他去家里一趟。他踏着尚未融化的积雪，来到康司令家。一进门，康司令就说："看到了吗？什么叫高科技，美国人给出了答案。"

布小朋说："我以前从没听说过还能这样打仗。美国人给我们上了一课。"

康司令说："就怕我们自己人不当回事。我问你，如果现在我们和他们打，会是什么情形？"

布小朋说："我们打不过人家。"

康司令说："为什么打不过？"

布小朋说："武器装备差太多。我们可能见不上美军的面，就稀里糊涂给干掉了。"

康司令说："你说了实话。"

说到武器装备，康司令认为，我们自己再不抓紧研究，差距会更大。他听北京上层的朋友说，上面认为自己研制不但费钱，而且费时，不如抓紧搞经济建设，等有了钱，去国际上买。他说："他们就不想想，好东西谁卖给你啊？卖给你的，都是二三流货色，你永远在别人屁股后面。"

布小朋说："现在清醒还来得及。"

康司令说："问题是很多人不清醒。"他早晨散步碰到老政委张道刚，张政委说："美国人净拣软柿子捏，和我们打打试试？他来个几十万人，我们每人一泡尿，都能把他淹死。"康司令说："问题是他不来。"张政委说，"他不敢来。"康司令说："他没必要来，他把巡航导弹打过来就行了，你的尿留给自己喝吧。"气得张政委直翻白眼，扭头就走。康司令还不罢休，追着说，"老张，幸亏你下台了，你要在台上，让你指挥部队，遇上打仗，你和电影里国民党的草包司令，有何区别？"

康司令说到这里，布小朋笑了笑。康司令不笑，说："武器装备落后点，不可怕，可怕的是思想落伍。我们这一茬老家伙说死就死，可能遇不上战争了，你们很可能会遇上，首先思想不能落伍啊。"

这是个沉重的话题，布小朋沉默了。

康司令突然又想起什么，问他："干财务有什么感觉？"

他答："很多钱不该花，但又不得不花，没用到正道上。"

康司令愣了一阵，点点头说："遇到大事你给我说，我找马司令。总之，不能让小子们太过分。到我这个年纪，他们会明白，不搂不贪就是福啊。"

四

海湾战争刚结束，A基地的一所也竣工了，标准对外说是按四星级标准建的。本来要请基地离退休的老首长过来参观一下，顺便请他们吃个饭，考虑到这些离退休的老同志有些人对工程有意见，马司令和刚上任的政委杨廷江一商量，还是不请了。现在地方上的改革开放方兴未艾，龙城到处都在大兴土木，高级宾馆、会所四处林立，几天不上街就会迷路，基地的一所是五十年代建造的，五层苏式楼房，连个电梯都没有，上级首长和机关的同志下基地，不少人对此有意见，提醒基地早点把一所搞一搞。老首长们离开岗位后，没有了工作压力，当然不明白其中的原委。一所是基地的门面，一个单位的门面不好，就好比开店，顾客来到门口就皱眉头，他就会躲着你走，你的货卖给谁呢？

基地大院的北门，也有人提出要重修，马路斜对面就是龙城市委大院南门，刚刚整修过，非常气派，而且有创意，门楼很高，比一般的大门高出很多，像是一座山门。据说市委找高人指点过，说是门楼高一点，可以压住斜对面的基地，运气自然会流到市委这边来。"文革"期间，基地和龙城市委——当时叫市革委会，闹得不愉快，双方还动过枪，死过人，虽然"文革"结束多年了，但双方还是暗地里较劲。

对于翻修改造北门的提议，马司令坚决反对，找个机会狠狠训了一顿营房处长，说是只要他在，谁也不要提修北门的事。北门对着天安门，哪能随便动啊？一动肯定出问题。马司令当然不便说，以前基地人才频出，不少人到北京当官，传说就与北门朝向有关，这样好的风水，你敢动，简直无法无天了。

杨廷江政委刚上来，什么都依马司令的主意，他坚决支持马司令，说："修北门的事，以后不要再提了。"

新一所启用后，迎来的第一个客人，就是总部的江副部长。江副部长是陕西人，最爱吃臊子面，有一碗好面给他，胜过七大盘八大碗。马司令让新任所长胡德强想办法，必须把臊子面做好，说："江副部长不爱大吃大喝，就爱这一口，这么点要求都不能满足他的话，你就让出所长位置，哪来哪去。"又说："这是一所第一次接待重要客人，不能办砸了。"

胡德强本来当管理处副处长，干得正起劲，用不了两年，也许就能接替处长位置。基地考虑到他搞接待有经验，非把他扒拉到一所当所长。这个位置天天提心吊胆，如履薄冰，很不好干，十件事里干好九件，有一件办不好，等于白干。接到马司令的命令，老胡找孟广俊商量怎么办。孟广俊是老胡点名要来的，把他从小灶要到一所当管理员，希望他关键时候能出点力。

按说做一碗臊子面并不难，关键是什么叫好，标准是什么。老胡说："江副部长说好，才叫好。我问了问马司令，马司令和他熟，马司令说，江副部长把一碗面连汤不剩地吃完，放下筷子笑了，就说明他满意。"孟广俊把所有的厨师集合起来，让大家自告奋勇。有两个厨师勇敢地站出来说，自己能行。孟广俊先让二人每人做一碗试试，做好了，他和胡所长品尝。品尝过后，决定让一个姓李的厨师再做一盆。为了放心，他和老胡商量，最好请马司令来品尝一下。

老胡去请马司令，去时以为马司令不会来，结果马司令真来了，而且把杨政委叫上一块来的。两位首长各自品尝了一碗臊子面，杨政委感觉还可以，马司令不满意，让老胡孟广俊告诉厨师，继续提高。厨师老李说，他就是这个水平了，没什么可提高的了。老李害怕做砸了，没法交代。

老胡打算开车到城里转转，看能不能找到专做臊子面的馆子，请个厨师过来帮忙。孟广俊说："龙城这地方，本来爱吃陕西饭的人少，这里的人爱吃鲁菜、川菜、上海本邦菜，你找也没用，白费时间。"孟广俊打算来个绝的，从西安请个高手过来。

老胡说："江副部长说到就到，怕是来不及了。"

孟广俊说："坐火车来不及，坐飞机。"

老胡说："可是，西安你又不认识人，你请谁呢？请来的人咱不了解，来了做砸了怎么办？"

孟广俊说:"我有后勤学校的同学在西安,我打电话请他给物色一个。"

老胡想了想,同意了。

孟广俊急匆匆往外走,在餐厅门口遇到一个小服务员,小服务员刚来没几天,开业后新招来的,他还叫不出她的名字。小服务员冲着孟广俊笑,有些莫名其妙。孟广俊说:"你笑什么?"

小服务员说:"孟管理员,看你们都愁坏了,不就是做一碗臊子面吗?我爸就会做。"

小服务员带一点陕西口音。孟广俊微微一怔:"你爸?他在哪儿?"

"在火车站那边开饭馆。"

"他真会做?"

"臊子面就是我老家的饭。"

"你老家在哪儿?"

"岐山。陕西岐山。"

孟广俊一听,眼睛亮了,臊子面的老祖宗就在岐山。他二话没说,拉上小服务员,奔往火车站附近她父亲开的小饭馆。她姓姜,她父亲的小饭馆开在背街上,生意很冷清。孟广俊让小姜先待在车里不露面,他一个人下车,进了小饭馆。小姜父亲四十多岁,正趴在桌子上睡觉,见来了客人,高兴得很,一会儿的工夫,把一碗热气腾腾的臊子面端了上来。孟广俊闻了闻味道,就感到比厨师老李做的要强许多,他挑起面吃了一口,心里立刻就踏实了,不用从西安请人了,就是他了。

江副部长到的那一天,孟广俊亲自带车过来请小姜父亲,把小饭馆里的各种食材、作料,乃至做饭用的铁锅,铁铲等炊具,一并带走了。晚上,基地常委全部出席,在一所的大餐厅——龙城厅宴请江副部长,没有上几个菜,因为江副部长反对大吃大喝,最重要的"节目",就是请江副部长品尝他爱吃的臊子面。成败也在此一举。面端了上来,众人都不下筷,目睹江副部长先吃。江副部长吃了两口,满意地点点头。马司令、杨政委知道成功了。果然,江副部长把满满一大碗臊子面汤汁不剩地全吃了下去,放下筷子,抹一下嘴,说:"我走了一路,你们这儿的臊子面做得最地道。"

马司令笑了,忍不住把做臊子面的过程讲给江副部长听。江副部长很高兴,特意让人把孟广俊和小姜父亲叫过来,握了握手,表示感谢,并合影留念。

临走时,江副部长答应给A基地拨款一百万。他的权限就是一年二百万的机动经费,他一下子给了A基地一百万。他说:"我看了,你们有些连队的住房条件需要改善,这点钱不多,凑合着用吧。"

谁都认为,这是那一碗臊子面的功劳,当然更是孟广俊的功劳。孟广俊以前不显山不露水,这一下子,立马让首长对他刮目相看。年底,提前给他调了个正营,捎带着立了个三等功。这下他就压过了布小朋。

大约两年后,孟广俊又立了一功,而且这一回更是非同小可。

北京有位大首长要来基地视察,总部提前十天通知了基地。怎么接待,是最重要的问题,也是最要命的问题。住还好说一些,大首长办公室提出不住市里,就住基地内部,只能安排住一所了,一所条件说得过去;吃,最难办。这时候,大吃大喝在各地早已成风,中央和军委为此三令五申,领导干部下去,一律四菜一汤。就在大首长下来之前,军委刚刚又发了个文件,要求坚决制止大吃大喝之风,并通报了几个单位违反接待规定的具体案例。

大首长在基地只吃一顿晚饭,这顿饭怎么安排,是事情的关键所在。基地为此专门开了三次常委会,进行专题研究。三次会上,都出现了两派——原则派和灵活派。原则派们提出,严格按上级的要求来,就是四菜一汤,质量搞精一点,人多不够吃,菜量可以搞大一点，比如用盆盛菜，必须保证够吃，就可以了；灵活派们提出，不能这么严格，得灵活一点，太原则不行，以前吃过严格按规定来的亏，就怕你严格按规定来，别的单位不这样，人家灵活，最后吃亏的一定是你，因为你太死板。杨政委让灵活派们提个具体方案，比如上几个菜？灵活派们有说上八个菜的，有说上十个菜的，有说上十二个的，意见不一。

众人都看着马司令。马司令一言不发，他在听大家的发言。开了三次常委会，基本上还是这两种意见。杨政委对马司令说："木匠多了，盖歪房子，你得拿主意，别听那么多。"

马司令吩咐司办（司令部办公室），往总部打电话，请示怎么办，是四菜一汤还是突破一点点？

总部第二天给了回话："按中央和军委的规定办。"

马司令决定，四菜一汤。

马司令五十八岁了，按照服役年限，如果不升职，还有两年就要退休。如果升职，今年将是最后的机会。这正是他最关键的时候，若说不为自己的仕途动心，那不现实，恐怕谁也做不到，有所考虑也很正常，而这次对大首长的接待，就显得尤为重要。

马司令的指示下到了一所，孟广俊带领服务员，把工作组人员要住的房间，认真打扫了三五遍，副司令王仁天带领司办、管理处、干部处、组织处、保卫处、财务处、营房处等相关单位的人员，来检查了两次。布小朋就是跟着王副司令来的，王副司令工作作风非常细致，戴着白手套，把暖气片后头都摸到了，发现问题立即整改。孟广俊给弄得灰头土脸，挨了好几顿剋，他对布小朋说："你看到了吧？我这个活不好干，到你那里报个账，你还要七折腾八折腾，这不行那不行，咱们换换位置，你就理解我了。"

布小朋说："老孟，你这个活我能干好，我那个活，你干不好。你别委屈了，把卫生搞好，把该做的做好，别挨训就行。"

一所准备就绪。大首长到来的前两天，马司令亲自入住01号套房，进行先期体验，查找问题。马司令按照基地与北京方面联合制订的大首长一行的日程表，八点钟准时离开餐厅，进入房间，先是坐在写字台前看了会儿文件，又看了会儿电视，十点钟洗澡，十点半上床睡觉。第二天上午，马司令把老胡和孟广俊等接待人员找来，指出了发现的问题，要求立即整改。问题主要有，一是台灯亮度不够，首长年龄大，需要换个大点的灯泡；二是摆放的水果里面，有一种小黄瓜，太粗，首长嘴巴没那么大，吃起来不方便，需要换成细一点的小黄瓜；三是洗澡的热水来得慢，放了好一阵，才来热水，要想办法让热水来快点。

布置完整改工作，马司令回办公室，在一所大门口，他正要上车时，孟广俊从后面喊住了他，说："首长，我有事情要汇报。"

五

马司令心里装着事，有些不耐烦，说："你有话快说。"孟广俊说："首长，我听说北京大首长要带夫人、儿子媳妇一块过来，咱只弄四个菜一个汤，够谁吃呀？"

马司令不由一愣："小孟，你接着说。"

孟广俊说："咱到平常老百姓家串个门，或者走个亲戚家，人家都得拿出点好吃的出来招待咱，四个菜打不住吧？遇到热心的人家，那得倾其所有，把好吃的都给你端上来。客人脸上也好看，对吧？"

马司令愣着，这才意识到自己做的决定，不合适。

孟广俊又说："大首长的儿子刚结婚，人家头一回带着儿媳妇出来，他当公公的，那么大的官，咱只给人家上四个菜，不说别的，就是大首长的面子上，我都觉得过不去。咱自己，也太寒酸了，显得不懂事。"

马司令感觉后背上冷汗下来了,湿唧唧的,说:"小孟,你说上几个菜合适?"

"就是上四菜一汤,不多上。"

"你刚才放的什么屁?"马司令火了,以为孟广俊戏弄他。

孟广俊说:"首长,你听我说完。我的意思是,我桌子上,一直保持四菜一汤,一个也不多放。但我一会儿就换一茬,至于换几茬,首长定。"

马司令终于明白了,脸上也绽出了笑容:"小孟,你这个意见提得太及时了,就按你的意思办。上几茬,由你来定。我相信你。"

大首长一行按时来到,专机降落在东郊军用机场,基地常委去机场接机后,陪同大首长先是看了几个基层单位,参观了基地展览馆,题了词,然后在办公楼前,与基地副师以上领导和技术人员合影留念,这就到了晚饭时间。六点整,马司令、杨政委以及总部一位首长,陪同大首长夫妇、儿子媳妇,以及办公厅一位领导,进入大餐厅。马司令先致了几句词,然后众人落座就餐。按照孟广俊的构想,先是上了第一茬四菜一汤,分量比较多,众人吃过一圈后,全端走,又上来一茬四菜一汤。马司令、杨政委观察大首长的反应,见他谈笑风生,兴致蛮高,心里有了底。接着,再换,菜量也越来越少了一点,这样能减少浪费。那晚一共换了四茬,饭桌上的效果出奇地好。中途服务员拿上来一瓶茅台酒,大首长没有拒绝,喝了三小杯。一桌子上的人只喝了一瓶酒,够节省的了。

那一晚看上去大首长一家很满意。一众随员在另外房间由基地其他领导陪同就餐,也是同等规格的菜品。菜品都算不上多么高级,大多数是普通菜,但比较可口,这就可以了。

马司令、杨政委知道,这顿晚餐成功了。回想起来,马司令很有些后怕,幸亏采纳了孟广俊的建议。如果真上四菜一汤,气氛十有八九不会有这么好。

这一下，奠定了孟广俊在基地的地位，尽管他只是个正营职干部，他的名声，起来了。

年底，马司令进京的命令到了。马司令不是升，而是迁，他平调到了北京的一个单位，虽然是平调，但能够进京安排，在外地领导眼里，就算是提升了。马司令进京，与那一顿晚餐没有关系，马司令当了九年司令，工作上大刀阔斧，生活上也比较廉洁，口碑不错，他没有升到大区副，基地很多人为他感到可惜。马司令本人看得开，感到能够进京退休，上级首长已经是很关照他了，多少人想进京啊！

尽管马司令进京与那顿饭没有直接关系，但还是有人把这事联系起来，扯到一块说。谁能说得清呢？有时给上级留一个好印象，就能改变命运的。

马司令做到人走家搬，把首长住宅区的房子让了出来，准备交由接替他担任司令的王仁天一家居住。管理处长带领几个单位的人员来看房子，布小朋、孟广俊也来了，打算简单装修、布置一下，早点让王司令搬进来。自从老司令康又汉搬走后，这是布小朋头一回进首长住宅区，他看到经过翻修后的一栋栋小楼，确实比先前气派多了，各家门前都栽种了名贵花木，有了花园洋房的新鲜感觉，不再像过去那样土气、陈旧。

马家的公务员打开房门，大家都愣了。人们看到，两层的房子，里面空空荡荡，除了厨房里的几件厨具没动，所有家具、电器，一应物品，但凡值钱的，几乎全搬空了，实木地板竟然也给撬起来带走了，从外面看很光鲜的房子，里面像一个废墟。布小朋有些不相信自己的眼睛。当初给常委们盖房子、装修房子时，预算一再追加，钱还是不够花，司令部管理处财务室两个负责采购物品的助理员，借机捞钱捞物，不仅捎带名贵电器转移到自家，而且涂改发票，搞出一个很大的窟窿。事情暴露后，要不是首长们心软，同时不想因此而影响基地,把大事给化小,这两个人应该可以判刑了。最后安排这两个人转业到地方,事情总算遮盖过去。

马司令家的东西一夜之间不翼而飞,有知情者说拉了三大卡车。有人小声骂娘,说有点过分了。孟广俊说:"你们别眼红,等你们当了这么大的官,也有这个权力,想干啥干啥。弟兄们,好好干啊。"他认为是马司令老婆干的,马司令肯定不知情。布小朋说:"其实他们这样做,不划算,到了北京,什么都会有的,不缺这点东西,不该因为这点事,落下个不好的名声。名声比东西值钱。"有人接话说,听说东西没往北京拉,拉到马司令爱人妹妹家了,就在本市。

不管怎么说,东西全没了,得全部置办。孟广俊说:"这样也好,给王司令家买新的,人家用着也舒服。"管理处长对布小朋说:"布助理,我们打报告要钱,你们财务处不要卡。"布小朋说:"谁想卡也卡不住。"他心里想的是,就这么明目张胆把公家配置的东西拿走,照理说应当报案,让保卫处来查。当然他也仅仅是想想而已,谁敢报案?谁又敢来查?他不由想起老司令康又汉,康司令搬家时,公家的东西一概不要,连一盆花都没搬走,有一个小马扎带走了,他发现后又让司机送了回来。这样的领导现在越来越少了。

孟广俊说:"老布,你们财务处就你认真。你应该明白,你一个助理员认真是起不了作用的。"管理处长接话说:"听说布助理快要高升了,当副处长。说明首长喜欢认真的人,太胡来了也不行。"管理处长内心里也对马家把所有东西一搬而光有看法,毕竟这太过了点,一般人做不出来的。管理处长最后交代说:"大家回去要保密,这事传出去不好。"

当场商量了下一步装修、布置房子要做的事情,各个单位需要做什么,都安排好了。布小朋提出,钱还是省着花,这房子是公寓房,首长又不是住一辈子,说搬走就搬走,你搞那么豪华,再换人来住,还要重新收拾,尤其这些经费上面不会给拨,都是基地的家底,省一点是一点呀。孟广俊说："看，你又傻认真了，这是给王司令布置新房，他刚上来，要的就是个面子，你随便对付一下，挨板子的肯定是管理处，对不对徐处长？"管理处长说："老孟说得对，要干，就得干好，东西拣最好的买，标准要高，不能糊弄首长。"

管理处长提出的预算是十五万。布小朋默默一算，这笔钱顶得上好几个连队的年度日常经费。但他什么也不能说，只说回去给翟处长报告。

给王司令看房子，本来没有孟广俊这个一所管理员的事，他掺和不着。王司令私下给他交代，让他留心点，拿拿意见。并且交代，不要太复杂，简单点好，环保第一。就这么着他掺和进来了。自从大首长来视察之后，孟广俊在基地首长眼里，就是个人物了，首长们去一所参加活动多，有的几乎每天都去，和孟广俊见面多，他都得陪着，他和每个常委，都能说上话。

布小朋要当副处长的传言，已有了一些时日。对于干部的提拔，任何传言都不是空穴来风，都有一定的可信度，这是孟广俊得出的结论。让他不解的是，布小朋那么一个死认真的人，严重缺乏灵活性的人，从不交朋友，上床只认老婆，下床只认得鞋的人。竟然在职务上一直和他齐头并进，如果他当上副处长，那么，他又走到孟广俊前头了。

孟广俊坚持认为，还是因为布小朋有后台。康家就是他的后台，尽管康司令离休多年了，但老干部的能力，有时是惊人的，说不清什么时候，就能帮你一把。

老胡提醒孟广俊，好好干，所长这个位置早晚是他的。老胡早盯上管理处长的位置了，一旦老胡离开，所长一职非孟广俊莫属，一所所长的职务，也是个副团，整天在首长身边混，这位置的含金量并不低。

孟广俊却有自己的想法，他追根寻源，把基地创建以来，担任过一所所长职务的七八个人都梳理了一遍，发现这些人顶多升到正团，就再也上不去了，守着个招待所，吃喝不用愁，也有小钱花，但是这职务说到底就是个大服务员，没有什么正规业务，不像在营、团、师，只要有本事，你可以一路走上去；也不像在机关业务处，上面有一个一个的台阶供你攀登，当招待所的所长，基本就到顶了，最多照顾个正团，然后转业，或者早早退休。孟广俊不想窝在这里一辈子，他想早点跳出去，跳出去海阔天空，留在这里，无非是接待工作做得好，领导满意，经常挨表扬，要么就是天天陪吃陪酒，混一肚子好杂碎，到老了一身病，他现在甚至害怕当上这个所长，一心盼着老胡晚点离开。

一旦当上，你干得越好，越是难以离开，领导舍不得放你走，你在，他们省心。

王司令家装修好了，王司令夫人很满意，夸孟广俊出了力。孟广俊的经验，领导夫人一高兴，领导就高兴。果然，有一天他陪王司令从餐厅出来，王司令突然问他有什么想法。他心里一激灵，知道机会来了，就说："我想换个地方。"王司令明白了，说："想下基层，还是留机关？"他说："请首长定。"

王司令想了想，说："你下基层不合适，也可惜，你适合在机关。财务处副处长，马上要空出来，你觉得怎么样？"

孟广俊一下了想到了布小朋，愣了愣，说："布小朋怎么办？传言他要当的。"

王司令说："这个就不用你管了，你想干，我就给他们打个招呼。"

孟广俊犹豫一下，最终点了点头。

王司令往前走了，孟广俊竟然忘了给司令说再见。

当年找对象的时候，孟广俊曾经瞄上过王司令家的二姑娘王小甜，当时王仁天还是一师的师长；他还曾经瞄上过杨政委家的女儿杨秀婷，当时杨廷江是二师的政委。转眼之间，这两个人成了基地的军政一把手，在当时孟广俊就曾有预料，他们有前途，可惜的是，当时这两家的姑娘都没有看上他，只见一面，没说几句话就拜拜了。王司令、杨政委估计并不知道这事。当时孟广俊很失望。不过现在看来，他也没什么好遗憾的，实践证明，王小甜、杨秀婷都不如刘娜，刘娜贤惠，不惹事，是正经过日子的人，而王小甜、杨秀婷都太霸道，性格暴躁，不好相处，她们找的老公本都是基地最优秀的干部，结果都没过好，都离了，王小甜的前老公因此而转业离开了部队，杨秀婷前老公调到了上海的一支部队，这两个女人现在都在家待嫁，前途未卜。

孟广俊一直有一个梦想：让那些瞧不起他的人后悔。为此，他得一直努力下去，创造属于自己的辉煌。

六

总部财务口于助理来基地公干，忙碌了三天，明天就要离开。晚餐后，翟处长安排布小朋陪于助理出去活动活动。布小朋就问于助理："怎么个活动法？是喝茶呢？还是去看刘老根大舞台？"于助理想了想，说："洗个脚吧，方便吗？"布小朋说："方便，洗脚的地方，到处都有。"于助理半开玩笑说："听说你要高升了，就算你请客吧。"布小朋说："不高升请你洗个脚也没问题，我要个车。"于助理说："要什么车呀？打的去，先回房间换衣服。"

从房间出来，布小朋陪于助理出了东门，于助理喝了点酒，有点摇晃。二人往前走了一段，正要打车时，布小朋看到前面不远处就有一家洗脚按摩店，说："去那儿吧。"于助理说："离基地这么近，方便吗？"布小朋说："不就洗个脚嘛，有啥不方便的。"二人走了进去，服务员热情接待，介绍了各种价位。布小朋说："要最贵的，六十八元一位。"于助理一听，有些失望，说："换个地方吧。"

于助理前头出来了。布小朋以为他嫌这里卫生条件差，不够高档，就说："我知道一个地方，离这不远，咱们去。"二人打了个车，不一会儿就到了。这家洗脚店外观看上去挺不错，进到里面，一问价格，最贵的才八十八元，于助理扭头又出来了。

后来布小朋把于助理带到了龙城最有名的良子洗脚店。在门口，于助理似乎不想进去，犹豫着。布小朋硬把他拉了进来，说这家是最高档的，服务也好，卫生条件一流，服务员捏脚的水平高，以前他听翟处长说起过。于助理硬着头皮进来了。布小朋要了一个双人间，要了最高的价位，每位一百二十八元，包括泰式按摩，一份茶水。一会儿，进来两个五大三粗的女服务员，端着两个大木盆，往他们脚下一放。于助理终于忍不住，火了，踢了木盆一下，站起身来走了。

布小朋一下子愣在那里。这是最好的洗脚的地方，他怎么还不满意呢？一个女服务员看出了门道，说："先生，你把客人带错地方了，我们这里都是正规洗脚按摩，没别的项目，你如果想去，对面洗浴城什么都有。"布小朋其实早就猜到了七八分，他开始不敢想，现在信了，一个总部的上校，怎么会有那种想法呢？不怕出事吗？出了事，划得来吗？不为自己前途着想，也得为老婆孩子多想想啊？你出了事，他们怎么做人啊？布小朋没有时间想更多，他去服务台付两盆热水的钱，一共二十元。收银员一问情况，听说是基地的，决定不收钱。布小朋说："按规定来吧。"掏出二十块钱，放在吧台上。收银员说："我给你开发票。"布小朋摆摆手，走了出去。

街上不见于助理的影子，想必是生气，自个儿回一所了。布小朋打车回到基地大院，没敢去一所找于助理，先去了办公室。翟处长在加班，听他说起过程，翟处长并没有怪他，而是说："我给忘了，这种活动不能安排你来陪。你不合适，你回家休息吧。"

翟处长换上便装出去了。布小朋在院子里转悠，心里想不开，感觉自己在财务处干，真是不合适，他多么希望到一线部队去，和战士们在一起，每天一身泥一身汗，晚上洗个凉水澡，往床上一躺，呼呼睡大觉，多踏实啊，至少不生这样的闲气。他转过弯来，见一个熟悉的人影晃了过来，是孟广俊。老孟越发胖了，小肚子挺了起来，快赶上一个将军了。

孟广俊说："老布，我到处找你。你连个BP机都没有，你说你怎么混的呀。"

这时候，基地机关不少人都有了BP机，有事一呼，方便多了，布小朋却没有，一开始不是没人给他送，他当然不能要。他一拒绝，以后就没人给他送了。财务处好像只有他一个人没有BP机。他正准备自己掏钱买一个，还没顾上。

吃过晚饭后，孟广俊陪同王司令在一所门前散步，王司令透露给他，已经和杨政委、后勤部领导打过招呼，准备让他到财务处当副处长，命令很快就会下，让他有个准备。孟广俊一方面高兴，一方面又想到布小朋。他看不上布小朋的做派，但他又挺佩服布小朋，基地这么多人里面，真说得上是朋友的，布小朋无疑算一个。布小朋这人对什么都不争不抢，不伸手，虽然你会觉得他特傻，但你又会不由自主地佩服他。你自己做不到，所以你佩服，这也符合常理。

回到家，孟广俊抑制不住内心的激动，把这个消息告诉了刘娜。刘娜觉得不好，说："都说人家布小朋要当，结果你当了，他会怎么想？会不会认为是你抢了他的？"孟广俊拍着胸口说："天地良心，我没有活动，是王司令主动说的。首长们非要我当，我总不能拒绝吧？"刘娜说："你说没活动，别人不会相信。都知道咱们两家关系不错，我和邱梅还是那么好的同学，这下两家关系要坏了。你还是找机会给领导说说，给老布找个位置。"孟广俊说："我给王司令提过，司令说，这不是我考虑的。"

孟广俊思前想后，决定主动把话给布小朋挑明，如果他不理解，还怪自己，那也没办法。他先去军人服务社买了点水果，香蕉、橙子什么的，为了怕布小朋不收，特意要了发票，抬头写"个人"，放在了水果袋里。他来到布家，两家住前后楼，几步的路。邱梅在给女儿布依辅导作业，她告诉孟广俊，布小朋这几天一直陪北京来的人，到现在还没回来。孟广俊放下水果，出来转悠，就碰到了布小朋。

二人进到一个小花园。天气冷，没人出来活动，二人说话没人打扰，孟广俊把前后过程原原本本说了。他以为布小朋会说几句不高兴的话，哪想到布小朋泰然一笑，说："老孟，你能给我说这些，我谢谢你。以前是有传言我要当，但我们以命令为准。领导让你当副处长，说明你水平比我高。"

孟广俊说："水平高低就不提了，我一来，挡你路了，老布，不好意思啊。"

布小朋笑了："老孟，你来了好，没准你来，就把我救了。"

孟广俊不理解："把你救了？"

"是啊，你当上副处长，我就没戏了，东方不亮西方亮，我早晚会有新地方去的，如果下基层当个副团长，我是很乐意的。"

孟广俊明白过来，也笑了："你别说，这个还真有可能。"

"我在这里干不合适，早就有离开的心了。你来，我如果得到解脱的话，老孟，我得感谢你，对不对？"

孟广俊吊着的心，彻底放了下来。布小朋这人跟一般人想法不一样，他这样理解，确实是孟广俊事先没有想到的。布小朋接着把晚上带于助理洗脚的遭遇讲了，听罢，孟广俊哈哈大笑，说："你真是个棒槌，你是真不懂呢？还是装蒜？换别人，正好借这个机会潇洒一把，还可以报销。你们处长给你机会了，你就这么辜负他了，而且把于助理得罪了。"

"所以我说，我不适合在机关干，迎来送往的，我办不好。"

"大家都在变，怎么就你不变呢？你这人真是个神了。"孟广俊感慨。

"我这个人，一辈子都不会变的，生就的骨头长就的肉，想变，难。我跟不上形势，部队不适合我，我只能找机会转业了。"

"你以为地方就适合你？地方更是搞得活，除非你小子到月球上去。"

聊到后来，反而是布小朋安慰孟广俊："不要有压力，上级让你当这个副处长，你就放心来上任，当然，你得干好啊，老孟，千万不能乱来，这个地方天天捣鼓账，捣鼓钱，一不小心就会出事，出了事，后悔都来不及，你不为自己想，也得为刘娜和孟涛着想，对吧？"

简直就是教育孟广俊了。孟广俊受不了，赶紧找个理由溜掉了。

半个月后，孟广俊当了财务处副处长。

三个月后，布小朋接到命令：到606仓库当主任。

606仓库是个副团级单位，在肥南县的深山里，离龙城一百二十公里。这个仓库是个综合库，有被装，也有各类物资，还有部分弹药。主要供应基地，也捎带着供应周边的几支小股兄弟部队。

这个仓库连续三年是后勤部落后单位，一直让后勤部领导头疼不已。不久前，库主任李德华私自处理了一批并不过期的物资，把部分钱用来偿还赌债。后勤部领导收到一封匿名信，信上揭发了这个问题，并且扬言如不处理，就给基地领导写信。后勤部孙部长带队到仓库进行调查了解，确认匿名信反映的问题属实，当即把李德华调整出来，准备年底安排他转业。

布小朋从内心里不愿管钱管物，以前他在财务处管钱，现在让他到606仓库当主任，就是让他去管物。他心里不是很痛快，但又不能跟组织上讨价还价，只能先去上任。他上龙山跟康司令道别，康司令说："我在位时，606仓库就不怎么样。那是基地偏、远、散的小单位，条件艰苦，干部却不想走。为什么？山高皇帝远，别人没法管，'耗子'养得肥。你去了好，把仓库给基地看好，防止小子们胡乱糟蹋东西，那可都是军费啊。"

他还能说什么呢？

到了布小朋上任的日子，仓库来了辆吉普车接他，一个参谋带车来的，打算第二天一早出发。路不太好走，一百多公里的路，要跑三个多小时，正好赶过去吃中午饭，仓库其他领导一起给他接风。晚上，布小朋来到基地大院外面的二所，杜参谋和司机住在这里。布小朋提出，当晚出发，现在就走。杜参谋犹豫一下，说："我到服务台给林政委打个电话。"布小朋说："别打了，你打电话，今晚我们赶过去就失去意义了。"

一路颠簸，夜里一点多，他们终于赶到了仓库。这地方布小朋第一次来，仓库主体设在一座山的半山腰，山给掏空了，里面是库房。山下是一个村庄。这地方很幽静，偶尔听到一阵狗叫。吉普车在仓库大门口停下来，司机按了两下喇叭，大铁门里一直没动静，杜参谋说："哨兵肯定睡着了。"果然，司机又使劲按了几下喇叭，哨兵才从传达室跑出来开门，一看就是睡着了，车灯一照，脸上都是睡觉落下的印子。"上岗时间怎么能睡觉？"布小朋不高兴了。杜参谋解释说："这都习惯了，以后让他们改。"

吉普车开进院子，杜参谋让司机把车开到招待所，安排布主任休息。布小朋提出，到几个库房看看。杜参谋说："晚上不开库房。"布小朋说："我就到库房外面随便看看。"吉普车开到一号库房大铁门外，值勤的哨兵又是半天才出来，显然也在睡觉。路上，还碰到几个巡逻的兵，也是军容不整，边走边抽烟。仓库是个副团职编制，不算高，却有一个警卫连负责安全保卫。这些兵放到基地大院，恐怕都不合格。布小朋本身当过警卫战士，当过警卫连长，他对警卫的要求高,当下合计,整顿仓库的工作,应当从整顿警卫纪律入手。仓库不怕别的,最怕出安全事故,要么不出事,要么一出就是大事,一旦有事,大家都没好果子吃。

转了一圈,吉普车停到招待所门前。布小朋下车时,看到门口停着三辆挂地方牌照的高级车,有一辆丰田越野,一辆帕萨特,一辆铃木越野。他感到奇怪,谁开这么高级的车,住大山深处的这个破破烂烂的招待所,难道是干部战士家里人来队探望?杜参谋提着布小朋的一个旅行箱,陪布小朋往里走,在大厅里碰到四个人出来,他们看上去个个像大老板,都提着带密码的箱子。布小朋狐疑地看着他们。他们中有人认识杜参谋,主动点头微笑一下。四个人旋风一般出去,坐进车里,三辆高级车一阵轰鸣,开走了。

布小朋问:"这是什么人?"

杜参谋说:"地方的老板,来这里玩。"

"来这里玩什么?"

杜参谋支吾一阵,没说出个具体来。二人往走廊深处走,看到一个房间门开着,里面乌烟瘴气,一个小战士正在打扫满地的烟头、杂物。一张桌子上醒目地放着两沓百元大钞,一沓厚,得有上万元,一沓薄,也有两三千元。布小朋不由一惊。杜参谋说:"小刘,开间房,主任来了。"

小战士看一眼挂着少校军衔的布小朋,又看一眼桌子上的那两沓百元大钞。布小朋进来,指着那两沓钱,问小战士:"这是怎么回事?"

小战士支吾一阵,一紧张,脸上出汗了。杜参谋说:"这是新来的布主任,你就照实说。"

原来,这段时间当地公安部门抓赌抓得紧,当地与606仓库的领导熟悉的老板就夜里开车来这里赌博,领导吩咐在招待所给提供一间房子,让小刘负责倒开水,几个老板下手快,下注额也大,输赢都在上百万，半夜赌完了，赢钱的人按规矩来，随手甩给小刘一厚一薄两沓钱："这个给你们首长。这个给你……"

布小朋听得心惊肉跳。杜参谋让他先休息，有事明天再说。他说："你把林政委叫来吧，我睡不着。"

杜参谋为难，说："主任，都两点多了……"

布小朋说："现在就叫。你不叫，我去他家找他。"

正说着，走廊里传来急慌慌的脚步声，是仓库政委林宏雨到了。林宏雨比布小朋大一点，他们以前见过面，在基地后勤部开会时，打过招呼。林政委上前，伸手抓住布小朋的手，说："布主任，没想到你今晚到了。我刚听门卫说的，赶紧过来了……"

布小朋想表现得热情一点，但是他脸上的肌肉不听话，固执地僵硬着。林宏雨挥一下手，杜参谋和小刘都出去了。林宏雨带上门，拉布小朋坐下，想给他倒杯水，又找不到干净杯子。布小朋说："老林，算了。"

林宏雨尴尬地坐在布小朋对面，解释道："布主任，老李在的时候，都是他接待地方上这帮人，老李一走，这帮人又找我，我实在抹不开面子，答应他们进来玩一下，今天是第一次，以后决不允许他们再来……"

布小朋沉着脸，说："老林，我不想说客气话了，我想说几句实话。"

林宏雨赶紧道："布主任你说，我都听着。"

"如果你再不收手，要么我回去，要么你离开，咱俩只能留下一个。李德华已经出事了，要不是后勤部领导保他，他得上军事法庭。我不想看着你走他的路。"

林宏雨抹一下脑门上的汗珠，把桌子上的那两沓钱合到一起："布主任，这些钱，交公，归公！补充政工费，给连队当伙食费也行……我是一分也不会要的……"

"老林，你如果觉得我吃饱了撑的，多管闲事，那好，我离开。让领导再派个主任来，你们合作。明天一早我就回去。"

林宏雨终于低了头，一把拉住布小朋："哎哎，布主任，布兄弟，你不能走……以后我什么都听你的，好不好？咱仓库以后就你说了算，我坚决配合，行不行？我林宏雨说话算话……"

布小朋"油盐不进"，在全基地都有点名气，林宏雨也多多少少听说过，不少人怕他，也服他的气，上级这时候把这个人派来，自己只有听他的。仓库问题很多，林宏雨心知肚明，确实也需要整顿一下，不然真要出大事。布小朋拿出要走的架势，林宏雨几乎要给布小朋跪下了。见这阵势，布小朋心肠一软，说："那好吧，我们以后什么都商量着一块干，有问题抓紧改，不能再这样乱下去，再乱下去，肯定会出大事，到那时，上级撸了我们的职务是小事，搞不好你我都得进监狱。老林，如果我有手脚不干净的地方，你可以给上级报告，也可以写匿名信。我欢迎你，欢迎606仓库所有人监督我。监督我不是害我，是爱我。我就是这么个态度。"

布小朋说罢，往外走去。林宏雨赶紧跟上，大声呼喊小刘，快给布主任开个房间，把二楼那个套间打开。

七

从第二天起，606仓库完全按照布小朋的思路进行整改。先从面上整起，军容风纪、值班纪律、上下班制度、请销假制度原本都有，只是荒废了，现在全部得按规定来。布小朋一经提出来，林政委坚决支持，党委很快形成决议，并且马上就见到了成效，看上去一切都显得正规了。

这些都好办，布小朋最担心的是账目出问题。他在财务处几年，对账目已经很熟悉，一本账簿拿给他，他翻几下就能看出问题。林政委给他打过预防针,说前几年的账目,会有一些糊涂账,让他心里有个数,不要太较真,过去就过去了,以后严格一点就是了。这天他亲自查账,他不相信仓库的几个财务人员,果然只翻了几个账本,就发现账目一塌糊涂,没法查,一查不少人都得进去。

布小朋出了财务室,心乱如麻,一个人出了营区铁门,踱到山脚下。他没有想到,这些人胆子那么大,差不多就是肆无忌惮了。看来,606仓库不是孤立的,不知多少单位,有这种情况,只是没人认真去查账罢了。来审计的人,都是象征性转一圈,灌几顿酒,拿走点礼品,提几条不疼不痒的问题,回去写个报告应付一下,事情就过去了。年年重复这样的过程,有人肥了,部队建设却几乎是原地踏步,国家给的巨额军费,效率不高,这样的部队,你还留恋他吗?

正思忖间,听到有人说话,好像是说:"老连长,你怎么跑这烂地方来了?"

布小朋猛一回头,见是一个上尉,长脸,面皮白净,中等身材,很瘦弱的样子,戴着高度近视眼镜,像眼睛上贴了两个酒瓶底站在他面前。他觉得有些面熟,一下子想不起是谁,就说:"你叫我老连长,你在警卫一连待过?"

对方说:"对。我叫夏忧。"

布小朋一下子想起来了,他当连长时,夏忧曾经来连里锻炼过一段时间,被安排在北门值勤,因为他动作不正规,布小朋还提醒、纠正过他几次。他是国防科技大学的本科生,而且是高材生,从地方直接考入军校的,家在上海,父母是中学教师。这样的人才很缺乏,搞技术是他的正途,怎么把他放到仓库来了?这是浪费人才啊。

"发配来的。"夏忧说,"我这个人管不住嘴巴,老给领导提意见,爱发牢骚,说怪话,对现实不满,被认为思想觉悟低,不成熟,难以让人放心,从技术部门给撵到保障团,然后又给撵到这里。"

"这样啊，太可惜了……你在这里做什么工作？"

"参谋。"

"应该让你做技术工作。"

"这里没什么技术可言，照我说应该砍掉，二百公里外有个608仓库，是军区后勤部下属单位，这你知道，它和我们606仓库性质、功能差不多，完全可以合并。这地方……恕我直言，就是个洗钱的地方。"

"有那么严重吗？"

"老连长，噢，我应该叫你布主任。布主任，我说点实情，可以吗？"

布小朋点点头。二人找个地方坐下，夏忧直截了当地说："这里的经费除了正常拨下来的外，还有一些是别人要来，或者上级作为机动经费另外拨下来的。正常经费没有大问题，反正年年有，但数额少，靠这个不够用，就得想办法向上面去要。这些正常之外的经费，基本都是有回扣的，多则百分之五，少则百分之三。有相当一级的领导，他找个理由来这里检查工作，说是给基层解决问题，答应拨一些经费，你也得给他回扣，不然你就等于得罪他了，以后他就不会给你了。所有的回扣款，最后都要靠虚假发票来充填，另外，谁能要来钱，谁就可以支配一部分，七折八扣的，剩下的才属于仓库，用来搞招待，或者是干别的。还有一种情况，上面某个人拨一笔钱下来，其实就是存你这儿，他定期拿发票过来报销，这成了他的小金库。这些名目繁多的经费，你光从账目上看，不认真查，它是不会暴露的。"

夏忧说的这些情况，布小朋以前也听到过，他从账目上已经发现了一些，但没想到会有这么严重。他心情沉重，对夏忧说："你能给我说这些，说明你相信我。我先谢谢你。"

夏忧说："不用谢。我经常说这些，不光对你。有的领导认为我嘴巴不严，容易坏事，所以我这个兵当到头了，该向后转了。"

布小朋说："夏忧，有些话可以说，有些话不可以说，得分场合，得分说给谁。以后有话找我说，你刚才说的那些，最好不要到处讲了。"

不等夏忧说什么，布小朋站起身来，走了。他找到林宏雨，提出，以前的账目，没法去深究了，从今天起，重新开始，那些违犯财务规定、来历不明的款项，一律停用。除了上级下达、拨付的正常经费，如果以后谁再到上面要钱，可以，但不能有一分钱回扣，上边的人，想把这里当小金库，任意来提现、报账，对不起，不行了。听罢，林宏雨笑了。布小朋说："老林，你笑什么？"

"你这样一来，一是没人到上面再去活动要钱了，二是想要也要不来了，谁还给你呀？"

"不给就算了，靠正常经费维持，我们也不是过不下去。"

"没有钱，光接待费就是个问题，以前哪年不都是几十万，这钱，正常经费里面可是没有的呀。"

"以前搞大吃大喝超标准接待，所以才花那么多钱。以后就按规定来，严格控制四菜一汤。"

"你这样一搞，没人来了。"

"没人来更好，我们埋头干事，不受干扰。"布小朋心想，本来有些人下来，检查是个幌子，图的是油水，不知从何时起，上级工作组下来，都要给个红包，钱不多，也就一千，多的两千，个别领导五千。但架不住老有人下来，年底一算账，就不是个小数目，这些钱以前主要靠到上面要，以后如果要不来，窟窿就没法堵，最好的办法就是他们别下来，反正来了也解决不了问题。

林宏雨不吭声了。布小朋说："老林，你们几个常委别担心，这事是我定的，别人要骂就骂我，有事我担着。"

不久来了个上级工作组，布小朋坚持按标准接待，走时也没送红包。林宏雨担心他们回去说仓库的坏话。布小朋说："他们不敢，我们又没出什么问题，他们总不能胡编乱造吧？"结果，工作组回去写报告，还出人意料地表扬了606仓库，说是606仓库坚持原则，严格按照规定来，等等。后勤部搞半年工作总结时，又把606仓库当典型，进行了表扬。但是这么一搞，工作组确实来得少了，布小朋他们感到清净，搞接待最分心，没有接待任务，他们可以一门心思放在工作上。

内部的事情让布小朋暂时摆平了，外部的事情也很棘手。

仓库虽然在肥南县的深山里，却并不是世外桃源。当地人都认为仓库有钱，把仓库当成唐僧肉，能咬一口是一口。一天，一个中年男村民来到大门口，是山下小李村的，扬言非要见仓库领导。布小朋接到电话，要过去，林宏雨说："还是我过去吧，八成是军民小冲突。"布小朋陪林宏雨一块来到大门口，村民说："你们一个兵打我了。"村民脱下上衣，露出肩胛骨上的一片红。问了问为什么打他。村民说，仓库一辆拉东西的军车从他家门口马路上过，差点轧着他家的一只老母鸡。林宏雨问："轧着了吗？我们赔你。"

"没轧着，吓着了，我家老母鸡不下蛋了。"

布小朋感到好笑，说："这你就不能怪我们了。"

"我找那个司机说理，他打了我几巴掌。"

林宏雨上前看了看他肩膀上发红的地方，说："打了几下？"

"三下。"

"陪你九十吧，另加十块，我给你一百。"林宏雨说着要掏钱。

村民不干："我要三百。"

林宏雨一拉脸子："打一下你要一百，太贵了。就一百，你不要拉倒。"说罢，拉上布小朋要走。

村民这才说："一百就一百。"

林宏雨把一百块钱递给他。他接过，高高兴兴下山去了。布小朋和林宏雨往办公楼走，林宏雨说："如果不给他一点钱，他闹起来没完，没准真敢带人来把大门给咱封了，那时候就不是赔一百块钱的问题了。"

"我原以为山里面，人朴实，军民关系好处。"

"待久了你就知道，关系不好处。"

"一巴掌赔他十块，他都愿意，你给多了。"

"我们的兵，经常和当地百姓有摩擦。如果打一下给十块，没准就会有战士故意去打，反正他也赔得起。我提提价，就没人舍得打了。"

布小朋想笑，又笑不出来。他已经知道，进出仓库，小李村是必经之地，只有这一条路，和小李村搞好关系，非常重要。以前曾经有一段时间，小李村凭借这条路敲诈部队，堵车、堵路，没地方讲理，只有交钱才放行。如果你不小心，碰了他一棵树苗，或者轧了他几株玉米，那你就赔钱吧，没什么好商量的。有人从部队扯线偷电，结果被电死，双方关系搞得很不好。这似乎是我们的国情。终于出了一件大事——基地前任马司令在后勤部领导陪同下来仓库视察，车队走到小李村时，突然发现，几十个村民把通往仓库的道路挖断了，说是要修路。车队停了下来，双方紧急磋商，仓库拿出五千块钱补偿给村里，村民这才把挖断的路填平。后勤部领导对此非常恼火，追查是谁走漏的马司令要来仓库视察的消息，查来查去，最终确定，没人透露，是村支书安排人长期在山上值守，远远看到有小车队驶过来，飞奔报信，村民紧急出动挖路，才导致的后果。后勤部领导狠批了仓库领导一顿，要求他们务必搞好军民关系，决不允许这样的事情再次发生。

"后来的关系搞得还行。"林宏雨解释说。

"用的什么办法？搞军民共建？"布小朋问。

林宏雨说："前主任李德华有办法。小李村的村支书李向平当过兵，特别了解部队，他知道部队不怕别的，就怕出事，部队领导图稳定，保太平，只要不出事，花点小钱是愿意的，所以他才敢暗中发动村民堵车、堵路、敲诈部队。李德华去找他，说：'兄弟，咱俩都姓李，天下李姓是一家，一笔写不出两个李字，仓库想聘请你担任安全顾问，每年报酬一万，这事会让你操很多心，仓库拿不出更多的钱，请你看在咱们都是老李家后代的分上，帮帮忙吧。'就这样，李向平答应了。你还别说，从那以后，军民关系好多了，堵路的事没再出现，每年因此省下的钱，不止一万。"

"花出去的这种钱，正常经费里面，是没有的，只有朝上面要。"林宏雨说，"而且也没有发票，白条子又报不了，只能想办法搞张一万块钱的假发票充账。这种情况给后勤部反映过，他们也没制止。上级也是怕出事，出了事，不光是606仓库的事，也是后勤部的事，为了不出事，就得忍着，让着。"

副主任余乃贵请示布小朋："每年给李向平的这笔安全顾问费，明年还给不给？期限快到了，如果不给，早点给他打个招呼。"又说："就是想给，也没地方出这笔钱，今年没要来一分钱。"

布小朋说："让我想想。"

花钱的地方还有不少。这天，县法院民事庭庭长率七八个人，浩浩荡荡来到606仓库，来调解一个干部的离婚问题。谈话没超过三十分钟就结束了，离吃饭时间还早，他们却不走。林宏雨悄悄向布小朋介绍，说他们来过好几次了，每次都是来一群人，说是调解，其实是来吃喝，要东西，有时还借机给车加一箱油。

"怎么办？"林宏雨问，"是像以前那样招待，还是找个理由撵他们走？"

布小朋想了想，感到这事牵扯到警卫连副连长陈东昂的个人问题，陈东昂老婆在县化肥厂工作，有了外遇，陈东昂提出离婚，女方就是不离，陈东昂起诉到法院，法院先是调解，调解无效，准备判离。也许法院是最后一次来人,就别再节外生枝了,布小朋同意招待他们,自己因为不喝酒,不能陪,让林宏雨、余乃贵陪好人家。"酒可以放开喝,东西就不要送了。"布小朋交代,"把他们都灌醉,不要提送东西的事。"

布小朋发现,仓库领导的主要精力,大都用到了这样的事情上。

不久,八一建军节到了,按照惯例,当地县、乡、村一级的领导,以及几家共建单位,要来606仓库搞拥军走访,有时还带业余演员来演几个节目助兴。他们不是一起来,而是分头来,一茬一茬的,时间要延续一个礼拜左右。仓库领导那几天基本上天天烂醉如泥。以前仓库有钱,县里领导来时,一般要花钱请龙城的几个有名的歌唱演员来演节目,今年是不可能了。副主任余乃贵请示布小朋、林宏雨:"今年用什么标准接待?四菜一汤,还是?"

林宏雨不拿主意,看着布小朋。布小朋说:"如果上四菜一汤,地方上这些家伙,敢给你把桌子掀了。"

"那怎么办?按去年的标准吗?"余乃贵问。

"去年喝的什么酒?"布小朋问他。

"茅台、五粮液。去年光酒就花了一万多。"

"菜按去年的标准,酒不能喝这么高档的了,太费钱。"

"喝什么酒呢?太差了,也不好。"

"你们都想想,看喝什么牌子的好,既说得过去,又不太贵。"

大家一时想不起来。后来还是余乃贵说,他有个朋友,专门卖茅台、五粮液,当然是假酒——好就好在这种假酒都是原产地周边的作坊生产的,不是河南产的勾兑酒,绝对是粮食酒,生产工艺也差不多,可能就是窖藏时间短一点。从外包装上,也很难看出是假酒。这种酒的价格,仅仅是真品的四分之一,用来搞招待,可以以假乱真。布小朋一听,不同意,说:"你喝出人命来怎么办?"

余乃贵说:"绝对不会,以前仓库就用这种酒招待过普通客人,没人喝出是假的,更没人喝出事来。"

林宏雨作证说:"是这样,我就喝过,一点没事。"

布小朋犹豫。林宏雨叹口气说:"我们现在没有经费,又必须招待,只能用这个下三烂的办法了。"

余乃贵说:"我家里有,我拿一瓶来,布主任尝一尝就知道了。"

布小朋滴酒不沾,他长这么大,就没喝过任何牌子的白酒,让他尝,也尝不出来。他提出,让余乃贵当着他的面,喝一点试试。晚餐时,余乃贵从宿舍拿来一瓶茅台、一瓶五粮液,当然是他说的假酒,他当着众人的面,各喝下半瓶,余下的两个半瓶,被林宏雨等人喝了。布小朋来了后,不允许众人喝酒,接待时也基本不上酒,几个常委都熬坏了。余乃贵就着两个菜,喝下一斤酒,一点事没有,吃罢晚饭,他还到操场上和战士们打了一会儿篮球,仍是一点事没有。看来这酒还真可以。招待用酒,就这么定下来了。布小朋让他们多买几箱,预备着接待地方上来要酒喝的干部。部队来人,不能用这个招待,一是让来人喝茅台、五粮液,太奢侈,传出去不好,你又不能告诉别人这是假的,不值钱。

建军节前后,仓库一共接待了八拨来拥军慰问的地方领导,林宏雨、余乃贵等人天天喝得大醉,布小朋滴酒不沾,他主要是陪着说好话。坐在酒桌上,他看到那些喝得兴起的人特别傻,有的碰翻了酒杯,有的把菜掉在自己衣服上,有的车轱辘话说来说去,有的喝倒了,一头钻到桌子底下,赶紧让战士抬到房间休息。后来他听喝酒的人说,在酒桌上,他们觉得不喝酒的人特别傻,一点爱好都没有,活着图个什么呢?

还好,没人喝出是假酒。布小朋这才放下心来。一位副县长还拍着布小朋的肩膀说:"你们606仓库的茅台是真酒,味道非常纯正,比我以前喝过的茅台都强。"

热热闹闹过了八一建军节,花出去的接待费不是一个小数目。

刚把人送走，山脚下看水井的战士又被人打了。仓库用不上县里的自来水，自己从山下打的井，平时有两个战士看守水井。小李村的村民有时偷水浇地，不让他用水，他就搞破坏，往战士住的小屋子里扔死蛇吓唬战士。年轻人血气方刚，终于给惹恼了，动起手来，又不敢真打，结果就被几个老乡给收拾一顿，军装都给扯烂了。

余乃贵早就有个提议，请村里一个谁都不敢惹的恶霸帮着照看水井，每年给他四千块钱。这人小名叫李三，坐过牢，村里人都怕他，他如果看守水井，应该是最合适的人选。躺着就能挣钱，李三也很愿意干。当初布小朋把这个提议给否了。现在林宏雨重又提出来，布小朋想了想，答应了，说："我们派两个兵，花的钱可能不止四千，就请李三来干吧，但要和他签个协议，让他保证水井安全，不出任何事，否则就扣他的钱。"

一来二去的，这些钱，都不在正常的经费范围之内。布小朋必须拿出个办法来，包括把聘请李向平的顾问费筹集到。只有一个办法：向上边伸手要钱。他提出，由他去找后勤部领导解决一部分经费，请大家放心的是，他不会给上边回扣，更不会自己拿回扣，他相信给拨款的领导，也不好意思收回扣。他还提出，光给村支书李向平钱是不合适的，以后每年给小李村小学校一万元赞助费，用来改善学校的办学条件，同时改善部队和村民们的关系。他决定，这些额外花掉的钱，一笔笔都要列清楚，将来要经得起检查。他说："我们的军费来自于老百姓，当地老百姓还很穷，在群众身上花一点，总比我们自己吃喝浪费了强。"

八

年底，基地后勤部派出的工作组来 606 仓库检查验收年度财务工作。按照往年的做法，得隆重地接待，验收，"宴"收，没有"宴"，收不了。

仓库开常委会研究怎么接待。布小朋提出，按规定来，四菜一汤。别人虽然心里有意见，怕搞砸了，但见布小朋态度坚决，也不好说什么。

上边通知，财务处副处长孟广俊带队来606仓库，这下布小朋心里更有底了，说："不用怕了，我给老孟喝凉水，老孟都不会怪我的。"

孟广俊带三个人来到了606仓库。布小朋让财务室把所有账目亮出来，请工作组随便检查。孟广俊一挥肥厚的手掌，说："不用查了，老布在这里当头，还能有什么问题？"众人都笑了，果真就没有查。

晚餐上了四菜一汤，两荤两素，一个鸡蛋汤；饭是战士们蒸的馒头。没有上酒。菜都是山上的野菜，非常新鲜。孟广俊等人吃得很尽兴。布小朋说："老孟，是我坚持按规定来的，你有意见，可以骂我，但不要怪仓库其他同志。"

孟广俊边吃边道："我们走了一路，喝了一路，再不让肠胃休息一下，就给喝死了。老布，你的菜太香了，我代表工作组谢谢你。"

看到孟广俊等人丝毫没有责怪的意思，反而吃得很香，林宏雨从心里感叹，四菜一汤是要得罪人的，老布却总是逢凶化吉，看来这人真是有福啊。那晚孟广俊吃了三个大馒头，用他的话说，今晚这顿饭，是最好吃的一顿，很难忘，他想起小时候在故乡，这样的伙食过年都吃不上。

吃罢晚饭，太阳还没落山，孟广俊和布小朋爬上了山顶，望着远处的云海出了一会儿神，孟广俊透露说，他马上要离开财务处。"你愿不愿回财务处，接替我当副处长？"他问，"我给你三天时间考虑，如果愿意回去，就告诉我。"

布小朋感到很意外："你为什么要走？"

孟广俊告诉布小朋，现在形势变了，改革开放一日千里，地方经济蒸蒸日上,可是部队军费连年没怎么增长,干部战士福利待遇没钱搞,房子没钱盖,装备没钱更新。孟广俊说:"老是忍耐,韬光养晦,那也是有限度的,不能没完没了地忍耐,再忍耐就该阳痿了。所以,上边给了政策,有条件的单位,可以自己做点生意,赚点钱,改善生活,弥补经费的不足。"

布小朋感到吃惊:"军队可以做生意?"

孟广俊说:"我说得不是不明白吧?你榆木脑袋吗?"

布小朋不吭声了。

孟广俊又说:"国是家,党是妈,国家有难,党有难,等于爹妈有难,咱得分忧。咱自己做生意,挣大钱。"

基地成立了生产经营办公室,后勤部一位副部长担任办公室主任,孟广俊担任副主任,抽出来专门做生意。

"中国即将进入金钱时代。"孟广俊迎风站立,面对灿烂的晚霞,感慨道,"不,其实早就进入了,我们反应慢了,再不追赶,就被时代甩下了。以后人与人的关系,将变为金钱关系,一切都得拿钱说事。这是不以人的意志为转移的。"

孟广俊给布小朋出主意说:"肥南县有优质煤炭,资源丰富,你们606仓库应该早点动手,利用自己的优势,靠煤炭发财。你不能总是四菜一汤,大家的福利也要改善,没有钱,谁肯给你出力呢?这个时代,有了钱,就有了一切。"

布小朋说:"你让我去挖煤?"

孟广俊说:"傻瓜才去挖煤,费那个熊劲干什么?你就倒煤,倒腾煤,一定发财。"

布小朋说:"还是算了,我的工作是管理好606仓库,让它安全、为部队服好务,赚钱的事,我现在不去想。"

孟广俊说:"你要是连这个都想不到,那确实少根筋。不赚钱你就永远穷下去吧。我问你,回不回财务处?我等你三天回话。"

布小朋说:"不用等了,老孟,我现在就告诉你,我还是留在606仓库,这地方我已经习惯了。"

年底,606仓库被基地后勤部评为基层建设先进单位,还被评为先进党委。这是多年来的头一回。谁都知道,是布小朋以一己之力,把606仓库带出了泥沼。

布小朋在营区转悠,碰到夏忧。他对夏忧说:"你对仓库领导还有什么意见,照直了说。"夏忧说:"布主任,幸亏你来,你挽救了他们,挽救了仓库,不然真要出大事。"布小朋严肃地说:"看来你真是管不住嘴,又瞎说。"夏忧说:"我对你们领导现在没有任何意见,我对军队有意见。"

布小朋一愣:"你口气好大,你对军队有什么意见?"

夏忧扶扶眼镜,说:"你看看人家美国,这些年有多少新武器列装,我们有什么?除了两弹一星,基本还是那些老掉牙的二次大战时期用的东西,跟美国越拉越远,再不追,真追不上了,将来打仗,会败得一塌糊涂,死都不知道怎么死的。"

布小朋说:"你胆子真大,敢说这样的话。"

夏忧说:"我说的实话,现在不是'文化大革命'了,不能以言治罪,对吧?"

布小朋说:"你有什么建议?"

夏忧说:"百万大裁军搞对了,但还是裁少了,应该再砍掉一半陆军,节省下来的经费,发展海、空、二炮。"

布小朋说:"这个我有同感。但这话你不能到处乱说,有什么想法,找我谈。我是你老连长,你应该听我的。"

夏忧苦笑一下,点点头。走了。

基地政治部文化站派电影组来606仓库放映电影,放的是《大决战——淮海战役》,仓库组织干部、战士集体观看。我党的战争智慧、宏大的战争场面,看得人热血沸腾。放完电影,机关和连队分组讨论，让大家谈观后感。布小朋和林宏雨参加机关小组的讨论，大家都说好，只有夏忧唱反调。他说："我看过《大决战——辽沈战役》，这部《淮海战役》明显差一些，差的主要原因，是它有些地方违背了历史本来面目。按说拍《淮海战役》，应该从济南战役开始，以粟裕和华东野战军为主角，但是，我们看到的这部片子，却是从当时尚未投入淮海战场的中原野战军开始拍摄，这部片子显然是要拍领导的马屁。"

夏忧的发言，引起小小的骚动。林宏雨制止夏忧再说下去。夏忧说："林政委，请让我说最后一句。"

人们都看着林宏雨。林宏雨板着脸，说："夏忧同志，请你掌握好发言的尺度。"

夏忧说："电影好坏就不说了，我想说，这部片子，是电影制片厂使用军费拍摄的。全世界的军队，可能只有中国用军费拍电影。我就说这些。"

接下来，就冷场了，没人再发言。好好的一场讨论，让夏忧给搅了。林宏雨作为仓库政委，心中不悦。散了会，他对布小朋说："这个人是从其他单位发配来的，问题很多，我建议年底让他转业。"

晚上，布小朋摸到了夏忧的宿舍。仓库干部编制本来不多，随军过来的更少，结婚的大多是两地分居。夏忧已经结婚，他爱人在龙城一家工厂当工人。干部们大都住在一栋三层高的老式灰楼里，夏忧住三层最西边的一间，西晒，属于最不好的一间，可以看出他在仓库是没有什么地位的。屋里亮着灯，布小朋敲敲门，里面没有声音。布小朋轻轻一推，门开了。夏忧正趴在桌子上睡觉，实际上是趴在书堆里睡觉。在布小朋眼里，这个十几平方米的小屋，几乎全是书，桌子上有，床上有，地上有，扔得乱七八糟，没有下脚的地方。布小朋轻咳一声，夏忧醒了，站起来，揉着眼睛："布主任……"

布小朋示意他坐下，自己也找个地方坐下，拿起几本书翻了翻，他看到有历史、军事、政经、科技、文化类书籍，五花八门，像一个小型的高质量的图书室。买这么多书，恐怕要花去他大部分工资。布小朋到过很多军人的宿舍，有这么多书的人，夏忧是第一个。

他们开始聊天，布小朋问："家在上海，怎么在龙城找了个爱人？"

夏忧说："不在上海找，在龙城找，是为了不两地分居，因为原本想在基地长期干。现在看来，自己还是天真了。"

布小朋说："说自己天真，怎么解释？"

夏忧说："部队不适合我，处处碰壁，我打算向后转。早知这样，不如在上海找个老婆，转业可以回到父母身边，现在回不去了，只能随老婆留龙城，因为老婆死活不愿跟我走。"

布小朋说："你是高学历，你走不了的，基地不会放人。"

夏忧苦笑："我早就在基地挂号了，是重点人——重点盯住的人——我打报告要走，别人会很高兴。"

布小朋说："你看了这么多书，又是国防科大的高材生，怎么就不琢磨钻研点技术？"

夏忧说："搞技术，我没有条件。我有时爱幻想——幻想我们中国，应该有一些杀手锏武器。"

布小朋马上来了兴趣："你说仔细点。"

夏忧眼镜片后面的小眼睛顿时放出光来，他讲了他幻想中的杀手锏——打卫星的武器。他说："美国现在的高技术装备，主要靠卫星引导，卫星就是美军的眼睛，将来真要打大仗，我们要想一招制敌，最好的办法就是先把他的卫星打下来，他就成了瞎子、聋子，他的高技术武器就会变成一堆废铁。"布小朋被他吸引，说："你这个设想，如果能实现，那就太棒了。"

"我感觉早晚会实现的。"

"你把你的想法，提供给基地技术部门，请他们转交军事工业部门，看能不能搞点这方面的前期研究。"

"我把想法给他们说过。但是,他们说,我这是瞎想,卫星几千甚至几万公里高,导弹够不着,拿什么打?别吹牛胡说了。"

"很多伟大的发明创造都是从瞎想开始,夏忧我支持你。你写个东西给我,我帮你转交。"

"算了吧,我准备走了。"夏忧拿出一张纸,递给布小朋。是转业报告。

布小朋看了一眼,把报告放下:"我是仓库主任,我不同意,你走不了。"

夏忧愣了好一阵,才说:"我说一个情况,你就会让我走。"

"什么情况?"

"前主任李德华被调走,你来这儿,是因为一封匿名信。我可以告诉你,那封信是我写的。"

布小朋愣着,有些不相信地看着夏忧。夏忧打开抽屉,拿出一张纸,递给布小朋。是一封匿名信的底稿。这下布小朋信了,当即把那张纸撕碎,丢到垃圾桶里。

"这下你不会再留我了吧?"

布小朋沉默着。

"林宏雨他们一直在私下调查,他们一定怀疑过我。我是606仓库的危险分子,我走了,大家都安心。"

布小朋站了起来,走到窗前,思索一阵,回过头来,盯着夏忧,说:"我不会放你走。这事到此为止,不要再对任何人说起。你相信我,把这个秘密告诉我,我也相信你,留下,会做出成绩的。"

夏忧仿佛受到感动,低头沉思一会,抬起头来时,眼睛里似乎有了泪水,说:"老连长,我可以保证,以后我不再写匿名信,不会再做这种见不得人的事,要写我就写实名信。"

布小朋拍拍他的肩膀,示意他坐下。二人坐下来,又聊了点别的话题。说到各单位都要成立生产经营办公室,夏忧忧心忡忡地说:

"我认为这不是一件好事情，历朝历代，大凡军队经商做生意，没有一个有好结果，最后都会乱套，败坏军纪，败坏风气，涣散战斗力。古人说，文官不爱财，武官不怕死，是国家之幸。如果军队经商，军人钻到钱眼里，与民争利，那必定是国家之祸啊。"

布小朋说："我们总是能想到一块。夏忧，我越发感到，部队需要你这样的人，只要我在，你不能再有走的想法。"

夏忧郑重地点点头，伸手拿起转业报告，一撕两半，丢到了垃圾桶里。

九

孟广俊终于迎来了自己的黄金时代。

后勤部董副部长担任基地生产经营办公室主任，其实是个挂名，真正干事的人，是孟广俊，他抽调来七个人，都是各单位的能人，精兵强将，要么有家庭背景，要么有经商头脑。比如赵小楼，叔叔是龙城副市长，分管工业，可以找他叔叔批条子弄到建筑材料倒卖。比如庄建明，几年前就开始倒卖宝石，他是803医院的皮肤科医生，看病水平一般，但他有经济头脑，他家乡出产一种蓝宝石，质量一般，价钱不高，弄到新疆乌鲁木齐，就很值钱，因为当地珠宝商可以冒充克什米尔蓝宝石，卖出好价钱。克什米尔位于印度、巴基斯坦、中国、阿富汗之间，克什米尔蓝宝石是蓝宝石中的精品。庄建明从家乡收购蓝宝石之后，从龙城东郊的军用机场，乘坐龙城到乌鲁木齐的联航航班，每月往来一次送货，去时把宝石装在军装口袋里，回来时把几十万现金提在手里。为了乘飞机方便，他买通了边检人员，穿军装保护自己，防止有人抢夺抢劫。几年来，他用这个办法发了财，据说他每次带钱从新疆回来，他老婆经常数钱数到手抽筋，体验到了别人所说的数钱数到手抽筋的美好滋味。像庄建明这样的人，虽然没有什么家庭背景，但他有经商头脑，胆大心细，孟广俊听说此人后，赶紧抽调过来，请他多预备蓝宝石，订购了一批精致的小盒子，当作克什米尔蓝宝石给生意场上的相关领导和朋友送礼。这种礼品好捎带，不显眼，往对方办公桌上一放，就解决了。

孟广俊愿意搞生产经营，一是他觉得自己是做生意的料，二是他感到在财务处当副处长，没什么意思。不了解情况的人都以为，他有多大权，其实到了财务处他才发现，财务处是过路财神，钱都是别人的，只是从你这里过一过。党委管财务，就像党委管干部一样，你只是承办者，没多少自主权，顶多别人见了你，给你个笑脸，他以为你多厉害，其实自己知道，并不怎么厉害。自己想花点钱，得找下边单位报销，风险大，也不方便。因此，孟广俊才下决心自告奋勇搞生产经营的。毕竟生产经营搞来的钱，是活钱，可以相对自由地支配，不像那些正常的经费，有很多条条框框卡着，想花又花不了，看着难受。

孟广俊踢出去的头一脚，是说服王司令同意，从军交运输处搞来一百副军车车牌，拿到广东，放给地方上的个体户跑运输，每副车牌年金三万，而且先交钱。这一下每年就是三百万。他人还在广东，三百万元就汇到了基地的账上，已经盖了一半的三栋师、团职宿舍楼，因为缺钱成了半拉子工程，三百万元一到，重新开工。基地首长相信了他的能力，上上下下都把他看成了财神爷下凡。

如果说把军车车牌租出去换钱，还不算什么的话，孟广俊的第二个动作，就不由不令人服气了。他通过关系，联系到空军东郊机场的一架运八飞机，飞到海边的机场，往龙城拉韩国生产的现代牌小汽车——车子是走私过来的，一个架次可以装三辆，拉到龙城，卖给早已联系好的买家，一辆可以有五万的利润，其中一万给机组所在单位，每辆车轻轻松松赚四万。一个礼拜飞三到四个班次，也就是说，每周可以运来十辆车左右，每月就是三十辆左右。走私车地面上有重重关卡，查得很严，但是在天上飞，他们就无可奈何了。孟广俊根本不出门，坐在办公室里，拿着大哥大指挥，从海上跑的轮船，到天上飞的飞机，都归他指挥，这俨然是一个将军的气派，不像是一个中校的作为。

倒腾小汽车的生意持续了三个月，后来因为查得太严，基地不想惹事，制止了孟广俊，从而作罢。中间也曾遇到一点风险，刚上岸的三辆现代车，被缉私队盯上了，情况报给孟广俊，他赶紧遥控指挥，让人把三辆车开到一个海边的山洞里进行伪装，居然骗过了缉私队员，他抽调的人员里面，就有一个专门学战场伪装的王大志。王大志说，他布置的阵地，都可以骗过美国的卫星，区区几个高中生水平的缉私队员，不在话下。

后来孟广俊又指挥众人，调动各方力量，倒建材、倒油、倒煤、倒化肥、倒食用油，每一笔生意都赚钱，基地靠他们挣的钱，给干部盖了七栋宿舍楼，一举解决了多年的欠债，正营以上干部基本都有了标准住宅。基地一直想在市中心繁华地段盖一座高级宾馆，地皮找市领导要来了，名字也起好了——蓝海宾馆——而且找龙城的书法家题写了馆名，就是苦于没钱，工程一直上不了马，又是靠孟广俊倒腾来的各种建材，解了燃眉之急。工程开工之后，孟广俊到工地上转悠，连分管基建的副司令都给他递烟，叫他老孟，那感觉爽极了，他感觉自己就是一九四九年打进南京总统府，扯下青天白日旗的英雄。

宣传处的新闻干事冉淮跑来采访孟广俊，提出要在《子弟兵报》上宣扬一下孟广俊的先进事迹。搞生产经营，与部队中心工作离得较远，文字稿不好上，冉淮提出，发一张照片。基地大院西门对面，驻地街道办刚刚创办了一家敬老院，冉淮的创意是，把孟广俊请到敬老院，给老人送过冬的物品，然后拍一张照片，拿到兵报想办法发表。孟广俊同意。冉淮挑选了五位白发苍苍、面容慈祥的老人，孟广俊面带笑容给他们发放棉衣棉被，反复折腾了好几遍，总算抓拍到一幅比较生动的作品。

冉淮提出，现在《子弟兵报》发稿越来越难，要想顺利登报，得需要点活动经费。孟广俊问："要多少？"

"也不多，上四版，两千就可以。"冉淮说。

"是不多。上三版呢？"

"得三千。"

"上二版呢？"

"五千应该差不多吧？"

"要是上一版呢？"

冉淮愣了愣："上一版，几乎不可能。因为这种军民关系稿件，顶破天上二版。你给多少钱都办不到。"

孟广俊张嘴痛快地答应拨给冉淮一万。冉淮背着相机，高高兴兴走了。没多久，照片登出来了，在二版右上角，篇幅还不小。这是孟广俊头一回登报，他的光辉形象被很多人看到，办公楼里，院子里，别人遇到他，都笑呵呵表示祝贺。一些离退休的老首长也专门打电话或捎话，表示祝贺。与康又汉一个班子的老政委张道刚、老副司令李长水，都亲自打来电话。孟广俊的岳父、刘娜的父亲刘其林曾经是他们的老部下，手头有了资金后，孟广俊经常照顾这些老首长，逢年过节都要去慰问一下，别人也都认为那是应该做的。

龙山干休所的几十户离退休老干部，孟广俊几乎每家都去过，他到他们家走一圈，就知道缺什么东西。老政委张道刚家电视机太旧了，图像都不清晰了，第二天他就让人买了台新的送过去。他去李长水家，看到老太太撅着屁股在收拾洗衣机，知道洗衣机不好用了，很快就有一台新的，送到了李家。他注意到有些老干部，虽退下了，可也是"座上客常满，樽中酒不空"。老干部退下来后的待遇，取决于他在位时是不是提拔了人，是不是帮助了别人，是不是他提拔的人处在重要岗位上。有些老干部下来了，没人理，你去看看他，哪怕买几箱苹果带去，他都很感动。虽然他现在没什么用，但他还是有潜在资源的，也许哪天，会冒出他一个老部下，此人突然提到了重要位置上，这时候你再去找他办个事，他一句话，还是管用的。

以前孟广俊有些瞧不起老干部，现在他重新认识到老干部的作用，这说明他成熟了。他去看他们，让他们感到温暖。他说："官再大也有退的时候，身体再好也有有病的时候，人再年轻也有老的时候。趁我还年轻能干，多为老首长服服务，是很高兴的事。"

他去的次数一多，老干部们纷纷夸他，有的对基地现任领导说："这样的人，对我们老干部有感情，就要用啊！"

李长水说得更生动："小孟这个人，若生在宋朝，他就是宋江；若生在唐朝，他就是秦琼。他特别讲义气，现在年轻人里不多见啦。"

孟广俊说："老首长，如果没有您这个伯乐赏识我，我也就是个拉车的料。"

老司令康又汉家，孟广俊一次也没去过。谁都知道，老司令不贪，用钱砸他脑袋，跟砸石头差不多。拿着东西去，康家不开门，让他空着手去，他做不出来。没办法，像康司令这样原则性超强的老干部，他只能是敬而远之了。他有个发现：不怕领导讲原则，就怕领导没爱好。这个公式用在康又汉身上不灵，康又汉是既讲原则，又没爱好，这样的人，神仙也拿他没办法，只能远离他。

在生产经营办公室的几年，是孟广俊军旅生涯中最快乐的一段时光，他积下了人脉，练出了胆量，见识了场面，丰富了阅历。有了这一课，他觉得已经没有什么能挡住他了。

十

一九九五年至一九九六年间，爆发了"台海危机"，海峡两岸剑拔弩张，战争大有一触即发之势。606 仓库的战备物资频繁调拨，布小朋等人日夜待命，搞得很疲惫，有时困得就差用火柴棍把眼皮支上了。

形势最紧张的时候，夏忧竟然还有心情喝酒，他在自己的房间里，自斟自饮，居然喝醉了，手舞足蹈，仿佛有什么喜事，还大声唱歌。有人报告了布小朋、林宏雨。林宏雨当即发火，说："什么时候了，他还喝酒，得严肃处理他，我去收拾他。"布小朋拉住林宏雨，自己去了夏忧宿舍。夏忧半醉半醒，见了布小朋，也不让座。布小朋厉声道："你想干什么？"

夏忧说："我不干什么，我高兴。"

"你有什么高兴的？老婆生下双胞胎了？"

"那倒不是。李登辉在海峡那边闹事，我为这个高兴。"

布小朋脑袋嗡嗡响，真想给他一拳："你混蛋！你真那么反动吗？"

夏忧清醒了一些，眨巴几下镜片后面的小眼睛："主任，你误会了。我高兴是因为他一闹事，会让我们清醒一下。不光是台湾，周围敌人环伺，凡是周边一有事，我就高兴，该闹的早晚会闹，还是早点闹吧，他不闹，我们很多人只知道做白日梦，醉生梦死，浑浑噩噩，以为自己很强大。强大吗？试一试就知道了，并不强大，外强中干。打个败仗才会真正醒过来。中华民族应该时刻有危机感，不能自欺欺人，以为天下太平，刀枪入库，马放南山。以色列人不相信和平，全民皆兵，一切为了打仗，战败即亡国，他们不能承受败仗，四十多年了，他们打了五六仗，都打赢了。我们呢？老不相信会打仗，老认为打不起来，于是，军事训练成了花架子，武器装备更新缓慢。打仗打不赢，一切都是零。军队不改革，没有出路，不搞改革，打不赢的。我高兴，我喝酒庆祝，我唱歌，是因为台湾那边一闹，我们的部队，该借机有个发展了，对吧？这是军队变革的大好机会呀，难道不值得高兴吗？"

夏忧情绪激昂，喋喋不休地说了一大通。布小朋理解了他的心情，并且认为他一针见血，见地深刻。这样的人，你还批评他什么呢？这样的人，简直就是宝贝呀。布小朋扶他坐下，劝他休息。他躺下，一会儿就睡着了。布小朋帮他关上灯，轻轻把门带上，退了出来，回到值班室，对林宏雨说："夏忧不是思想问题，他喝酒，是预祝我们打胜仗。"

林宏雨说："鬼才信。老布，这人神神道道，早晚要坏事，今年无论如何得把他打发走。"

布小朋说："到年底再说吧。"

"台海危机"最终化解掉了，大家期盼然而又想避免的战争，到底没有打起来。布小朋主动找夏忧交流心得，他请夏忧谈谈看法。夏忧放下书本，说："我认为，本来就没有真打的意思，一切都没准备好，只想吓唬人家。结果声势造大了，过了头，有点不好收场了。"

布小朋说："这么一吓唬，美国把两个航母编队开入台湾海峡，立刻让我们在那里演习的海军相形见绌，近距离直观感受到美国航母编队的强大，看到了自己巨大的差距，我们只好收兵吧，回家发奋图强。"

夏忧笑笑，说："英雄所见略同。但愿受到这个强刺激，我们能加快军事现代化的步伐。"

三年后，总部机关揪出两个台湾间谍，才知道他们早把这边的重大底细，透露给李登辉了，我们所有的行动，尽在对方掌握之中，台湾知道我们不会真打，所以也没怎么害怕。这场台海危机，以闹剧开始，以闹剧结束。

606仓库的官兵因此受到了锻炼，这倒是真的。

连续三年，606仓库成为基层建设先进单位。

这天，一辆从基地本部过来拉被装的大卡车停下，从驾驶楼里跳下一个少校，是冉淮。冉淮从组织处了解到606仓库的事迹，一个全基地有名的落后单位，一跃成为连续三年先进，仓库主任和政委都荣立三等功，这样的单位，全基地都少见。他没打招呼就跑来采访，一个人先在仓库院子里面转了转，他搞新闻有年头了，下连队多，眼睛毒，从人的精神面貌、军容风纪、卫生状况就能看出一个单位的好坏。他眼里的606仓库一切井井有条，院子西北角的公共厕所打扫得干干净净，路上遇见的兵都主动给他这个少校敬礼，动作很规范，给人的感觉这不是一个散而乱的后勤单位，而是一支正规部队。他心里有数了，这才来到布小朋的办公室。

布小朋正在看一份材料，他一抬头，见一个不太熟悉的身影进来了，身影两腿一并，给他敬了个礼。他愣一下，这才认出冉淮来。布小朋在警卫一连当班长时，冉淮是他的兵，也在北门站过岗。冉淮本是个志愿兵，喜欢写写画画，是连队的新闻报道员。基地重视新闻报道，曾经一度有条规定，凡是能在《子弟兵报》上稿的战士报道员，都给奖励。在四版上一篇，嘉奖；三版上一篇，三等功；二版上一篇，二等功。如果在一版上一篇，基地会向总部推荐，争取转干。冉淮就是因为在一版上了篇新闻稿，交上了好运，转成了干部。在布小朋眼里，当年那个不起眼的新兵蛋子，现在居然成了基地小有名气的笔杆子，稿子经常见报。不过，这些年来，布小朋和冉淮交往并不多，了解并不深，仅仅在当年有过短暂的上下级关系，他曾经给冉淮当过一年班长而已。

布小朋急忙站起来，招呼冉淮坐下，给他倒茶递水。

冉淮开门见山，说："老班长，政治部首长派我来写写你。"

布小朋说："写我就免了吧，你非要写，就写集体。"

冉淮说："写集体也行，以你为主。"

布小朋说："最好还是写党委，突出我个人不好。"

冉淮说："我先深入采访，看情况再说。"

冉淮住了下来,每天都找人了解情况。布小朋嘱咐陪同冉淮的干部,不要打扰他,他想找谁谈话都可以,想去哪儿都可以。当然,接待他也是严格按标准来,四菜一汤,不喝酒。布小朋和林宏雨每天陪他就餐。林宏雨说:"冉干事,你下来采访,走的单位多,是不是我们单位接待得最差?"冉淮说:"我是来写稿的,不是来享受的。"布小朋说:"接待得不好,冉干事还愿意为我们写稿,这说明我们是过硬的。"

因为布小朋和冉淮的这层关系,他们吃饭聊天时,气氛都很轻松。冉淮从一个战士凭一篇新闻稿提干,一直是基地的一个传说。有的说他上边有大关系,有的说他花钱上的稿,这天林宏雨又提起此事,冉淮说:"都是瞎猜,我哪有什么大关系?告诉你们,我一分钱没花。"

冉淮忍不住讲起他的那段经历。他写了几篇新闻稿,感觉比较有质量,利用休假的时间到北京送稿,找到了兵报一个熟悉的编辑,这位编辑来基地采访时,他曾陪过几天。熟人负责四版的版面。他在人家的办公室聊天、磨叽,想争取让人家给用一篇。碰巧进来三个编辑一块聊天,这三人分别负责一、二、三版的版面。当时聊天的气氛不错,大家讲流行的段子。冉淮讲段子的水平高,别人笑,他不笑,而且他把包袱藏得好,抖得恰到火候,平时他也注意搜集,肚子里货多,结果他轻描淡写讲了一个,就把大家逗笑了。四版的熟人编辑说:"小冉,我给你用一篇。"三版的编辑说:"你再讲一个,把我逗乐了,我给你上三版。"冉淮不动声色,又讲了一个,结果真把四个人都给逗笑了。二版的编辑说:"你讲一个我听听。"冉淮这才感到机会真的来了,他又讲了一个精彩的段子,把二版的编辑逗得前仰后合,稿子就这样挪到了二版。还没完,一版的编辑也来了劲,继续让冉淮讲。冉淮挖空心思,抛出一个最精彩的,把四个大编辑笑翻了。就这样,冉淮凭一张嘴,用四个段子,把稿子从四版讲到了一版。那篇稿子质量本就不差，反映训练工作的，最后放在了一版比较显著的中间位置。这是基地多年来战士报道员首次登上《子弟兵报》的头版，而且他是唯一的作者，完全符合报道员提干的特殊规定。

冉淮在606仓库采访了五天的样子，把该摸到的情况都摸到了。他信心越来越强，感觉这里可以做一篇大文章，从打铁须得自身硬这个角度，来写仓库的领导班子，写他们怎样通过严格遵守各项规章制度，只伸手要工作，不伸手要钱，从而用三年的时间，把一个最落后的单位改造成最突出的单位。这天吃饭时，他问布小朋和林宏雨："你们仓库以前上过《子弟兵报》吗？"

林宏雨看一眼布小朋，说："我在仓库待了十年，肯定没有。以前可能也够呛，兵报不好上啊。"

冉淮说："我可以告诉你们二位，这回没问题了。"

林宏雨说："谢谢冉干事。需要我们做什么，你尽管吩咐。"

冉淮说："我还有个想法——如果操作得好，这回可以弄个大动静。"

布小朋说："冉淮你少卖关子，弄什么大动静？赶紧说出来嘛。"

冉淮端起茶杯喝了一口，慢慢放下，说："搞得好，可以上个头条。"

除了冉淮，几人都愣了。一个小小的副团级单位，在兵报上头条，肯定可以引起轰动，会成为基地的重大新闻，它所带来的连锁反应，是在座的人所始料不及的。林宏雨、余乃贵激动得两眼放光，余乃贵使劲搓手，林宏雨猛吸几口烟，说："那真是开天辟地头一回了。"

布小朋虽然也很激动，但他预感到，事情不会那么简单，上一个头条，那和过去中状元，恐怕差不多难吧？

冉淮不再讲这事，他换了个话题，讲到时下上稿的艰难。部队不打仗，工作好坏，成绩大小，拿什么作标准？上报纸是很重要的一环。工作大家都在做，你能宣扬出去，让更多的人知道，让上级看到，这就是成绩，这就是表现。所以，多少单位都盯着兵报啊，不少大单位都派人长驻北京，就驻在兵报附近的招待所里，只有一个任务，就是在那边活动上稿子，每到季节，各地的土特产一车一车送，有的干脆用铁路发专列运土特产。大家平时做的事情都差不多，各单位写稿的人，水平也相差不多，报社用谁的稿子都可以，能不能用你的，就看你的人脉和活动能力了。冉淮说："我是军一级的专职新闻干事，在基层连队眼里，我高高在上，是所谓的笔杆子，可是在更高级别机关的人眼里，我又算是基层，仅仅是个小小的新闻干事而已，能在兵报上一篇'豆腐块'，都是很难的，何况是头条？我们一个基地，每年能有多大事情？军委、总部首长下来视察，是大事情，但人家会带新闻记者来，稿子轮不到我写，其他普通内容的稿子，上谁的都可以，用你的，算你烧上了高香，不用你的，你一点脾气没有。"

几个人都被冉淮吸引，听他诉苦，讲上稿的艰辛。也许因为找到了上头条的契机，冉淮兴致蛮高，讲得神采飞扬。他说起今年夏天刚刚发生的一件事，他带一师的新闻干事卢晓亮到兵报送稿，当然不能空手去，带了点土特产，海参、鱿鱼什么的，还有几条烟。送稿，送稿，不如说是送礼，稿子本不用送，邮寄、发传真都可以。但是，你寄过去，那里一筐一筐的稿子，谁理你呀？只能去送。白天到办公室送稿，光明正大，那点礼品得晚上送家去。有时上稿子，编辑一个人说了不算，得找一下部主任，重要的稿子，比如上头版的，还得找找这周值班的副社长，上头条的稿子，得找社长、总编拍板。晚上，他和卢晓亮带上两份礼品，进了兵报的院子，先来到编辑家楼下，抬头看了看，楼上没开灯，家里没人，只能等。你手里提着东西，一看就是来送礼的，不好看啊，晚上出来散步的人多，说不定碰上个熟人，脸面往哪搁？他和卢晓亮只好钻进楼前面的花坛，藏在树丛里，耐心等。花香好闻，身上却不好受，因为蚊子太多，不一会儿，身上咬了十几个疙瘩。那也得忍受啊，据说稿子都排版了，排上版的稿子是很多的，说撤就撤，撤下来再想上，就比较麻烦，今晚无论如何得给编辑留下点深刻印象。还好，这位编辑和老婆散步，没出院子，一个小时就回家了，五楼灯亮了。冉淮提着一份东西上楼，卢晓亮继续留在树丛里。他敲门，进了门，不巧，编辑刚进到卫生间洗澡了，他坐在人家的沙发上，和编辑的夫人有一句没一句地聊天，人家见得多，搭眼一看就知道他提来的东西值不了多少钱，态度不冷不热，他得忍着，一个劲地赔笑脸，不停地夸编辑水平高，人品好，对基地新闻工作很照顾，是个好老师。终于熬到编辑洗完澡出来，简单说上几句，请人家多关照之类，马上告辞出来。这边，卢晓亮在树丛里，已经被蚊子咬得受不了，快昏过去了。那也得忍着啊，他们一直坚持到部主任回来，他上楼把另一份礼品送到主任家，二人才回招待所。全身让蚊子咬得没一块好地方了。幸好，罪没白受，带去的两篇稿子都用了，一篇上了二版，一篇上了三版。冉淮得出的经验是："并非人家图你的礼品，人家在兵报工作，不缺你两盒海参、两斤鱿鱼干、几条烟、几瓶酒。但你不去，就是个态度问题，有时事情成功与否，就看你的态度，态度是主要的，东西是次要的，有了态度，事情就好办一些，没有态度，事情就难办一些，你不去送，挡不住别人去送，别人有了态度，你没有，你的事情就难办了，你们说对不对？"

林宏雨、余乃贵频频点头，说："和我们当年到上边要钱，情况差不离，你不去送，别人去送；你不给回扣，别人给，经费落到你头上，那才叫怪。"冉淮说："我们挨蚊子咬，说到底，还是基地用到新闻上的经费少，如果首长多给点经费，我们不带东西，直接送红包，那要好办得多，一个信封往人家办公桌上一放，人家往抽屉里一划拉，就解决问题了，哪里用得着往人家家里跑？招人嫌不说，自己还受罪，面子上也不太好看。"

听话听音，布小朋听出来了，冉淮这小子说半天，他是在铺垫。果然，晚上散步时，四人来到半山腰，望着山下的景物，感叹了一番大自然之壮美，冉淮提出，要想上头条，得拿点活动经费。林宏雨、余乃贵看着布小朋。自从布小朋来了后，大事都是布小朋拿主意，这是布小朋刚来时，林宏雨向他承诺过的。布小朋问："冉淮，你要多少钱？"

冉淮说："据我所知，一般情况下上头条，得要个三万五万。给我三万就行，我争取少花钱，多办事。"

布小朋不吭声了。三个人都望着他。余乃贵搓一会儿手，说："布主任，我们是没这笔钱，但你别担心，我到上面找人要，我们先垫上，我保证把这个窟窿补上，行不行？"

"花钱上报纸，你们觉得光彩吗？"布小朋问。

三人都愣了愣。林宏雨说："现在这种情况很正常，我说得对不对？冉干事。"

"太正常了。"冉淮说，"这笔钱我个人不贪一分，都要花出去，上一个头条，至少要找四个人活动。四个人三万，你们觉得多吗？"

"确实是不多。"余乃贵说，"到北京，请一次客得要多少钱？大家都清楚。"

布小朋沉默一阵，咬了咬牙，打定了主意，说："我来这里三年，想做的事情，主要是不想让大家乱来，得守规矩，也许我们按规矩来很吃亏，但规矩还是得守住，不守住就会出乱子，早晚的事。三年了，可以说，我们都守住了，所以我们三年都是先进。怎么到了这时候，突然又要破坏规矩？值不值呢？我觉得不值。如果花三万块钱去上一次报纸，坏一次规矩，那么，我们这三年不是白守了吗？我们不是又回到三年前了吗？你们说得对，也许这种情况眼下很正常，想上报纸，当典型，就得花点代价，天下没有免费的午餐。但是我们，还是免了吧，因为我们坚持三年了，我不想破坏。我接受不了。三位，对不起了。"

说罢，布小朋独自下山去了。

三个人愣了好一阵，不知该说什么。余乃贵跺跺脚，说："他太正了，太正就没有人味了。"

林宏雨说："老布是真心话，不是装的，我理解他。冉干事，白让你忙活了，很抱歉啊。"

冉淮摇摇头，说："其实我心里很感动，因为我的老班长没有变，他还是老样子。他是对的，我们——主要是我——是俗人，比他差太多。我更尊敬他了，尽管我还是有点不理解。"

冉淮说完，也下山了。

林宏雨点上一支烟，吸了两口，说："乃贵，你还想不通？"

余乃贵失望地说："我无所谓，在部队没什么混头了，随时准备往后转。你呢？五年副团了，再不上，也该走了。"

林宏雨说："自从布小朋来了后，我夜里睡觉很踏实，上不去，我也认了。也许现在有点怪他，过后可能还得感谢他。"

林宏雨下山了。余乃贵扔掉烟头，跟上，想想不对，他又回头把烟头狠狠踩灭。山上就怕失火。

十一

半个月后，《子弟兵报》在第三版右下角，刊登了606仓库的事迹，文字不长，三百多字。对于一个偏远的仓库来说，能登上兵报，已经很是不错了。

冉淮给布小朋打来电话，说他没花一分钱，完全是凭借他的人脉落实的这篇稿子，遗憾的是，本来可以上一版，并且有可能争一争头条的一篇高水平稿子，只上了三版。言下之意，冉淮对得起你这个老班长了,还有一层意思,是你布小朋不配合,才造成稿件刊发不理想,这不能怪他。"

放下电话,布小朋隐隐觉得有点对不住冉淮。他知道,这是第一次,也是最后一次,冉淮以后不会再给他们写稿了。

好事接踵而至。登报的第三天,后勤部张副部长亲自给布小朋、林宏雨打来电话:"基地王仁天司令要来606仓库视察,看望部队。"张副部长按照后勤部江部长的指示,提前赶过来布置迎接王司令有关事宜。

基地副政委、副司令以上的首长,已经有好多年没人来606仓库了。606仓库的人们是热切盼望首长来视察的,布小朋等领导都很高兴,他们不用提前做什么准备,仓库的工作一如既往,他们不会,也不用糊弄首长。林宏雨只提了一个想法,别让夏忧胡说八道,最好把他派出去出趟公差。布小朋想一想,同意了。夏忧在王司令来的前两天,到基地送材料去了。林宏雨给了他一星期假,让他趁机在家陪陪老婆。他老婆嫌夏忧不顾家,前段时间曾经提出要离婚。经林宏雨做工作,这才罢休。

按照预定的计划,王司令早饭后从基地出发,十一点到达仓库,先到连队看望一下大家,再到两个库房转转,边走边听汇报,十二点准时开饭,饭后简单休息一下,然后返龙城。满打满算,在仓库只待三个多小时的样子。仓库的招待所硬件设施太差,不具备接待高级首长的条件,以前来仓库的师以上领导,基本没人在仓库住过,都是当天来,当天走,回龙城,或者到肥南县的宾馆住一夜。这样也省去了仓库接待的烦琐,就吃一顿午饭,短平快,说起来,这也算是少给部队添麻烦。

这顿午饭,让后勤部江部长大费脑筋。江部长刚当上部长没多久,以前他是副部长,当领导,最难办的事,就是搞接待,最想办的事,也是搞接待,快乐与苦恼并存。别出事,招待好,是当领导考虑最多的问题，也是最费精力的问题。

王司令以前很少到后勤部直属单位视察，基地首长去的最多的地方，是三个师及其下属的团、营、连，那是正规部队，边边角角的小、远、散单位，首长们顾不过来。张副部长提前两天来到606仓库，最拿不准的，也是这一顿午饭的问题。江部长指示他，按两手准备，不能到时候抓瞎。

张副部长讲民主，他先问布小朋、林宏雨，这顿饭怎么个置办法？

林宏雨说："先由布主任拿主意，怎么着我都没意见。"

布小朋说："这个好办，三年了，不管来什么人，我们严格执行四菜一汤的规定，从没越规，这个都有记录，张副部长可以查。"

张副部长说："四菜一汤，哪四个菜，啥样的汤？"

布小朋说："四菜，两荤两素，我们有菜谱，可以挑选，汤也是，好几种呢，请张副部长定。"

张副部长说："你们先备一个方案。然后我再了解一下通信仓库的接待情况，最后请江部长定方案。"

王司令的计划是，来606仓库之前，先到司令部下属的通信仓库视察一天。通信仓库也是个副团级单位，与606仓库情况差不多，两家相距一百多公里，通信仓库离龙城相对近一些。江部长、张副部长一直密切关注通信仓库的接待情况，那边的一举一动，都有人偷偷报过来，这样就省去了江部长的部分苦恼。这天，王司令刚刚离开通信仓库，消息也传过来了，那边是按最高规格接待的，首长很满意。江部长当下决定，也按最高规格来，后勤部一定超过司令部。

张副部长接到指令，赶紧准备。他有第二套方案，那是早就和江部长拟好的。这时候，布小朋、林宏雨等仓库的领导都已经插不上嘴，一切按张副部长的布置来。一是迎接，王司令车队到达时，部队要在仓库大门口列队迎接，敲锣打鼓，仓库的业余军乐队一直坚持排练，水平尚可，这时正好可以派上用场；二是午餐，张副部长来时，已经和龙城最高级的贵华大酒店谈妥，只等一个电话过去，那边就按定好的标准备菜，能提前做的，提前在酒店做好，需要现场做的，几个厨师跟过来，把一应食材，包括酒店的高档餐具都带来。头天下午，仓库派两辆面包车过去，第二天一早，王司令的车队还没上路，酒店派出的人员就带上一应物品，坐面包车先行出发了。同来的还有三个女服务员，她们带来了镶金边的餐巾。

仓库很省事，不需要做饭，只需要把招待所的包间准备好，卫生搞好就可以。当然，现金也得准备好，酒店跟来的一个经理，是要把钱带走的。

菜的问题解决了，剩下就是酒的问题，通信仓库招待王司令一行，喝的是十五年的茅台，江部长指示，仓库派人到龙城的茅台专卖店，去拿三十年的茅台。

仓库像过节一样，热热闹闹进行准备。布小朋却向张副部长提出，中午饭他不参加。张副部长不高兴，说："你为什么不参加？"

"我不会喝酒，这个你知道。"

"不会喝酒？我看是假的。"

"我从没喝过。真的。"

"不会喝也得喝，你不看看，今天什么日子？首长好不容易来一趟，你不想表现一下？"

"我想表现，但不是在酒桌上。"

张副部长更是不高兴了，说："你不上桌，可以，但你别给我说，一会儿你给江部长说。你是主官，首长来了，你不参加，像话吗？"

张副部长感觉这个事不是小事，电话里向江部长请示汇报。江部长指示，布小朋必须上桌，不然王司令问起来，不好解释，首长下基层，基层单位的主官不陪同吃饭，什么意思？就好比客人来了，主人不陪饭，这不是怠慢客人吗？不会喝酒，表示一下总可以吧？

一个大男人,难道连一杯酒都喝不下去吗?如果不配合,那就年底滚蛋,腾位置给别人。江部长话说到这个份上,布小朋再不上桌,那不仅是不识抬举,而且是明显的违抗命令了。

张副部长还特意交代,江部长叮嘱过,王司令来了,不能提要求,不能说困难,有困难给业务部门的处长们说,有几个处长要跟过来。布小朋表示:"这个放心,有困难我们自己克服,不向上级伸手。"

张副部长带布小朋、林宏雨,早早地到国道出口迎接王司令一行。四辆小车露了头,开了过来,第一辆是王司令的车,他和韩秘书坐里面,第二辆是江部长的车,江部长专程陪同,布小朋没有想到,孟广俊坐在江部长的车里,他也过来凑热闹了。最后面两辆车坐着机关的几个处长,有司令部工程处长、司办主任、政治部干部处长、后勤部营房处长,这都是握有实权的人物。

车队转向乡村公路,带着股股烟尘向606仓库驶去。路过小李村时,小李村的支书李向平居然带着村小学几十个小学生和老师,站在路两边,手里挥舞着野山花列队欢迎,让王司令乐开了怀。这都是余乃贵安排的,这个人看着心粗,其实有时心很细致。在仓库门口,一百多个干部战士早已列队,锣鼓声震天作响,王司令一行一下车,业余军乐队奏响迎宾曲,曲调在山间婉转回响。迎接仪式搞得很成功,江部长一直留意王司令的反应,他看到王司令笑了笑,知道成功了。

再往下,就是王司令到连队和库房转了一圈,象征性走了走,布小朋和林宏雨边走边给王司令汇报。王司令说:"不要搞形式主义了,汇报什么?你们工作很好,连续三年先进,而且刚刚上了报纸,这都是明摆着的成绩,基地党委、首长很满意。"

江部长说:"司令了解得很细,你们都把心放肚里吧,好好干工作,争取明年保持住这个荣誉。"

很快到了午餐时间。张副部长和余乃贵一直在后厨和包间盯着,贵华大酒店的厨师、服务员经多见广，确实很过硬，一切都准备得井井有条。上桌的人，一共十二个，每位三百八十元的鲍鱼、燕窝、鱼翅等高档菜，是直接从龙城带过来的熟品，来仓库加加热就成，其余的菜品，四个厨师现场办得利利索索。

众人入座后，江部长先致词，代表后勤部和仓库，热烈欢迎王司令来606仓库视察、指导，感谢基地党委、首长多年来对后勤部和仓库的关心爱护。往下，自然是喝酒了。江部长事先把布小朋不能喝酒的事情给王司令打了个招呼，王司令多少也听说过一些当年布小朋喝醉酒和老司令康又汉女儿出洋相的事，认为他是一朝被蛇咬，十年怕井绳，不会喝没关系。众人轮番向王司令敬酒，只有布小朋一动不动。孟广俊挨着布小朋坐，他踢了布小朋一下，显然是提醒他，就是毒药，你也得敬一杯。布小朋犹豫一阵，还是没有敬。他端着那个小酒杯，估算了下，这一小杯酒，差不多值一百块钱，他不想喝，又不舍得倒掉，便找个机会倒进了孟广俊的杯子。

确实是好酒。在王司令这个级别的人眼里，三十年的茅台，差不多就是顶天的好酒了，也不是说喝就能喝到的。布小朋注意到，王司令虽然喜欢茅台，但并不贪杯，喝了大约二两多，就不再动杯子，别人敬酒，他端茶。几个处长，还有孟广俊、林宏雨等人，找各种话题给王司令、江部长敬酒，布小朋看得心疼，每下去一小杯，就是一百块，这样喝酒，成本太大了。有人不注意碰翻一杯酒，或者酒杯倒得太满，有酒洒出来，他更是心疼。他悄悄嘱咐服务员，别倒太满。三个服务员是从贵华大酒店一百多个服务员中挑选出来的，服务质量没的说，人也漂亮，看着就让人感觉舒服。

不仅是酒好，服务好，菜品也好。王司令相当满意。吃鱼翅时，司令幽默了一句，说：" 你们的粉条弄得不错。" 众人都会心地笑了。

张副部长和江部长开始有点担心，怕布小朋一杯酒不喝，影响王司令的情绪。后来发现，王司令毫无责怪他的意思。王司令微醺着对布小朋说:"你不喝酒是对的,你这个人,要是喝,就不是你了。"王司令甚至很欣赏布小朋,号召大家向布小朋学习,做一个清醒的人,他说:"不能都是酒坛子,有不会喝酒的,是好事。"王司令接着说,"别以为我们在上面,什么也不知道,你们在下面做什么,我们还是基本有数的,布小朋这几年干了什么,是怎么做的,我们都清楚,作为领导,我们希望干部们都像布小朋这样,严格要求自己,踏踏实实干事,做出点成绩来,为基地建设添砖加瓦。"

有王司令一段话,布小朋过关了,所有为他捏一把汗的人,都可以放心了。

席间,王司令不仅夸了布小朋,还夸赞了孟广俊,说他确实能干,基地有几个领导最近换车,钱哪来的?都是孟广俊辛辛苦苦挣来的,没花一分钱军费。孟广俊谦虚道:"都是基地首长、后勤部首长领导得好,我一个山区的苦孩子,能有今天,全靠组织培养。"他进而表态说,"我经常提醒自己,凡是上级看不到、想不到、听不到、做不到的,我们都要替上级看到、想到、听到、做到。"

孟广俊的话一出,几个处长给他敬酒,又让布小朋心疼了好几下子。

王司令看来真是喜欢孟广俊,实在没什么好夸他的,就夸他的吃相,说:"你们看人家孟广俊,吃鸡翅,嚼得咔巴响;人家吃虾,皮都不剥,虾头都吃掉。"

众人又给王司令逗笑了,孟广俊为了感谢首长表扬,一连干了六杯。

王司令在606仓库一共待了三个小时,这里给他留下的印象,比通信仓库要好。江部长感觉到了,很是开心,找机会猛夸了一通仓库。

吃罢午饭,王司令一行临走前,还有最后一项程序——给来的客人送一个信封。钱不多,当时的规矩,一人两千。张副部长决定,王司令、江部长就不用给了,自己也不要。孟广俊表态,他也不要。林宏雨就给剩下的几位处长分别塞了个信封。送走客人,和贵华大酒店结账。喝掉四瓶酒,加上菜钱,服务费,不算送出的红包,就是两万块钱。布小朋一听,头都大了。

孟广俊留下没走,他晚上要到矿务局去,谈一笔煤炭生意。他看到布小朋脸色很难看,就把他拉到一边说话。布小朋脸都青了,捂着腮帮子,像是被人抽了一巴掌。孟广俊说:"一看你就是小家子气,做不成大事。能不能长点出息?"

布小朋说:"两万块,我姐在家种地,一年能收几千块就不错了。我们一顿饭,造进去两万块,这要遭报应的……"

他差点落下泪来,说不下去了。

"你看你,又不是花你家钱,你心疼什么?"

"你当这钱是外国人的吗?它是中国人的血汗啊。"

"这钱没有被外国人赚去,它还是中国的,你瞎操这个心干什么?"

"我没有这笔经费,拿什么填这个窟窿?"

"来了这么多领导,还能亏了你吗?"孟广俊跺一下脚,"不是马上要给你们修路吗?你就把饭钱算到工程款里。"

布小朋想了想,也只能如此了。沉默一阵,他说:"以后再来首长,再这样接待,我是死活不上桌了,我像坐老虎凳,受罪啊。"

孟广俊冷笑一声,说:"你这人,真是身在福中不知福,这是天上掉馅饼,多少人盼着首长来视察,你却反感。就你这德性,以后想上桌,怕也没机会了。"

布小朋扭过脸去,说:"没机会就没机会,那样更好,不生气。"

孟广俊说:"我告诉你老布,把钱看重了,朋友就少;把情义看重了,朋友就多。你懂吗?"

布小朋愣了愣:"老孟你别搞错了,我把钱看得重,是因为这都是血汗钱,我一想起我姐在田里劳动,每年还要交农业税,我就不忍心浪费这钱。我这样做,是没有情义吗?"

孟广俊说:"你这是典型的小农意识。给你讲不清,不给你讲了,我去煤矿。"

"晚上回来吃饭吗?"

"还是四菜一汤?"

"肯定。"

"算了吧,我真受不了你。只要你还在这个破仓库,老子永远不会来了。"

孟广俊大步走了。

第 三 章

一

王仁天司令视察606仓库一个多月后，布小朋就接到了新的命令——他被基地党委任命为三师九团的团长。A基地下辖三个师，第一师是试验师，负责新式武器的试验；第二师是训练师，负责新式武器的训练；第三师是保障师，负责对一、二师进行战场保障。这个任命来得很快，令很多人感到意外。当然，对于布小朋的军旅生涯来说，这是一个重大转机。

仓库主任一职，布小朋卸下来交给了余乃贵，至于林宏雨，上级也打过招呼了，再等一阵，让他到803医院担任政委。这两个人非常感激布小朋，说没有布小朋，他们不可能有这样的前途。布小朋说："我来三年多，可能影响你们发财了。"林宏雨说："发财是要冒风险的，现在不缺吃不缺喝，图个安定、踏实，我算是悟到了，这个比发财重要。"分手时，三人还都忍不住红了眼圈。

离开606仓库之前，布小朋专门找夏忧做了一次长谈，他请夏忧谈谈部队当前存在的主要问题。夏忧说："存在的主要问题，不外有二。"

"哪两个？你说明白点。"

"一是腐败问题，现在已经很严重了，这个不用我细说；二是训练不力，消极保安全，怕出事，尤其怕死人。怕出事的深层次原因，无非是各级领导从自身利益出发,怕影响自己仕途。至于训练不力,导致战斗力停滞不前,甚至倒退,那不关他的事,反正现在不打仗,战斗力什么水平,没人摸得清。至于将来打不了仗,打败仗——我死之后,哪怕洪水滔天——现在谁管那么多呢?"

夏忧说的这些,布小朋并非脑子里没有。他想听他讲讲,无非是再一次给自己的下一站,树立一点信心。夏忧说罢,意犹未尽,拿出一本书来,翻开,指着一处地方,说起空军第一任司令刘亚楼的一个故事。抗美援越期间,美军一架侦察机越过中越边境进入我国境内,我方派出一架歼6飞机迎敌,歼6只能飞一万七千米高,而敌侦察机的最大升限是两万米,没人家飞得高,歼6飞行员咬住敌机,三次开炮,都没打中,小伙子血气方刚,不打下敌机不罢休,于是他开足马力,对着敌机飞去,想撞掉它,与它同归于尽。结果,歼6飞机失控,不仅没撞到敌机,自己反而掉了下来,飞行员最后时刻跳伞,平安着地,飞机坠入大山中,起火爆炸。白白损失了一架战机,上级要严肃处理那个蛮干的年轻飞行员。事情报到刘亚楼那里,刘亚楼说:"他是蛮干,这不假,但我更看重的,是他的勇敢无畏,我们应该多一些这种勇敢无畏的战士,那样的话,我们将是无敌的。最后,不但没处分那个飞行员,反而表彰了他。"

"如果换到现在呢?"夏忧说,"这个飞行员肯定会被停飞。我们失去的,不仅是一个勇敢的飞行员,而且是军人的血性。而血性,是我们这支部队现在最缺乏的。是和平的时间太长了,大家醉于太平,还是我们的训练体制,用人制度有问题呢?出了事,当领导的要受影响,要挨处分,难以提升,久而久之,谁还愿意冒险?对于训练中的事故怎么办,我们一直没有解决。"

布小朋说:"我也看了一份资料,是美军的。美国海、空军飞行事故很多,远远超过我们,它每年因训练损失的飞机,几十架。可他现在打一仗,损失不了几架飞机。美国人说,平时多付出,战争来临时，会得到回报。"

"换言之，平时不付出，战争来临，会受到加倍惩罚。"

布小朋叮嘱夏忧，无论如何不能转业，就是有人撵，也得顶着，实在顶不住，找他。等他找机会，再把夏忧调到一个合适的单位去，充分发挥夏忧的作用。

三师九团驻防地在渠县的南郊，离龙城一百公里左右的距离，只不过它在龙城的东面，而606仓库在龙城的西面。

布小朋到达九团后，按照自己的思路狠抓训练，力求尽快改变"怕、散、软"的老毛病，只用三个月就大见成效，部队嗷嗷叫。紧接着，九团根据师里的部署，全团齐装满员参加"和平使命1997"保障演习，第一阶段顺利结束，布小朋很是满意。

第二阶段即将开始。布小朋和团政委许子林二十四小时住在团指挥所。

三师的七、八两个团，分别进行信息保障和电磁保障，算是信息化保障，九团进行物资保障，算是机械化保障，主要以各种战备车辆，对进行试验和训练的一、二师部队，快速进行后勤补给。第二阶段的演习大纲，是九团对二师的六团进行战场条件下的全天候保障。按照预定的方案，必须有一个夜晚，进行复杂气象条件下的训练和保障。

这天晚八点，基地气象室发来预报：演习地区夜间将有中到大雨，能见度低于二百米。这正符合复杂气象条件的要求。五十公里外的山区靶场，六团进入临战状态。这边，布小朋、许子林指挥九团的三个营，共一百辆各类保障车辆，在小雨中紧张待命。

按照师指挥所的要求，九团夜十时出发，十一时半到达靶场，给六团提供保障，然后六团向假想之敌发动夜袭。六团的主战装备是新近研制出来的，还没有大规模装备部队，几番训练、演习之后，经过战场检验，才能正式列装。

布小朋手腕上的表针渐渐指向了九点半。外面，雨渐渐大了起来，雾气弥漫。由于是头一回指挥较大规模的夜间行动，他不免有些紧张。许子林比他长三岁，已当了六年团政委，经见得多，所以谈笑风生，丝毫看不出紧张。作战参谋就站在他们身后，随时根据布小朋的指令对全团下达行动口令。

九时四十分，基地气象室发来最新的气象预报，对傍晚的预报进行了更新：十一时之后，演习地区将有大到暴雨，并伴有雷电和短时大风。师指挥所随即果断决定，取消今晚的行动，部队原地待命，今晚课目，以后见机实施。

准备了一周的课目，仅仅因为有一场暴雨，就要取消。说是全天候，那应该天上下刀子都不惧的，真要打起仗来，敌人可不会因为暴雨、雷电而在家睡大觉，恰恰这是他们发挥高性能武器作战效能的最佳时机，你毫无防范，或者没有还手的能力，此时攻你，你乖乖缴械吧。

布小朋坐在椅子上久久不动。作战参谋按常规，拿起保密电话下达停止演习原地待命的口令，布小朋伸手把电话按上了，他对许子林说："政委，我打算继续搞，他们收兵，我们不管他，我们准备这么充分，战士们嗷嗷叫，我不想把这盆冷水泼下去。"

"你打算怎么搞下去？"

"按原计划，十时出发。"

许子林看一下手表："还有八分钟。"

"对。我们的车队，继续往靶场方向前进。"

"报告师指挥所吗？"

布小朋愣了一下："如果报告，肯定不会同意，不如不报。"

许子林说："擅自行动，那是违抗命令。"

布小朋说："我们团有自主训练的权利，就当是一回普通的夜训吧。"

许子林说:"你想过没有,出了事情谁负责?"

布小朋说:"我是团长,如果有事,肯定是我负责。"

许子林沉默了。

布小朋说:"政委,今晚正好检验一下我们团的夜间保障能力,这是老天爷给我们的机会,如果今晚过了关,说明我们是好的;如果过不了关,我们总会发现一些问题,改进就是了。"

许子林仍然不语。

这时,一营营长罗大海打来电话询问,时间已到,怎么没有动静?还搞不搞?罗大海要求带先导营出发。

布小朋一瞬间决定:他只带一营行动,二、三营原地待命。

一营在布小朋亲自带领下,于十点零五分从驻地出发,前往五十公里外的靶场。三十二辆各类保障车辆关掉大灯,借助雷电的光亮,还有前车发出的隆隆声,在大雨中艰难前行。布小朋乘坐的指挥车在车队中间偏后位置,前后都可以照顾到。行进到一半路程,罗大海报告,已经有七辆车掉队,布小朋感到不满意,但这比他想象的,还要好一点。

车队前锋到达一个山口时,倾盆暴雨从天而下,世界进入混沌之中,道路被大水覆盖,一辆油罐车偏离道路,滑进一个沟内翻倒,车内两个驾驶员,一个轻伤,一个重伤。

消息传到布小朋耳朵里,他命令部队继续全速前进,不得停下来,否则今晚的一切,都失去了意义。一营副教导员留下来,指挥抢救伤员事宜。

在布小朋和罗大海指挥下,有二十辆车越过了最危险的路段。十一时三十五分,有十六辆各类保障车辆,冒着暴雨,按时赶到指定地点。也就是说,一营有一半的车辆和装备,到达了演习目的地。考虑到一营是在最复杂气象条件下全员出动,这个成绩马马虎虎。当然,这离布小朋期望的,还有较大差距。一营是三个营里最突出的，一营就这个水平，二、三营情况可想而知，看来目前九团的战斗力水平，很一般。

休整一个小时后，所有车辆按原路返回。这时雨基本停歇，道路好走多了。凌晨三点左右，一营全体回到驻地。布小朋刚下车，政治处主任就跑来报告：受重伤的战士毛小虎，因失血过多，没抢救过来，在县医院去世。

布小朋心里一沉，意识到问题大了。一个年轻的生命，就这样眨眼之间告别了世界，布小朋心情沉痛，公务员给他打来早饭，他一口也吃不下。

许子林借口血压高，当晚没有随一营行动。整个事情都是布小朋擅自决定，毫无疑问，他应该负最主要的责任。罗大海是条敢作敢当的汉子，他来找布小朋，说："团长，我是营长，死的兵是我的人，我都担起来。"

布小朋一瞪眼睛："你少扯！与你们都没关系，责任全在我，我给师党委写检讨，要处分处分我。"布小朋以前很少冲别人瞪眼睛，这回他真急了。

天刚放亮，布小朋就派政治处主任和军务股长，到事故发生地实地勘察，弄清情况后，好给师里写报告。失事的油罐车已经拖回，幸好赶上大雨，洒出来的柴油没有起火爆炸，都被雨水稀释了，流进了一个鱼塘里，死了一些鱼，顶多赔老百姓一点鱼钱。如果不是赶上大雨呢？山坡下面就是一个小村庄，起火爆炸的话，损失难以估量。

一营悄悄准备毛小虎的后事。这个兵是江西人，连队给他父母打电报，没说已经牺牲，只说受了重伤，正在抢救，希望快些过来探望。但给当地县民政局和武装部得说实话，因为需要这两家单位派人陪同家属来部队，需要他们路上做做家属的工作，先吹吹风。

许子林一直没有露面，他肯定在生布小朋的气。他当团政委六年，正是提拔的节骨眼上，这个事故一出，八成又得后拖。布小朋隐隐觉得对不起老许，打算自己把所有的责任都担到身上，尽量减轻别人的责任。

孟广俊不知从哪儿得到的消息，自己开车过来了，他一进九团的大门，就感觉哪儿不对劲，打量一阵，终于发现了蹊跷——九团破旧办公楼的大门，正对着营区的大门，外面就是大马路，门对门，典型的风水不好，犯冲，不出事才怪。他想给布小朋打电话，又一想，布小朋刚来，给他说这事，他也做不了主，再说那人死犟，不一定听。他把电话直接打到了许子林家里。许子林说自己血压高，头晕，还没起床呢。

孟广俊说："老许，你年轻轻的就血压高，还到处放风，上边怎么用你啊？干脆你退休得了。"

许子林一听，立马就爬起来了，说："老孟，孟主任，你找我有什么指示？"

孟广俊说："我就在你们团大门口，赶紧过来。"

许子林几分钟就到了大门口。孟广俊指着办公楼楼门和营院大门的中间位置，说："看到了吗？在这儿立一块假山石，个头要大，挡一挡。"

许子林明白了七八分："老孟，弄什么样的石头，很贵吧？我可是没钱呀。"

孟广俊说："再穷也不能在风水上省。我印象中，你们九团年年出事，对不对？"

许子林说："以前还好。最近三年，年年有点事。前年一个干部给电死了，去年一个战士自杀，今年，这不，昨晚上一个兵，演习途中不幸翻车牺牲。孟主任，你都知道了吧？"

孟广俊点点头："说到底，我认为是风水问题。要我说，最好在营门口立两个石狮子，镇镇邪。"

许子林说:"咱们是部队,又不是地方衙门,搞石狮子,好吗?"

孟广俊说:"基地大院还没搞呢,让你先搞,是不合适。怎么办呢?变通一下,你就按我说的,赶紧的,搞一块大一点的、气派一点的泰山石来,就摆这儿,挡一挡,明年就会时来运转。"

许子林诚恳地点着头,说:"等处理完这事,我就想办法办这个。"

二

孟广俊昨晚喝多了茅台酒,半夜里心烧得慌,躺着难受,天未亮他就爬起来,到楼下散酒劲,不想在路口,碰到了晨练的王司令。

好事不出门,坏事传千里,三师九团半夜出事的消息,已经传到了王司令耳朵里。布小朋当团长,与王司令有很大关系,这个孟广俊最清楚,王司令肯定不希望布小朋那里出问题,尤其是总部工作组马上要来基地考核师以上干部,基地更不希望这个时候出任何问题。由于事故的具体情况不可能这么快报上来,王司令也不好明确做指示。孟广俊听出来了,王司令希望他先跑一趟摸摸情况,看看有什么办法弥补一下事故带来的危害,尽量做到大事化小,小事化了。这显然是王司令对他的极大信任,他当即自己开车,赶了过来。

布小朋看到孟广俊一大早赶来,心下一阵感动,毕竟是一个连队出来的老战友,有了事情,马上就出手帮衬。布小朋、许子林带孟广俊赶到出事地点察看,现场有许多当地老百姓在围观,都知道出事了,来看热闹。孟广俊吓唬他们,说是出事的那辆车有毒,毒气到现在还没完全消散,你们虽然闻不到,但毒气在往你们脑子里钻,最好离远点。众百姓一听,赶紧散开了。

政治处主任和军务股长已经有了初步的结论:昨晚十一时左右,下起特大暴雨,山洪袭来,冲向刘家臣、毛小虎驾驶的278号运油车，车子翻进路旁的一个沟里，驾驶员刘家臣受轻伤，副驾驶员毛小虎头部撞到前挡风玻璃上，额角碰出个大口子，紧急送到县医院，终因失血过多牺牲。

孟广俊站在高处，看到这是一座山口的拐弯处，出事地点前方不远处的路边，有一座石头房子，房顶烟囱里有炊烟往外冒，显然里面住着人。孟广俊打量一阵，一个主意在他脑子里形成了，他对布小朋和许子林说："我看坏事可以变成好事。我要叫个人来。"

布小朋和许子林摸不清孟广俊葫芦里卖的什么药。孟广俊当即摸出大哥大，往基地挂电话，请对方派个车，赶紧把宣传处干事冉淮送过来。接电话的人问什么事，孟广俊不耐烦了，说："不要打听，你把冉淮送到三师九团就行。"

三人在许子林的办公室等冉淮。冉淮赶到之前，孟广俊把他的想法说了。他的打算是，这个事情不仅是大事化小，小事化了的问题，而是要借机做一篇文章，坏事变好事，搞好了，九团不但不受批评，而且还得受表扬。

许子林两眼放光，问："老孟，你把想法和盘端出来，别说一半藏一半。"

孟广俊拿起笔，在一张白纸上画了个草图，说："你们看，这是毛小虎出事的地方，这不是有一座老百姓的石头房子吗？山洪暴发，大水冲了过来，浪头有半人高，毛小虎驾驶的车子刹车失灵，撞向群众的石头房子，里面住着群众一家老小好几口子人，如果装油的车子冲进去，起火爆炸，群众的生命财产就会受到严重威胁，危急时刻，毛小虎当机立断，一打方向盘，结果翻车，他负重伤，最后牺牲。这不是英雄，又是什么？"

许子林眼睛炯炯闪亮："老孟，有几个小问题，得仔细合计一下。"

孟广俊说："老许你说。"

许子林说："第一，毛小虎不是驾驶员，受轻伤的老兵刘家臣是驾驶员；第二，车子不是刹车失灵，而是山洪袭来时，作为驾驶员的刘家臣操作上有一点小小的失误，导致车辆翻车；第三，好像也并没有撞向老百姓的石头房子，还远着呢。"

孟广俊说："老许，你怎么死脑筋呢？一，毛小虎是不是驾驶员，只要刘家臣不吭气，我们几个人不说，谁能知道？我们说他是，他就是；二，车子是不是刹车失灵，也是你们团说了算嘛，基地又不来人审验；三，是不是撞向老百姓的石头房子，也是刘家臣说了算。他的工作不会不好做吧？"

许子林说："这个好办，让他说啥他就说啥。毛小虎死，他本来有很大责任，这下他也会成为半个英雄，他能不配合吗？"

孟广俊说："这不就得了嘛。"

布小朋一直沉着脸，没说什么。孟广俊以为布小朋吓傻了，就只顾和许子林说话，没理他。他需要冷静一下，刚上任三个月，就弄出个死人毁车的事故，尤其是他胆大包天，擅自行动，搞不好，基地把他的团长给撸了，都是有可能的。如果事情处理好，他是最大的受益者，孟广俊不担心他不配合。

许子林猛夸孟广俊足智多谋，是基地的精英人物，如果生在三国时代，那就是诸葛亮、周瑜的水平。许子林说："老孟，我们和你比，那真是王奶奶碰见王麻子奶奶，差好多点呢。"

一个多小时后，冉淮赶到了。孟广俊把情况简单一讲，冉淮说："来的路上我就想到了。现在很多单位出了事，首先想到的就是能不能坏事变好事。坏事要想变好事，就得上稿子，树典型。"

孟广俊说："冉淮你估量估量，这个事，能不能做成？"

冉淮说："希望比较大。搞不成大典型，搞个中典型、小典型也行，反正让坏事变成好事，九团不受影响就是了。"

孟广俊说："不光是九团的问题，搞不好，基地都会受影响。现在上级不怕你没成绩，就怕你出事故。"他把早晨遇到王司令的情况简单漏了一点点。

　　布小朋一直不吭声。许子林心里毕竟也没底，还在犹豫，一根接一根地吸烟。冉淮就给众人讲了两个事例。一个就发生在龙城，空军东郊机场去年出了个一等事故，一架歼7飞机失控，撞向西边的莲花山，飞行员牺牲。摔飞机肯定不是好事情，如果有责任问题，那要处分一批人。查找事故原因时，有人大胆设想，飞机失控后，飞行员为什么不及早跳伞？因为下面是城市，如果掉到人口密集区，造成的损失那是太大了。英雄的飞行员，为了保护人民生命财产的安全，尽全力驾驶失控的飞机，往西郊山区无人处飞去，最后造成来不及跳伞，飞行员壮烈牺牲。因为飞机失控后与地面联系中断，飞机又撞成了碎片，谁也搞不清飞行员是不是真的这么想的，只能大胆设想了。就这么着，这个飞行员成了用生命保护人民生命财产安全的英雄，坏事变成了好事，没人受处分，事情就算过去了。这多好啊！

　　冉淮讲的第二个例子，发生在上一个春节前，北方军区某通信团两个战士晚上偷跑出来喝酒，结果喝醉了，倒在营院外面，冻死了。第二天凌晨，环卫工人发现后报告的。两个兵偷跑出来喝酒，夜不归营，而且没人发现，无人报告，无人寻找，行管上的漏洞太大了，该团从班、排、连、营、团，各级领导都跑不了，得撸掉一串。团里几个领导一商量，硬着头皮编了一套给上级打报告，说是两个兵夜间出去查线路，遇上暴风雪，迷了路，不幸冻死。这就具备了因公牺牲的典型特征，军、师、团三级政治机关抽调一批笔杆子，给这两个兵搞事迹材料，最后树成了一个比较大的典型，《子弟兵报》等中央级报刊都进行了报道。其实，从军区到军、师三级，都知道这是个假典型，但这么一来，坏事成了好事，上上下下都沾光啊，也就没人出头挑破。冉淮强调说："这个事情可不是我瞎说的，我有个新闻培训班的同学，就在这个集团军当新闻干事，是他私下透露给我的。我认为,他说的,一定是实情。"

冉淮这么一说,谁都认为这事是真的。许子林说:"那个通信团的领导,最后什么结果?"

冉淮说:"团长、政委都提了。"

许子林点点头:"这就叫与其被动挨罚,不如放手一赌。这个团的领导,赌赢了。"

孟广俊哈哈一笑,说:"他们赢,是因为他们与时俱进。老许,你愿意赌一把吗?笔杆子我都给你叫来了,兵报上发一篇稿子,啥都有了。经费我来出,不用你掏腰包,留着钱搞营院建设吧。"

许子林看一眼沉默不语的布小朋,说:"我是怎么都行。作为政委,虽然出事时我不在场,但是,该我担的责任,我会担起来。"

许子林的意思是:我是政工干部,这次出事,不是我的责任,主要是布团长的责任,是他不听上级命令,不听我劝阻,擅自组织一个营行动,才造成这次亡人事故。如果你们要搞假典型,你们和布团长商量,我不反对就是了。

许子林巧妙地把皮球踢到了布小朋这边。好半天了,布小朋一言不发,别人都以为他是害怕了,心怯了,显然祸是他惹的,他必须站出来,担起自己该担的责任,甚至是全部的责任。在这种情况下,把毛小虎之死由坏事变成好事,他应该举双手赞成。

众人都看着布小朋。孟广俊说:"老布,这个主意得你来拿,我们配合。"

把这次事故改编成一个为保护群众生命财产而出现的壮举,确实具备了改编的条件——暴风雨之夜,知情者少,出事地点附近真有一座老百姓的石头房子,直接责任者刘家臣肯定会积极配合,基地的大笔杆子冉淮愿意效劳,基地首长身边的大红人孟广俊肯掏腰包赞助,死者成为典型人物,和普通的烈士相比,好处只能是更多,死者家属即使知道了真相,也会守口如瓶。还有什么不可以做的呢?

按孟广俊的说法,应该与时俱进。

孟广俊敲敲桌子:"老布,你真给吓傻了?怎么一声不吭?"

布小朋淡淡一笑:"我首先谢谢你们几位。你们刚才说的,我不同意。"

众人都愣在那里。除了布小朋,其余三人都抽烟,搞得屋里烟雾腾腾。孟广俊挥挥手,示意许子林和冉淮出去一下,他要单独和布小朋谈谈。二人出去后,孟广俊说:"你为什么?怕弄虚作假被人揭穿?"

"不是。"

"那你到底为什么?"

"昨晚我擅自搞一次行动,就是不想在训练上弄虚作假,我想看看我这个团的真实水平,想利用这个难得的机会,锻炼一下部队,把训练水平往上提一个档次。出了事,责任全在我,我准备全部担起来。但你要我弄虚作假,拿个假典型糊弄上级,糊弄报纸的读者,糊弄社会,像冉淮讲的那样,我真做不到。我本来就反感弄虚作假,你让我为了一己私利,为了一个单位的利益,置良心于不顾,再去弄虚作假,我布小朋成什么人了?我的良心不允许我这样做。"

孟广俊给布小朋说得更愣了,他想不到现在还有这样的人,傻较真,这是犯二。

布小朋说:"老孟,你和冉淮回去吧。你们是基地机关有影响的人,出面策划这样的事情,传出去对你们不好,对基地也不好。"

"我不明白,得再问几句。"

"你问。"

"你昨晚冒这个险,到底图什么?"

"很简单,我想提高训练效率,借机改变某些观念,不想片面保安全。部队不能因为怕出事,不敢大胆训练,从而糊弄上级。"

"你就图这个?"

"我还能图什么?要是为了自己,我昨晚睡大觉多好。"

"对啊!你为什么不睡大觉?"

"我睡大觉,我就对不起这个团长的位置。"

"那你真想报纸上喊的那样,天天谋打赢?"

"我想应该是吧。"

"你是军区司令?"

布小朋一愣,不知该怎么回答。

"你是总部领导?"

"你啥意思?"

"我再问你,你是军委首长?"

"老孟,你是说我吃饱了撑的,多管闲事,对吧?"

"那么多的大领导,人家都怕出事,人家也没像你这样,真谋什么打赢,就你一个小小的狗屁团长,芝麻绿豆大的官,还想谋打赢,笑话!不够寒碜人的!要我说,你这就是个傻蛋、神经病!"

孟广俊气哼哼摔门而去。

布小朋愣在那里。

三

布小朋以个人名义给三师党委写了情况报告和检讨,把责任全部揽到了自己头上。师政治部主任黄大鹏专程来到九团,宣布上级决定:布小朋停职检查,团长职务暂由副团长马保军代理。

回龙城之前,布小朋来到团招待所,看望了一下毛小虎的父母。烈士的父母很坚强,始终没流一滴泪,一个劲地说:"当兵的摸爬滚打搞训练,出点事难免,我儿子运气不好,让他摊上了。"

布小朋以前没见过毛小虎,不知他什么模样,他拿过桌子上的一张遗照,仔细端详一阵这个一脸稚气的小战士,内心感到深深的愧疚。他不由想起姐姐布花的儿子牛牛，牛牛只比毛小虎小一岁，他有好多年没见牛牛了，不知小家伙怎么样了。

离开九团之前，布小朋交代了三件事，一是他对政治处主任说，尽量给毛小虎父母多争取些待遇；二是他对财务股长说，把他这个月的工资扣下，交给毛小虎的父母，算他表示一点心意；三是他对许子林说，对直接责任人刘家臣的处理尽量轻一些，能不处理最好，让他吸取教训就是了。许子林说："处分他一个战士也于事无补，年底撵他滚蛋吧。"

布小朋说："那你不如处分他，农村兵，不愿意回家，还是让他多干两年吧。政委，你看我的面子，行吧？"

许子林终于点点头，说："那好吧。"停了停，又说，"我请老孟找大师给掐算了下咱俩的生辰八字，你猜怎么回事？"

布小朋说："老孟的话别信。"

许子林说："不是老孟说的，大师说咱俩犯克，不能一块共事。"

布小朋苦笑两下："也许他说对了，我这一走，就回不来了。许政委，祝你开心。"

二人握了握手，道别。布小朋回到龙城的家，他离开基地大院三年多，这是头一回轻轻松松回家，无官一身轻，看来此话不假，以前总是匆匆忙忙，屁股没坐热，一个电话又给叫走，这一下，可以放心睡个懒觉了，夜里也不会做噩梦了吧？

妻子邱梅三年前已经转业，她进市园林局当了一名普通工作人员，每天和花花草草、山山水水打交道，单位是清水衙门，不像有些实权部门，发钱发物，吃喝不愁。邱梅最大的特点就是不贪不占，不羡慕有钱有权的人，她总是把自己和农妇、下岗女工比较，觉得比她们强多了。她的这个心态，使她看上去比同龄人年轻不少，布小朋经常开玩笑说："你的相貌和结婚时差不多，别人都变老，你怎么就不变呢？你不会是狐狸精吧？"正是因为找了这样一个沉静、贤淑、知道满足的老婆，布小朋不往家拿钱拿物，不伸手，不眼红别人，才成为可能。他后来常常想，如果那些贪官找到这样的老婆，他们在贪腐的路上，或许不会走得那么急吧？多少官员贪得无厌，滑向深渊，原因主要有二，一是老婆比他还贪，逼他贪，夸他贪；二是他要在外面养女人，需要大把的钱。如果有一个不贪心的老婆，再管住自己的裤腰带，还有必要贪吗？国家正常给你的，就够用了。人的幸福，往往在于减少欲望，而不是增加财富，很多贪官上审判台之后才悟到这一点，已经晚了，人的生命只有一次，官员的政治生命，往往也只有一次。

傍晚，夫妻二人双双在营区散步。不少人知道布小朋闯了祸，有的见了他们，上前慰问两句，有的假装看不见，扭头走过。布小朋起初有点不好意思见人，邱梅劝他："你怕什么？你没偷、没抢、没贪、没嫖，你就是想把训练搞好，出点事，没有什么不光彩。"

"我突然想转业，你看行吗？"

"你舍得走？"

"没有什么不舍得，我早就发现，部队不大适合我，我总是和别人踩不到一个点上。有时我也羡慕老孟，他怎么活得那么滋润呢？"

"就你这种人，到了地方上，也是水土不服。你早生三十年，或者晚生五十年，可能更好一些。你羡慕老孟，我可不羡慕刘娜，刘娜最近天天哭鼻子，你不知道就是了。"

"刘娜怎么了？"

"老孟外面有人了。"

"他敢！"布小朋不由攥紧了拳头。

"有什么敢不敢的，现在有钱男人在外面找相好的，太普遍了，你是桃花源中人罢了。男人有钱就变坏，女人变坏就有钱，不是没一点道理。"

"我找老孟谈谈。"

"算了吧,这事没有公开,你怎么开口问人家?都不是小孩子了,路是路,桥是桥,各走各的道。上面不是还有组织吗?做过头了,组织不会不管不问的。组织上不管,不是还有老天爷吗?会遭天谴的。"

邱梅平时话不多,她总是那么安静地坐着,或者不声不响做家务,结婚十多年,布小朋甚至很少和她长谈,但只要和她深谈,她时不时会冒出几句让人震撼的话来。

战士毛小虎的死,令布小朋久久不能释怀。他多少理解了各级领导训练时怕出事的心理,除了怕影响自己,是不是还有难以面对部下的死亡和伤残?这真是个两难的选择。一个年轻的生命,因为自己超出常规的决定,而献出了生命,虽然这是难以避免的代价,就像上战场,肯定会有人牺牲一样,但作为始作俑者,布小朋越来越感到自己心里有个坎迈不过。深夜,女儿布依睡了,他和邱梅坐在阳台上,外面的营院一片寂静,偶尔看到夜巡的士兵,从楼下的便道上走过,脚步轻轻,仿佛怕惊动了熟睡人的梦境。布小朋拉过邱梅的手,抚摸着,说:"你就让我走,好吗?"

"你想走就走吧,我不拦你,也拦不住。"

"一晃,我当了快二十年兵,该尽的力,我都尽了。即使我不想走,基地年底也会动员我走。何必那么被动呢?不如自己提出来。"

"好,你打报告吧。"

"我可能会挨一个大处分,或者行政降一级。"

"没关系。降成副团,也比我爸强老去了,他一辈子就是个职工,现在不也挺好吗?每天早晨打打太极拳,中午喝二两小酒,睡一个小时午觉,下午到马路边下下象棋,晚上听听收音机,睡觉前泡泡脚,小日子过得有滋有味。我感觉他比个将军过得都自在,你看干休所那些离休的将军，怎么个顶个的，老得那么快？在台上时，可是个个意气风发呀……"

布小朋坐在椅子上睡着了，居然打起了小呼噜。邱梅知道，他累了好多年，终于可以歇歇了。她不想惊动他，悄悄给他盖了件衣服，坐在他身边，陪着他，就那么一直坐到后半夜。布小朋突然醒了，邱梅拉起他，二人进到卧室，动作轻轻的，怕惊醒女儿。布依快要升初中了，不爱学习的她似乎找准了方向，开始发力了，每天都要早起背课文、做作业，布小朋两口子感到，女儿一下子长大了。

这天，邱梅上班去了，布小朋一个人在营院瞎转悠，不知不觉转到了南门，不知不觉上了龙山，不知不觉走到了龙山西麓，这时他才发现，他好似稀里糊涂，又好似早就预谋好的，他竟然来到了康又汉家的小楼附近。看上去，这个十多年前修建的干休所，房屋都很陈旧了，样子也过时了，远不如时下新盖的花园洋房漂亮、气派。住在里面的老人，有一些已经过世。幸好，老司令的身板还算硬朗，他的老伴刘美芹主任，身体也比先前好。老司令的两个老对手张道刚老政委、李长水副司令，也都健在。

离龙山干休所不远处，山的另一个斜坡下面，是一个热火朝天的新工地。布小朋站在老司令家门口，能看到这个工地的全貌。本来龙山已被龙城市委市政府下文保护，山周围不得开发房地产项目，所有山体和树木都不得挖掘，但总是有个别人和单位能找到门路，拿到开发的特许证，在山周围的上好地段建房子。A基地准备给在职的常委以及退下来后还住在营区的老常委盖一批住房，费了一些周折，最后由基地杨廷江政委亲自出面，找龙城市委雷书记，在龙山边上弄了一块风水宝地。布小朋眼前的这片工地，就是新、老常委们未来养老的地方，刚刚有了名字——蓝海小区。

布小朋犹豫一阵，抬手摁响了康家院门的门铃。平时除了康文定偶尔回来，几乎没人来康家串门，门铃按钮上蒙了一层陈旧的灰。

来开门的是康家的保姆，一个五十多岁的妇女，她不认识布小朋，她张嘴刚要问，康又汉从屋里大步迈出来，大声说："于嫂，这就是小布，布小朋啊。"

保姆乐了："你就是布小朋啊，老爷子三天两头念叨你。"

布小朋这才意识到，自己一年多没登这个门了，时间确实长了点。他走到康又汉跟前，想给老司令敬个礼，老头一把抓住他的手，拉着他进了屋，大声说："老刘！老刘！小布来了，来看我们了……"

刘美芹扶着楼梯扶手从二楼下来，头一句话就是："知道西边挖山刨树，干什么吗？"

康又汉抢道："老刘，你让人家小布歇会儿，喝口水再说嘛。"

刘美芹说："我问小布，又没问你，你咋唬啥？"

康又汉不吭声了，坐下，摇摇头。

"刘主任。"布小朋说，"我知道，给基地领导造房子。"

"你知道那房子要造多大吗？"

"这个还不清楚。"

"我告诉你，每家三四百个平方，上下四层。"

康又汉忍不住插话："不能算四层，最下面是储藏室，最上面是阁楼，高度都不够，中间两层才算。"

刘美芹说："我给小布说话，你又掺和。"边说边把脑袋转向布小朋，"储藏室、阁楼，高度是不大够，听说只算一半面积，可是光是中间两层，就有三百个平方。你知道我们住的这房子，多大吗？"

布小朋说："我不知道。"

刘美芹说："没有储藏室，没有阁楼，只有两层，建筑面积不到一百七。这也叫军职房、将军楼？跟人家那边差远喽！"

康又汉说："够住就行，就我们两个，加上于嫂，三个人一百七，还不够你住吗？你要那么大房子干什么？光打扫卫生就要累死人，你怎么越老越贪心？"

康又汉终于忍不住,嗓门抬高了许多,手击打着沙发扶手。刘美芹给他镇住了,气焰下来了一些,口气缓和多了:"昨儿我遇到李长水,他当时负责盖的这个干休所,我问他,房子怎么不盖大一点?他现在也整天生气,眼红西边的新房子。他说,这不怪我,怪康司令,康司令不让造大的,要求我按规定来。你看看,人家都还怪你呢。"

康又汉说:"是基地常委会集体研究决定的,是按规定来的,怪我干啥?"

刘美芹说:"谁按规定谁吃亏,我算看透了。你是一把手,人家怪你,也是应该的。"

康又汉叹口气,说:"我们当初没有错,错的是现在这帮人,胡整!盖三四百平方的房子,上面居然能批,邪门了。"

刘美芹说:"没啥邪门正门的,上面批,说明上面人住的房子更大,上梁不正下梁歪,是不是这个理?"

布小朋不好说什么,有些尴尬地坐在那里。康又汉说:"我不眼馋他们。官员的豪宅与牢房,是隔壁邻居。你们等着看吧,不能一直这么胡整下去的,总会有人出来收拾的。"

刘美芹"扑哧"笑出了声,捂着嘴说:"这话你说过多少遍了,法不责众,就没见谁进去。你是吃不着葡萄就说葡萄酸,住不上大房子就咒别人出事。"

老头这回真急了,眼珠子一瞪,用力一拍沙发扶手:"我啥时候眼红过别人?我是那样的人吗?你老太太净瞎说八道!"

刘美芹一看老头发火,赶紧站起来,捂着腰,说自己腰疼,上楼去了。康又汉指着她的背影说:"这老太婆要是有权,她比李长水还贪。"

布小朋说:"首长,我不认为刘主任有贪心,她是看不下去,才发牢骚的。"

康又汉说:"心理不平衡,老干部的通病。可她不是老干部,她就是个教师,要不是我,她能住上这样的小楼?还不满足,还不平衡,还想干什么?一辈子没活明白嘛。"

屋里气氛压抑,康又汉提出到外面走走。布小朋求不之得,随老司令出了小院,二人沿着山间小路,缓缓走着。布小朋几次张嘴想告诉老首长,自己出事了,几次都咽了回去。走了好一阵,二人话也不多,东拉西扯,没个正经话题。太阳掉到了山的那一面,空气中流淌着一股股炖排骨的香味,不知从谁家厨房飘出来的,一群蜻蜓仿佛给熏晕了头,有一只竟然撞到布小朋脸上,给弹了回去,它掉落在地,很快又飞走了。

离吃晚饭时间近了,布小朋向康又汉告辞,老首长看着他,说:"人哪有不摔跟头的?早晚都得摔,早摔比晚摔好,摔得越早,醒得越早,就怕摔晚了,连扳回来的机会都没了。人就像苹果,不可能一下子全红,得一点点变红。"

布小朋脸腾地红了。他的事,看来老首长全都知道,可能老首长并不清楚事情的真实原委,不了解他的真实想法,但他的团出了事,也就是他出了事,基地王司令、杨政委都曾是老司令的手下,两个人也都很尊敬老司令,布小朋曾经是老司令身边的人,他有了事,他们给老司令通报一下,是正常的,也是应该的。

布小朋此刻不想解释什么,他觉得他这是在向老首长告别,从此以后,他会渐渐远离军营,远离兵的气息。他会像社会上绝大多数人那样,当一个轻松自在的老百姓,不问政事,终了一生。

一天深夜,他都睡了,电话突然响了。自从他停职之后,几乎没有任何电话打进来。他懒洋洋拿起话筒,里面传出的是夏忧的声音。夏忧一上来就说:"现在部队太缺乏刘亚楼那样的领导,你应该受表彰。"

他说:"夏忧,别瞎说了,我困了。"

夏忧说:"为了支持你提高训练质量,我愿意当一个事故中人,哪怕让我死。"

这个瞬间,布小朋鼻子一酸,眼泪差点掉下来。但他还是镇静一下自己,说声再见,就把电话扣上了。

他决心已下,任谁也拉不回来了。怎么也睡不着,他坐起来,拿出纸笔,想随便写点东西,比如心情感悟之类,后来才发现,他在一张白纸上写出的头一行字,竟然是"转业报告"。既然决心已下,他索性一口气把报告写完,装到一个信封里,打算尽快转交给师领导。

四

一宗货物从贵州遵义发到了龙城火车站,孟广俊立即带人赶过去,车子直接开到货运站台。办完提货手续,孟广俊迫不及待打开了一个木质的货物包装箱,露出一小箱一小箱没有任何包装说明的纸盒箱,一股沁人肺腑的酒香,扑面而来。他撕开纸盒箱,露出了庐山真面目——六瓶特殊包装的茅台酒,每瓶的包装盒上冠有"贵州茅台酒集团特供 A 基地"字样。

这是孟广俊的心血。王司令家里有几瓶茅台特供酒,都是朋友送的,特供的对象是某某省、某某军区、某某总部等等。一次,王司令半开玩笑,说孟广俊,你能不能想想办法,给咱基地搞点茅台特供酒,包装盒上最好写上特供 A 基地,我们用它来招待客人,显得多场面啊。

孟广俊记住了王司令的话,他往茅台酒厂跑了三趟,托了无数的关系,打点了无数的人,初步谈妥,酒厂每年为基地供应五吨特供酒。这个消息传开后,基地不知有多少人找他要酒。王司令指示,先发点样品来,品尝鉴定一下,如果质量不错,这些酒主要放到一所和蓝海宾馆,可以给各师匀一点,团以下就免了吧,下边不要弄这么高档的酒。

盼星星盼月亮一般，盼来了这半吨样品，一千瓶。孟广俊拿出一瓶，钻进小车里，打开盖子，倒出一小杯，倒进嘴里，细细品味，咽下去后，感觉味道挺纯正。他用矿泉水漱漱口，又拿出一瓶正宗的五十三度飞天茅台，这是从茅台酒厂驻龙城办事处搞来的，绝不会假，他打开，喝了同样一小杯，品尝，回味，感觉和特供酒分不出两样。他不担心特供酒是假酒，酒厂不会那么做，他担心特供酒窖藏时间不够，酿出没几天就装瓶，那和市场上的正品茅台酒味道上会有较大差异。

品尝过之后，孟广俊基本放心了。

为了稳妥起见，孟广俊提着两瓶特供酒来到803医院，拜访一位特殊的客人。这位客人姓孔，名叫孔均振，是孟广俊老家县里的一个孤寡农民，快八十岁了，年轻时候当过村里的民兵连长。老人住在师职干部病房里，已经住了半年时间。为什么他能住进高干病房？因为他侄子孔家瑞从南方军区调到北京，担任了重要职务。这个孔首长的老家，离孟广俊老家只有五公里，算是不折不扣的老乡，孟广俊意识到，如果能和孔首长攀上关系，以后他的路，就可以平蹚了。

他找老家的朋友打听了一下，得知孔首长父母早已过世，家中已无直系亲属，一个名叫孔均振的老头自称是他的亲叔叔，张口家瑞，闭口家瑞的，说："小时候家瑞下河游水，差点淹死，要不是老子救他，哪有他今天？"

孟广俊决定采取农村包围城市的策略，先从外围做工作。孔老头鳏居，一个人住一个破旧的院落，用他的话说，家瑞几次来电话，还派人来动员他，要接他到北京居住，他不去，那地方人多车多，多不自在啊！还是家乡好，空气新鲜，东西好吃，北京的东西，都不新鲜，哪能吃得下肚？孟广俊回到家乡布置一番，先是到孔首长祖坟上，修葺了他家先人的坟墓，然后又请人帮老头翻修了一下房屋，添置了家具电器。想想没人照顾这个行动不便的老头，也不行啊，赶紧打电话，让得到过他赞助的警卫营派了个老兵过来，和老头同吃同住，照顾他，帮他种地、做饭、洗衣服。老头身体不好，有一天突然犯了心脏病，差点过去。孟广俊希望他健康长寿，如果他现在就没了，以前的工作不是白做了吗？想来想去，想出一个万全之策，把老头接到803医院，让他长期住院养病，这里有吃有喝，医疗保健措施跟得上，老头想死，也不那么容易了。

803医院的孙院长起初意见很大，说一个农村老头，凭什么享受师级干部的医疗待遇？他花的钱，谁来出？孟广俊说："你照顾好就是，费用我出，一分钱不少你的。"当孙院长得知老头是孔家瑞首长的亲叔时，马上转了态度，再也不提钱的事，并且派了个手脚利索的小护士，专门照顾老前辈，每天陪他拉呱，帮他捶背捏腿。好药随他用，好饭随他吃，想住多久都行，以后这里就是老前辈的家了。孙院长惦记着选升文职将军，把孔首长亲叔侍候好，老爷子给侄子打个电话，或者一封信，这事还叫个事吗？

这样的好机会，孙院长正求之不得，他感谢孟广俊给了他这个机会，说："孟主任，孔老前辈是你的故乡人，也是我的前辈，我一定照顾好他，你就放心吧。"

孟广俊打开一瓶特供酒，请老前辈品尝。孔均振早年当过村干部，不怯场，话也基本能说到点上，不像有些没见过世面的村民。他住进医院后，看到病房里的《子弟兵报》上经常登侄儿的名字和照片，知道侄儿不是一般人物，他心里更有底数了。他说早些年家瑞常常往老家给他捎茅台酒，他喝的茅台酒，海了去了。他一辈子不抽烟，就喜欢喝两口，没有菜没关系，不能少了酒。孟广俊赶紧给他供应茅台酒，一瓶够他喝三天。茅台酒喝多了，就具备了品酒的能力，所以孟广俊特意拎来两瓶特供酒，请老前辈鉴别。老头喝下一杯，咂咂嘴，说："没错，是好酒。"他指一指窗台上的那瓶五十三度飞天茅台，"不比那个瓶里的差。"

孟广俊这下更放心了，说："老伯，以后你就不缺酒喝了，我管到底。"

他当即给酒厂熟人打电话，请他们尽快把剩下的特供产品发过来。五吨酒，一万瓶，每瓶加价一百批发给一所和蓝海宾馆等单位，应该说这个加价并不高，仅此一项，他每年得到的纯利润就是一百万，当然这个钱不能进他的腰包，属于基地生产经营办公室的固定收入，最终要回流到基地财务一部分，用来改善官兵生活。

这天晚上，基地王司令、杨政委在蓝海宾馆宴请龙城市委雷书记，感谢他多年来关心、爱护、支持基地各项建设。蓝海小区占用的那块地，要不是雷书记，是不可能拿到的，现在工程进展顺利，二十六栋常委小楼，明年即可交工。宾客入座后，服务员正要开启飞天茅台，孟广俊抱着一个纸箱子进来了，他打开纸箱，露出六瓶醒目的标有特供 A 基地字样的茅台，众领导都颇感意外。孟广俊说："雷书记、司令、政委，是不是尝尝这个？"王司令高兴了，一拍桌子："就喝这个，茅台特供给我们基地的，新鲜呀！"

那晚的话题，主要围绕特供酒进行，龙城多少年都想让茅台集团给特供一下，就是办不到，茅台一般特供给中央部委、各省市、解放军总部、各军区、军兵种一级，像龙城这种地市一级的城市，前些年给高配半格，也不过是个副省级城市，想拿到特供酒，似乎还不够格，但是人家 A 基地，一个军级单位，就办到了。王司令介绍说："都是小孟办的，我们领导没操心。"雷书记对孟广俊赞不绝口，说："这样的干部，我们缺乏，想转业进龙城，我们欢迎。"

那晚因为有特供酒，气氛特别地好，六瓶酒，喝下去五瓶，剩下的一瓶，雷书记要带回去收藏。孟广俊说："我给雷书记送几件过去。"雷书记说："我就要一瓶，多了就失去收藏的意义了。"

送走客人后，杨政委坐车走了，王司令要步行回家，孟广俊自然要陪同。路上，王司令给孟广俊透露了一个重要消息：军队的生意，以后可能不让做了，上头发现很多问题，要制止。王司令说："也该停了，有些单位做过头了，不像话。除了不贩毒，不倒卖军火，他们没有不敢做的，社会上反映很大，影响很不好，败坏了军队形象。"

孟广俊说："我们一直很注意，没违反国家政策和法律。过头的生意，我们一概不做。"

王司令说："我们基地搞生产经营的人，算好的，成效也不错。"

王司令提醒孟广俊，及早入手，把该停的生意停下来，把账目清理一下，搞得明明白白，清清楚楚，不要留后遗症，不要出任何问题，更不要有人给卷进去，弄出事来，并说这也是杨政委的意思，让先给他打个招呼。

站在一座立交桥上，王司令回头望着在夜空中闪耀的"蓝海宾馆"四个大字，说："这座宾馆能不能保住，很难说。据说上级要把一些部队搞经营的资产剥离开，交地方政府管理，四星级以上的宾馆，首当其冲。"

孟广俊想了想，说："那就降星，赶紧做做工作，把它的四星摘掉，变成个普通招待所，也不叫宾馆了，就叫蓝海招待所，可以吧？"

王司令笑了，说："什么也难不住你这家伙，就这么去办吧，保住当然好，保不住也没关系，反正交给地方政府，又不是交给国民党，没啥遗憾的。"

孟广俊请示："每年五吨特供酒，是不是停下来？"王司令一瞪眼睛说："为什么停？你敢！只要咱基地不撤，这个酒，必须年年供应。上级天天来人，和当地的应酬也是天天有，喝这个一是省钱，二是放心，三是好看，你必须给我把这事稳稳妥妥地保持下去。"

孟广俊当下保证，只要他在基地待一天，这个酒就不会泡汤。

后来，这份特供酒成了基地的一张名片，成了基地文化建设的一个标签，这份烙印，是孟广俊给打下的，若干年后，如果有人要为基地写传记，不应少了这个符号。

风声越来越紧，军队经商做生意真要画句号了，所有人都说军队不应该经商，这是个失误。还好，上头及时发现，及时扭转，否则再拖下去，再瞎搞下去，真没法向人民群众交代了。

散伙之前，孟广俊召集十几个跟他干了几年的弟兄吃了顿饭，就算散伙饭吧。大伙都动了感情，讲了真心话，这几年，拼命地钻，伸长了手拼命地划拉，给公家挣了钱，也顺带着把自己腰包撑圆了。换谁都这样，只要是进这个圈圈，想干净，难，正所谓染缸里捞不出白布来，就是这个理。还好，大伙都囫囵着，没掉胳膊没掉腿，没人抱着孩子上门闹，没上军事法庭，没出大洋相，能保住金身不破，能做到这点，不容易啊！

孟广俊代表组织征求大家的意见，是回原单位，还是想跳个槽，进个新单位，或者是转业。众人仿佛商量好似的，都提出要转业。几年时间在外跑生意，早就感觉自己不像个兵了，再回到原来的生活环境中，出操站队跑步，事事请示报告，挣那点工资不够买烟买酒，还能回得去吗？回不去了。

"看来，只有我一人留下了。"孟广俊说。

以倒卖宝石闻名的前803医院皮肤科医生庄建明说："孟大哥，我们一块脱军装多好，到地方还是你领导我们，弟兄们甩开膀子大干一场，建立咱们的商业帝国，将来有了大钱，再支持国防事业。"

"我没那么大的雄心挣钱，我只想当一个兵，这辈子痛痛快快过一下当兵的瘾。"

孟广俊当然没法给他们讲自己的宏伟目标，不混上个将军，他来部队白来了，路才开了个头，怎么就要当逃兵？他得坚持下去，"燕雀安知鸿鹄之志"？手下这些人，他看透了，眼里只盯着小钱，这样的人能有多大出息？顶多混个小土豪，这些年感觉自己人五人六的，其实还不是沾了这身军装的光？脱了军装你试试，顶多也就能倒卖点宝石和焦炭。

他们既然不想留，部队也不会勉强，这些人即使留下来，也不会正经干，他们离开部队也好，他们多在部队待一天，就好比埋了个定时炸弹，说不定什么时候炸响，把以前那些事扯出来，谁都不好看。

孟广俊最担心的是账目。几年了，一笔糊涂账，平时糊涂着好，但要查起来，就麻烦了。生产经营办公室早就搬出了基地办公大楼，在"蓝海宾馆"租了三个房间，现在要搬回去。要命的是，所有账目都要封好搬回去，进行审计。孟广俊不担心基地后勤部审计处，都是一个单位的人，平时抬头不见低头见，谁也不会真审计，做做样子罢了，他担心总部派人来审计，那就不可控了。

来往账目装了四个纸箱子，孟广俊和他的弟兄看着四个纸箱子，像看着四枚炸弹，都有些心惊肉跳。庄建明说："要是今晚房间失火就好了。"

这话提醒了孟广俊。当然不能让房间失火，纸箱子失火就够了。第二天，他安排庄建明开着那辆最破的桑塔纳，到基地大楼送纸箱子，途中，车子突然燃烧起来，吓得庄建明跑得远远的。消防车十分钟后赶过来，很快扑灭了火。

消防队给出的结论是：天太热，车子自燃。这种情况几乎每天都在发生，没什么稀奇的。可惜的是，四箱子账本，烧了一些，被消防队的水龙头浇了一些，还剩下一些，审计处简单审了审，没审出什么问题，就给总部审计口打了个报告。这事也就过去了。

生产经营办公室遗留的最大问题，就是怎样安置孟广俊。基地当下有四个正团职岗位可供他选择：后勤部财务处长、营房处长、二师司令部副参谋长、基地政治部史志办主任。后勤部江部长亲自找孟广俊谈话，征求他的意见。他丝毫都没犹豫，当即说："我愿意去营房处。"

孟广俊实实在在给基地党委出了个难题。营房处长这个位置，现在有七八个人在争。总部机关都不断有人打招呼，推荐人选。还有一个总部退休的老首长，给王司令写了封信，推荐人。这事拖了三个月，党委会都开过两次了，一直无法定下人选来。基地原以为孟广俊会选择财务处，毕竟他当过副处长。但他对财务处不感兴趣，因为他觉得，财务处的钱都是死钱，你动不得，你只是过路财神，而且得罪人，现在你卡谁，谁都会恨你。所以他选择营房处，他对首长们说："我在财务处干过了，想换个新环境，到营房部门干，为咱基地多造房子，我有这个能力。"

没人怀疑他的能力。可是竞争对手都太强，这个岗位就一直空着。

孟广俊到803医院陪孔均振老前辈聊天，老前辈摩拳擦掌，说："我给家瑞说说，让他给你办。多大点事呀。"

"不用。"孟广俊说。

"瞧不起我老汉？"

"不是。"

"那为啥不让我出点力？"

"这点小事，不好麻烦首长。首长在北京，日理万机呢。我听天由命，让干我就干，不让干我走人。"

他想看看基地领导是不是真心对他，这些年他出的力有目共睹，他有信心争得这个位子。

消息渐渐传开，干休所的一批老干部主动为孟广俊呼吁，尤其是老政委张道刚、老副司令李长水还给基地党委写了亲笔推荐信，力荐孟广俊担任营房处长，信上说孟广俊同志搞生产经营期间，能力出众，出污泥而不染，是经得起考验的，他如果担任营房处长，对基地的营房建设，大有益处，等等。这封信事前孟广俊确实不知情，是老首长们自发写的。

最终，基地党委顶住方方面面的压力，不怕得罪北京方面的人，力排众议，坚持使用了孟广俊。命令宣布后，孟广俊感慨道："首长们做事还是很公平的。"整个过程，他没花一分钱，没主动找任何人打过招呼，能够争到这样一个炙手可热的岗位，完全是他实力的体现。

五

在县城下了火车，布小朋没有坐公共汽车，他打了一辆黑出租，着急忙慌直奔姐姐家所在的牛家店。姐夫牛奔给布小朋打电话，结结巴巴说了半天，布小朋才听清，姐姐病了，病得很厉害，已经好长时间了，她以前一直不让给他说，现在她迷糊了，老是咳血，牛奔很害怕，就给他打这个电话，看能不能回来看一下。

布小朋意识到不好，往邱梅办公室打电话，接电话的人说，她下乡去了。布小朋请人家转告，就说自己回老家了，有急事。他简单收拾几件衣物，拿上家里所有的钱，打个车到了龙城火车站。还好，买上了去彭城的车票，到了彭城，再转车到家乡定远县城，路上倒是没浪费时间。

夏利车颠簸着往前跑，离牛家店越来越近。布小朋入伍之后，只回来过一次。每次他想回来看看，布花总是拒绝，让他不要惦记，她老是说："家里没了父母，你还有什么牵挂的？我很好，你姐夫对我很好，牛牛也很好，一切都好，你自己干好，比什么都好。"

上一次回来，布小朋也并不是专程回来的，他当财务助理的时候，到外地出差，路过彭城，拐了个弯，回来看了看姐姐一家，只住了一个晚上，吃了一碗布花亲手做的打卤面。他当兵快二十年，只回过一次老家。

路边的景物变得那么陌生了，一切都不是先前的模样，故乡对布小朋只剩下一个概念，热切而模糊。路边偶尔闪过一两个少年的身影，背着书包，或者柴草，他从他们身上，恍若看到昔年的自己。因为牵挂姐姐，他没有心情欣赏车窗外的风景。车子开到牛家店村头停下，他给了司机五十元钱。他提着一个小皮箱，摸索着往姐姐家的方向走。一个又高又瘦的少年朝他走过来，羞涩地去接他手中的箱子，并且叫了他一声"舅"，他才认出来，这是牛牛。他问牛牛："你妈怎么样了？"

牛牛说："天天睡觉，起不来床，也吃不下东西。"

他跟着牛牛走进村东的家，大概为了迎接他，院子打扫得很干净，地上刚洒了清水。姐夫牛奔微弯着腰，头发花白，冲他点点头，说："兄弟，你可回来了。"当年身形剽悍的杀猪匠，早没了往日的威风，现在更像一个打更的老人。

"我姐呢？"他问了一句多余的话。

"在屋里。"

牛奔引着他往堂屋走，他有些害怕，心扑扑直跳。多少年了，他没有这么害怕过。堂屋最里面的大木床上，一个几近脱形的人蜷缩着，此刻睡着了，她面色苍黄，头发枯萎，露出的一截手臂宛若枯骨。布小朋轻轻走到床前，俯下身子，颤抖着叫了一声"姐"。许久，许久，布花费力地睁开眼睛，凝视片刻，认出了是他，费力地想抬起手臂，但抬不起来。布小朋握住姐姐的手，姐姐是想抚摸他，他牵引着姐姐的手，放到自己脸上，姐姐冰凉的手指在他脸上划动了几下，最后耷拉下来。他忍着，不使眼泪滚落，最后，还是有两颗硕大的泪珠，滴落到褥子上，无声无息。

牛奔悄悄出去了，带上了门。布花示意他坐下。他坐在床边，握着姐姐的手，不知该说什么，姐弟二人以前似乎从来没有这么近距离地交流过，他更没有这么长时间地握着姐姐的手不放，此时姐弟二人即将阴阳两隔，想说什么，却又不知从何说起。许久，许久，太阳光从窗棂里射进来，照在布花的脸上，姐姐的额角有了微微的红润。

"姐，你到底怎么了？告诉我好吗？"

布花指指枕头。他把手伸到枕头下面，摸出一个发黄的纸片，展开，是一张县医院的病历，病历上赫然写着：肺癌晚期，日期是三年前的。

他早已猜到姐姐患了难以治愈的恶疾，这份病历证实了他的判断。

布花嫁给粗野的牛奔，没得到多少幸福。新婚之夜，床铺上没有见血，牛奔认为她不正经；牛牛出生后，长相一点也不像父亲，乡邻时有闲言碎语，牛奔更是无脸见人。他贪酒，酒后常对布花动拳脚，布花总是忍着，长年身上带伤，她一点也不怪丈夫。农村土地承包之后，丈夫不再做杀猪匠，家里的几亩田，主要是布花耕种，牛奔三天打鱼两天晒网，好吃懒做，家里的粮食大都被他拿去换酒喝了，要不是布小朋时常寄钱接济，这个家早已是家徒四壁。三年前，布花总是干咳，早晨痰中带血，身体越来越弱，下地干活没有力气，她到县医院看病，医生很肯定地告诉她，最多还能活一年。她没给任何人讲，回家把病历藏了起来，一天天熬日子，一直熬到现在，如果布小朋再晚回几天，就不见到她了。

下午，也许是回光返照，布花脸色好看多了，话也多起来，她坐了起来，布小朋给她擦把脸，喂她吃下一碗鸡蛋羹。他责怪她："为什么不早点告诉我？"

她说："告诉你没用。我没吃过一片药，没打过一针，没花过一分钱治病，大夫说我活一年，我活了三年。"

他说："我接你去城里看病。"

她说："弟弟，不用了，别糟蹋钱了，留着还有用处。"

他说："你弟媳妇邱梅，你侄女布依，都要来看你。"

她说:"……有最近照片吗?"

他拿出钱包,摸出一张一家三口不久前的合影,拿给她看。她看一会儿,笑笑,说:"我看到她们了,很好了,不用来了,坐车很麻烦的。"

往下,不知该说什么了。停了好一阵,她似乎又想说啥,犹豫一下,没出口,脸却红了,红润润的,像年轻的姑娘。

他说:"姐,你想说啥?"

她说:"……康……康副连长,他还好吗?"

他微微一怔,说:"他……还好,他不当兵了,我也好久没见他了。"

布花伸手从褥子底下摸出一个东西,轻轻展开,是一个花格子手帕,一看就是前些年的东西,现在不多见了。布小朋不解其意,看着布花。

布花说:"这是他的……那晚上我哭了,他给我擦眼泪,我顺手就揣兜里了,他爱干净,手帕上面还有香水味,那个香味,姐一辈子都没忘……"

布小朋多年来心中的疑惑,或者说心中的谜底,终于解开。此时他内心五味杂陈,痛苦与悲悯难以言表。布花放下手帕,拉起弟弟的手,轻轻说:"不要怪他……他是个好人……姐从没感到委屈……"

眼泪在他眼里打转,他低下头,两行泪水流到了脖子里,他不敢看姐姐的脸。

布花笑一笑,说:"哪天我没了,把这个帕子放我棺材里……"

他抱着头,压抑着哭声,咬着牙,把泪水咽回肚里,喉咙里仿佛窜进一只蛤蟆,呱呱地叫着。布花抚弄几下他的头发,说:"弟弟,你帮我办个事。"

他抹一下泪,抬起头来,看着她。

"床底下，有个纸箱，里面有个影集，你拿出来。"

他低头扒拉纸箱，灰尘飘起来，呛得他咳嗽一阵，他拿出一个陈旧的小影集，拍打几下，递给她。她说："你自己看。"

他打开，快速翻看一下。里面有二十张左右的照片，全是他的。第一张是他入伍后，在新兵连照的，最后一张是他去年照的，那时他还是仓库主任。他想起来了，这些年来，布花不让他探家，每年都让他照一张照片寄来，这些照片，都在这里。

布花说："你这么有出息，姐很高兴，很高兴……"

布花累了，合上眼睛，慢慢睡着了，怀里就抱着那个影集。

夜里，布花平静地入睡，布小朋在姐姐床前搭了张小床，躺在上面，他睡不着。这是姐姐的最后一个夜晚。第二天中午，她到了弥留之际，抬头纹渐渐散开了。牛奔、布小朋守在床前，布花缓缓伸出手，好像是示意牛牛过来。

牛牛怯怯地站在房门口，像一根细木桩。牛牛十八岁了，只上到初中就辍了学，他老实巴交，一天说不了几句话，既不像父亲的剽悍，也不像母亲的泼辣，整天不声不响，爱溜墙角，像个腼腆害羞的女孩子。布小朋依稀从牛牛的眉眼间，看到了一个人的身影，仔细打量，牛牛的五官精致灵秀，眼梢细细的，微微上翘，像月牙儿，鼻梁挺直，嘴巴小巧，这个形象，布小朋太熟悉了。

布小朋说："牛牛你过来，你妈叫你。"

牛牛怯怯地走到床前，长长的眼睫毛上挂着泪珠。布花缓缓伸过手，抓起牛牛的手，缓缓地移向布小朋的手。布小朋明白过来，姐姐是要把儿子托付给他。他抓住牛牛的手，大声说："姐，你放心吧，我会把牛牛带走，再也不让他回来了。"

布花听清了，欣慰地露出最后一个笑容，永远闭上了眼睛。

牛牛伏到母亲胸前，哀哀地哭起来。布小朋这时候却没有了泪水，他扶起牛牛，把这个受到惊吓的少年拉到一边。陆续有乡邻进来，帮助料理后事。

当地那时候还可以土葬，就没有把布花火化。几个妇女帮助入殓之后，盖棺之前，布小朋来到棺材前，把那个小影集，连同那个花格子手帕，放到姐姐的脸旁。这两样东西，大概是姐姐一生的牵挂，就让它们随她而去吧。

众人帮忙把布花埋葬于牛家的祖坟地，都回村去吃酒席了，剩下布小朋和牛牛。布小朋望着那一堆新鲜的黄土，心如刀割。当着众人的面，他没有流泪，此刻再也控制不住，泪如雨下，双膝一软，扑通跪下了。牛牛吓坏了，犹豫着，过来搀扶他，说："舅舅，你起来，你起来……"

布小朋在牛牛家住了三天，每天都到姐姐坟前陪伴她。离开家乡近二十年，他从来没有这么安静过，没有人打扰他，他也不打扰别人，他坐在姐姐坟前的田埂上，像一头劳作了一天的牛，黄昏时分对着夕阳沉思，脑子里却是一片空白。

三天后，布小朋给邱梅打了个长途电话，把姐姐去世并且已经安葬的事情告诉了她。电话那头，邱梅叹息了两下，就无声无息了。布小朋告诉她，自己暂时不回龙城，要到别处转转。

一辆路过牛家店的公共汽车停了下来，布小朋提着行李上了车，一坐下他就睡着了。傍晚，他被司机叫醒，司机大声说："到彭城火车站了。"

六

布小朋在火车上颠簸了一天一夜，然后又转汽车，他来到的地方叫麻栗坡烈士陵园，在云南省麻栗坡县城的北面，一面青山下。他对一九七九年的那场边境之战印象深刻，主要原因是他一当兵，甚至没当兵之前，就闻到了硝烟的味道，也许还有一个原因，这里埋葬着他一直忘不掉的一个故人——当年新兵连的副指导员王新亮。

王新亮说过几句话，布小朋牢牢记在了心里。那是他们到部队第一天，王副指导员给新兵们训话，说："我们军人，花的每一分钱，我们吃的、穿的、用的，都是军费，军费是从国库里拨给的，其实都是老百姓的血汗钱，它包括我们这些人的父母和兄弟姐妹的劳动成果，每一分钱都来之不易。咱当兵的人，都要靠军费养着，所以军费就是咱的亲爹亲娘，咱的衣食父母，所以，一粒米、一棵菜都不能随便浪费。"

这一段话，布小朋记到了日记本上，它对他后来的所作所为，产生了重要的影响，他认为王新亮是他军旅生涯的第一个老师，尽管他们交往时间很短，现在布小朋已经记不清王新亮的模样，但他说的这段话，他永远都忘不掉。

清风吹拂，从一排排烈士墓前，传来不知名的花香，还有祭奠时烧掉的烟、酒与食物的混合气味，这气味让人感到神秘，感到心酸。布小朋不急于找到王新亮的坟墓，他慢慢地往前走，细细打量着每一个墓碑上的名字，还有照片。他们一个个那么年轻，像自己年轻的时候，而自己现在已经不年轻了。

一个似曾相识的面孔出现在布小朋面前，这就是王新亮了。墓碑正面镶刻着王新亮的黑白照片和生卒年月，背面是简要生平。墓碑前放着一个自制的花圈，是用鲜花和树枝做成的，虽然经过风吹日晒雨淋，花圈已经不成样子，但上面附着的一张纸上，依稀可以辨认出几行文字，不像是汉文，曲曲折折的，像是少数民族语言。布小朋突然想起来，传说王新亮参战之前，与一个白族女性相爱，难道真是她送来的花圈吗？

布小朋从挎包里拿出一瓶酒，打开盖子，把酒缓缓倒在墓碑前。埋于地下的人，如果活着，应该是四十五岁，正常情况下，孩子该上高中了；如果还在军旅，应该是师旅级军官。现在，他除了一堆黄土，一个大理石墓碑，几行简单的文字，一个破败的花圈，还有什么呢？还有谁记得他呢？那场战争，已渐渐被人遗忘，官方的媒介也很少提起，电视上见不到画面，没有任何的纪念日可供凭吊。睡在这儿的烈士，跟红军时期、抗日战争、解放战争、抗美援朝时期的烈士相比，好像矮了一头。只有来到这个陵园，置身在鲜活的墓碑群中，才能感受到浓烈的伤感气息，让人禁不住想落泪，想喊叫，想唱歌。进来一次，这种感觉也许一辈子都忘不掉。

在陵园管理处，布小朋得知，一个白族妇女，每年都过来祭奠王新亮，看来真是她了。布小朋还了解到，长眠于陵园的九百多位烈士中，约有半数的家庭，从来没有人来过，一个主要的原因，是这些家庭远在北方，家人拿不出来回的路费。说话间，一个白发苍苍的老太太眼睛红红的，被一个工作人员领了进来，工作人员说："这位大娘从河北来看儿子，没有回去的盘缠，坐在墓碑前哭了一上午。"布小朋忍不住问："坐火车回河北老家，需要多少钱？"工作人员说："一百多元。"布小朋二话没说，掏出二百元递给老大娘。老太太颤抖着手，不知该不该接。布小朋说："大娘，拿着吧。睡这里的，都是我的战友，咱们是一家人……"

布小朋鼻子一酸，说不下去，放下钱，赶紧出了接待室。他到县城找到一个招待所，倒头睡了一大觉，到楼下小食摊上吃了碗米粉，然后直接去了汽车站。

当年王新亮刚牺牲的时候，布小朋曾经在心中默默许过一个愿，将来一定到他安息的地方看看他。现在这个愿望实现了，也许这辈子再也来不到这么偏远的地方了。车子启动的时候，他在心里与王新亮做了最后的告别。

回到基地，布小朋做的第一件事，就是重新给师党委写了份报告，要求收回那份转业报告。他明确提出不想走了，哪怕降一级，从副团长做起，他都愿意接受。

邱梅说："如果人家硬撵你走，怎么办？你总不能死皮赖脸不走吧？"

他说："真要那样，我去求老司令，请他帮忙说句话。"

邱梅说："怎么突然又变了？为了牛牛？"

他说："不是。我去看过王副指导员之后，才感到，我得继续干下去，不能因为一点事情想不开，就当逃兵。"

邱梅说："牛牛怎么办？你不是答应把他带出来吗？"

他和邱梅商量，打算把牛牛接到城里来，找一家技工类的学校，学一门技术，电工、无线电修理工、厨师类的专业，都可以考虑。有一门手艺，将来就可以找一份工作，年轻人只要肯干，不偷懒，养活自己没问题。他给牛牛打了个长途电话，问他喜欢学什么专业。没想到牛牛上来就说："舅舅，我想当兵。"

"你为什么要当兵呀？"他问。

"我想和你一样，不回来了。"

一定是姐姐生前启发过牛牛，所以牛牛才有当兵的想法。布小朋告诉牛牛，现在还不到征兵季节，到时候看看再说，不知他身体是否合格，体检合格的话，当个兵不难。现在已不像过去，为了一个名额打破头，年轻人可供选择的道路多了，考大学是首选，那些有钱、有权人家的孩子，基本不当兵了，愿意当兵的，大都是普通人家的孩子，在家没有出路，想来部队找个出路，学习好点的，考大学无望，还可以来部队考军校试试；学习不好的，看能不能转个志愿兵，最起码出来锻炼两年，免得在家学坏；有点门路的，孩子有过一回当兵的经历，回去安排工作，就多了个筹码。

在布小朋等待上级处理决定的日子里，天冷了，第一场雪飘下来了，一年一度的征兵工作也开始了，布小朋电话指挥牛牛——大名牛得宝——到镇上报名，然后参加体检。一切都在紧张有序地进行当中。牛得宝只上过初中，来部队考军校是妄想，干好了，转个志愿兵，多在部队干几年，这个可以做到。姐姐去世之后，把牛得宝这样一个老实巴交的孩子留在乡下，确实也不是个办法，他连地都种不好，姐姐就是不把儿子交代给他，他也会把他带出来。

布小朋在家焦急地等了三个月之后，终于等来了消息。基地干部处长打电话找他，说是杨政委要亲自和他谈话，让他近期不要外出。那几天他一直守着电话机，例行的散步都取消了，上厕所都担心，怕错过电话。

三天后，终于又盼来了电话，让他马上来基地办公大楼，等候政委接见。他穿上久违的军装，几乎是一路小跑着，先到了干部处长办公室，然后跟着干部处长，走进杨廷江政委办公室。杨政委在批阅文件，头都没抬，示意他先坐下。干部处长退出去了，他坐在宽大的沙发上，手心里捏着一把汗，不知道几分钟之后，等待他的会是什么结局。

杨政委批完了文件，放下红蓝铅笔，拿起杯子喝了一口茶，看着他，直看得他心里发毛。政委问："为什么又不想走了？"

他站起来，回答说："这个兵我没当够。"

政委示意他坐下说。他又坐下了。政委问："你对岗位，有什么想法？"

"只要能留下，干什么都行。"

"如果让你自己挑岗位，你会选择哪里？"

"基地最偏远的地方，没人愿去的地方。"

"为什么选这种地方呢？"

"我想惩罚一下自己。"

"为什么要惩罚自己？"

"头脑发热，工作没干好，牺牲了士兵，这是不能原谅的……"说到这里，他的眼睛红了。他不禁又想起了麻栗坡陵园里的烈士，想起了王新亮。那个死去的士兵毛小虎，成了烈士大军里新的一员，而他布小朋，是有责任的。

杨政委站了起来，踱着步。他也站了起来，笔直地竖在那里。

"军人牺牲是难免的。"杨政委停下来，"我把当时出事的情况了解清楚了，从根上说，你是对的。但你又是不合时宜的。"

杨政委的理解，让布小朋心里一热，他说："如果以后有机会，我还会那么做，因为只有平时多付出，打仗的时候才会减少牺牲。现在多一个烈士，将来可能会少十个烈士。"

"就你这个想法，眼下没人敢让你带兵了。"

"政委，我留不下下了吗？"他突然紧张起来，牙齿轻轻打着战。

"下到师、团不合适，你还是留机关吧。"杨政委坐了下来，说，"财务处长的位置空了几个月，一群人跑来争。争来争去总得有个头，干脆谁也别争了，还是你来吧。"

他简直不敢相信自己的耳朵，傻傻地看着杨政委。几个月前上级搞财务大检查，财务处长给扯了出来，问题不少，只好换掉。位置空了几个月，他做梦都想不到，最后会由他这个犯了错误的人接替。难道冥冥之中有人出手相助吗？

"还用我再说一遍吗？"杨政委不高兴了。

"谢谢首长！"他急忙给杨政委敬了个礼。

"你个人还有什么要求？"

他想了想，说："首长，九团政委许子林，任现职时间不短了，团里出的那档子事，与他无关，全是我一手造成，希望不要影响许子林提升。"

"这不是你考虑的事情。"

他愣着，还想替许子林说句好话，又不知该怎么说。

政委补了一句："我们准备年底让许子林转业。"

他吃了一惊："……因为那个事故吗？"

政委摇摇头："这个许子林，战士转志愿兵，他要收礼；干部调职调级，他要收礼；有人调动，他也要收礼。手伸得太长啊，这样的干部，我们本来就没打算用。基地党委、各级党委，都应该把能干的、作风好的干部用起来。"

布小朋心里释然了，说："首长，还有个一营营长罗大海，我认为不错，希望也不要因为我，影响到他。"

"罗大海下一步要用。这个你也不用操心了。"

布小朋顿觉心里宽慰了一些。

"我们顶着很大压力使用你，你应该怎么干，就不用我说了吧？"杨政委低下头，开始看文件，不再搭理他。

他立正，郑重地向杨政委敬个礼，转身，轻手轻脚退了出来。

出了办公楼，让冷风一吹，高兴劲儿一过，布小朋不仅没有感到轻松，反而感到心头沉甸甸的。包括他自己在内，都以为他会受处理、降职、降级、党内严重警告、行政记大过什么的，到头来，不但没降，反而得到一个别人梦寐以求的职务。在常人眼里，虽然都是正团，但这个财务处长，似乎比一个团长重要，全基地有二十多个团长，财务处长可是只有一个啊。财神爷，说起来多好听，脸上多有光啊……

基地领导把这么一个重要的位置交给他，他该怎么办呢？肯定得好好干，把工作干好。

什么才叫干好呢？

上班第一天，与大家打过一遍招呼，布小朋刚刚在收拾得干干净净的办公桌前坐下，电话响了，他犹豫一下，拿起话筒，里面传出一声苍老的咳嗽。是老司令康又汉。他急忙站起来，紧握着话筒说："首长，您有啥要交代的吗？"

电话那边，康又汉咳嗽几声，然后说："我只讲一句——你当财务处长，不能成为某些人的管账先生。"

说罢，那边电话放下了。

布小朋握着话筒,听着嘟嘟的忙音,心头像被重锤敲击,后背都隐隐地作疼。

七

布小朋当上财务处长遇到的第一个难题,是牛得宝当兵的问题。

牛得宝把电话打到了布小朋的办公室,电话那头没说话,先哭了起来。布小朋不高兴了:"一个大小伙子,怎能说哭就哭?没出息嘛,就这德性,还想当兵,凭这一点就不够格。"牛得宝收住哭,说:"舅,身体不合格,刷下来了。"

布小朋心里一沉:"哪儿不合格?搞清楚了吗?"

"说是左眼睛有点近视。"

"正式淘汰了吗?"

"说是不行了,让我回家。"

布小朋愣了愣,又说:"身体不合格,就没办法了,你先回家吧,我和你舅妈商量一下,不行就来城里打工。"

"舅……"牛得宝又哭开了,"我不想打工,我就想当兵……"

"身体不合格,怎么当兵?"

"有人花钱,不合格改成合格了……"

布小朋放下电话后,踱了一会儿步,一筹莫展之中,突然想起孟广俊来。他出门,来到孟广俊办公室门口,看到屋里有一群人,都在抽烟,个个包工头模样,看那样子都是来找他要项目的,弄得乌烟瘴气。孟广俊抽出一支烟,马上有两个人举着打火机上来点烟。孟广俊摆摆手,自己点上烟,说:"你们逼我也没用,我就这点活,只能交给一个人办。都先回去吧,啊,马上就会有一串工程,到时候,我想着各位,行不行?"

孟广俊抬眼看到了门口的布小朋,急忙站起来迎接。众包工头只好识趣地离开了。孟广俊以前办过不少兵,他家乡年年有人找他来办当兵,他有经验,这也是布小朋咬牙来找他的原因。听布小朋说起外甥一只眼睛不合格,给刷下来了,孟广俊哈哈笑了。

"你笑什么?"布小朋急得直蹿火。

"你以前真没办过兵?"

"我给谁办?这是我亲外甥,要不我才不管呢。"

"你这家伙,一点也不为家乡人民办事,白在外面当官。"

"我家里没什么人了,和老家联系都中断了。"

"这么点事难住你个财务处长,看来你真是没办过兵。"

"老孟,你给出个主意,用什么办法挽回一下?我外甥不合格,按说这事得放弃……"

"我告诉你,你外甥眼睛根本没问题。"

"啊?"

"你们省,我们省,是两个兵员大省,人家南方北方早对当兵不感兴趣了,咱这两个省还为了当兵打破头,尤其是农村,争得厉害。既然争,就有利。你外甥的眼睛小事一桩,找个人,花点小钱,改成合格不就成了吗?又不是肝炎、性病,那个不好办,武装部怕部队退兵,不敢乱来。"

"送钱就能搞成合格?"

"我估计本来就合格,就是为了卡你,才搞成不合格。你花了钱,啥事没有,准成。"

孟广俊让布小朋找一下军务处的老彭。老彭管兵员,和省军区征兵办的人很熟,让老彭给找个人,你送点钱就啥事不用管了。

布小朋犹豫着,没有表态。孟广俊说:"你是怕花钱,还是怎么着?"

"老孟,我总觉着,孩子们当兵,保卫国家,这样的事情还要花钱,这有点说不过去吧?"

"嗨，要我说，花钱能办成的事，最简单，最省事。只要是花钱能办妥的事，都不叫事。人家省军区、军分区、武装部，一年到头，就等征兵这时候啃两口，你不叫人家啃，你一边稍息去，有人愿意花钱当兵。"

孟广俊透露说，据他以往的经验，他经历过的，办一个女兵，得三万，男兵一万就差不多了，人家也不会多要。办不成，一般情况下会退钱，人家也不想惹事，对不对？他还提醒布小朋，要办就办利索，别拖泥带水留尾巴，把外甥直接办到咱基地来，以后好照应，比如考军校呀，转志愿兵呀，入党呀，学个技术开个车呀，给下面打个招呼就行，下面痛痛快快就给你办了，你把孩子搞到新疆、西藏、广西、黑龙江去，你认识谁呀？再去求人办事，就难了。

布小朋说："咱们基地今年在我们县没有兵员指标，我问了问，都是外军区的。"

孟广俊说："这个好办，可以调整过来。"

布小朋说："怎么调？计划早定好了的。"

孟广俊说："不该你操的心，你就别操，人家有的是办法。你多给人家五千，让人家顺便把你外甥拨拉到咱们基地来。你听我的，就这么办。"

布小朋心里还是没底，不是怕花钱，是觉得花钱办事，明目张胆的，太那个了吧？他把想法说了。孟广俊冷笑一声，说："别说你外甥不合格，就是合格，你当地没关系的话，也得花钱。合格的多着呢，不是人人能走，不花钱想走，除非天上落馅饼。"

"你的意思是，都得花钱？"

"上头没有熟人，就得花钱，多少得表示一下，一毛不拔想走人，我是没遇见过。当年我当兵，把家里一头肥猪杀掉卖了，钱送出去才拿到一张入伍登记表，要是没有那头猪，说难听话，真没现在的我，我们也当不成战友了，我很感谢那头猪。还有你，如果没有康文定那样的硬关系,你想出来,可能吗?"

孟广俊提到康文定,布小朋心里一紧,不想听他再说啥,就问:"直接把钱给军务处老彭吗?他不收咋办?"

"他如果不便要,他会给你找一个省军区的人,你打着他的旗号去找人,把钱送上,只要对方收下,事情八九不离十。我以前都是这么办的。今天可是把实话掏给你了,以后我营房处这边有什么事情,你要是不帮忙,我可就不客气了啊。"

从孟广俊那里出来,布小朋还是拿不准到底怎么办。如果不管牛得宝,这孩子这辈子想有点出息,难,吃饭都成问题。可是花钱办事,违反规定不说,他从没这么办过,这与他历来的做法也不符。整整一天,他都为这事犯愁。负责内勤的黄助理看出来了,就说:"处长,你好像有什么心事吧?"

布小朋叹口气,忍不住就把整个过程说了。黄助理说:"处长,您把您外甥名字告诉我,我去试试。"

"……这样好吗?"

"我试试看,办不成您也别怪我。"

晚上,布小朋回到家,把牛得宝当兵的波折给邱梅念叨了一遍。邱梅想了想,说:"现在办什么事,想不花钱,是很难的。牛牛没了妈,爸爸又那德性,好赖咱得管到底,你就听老孟一回吧,他毕竟有经验。"

第二天,邱梅下班回来,带回来一个厚厚的信封,放到了布小朋面前,里面是一万五千块钱。第三天,黄助理来到布小朋办公室,关上门,说:"处长,老彭回电话了,事情办妥了。"

"怎么办的?"

"这个你就不要管了,反正事情成了。"

布小朋拉开抽屉,拿出那个信封,叹口气说:"按规矩来吧,这个你拿去。"

黄助理摆摆手:"处长,我都处理好了,你就不用管了。"

"那可不行,我家的事,我来出这个钱。"

"那点小钱,我想办法解决。这可是你全部的工资,你还过不过日子?"黄助理坚决不要,赶紧借故离开了布小朋办公室。

没过几天,牛得宝打来电话,兴奋地告诉布小朋,武装部通知他去县医院补检了一回,说是眼睛没事了,体检全过了,政审也过了,马上要填入伍登记表,还听说他要到舅舅所在的部队来,他太高兴了。

布小朋拿着那个大信封找到黄助理,几乎是下命令,才逼他把钱收下。布小朋说:"我办自家的私事,不能让公家垫钱,这不合适,我又不是没钱。事情成了,我们全家很高兴,这就可以了。"

牛得宝成了基地的一个兵。来到基地,所有的兵都归军务处管,他想去哪儿,布小朋一句话。军务处打电话征求布小朋的意见,布小朋问:"咱们基地,哪些单位最苦?"

对方说:"那些远离城市的边、远、散小单位,生活条件最差,也最苦。"

"小单位苦,我知道,哪些单位最累?"

"当然是二师最累了。"

二师是训练师,负责新式武器的训练,整天摸爬滚打,兵很累。布小朋说:"劳驾把牛得宝分到二师吧,边、远、散的小单位虽然苦,但是人容易懒惰,在二师当兵累,就是再累,也比在家种地享福。"

牛得宝没有留在基地机关,也没有学上一门技术,比如学开车之类,布小朋直接把他下到基地的正规部队——二师五团当兵。这个团是基地的拳头部队,只要是进去,人人都要扒一层皮的。牛得宝有点想不通,认为舅舅死板,凡是有关系的兵,都想办法留机关,在机关当兵舒服,这个谁都知道,怎么舅舅就把他下到最苦最累的单位呢?布小朋告诉他:"你能当上兵,不容易,既然来部队了,就要好好锻炼一下,你不是来混日子的,而是准备来扎根的,不是说,再也不想回去吗？只有干好了,才可以留下。"

八

傍晚,航班到达龙城国际机场,郎征下飞机,取了行李,从贵宾通道出来,有人喊他。他一抬头,顿时一愣——面前站着孟广俊,孟广俊身边还站着两个少将,一个大校。郎征估计 A 基地顶多来个副部长接站,哪想到,司令、政委亲自来接他,虽然他走南闯北,见多识广,这样的隆重场面,他还是第一次遇到,有点受宠若惊。

郎征只是总部机关营房口的一个少校助理员,刚刚三十出头,他来基地对现有营房进行评估,回去给总部首长写报告,重点对一些老旧营房进行改造。孟广俊敏锐地感觉到,这是一次重要机会,基地的营房大都是五十年代建造的,不少快到期了,还有一些基本成了危房,应该抓住这个机会,多搞点项目和经费,把基地营房翻修一遍,搞几个形象工程。他给后勤部江部长汇报,说是郎征助理要来,别看他只是个少校,但他能量大得很,回去他要写报告,他嘴巴往东一歪,东边要得利；他嘴巴往西一歪,西边要得好处,反正就那么多经费,你不要,别人要。他的意思是,请江部长亲自到机场接机,郎助理来基地的几天,请江部长全程陪同。总部机关的参谋、干事、助理,官不大,权力大,政策和条条框框都是他们制订的,首长只管审批,很多时候得听他们的,你可不要小瞧这些人,多少大事,都是这些官不大能量大的参谋、干事、助理促成的。

江部长的安排是,请张副部长接机、全程陪同,他中间出面宴请一次郎助理。孟广俊觉得十分不妥,他想抓住这次难得的机会,给基地争取到足够的项目,于是,他直接去找王司令、杨政委,把这个重要性说了。出乎意料的是,王司令、杨政委居然一致同意,屈尊去接机。

孟广俊感动至极。司令、政委就是站得高，看得远，难怪人家能当这么大的官。听说司令、政委要亲自接机，江部长屁颠屁颠赶紧地过来了。晚餐安排在"蓝海宾馆"最豪华的长城厅，八个人喝下七瓶特供茅台酒，司令、政委年纪大了，平时基本不饮白酒，这晚真是豁出去了，频频用大杯子喝，感动得郎征一塌糊涂。论年龄，王司令、杨政委比郎征父亲还大，论职务，差得更多，自己仅是一个小助理员，但是司令、政委没把他当小孩子看，给足了他面子。晚餐没结束，郎征就想好了怎样打这个报告。

可以说，孟广俊为基地抓住了一个营院大规模改造的重要机会。自此以后，项目、资金滚滚而来，A基地的营院建设日新月异，院里像个偌大的工地，挖路、砍树、拆楼、铺路、建新楼、搞绿化、重修操场，五花八门的工程，每天孟广俊屁股后面跟着一群包工头，个个把他当爷待。

一个名叫李拥军的地方老板控制了基地大部分工程。李拥军镶金牙，戴着条粗壮的金项链，走路一摇三晃，他坐的丰田越野车挂军牌，他的专职司机是基地小车队的战士。他的车可以随便出入军营。包工头们要想拿到工程，不和李拥军搞好关系，不让李拥军扒层皮，那是不可能的。

这两年是孟广俊最志得意满的时期，比他在生产经营办公室当副主任时还意气风发。那时候做生意，挣钱多不假，但总是有些见不得人，人前人后不那么硬气，像地下工作者。现在不同了，项目是他拉来的，工程是他在指挥，花钱多少他说了算，工程验收也基本是他说了算。两年不到，旧貌换新颜，他让偌大的营院变得快让人认不出了。他有一种非凡的成就感。

基地上上下下，没人和他过不去，只有一个人除外，这个人就是布小朋。

布小朋抱着厚厚的账本，来找他算账了。布小朋指出了营房处的十几个问题，个个都不小。布小朋说："老孟，你们一处，今年光餐费就报了一百万出头，平均每天三千，你都吃了什么？"

孟广俊无动于衷，说："工程上马多，今年我要来四千多万，你不说，我就吃这点饭，你却来挑刺，什么意思呀？是不是下回吃饭叫上你？"

布小朋说："明年你就是要来一个亿，也不能报这么多餐费。"

孟广俊说："还有什么？"

布小朋说："工程你搞的都是假招标，为什么大部分工程都给了李拥军？"

孟广俊说："李拥军的公司最有实力，他最符合中标资格，我有什么办法？"

布小朋说："他就是个皮包公司，他中了项目，转包给别人，这你怎么解释？很多人说他有黑社会背景。"

孟广俊说："你别问我。"

布小朋说："我不问你，我问谁？"

孟广俊说："不要问我。"

布小朋说："老孟，你胆子太大了，你不怕查吗？举头三尺有神明，人不能做太过头的事啊。"

布小朋真怕孟广俊出事，同一批兵，一个连的战友，以前没少帮过自己忙，不能看他越滑越远。孟广俊却烦了，一拍桌子，说："你瞎诈唬什么？你知道李拥军背后是谁吗？"

布小朋说："是谁？"

孟广俊说："说出来吓死你。"

布小朋也急眼了，说："你少唬我。"

孟广俊说："你去问这个人吧。"

孟广俊拿过笔，在一张纸上写了一个名字：王达民。布小朋果真吓了一跳。这个王达民不是别人，是王仁天司令的儿子。孟广俊似乎意犹未尽,又写下一个名字。这个名字布小朋以前隐约听说过,是总部一个首长的女婿。

这下轮到布小朋傻眼了。

孟广俊点上烟,悠闲地吐了个烟圈:"还有问题吗?"

布小朋内心希望孟广俊说的是真话,没有骗他,如果李拥军的后台真是这两个人,那么孟广俊这样做也是迫不得已了,他多少理解他一些。布小朋低头沉思一下,很快又抬起头,说:"招标这事,今天我不想深究,以后请总部审计口来人处理吧。老孟,我再问个问题,为什么你们今天铺路,明天又要挖开,今天栽树,明天又要挖掉,你这样瞎折腾,得糟蹋多少钱呀?这可都是军费,是纳税人的血汗。"

孟广俊说:"不折腾,工程款就花不完。今年的钱,我今年必须得花完,花不完,明年就会被截留。这是上头定的规则,怪不着我。我如果不花完,我就是个笨蛋,骂我的人比夸我的人多。你让我怎么办?"

布小朋说:"还有一个问题。"

孟广俊说:"你快点说,我还要去工地。"

布小朋说:"北门东边、西边,你各放了一块石头,两块石头,你打了一百二十万的报告,一块破石头,你敢花六十万,这叫什么事啊?"

孟广俊站了起来,一把拉上布小朋:"走,我带你看看那两块破石头去。"

布小朋跟着孟广俊来到北门。孟广俊指着大门两侧草坪上的两块石头说:"你睁开眼睛仔细看看,是两块破石头吗?"

布小朋说:"我看过多少遍了,这样的石头,一万块钱给我,我都不要。"

孟广俊说:"你是愚蠢,愚不可及!我告诉你,你可听好了——

左边这块，像不像龙？"

布小朋搭眼看了看："你说像就像。"

孟广俊说："本来就像。右边这块，像不像虎？"

布小朋说："老孟，你一会儿龙一会儿虎，什么意思？"

孟广俊冷笑道："什么意思，你不懂。我找大师算过，我们北门斜对面是市委大院，他们修了那么高的门楼，就是想在风水上压我们一头。我们不能等闲视之，大师说，左龙右虎替我们镇守大门，就能压过对面的风水一头。为了找到这两块宝贝石头，我费了老鼻子劲，你还说破石头。要是让司令、政委听到了，当心他们骂你祖宗。"

原来这里面有这等蹊跷，布小朋还能说什么呢？孟广俊像一个胜利者，压根没把布小朋放在眼里，他喷出一口中华烟，说："还有什么问题吗？今天都说完，以后我没有时间再听你瞎唠叨。"

布小朋说："问题很多，我再提一个。你从修操场的经费中挪了三百万，放到哪了？"

孟广俊说："你真不知道？"

布小朋说："我知道了还用问你吗？你得说清楚，不然审计口来人，我们没法替你打掩护。"

孟广俊说："挪到蓝海小区工程上了，那边花超了，工程拖下来，挨骂的是我，不是你。只要我没往自己口袋里装，谁能怎么着我？那么多预算超了的工程，怎么没有人去查？你老盯着我干什么？"

蓝海小区的房子越搞越邪乎，据说地暖管都是进口的铜管，钢筋、水泥、玻璃等等建材，用的是目前国内品牌、质量最好的，还要搞精装修，可以说不计成本，预算超了又超。本来这个项目是基地用自有资金搞的，上面并没有立项拨款，钱从哪儿来，孟广俊得想办法。

布小朋说："你挪走那么多，操场质量就没了保证，过不了几年，还得重修，这得造成多大浪费？"

孟广俊说："这个问题你找基地首长去说，前提是你要有足够的胆量。"

布小朋说："不用我去说，会有人往上反映的。群众的眼睛不都是瞎的。"

孟广俊说："世界那么大，跟这个过不去，跟那个过不去，实际上都是跟自己过不去。"

说罢，他把中华烟头往地上一丢，背着手走了，把布小朋晾在那里。

这段时间，不光是布小朋找孟广俊麻烦，纪检处刘处长也找上门来了，说是有一摞告状信，都是告营房处的，当然主要是告孟广俊的。刘处长说："老孟，你看怎么办吧，我们是朋友，我不想瞒你，这些告状信，我不能扔一边不管。"

孟广俊说："你打算怎么办？"

刘处长说："按规定得呈基地首长看一下，首长有批示，我们就得查一查，看看是否属实。"

孟广俊毫无惧色，说："想往上呈你就呈吧，我估计没人会批示。"

刘处长说："你那么有把握？"

孟广俊说："没有这个把握，我早跑去请你喝酒了。"

刘处长说："老孟你什么意思？真不怕？"

孟广俊说："老刘，我说句心里话，现在我真不怕你纪检处。为什么？因为你也归基地领导管。有人告我，等于告基地，你们查我，等于查基地。他到关羽面前告张飞，说难听点，是找死，说好听点，是白告。就怕领导烦的不是我，而是你。我有问题，你报上去，相信领导会睁一只眼闭一只眼，我更相信会有领导替我担着。我的问题，不是我贪了多少，而是我为基地做了太多事情，当然有些事情违反财经纪律，可是我如果一点财经纪律不违反，那我这个营房处长就一天也当不下去，早给撵走，躲一边喝西北风去了。"

刘处长说:"照你的意思,你是基地的英雄,所以你不怕。"

孟广俊说:"英雄谈不上,至少是个干事的人。老刘,什么时候你们纪检部门独立了,垂直领导了,也许我才会怕你们。但我现在不怕,真不怕。"

刘处长给他搞得没趣,很没脸面,走也不是,留也不是。孟广俊倒上一杯茶,端到刘处长面前,说:"老刘,刚才忘了给你倒茶。"

刘处长急忙说:"谢谢。"

孟广俊说:"你刚才说,我们是朋友。既然是朋友,需要我做什么,尽管张口,我一定尽力。"

刘处长说:"不麻烦了,我们有困难,但是能克服。"

孟广俊说:"还是客气。老刘,我知道你们是清水衙门,你总得需要更新点办公设备吧?买台电脑、打印机、复印机什么的。各单位都在搞办公自动化,大把地花钱,你没钱,拿什么自动化?老刘你要是不嫌少,我给你三万块,但有一个条件。"

刘处长说:"什么条件?"

他以为孟广俊会提回扣的事。

孟广俊严肃地说:"只能买办公设备,不得挪用。"

刘处长哈哈笑了。他用这个办法,把司令部、后勤部、装备部等几个有钱的部门,扫荡了一遍,既达到了敲山震虎的作用,又给自己增加了经费,还没有给首长添麻烦,没有给基地抹黑,何乐而不为呢?当然他这样做,也是不得已而为之。一个军级单位的纪检部门,只编制四个人,这点力量够干什么?还要归政治部管,很多事情都出不了政治部,更到不了基地首长那里。即使到了基地首长那里,也是尽量大事化小,小事化了,现在这种情况下,哪个领导也不想出事,除非是已经公开了的、实在捂不住的、拔出萝卜带出泥的,那又另当别论。

从孟广俊那里出来,刘处长想,还是孟广俊说得对,军队的纪检部门要想做点事情，就得垂直领导。

年底，总部审计口来了个审计小组，重点对工程类经费进行审计。营房处首当其冲。布小朋为孟广俊捏着一把汗。孟广俊说："咱俩家是一条绳上的蚂蚱，我有问题，你也跑不了。"

"胡说八道，我没花你一分钱，我有什么责任？"

"我所有的账目都是从你那里报的，你们怎么审查的？"

"报账的时候，我们一认真审查，你就往起跳，还骂娘，而且领导都签过字，你说我们怎么办？给你打回去，不成，只能硬着头皮入账。出了问题，你想抵赖，门都没有。审计出的所有问题，你都得担着，别想推脱。"

看到布小朋真急了，孟广俊拍着他的肩膀说："行行行，你别怕，我都担着，我就不信他们能把我怎么样。"

从内心讲，布小朋真希望审计出一些问题来，好给孟广俊敲敲警钟，让他清醒一下。营院的建设，越来越不像话，上的一些乱七八糟的项目，根本没必要，纯粹是烧钱，造成大量浪费，坑的是国家，肥的是个人。站在一座刚推倒的楼前，布小朋不由想起他去麻栗坡看望王副指导员时的情景，那么多的烈士父母，连去墓地给儿子扫墓的盘缠都拿不出，你们节省一点，少糟蹋一点，行不行啊？

九

对这次审计，基地领导很重视，一再交代，各相关部门务必大力配合，既不能弄虚作假，又确保不出大的问题。

基地审计处小心翼翼，对一些重点单位的账目，先审计了一番，发现了一些问题，主要是营房部门的问题占大头。在基地，审计处地位微妙，平时搞审计，你提出一些问题，机关各部门可听可不听，你盯着他不放，他会找领导给你打招呼，弄得你没脾气，这点跟纪检处情况差不多，也就是吓唬吓唬基层而已。对本级，基本上是防守性质，摆设性质，硬着头皮监督一下，至于效果怎么样，那就不是自己说了算的。

审计处和财务处的心情差不多，希望上级审计部门多发现一点重点单位的问题，狠狠敲打一下他们，让他们收敛点儿。但是，几方毕竟又是一条绳子上的蚂蚱，他问题多，你也逃不掉干系，平时你怎么监督的？为什么放任自流？为什么不早点发现问题？为什么不及时报告上级？弄到最后，就会出现各挨五十大板的情况，你亏不亏？钱是他花的，你的屁股却也要跟着挨板子。所以，上级每次来搞审计，审计处和财务处都感到心情复杂，不给他挑出点问题，你心有不甘；问题发现太多，大家又都吃不了兜着走。总之，夹板气，不好受。

孟广俊知道自己这回是审计重点，他也有点紧张，如果问题出来，首先他得担着，即使是基地领导拍板做的决定，他也得先揽到自己身上，不能把领导抛出来。总部把审计工作小组的名单传过来后，审计处成立了接待小组，有负责业务方面的，有负责生活方面的。江部长召集财务、审计、营房等几个部门开会，研究接待方案。孟广俊提出，这回由营房处出几个人，参与接待，生活方面的接待工作，全部交给他，所需费用全部由营房处承担。江部长知道孟广俊搞接待有绝招，经验丰富，就同意了。审计处也乐得这样做，毕竟费用可以省下。

总部审计组来到了龙城。五个人里面，有三个是孟广俊的熟人，这下他心里基本有底了。头一天活动，基地分管后勤工作的严副司令出面，与审计组见面，江部长汇报工作。大家都绷着脸，气氛紧张、严肃。晚餐时，经孟广俊一再动员，先从上啤酒，再到上红酒，最后特供茅台酒端上，气氛立马不一样了，接下来就该是拍肩膀称兄道弟了。几瓶特供茅台喝下，人的感情自然就拉近了。酒是好东西，人为什么喝酒，这就是答案之一。

布小朋照例不喝酒，所以他也就不上桌。酒桌上的节目他看不到，工作进展情况他摸不清头绪。这么重大的审计工作，一年一次，他不认为会草率而过。他期待着给孟广俊一个教训，这不是害他，而是救他。作为同级，作为战友，作为兄弟，他只能嘴上提醒一下，除此之外，他什么也做不了，不能正面批评他，更不能背后告他。他发现，孟广俊现在已经什么话都听不进去了。他想起小时候姐姐给他讲过的一个故事：从前，有个穿了新鞋的轿夫，开始很爱惜鞋子，找干净地方走，后来不小心踩到水里，脏了一只，于是他就不顾了，反正也脏一只了，结果两只鞋子都踩进了泥水……

布小朋希望孟广俊不要把两只鞋子都踩脏。最好的办法，就是借这次审计，借上级之手，狠狠地扎他一针。这一针也许会很疼，但是，这一针也许是可以救命的。

布小朋打算全力配合审计工作，让人把有关账目都整理好，拿给工作组。这很冒险，尤其对布小朋很不利，如果查出大问题，领导会把气撒到布小朋头上，你财务处怎么搞的？为什么不打点埋伏？是不是存心添乱？到那时候，不仅孟广俊要受处理，他布小朋也跑不了。布小朋宁愿自己受罚，也想借机拉孟广俊一把，他不想让他滑得太深。

第二天一上班，江部长把布小朋叫到办公室，板着脸，很不高兴的样子。布小朋猜到了，一定有人把财务处的举动报告给江部长了，财务处并不是铁板一块，什么样的人都有，每个人都有背景，每个人做事都有目的，他想全力配合审计，有人一定想破坏审计，问题就出来了。江部长说："一旦发现问题，你首先跑不了。不要认为你自己干净就万事大吉，光一个人干净不行，得大家都干净才行。"

"可是，怎么才让大家都干净呢？"

"很简单，这次审计先过关，不出任何大问题。小问题难免，哪个单位都有，我们不怕。"

　　布小朋心知肚明，江部长是让他从账目上做点手脚，不要让审计工作组逮到大问题。文字账目可以做手脚，好隐瞒，电脑数据就不好办了，只要打开，一目了然。

　　这天，布小朋交代助理员，把一些文字账目拿给审计工作组，迫于压力，他做了某些选择，里面不会有大问题。按照工作组的计划安排，第三天要上电脑审计，如果电脑里面查出问题，就不能怪他了。

　　第三天上午，工作组的人来到财务结算中心，同时打开三台电脑。在场所有人都有些紧张，包括布小朋。但是，一幕人们想不到的事情出现了，突然停了电。孟广俊进来，说："不好意思，电力局突然给我们基地停电，事先没有通知。我问了问情况，说是施工造成的电缆被挖断，属于意外情况，电力局正组织抢修。"

　　"那怎么办？"带队的审计口领导问。

　　"上午肯定够呛了，下午争取让他们给供上电。"孟广俊说。

　　没有电，电脑就是一堆废物。没法工作，闲着也是闲着，孟广俊建议到郊区的龙潭湖钓鱼放松一下，工作组太辛苦了。五个人中的三个熟人响应，其余两个也就客随主便了。一上午的游玩都很尽兴，自不必说，孟广俊电话联系电力局，说是最快晚上才能供电。下午也没法工作，那就换个地方继续玩。审计口一年到头，也就是下来审计的时候，才有当爷的感觉，既然玩开了，想收就难了。

　　第四天早饭后，工作组按照原定计划，离开龙城，飞赴下一站，继续审计。

　　让人悬着一颗心的这次审计"风暴"，就这样轻易化解掉了。当年的全部账目，都封存入库，如果以后没有案件牵连，这些老账很难再有重见天光之日。它们进了库房，和堆积如小山的陈年旧账混到一起，很多人可以松口气了。似乎除了布小朋有些失望之外，不少人都感到高兴。

基地分管领导和后勤部领导,大力表扬了布小朋和财务处,说他们日常工作中把关严,没有出现大的财务漏洞,这次上级派工作组来搞审计,配合得力,措施得当,使上级的审计工作,得以顺利完成。

布小朋一直怀疑那天突然停电,是人为的。过了很久,他才知道,是孟广俊做了手脚,他找电力局的熟人配合,完成了这次断电。布小朋由此认为,孟广俊失去了被救赎的最好的、也是最后的机会,他为此感到深深的惋惜。

这样的手脚都敢做,他还有什么不敢做的呢?在孟广俊眼里,纪检也好,审计也好,都类似于挂在墙上的画中的猫,对老鼠的威慑力有限。他对审计处长说:"什么时候你们独立了,人家才怕你,你不独立,首先我就不怕你。"

一波刚平,一波又起。蓝海小区工程,出事了。事情不是出在工地,而是出在有人告状。蓝海小区住宅面积超标,人尽所知,尽管一开始营房部门就公开对外说,超标不严重,也就是超个二三十平方。首先龙城干休所的老干部就不认可这个说法,有人曾经拿尺子去丈量过,老副司令李长水这方面最有发言权,他干了一辈子后勤,盖了一辈子房子,多少面积不用量,搭眼一瞅,就八九不离十。他的结论是,带地下室、阁楼,一共四层,不算晒台,总面积至少四百平方,地下室、阁楼层高不够,面积减半计算,这样一算,总建筑面积至少三百二十平方以上。这个标准,够得上大军区一级的水平。

蓝海小区房子超标,成为龙城干休所的老干部最重要的话题之一,每天都有三三两两的老干部到工地溜达,看什么都不顺眼,骂骂咧咧的,什么话难听说什么,让干活的工人听了去,影响很不好。因此,当总部纪检部门打电话,提醒基地注意的时候,基地领导才意识到，不该把房子建在离龙城干休所这么近的地方，在老干部们的眼皮子底下，天天被他们监督着，还有好吗？你能睡个踏实觉吗？

匿名信是不是与老干部有关？没法查。匿名信不是一封，而是一批，不然总部不会那么重视的，要派工作组下来大张旗鼓地查。

消息传来，基地不免有些紧张。

这个项目是孟广俊当营房处长之前开始搞的，有问题与他无关。但他现在是营房处长，屁股得由他来擦。基地领导决定，让孟广俊出面接待，纪检处搞好配合，目的只有一个，把这事圆过去，实在过不去，只能忍痛把基本建好的房子扒掉一层，就算是知错而改吧，基地总得有个态度，不能置群众的强烈反映而不顾。

压力又到了孟广俊肩上，当然这是基地领导对他的信任。他也有牢骚，感到这些在职的领导，不能在退下来的老首长面前太过张扬，早就听到有老同志反映，老司令康又汉、老副司令李长水、老政委张道刚都愤愤不平。说起来，这些人写匿名信的可能性最大。他曾几次向基地领导提议，拨点小钱，给龙城干休所的老首长们解决点实际问题，不用大搞，表示一下就行，他们退下来了，胃口并不大，更不是不讲道理，关键你得有个态度，拿出诚意来，认真关心一下老首长。比如，你给每家安装个新的太阳能行不行？给每家盖个小偏房行不行？给他扩大点面积，堵上他们的嘴，蓝海小区的事情，就不是事情了。遗憾的是，没人听他的，致使小问题成了大问题，上级工作组专门来查现职领导的住房问题，传到下边部队，影响多不好啊。

孟广俊踱到布小朋办公室，发了几句牢骚，怪领导不听他的建议。布小朋说："如果你不挪用那三百万投到蓝海小区，到现在还是半拉子工程，不封顶，别人想告，也告不成，因为谁也说不清到底超了多少。"

"你说得不对，根本怪不着我。"

"对啊,是不怪你,没准还得感谢你呢,你上窜下跳替领导分忧,出了多大力。"

"你什么意思啊?告诉你,尽快建起小区,那是我的职责。不要以为是我造成的,它早晚得封顶,早晚会有人告,关键是堵上告状者的嘴。现在领导住宅超标的现象到处都是,并不只是我们一家,只要没人告,上边懒得管,如果不停有人告,上边肯定会出面管。"

"照我说,这个工程一没到总部立项,二没有正常经费,全是七拼八凑,东挪西借,三是严重超标,影响恶劣,不如停了它,当个反面教材,警示教育部队。"

孟广俊一听,愣了,眼睛瞪得溜圆。他压根想不到,布小朋竟然说出这样的话。这话要是传到领导耳朵里,他吃不了兜着走,立马就得卷铺盖滚蛋,瞄着财务处长这个位置的人,海了去了,自己不珍惜,怪谁?

布小朋轻轻敲一下桌子,说:"你瞪我干什么?"

孟广俊指着他的鼻子:"我希望以后你不要再说这样的混账话。"

"我说的都是实话。"

"现在说实话最危险,还是闭上嘴吧,除非你让出这个财务处长。"

"老孟,反正你没责任,你背这个黑锅干什么?工作组来了,领人家实地考察、测量一下,该怎么处理,让领导去定就是了。"

"你说得轻松。领导让我来接待,不就是想让我抹平它吗?我要是辜负了领导的期望,我就是不称职,我得卷铺盖滚蛋。"

"老兄,这回再用断电的办法,不灵了吧?"

"是。这回得充电。"

"怎么充电?收买?"

"哎哎,你别说这么清楚好不好?都是团级干部了,得学会领导方法,什么事都不能点破,点到就行,点破就是犯二。"

"我永远成不了领导干部。"

"那可不一定。你这人,有福,我看出来了。比如你入伍、提干,一路晋升过来,仿佛犹如神助;你一滴酒不沾,一分钱礼不送,像你这种人,坐到这么重要的位置上,那真是个不大不小的奇迹呀。"

"算是苍天有眼吧,让我能存活下来。哎,别说我了,说说你怎么接待吧。"

"接待方案得保密,传出去不好。首先你得出点血。"

"你打我的主意?我一分钱都不拿,你不合理的花费,想轻轻松松来报账,休想!除非你从小金库里出,我管不着。"

"这回得光明正大地工作。我问你,如果我想给老司令康又汉办点事,你肯出血吗?"

"你给他办什么事?"

"他家的太阳能,用十几年了,早该淘汰了,他家的厨具,像什么油烟机呀、炉具呀,也该换换了,老首长都俭省,舍不得扔,组织上出面,关心一下老同志,给他换换,应该的吧?"

"他不会同意。"

"你不试试,怎么知道?"

"一户需要多少钱?"

"一万左右。干休所一共二十五户,你出三十万吧。"

"你想用这个办法堵老同志的嘴?"

"看看,你又点破了。应该说,在八一建军节来临之际,基地党委关心一下离退休的老首长,同时请他们多多关照。"

"关心老同志,应该。但是在这个节骨眼上,你想用这点小恩小惠,去堵塞言路,恐怕不合适。上级来查违规问题,正是纠正错误的最好时机,你给应付过去,错误永远得不到纠正,那么错误的雪球就会越滚越大,到后来,会犯更大的错误,总有一天,天会塌下来。"

"危言耸听啊。就是天塌下来,先砸高个子,想挨砸,也不一定砸着你。你这人最大的毛病,就是操不该操的心,不安分守己。这叫什么错误啊?不就是房子住大一点吗?当领导的,操那么多心,受那么多累,半夜三更接个电话,吓一身汗;为了迎接检查,半夜半夜地不睡觉,看材料,记数字,上边来人,拼命陪着喝酒,可是工资并不比我们一般干部高多少,你说人家图什么?房子住大一点,车子坐高级一点,难道不应该吗?等你当了领导,你也可以多吃多占,现在你不是领导,光眼馋不顶用,眼红不如奋斗,赶紧混上去,也住个大房子。"

"你说错了,我没眼红。我算看出来了,领导是不是贪腐,与身边有没有帮凶有很大关系,领导身边如果都是你这样的人,他想不贪,根本做不到。"

布小朋自恃与孟广俊的关系好,说话也不顾尺寸了,什么狠话都敢撂。好在孟广俊心胸开阔,不计较,不跟他一般见识,自然也不会因为几句话与他翻脸。

"贪是正常的,不贪谁当官?受这个累干什么?你别怪我,我不过是替领导想在前头,遇事冲在前头而已,算是革命的一个小小马前卒吧。"孟广俊看一眼手表,"哎哎,我不跟你磨嘴皮子了,老子为了这事,三天三夜没睡好,脑袋都快想爆了,好不容易想出这一招,你还不配合。我最后问一句,你拿不拿钱?"

"不拿。"

"好,有种。"孟广俊摸起电话,对总机说:"一号台吗?我是营房处孟处长,给我接严副司令。"

很快,电话接通了。孟广俊说:"首长,我在布小朋办公室。我跟您汇报的那件事,布小朋不同意,一分钱不想出。"

严副司令让布小朋接电话。布小朋愣了好一阵,咬牙不想接,最后还是接了。严副司令几乎是声嘶力竭地说:"布小朋,孟广俊让你怎么做你就怎么做，他都给我汇报过，三十万你先出，常委会上再补个决议。"

布小朋扔下电话，铁青着脸，一言不发。孟广俊吹了声口哨，像是同情布小朋，拍拍他肩膀，说："老兄，看到了吧？要想说了算，就得当更大的官。你想腐败，你的权力越大，机会越多；你想反腐败，你的权力越大，你的反腐力度就越大。否则，都是白扯。"

孟广俊晃晃悠悠走了。

布小朋气得把一个杯子摔到地上。

十

调查组要来的消息，对外处于高度保密状态，具体情况外人不得而知。蓝海小区的工程，悄悄停了，对外说是工人要回乡下割稻子。

孟广俊一身汗水一身油泥，亲自带领安装工人，到干休所挨家挨户安装新太阳能热水器，更换厨房用具。有几户老首长家很寒酸，油烟机旧成那样，做顿饭满屋都是油烟味，还舍不得换，让孟广俊鼻子发酸，内心很不平静。革命一辈子的老前辈，怎么就这么俭省呢！新油烟机安装好了，老首长们欢天喜地，感谢基地对自己的关心，表示一定维护基地形象，多为基地贡献余热。

二十四户安装、更换完毕，孟广俊最后带人来到第二十五家——康又汉家。敲开康家的门，康又汉堵在门口，说："谢谢了。我家的东西还好着呢，用不着换。"

孟广俊赔着笑脸："首长，别人都换了，您家不换，说不过去。"

康又汉说："如果要换，我自己买。我能买得起。"

尽管刘美芹站一旁不停地对老头挤眼睛，甚至还伸手扯了扯他的衣襟，但挡不住老头的倔脾气，孟广俊悻悻地走了。刘美芹噘嘴，不高兴，说："别人都换，就你不换，你特殊咋的？"

康又汉说:"给你一颗枣子,他敢吞一坛子蜜。你以为他真为你好?他一定有目的。"

刘美芹说:"你管他呢,他给个枣子,咱先吃下再说,总不会毒死你吧?"

康又汉说:"我吃不下去。"

刘美芹说:"别人都要了,咱不要,咱家会很难堪。"

康又汉说:"难堪的是他们,不是我。"

刘美芹说:"还嘴硬,到头来难堪的,一定是你。什么都不能搞特殊,要和大家打成一片,你不要,我要。这个家有我一半,我要一样东西,可不可以?"

康又汉说:"你怎么要?要什么?"

刘美芹说:"我要热水器。厨房用具算是你的,你可以不要。"

康又汉说:"要可以,你搬出去,这房子是我的,你没有权力要我不喜欢的东西。"

康又汉不理她了,在小院里打起了太极拳。气得老太太脚下一滑,差点摔倒。第二天,康又汉到803医院检查身体,刘美芹本来要陪着去的,她推托头疼,就不陪着去了。中午,康又汉坐车回来,一进家门,就觉得厨房油烟机的声音不对,进去一看,全换成了新的;回到院子里,抬头一看房顶上,原先挂在那儿的老太阳能也不见了,换上了一个绿色的新玩意。老头当即不干了,拉下脸来,说:"你说话不算数,非贪这个小便宜。"

老太太说:"人家孟处长热情得很,实在不好推托。"

老头表示,用新安的这个玩意做的饭,他不吃。

老太太说:"不吃就不吃,饿死别怪别人。"

老头表示,新换的太阳能,他也不用,他洗冷水澡。

老太太说:"不用就不用,冻病了,别怪别人。"

老头坚持了三天。三天里他吃面包,喝矿泉水,不吃新炉具做的饭，不喝新炉具烧的水；不用新热水器洗澡，用冷水擦身子。第四天，他病了，咳嗽、胸闷，司机拉他去医院，他不去，说："把那些玩意摘走，我再去医院。"

老太太一看不好，赶紧通过一号台打电话，把布小朋叫来了。布小朋坐在老首长的床前，告诉他说，换这些东西，是基地党委对老首长的关心，钱是通过正当途径，按照财务规定拨下来的，不是用的正常经费，而是基地用以前生产经营节余下的资金，来办的这事。

话未说完，布小朋先脸红了，他在糊弄老首长，他说了假话。

康又汉说："真没有别的目的吗？"

布小朋说："能有什么目的？又不是拉选票，人家现在的首长，确实是替你们这些老首长着想。"

康又汉说："但愿是吧。可我琢磨着，是不是与他们盖的蓝海小区有关？给我们点甜头，堵上老家伙们的嘴，帮他们过关。是不是呀？"

布小朋不知该怎么回答，摇一下头，最终又点了点头。

康又汉叹口气："他们多虑了。房子已经盖好了，即使反映大，也不能再拆掉，那样浪费更大。盖，我心疼；拆，我也心疼，得过且过吧，已经成为既定事实，还能怎么样呢？现在他们说了算，上边也得维护他们的形象，下边人嚼嚼嘴皮子，骂几句出出气，也就过去了。"

布小朋想了想，说："现在我特后悔。"

康又汉说："你后悔什么？"

布小朋说："要知道这样，拨款的时候，我多拨点，多给你们这些老首长解决点实际困难，该多好……"

康又汉说："你这叫错上加错。老家伙们哪个缺钱？谁家买不起太阳能、油烟机？慷公家之慨，本来就不对，你还想多破费，糟蹋公家的钱，心不疼是吧？还是留着钱，给基层部队解决点困难吧。"

布小朋说："首长，我知道了。刘主任叫我来，是想劝劝您，别治气了，赶紧去医院吧。"

康又汉愣了好一阵，重重地叹口气，说："东西装上了，不好拆下来，我补钱吧，一共多少钱，你给算算，从我下月工资扣。"

布小朋说："别的老首长都不交钱，你一个人交，不合适。你听我一回吧，好好养身子，不提这事了，咱下不为例。"

这才把老头劝下。老头连连叹气，说："家里有个贪心老婆，你想不贪，难。"

刘美芹送布小朋出来，说："家里有个死板老头子，你想过好日子，难。"

布小朋说："刘主任，请您抽空做做首长工作。"

刘美芹说："还能有啥事？你一来，这事就过去了。"

布小朋说："我是说，蓝海小区的房子，北京要是来人调查的话，请首长给美言几句，说点好听的，帮人家过关。"

刘美芹说："你放心吧，没人会找他问这个，谁不知道他那脾气？人家都躲着他。他这人还有个特点，有问题当面说，不背后搞鬼。"刘美芹四下看看，压低声音又说："听说匿名信是李长水他们写的，张政委也掺和进来了，老康他不会这么做的……"

布小朋出了康家的门，坐上车，下山去了。路上，他感慨，自己竟然也成了腐败的帮凶。后勤部领导指示，分头做老首长的工作，谁和谁熟悉，谁承包谁。布小朋承包的康又汉。承包者要保证不让被承包者在调查组进来后再出妖蛾子，出了问题，要负连带责任。

八一建军节刚过，调查组住进了基地一所。调查组由一个少将副部长带队，由纪检、营房、财务、审计口的人员组成，基地王司令、杨政委先到一所看望了一下调查组人员，对调查组到来表示欢迎，并表达了歉意——因为蓝海小区的问题，干扰了总部首长和机关的精力，造成了不好的影响，基地已经提前进行了部分整改，请调查组多批评，多帮助，有问题一定提出来，基地一定立即改正，决不含糊。"

接待工作由基地严副司令和后勤部江部长牵头，孟广俊负责具体落实，抽调来搞接待的人，都和调查组人员熟悉，要么是老乡，要么是同学，要么是以前一块出过差、开过会、培过训，总之，都得熟悉，这样便于开展工作，不生分。

头一天晚上，调查组照例不能喝酒，公事公办的样子，双方都拘谨，都在试探对方。第二天上午，到蓝海小区工地实地勘察、测量。孟广俊在这之前，已经把该做的工作提前做了，比如，二十多栋房子的地下室，全部填埋上了。调查组看到的，就是一个没有地下室的住宅。江部长现场做汇报，他说："我们听到群众反映后，认为面积确实超的比较多，决定不设地下室，已有的，填埋，这样就减少了部分面积。另外，四层的阁楼外面，原先设计的是一个三十平方米的封闭晒台，现在决定，不封闭，这样就不算有效面积了，再就是二、三层的阳台，各减少十个平方，这样一算下来，军职房的总面积也就三百平方左右的样子，师职房二百四十左右平方的样子，虽仍然超了一些，但已经和其他单位的同类住房，差不多大小了。"

这里最关键的一招，就是填上地下室，一下子抹去了一百个平方。

调查组实地测量，认为江部长汇报的情况属实，基地提前进行的整改，卓有成效，告状信上所说的内容，虽然说有一部分是属实的，但是经过主动整改之后，所反映的问题，就不再是重大问题了。

双方间的气氛，一下子缓和下来，大家心里都有底了。

中午的餐桌上，上了红酒，大家可以推杯换盏了。

下午，请干休所几个老干部座谈。李长水肯定要来，张道刚老政委本来说好也要来，临时犯心脏病，没有来成。康又汉即使想来，人家也不会让他来，而且怕他突然闯进来，江部长特地指定布小朋，在会议室外面值班，如果发现老司令过来，赶紧拦住他，不能让他进会议室。

他们都想多了，康又汉下午到龙潭湖边钓鱼去了。

坐在会议室外面，布小朋真希望老司令挂着拐杖闯进来，告诉工作组，他们的整改是假的，工作组一走，肯定会恢复原状，因为孟广俊带人只是填堵上了地下室的门口，挡住了窗户，里面并没有填实。把这个事情戳穿，最好的结局就是，工作组要求每个入住者写个保证书，保证不恢复原状，彻底把地下室填实，保证把面积降下来，做到真正地整改，并且下不为例，以后盖领导住房，严格按标准来。

但是，布小朋知道，这只是他的幻想。老司令纵然有这个勇气，也不能用这种方式硬来，把自己置于众多人的对立面，会成为一个笑柄。现在的大环境，只能睁只眼闭只眼，如果眼睁得太大，不会闭眼的话，那么眼睛会被灼伤的，而现实并不会因为你的受伤变得更好。

下午的座谈会，开得很成功。李长水代表老同志发言，肯定了基地现任领导的工作，认为是基地历史上最好的时期，各项事业蒸蒸日上、形势喜人。至于蓝海小区的住宅，超一点面积，是事实，但是考虑到现在的环境，各单位的领导住宅，完全按标准建设的，一个平方不超的，恐怕也不多，作为老同志，他们体谅现任领导的辛苦，理解现职领导所做的事情。他还痛斥了写匿名信的不良行为，认为有问题应该当面反映，不能背后说三道四，不负责任。

会议室传出了一阵阵轻松的笑声。布小朋知道，事情过关了。他站起身，离开了一所，朝办公楼走去。孟广俊从后面喊他留步，晚上陪工作组吃饭。他说："算了，我不会喝酒，留下招人烦。"

老干部座谈会一开，调查组的人，心里更有底了。老干部可能成不了你的事，但他可以坏掉你的事，蓝海小区住宅严重超标的问题，只要老干部不开口，就好办了，群众的反映用处不大，老干部杀伤力大，普通群众基本上没有什么杀伤力。

到了晚餐，就可以放开喝白酒了。酒酣耳热之际，调查组向基地领导表态，回去就给总部首长写报告，这个问题就此终结，以后如果还有人写匿名信告状，就可以不予理睬了。

蓝海小区风波，就此化解。孟广俊居功至伟。

不少知情的人都说，这个营房处长，可能是基地历史上最有能力的营房处长。他当处长不到三年，基地营区大变样，旧貌换新颜，很多问题被他一一化解。

布小朋也受到夸赞，都以为老司令康又汉会发难，结果老司令一声未吭，给老干部带了个好头，别人自然认为这是布小朋做工作的结果。

第 四 章

一

第二年初春，蓝海小区工程全部竣工，并顺利通过验收。二十多栋漂亮的洋房，成为龙山西麓山脚下的一道美丽的风景。

三月底的一个周日，满山的迎春花迎风怒放，一片片娇嫩的鹅黄色，醉了人的眼。下午，一个身材瘦长的人，戴着啤酒瓶底一般厚的近视眼镜，晃晃悠悠在蓝海小区的院子里转悠。这人就是夏忧。他在一幢小楼前驻足，蹲下，透过露出地面的窗户往地下室看，看到地下室很敞亮，很开阔。

身后有动静，夏忧一回头，是布小朋。布小朋穿着便衣，走了过来。夏忧站起身来，拍打拍打手上的灰尘，说："我不明白，他们要这么大的地下室干什么？盛东西吗？是不是家里宝贝太多，放不下？"

布小朋来到夏忧身边："给上级的报告上说，这个地下室，是填埋上的，还有四楼的晒台，也不封闭。一会儿你上去看看，是不是封闭了？"

夏忧说："不用上去，我已经看到了。"

布小朋说："有什么感受啊？夏忧同志。"

夏忧说："他们胆子太大了。典型的弄虚作假，欺下瞒上。唉，也不能全怪他们。"

布小朋说:"不怪他们怪谁呢?怪那些帮凶?"

夏忧说:"更不能怪他们了。"

布小朋不明所以,看着夏忧。

夏忧指着这一片别墅群说:"像这样严重超标的高级干部住宅,到处都有,他们为什么胆子那么大呢?因为一级看一级,上梁不正下梁歪,上边人敢做,下边人也不客气。不光房子,还有车子,全国得有多少干部配车严重超标?难以估量。说一个人贪污受贿,得去调查,得有证据,可是你看,他们的房子、车子超标,明摆着,人们一眼就能看出来,满眼都是证据,根本不用去费力调查,想处理他们,往这种地方一站,往大街上一站,当场就可以抓现行。可是这么多的官员违反了纪律、法律、法规,却很少有人站出来管。当然,世界上这样的国家,这样的事情肯定有不少,但我认为,我们中国不该这样,为什么呢?因为我们天天讲为人民服务。他们这是为人民服务吗?多吃、多占,而且不脸红,有这样为人民服务的吗?法不责众,最可怕,官员都会觉得心安理得,反正又不是我一个人乱来,不占白不占,不贪白不贪,大家都这样,你能怎么着我?所以到处出现官员多占住房、超标准配车的现象,而且不断蔓延,沉疴难治。规定是摆设,纪律是摆设,领导带头违背,群众当面不敢说,背后就知道骂娘,怪国家不去治理。"

听夏忧说罢,布小朋愣了好久,才摇摇头,说:"你说得绝对化了,好干部还是占多数,更不能怪国家,明明有纪律,有规章制度而不遵守。还有,这些人身边总有一些帮凶,或者叫帮手,比如我就算一个。"

布小朋说到这里,有些莫名的伤感。

"布处长,你不要太自责,要我说,你顶多是同流,但不合污。"

"同流与合污,只差一点点啊。"

"我们今天不争长短了,这个话题以后慢慢聊。布处长,我今天是来感谢你的。"

"……你接到调令了？"

"接到了。本来我今年下决心转业的，三天前，突然接到调令，让我到基地政治部《先锋》杂志编刊物，明天就上班。能调回龙城，不用两地分居了，老婆意见就小了，我再留两年看看吧。刚才往你家打电话想说这事，你家属说你来这里，我就跑来了。"

"以后，你不能轻易动走人的念头，基地需要你这样的高学历人才。"布小朋拍拍夏忧的肩膀。

"现在基地硕士、博士有一大堆了，我一个本科生，真不算什么了，毕业之后，我没搞过任何的技术工作，说实在的，在军校学到的那点知识，都已经废掉了，再留，白白糟蹋军费。"夏忧说罢，苦笑一下。

"不能这么说。最起码你思想有深度，言语犀利，总有独到见解，能想到别人想不到的东西，比如你提到过的那个打卫星的想法，我就感到很了不起，以后一定会实现的。你可以继续放开思路，多想一些所谓的歪门邪道，今天实现不了，明天实现不了，后天总有一些可以实现。"

夏忧郑重地点点头，突然想起什么，说："布处长，有人说我能调到政治部机关，是你做了交易。有这事吗？"

布小朋微微一怔，说："你能来就好，不要管别人说什么。"

离开606仓库之后，布小朋一直惦记着夏忧，总感觉他留在仓库不是长久之计。当上财务处长，说话好歹有人听了，他开始着手给他物色合适的单位，让他搞科研最好，能发挥他的长处，但是基地的几个科研单位，先后都以种种理由变相拒绝了，人家都说："布处长另给我们推荐一个吧，这个夏忧，我们不敢用，他太有棱角，而且他年龄也不小了，没有任何科研成果，也没有职称，布处长另外推荐的人，我们保证绝对要。"人家拒绝的理由合情合理，布小朋不能怪人家。

　　基地的政工类杂志《先锋》归政治部宣传处管辖，去年底，宣传处申报今年的预算，其中有一项是，要求提高《先锋》杂志的办刊经费，由五万元提高至八万元，理由是纸张、印刷费涨价。财务处预算组把这个要求顶了回去，不予办理。宣传处崔处长派副处长冉淮来找布小朋做工作，毕竟布小朋做过冉淮的班长，这个很多人知道。本来冉淮不愿意来，他知道布小朋极其死板，来找他也没用，但是碍于崔处长的交代，他硬着头皮来了，没想到布小朋很爽快地答应了，但有一个条件——把夏忧弄到《先锋》杂志当编辑。布小朋说："我知道杂志缺编，去年底转业走了一个，现在还没配上，夏忧有思想，文笔也不错，当编辑最适合他。"冉淮回去报告崔处长，崔处长又让冉淮拿着一个大项目回头找布小朋，说杂志不用追加经费了，把这个项目给落实，就把夏忧给弄过来。

　　这个项目就是新建一个羽毛球场。而这个项目两年前宣传处就提出来了，预算是八十万，私下说出的理由是，王司令喜欢打羽毛球。布小朋那时刚当财务处长，考虑到基地已经有一个综合体育馆，里面就有羽毛球场，再建，纯粹是浪费，他毫不犹豫地给拿掉了。去年，宣传处又报，仍然是拿掉。今年没敢报，结果让夏忧的事情一掺和，宣传处崔处长抓住机遇，重提此事，皮球又踢给了布小朋。

　　布小朋考虑了好几天，咬牙同意了这个项目，很快上报基地常委会研究。一般他同意的项目，常委会上卡掉得很少，谁不知道他布小朋是铁公鸡？常委会上顺利通过之后，又上报总部财务口，布小朋亲自打了个电话，向财务口的熟人介绍这个项目，请他们帮忙通过。就这样，这个本来不该上的项目，得以顺利通过。

　　为了留下夏忧，他确实做了交易。但是他不能给夏忧说这个。

　　二人又聊了一阵别的话题，然后下山去了。

　　回到大院，布小朋脑子里仍然想着夏忧的事，他人虽然过来了，住房问题，更是个大问题。他老婆是个工人，单位没有住房，平时和父母挤一起，孩子都上小学了，一家五口住在两间小平房里，日子艰难。和夏忧同期分到基地的大学生，都有了自己的房子，唯独夏忧没有，这也是夏忧两口子矛盾的主要集中点。以前夏忧在606仓库工作，很少回来，还好说一些，他调回基地机关，每天都要回岳父家住，每天都要面对岳父岳母的冷眼，总不是个办法。按照机关分房规定，当年调机关的干部，没有资格分房，第二年才可以排队，夏忧在同年兵里职务明显偏低，什么时候排到他，真不好说。布小朋打算亲自到孟广俊家跑一趟，请老孟把夏忧的问题作为特殊情况处理，早点给他搞间房子，帮他渡过难关。

布小朋朝孟广俊家的方向走去，路上不时有人热情地和他打招呼。基地机关几十个处长里面，政治部的干部处长、司令部的军务处长、后勤部的财务处长、营房处长、装备部的综合计划处处长，属于处长中的佼佼者，在别人眼里都是握有实权者，平时得到的笑脸，自然要多一些。

路过办公楼前，布小朋一眼看到孟广俊在楼外面转悠，就走了过去，问他瞎转什么，大礼拜天的，不在家休息。孟广俊指一指办公楼，问他有什么感受。布小朋说："能有什么感受，无非是感觉它很气派。"

基地办公楼是五十年代建的苏式建筑，庄重、大气，但也不免显得笨重，走廊很宽大，可以在里面开汽车，共有五层，没有电梯。孟广俊说："你跟我来。"布小朋跟着他，走到一片空地上，孟广俊指着对面不太远处的一栋崭新的高大建筑，说："你再看看那边，什么感觉？"

孟广俊手指的方向，是龙城市委新落成的办公大楼，二十二层，据说里面光是电梯，就有十二部，非常豪华。布小朋说："你羡慕人家，是吗？"

"两家就隔一条马路,楼冲着楼,你不羡慕他们吗?"

"各过各的日子,情况不同,有什么好羡慕的?我们办公楼冬暖夏凉,端庄大气,他们应该羡慕我们才对。"

"你这是典型的叫花子观念,老感觉自己手里的窝头比别人的馒头香,用的是阿Q的精神胜利法。人家是中央空调,我们大多数房间没空调,用的还是老掉牙的吊扇,你说谁冬暖夏凉?是人家吧?而且从风水学角度,他们完全把我们压下去了,风水全跑那边去了。我当营房处长,早就不甘这个心了。"

"你想怎么着?也像市委那样,盖个二十二层大楼?"

"你的意思是,我办不到?"

"也许你能办到。可是我们这个大楼好好的,至少还可以用三十年,你拿它怎么办?拆掉它?"

孟广俊在营区搞大拆大建,满院子搞得鸡飞狗跳,当然成效也很大,起了不少新建筑,一些旧的建筑也搞了穿衣戴帽工程,基地大院的形象焕然一新,充分体现了他的能力。有这样的变化,一是赶上了好时候,上级对营区建设的经费投入加大,二是他会要、敢要,多搞来不少资金。用他的话说,只要敢想,就能做成,想多要钱,得舍得花钱,回扣一分也不能少,否则等于堵上了自己的路。这么个折腾法,他还是觉得不过瘾,认为都是小打小闹,真正的大工程不多。

在他眼里,最大的一个工程,就是像市委那样,搞一座气派非凡的办公楼。以前条件不成熟,只好先搞点小的,热热身,现在外围工作差不多了,就等攻坚了,他给王司令、杨政委、江部长等首长吹过风,拿对面的市委大楼说事,提出基地也应该大力运作一番,力争改善一下办公环境。"现在这座老办公楼,老得掉渣,年头长不说,里面居然有蟑螂,耗子更是大白天在厕所里跑上跑下,经常动用公务班的战士捉耗子,太不成体统了。还有,首长办公室没有设卫生间,首长们和秘书、公务班战士合用二楼东侧的厕所,经常是首长站在那撒尿,进来一个兵,突然他叭的一声立正敬礼:'首长好!'你说你让首长怎么个还礼?净闹笑话。我们是个大基地,正军职单位,全军都有名,说起来级别比龙城市还要高半格,应该有一座体面的标志性建筑,这是基地的千秋大业。事在人为,虽然目前看困难重重,但不能因为有困难就不去做,就坐等,那样的话,一百年也别想干成事。"

首长们都支持他的这个想法。

布小朋没想到孟广俊竟然打起修建办公楼的主意,说:"这得多少钱?这座楼怎么了?它好好的,拆掉多可惜。"

"我没说拆除,可以保留,作为他用。比如让基地直属的通信团、战勤团等几个团级单位搬进来。"

"通信团、战勤团的房子,腾出来做什么用?他们的房子你刚给翻盖过。"

"我说老兄,你就别操这个心了,这都是首长们该操的心。盖豪华办公楼,机关的同志都应该高兴才对,因为大家都受益,目前就我知道的,只有你一个人不高兴。"

"我就是怕你们糟蹋经费。"

"我说过你多少次,钱不是你家的,你老心疼别人花钱,像割你肉似的,态度不对。你省下,别人也会花掉,每年的经费必须用完,新的经费源源不断,不要担心断粮断奶。这个你比我清楚。"

"经费哪来的?不是天上掉下来的,那都是老百姓的血汗,我们都是老百姓的孩子,谁糟蹋经费,我就觉得谁忘了本。"

孟广俊走到一个花坛旁,坐下来,点上一支烟,使劲吸了两口,有些烦躁:"我不跟你理论这个。你可以打听打听,很多单位在盖新办公大楼,北京的八一大楼马上就要竣工了,我去工地参观过,外观上太气派了,内装修就更不用说了。咱们这么大一个国家,这么大一支军队，修一座世界上最漂亮最大气的军队建筑，难道不应该吗？像你这种小家子气，永远成不了气候。"

布小朋也有些火气："我成不成气候，你说了不算。你少拿八一大楼说事，等你有本事进到里面再说。"

孟广俊一怔："你小瞧我了。你敢说将来我进不到里面？我非要进到里面给你看看，咱骑驴看唱本——走着瞧！"

布小朋"扑哧"笑了："老孟，你如果能进到那里面，我高兴，毕竟咱们是同年兵，一个班出来，多年的老战友。但是现在我想说，咱们基地这个办公楼，结实得很，请你不要过多地去忽悠领导，最好不提这事，有钱干点别的，行不行？"

孟广俊说："我现在心思就在这上面。我是营房处长，不是作训处长，不是战勤处长，也不是装备部管装备的处长，你让我不考虑房子，办不到。我不去考虑，那就是我不称职！"

布小朋脸扭到一旁，说："是我不称职。我当财务处长这几年，很多项目不该上，很多钱不该花，可我还是顶不住，手一松，给放过去不少。说实在的，夹板气我也受够了，真想撂下这个挑子。"

孟广俊把烟头扔掉："得得得，别变相表扬自己，你是太称职了。"

布小朋苦笑："你在讽刺我吧？"

"没有。就是因为你太称职，太讲原则，你坏掉了别人很多好事，你堵上了别人很多发财的路子，拖了很多工程项目的后腿，要我说，你就是个绊脚石。"

布小朋给孟广俊说愣了，半天没吭声。

孟广俊话收不住，夹枪带棒，继续道："别以为你正，人家会佩服你，恰恰相反，这年头，水至清无鱼，人至正无朋，你连个真正的朋友都没有，如果搞民主测评，我告诉你——你肯定得票不高。"

布小朋冷笑一声："那可不一定。"

孟广俊也一声冷笑："不信你试试吧。"

孟广俊站起身来，挺着肚子，大步往前走。布小朋突然想起什么，追上两步："老孟你先别走，我还有事。"

孟广俊停下脚步，头也不回："有屁快放，我不想再听你给我上政治课。"

布小朋走到他跟前："老孟，你帮我一个忙，给夏忧找间房子。"

夏忧官不大，也没见他露出过什么大本事，但他在基地名气不小，知道他的人很多，主要是别人认为他神经不大正常，和常人不一样。孟广俊说："老布我提醒你，以后少和夏忧瞎掺和，基地除了你，没人喜欢他，掺和多了对你不好。"

布小朋说："夏忧满腹经纶，读书很多，是个难得的人才，也许他生不逢时，但我坚信他早晚会做出点名堂。"

孟广俊说："生不逢时的人才，不叫人才，也许连个庸才都不如。为了他，你网开一面上那个羽毛球场项目，这是不是胡来？你天天卡别人，这也不行那也不行，抠门抠得让人寒心，这事你怎么解释？你得了他多少好处？"

布小朋说："这事我是有私心，以后如果追责，我愿意承担全部责任。今天我找你，就是要给夏忧搞一间房子，你给不给？"

布小朋眼睛瞪着孟广俊，口气少见的强硬，让孟广俊暗暗吃惊，他们认识二十年，孟广俊似乎头一回听到他用这样的口气说话。

"我要是不给呢？"孟广俊说。

"你不会不给的。"布小朋口气缓和了一些。

"我真不给。"

"那我就跟你不客气。"

"怎么个不客气？"

"你私自分给不够资格的人多少房子？连一些志愿兵都住营职房，夏忧好赖是个副营职干部，家里那个烂情况，你发一点慈悲，行不行啊？"

"志愿兵住营职房，是有一些，但都是首长交代的，都是首长身边的人，你以为我愿意给他们住？"

"我不管这些，我就给夏忧要房子。只要一间。"

孟广俊又点上一支烟，用力吸着，喷出一团团的烟雾，一瞬间看不清他的脸，等他几口把烟吸完，烟头一丢，抬脚一踩，主意来了，脸上竟然露出一点笑意，说："不就是要房子吗？好说。"

布小朋看着他，等着他说下去。他爽快地说："我给他一套营职房。"

布小朋有些不敢相自己的耳朵，嘴巴张开，不知说啥好。

"一套营职房，你要不要？"孟广俊拿出拔腿要走的架势。

"太好了！要！谢谢你老孟。"

"不用谢。明天让他到我办公室拿钥匙。"

孟广俊抬腿走了。

布小朋这才发现，天已经全黑了。路灯的光，虚幻不清，笼罩着这座深不可测的大院。

二

孟广俊说话算数，他真的分给了夏忧一套两室一厅的营职房。这套房子在宿舍区9号塔楼，房门号是714。

夏忧拿着孟处长写的条子，兴冲冲地到负责机关干部住房的王助理员那里领取钥匙，王助理员收下条子，从一只铁皮柜里拿出两把几乎要生锈的钥匙，仿佛怕烫手似的，甩给夏忧，然后用异样的眼神看着他，说："可别后悔啊。"

什么后悔？夏忧一时没回过神来，他说声"谢谢"，拎着钥匙，仿佛怕营房处的人后悔似的，急忙出门，一脸喜色地转到布小朋办公室，把钥匙往布小朋桌子上一放，说："布处长，成了。"

两把钥匙用白胶布粘着，布小朋依稀看到胶布上写着"9—714"四个数字，脸色一沉。夏忧察觉到了，说："怎么了，布处长？"

布小朋愣一阵，问道："你拿钥匙的时候，营房处没人告诉你什么吗？"

"王助理莫明其妙说了一句，可别后悔啊。"

布小朋点点头："你听说过三年前，大院曾经吊死过一个女的吗？"

夏忧微微一愣，摘下眼镜，用手擦了擦，又戴上："隐隐约约听说过。怎么了？"

布小朋不想对夏忧有任何的隐瞒，就把整个过程讲了。三年前，基地演出队一个男高音歌手的妻子吊死在家里的卫生间，死者是803医院的女护士，她自杀的原因是发现丈夫有了外遇，第三者是演出队的一个舞蹈演员，丈夫执意离婚，而她一时想不开，喝下一瓶红酒，半夜趁丈夫不在家，寻了短见。事情发生后，男歌手和舞蹈演员很快被处理转业，二人离开龙城回到了男方的原籍吉林，从此再也没有消息。后来有人说："714"——妻要死。这个门牌号太不吉利。从此以后，9号楼714房成了无人敢住的房子，分给谁都不要。有邻居添油加醋，说经常在半夜听到一个女人的哭声，还有头撞墙的声音，更是搞得神神道道。三年里，几次分房，这套房子都没人要，营房处就把钥匙锁了起来，原打算当个小仓库，直到今天，它才算有了新主人。

夏忧听布小朋讲完，哈哈笑了，说："没想到，满院子的军人竟然都这么迷信。当年前辈们上战场，死人堆里滚来滚去，夜里枕着死人睡觉，也没听说谁害怕过。一个女人上吊，房子就没人敢住，可笑呀，你们的胆子呢？将来真要打仗，就这胆量，见了敌人，还不吓得屁滚尿流？"

夏忧发完感慨，布小朋表情也放松了，说："你不怕就好。"

"我不怕,绝对不怕。"

"做好你家属的工作,要不,先瞒着她?不给她讲这些,毕竟是女人,胆子小一些,这很正常。"

"瞒是瞒不住的,将来从别人的眼神也能看出来,我还是原原本本告诉她。有我在,她有什么好怕的?"

夏忧到底高估了老婆,他老婆原本激动得一夜没睡觉,一听这个,立马不干了,头发都竖起来了,坚决不同意搬进去住。夏忧不管她,自己搬了进去。布小朋特意交代说:"你先暂住一阵,将来有了条件,再给你换一套。"夏忧说:"换不换都没关系,我住进去啥事没有,时间一长,她还怕什么?她不住更好,我一个人图清净。"

五月很快到来了,天气突然热了起来,换上了夏常服,很快夏常服也不能穿了,穿短袖。五一放了三天假,假期很平静,国内没什么大事,国外有个大事,已经持续了一个多月——科索沃战争。美国人主导的是一场完全不对称的战争,从飞机上、军舰上发射的巡航导弹,以及飞机投下的精确制导炸弹,完全让南斯拉夫人摸不到北,处处被动挨打,毫无还手之力,真是哭天天不应,叫地地不灵,这样的仗,让被挨打者彻底泄气,没脾气。

战争发起之初,远离南联盟的中国军人还是很关注战局发展的,以为美国人会像海湾战争那样,出动地面部队,后来发现,它不会派一兵一卒,它无非就是伸长拳头,对你劈头盖脸地狂轰滥炸,直到把你炸到投降为止。这样的仗,打起来没什么意思,看起来也没什么意思,就像一个成年人欺负一个儿童,所以,人们渐渐不大关心它了,五一放假,该玩的玩,该喝的喝,该吃的吃,把这场正在发生的最现代化的战争,扔到了脑后。

布小朋上山去看望老司令,说起这场只见硝烟不见对手的战争,老司令沉默半天,只说了一句话:"如果我们再不研发远程新式武器,还吃老本的话,谁敢说我们不会成为下一个南联盟?"

这句话让布小朋感到透心凉，他无语。

五一放假别人都在玩，孟广俊却没闲着，他和几个助理员一直加班，搞了个修建基地新办公楼的粗略方案，打算假期一过，就上北京运作。

五一假期刚过去没几天，一九九九年五月八日那天，是周六。布小朋两口子难得睡一回懒觉，早晨七点多钟，他睡得正香，邱梅一把摇醒了他，神色惊恐，说话有些磕巴："小朋你听听，出、出大事了……"

此时，楼上楼下左邻右舍都把电视机的声音放得很大，里面传出播音员同样带一点惊恐的话音，大意是，今天凌晨，以美国为首的北约使用导弹悍然袭击我驻南联盟大使馆，新华社女记者邵云环、《光明日报》记者许杏虎和夫人朱颖不幸遇难，另有人员受伤，馆舍损坏严重……

布小朋腾地坐了起来，顾不上穿衣服，只穿着短裤跑到客厅，打开电视机。他的手有点哆嗦，仿佛战争已经来临，导弹正朝这边飞来。电视机里没有出现现场画面，只有播音员不停地进行文字播报。布小朋脑子一片空白，邱梅过来，给他披上一件衣服。他定定神，说："自古两国交战不斩来使，何况我们并没和美国交战，他敢袭击一个主权国家的驻外使馆，是对我们国家主权的严重侵犯，是罪恶行径。"邱梅说："是不是炸错了？"

果然，让邱梅猜准了，最新一条消息说，北约秘书长宣布，是误炸。

不一会儿，电话打进来，要求团以上干部到基地办公大楼开会。布小朋穿上军装，赶紧跑去。

一进办公楼，他碰上了孟广俊。孟广俊一大早去机场，包里装着建楼方案，刚要登机，手机响了，让他取消去北京的计划，火速赶回来开会。见到布小朋，他愤愤地说："狗日的美国鬼子，偏偏节骨眼上捣乱，害得老子白忙活一场。"

在大会议室，杨廷江政委传达了上级最新指示，一是全体干部取消休假，一律正常上班，到外地出差、休假的，一律叫回来；二是任何人不准参加地方上的任何抗议活动，据说北京、上海、广州、成都等大城市，已经有学生和市民到美国驻这几个城市的使领馆搞抗议，龙城地方虽小，也已经有大学生上街游行，还有人扬言要到北京砸美国大使馆。部队的人，一律不得围观，更不能参加，外出必须请销假。

因为搞不清事情的真实情况，杨政委、王司令等首长，也没有多说，就宣布散会了。大家神情都有些紧张，往外走时，有人愤愤道："他误炸我们大使馆，我们为什么不误炸一次他的大使馆？"有人接话说："误炸需要实力，我们拿什么去误炸？炸得准吗？想炸美国，结果炸了德国，怎么收场？"

王司令、杨政委特意留下孟广俊和布小朋，交代说，办公楼的事，暂时不提了，现在这个情况，提这事不合时宜。布小朋内心居然有点庆幸美国人插了一杠子，孟广俊心里不痛快，知道他的宏伟方案八成要泡汤了。

布小朋回到办公室，心情郁闷，呆坐了一会儿，想起夏忧，就出了大楼，往9号楼的方向走去，坐电梯上到七楼，来到714房间门口，听到里面隐隐传来收音机发出的声音，知道夏忧在。他敲了敲门，夏忧拉开门，头一句话是："你相信是误炸吗？"

布小朋没吭声，抬腿进了门，看到床上、地上、桌子上、窗台上、椅子上，书籍扔得到处都是。他才搬进来没几天，就弄成这个样子，你给他一套师职房，也不够他糟蹋的。布小朋有些不满，说："上头是这么传达的，国际舆论也是这么说的。不信又能怎样？"

"扯淡！我不相信！美国人的武器可以说指哪打哪，它准得很，哪能会误炸呢？"

"我也不相信是误炸,但我们现在没有还手的能力,只能靠打嘴巴仗,嘴上占点便宜。"

"我认为,误炸绝对是个借口。美国人的狼子野心终于暴露了。他一定是有重大阴谋。最起码,他是想给中国一个警告!"

"他警告我们干什么?"

"……他打科索沃战争,我们完全没有站在他们立场上,我们完全站在了南斯拉夫立场上。"

"没站在他立场上的国家很多,为什么单单炸我们大使馆?"

"真实原因现在根本搞不清。不过,通过这个事件,一些人应该清醒了,尤其是那些崇拜美国民主的人,请他们睁开眼睛好好看看吧,狼永远是狼,狼绝不可能放弃吃羊,披着羊皮的狼,才是最凶恶的狼。二十世纪马上就要结束了,我们中国的二十世纪,是在八国联军的大屠杀中开始,在美国的轰炸中结束,屈辱啊……这回我们虽然死了三个人,但给我的感觉,是死三万,三十万,三百万!我们自己再不争气,他的精确制导武器一定会落到我们头上。一九九九年五月八日,记住它吧,谁忘记,谁就不是中国人!善泳者溺于水,玩火者必自焚!玩弄刀斧者必死于刀斧之下!这是历史的铁律,是历史的宿命,任何人都无法抗拒,美国同样无法抗拒!它早晚会遭到报应……"

夏忧悲愤难抑,在屋子里走来走去,说话也有点颠三倒四。不一会儿,他却又哈哈笑开了,像患上魔怔。布小朋奇怪地看着他,说:"我们刚挨了炸,死了人,你还笑得出来!"

"老连长,你还记得吧?那年李登辉搞台独,台海危机,我特高兴。今天遇到这事,我难过是难过;但我还是觉得高兴,为什么?这个灾难如果成为一剂强心针,扎到中国人身上,它也许能让我们国家清醒,让我们一些当权者清醒,再不发昏,再胡搞,世界末日真的会来的,赶紧干点正经事吧,把我们的武器装备搞上去,中国人并不笨，美国人能造出来的东西，假以时日，我们一定也会造出来。等我们的武器和他们没有了代差，世界才会平衡，才会有太平……"

尽管夏忧说的有些偏激，完全像个愤青，情绪有些失控，但布小朋认为他说的是很有道理的。落后就要挨打，这话说了一百年了，一代代中国人，世界上人口最多的国家，为什么就不能争口气，挺起腰杆子来，也当一回世界老大？我们不欺负别人，可也不能老是挨别人欺负，世界上欺负过我们的国家，太多了，被欺负一回，就等于被强奸一回，身心的伤痕，层层叠加，还能治愈吗？

布小朋拍一下夏忧的肩膀，提醒他注意点，外人面前说话不要太偏激，更不要到街上参与游行示威活动，毕竟是军人，得听从命令服从指挥。夏忧请他放心，他对学生们搞的那一套，看不上，咋咋呼呼，闹闹哄哄，荷尔蒙过多的样子，屁用不顶，不如发愤读书，多些思考，少些私心，多些公心，将来拿出真本事来，社会的希望在年轻人身上，更多的年轻人有了本事，国家就有了本事。

布小朋跟夏忧告辞，往外走时，路过厕所门口，不由抬眼往里瞄了一眼，三年多前，那个风华正茂的女护士就吊死在里面的水管子上。布小朋希望夏忧的妻子过来陪他住，可这样的房子，哪个女人也不愿进来住，他曾想提醒营房处，把门号改一下，但又想，即便改了，也无法改变里面吊死过人的事实，遂作罢。

我驻南联盟大使馆被误炸的风波，持续了半月有余，中美双方都小心翼翼进行处理，避免了过度冲击。不久，王仁天司令到北京开会，回来传达上级指示，说是中央决定，下决心大力发展武器装备，尤其是高端装备研发和制造。王司令私下说："这回，领导们真着急呀，说如果没有当年毛主席、周总理领导我们在非常困难的条件下搞出的原子弹、氢弹、人造卫星，我们不会有今天这样安全的局面，恐怕早就挨打了。在这个世界上，最后还是要拼实力的。我们要卧薪尝胆，一定要争这口气！"

布小朋抽空去看老司令,把得到的消息讲给他听,老司令似乎已经听说了一些,有些情况掌握得比他还细,原来王司令、杨政委安排机要员,把内部机密文件拿给康又汉和张道刚政委两个正军职的老干部看过了。康又汉心情不错,亲自给布小朋倒茶,说:"两弹一星保了中国三十多年的平安,再吃这个老本,不灵了,把坏事变成好事,把危机变为机遇,我们中国人有这个智慧。我入党五十多年,认准了一条,只要我们共产党下定决心想干成的事情,一定会干成的,当年两弹一星就是个最好的例子,那么差的条件,硬是搞成了,现在条件好多了,搞点精准打击武器,巡航导弹呀什么的,把海、空军的武器搞上去,二炮的导弹搞得更好一点,拿出个十几年、二十年时间,一定会追上去的。"老司令谈兴甚浓,布小朋插不上嘴,只听他讲。老司令又说,"再过多少年,我们上去了,没准还得感谢美国人呢,感谢他往我们大使馆扔炸弹,炸醒了我们。我们睡了十几年,也许还要多,从'文化大革命'那时候,甚至更早,就开始睡,搞窝里斗,对外面的世界根本不了解,'文化大革命'结束,中国不搞改革开放,死路一条,到现在搞了二十年改革开放,国家实力明显强了,但军队建设几乎是停滞的,如今不趁机搞武器装备,不发展军事,不舍得把钱砸这上头,往下走恐怕也是一条死胡同。另外,现在,包括将来,还得大力反腐败,不反腐败,也是死路一条,甚至死得更惨。"

后来的事实证明,老司令都说对了。一九九九年五月之后,中国抓住了机会,一大批精尖武器上马。中国军队的武器装备建设,从此进入了快车道。

聊得差不多了,布小朋告辞出来,老司令非要送他,二人走到院门口,布小朋请老人留步。老司令停下脚步,说:"小朋,你终于赶上了好时候,以后不要再动摇了,不要再想离开部队的事,再难也要干下去。"

布小朋觉得一股热血往上涌，郑重地点了点头。

老司令抬头，望向东面的某个方向，那里是烈士陵园所在地。

许久，老头轻咳一声，收回目光，抬头看天，缓缓道："记住，烈士们在天上盯着你们呢。"

说罢，老头缓缓转身，缓缓走向了自家破旧的绿铁门。

布小朋眼里含泪，对着他微驼的背影，举手敬礼……

三

大使馆被误炸之后，A 基地的新武器试验和训练任务，确实明显增加了，上级对试验和训练的经费投入，也越来越大。能够把钱用到正道上，布小朋感觉很开心。

孟广俊却不怎么开心，一来因为他宏大的修建基地办公大楼的计划流产，二来上级对营区大拆大建的做法提出了质疑，经费管理似乎也比先前严格，钱不好要了。

基地的领导层也有了较大变化，对孟广俊颇为欣赏的王仁天司令，和他的前任马玉斌司令一样，平调北京工作，即将退休；二人有所不同的是，马司令当时做到人走家搬，虽然公家配发的电器、家具，甚至连实木地板都拆下来带走，但他终归把房门钥匙交了，而王司令刚拿到手不久的蓝海小区的房子，则是占住不交。也难怪，那么漂亮的房子，刚刚装修好，还没住几天就调走，换谁也舍不得交钥匙。到北京，一时半会儿可没有那么气派的房子住，京官太多，一个正军职干部，不算什么，在北京要想过得舒服，得大区副以上。

王司令走了，李司令来了。李达非司令是 B 基地的参谋长，没在 A 基地工作过，对 A 基地不熟悉。以前，A 基地主要是王仁天司令说了算，杨廷江政委是个陪衬，如今李司令刚来，摸不着头绪，基地的大事就得主要由杨政委拿意见了。

孟广俊以前和王司令走得近乎，杨政委或许会对他有些看法。好在杨政委是个很大度的领导，轻易不表现出来，小事也不会计较。虽然如此，孟广俊心里面还是打鼓，尤其是他面临升迁——后勤部马上要空出一个副部长的职位，张副部长确定年底转业。

他最大的竞争对手就是布小朋。

多年来，布小朋除了和老司令康又汉一家来往密切之外，对基地现任领导一概保持不亲不疏的关系，这样的坏处是，他成不了任何领导的嫡系，但也有个很大的好处——谁也不得罪。孟广俊盘算一番，感觉在杨政委眼里，他没有布小朋有优势，虽然布小朋不是杨政委嫡系，和杨政委没有私交，但因为自己和王司令走得太近，就等于在杨政委那里失了分。这么一比，他不如布小朋。

孟广俊当营房处长以来，基地的工程，大头都让王司令的儿子拿走了，镶着金牙在基地大院转来转去的李拥军，只是个代理人。杨政委好像从来没有插手过工程，相比之下，杨政委的名声还是很不错的。当领导的，要想搞钱，主要有两条路子，一是插手工程，二是卖官，卖官卖多了，名声会很差，不如插手工程，隐藏性强，不得罪人。杨政委这两方面都很注意。孟广俊为了照顾平衡，有时真希望杨政委也过问一下工程，那样他会借机给他一两个。有一回，孟广俊主动问："政委，您家亲戚朋友有做工程的吗？"杨政委微微一怔，说："有。""基地最近工程多，干不过来，如果他们想干，您让他们直接找我。"杨政委仿佛看透了他的心思，笑了笑，说："你给张三一个，李四会攀比，也来要，你给了李四，还有王五、赵六，你给不给？都给，给不过来，不如都不给，所以就免了吧。"

杨政委显得很超脱，几句话就把孟广俊打发了。从那以后，他再也没敢在杨政委面前提这事。

杨政委身为将军，同时也是文雅之士，喜欢舞文弄墨，毛笔字写得不错，对工笔画也有点研究。孟广俊一拍巴掌，猛然想起自己的发现——不怕领导讲原则，就怕领导没爱好——既然杨政委有这个爱好，那么，为什么不做一点文章呢？

孟广俊认识很多地方上的大款，就是不认识文人墨客。他想到了冉淮，冉淮当宣传处副处长，搞新闻，分管文化站、俱乐部，应该认识写字画画的人。他给冉淮打电话，说是晚上请他喝酒。冉淮很痛快地答应了。冉淮很聪明，知道和后勤系统的人打交道没有亏吃，所以他每次都很积极，特别愿意到有钱单位写稿子。二人在大院西门外的一个小酒馆碰了面，孟广俊先道歉，说最近上头有要求，不能到高档场所大吃大喝，只好到这个小馆子请冉副处长坐坐。

冉淮说："孟处，咱们是老朋友了，又是一个连队出来的，你是领导，有事就吩咐，兄弟一定尽力，请不请客，都没关系的。"

孟广俊近期不去大酒店，主要是考虑到自己面临升迁，不想惹事，怕被人抓到把柄，所以才低调行事。二人坐下，服务员上来几个菜，孟广俊抢着倒上酒，二人碰了下杯子，把头杯酒喝下去，冉淮马上喝出，是特供茅台。再一看瓶子，是龙城老窖的瓶子，孟广俊心细，把茅台酒提前装进了龙城老窖的瓶子。这让冉淮颇有些感动，说："孟处，看你心里有事，直说吧。"

孟广俊提到了四个人的名字，都是省里和市里有名的画家、书法家。他不懂字画，对此了无兴趣，临时烧香，找儿子上网搜了搜，搜到了这四个人，说是本省最有名，在全国也有较大名气。

"我认识其中两个，张若虚和赵无痕。张是省画院的老院长，退了，画更值钱了，赵无痕是省书法家协会常务副主席。怎么，你想买字画？"

"想买几张。能办到吗？"

"买字画没问题，我肯定不会买到假的，就是太贵了。"

"不怕贵，贵说明好嘛。"

"肯定好，都是名画家、书法家，一字难求。你想收藏，还是？"

孟广俊端起酒杯："来,老弟,我再敬你一杯。"二人又碰杯,喝下,孟广俊把杯子一放,吃一块糖醋排骨,费力地咽下,说："今天请你来,什么都不瞒你了,全说实话。我不搞收藏,是想送给……一个首长。那位首长一直关照我,我想表达一下感谢,送钱他不收,我心里过意不去,听说他喜欢字画,想搞几张,表示点我的心意。兄弟,这不过分吧?"

冉淮说："太正常了……大哥,我知道你说的是谁了。"

孟广俊脸微微一红,拿起瓶子给二人倒酒,觉得杯子小,又喊服务员换个大杯,服务员拿来两个大杯,冉淮要求少倒一点。孟广俊给他倒上半杯,给自己杯子全倒满了："这可以吧?"

冉淮说："没问题。"

二人举起大杯,猛地一碰。孟广俊海量,喝酒如喝水,喝的又是他习惯喝的特供茅台,他嘴角挂着笑,张口就吞下去三两,把杯子一放,左右看看,然后道："你都想到了,是杨政委。"

"政委确实太正了。领导不收钱,下边人为难;领导不收礼,下边人着急。以前听人说,凡是能用钱解决的问题,就不是问题,想想还真是这么回事。但是大哥我告诉你,以前有人给政委送过字画,给退回来了。你有把握吗?"

"画与画不同,有的是垃圾,有的是珍品,我说的这几个人的字画,如果你能搞到,他不会不动心吧?"

冉淮这次是真心为孟广俊着想,谁都有为难的时候,以前他有困难的时候,张嘴给老孟要点钱,报点小账什么的,老孟基本没含糊过。这回,他得为老孟出点力,想了想,便道："买他们的字画,动辄几万、十几万,水分太大了,他们再好的画,也不值这个钱,纯粹是吹出来的,哄抬起来的,书画市场太畸形了。"

"你不要为我省钱,我不怕贵,只要你尽快搞到。"

"就是这样搞到了,你去送,我也怕你碰壁。今天守着大哥,兄弟不说假话，以前我给政委送过其中某人的画，他没收，还把我训了一顿，弄得我像吃了苍蝇，好多天不敢见他。他既不收我的，就有可能不收你的，你不是白买了吗？这些字画，有价无市，买起来容易卖起来难，拿到手你再想卖，可就难了，只能被迫当个收藏家了。"

"你的意思是，不能送？"

"送！"

孟广俊有些不解地望着冉淮，端起杯子，自己抿了一小口："你快说说，怎么个送法。"

冉淮就把他的主意全盘端了出来。这也是他以前经常思考的，只是没条件去落实罢了。他建议由宣传处出面，组织军地书画家联谊会，请一批地方上的书画家走军营，参观基地展览馆，然后在展览馆大厅，和战士书画爱好者交流，指导战士作画、写字；请基地领导——主要是杨政委接见、宴请书画家。书画家在军营活动一天，他会要求他们每人拿出三幅最拿手的作品，交由宣传处。

听完冉淮的建议，孟广俊眼睛亮了，真是隔行如隔山，他搞工程有一套套的办法，搞文化就不灵了，还是冉淮这个主意高明。那么请谁来呢？人太多了不行，太少了也不行，六七位最好，午饭时加上四五位陪同者，正好一大桌，既不冷清，也不喧闹。刚才说到的张若虚和赵无痕两位，冉淮有把握请到，除此之外，他又提了个方案，太老的不请，行动不便，耳聋眼花，和首长没法交流；太年轻的也不行，一看就水平不高，感觉像拉来凑数，糊弄首长；画油画的不请，作画太慢，当场拿不到作品，过后再要，他会耍赖，全要画国画的。赵无痕是书法家，光他一人不行，还要再请一位书法家，两位一起来，也有个竞争和监督，谁也不敢糊弄。根据这个设想，冉淮拿出了另外四个人选，这四人都和张若虚和赵无痕熟悉，以前常一块下去"走穴"，只要他们两位肯来，另外四人肯定愿意来，这是走军营，有政治意义和社会影响，艺术家也得拥军，对不对？能来，就是个荣誉，不是哪一个艺术家都有走军营的机会。

冉淮提的名单和方案，孟广俊全同意，他只提了一条意见：能不能从北京请一位画家过来，远来的和尚好念经，一说北京来的人，自然显档次，当然，这个人得在全国有一定知名度，最好是中国美术家协会理事一级的人物，年龄不要太大，五十岁左右最好。冉淮有些为难，毕竟北京他不熟。孟广俊启发他："我昨天看《子弟兵报》，还看到报纸拿半个版发画家的作品，你不是在兵报有熟人吗？请熟人出面给请一位试试，怎么样？"

兵报有个副刊编辑冉淮熟悉，以前来过基地采风，他全程陪同，还买过他二百本书，后来一直保持着联系，冉淮不写文艺作品，从来没请他帮忙发稿子，感觉有个人情他还欠着，这回倒是可以试一试。于是，借着酒劲，冉淮用孟广俊的手机，打通了副刊编辑家的电话。没想到，电话里，对方很痛快，答应给张大有打个电话说说，请张大师选个周末来趟龙城玩玩，应该问题不大。还说，如果没有兵报前些年不遗余力地吹捧他，他张大师哪能有今天，他不会忘本。

冉淮连说谢谢，放下电话，兴奋极了，拍一下桌子，说："有门儿！能把张大有请到，其他人谁来谁不来，都无所谓了。"

"张大有是谁？"孟广俊发蒙。

"张大有你都不知道？"

"……真不知道。"

"著名国画家，主要是画牛，被誉为当今画坛第一牛人。"

"是吗？他什么官？"

"好像是长城画院副院长、博士生导师、中国美术家协会理事、国家一级画家，头衔肯定有一大堆。"冉淮压低声音，继续道，"这还不是主要的，主要的是，杨政委喜欢画牛，俯首甘为孺子牛嘛，能把第一牛人画家请到，老兄，你就把心放肚里吧，这事那是圆满得不能再圆满了。"

孟广俊吸口烟,大大地松了口气。

接下来就是经费的问题,这是核心问题。孟广俊让冉淮说个数。请七个画家、书法家活动一天,一顿午餐,纪念品加上每个人给一笔数目不菲的润笔费,还有张大有来回的机票,一个晚上的住宿费,加起来,可不是一笔小数目。冉淮喝了一小口酒,皱眉想了想,伸出两个指头。

"二十万?"

冉淮点点头。

孟广俊把烟头摁灭,笑了:"比我想象的少。"

冉淮略显尴尬地笑了笑,他心里后悔说少了,他就是张口要三十万,孟广俊也不会还价。"那好,我再给你加五万,只要你把事情办妥。"

冉淮也笑了:"谢谢孟哥,你放心,事情办不好,你拿我是问。"

他们又商量了一番细节问题,做了点讨价还价,比如,到手的作品,孟广俊要三分之二,宣传处留三分之一。孟广俊还提出,尽量少让人知道,知道的人越少越好,尤其不能让财务处的人知道这事。

冉淮说:"不给他们打个招呼,将来报账会很麻烦。润笔费可是没有发票的,都是每人写个收条,白条子,我们汇拢打个报告,崔处长签字,然后政治部副主任以上的领导签字,再拿到财务报销。"

孟广俊想了想,说:"都知道布小朋当过你的班长,你们关系好,你先把事办了,再找他报,这么点钱,他不至于不给你面子吧?"

冉淮苦笑一下,道:"他当过我班长不假,可是他什么时候关照过我?总是卡卡卡,这也不合规,那也不合法,找他办事那个难呀,小气得少见,这样的铁管家,'文化大革命'时候很多,现在早该进坟墓了。"

冉淮这样看待布小朋,孟广俊心里有了底,他不会就这事卖了自己。二人商量的结果是，先不跟布小朋和财务部门打招呼，将来他不给报，哪怕孟广俊个人出这笔钱，也没关系。前提就是，把该请的人请到，把活动组织好，事办利索，争取多拿几件作品。最后，二人把瓶中酒喝光，起身离去。

四

宣传处精心组织的军地书画家联谊会，取得了圆满成功，七位画家、书法家尽兴表演，都把自己的看家本领拿了出来，画牛的，画山水的，画人物的，各显神通，让人目不暇接。书法家里面，赵无痕是老江湖，笔法老辣，作品大气，没的说，他叫来的另一位年轻书法家余三相，更是有绝活——嘴含一支大粗笔，一口气写了三幅作品，洋洋洒洒，他用嘴写字的本事，让人大开眼界。杨政委和政治部董主任把巴掌都拍红了。

著名画家张大有，人称张大师，画了三幅形态各异的牛，一幅耕作的牛，一幅卧槽的牛，一幅吃草的牛。他画的牛自成一体，全国独一无二，让懂些画技的杨政委惊叹不已。张大师得知杨政委对画有研究，是个将军画家，便提议和杨政委共同完成一幅作品《舐犊情深》，他的构思是，一只老母牛和一只出生不久的小牛，站在无边的原野上，幸福、亲昵地依偎在一起。这个提议得到与会者热烈的掌声，杨政委谦虚几句，果真拿起画笔，和张大师共同创作起来。半个小时后，作品完成，张大师盖上手章，并请杨政委盖章，然后二话不说，把画卷起来，说要留个纪念，能和一位将军画家共同创作，实在是终生难忘的经历。他这么一捧杨政委，把杨政委激动得脸都红了。

午餐的热烈气氛更是把活动推向高潮。张大有和杨政委坐在一起，二人不停地互相敬酒，张大有仿佛无意间说出，他的画军委谁谁谁家里有，总部谁谁谁家里有，人民大会堂有，军事博物馆有，甚至钓鱼台也有，八一大楼也有。让杨政委感觉，不收藏他的画，真是亏了。杨政委那天喝了不少酒，平时他不怎么喝酒的，毕竟奔六十的人了，知道爱惜自己身体。

喝到一半时，孟广俊来了，给在座各位大艺术家敬酒，给杨政委、董主任两位首长敬酒。他手里拎一个茅台瓶子，不用服务员倒酒，自喝自倒，一圈下来，他一口菜不吃，喝下两瓶，脸不红心不跳。就这本事，足以把人震慑。杨政委已经得知是孟广俊背后发起的这项有意义的活动，借着酒兴，居然难得地给了他一个大笑脸，鼓励他说："小孟呀，好好干。"

就为这句话，孟广俊又干了一大杯。众人都为他鼓掌。

活动结束，冉淮拿着单子到财务处报账，果然结算中心不给报，理由一是没预算；二是没正规发票，净是白条子；三是营房处的营房经费，怎么用来搞文化活动？冉淮本想直接找布小朋，又不想讨没趣，便拿着单子来到孟广俊办公室。孟广俊接过单子，说："你不用管了。"

孟广俊当即来到布小朋办公室，单刀直入，说："我出二十五万，委托宣传处搞了个军地画家联谊活动，目的就是想给杨政委、董主任搞几张画。经费出处不合理，没法提前做预算，做了预算常委会也不会批，这些单据肯定也不合格。老布，今天我就想问你，这个账，能不能报？给不给报？"

布小朋拿过单子翻了翻，往桌子上一丢，说："你们也忒大方了，不到十个人，一天的活动，造掉二十五万。这钱得够多少老百姓吃饭？"

孟广俊说："得得，又来这个。你不懂行情。我告诉你，我弄到的画，值一百万，可能都不止。应该说，我们赚了。"

布小朋说："你是赚了，部队亏了，因为你用的是军费，画却成了个人的。"

孟广俊咄咄逼人："你耳朵是不是聋了？字、画我没收一张，都让杨政委和董主任收藏了，你不给报，我就把账单拿给杨政委。"

布小朋一愣，显然孟广俊在借机将他的军。如果真把账单拿给杨政委，那他布小朋没法活了。换旁人，首长花掉的钱，那得屁颠屁颠赶紧报，不带含糊的，即使心里有意见，嘴上也不能流露出来。可他布小朋，咽不下这口气。他把账单一推："你愿意拿，尽管拿去。我卡着不报，自有我的道理，你拿到中央军委，我都没意见，只要你敢。"

孟广俊没想到布小朋比他还硬，而且拿出了豁出去的架势，也愣了，不知往下该怎么办。他掩饰着摸出一支中华烟，掏打火机，点上，狠狠吸了一口。打火机火苗太大，差点烧着他眉毛，气得他把打火机扔到墙角的垃圾筐里。俗话说，好人怕小人，小人怕恶人，布小朋算是好人了，可他就是不怕，什么小人、恶人，他谁也不怕，这就是所谓的无欲则刚吧，弄得孟广俊没了脾气，后悔刚才进来应该说几句软话，不应该刺激他。孟广俊咳嗽两声，马上换了副面孔，说："老布，我问你个事，你给我说实话。"

布小朋哼一声，意思是，你说吧，我听着。

"咱们基地领导，杨政委是不是最廉洁？"

"应该是吧。我很尊敬、佩服杨政委，他是最不伸手的领导。"

"就是呀，我认为，基地历任首长，就我知道的，除了康司令，最清廉的就是杨政委了，这个评价，你同意吧？"

布小朋点点头。

"可是，你看杨政委还有个一年半载，就该退了，这么清正廉洁的首长，一辈子不爱钱，就喜欢个字画，他就这么点爱好。宣传处穷，找我出点血，人家张口了，你说我能拒绝吗？尤其是冉淮，还当过你的兵，人家也写过稿子，帮助过你我，他亲自找我提出来，让我出点钱搞这个小活动，给政委弄几张画，算是咱们当部下的一点心意吧。政委多年来关照我们，帮助我们，提拔我们，特别是你，当初出事，要不是政委发话，你早转业了，谁还认识你啊？你说事情都办了，你不给报，我刚才是说气话，真要拿给政委，他一生气，把画退回来，咱们面上都不好看，对不对？"

孟广俊就有这么个本事，遇事不急不躁，一番口舌，总能说到别人心坎上。布小朋叹口气，说："老孟，你把事情办了，我再多说，就显得不厚道了。你想过没有？杨政委一辈子清廉，快要退了，你来这么一下子，等于给他的不败金身抹上了泥巴，因为几张画，坏了他名声，值不值啊？没这几张画，他日子一样过。"

"老布，我们理解不同。这年头，不收钱的领导，就是好领导。他用军地画家联谊会的形式，保存几张画欣赏，又不是和谁做交易，这不能叫受贿吧？人家是将军，这点事算什么呀？没你说得那么严重，什么名声呀，不败金身呀，你扯远了。我的想法是，越是廉洁的领导，咱群众越不能亏了人家，该表示一点，就得表示，不然说明我们这些做群众的，没良心，对不起人。人家政委天天给我们操心，每月就领三千块钱工资，人家图什么呀？"

"不说这个了，老孟，你把单据留下，我再想想，怎么处理。"

"老布，你如果真不好下账，我拿回去，就算我个人出的这钱，行不行？我手头活，钱比你多一点，我出得起这点钱。"

"你又来激我，钱多花不完，你捐给希望工程。我不是担心别的，我担心审计，只要一审计，你这个花费肯定有问题。"

孟广俊一拍大腿："嗨，你这担心纯属多余。我从来不担心什么审计呀，纪检呀，他们就是墙上挂着的猫，不捉耗子的。我还是那句话，什么时候他们独立出去，像人家地方检察院反贪局那样，垂直领导，咱再怕他们不晚。"

孟广俊说罢，似乎怕布小朋反悔，赶紧溜走了。

布小朋发了一会呆，拿起笔来，在单据上签了个字，打电话叫来一个助理，让他拿去报掉。这一次，孟广俊又胜利了，失败的是他布小朋。像这样的情况，几乎每次，布小朋都得妥协，他面对的不是一个人，而是一个群体，一个制度。他想起孟广俊说过的，审计和纪检独立、垂直领导之类的话，财务是不是也需要独立呢？或者每一个驻军集中的中大城市，设一个财务中心，归北京领导，陆海空也好，地方武装也好，都到这里来报账，财务、审计和纪检的人，联合办公。这样会不会好一些？还有人敢这么肆无忌惮地花钱吗？

孟广俊做完这事，心里踏实多了。杨政委那天很高兴，他都看在眼里了。在职务晋升问题上，他原指望王仁天给他说句话，毕竟王进京了，成了京官，如果他亲口给政委交代一下，政委还会给他个面子。但是，据他所知，王仁天一句话没替他说，而这位王仁天，曾经那么信任他，这么多年他明里暗里给了王家那么多的工程，真是白给了。找冉淮之前，他曾给王仁天打过一个电话，委婉提出自己的问题，王司令——现在应该叫王主任——比较冷淡，说自己离开了基地，不好再干涉基地工作，让他直接找杨政委。他这才下决心找冉淮的。还好，效果很理想。

他还留有最后一招——803医院住着个活化石——孔家瑞大首长的亲叔叔孔均振，实在不行，就得请老前辈出面给办，他亲侄子当下在北京那可是炙手可热的人物，办个师级干部，真是太小菜一碟了，只是孟广俊不想就这么轻易利用这层关系，他费这么大的劲，到头来只用来解决个副师，属于典型的投入大，产出少，不划算，他是下决心不见大兔子不撒鹰。反正孔首长年纪还轻，至少还有十年左右的在位时间，老前辈心脏病治得差不多了，没发现其他病，医疗保健措施跟上的话，再活个五年七年，估计也不成问题。有这个活化石在，真到了需要孔大首长提携的关键当口，请老爷子出一次面，就是提拔个将军，也不成问题。

最近太忙，孟广俊想起有些日子没去看老前辈了，这天晚上，他散步走到803医院师干病房，看到老前辈住的病房住进了别人。他一愣，以为出了什么事，赶紧找到陪护老前辈的护士小田，小田说："老前辈回老家了，说是过段时间就回来。"孟广俊惊恐未定，问道："他回家干什么？他家里又没什么人。"

"他说家里还有二亩地，租给邻居种了，他回去收租子。"

"值几个钱呀，不够来回路费的。"

小田悄悄告诉他，孙院长最近态度有点变了，说有群众对一个农民长住师干病房反映很大，等老前辈回来，想给他调换一个普通病房，混在住院的普通病人中，不显眼。还说老人心脏病治好了，血压、血脂、血糖都正常，身体没其他大毛病，长期住院对他本人并不好，不如回乡下住一段，感觉身体有什么不舒服了，再回来住。

孟广俊知道，孙院长托孔老前辈给他侄子打招呼，想调技术三级，授文职少将，老前辈找各种借口不给他办，孙院长有点恼火。打内心里，孟广俊也不希望老前辈给他办，他孟广俊种的树，没等他摘果子，孙院长就想过来摘，而且是个大果子——技术三级在文职干部里，基本算是顶天的职务，调上三级，就享受军职干部待遇，住将军楼，配专车，将来退休各种关系不交地方，军队供养一辈子。这样的大好事，就因为你安排一个老人住两年院，吃你几瓶药，便轻易落到你头上，那你孙玉柄真是捡大便宜了。尤其是老前辈给你办了事，我再有事，他还肯给侄子说吗？毕竟老是麻烦侄子，他也张不开口啊。孟广俊琢磨着，得找个机会请基地首长过来，看望一下老前辈，基地首长不来，后勤部领导过来一下也行，803医院就归后勤部管，只要有个领导出面，孙玉柄就不敢把老前辈撵走。这就叫请神容易送神难。

孟广俊突然想起什么，说："他走多久了？"

小田说："半个多月了。"

"他不会不回来了吧？"

"不会吧，老爷爷说等收完秋庄稼，天一冷就回来。"

"他走之前，怎么不给我打个电话？我不是给过他一部手机吗？"

"他把手机卖给一个病号了，说自己不大会用，也用不着。"

"我说怎么打他电话，老是关机。他把东西都带走了？"

"没有。"

"放哪儿了？"

小田打开一间储物间，指着一个大纸箱子："他的东西都在这儿。"

孟广俊伸手扒拉几下，看到一应物品基本都在，不像不回来的样子，尤其是他看到纸箱里还有两瓶特供茅台，他这才放心了，老前辈嗜酒如命，如果真想走，不会舍得把酒留下的。

五

每到年底，都是机关最繁忙的时候，加班加点是常事。周末，就连杨廷江政委也得加班，周六一大早，他就穿上军装来到办公室，等待政治部董主任带干部处长来汇报工作。汇报的当然是干部工作。年底，部分干部安排转业，会空出一批职位来，安排这些新职务，是领导最头疼，同时也是最兴奋的事情。

小公务员已经把茶提前泡好，桌子收拾得干干净净。杨政委刚坐下，董主任就带干部处徐处长进来了。他示意二人坐下，二人坐在他对面的沙发上，小公务员端过两个茶杯，把门带上，出去了。

来汇报的都是拿不准的问题，好办的，用不着汇报，直接走程序就是了。徐处长先汇报了一个难题，二师五团一个前年刚特招入伍的副连级干部，名叫蒋厚良，今年就提出转业。按照规定，特招入伍的本科生，满二十八岁才能安排转业，可这个蒋厚良，才二十四岁，据说他在市里有关系，非要走人，二师顶不住，不敢卡，报了上来，请基地决定他的走留问题。

杨政委问："你们什么态度？"

徐处长看着董主任。董主任说："看来这个蒋厚良来头不小，我们不好卡，不如报到总部，请总部干部口把关。"

"你们估计报上去，会是什么结果？"

董主任看着徐处长。徐处长说："年龄不到杠，肯定会打回来。"

董主任说："上级给打回来，他走不了，就怪不得我们基地了。"

杨政委说："能不能想想办法，让他走掉？"

董主任、徐处长都是微微一愣。在干部问题上，杨政委还是比较坚持原则的，违反规定的事情，基本是制止的，但是在这个蒋厚良的事情上，政委却表现得很随意，令二人感到突然，不知该怎么接话。

看到二人没理解自己的意图，杨政委只好给他们露了点实底儿。这个蒋厚良，是龙城市市长尹焕章女儿的男朋友，二人上大学时就确立了恋爱关系，蒋厚良参加国家公务员考试不中，想进市委市政府机关，不好办，尹市长就想了个招儿，先让他特招入伍提干，然后再尽快安排转业，曲线进入市级机关当公务员。小伙子很优秀，尹市长给未来女婿选定的单位是市委组织部，打算倾全力培养，将来接班。蒋厚良特招入伍时，就是找杨政委给办的，杨政委提出，孩子来部队，必须低调，不能太张扬，否则影响不好。果然保密工作做得不错，师里面和基地政治部都没搞清他的真实身份。去年底尹市长就提出让小伙子走，让杨政委给挡回去了，刚提干一年就走人，太说不过去。今年尹市长又提出来，杨政委不好再回绝。毕竟基地长驻龙城，方方面面需要龙城加以照顾，比如军转干部的安置问题，比如干部随军家属的安置问题，比如军中小孩的上学问题，比如基地大门口道路的翻修问题，哪一点都离不了地方领导的关照。

基地想在市区搞一块地，给团以上干部盖经济适用房，运作两年了，一直办不下来，杨政委打算把小蒋的问题解决后，直接找尹市长要地。作为基地领导，眼睛不能光盯着内部，还得分一只眼盯着驻地，为了基地的利益，有时不得不违反一点军队的规定，这是没有办法的事情。

杨政委把前后过程简单一说，董主任和徐处长就全理解了。不当家不知柴米贵，不当主官，站不到一定的高度上。三人当下商议，怎样让这个小蒋顺利走人。按照军队转业干部有关规定，即使是排一级干部离队，也得上报总部批准。总部一般情况下就卡条件，条件不具备，不让走人。就目前小蒋的情况，百分百不会批准。

徐处长出主意，说："要想走掉，只有一个办法——因病离队。"

三人商量的办法是，请803医院给小蒋出一个医疗证明，证明他身体不健康，入伍后因工作原因，患上了严重的心脏病，已不适宜在部队工作，本人出于健康原因，提出转业，建议安排转业，为部队减轻负担。

议完小蒋的事情，董主任接着汇报第二个难题，二师副师长安正万提出转业。这个安正万是国防大学的硕士研究生，年龄不到四十，各方面条件都不错，很有前途，正是干事业的好时候，却突然提出要走。二师党委已经反复做过工作，还是做不通，希望杨政委或者李司令亲自出面找他谈谈，做工作留下他。

杨政委问："李司令什么态度？"

董主任说："司令说他刚来不熟，请政委出面。"

"这个安副师长为什么要走？家庭原因吗？"

"不是。据说他有个大学同学，在深圳创业发了大财，动员他去一块干。"

杨政委喝口茶，放下杯子，徐处长赶紧起身给政委续水，政委摆摆手，示意他不要添乱。思考片刻，政委说："这个人不要留了。"

徐处长看了董主任一眼。二人期待地看着杨政委，等他往下说。

"这个安正万，这么好的个人条件不珍惜，将来很有希望当将军，他都舍得放弃。一个军人，眼里全是钱，基本就不可救药了，留他干什么？放人！"

徐处长赶紧记到笔记本上。

董主任接着汇报的第三个难题，就是后勤部张副部长确定转业后，谁来接替他，目前两个人选布小朋和孟广俊，都不错，不用谁都可惜，请政委拿意见。杨政委思忖片刻，问道："征求司令的意见了吗？"

徐处长说："征求过了。司令说，他刚来，不了解，请政委拿主意。"

杨政委对这个回答感到满意，刚上任就插手干部工作的领导，一般都有问题，你刚来乍到，对谁都不了解，就发表意见，尤其你是主官，你说的话让下边人很为难。你刚来就这样，以后时间长了，肯定是什么事情都想自己说了算，这样的搭档，很难配合，矛盾往往就是这样产生的。

李司令不揽权，让杨政委做主，其实也等于把难题推给了杨政委。选布小朋，还是选孟广俊，明摆着，这个决心不好下。在杨政委眼里，包括在其他首长眼里，布小朋和孟广俊是两种不同类型的干部，一个讲原则，工作认真，口碑好，群众基础好；一个大刀阔斧，敢作敢为，能力强，属于开拓奋进型的干部。

选谁呢？

杨政委站了起来，在屋里踱步。董主任和徐处长赶紧站起来，看着杨政委踱步。杨政委把布、孟二人放进脑子转了几个圈，还是难以取舍。选布小朋，用着放心，他不会犯错误，你也不用为他担心；选孟广俊，工作上交给他，你就什么不用管了，他办得利利索索，上下满意，现在似乎人们更喜欢这样的干部，锐意进取、风风火火、敢闯敢干，虽有点胆子太大，让人不太放心，但及时提醒着点，敲打着点，也出不了太大的格……

"选谁呢？"杨政委自言自语，不由得把这个问题说了出来。

董主任说："请政委定，我们做好考核工作。"

"上头有没有人，打过招呼？"

董主任说："我们以为会有人替孟广俊打招呼，或者推荐别的人选，但是没有。"

以前每到用干部的时候，总是有人打招呼、写条子，有时一个职位，十几个人来争，一个小小的团职干部，竟然常有北京方面职务很高的首长打来电话推荐人选，弄得基地领导牵扯很大精力摆平这事。这一回，一个重要的职位空出来，却没人出面打招呼，一是其他人有自知之明，知道不是布、孟二人对手，不敢来争；二是这两个人都碍于情面，没有硬争，毕竟他们是一茬兵，一个连队出来的，拉不下脸子来。

想到这里，杨政委感到些许的欣慰。他又踱了好一会儿步，才停下来，坐进椅子里，喝了口水。徐处长过来续水，回到沙发前，和董主任一块坐下了。

"来个民主测评怎么样？"杨政委开始拿主意了。

董主任和徐处长不敢插话，听政委说下去。

"对他俩搞个民主测评，看看群众眼里，他们是个什么情况。测评搞完，再议用谁。"

董主任提出疑问："政委，如果其中一个人测评不理想，而首长又打算用他的话，就会麻烦一些。"董主任的意思是，测评是个双刃剑，想用的人，得票高，一切好说，另一个人没话说；如果想用的人，得票不如对方，而你坚持用他，另一个人就会不服气，群众也会有意见，你让我们投票，又不尊重投票结果，这不是忽悠人吗？

杨政委说："我们尊重群众的意见，可不可以？"

董主任和徐处长都猜到了，政委拿不定主意，不如把这个难题交给群众，谁得票多，就用谁，另一个人也就没话说。在难以取舍的情况下，领导用这个办法处理棘手问题，两不得罪，这似乎是最后的一招。对于候选者来说，民主测评，让群众给个评价，不让领导暗箱操作，这样使用干部，比较新鲜，似乎也显得更公正些。

"搞民主测评，他们两个，谁会占优？"杨政委问。

"这个不好说。"董主任说。

杨政委看着徐处长："小徐，你感觉呢？"

徐处长不说不行了，只得说道："布小朋负面的东西少一些，他应该比孟广俊有优势。"

几天后，后勤部组织所属的一百多名干部，对布小朋、孟广俊进行民主测评。测评之前，为了保证公正性，进行了很好的保密，防止两个人活动、拉选票，提前一天才正式通知。

民主测评的头天晚上，布小朋散步时碰到孟广俊喝酒回来，二人寒暄几句，心里其实都惦记着测评之事，都有些惴惴不安，说话都不大自然。孟广俊借着酒力，说："老布，你预测一下，咱俩明天谁会胜出？"

布小朋也不客气，说："我认为是我。"

"为啥这么自信？"

"群众的眼睛是雪亮的。"

孟广俊打个酒嗝。布小朋处在下风口，赶紧往边上挪了一步，避开熏人的酒气。孟广俊哈哈一笑，说："你相信群众，那你就相信好了，明天见分晓。"

孟广俊摇晃着往前走了两步，似乎又想起什么，说："老布，我得解释一下，今晚可不是请后勤部群众喝酒，我参加的同乡聚会，后勤部群众那么多，我想请也请不过来。你记住，咱俩谁都没私下活动，明天的投票，是公正的。输也好，赢也好，都得认这壶酒钱。"

第二天下午，两个人早早来到大会议室，能看出来，两个人都踌躇满志。布小朋因为对自己有信心，孟广俊则认为搞民主测评不过是走走形式，做做样子，最终还得由一号首长说了算，群众意见顶多做个参考，领导想用谁，恐怕心里早打好谱了。

六

两个人的测评结果一出来，董主任第一时间报告了杨政委。后勤部共组织了在家的干部一百三十一人参加无记名投票，布小朋得到的"优秀"票是八十票，孟广俊得到的"优秀"票是一百零五票；"提升意见"一栏，要求二选一，有五十人勾选了布小朋，其余的八十一人，勾选了孟广俊。

对这个结果，杨政委、董主任，包括后勤部江部长等领导，都感到有些意外。按理，应该是布小朋得票领先，结果，两项内容都是孟广俊全面领先布小朋，这真让人有点看不懂了。

董主任观察着杨政委的脸色，看得出杨政委有点失望，便解释说："民主测评只是作为参考，最终用谁，还得首长拿主意，然后上党委会研究。"

"是不是布小朋平时不善于团结人？"

"也不是。"

"为啥他群众基础这么不好？"

"我们简单分析了一下，布小朋因为工作很认真，比较死板，工作上难免得罪一些人；孟广俊比较灵活，善于交朋友，出手也大方，所以群众基础相对好些。但从个人品质来讲，布小朋是没有问题的。"

"他死板，爱卡个人，按财务规定来，从不乱来、胡来，这是财务工作对他的要求。我们当初选他当这个财务处长，看中的也正是他这一点，不能说我们选错了人，只能说我们选他选对了。"

"对对。"

"这两个人怎么用，你们什么意见？"

"……请政委定。"

"……既然搞了民主测评，就不能当成走过场。这样吧，我的意见，按群众的意见来，优先考虑孟广俊。"

"好的。"

"再征求一下其他常委的意见。"

"好的。"

按照规定，应该把测评结果告知被测评人。江部长首先找孟广俊谈话，把结果告诉了他，并且提醒他，不要翘尾巴，得票高并不能说明工作真的好。江部长紧接着把布小朋叫到了办公室，把门关上，客气地请他坐下，给他倒上一杯茶。布小朋已经猜到了，情况不妙，刚才在走廊碰到孟广俊，看到老孟昂起来的脑袋，他就预感到不好。当江部长把二人的得票情况拿给他看时，他还是有点不敢相信这是真的，他感到惊愕，冷汗都下来了，简直有点傻眼。江部长为了打消他的疑虑，说："从投票、到监票，再到统计结果，一切都是按程序来的，不会出错。"江部长的意思是，这里面不会有假，请他不要多虑，服从结果。

江部长又说："你的工作、为人，我们后勤部党委，包括基地首长，都是看在眼里的，民主评议只是一部分群众的意见，受各种因素制约，不可能百分百准确，所以你不要有压力，该怎么干还怎么干，提升的机会，一定会有，你就是想走，基地首长也不会同意。另外，借这个机会，我也提醒你一下，平时工作注意点方式、方法，尽量少得罪人，原则要坚持，灵活性也得有，不能太较真。我个人认为，没有原则性，就会乱来，非得出事不可；但是没有灵活性呢，太死板，就没有朋友。所以二者结合好的人，就容易成功……"

江部长劝了布小朋一大堆，他迷迷糊糊听进去一半，借江部长接电话的机会，赶紧溜出来了，出门才发现，自己后背全是湿的，这么冷的天，要下雪的样子，他却浑身冒汗，是心虚气短，还是心冷齿寒？

他难过的，不是自己得不到提拔，而是自己坚持原则，兢兢业业，从不伸手，却得不到群众的理解和支持。群众眼里，孟广俊这样的人，好说话，好办事，拿公家的钱不当钱，能够给他们一点好处，就成了他们的首选。

北风一阵阵刮着，树上的黄叶飘零，地上的尘土飞扬，路上行人稀少。布小朋感觉到冷时，发现自己不知何时来到了办公楼后面的松树林里。夏天这里是纳凉的好去处，冬天则成了没人愿来的地方，这里地面并不脏，警卫营的战士每天都会过来打扫卫生。他坐到一个石凳上，迎着小北风，想让自己吹吹风，冷静一下脑子。这片松树林有些年头了，他当新兵时就常进来打扫卫生，孟广俊当营房处长后，三番五次想把这片松林毁掉，种上名贵的树木，还打算弄上假山石，预算列了几次，都让他想办法给否掉了，否掉的理由主要就是上级要求节俭，好好的松树林，没必要铲掉它。当时孟广俊心思都在重建办公楼上，没太把这事放心上，不然想否掉这个项目，也难，因为王司令总是很支持孟广俊上项目，他又能弄到钱，你就是不同意他，也挡不住他的脚步，挖掘机进场，先轰轰烈烈挖一顿，你再说什么都晚了。

吹了一会儿小北风，感觉透心凉了，他也拿定了主意——提交转业报告，不想干了，抬屁股走人。辛辛苦苦干工作，当财务处长，一年管几个亿的经费，自己家里并没多少钱，给女儿买个钢琴都得两口子费力地攒钱，说出来别人都不会信。幸亏找了个对生活要求不高的老婆，不然日子能不能过下去，还得另说。

有一个人慢慢走过来，近了一看，是夏忧。夏忧坐在布小朋对面的石凳上，说："我都知道了，很寒心。"

"你知道什么了？"

"民主投票的事。我听冉淮说了，他消息灵，基地的事，没他不知道的。他们似乎都兴高采烈。"

"……是我没做好。"

"你想过没有？会不会有人操纵？比如，领导带有倾向性，对参加投票的人，有所暗示……"

"不可能！我相信基地领导、后勤部领导，绝对不会背后另搞一套。"

突然，夏忧气愤地一拍石桌，说："这些人不配有民主！"

布小朋给夏忧说得一愣，不知他想表达什么。夏忧点上一支石林烟，用力抽了两口，又抽出一根，递给布小朋。布小朋犹豫一下，接了，布小朋从不抽烟的，今天郁闷，烧一根解解躁气。但他只抽了一口，就放下了，太呛，受不了。

夏忧激愤难抑，手不停地敲着石桌子，说："以前我大力倡导民主，否定专制，认为应该把权力交给人民。后来我发现，至少在现阶段，不是那么回事！国民素质，决定国家的高度和未来，中国人当下的素质，你看到了，也体会到了，应该比我有数了，是吧？是不行的！你把权力交给他，他就胡来，有奶就是娘，给糖吃就说你好，谁给他好处，哪怕一点小恩小惠，他就可以放弃原则，他就可以昧着良心说话办事，他把这点民主权利，变成他谋利的砝码。这就是当下的中国人，素质差太多，太容易被收买，所以，暂时不能给他太多民主。原以为，民主了就会公平，其实根本不是那么回事，就像你们这次干部评议，以为群众眼睛是雪亮的，结果怎么样？孟广俊不过是平时给了他们一点好处，你不过是平时坚持原则不胡来，说他好话，给他打钩的人，竟然大大超过你。这就是中国人，还都是现役军官呢，就这素质，你能相信这种民主吗？还不如把一切交给组织呢……"

布小朋等夏忧说完，叹口气，说："不能因为结果不理想，就否定民主。我也在反思自己，为什么得不到大多数人的理解，主要就是我太认真了，什么都想按规定来，有点不近人情。但是你以后让我改，改得和孟广俊一样，我做不到，所以，我真不适合在这样的岗位上工作，不如让给别人。"

"你想撂挑子？"

布小朋点点头。

"年底转业？"

布小朋点点头。

"你走，我也走，咱们都走，让孟广俊这样的人干吧，部队交给这样的人，像他这样的人一多，这支部队就烂掉了，不用敌人来打，自己就会垮掉。哈哈，等着瞧吧。"

"夏忧，你不要跟我学。我过四十了，上不去，再留就没意思了，挡别人的路，不如主动把位置腾出来，让更好的人来干。你刚来机关，还没做贡献呢，又没人撑你，不能说走就走，听我的，继续留，好不好？"

夏忧迟疑片刻，点点头。

布小朋拍拍夏忧肩膀，站起身，说："太冷了，咱们回吧。"

二人回办公室去了。

第二天一上班，布小朋就到江部长办公室，递上了转业报告。江部长笑了笑，说："政委早猜到你会来这套，让你直接去办公室找他。我先批一下。"

江部长在报告上批示：呈杨政委阅示。

布小朋拿着转业报告，上到二楼首长办公区，没通过秘书，直接敲开了杨政委办公室的门。杨政委屁股微抬一下，示意他坐下。他在政委对面坐下了。杨政委开门见山："是不是又想走人？"

"我测评那么差，没脸再留了……"

"你刚当团长那会儿，出了点事，好像也是闹着要走，好像也说过类似的话。最后不是又留下，当这个财务处长了吗？"

"……"

"年轻人，不要意气用事。人一辈子，受点委屈，难免，谁也不能保证自己一顺百顺，都是在坎坷中成长的。遇到点窝心事，就想撤退，此处不留爷，自有留爷处，抱这种心理，我认为，不是个好干部。"

布小朋给政委说到了痛处，后背又开始淌冷汗，手捏着转业报告，有点哆嗦，后悔不该擅自闯进来，进门容易出门难，现在想出去，迈不开步了。

"把报告给我。"政委伸出一只手来。

布小朋犹豫一下，站起身，把折叠过的报告打开，呈上。杨政委看都不看，拿起一支红铅笔，批道：不同意此人转业。

杨政委把红铅笔往桌子上一丢，说："这就是我的态度。告诉我，你现在是什么态度？执行，还是抵制？"

布小朋犹豫片刻，思索一下，立正道："我还没脱军装，我执行，无条件执行。"尽管内心很无奈，他还是这样说了，说出来，心里反而轻松了些，不再那么沉甸甸的。首长不放他走，说明首长是看重他的，如果是一个不怎么样的财务处长，人家巴不得你自己提出走人，腾出位置好安排别人。

杨政委赞赏地点点头，示意他坐下。接下来，杨政委说的话让布小朋吓了一跳。杨政委说："你也该挪挪地方了，尽管民主测评不如别人，但也不算差，优秀率还是蛮高的，超过了百分之六十。你愿意下部队吗？"

布小朋有些迷糊，一瞬间脑子缺氧，他迷迷糊糊点了下头。

"财务处长这个位置，不好干，容易得罪人。你能做到现在这样，已经是很不容易了。换个地方吧，机关不好留，那就下部队。二师副师长安正万今年确定转业,空出的这个位置,你如果感兴趣,就去顶替他吧。当然,这只是我个人的想法,行不行,还要上党委会,最后还得报总部批准。"

布小朋在几分钟之内,经历了地狱天堂般的情绪变化,内心激流涌动,他为自己的莽撞感到害羞。他当团长的时候,曾经栽了一回,他一直不服气,现在终于又有了下部队任职的机会,他能放弃吗?不能的。他克制着几乎要夺眶而出的泪水,甚至都没顾上给政委敬个礼,就仓皇跑出去了。

七

第一场雪飘下来,年关也快要到了。

布小朋和孟广俊都在等待总部的命令,任职命令一到,就将奔向各自的新岗位。孟广俊不用出楼,副部长办公室和他现在的办公室都在一层,中间只隔着一间会议室和一个值班室,抬腿就到;而布小朋却要奔赴一百五十公里外的唐高县,二师师部在唐高县县城。

虽然还没上任,机关已经有人私下叫孟广俊"孟部长"。

这天下午,潘秘书打来电话,要江部长、布小朋和孟广俊次日上午陪杨政委到医院慰问一位老干部。每年赶在春节前,首长都要分头慰问老干部。住在803医院的这位老首长,名叫陈超,老红军,是基地创始人之一,担任过基地副司令,今年八十三岁,他在基地工作没几年,就到了西北任职,离休后思乡心切,不愿留兰州,回到龙城原籍安置,住进了龙城干休所,与康又汉的房子紧挨着。他是正兵团职待遇,在龙城干休所老干部里面,级别最高。但是这位陈司令,几乎谁也不认识,以前人们只是在基地展览馆看到过他一张小照片。他刚回原籍,住进干休所没几天,就病倒了,后来成了植物人,在803医院的高干病房,已经躺了八年。他老伴前几年过世，他在干休所的房子，目前由两个儿子居住。他是803医院住院病人中职务、级别最高的老干部，每年春节搞慰问，基地要么是司令出面，要么是政委出面。今年杨政委出面。

次日上午八点半，三辆车从办公楼前出发，杨政委和潘秘书坐第一辆车，江部长坐第二辆车，布小朋和孟广俊坐第三辆车。从基地大院到803医院很近，五分钟时间。三辆车开到住院部前，院长孙玉柄、政委林宏雨等几位医院领导已在等候。布小朋和林宏雨握手的时候，林宏雨使劲抓了一下布小朋的手，布小朋知道，这位老战友是在暗暗祝贺自己即将高升。布小朋抽出手来，轻轻拍了下林宏雨的肩膀，既是表示感谢，又含有给他鼓劲的意思，鼓励他放手拼一拼。林宏雨在医院干得不错，抓紧点，还有提升的可能。

陈超老首长住着医院病房最大的一个套房，他仰面躺在病床上，满面红光，像是熟睡中人，身上插满各种管子，床头放着各种治疗、监测仪器，医院常年安排两个护士和三个护工二十四小时轮流侍候，每隔一个小时，就要为他翻一次身，进行按摩。成为植物人八年，他没有得过褥疮，专家们检查过他的心、肝、肾、血管等重要脏器后，认为他再活十年都有可能。在龙城各医院，植物人能存活八年以上的，基本没有，但是803医院做到了。为此，总部卫生口曾经多次表扬过803医院，经常拿这个例子说事，说军队卫生系统对老干部如何如何之好。

众人陪同杨政委进入陈超病房。陈超的两个儿子已经在等候，八年里，他们见到了太多前来慰问的领导，所以并不显得激动，神情很平淡。孙院长把医院提前准备好的花篮交到杨政委手里，杨政委手捧花篮，神情庄重地来到陈超床边，把花篮放到床头柜上，伸手整理一下，望着躺在床上满面红光的病人。此时，江部长冲布小朋拍了拍口袋，布小朋从包里掏出一个早就准备好的信封，里面装着一万元慰问金，走到杨政委身边，递给杨政委。陈超两个儿子的眼睛，紧紧盯着杨政委的手。杨政委对二人说："要过年了，我代表基地党委、首长来看望、慰问老首长，表示一点心意，请收下吧。"

陈超大儿子抢先伸出手，接过了信封。二儿子不悦地看了他一眼。他们甚至都没有说声"谢谢"。

慰问完毕，众人往外走。孙院长边走边介绍说："为照顾陈超，医院每年要花五六十万，八年为他花了五百万，如果再活十年，至少还得五六百万，甚至更多，什么都涨价了嘛，他成了医院沉重的负担。"听到这里，布小朋心头一紧，感到这钱花得毫无效益。孙院长说："一拔管子人就得完，可是谁敢拔这个管子呀？平时他家人几个月不见踪影，每到中秋、春节，两个儿子就过来收慰问金，而且经常当场争钱争物，弄得大家都没面子。他儿子提出，让他爸活一百岁才好，他们还能替老爸领十多年工资……"

杨政委苦笑一下，说："老首长是老红军，为国家立有战功，照顾好他，让他多活几年，是你们的职责，不要老抱怨。"

孙院长说："政委，我只是说说而已，我们派来照顾他的人，都是最好的，你看他躺八年不得褥疮，我们的工作人员，得付出多少心血啊。"

杨政委说："我都看眼里了，不说他了。外面什么动静？"

隐约传来敲锣打鼓的声音，林宏雨介绍说医院和一个儿童基金会签了个协议，搞一个募捐活动，募捐到的钱，拿来帮助西部地区患有先天性心脏病的儿童，进行心脏手术，每周三在医院大门口搞活动，目前已经帮助十几个儿童做过心脏康复手术，使他们获得了健康。

杨政委问："救一个儿童，需要多少钱？"

孙院长说："由我们医院的专家做，只需要五千元。"

布小朋马上算了算，每年花在陈超身上的钱，可以给一百个儿童做心脏手术。也就是说，可以救一百个儿童的命。

杨政委提议，都过去参加募捐。孟广俊眼快手快，马上掏出五百块钱，塞给杨政委，又塞给江部长三百块。众人来到楼下，走到医院大门口，杨政委带头上前捐款，把五百块钱丢到捐款箱里，江部长随后上前。孟广俊、布小朋、潘秘书也都依次往箱子里塞了二百块钱。活动主持人大声地向现场观众播报："各位热心的观众注意，基地首长亲自前来捐款啦，这体现了他们对西部地区残疾儿童的关爱……"

基地首长带头捐款，引发一阵小小的捐款潮，不少围观者上前捐款。林宏雨小声说："又可以多救几个孩子了。"

司机已把车子开到大门口等候。捐完钱，杨政委正要上车，孟广俊突然想起一件重要事情，他得抓住这个机会，把孔均振老前辈长期住院的事固定下来，免得孙玉柄再耍滑头。他赶紧跑到杨政委跟前，俯身耳语了几句。杨政委不满地看他一眼："这么大事，怎么你不早报告？"

孟广俊立正回答："我怕牵扯首长精力，所以就没敢吭声。"

杨政委面向孙院长："孔老前辈，他住哪个楼？我过去看看。"

孙院长有点傻眼："……政委，他、他走了，回老家了，说是回来，可一直没回来……"

"他为什么走？你没照顾好他？"

"不是，不是，我们一直精心照顾他……他没啥大毛病，老说自己是乡下人，不习惯住城里，想家了……"

孟广俊及时上眼药水，说："孔老前辈年纪大了，一身病，在老家缺医少药，连个医保都没有，有个感冒发烧都能要他的命。我和他是老乡，我很不放心，他回来住院花的钱，我个人出都可以。政委，一定得把孔老前辈请回来啊……"

杨政委点点头，看着孙院长和林宏雨。

布小朋对此事的来龙去脉一点都不清楚，所以没往心里去，他心里想的，就是陈超一年的住院费，可以救一百个患有先天心脏病的儿童。他一个植物人，有必要浪费那么多的资源吗？想到这里，他鼻子酸酸的，几乎要流下泪来……

孙院长急忙道："政委，我马上打电话让他回来住院查体。"

孟广俊说："老人家没有电话。"

孙院长紧张得脑门上挂了汗："……我马上派人去他老家，接他回来。"

杨政委点点头："一定把这事处理好。家瑞首长的亲叔叔，他在老家可能就这一个亲人了，离我们龙城近，我们有义务照顾好老前辈。"

孙院长一拍胸脯，道："请政委放心，把他接回来，我们要像对待老干部那样，精心护理他。经费不是问题，他没有大病，花不了几个钱。"

林宏雨说："政委，这事我来监督，出了问题我负责。"

话说到这个份上，都放心了。孟广俊冲孙院长挤挤眼睛，意思是自己胜利了。孙院长不理他，脸扭向一旁。

潘秘书冲司机招了招手，政委的车子先开过来。潘秘书伸手护送杨政委钻进汽车，自己也钻进去。车子开走了。

按照原定计划，布小朋和孟广俊要继续陪同杨政委看望另一个人，江部长要主持一个会议，就不陪同了，江部长的车子直接开回了基地。布、孟二人乘坐的车子，跟在杨政委的车子后面，往郊区开去。

坐在车里，布小朋的思绪一直沉浸在陈超一年花五十多万治疗费上，他是个植物人，真的没个必要浪费这笔巨款。他把这个想法说出来，孟广俊深有同感，说："这样的老干部，死了是党和国家的巨大损失，活着是党和国家的沉重负担。"

"我发现，我们国家对老干部太好了。世界上没有一个国家对老干部这样好。"

"老布，你发现没有？有些老干部对组织意见并不小，还不如普通群众。"

"组织对他们这么好，他们如果还对组织有意见，那就是没良心。"

"有意见是因为自己下台了，没权了，没好处捞了，看别人掌权捞好处不舒服。你让他重新掌权试试，保证他啥意见也没有。"

"一个植物人，一年要花掉几十万医疗费，这可都是军费呀⋯⋯他如果再活十年，你说是好事，还是坏事？真让人哭笑不得呀，花费太大了⋯⋯"布小朋禁不住啧啧感叹。

"哎哎，你怎么老念叨这事。要我说，就怪医院，怪孙玉柄、林宏雨，谁让给他护理这么好？否则，不就一年省下几十万吗？"

"医院也是没办法，总不能不管。"

"你看看，你又替医院说话。孙玉柄护理老病号这么好，是有私心的，他已经拿这事写过好几篇论文了，我在卫生处看到过他发表的论文，他想调技术三级，搞文职将军，他一门心思，就想这事，老病号活得越久，他成绩越大，论文还可以写，花的又不是他个人钱，你心疼，他不心疼。"孟广俊对孙院长有意见，说起来就不客气。

"孙院长给政委汇报的时候，我看他蛮心疼的，毕竟一年几十万，白白花掉，而且病人什么都不知道。我相信如果老首长清醒，是不会同意这么糟蹋钱的，周总理病危时就曾经让医生去救更需要的人，不要管他。老革命应该有这个气度。"

"你是咸吃萝卜淡操心，一年花几十万看病算啥，人家好歹是个老红军，有战功。你如果看不下去，孙院长不是说了吗？一拔管子他就完，你晚上悄悄溜进去，把管子给他一拔，以后每年不就省下几十万了吗？省下来给一百个儿童做心脏手术——但我告诉你，就是省下这几十万，这钱也用不到山区儿童身上。"

布小朋想了想，说："老孟你说得对，省下来也轮不到儿童。给老红军拔管子，那是害人家的命，咱们谁也不会那么做。不说这事了。哎，刚才你们说到一个孔老前辈，是怎么回事？"

孟广俊说："你还是不知道的好，知道了又要发牢骚说怪话。你这个人有个毛病，别人一花钱，你就不舒服。你要是当了财政部长，看到天天往外拨钱，那可都是大钱呀，几百亿、几千亿的，你还不得心疼得吐血？所以你不能管大钱，只能管小钱，最好不管钱。"

布小朋说："你说得不对。只要钱花对地方，花再多的钱我也高兴，花不对地方，瞎胡来，乱糟蹋，往自己口袋里掖，我就看不下去。"

途中，他们边说话边把军装上衣脱下来，穿上自带的夹克。

说话间，到地方了。

两辆车在龙城监狱大门口停下来，基地保卫处韩处长已经在等候，他身边站着一位监狱的领导。杨政委下车，此时他已经换上了便装，韩处长领着监狱领导过来，和杨政委握手问候。

八

杨政委来监狱探望的犯人，是龙城市委原书记雷国良。

雷国良在龙城当了近十年的一把手，年初传说他要到省里任职，担任省人大副主任，虽算是退居二线，但也算是平安落地，此后便无后顾之忧，只待正式退休，颐养天年。但就在这当口，东窗事发，身陷囹圄。

雷书记的落马，与市委新建的二十二层办公大楼有关。主承包商通过向他行贿，拿到了这个项目。大楼顺利建成，投入使用，惹得马路斜对面 A 基地大院的人羡慕不已，孟广俊就是看到市委新大楼拔地而起，才动了给基地建办公大楼的念头，要不是以美国为首的北约"误炸"中国大使馆，这事已在运作之中。

不幸的是，那位向雷书记行贿的承包商，卷入了其他案子，竹筒倒豆子一般交代问题，把雷书记带了出来，事情太大，包不住，省检察院反贪局立案调查，雷书记随之落马。

雷书记担任市委书记近十年来，龙城市委市政府对A基地是很关照的，可以说有求必应，军民关系一直很融洽，三次被评为全国双拥模范城，最典型的例子就是蓝海小区那块地，要不是雷书记亲自批示，是拿不到那块风水宝地的。本来市里早就发文，龙山风景区的土地，一律不得搞开发，但为了部队利益，为了搞好军民关系，雷书记还是硬着头皮批了条子。基地主要领导与雷书记本人的私交也不错，杨政委以及调北京的王仁天，与雷书记的感情很不一般。

最近几年，市委那边老是出事，先是副秘书长贪污受贿，进了监狱，接着是秘书长涉案，判了十五年，去年政法委书记出车祸死亡，一直到今年一把手雷国良案发，年年不太平。而马路这边的A基地大院，却是连续几年平安无事。孟广俊大言不惭，认为是他的功劳——他在北门两侧，安放了两块泰山石——左龙右虎，按照大师的说法，有它们在，镇住了邪气，或者说把邪气逼到了马路斜对面的市委大院，所以市委那边才年年不太平。孟广俊有一次喜滋滋地把这个说法讲给王司令、杨政委听。王司令没做表示，杨政委斥责道："别瞎说啊。"

雷书记年初犯的事，法院没判决之前，没有办法探视。上周，省高院做了判决，判了他无期徒刑，据说年后送到北京的秦城监狱服刑，暂时羁押在龙城监狱。杨政委惦记这事，吩咐保卫处和监狱方联系沟通后，亲自前来探视雷书记。

监狱长陪同杨政委一行往监区的方向走，监狱长提出先到会议室稍坐片刻，喝杯茶。杨政委拒绝了，说不想耽误监狱长太多时间，看一眼雷书记就走。保卫处长把提前准备好的礼品交给等候在监区铁门口的一位监管干部,由干部负责转交给雷国良,所有人空手进监区。

布小朋当财务处长之后,时常陪同基地首长和雷书记见面。孟广俊和雷书记见面机会也不少,每年总有几次,雷书记喜欢喝专供A基地的茅台酒,基本都是孟广俊负责提供,雷书记曾经动过心思,想把孟广俊挖走,因为王司令不舍得放人,他才没有脱军装。雷书记的光辉形象经常上电视、报纸,所以人们普遍对他并不陌生。但是当管教人员把雷国良带到众人面前时,人们还是狠狠地吃了一惊,此时的雷国良,满头白发,后背明显驼了,脸上出现了刺眼的老人斑,以前圆润的大眼睛,没有了光泽,仿佛两眼枯井,不敢正视别人的目光。在探视室和犯人见面,必须隔着铁栏杆,还要有狱警在一旁监视,这一回监狱长把狱警打发走了,自己也走开,算是给了部队领导一个面子。

杨政委隔着铁栏杆和雷国良握一下手,其他人站在杨政委身后,打消了上前握手、问候的念头。人一进到这里面,就不由感到压抑。雷国良已经提前得知杨政委要来看他,所以并没有显得激动,眼眉低垂,表情淡漠,只说了声"谢谢",就不再主动说话。

雷国良"文革"期间只是一位小学校长,他的学生造他的反,抄他家时,他十岁的独生儿子跳楼,摔断了脊椎,高位截瘫,终生坐轮椅,一直没有娶亲。后来他官越做越大,开始收钱,他对自己有个约束,不论给别人办多大的事,每次最多收五万,靠日积月累,聚沙成塔,给残疾儿子攒一大笔钱,好让他终生有花不完的钱。他觉得对不起儿子,想用这种方式给儿子补偿。交代案情时,他是这么说的。多年来,他一直小心翼翼收小钱,手不敢伸太长,看到自己升迁无望,接近六十岁退休年龄,终于还是没能忍住,收了承包商一笔大钱——三百万。常在河边走,很难不湿鞋,事情就出在这一笔大钱上，承包商供出了他，同时把他以前好不容易攒下的两千多万牵扯出来，送进了国库。他很后悔，后悔不该拿这三百万，如果当时再克制一下，或许后半辈子就平安无事了。

杨政委问候过雷国良的身体，劝他想开点，多保重。雷国良说："没啥好保重的了，打算死到里头了。"

杨政委说："不要太悲观，表现好了可以减刑，我问过，十年出头就可以出来。"

雷国良说："过十年，我都七十了，还有必要出来吗？出来没脸见人，不如死到里头。"

往下，没法谈了。杨政委换个话题："老雷，我给你带来几件衣服，还有点吃的，小孟还给你捎来几瓶特供酒。"

雷国良苦笑道："一个犯人，哪有资格喝茅台呀？白白让人耻笑。"

杨政委说："以后有机会，我再来看你。"

雷国良愣一下，似乎受到触动，说："老杨，谢谢你……打我进来后，市里没什么人来看我，那些我提拔过的人，都唯恐避之不及，一群王八羔子……还是部队同志讲情义，只恨在位时给你们办事办少了。"

杨政委说："已经很感激了。"

雷国良说："我当书记十年，龙城变化应该不小吧？"

杨政委说："很大。"

雷国良说："不管白猫黑猫，抓住老鼠就是好猫，这是邓主席说的。我给龙城做了这么多，我出事时，市委大院竟然有人放鞭炮庆贺，真让人寒心……还是你们部队的同志素质高，这几年，市委大院大大小小抓了十几个，你们一个也没抓吧？"

杨政委说："没有。"

雷国良感叹："有人说，地方上反腐败，是隔着墙抛砖头，砸着谁谁倒霉。还是你们部队好,部队基本不抛砖头,所以极少有人落网。你们是长城,没人敢动,别人也不想动。很羡慕你们部队……"

再说下去,杨政委不好接话了,扭头示意身后的布小朋、孟广俊、韩处长还有潘秘书出去,也许觉得几个部下在场不好,也许他想单独和雷国良说几句话。

四个人出去了,站在探视室门外较远的地方。布小朋摇摇头,说:"这个人并没有认识到错误,他存在侥幸心理,认为自己进来,是偶然事件,其实他是必然,手莫伸,伸手必被捉。"

韩处长说:"我听出来了,他是不太服气。"

孟广俊说:"他感到委屈。"

布小朋说:"他有什么委屈的?受贿两千多万,他可是供认不讳。"

孟广俊说:"他贪两千万不假,可还有贪得更多的人,啥事没有,天天坐主席台上呢。你们注意到没有?杀人犯感到委屈的不多,因为杀人犯大多数会落网。贪官呢,落网的概率很小很小,很多人没事,所以被抓的贪官,大多数都不服气,觉得自己冤。"

韩处长说:"他刚才说到了邓小平一句名言:不管白猫黑猫,抓住老鼠就是好猫,意思可能是他当书记是有功的,贪这点钱不算啥。"

布小朋说:"所以他并没有真正认罪,这很麻烦,他这个态度,怎么接受改造啊?心不平,命不长,能不能活到出狱,都是个问题,最终吃亏的还是他本人。"

孟广俊说:"他引用邓小平的话,给自己解脱。可他就没有想一想——不被猫抓住的老鼠,才是聪明老鼠——你既然被抓,就得认栽,这个人不爽快,没劲。有道是官情如薄纸,今天有用,今天就是爷,明天没用了,就是一张纸,他到现在,还端个架子,自不量力嘛。"

孟广俊的话引得韩处长、潘秘书笑了笑。潘秘书说:"孟处太逗了。"

布小朋说:"他还羡慕我们部队没抓人。你不贪,不就没事了吗?

怪谁啊？只能怪自己。"

孟广俊点上一支中华烟，缓缓抽两口，说："不贪是不可能的，当官，你一点不让他贪，他当官图什么？不现实。你多少得让他搞点钱，不然谁干呀？两三千块钱工资，不如摆摊做生意。我个人认为，副省级以上干部，没必要贪，国家会管他一辈子，要钱没用，越是大官越不需要钱，谁搞钱谁是傻子，不如干干净净给人办点事，交点朋友。地厅级、县级以下，可以适当搞点钱，毕竟官小，退下来以后，生活没保障。但不可以贪得无厌，恣意妄为，得有个大致数目，过界了就不对。"

韩处长说："老孟，你感觉，地厅级、县级，搞多少合适？"

孟广俊说："就目前的物价水平，县级不能超过三百万，地厅级不能过五百万。当然，东部发达地区，可以上浮一点，西部贫困地区，可以下浮一点。记住，你搞了钱，得好好干，不能光搞钱不干事，得为人民服务。你听听老百姓怎么说的？他们说，宁愿要一个能干的贪官，不要一个不干事的清官。老百姓喜欢干事的领导。话又说回来，如果当官真的一点好处没有，官员都把大印一交，下海去了，我们政权就会不稳定，谁为国家卖命？所以我个人认为，适当的腐败，是社会的润滑剂，有了润滑剂，社会这个庞大机器才会正常运转。如果没有一点好处，谁还当官？还有，贪了钱，不能转移到国外去，转移出去就是国家的损失，留在国内，放银行里，国家还可以拿来搞贷款，修桥修路，国家并没损失什么嘛。"

布小朋哼一声，说："谬论！极大谬论！老孟，你让他贪三百万，你想过没有，只要手一伸，他能收得住手吗？雷书记要是收住手，他能有今天吗？人的欲望是填不满的，明明钱多了没用，还是有人不住手，最终毁灭自己。还有，你说赃款存银行里，国家没损失。你就不想想，贪官一多，得不到惩罚，逍遥法外，摧毁的是一个社会的意志和信念。老百姓辛辛苦苦卖命挣钱，你当官，不劳而获，手一伸就来大钱，而且违法犯罪得不到惩处，这是最大的不公平，穷人就会恨这个不公平的社会。天下乱，是因这天下不公。有钱的人，怎么来的钱？群众不服气，所以要造反。天下公，天下自然和谐。我们现在最大的问题，不是钱少钱多的问题，而是公不公平的问题，是公平和正义出了问题。"

孟广俊用奇怪的眼神看着布小朋："这话不像是你说的，倒像是夏忧说的，你受他流毒太深了，注意点呀。你们都是理想主义者，不敢面对现实。千里做官只为钱，史书上就是这么说的，你给我数数，历史上叫得出名的清官有几个？我只知道黑脸包公、海瑞、岳飞，其他的真想不起来了，贪官呢，遍地都是。一般都是大官大贪，小官小贪，没有不贪的，贪多贪少而已。贪是本性，不贪是神性。现在也是这样，当前是中国人本性大暴露时期，不但领导，群众也想贪，群众属于有想法，没办法。真正不贪的，可能也有，但他不是人，是神。你要求所有官员都成为神，天方夜谭啊。人都是希望自己多贪，而让别人少贪或不贪。天天骂贪官，自己当了官，或许更贪。老布，不跟你斗这个嘴了，扯不清，理还乱。也许你和别人不一样，你能成为神，走着看吧。"

看两位即将提升的大处长斗嘴，韩处长和潘秘书感觉很好玩。两个人说的都有道理，就看站在哪个立场上。这时，探视室的门一响，杨政委露了头，几个人急忙迎上去。杨政委黑着脸不说话，低头往前走，几个人紧紧跟上。走到监狱大门口，司机已把车门打开。杨政委走到车前，低头欲钻进去，却又停下了，双目炯炯，望着众人，说："你们什么感受？"

众人你看我，我看你，都没说话。

"布小朋，你说说。"

"我还是那句话，手莫伸，伸手必被捉。"

杨政委点点头："孟广俊，你呢？"

"……凡事有个度，不能做过头，大丈夫能屈能伸，既然栽了，就得认这壶酒钱，雷书记情绪不对，没有低头认罪。"

杨政委顿了顿，说："你们出去后，我劝他，得端正态度，摆正位置，现在不是市委书记了，要从灵魂上剖析自己。仕途是不可能再有了，但人生还长，得面对现实，放平心态，好好改造，做到这点，身体才会保持健康。就是为了残疾儿子，也得咬牙活下去。"

众人都点点头，感觉政委说到了点子上。

杨政委抬头看一眼已经关上的监狱大门，继续道："来这儿一次，正常人都应该受一回教育。上党课，把课堂搬这儿来，效果可能会更好，腐败分子是最好的反面教员，他的经历是最好的人生说明书。对于受贿者来说，行贿人给他的不是人民币，而是冥币，搞不好，你就到阴曹地府去花吧。人不能把钱带进坟墓，但钱能把人带进坟墓。你们都年轻，将来会面临越来越多的诱惑，都好自为之吧。"

杨政委的话让人震撼。布小朋无数次听杨政委讲话，今天的话，最能打动他。说罢，杨政委钻进汽车，汽车鸣一下喇叭，开走了。布小朋看一眼孟广俊，希望他从政委的话里得到点启发。孟广俊脸色不佳，仿佛政委的话戳到了他痛处。不怕人变坏，就怕人信念动摇，精神蜕变，立场改变，到了这一步，八头牛都拉不回来，出问题是必然的。

一周之后，总部一串命令到了，孟广俊如愿当上后勤部副部长，搬到了张副部长原先的办公室。布小朋被任命为二师副师长，分管后勤、装备、行管工作。接到命令，布小朋就去了师部所在地唐高县。以后他们不在一块办公，见面机会就少了。

九

龙山干休所这几年每年都有老干部或者配偶过世，幸好，康又汉、张道刚、李长水这三位老领导夫妇身体都还硬朗。尤其老政委张道刚,年轻时身体就不好,刚退下来时,因心脏病报过病危,都说他活不过七十岁,但是后来他竟然越活越健康,心脏病再也没犯,七十多岁,奔八十的人了,红光满面的,走起路来风风火火,说起话来声音洪亮,脑子也好使,见谁都能叫出名来,不像有些老首长,年龄不大就有了脑痴呆的前兆。

张道刚当年和康又汉搭班子,一直受康又汉压制。他资历不如康又汉,康又汉是老八路、抗日干部,他是解放干部,虽然两人职务相同,党内张道刚还是书记,康又汉是副书记,但基地的大事,一般都是康司令说了算,张政委算是个提包的。并非康司令能力有多强,张政委才怕他,主要是康司令行得端,走得正,个人没私心,办事有公心,所以他不怒自威,别人都有些怵他。

张道刚在位时让康又汉捏巴得不轻,他又是个病秧子,给人的感觉窝窝囊囊的。退下来后,不知怎么保养的,身体却越发地好,看上去比同龄人至少年轻十岁,用他自己的话说:"喝酒半斤身不飘,迎风撒尿一丈远。"年轻时他不好动,爱睡懒觉,抽烟喝酒,加上熬夜,身体差是难免的。退下来后,他喜欢上了运动,先是在干休所附近的山上,和李长水等人一起散步,后来觉得运动量小,开始自个儿跑步,早晨跑一小时,下午跑一小时,绕着龙山半山腰的观光路跑步,风景如画,行人也不多,跑起来那叫一个爽。不久,他又喜欢上了打高尔夫球,以前在位时提拔的几个部下,给他办了会员卡,他是正军职,有专车,隔一天坐车到东郊高尔夫球场打一个下午的球。到那里打球的老干部有不少,主要是从省市领导岗位上下来的,不少人还有余热,能力还在,打球混熟了,互相帮忙办点事,那就再正常不过了,逐渐形成了一个关系圈子。张政委后来经常受人之托,帮人办事,一些过去的老部下,转业到龙城的,想谋个职务,或者想换个单位,就来找他,请他帮忙,他是个热心人,能帮的一定帮,即便帮不上，也会帮你出出主意，指个路子。张政委后来名声越来越大，人缘越来越好，他也就经常有酒喝，有地方玩，弄得干休所一群老干部都挺羡慕他，常常是他一出门，不大一会儿，屁股后头就跟上一群老干部，听他讲新鲜事。他成了龙城干休所威望最高的人。

除了跑步、打球，张政委还喜欢旅游，像他这个身份的人，不可能跟旅游团，他都是找过去的老熟人、老部下，或者老熟人的熟人，老部下的部下，目前还在部队任职的人给安排，五六年下来，他带着老伴，有时也带着司机、保姆，几乎跑遍了全国的 5A 风景区，回来就给大家讲见闻，鼓励大家趁身体还行，多出去跑跑，多看几个地方，真要等到躺床上起不来，再想看，下辈子吧。在他的带动下，有一些老干部动了心思，纷纷找关系托熟人，冬天往南跑，夏天往北跑，不少人喜欢上了摄影，买了日本相机，出去一趟，拍回一堆照片来，互相交流、欣赏。喜欢上摄影的人，更喜欢旅游，一时间，龙山干休所接近一半的老干部外出旅游。

康司令不为所动，该干啥干啥，早晨散步，打太极拳，中午睡午觉，下午再散会儿步，晚上看完《新闻联播》，看两集电视剧就上床睡觉。老伴刘美芹羡慕别人，提出也想出去转转，泰山、黄山、华山她都没去过，九寨沟、张家界也没去过，三亚更是没去过。康又汉说："转可以，报团，跟旅游团去。"

"别人没听说谁报团，都是找关系，托熟人。你当了一辈子兵，天南地北的，就没个熟人吗？"

"熟人是有，可我张不开口。多年不联系了，突然你要去旅游，让人家花公款接待，合适吗？"

"有什么不合适？别人都是这么做的。就你不合适？"

"别人是别人，我是我，我不跟那些人比这个。"

"你是张不开嘴，我知道为啥。"

"为啥？"

"当年你在位,瞎正统,就没给别人办事,就没怎么接待过别人,现在你当然张不开嘴让别人接待你,哪好意思呀?"

康又汉给噎住了,半天没吭声。

刘主任说:"你一辈子正,正来正去,害的是老婆孩子,害的是自己,想出去玩,连个接待的人都找不到,你这张老脸往哪儿放呀?你看看人家张政委、李副司令,还有许副政委,人家连东北的满洲里都走到了,我呢?连山海关都没到过。"

刘主任越说越委屈,眼泪快下来了。康司令也许有点理亏,这时候就不跟老伴争了,摇摇头,出去打一路太极拳,到山边走走,平静一下心情。傍晚回家,老太太仿佛忘了旅游的话题,不再提这事。矛盾也就无声地化解了。

最近有几个月没见张政委了,干休所的老干部仿佛没了主心骨。其实大家都知道,张政委老两口先是到日本,接着又去美国,探望自己的一双儿女。他女儿在日本大阪工作,儿子在美国旧金山,据说都混得不错,加入了所在国的国籍。

这天,张政委家的铁门终于打开了,他家的司机小张忙上忙下从车上搬运东西,原来张政委老两口回来了。张政委戴着有USA标志的棒球帽,上身穿蓝色夹克,下身穿月白色的宽松裤子,脚蹬锃亮的黑皮鞋,手里夹着一根粗大的雪茄烟,像一个归国老华侨,脸色黑了些,但更健康了,说是在美国东海岸晒的,这叫健康色。

七八位老干部,闻风而动,来看张政委。李长水提议,不在家里坐,到干休所院子中央的老干部门球场,那里敞亮,到那里听张政委摆摆龙门阵。人们众星捧月一般,簇拥着张政委,到了门球场,或坐或站,听张政委讲国外的见闻。

张政委先讲日本。他说日本最大的特点就是干净,马路上水洗一样,几乎见不到垃圾,人人都很注意,绝对不乱丢垃圾,见不到人随地吐痰,这充分显示出人家的素质高。"你到那儿去,见人家那么干净，不由得也要注意点，不好意思乱丢东西，乱吐痰。我在北京下飞机，乍一回来，见到地上脏乎乎，还不习惯呢。"张政委说。

李长水觉得没啥，说："这算什么呀？不就是马路干净一点吗？"

张政委正色道："老李，你可别小瞧人家马路干净，从脏到干净，没有一百年，你做不到。你信不信？这不光是卫生问题，是人的素质问题，需要几代人努力，这是小事，又不是小事，不简单啊。"

有人点头称是。

"还有，日本见不到加塞的，不论车子，还是人，大家都老老实实排队，所有排队的地方，秩序都好得很，没有人维持秩序，全靠自觉。哪像我们国家，三个人排队，也有人想加塞。"

李长水说："我们国家人多，不加塞，你就得不到。"

张政委说："还是素质问题，人家宁肯得不到，也不加塞。"

众人点头称是。

"还有，你去饭店吃饭，看不到日本人浪费，也没人大声喧哗，饭菜都吃得光光的，哪像我们到外面吃饭，浪费太大，剩的比吃的多。"

众人发出阵阵感慨。

张政委说："在日本，我感到日本人瞧不起我们中国人，嫌我们脏，嫌我们不文明，嫌我们不懂礼貌，就像我们城里人瞧不起乡下人一样。也有日本人污蔑我们是劣等民族，当然我们不能承认这个，可是实际上我们这个民族有很大劣根性。不说现在，就说历史上，官员贪婪残暴，百姓中刁民泼妇多，而且还有个毛病，对外人好，对自己人狠。要我说，中华民族不是劣等民族，但是有很多差劲的人。人家瞧不起你，他也不是一点道理没有，咱自己得抓紧改变。"

众人纷纷称是。

讲完日本，张政委接着讲美国，他先感叹一句："走来走去，看来看去，还是美帝国主义好啊！"

众人面面相觑。李长水道："张政委啊,你这话是怎么说的?"

张政委双掌一击,仿佛发现了新大陆,说："以前我们没出过国,不知道外面的世界好坏,想当然,把美帝国主义想象成一团糟,人间地狱。结果呢,这次我从东海岸走到西海岸,从休斯敦走到底特律,一路走一路看,所见所闻,亲眼目睹,那可真是把我过去的观念全推翻了。就是好啊……"

"它好在哪儿呀?"李长水代表众人问道。

"好的地方多着呢。你看,人家空气好,环境好,福利好,房子也漂亮,蓝天白云,阳光明媚,哪像我们,乌烟瘴气,臭气熏天。还有,人家老美的素质好,文明程度高,大街上见到的人,个个彬彬有礼,让你觉得很可爱……"

张政委讲着讲着,停下了,不讲了。众人顺着他的目光看去,原来是康司令到了。康司令不知何时站到众人身后的,脸拉得老长,仿佛谁欠他的债。这些人除了张政委,其他人都曾是康司令的部下,虽然早不是什么领导了,但他们见了康司令,还是隐隐的发怵,没办法,这是工作时候留下的心理印痕,一下子去不掉的。

众人都望着康司令。张政委上前两步,冲着康司令笑呵呵伸出手来。康司令手背在身后,根本不伸手。张政委有些尴尬地笑笑,说:"老康,你还好吧?好久不见了。"

康司令说:"老张,刚才你猛说美帝国主义好。可是我记得,我们搭班子,你在台上的时候,经常给部队上政治课,那时候你是怎么说的?你可是猛骂资本主义、帝国主义。这才多少年啊?你世界观就变了。"

张政委再次尴尬地笑笑:"那个年代嘛,我现在是亲眼目睹,人家美国就是比我们先进,我是实事求是嘛。"

康司令右手从背后抽出来,高高举起,然后往下猛地一劈,这是康司令要发火的肢体动作,在场人都熟悉。果然,康司令指着张政委鼻子说:"老张,亏你说得出口,净长别人志气,灭自己威风,美国给你多少钱,你来给它做广告?"

众人都愣了,看着康司令,走又不敢走,说又不知该说什么,就都愣在那儿,听康司令继续讲。康司令收回指着张政委面部的手指头,指着天上说:"美国给你什么了?共产党又给你什么了?你入伍的时候,大字不识一口袋,后来居然混上正军职干部,虽然没赶上授衔,好赖也算个将军吧?住上了别墅,还有专车坐,国家养你一辈子,我问你,美国能给你将军吗?美国能给你别墅吗?"

张政委反应过来,鼓了鼓勇气,抬了抬嗓门,说:"老康,我可没骂党和国家啊,你别乱扣帽子,好不好?"

"我没扣帽子,我是说,人不能忘本。我们都是共产党养大的,没有共产党,哪有我们今天?要不是共产党,鬼子来的时候我要么饿死,要么给打死,哪里轮到我当将军?所以我不想听到谁说共产党坏话,别人可以骂,我们这些老家伙不能,像我们这些人,谁说坏话,谁就是忘恩负义,不知好歹。"康又汉一边说,手一边往下劈,仿佛要把说坏话的人劈死。

"老康,你还是扣帽子,我哪里说共产党坏话了?我说什么了,啊?"张道刚开始反击了。

"你说美国好话,等于变相说我们国家不行,共产党不行。刚才你是不是这个意思?"

"我没这个意思。我只是把我的所见所闻,讲给大伙听。"

李长水等人见两位老领导动了肝火,急忙把两个人劝开。李长水说:"司令,你得让人家张政委说点实事求是的话,对不对?"

康又汉说:"老张他思想有问题,崇洋媚外,外国的月亮都是圆的,外国人放的屁都是香的,出了趟国,回来就显摆。有啥呀?叫我说,哪里都不如咱中国好,要是美国好,你怎么不留美国?美国能给你免费住高干病房吗?能给你专车坐吗?能让你享受各种福利特权吗？"

张道刚被许副政委架开，跳着脚说："老康，你别乌鸦站猪身上，只看见猪黑，看不到自己黑，你那么爱党爱国，为啥让你女儿跑美国去？"

这话戳到了康又汉痛处，他捂着胸口愣了愣，众人以为他犯了心脏病，李长水急忙上前扶住他，他推开李长水的手，说："我女儿去美国，是她自己非要去，我是坚决反对；你儿子到美国，是你花钱求人送出去的，性质不同。"

张道刚说："反正都在美国。"

围观的人越来越多，两个人也意识到再争下去不好，都消消气，然后各自回了家。

就因为这么一闹，张道刚半年没搭理康又汉。

十

能够到一线部队任职，是布小朋梦寐以求的。那年他当团长，屁股还没坐热，就出了事，差点给撸掉，现在机会又来了，他得打个翻身仗，让人们看看，他在机关干得可以，在部队，同样能干好。

基地所属的三个师，一师和二师是主力，属于甲种师，三师搞保障，属于乙种师。美国炸中国大使馆之后，部队科研试验和训练任务加重，新装备层出不穷，可以说，现在一年，顶过去五年，进步是快的，似乎从来没有过的，形势喜人、催人奋进。

布小朋来到唐高县二师师部，感到这里空气都是热的，师部大院虽然和基地大院没法比，但在唐高县，应该算是最漂亮的院子，比县委县政府大院还阔气。这几年军队各项经费投入加大，以前有钱主要是投到各级机关，或者说被各级机关截留，一线部队只能喝点稀汤，现在情况变了，总部对基层格外关照，基层团以下单位，尤其是连一级作战单位，面貌都有所改观。

布小朋不喜欢坐办公室，除了开会，有空他就往下边跑。远的地方坐车，近一点的地方干脆步行。四团驻扎在唐高县城关镇，离师部两公里。周末这天，他就是走着去的，天气虽冷，走了一会儿身上就冒了汗。春节前后，天寒地冻，其实正应该加大训练量，因为这正是检验新装备质量情况的好时机，但是师司令部下达的冬季训练任务并不重，课目也不复杂，有些冰上训练项目干脆取消了，这让他有所不解。

随行的军务科科长罗大海悄悄对他说："这是师里黄师长、聂政委定的。黄师长有可能去国防大学深造，聂政委有可能提升；下边都在传说，基地杨政委马上到龄，政治部董主任很有可能接任，聂政委有希望到基地当政治部主任，在这个关口上，他们当然不希望部队出事。上半年搞某型装备涉水训练，就淹死一个战士，基地很恼火，师首长接受教训，年关到了，天气不好，小心点总是没错。"

这个罗大海就是布小朋在三师九团当团长时的一营营长，布小朋还向杨政委举荐过他。当时出事，没有影响罗大海进步，不久他就当了团参谋长，但他有点二杆子劲，脑子一根筋，组织训练胆大妄为，除了布小朋，很少有领导欣赏他这号人，当了一年团参谋长，就引起团长政委不满，把他交流到二师当了军务科长。

听罗大海说起训练量压缩的原因，布小朋皱起眉头，主要领导还是从自身利益出发，而不顾及部队整体利益，如果都这个样子，提高战斗力就是一句空话。但他马上意识到自己是个副职，初来乍到，目前还轮不到自己发言，就忍住了。

罗大海当年也是基地警卫一连的兵，也在基地大院北大门站过岗，只是他比布小朋要晚个五六年，布小朋离开警卫一连后，他才入伍，他们当初不认识而已。

在四团营区，有不少战士在扫雪，布小朋注意到有个老兵，别人都穿军装，佩戴齐整，只有他一个人穿着去掉了军衔符号的旧军装，一看就是个复员兵，混在一群士兵里面。布小朋问："这个兵，怎么还不离队？复员工作都搞完一个多月了吧？"

罗大海佩服布小朋的眼力，只得实话实说。这个兵叫张望，山东农村的，是个孤儿，表现很好，还是个技术骨干，想转士官，就是没转成，别人都复员走了，他不想走，哭鼻子，他所在的二营三连，也想留他，让他个人想办法，春节之前必须弄到表。四团军务股把他这个情况给军务科报了，大家都很同情他，就这么暂时让他留下来了，什么活动他都参加，像没复员一样。

罗大海所说的"表"，就是义务兵转士官所必须填的登记表，填上这个带有编号的表，才算有"户口"，才能够正式下命令留下来，由义务兵转为士官，按月领工资。

"既然表现好，又是孤儿，复员时为什么不正式把他留下？"

"这两年转士官热，想留的人太多，而名额太少，一个连队没几个。"

"名额不是向一线连队倾斜吗？"

"说是这么说，最终机关兵、关系兵占去了不少名额，这您应该知道的。"

"这个叫张望的兵，确实表现好吗？"

"确实，连队很希望他留下，所以才再三请求，多给他点时间，让他想办法去弄张表。"

"他一个孤儿，上哪儿弄表去？有这个本事，他早就留下了，还用费这个熊劲？"布小朋有些恼火。

"布副师长，您可能听说过，弄表，得花钱的……"

布小朋瞪着罗大海："你当军务科长，转士官就归你们科管，你收钱没有？你卖过几张表？"

罗大海给他说愣了，好半天才回过神来："布副师长，我向您保证，我罗大海没卖过一张表，没收过一块钱，如果我说假话，让我——让我——让我脚底下一滑，摔碎脑袋！"

布小朋表情松弛了些："罗大海，我相信你，你是清白的。你给我说说，每年转士官的表，是怎么分配的？"

"如果上级不截留，还是比较宽裕的，总部给的指标，基地会卡下一些，剩下的，到了师里，师里还会卡掉一些，再分配给各团。"

"师里截留的，都跑哪去了？"

罗大海欲言又止，很为难的样子。

"你给我说说，没你的责任，你怕什么？"

"……常委每人分几个名额，他们愿给谁就给谁。还有，副参谋长、政治部副主任、后勤部副部长、装备部副部长这一级，也要用掉几个，还有机关有实权的科长，像干部科长、财务科长、工程科长、秘书科长等等，也能搞到几张。他们哪个人都比我来头硬，我也不好说什么呀。"

"名额到了团里，是不是也要雁过拔毛？"

"差不多吧。"

布小朋心情沉重，向前走去，罗大海紧紧跟上。三转两转，最后来到了张望所在的三连。连长、指导员看到新上任的副师长来了，还带着军务科长，意识到大事不好，肯定是奔着张望的事情来的，私自让复员兵留队，本就是绝对不允许的，连长、指导员吓得脸都绿了，赶紧下保证，明天就让张望离队，再也不让他回来。

布小朋说："张望住哪儿？"

连长说："住炊事班，我们没敢让他住战斗班。"

布小朋说："带我过去看看。"

连长、指导员发呆。罗大海使眼色，提醒他们赶快带路。二人跑到布小朋前头，一行人出了宿舍楼，往不远处的食堂走去。

他们走进炊事班宿舍，里面只有张望一个人在，他刚扫雪回来，头发冒着热气，脖子里全是汗，正在用毛巾擦脸。看到连长、指导员陪一个上校，一个中校进来，知道来了大领导，赶紧扔掉毛巾，立正站好，小脸涨得通红，想敬礼，想起自己没戴帽子，右手举到一半就落下来，双手紧贴迷彩裤裤缝，动作标准，纹丝不动。

布小朋看他一眼，目光扫向炊事班内务。有一张床上的被子，叠得整整齐齐，像个拿刀切出来的豆腐块，明显比其他床上的被子叠得好，显然是张望的床铺。布小朋走到张望床前，弯腰打开床头柜，里面有几件叠放整齐的衣服，他拿出来，展开放在床上，看到两件衬衣的肘部，两件衬裤的膝盖处，都打了厚厚的补丁，心里不由一热——这个兵，训练极为刻苦，不偷懒，就凭这一点，他就是个好兵。布小朋走到张望身边，示意他稍息。张望依然笔挺地站着，纹丝不动，认为自己做错了事，小脸通红，眼角含泪。布小朋问道："你为什么想留下？"

张望说："报告首长！我没有家，三连就是我家，让我回去，我只能到处打工。给老板打工，不如给部队打工，再苦再累我愿意！"

布小朋心头又是一热，感觉部队对不起这样的士兵，轻轻地说："小家伙，你出去一下，我和你们连长、指导员，商量下你的事情。"

张望点点头，大步出了房间，顺手把门带上了。

连长搬过一把椅子，请布小朋坐下。布小朋坐下了。连长、指导员，还有罗大海恭敬地站在他面前，等候发落。他挥挥手，示意他们都坐下。三人犹豫一阵，最后还是坐下了，面向他，大气不敢出。布小朋说："你们连队，像张望这种情况，复员后没走，等着弄表的兵，还有几个？"

连长、指导员对视一眼。指导员站起来，说："就他一个。"

布小朋说："不要糊弄我，我会查清的。"

"首长，我们连队真的就他一个。别的连队，可能还有……"

布小朋望向罗大海。罗大海站起来，说："据我了解，各团都有一些兵，下了复员命令，但是人并没有真正离队，有的在部队藏着，有的回家等表格，弄到表，就回来签留队合同，重新上班，实在弄不到，那就没办法了，只能走人。"

"罗大海，我要你三天查清楚，全师到底有多少这种人。"

"是！"

连长向布小朋表态："首长，张望我们明天一定打发他走……"

"你们舍得吗？"

连长、指导员都是一愣。指导员说："这个兵情况很特殊……不舍得，也没办法。一开始通知我们，今年给我连四个转一期士官的名额，我们搞了民主评议，评出四个表现好的，张望排第三，头两名都是训练尖子，立过三等功。后来，只给了我们两张表，就把张望排除在外了。"

布小朋想了想，说："既然不舍得，那就再留他几天看看，看还有没有办法，不要让他参加集体活动了，少露面，别人看见影响不好。"

连长、指导员眼圈竟然都有些发红。连长说："我们本来不让他参加集体活动，可是这个兵闲不住，一听到集合号，他就往外跑，拦都拦不住……明天、明天我把他捆屋里……"

布小朋离开三连的时候，远远地，他又看到了张望。张望站在一棵树下，用异样的眼神望着布小朋和罗大海。布小朋不由想起当年自己入伍的时候，似乎就用这样的眼神看着康文定，那时他想跟康文定走，现在，张望是不想走。像这样的兵，你能忍心撵他走吗？

回师部路上，布小朋想起他的外甥牛得宝。牛得宝就在二师当兵，在五团，该团驻在杨集镇靶场，离县城四十公里，那里是山区，条件最苦。牛得宝去年转的一期士官，他们电话里交流过几次，牛得宝没说转士官有多难，更没说花钱的事，他一分钱没花，就顺利转了一期士官，签了合同。布小朋把牛得宝的事说给罗大海听。罗大海说:"你外甥当然不用花钱了,你是财务处长,谁敢收他的钱?还不得乖乖给他办了。"

布小朋说:"我明白了。"

三天后,罗大海把统计数字放到了布小朋办公桌上,全师共有二十九人,像张望这种情况,复员了还不走人,他们有的想转任一期士官,有的想转任二期,有的想转三期,都在想各种办法弄表格。

"数字准确吗?"

"应该没问题,开始各团都藏着掖着,不报,我只好说个假话,说师首长发话了,你们赶紧报一下数,我们军务科统一到北京搞表格,如果不如实报来,表格搞到手,就没他的份。这样他们才报了实数。"

布小朋站起来踱步,琢磨怎样处理这个棘手问题。

"布副师长,要我说,不如不统计,我们装糊涂更好。"

"你这样认为的?"

"是。既然复员了不走,说明这些人都有关系。你撵他走,得罪一批人;不撵他走,师里已经知道了,怎么处理呀?"

布小朋回到座位上,终于下定了决心,说:"除了张望,其他二十八个复员兵,赶紧清理走。你通知各团,这些人即便用不正当手段搞到了士官登记表,也不算数,一律不得承认,任何单位不得给他们下达转任士官的命令。"

罗大海眨巴着眼睛,以为听错了。

布小朋说:"还用我说第二遍吗?"

罗大海有点急:"布副师长,这要得罪很多人,这些人都不简单。"

布小朋说:"就说我定的,我来得罪这些人吧。"

罗大海愣一阵,说:"要不要报告师长、政委?"他想的是,报上去,师长、政委有可能给压住,这事就过去了。

布小朋说:"不要报告了,师长惦记上国防大学,政委惦记升官,你报告他们,会让他们为难。我刚来,没有那么多关系,我又负责行管，有权来处理这事，就这么办吧。"

罗大海："只留下张望，别人攀比怎么办？"

"如果那二十八个人里面，还有孤儿，也可以留下。"

罗大海还想说什么，布小朋不悦地扭过脸去，罗大海只好说："我马上下通知。"他往外走，布小朋喊住他："我问你，怎样搞到表？"

罗大海不吭声。

"基地军务处能搞到吗？我打电话找陈处长。"

"肯定不行，都这个时候了，有表，早拿出来了。"

"那怎么办？"

"……只能花钱买。"

"到哪儿去买？"

"北京，总部军务口，他们那儿会有。有人从北京买回来过。"

"你有熟人吗？"

"有一个。"

"一张表多少钱？"

"一般情况下，一期士官一万，二期两万，三期三万。"

"我只要一张一期的。"

"那得一万。"

"这钱怎么出？

"你觉得呢？"

"应该是个人出。"

"张望孤儿一个，当了两年义务兵，每月几十块钱，他哪去弄一万块钱？"

"……"

"罗大海，你怎么不说话？"

"总不能公家给他出吧？他转了士官，以后就有工资了，钱不够，可以先借点，发了工资再还嘛。"

布小朋让罗大海打电话,把三连指导员李全叫到他办公室,商量这事。李全介绍说,张望个人存了两千,他从一当兵就开始攒钱,每月除了买牙膏、肥皂,从不乱花一分钱,就等着攒钱办事。"我们知道这个价,我和连长也议论过,打算让他个人出五千,我们连队给他拿五千。"

布小朋说:"你们连队哪来的这笔钱?你挪用伙食费?"

李全吓得一个立正:"报告首长,不敢。我们连队这几年攒了点家底,都是养猪、种菜赚的,既然我们舍不得张望走,支委会开会研究过,都同意从中拿出五千来,给张望办事。"

"张望个人只有两千,那三千去哪儿搞?"

"我和连长私人借给他,等他领了工资,再还钱。"

布小朋转头对罗大海说:"这样吧,你打个报告,就说解决一个孤儿士兵的困难,需要五千块钱,我批一下,让后勤财务科解决。"

罗大海点点头。

李全很感动,说:"首长,我代表张望,代表我们连一百二十个干部战士,谢谢您了。"李全边说话边给布小朋敬了个礼。布小朋挥挥手,示意他可以走了。李全又冲罗大海敬个礼,走了出去。布小朋当下给罗大海交代,让他周末就去北京,无论如何搞到一张表,钱不够,可以加一点,他来想办法。

最后,布小朋说:"你就别摆谱了,辛苦一下,坐火车去吧,别坐飞机了,省点钱。"

第 五 章

一

天气热了,基地大院一片青翠,各种花儿姹紫嫣红,争相怒放,还有很多不知名的鸟儿,一天早就亮开喉咙,放声歌唱。早晨六点钟起床,沿着林阴道走上两圈,一边听着鸟儿的歌唱,一边听着大操场上传来的阵阵士兵的口号声,那份惬意的心情,是居住在大院外面的人,体会不到的。

孟广俊有早起散步的习惯,长年坚持。他应酬多,酒场多,几乎每晚都不空,有时还要赶两三个场子,他人又豪爽,逢酒必喝,逢喝必到位,每天很晚回家,往床上一躺,呼呼大睡。白天忙得一塌糊涂,上厕所的工夫都没有,早晨如果再不锻炼一下,那他身体早完了。春晚小品里说,脑袋大,脖子粗,不是大款就是伙夫。他不是伙夫,也不愿被人当成大款,他得想办法保持一下体形。本来他个头不高,现在体重八十多公斤了,再胖下去,就不成样子了,所以他得锻炼,每天坚持。

早晨锻炼,还有一个好处,就是经常遇到晨练的基地首长。心理学上说,晨练时,人的心情好,一大早,太阳升起,谁也不想堵心,所以人们大都是笑意盈盈。遇到首长,陪着小跑一阵,或者快走一阵,能无意间得到一些平时在正式场合得不到的信息。

这天晨练,孟广俊遇到基地新任政委董方学,也就是以前的政治部董主任。孟广俊打着招呼迎上去，陪董政委快速走路。以前他也遇到过几次董政委，政委总是很客气，这次却不一样，不吭声，冷着脸，弄得孟广俊心里七上八下，后悔不该迎上来，刚才装作没看见，跑过去也就过去了，何必一大早热脸蹭他冷屁股呢？

　　孟广俊硬着头皮陪董政委走路，快走到政委家门口时，政委停下来，说出了他心情不佳的原因——最近基地大院老是出事，不太平，事情主要出在后勤部所属单位，政委让孟广俊给江部长提个醒，后勤部好好研究研究，不能再出事了，再出事没法给上级给部队交代。原来，政委不高兴，不是因为他本人有什么问题，而且让他提醒江部长，说明政委还是信任他。今天这个步，没白散。

　　最近基地大院确实不太平。五月份，先是后勤部所属的军械修理所所长嫖娼被抓，小子还挺横，认个错可能还有回旋余地，结果他把人家警察打了，事情就不好收拾了。孟广俊虽然和龙城公安局熟悉，但因为那小子敢动手打警察，惹了众怒，人家就不会照顾你了，公事公办吧，最后把人移交给基地保卫处，再想捂也捂不住了。基地领导很恼火，给那家伙一个党内严重警告和降级降衔处分，发配到606仓库去了，年底就会让他滚蛋。

　　不久，江部长的司机小刘，借江部长到北京开会的机会，私自开车回六十公里外的郊县老家，没承想江部长爱人有事用车，打电话叫他开车过来接人。小刘中午在老家喝了酒，他如果从小车队叫辆车顶他出车也就没事了，结果他脑子一热，开车着急着慌从老家往基地赶，途中与一辆大货车追尾，江部长刚配的桑塔纳3000烧毁，这小子命大，从着火的车里滚了出来，只受了点轻伤，眉毛烧没了。这事本来不想给基地领导报，结果又让处理事故的交警，把电话打到了保卫处，想瞒也瞒不住了，弄得江部长相当恼火，把司机开到了下边部队，年底准备让他复员走人。江部长还把老婆臭骂了一顿，怪她不该叫车，不就是出去烫个头吗？你打个车去，或者坐公交车去，不就没事了吗？

这都算轻的。

上周末，卫生处助理员周大亮，又惹了大祸。他老婆在地方工作，刚学完车拿到驾本，闹着让他借辆军车，到高速路上练车。他真听老婆的话，从小车队借了一辆猎豹，两口子带上三岁孩子，到外环路上练车去了，结果，车子失控，冲破护栏栽进路沟，车子扣了过去，老婆和儿子当场死亡，周大亮重伤，尚在803医院抢救。

几番出事，都与后勤部有关，江部长压力很大，他正在节骨眼上，再不提年龄就过界了。孟广俊发现，几天没留神，抬头看时，江部长头发白了一半。

早晨一到办公室，孟广俊就把董政委的指示委婉向江部长作了传达。江部长脸黑得吓人，说："广俊，得想想办法，今年无论如何不能再出事了。"

孟广俊表示，他分管的几个处室，绝对不会添乱，请部长放心。

按照日程，上午开民主生活会，后勤部领导以及各处室主要领导参加。一般这种会议，孟广俊都是抱着这样的原则——对上级放"礼炮"，对同级放"空炮"，对自己放"哑炮"。你好我好大家都好，热热闹闹说几句，就过去了，反正这种会，都是走过场，当真不得。今天的会，会场气氛很凝重，对江部长再放"礼炮"显得不合时宜，所以他干脆闭口不谈。一个多小时的时间，几乎全是江部长一个人在讲。江部长主要讲安全防事故问题，第一是防止再出车祸，车祸猛于虎，一点不假，以后干部一律不得开车，私家车也不能开，还有就是干部一律不得出入娱乐场所，从他本人做起。最近出的几档子事，基本与孟广俊无关，出事的几个小单位，属于朱副部长分管，孟广俊显得比较超脱。散会时，朱副部长冒了句："最近真是太邪了，怎么光我们后勤部出事？"

说到邪乎，孟广俊脑子里突然闪现出一个画面——北门斜对面的市委大院门口，最近多了两个宝贝，几次路过，都让他不由心里一动，总感觉出了什么问题。散了会，他越想越不对劲，下午亲自开车去了南部郊区的盘龙镇，到了黄大师家。黄大师家门口停了好几辆小车，一看牌照就是市直机关的。等黄大师把人打发走，他进到佛堂，把情况给大师说了说。大师闭目沉思片刻，睁开炯炯发亮的三角眼，说："就是了。"

黄大师的意思显然是，他找到了症结所在。他给黄大师敬献上一个超大号的红包，又恭维了一番大师，大师同意跟他走一趟，实地察看。他开车进城，先拉着大师到了市委大门口，把车停在路边，透过车窗，大师久久打量着门两侧那两个巨形石狮子，又抬眼往基地北门口扫了几眼，闭目沉思一会，大师露出似笑非笑的神态，说："这儿有了这两个风水之物，就把邪气逼到贵府了。"

"大师，我们该怎么办？"

"很简单，以其人之道，还治其人之身。"

"我们也弄两个？"

大师轻轻一拍巴掌，表示同意，示意走人。

他把车开走，送大师回家。路上，大师谆谆告诫他，要想避祸，尽快请两只石狮镇守，尺寸要超过对方。石狮应该一雄一雌成对摆放，而且摆放是有规矩的，一般都是左雄右雌，符合中国传统男左女右的阴阳哲学。放在门口左侧的雄狮一般都雕成右前爪玩弄绣球或者两前爪之间放一个绣球，门口右侧雌狮则雕成左前爪抚摸幼狮或者两前爪之间卧一幼狮，石狮子在大门两侧的摆放都是以人从大门里出来的方向为参照，当人从大门里出来时，雄狮应该在人的左侧，而雌狮则是在人的右侧。而从门外进入时，则刚好相反。在大门口再摆两尊巨形石狮，大门内的左龙右虎两块神石，才不被对方的石狮压制。大师还交代，每月农历十五号，要按时给石狮洗目，用清水调和盐巴，擦洗石狮子眼睛，寓意看清小人，明辨善恶，招财进宝，除恶扬善，镇宅避邪，化煞挡灾，护佑平安。

把黄大师送到家，天已黑，告辞时，大师一直盯着他，搞得他心里发毛。大师微微一笑，突然说道："贤弟，你的贵人，快要出现了。"

他猛地一愣："贵人？什么贵人？……大师，谁是我的贵人？"

大师不再说啥，再次微微一笑，捻一下胡须，扭头缓缓进了府第，大铁门从里面徐徐关上了。他抬头仰视夜幕下的黄家宅第，看到四合院上空黄光交相辉映，气流涌动，不由肃然起敬。

黄大师真名黄宾虚，据说他原先是个江湖郎中，走南闯北给人看病，擅长给女人打胎，后来治死了人，坐了几年牢，出来后在盘龙山上的寺庙里打杂。一次上山采药，被一条大花蛇缠住，昏迷了七天，气绝身亡，寺院里的人用一口薄棺草草掩埋他，想不到刚把坟头垒好，地底下传来敲打棺材的声音，人们急忙又挖开坟头，打开棺材，竟然发现他在里面坐着，双目放光，口吐黑血，头上冒热气。人们当即吓跑了，他一个人摇摇晃晃下了山，不知去向。几年后，他又回到盘龙镇，这时他已是个江湖术士，有几个徒弟身前身后百般效劳。都说那大花蛇是天上的龙，相中了他，给他开了天眼，如果他能活下来，就是天底下一等一的方士，结果他熬过七天，活了下来，便成了神人——人间的神，神间的人。此后他给人看相算命，兼看风水，私底下的名声越搞越大，找他的人，官员居多，北京、上海、广州都常有人过来，使他越发神秘莫测。有了钱，他在盘龙山南坡盖了两进的四合院落，黄墙绿瓦，飞檐走壁，甚是气派。看上去他五十多岁，但是他的徒弟说，大师今年快八十了。

五年前，孟广俊第一次前来拜访黄大师，和七个访客坐在接待室排队等候，黄大师走进屋，三角眼炯炯有神，扫一眼众人，突然抬脚朝孟广俊走来，然后止步，上下打量他，弄得孟广俊浑身发毛。大师突然朝他作了个揖，说："贵客不像是肉身凡胎，日后定有大出息，龙城小地方盛不下你。你若不信，十五年后，再来验证。"

黄大师的话让孟广俊好一阵子心旌摇动。大师的话不可以全信，也不可以不信，他那时只是个团级干部，对自己的未来虽充满信心，但对以后到底怎么样，谁也不能打保票，只能走一步看一步。后来他负责搞营建，每有重大建筑工程上马，开工封顶之类的日期，他都想着过来请大师给选个黄道吉日，基地北门的左龙右虎，就是大师给出的建议。说也怪，他在营区大拆大建，工程量惊人，从来没出过事，没死过一个人，甚至没伤过一个人，所有工程都很顺利。他认为，这其中必有黄大师的功劳。

第二天，孟广俊就把黄大师的建议向江部长做了汇报。江部长沉思一阵，说："这种事，不可不信，不可全信。"

孟广俊说："信了没坏处，部长，我是这么认为的。"

江部长点点头："现在是非常时期，不妨信他一次。"

江部长找机会带孟广俊去见李司令、董政委，提出了北门摆两个石狮子的建议。李司令想得比较远，说："我们是军事单位，搞这个合适吗？"

孟广俊说："北京不少军事单位，而且是大单位，门口都摆着这个。"随即说出了几个单位的名称，都是赫赫有名的高级军事机关。

董政委想得细，说："人家那都是古建筑，是历史遗留的，我们新搞这个，好吗？"

孟广俊说："管它老和新，只要它们能有，我们也可以有，上级又没发文不让搞这个。"

最后，李司令、董政委均表示，请他们看着办，基地不支持，也不反对。

他们理解首长话里的意思，不反对就是支持。回到办公室，把营房处长叫来，进一步商量这事。接替孟广俊的营房处卢处长，是从军需处副处长位置上升迁过来的，孟广俊很有些瞧不上他，主要是这人没本事——缺乏从上面要钱的本事。维持一个大基地的营建工作，到处需要花钱，日常经费远远不够，大量经费靠从上面讨要，你没有本事要来钱，就是能力水平不够，你就是不称职。果然，一说弄石狮子，卢处长马上就哭穷，说没钱，前几年搞营建欠的账，窟窿到现在都没堵上，天天有人跑他办公室要账，搞得他一上班头就大。这话一出，孟广俊就不高兴，显然是指他欠债，把烂摊子丢给继任者。你想想，哪个前任不是这样？孟广俊刚当营房处长时，欠债一大堆，还不都是他想办法还的？

江部长问孟广俊，弄两个大号石狮子，得多少钱？

孟广俊出去打电话，找到黄大师推荐的一个建材商，对方估了估，说市委的那两个就是他做的，上等的花岗岩，石质绝对一流，雕刻工艺精美，当时是八十万，尺寸比例如果再大一号，至少九十万。孟广俊回到江部长办公室，把数字一说，卢处长脸马上就绿了，说九十万，我得干多少事？弄两块石头摆那儿，不伦不类，不顶吃不顶喝，他现在拿不出这个钱，除非上级拨款，或者从基地机动经费里面出。江部长当下就发了火，拍了桌子，说："一说办事你就哭穷，人家老孟在你这位置上时，什么时候不是痛痛快快，什么时候讲过价钱？啊？"

卢处长吓得不敢吭声。孟广俊表示，这个钱他想办法，他去求爷爷告奶奶，到上头去要，营房处先想办法垫支。江部长生气地挥挥手，卢处长赶紧躲出去了。

江部长余怒未消，说："后勤部要有两个你这样能干的，我这个部长就省心多了。妈的，一群废物！"

二

忙完石狮子的事，孟广俊决定进一趟京，就一个任务——要钱。这事并不新鲜，轻车熟路，前几年当营房处长，他每年都要进京要钱，有时一年去几次，每一次都有斩获，只是多少而已。

总部各业务口，每年都有自己管控的经费。这些经费，一部分按照规定数额，照常发放到下面，同时还会预留一部分机动经费，这些钱每年也都要花完的，就看给谁花了，一般情况下，谁会要，谁就能多得。就好比一座大水库，每年要开闸放到下边的支流一部分水，然后闸门关上，下边的人，谁有本事搞到项目，或者是找到名目，或者是找准关系，谁就能再从水库抽走一些水。年底，水库的水总是要放光的。同样，对于基地的下属单位来讲，基地就是一座小一号的水库，往上要钱的方式方法和过程，大抵相同。

作为下边业务部门的干部，会不会要钱，有没有本事从上面要到钱，是衡量个人能力的一个重要条件，你能要到钱，领导一准会喜欢你，夸奖你。招财进宝，谁不高兴？

孟广俊看出来了，他不出马，营区建设留下的窟窿很难堵上，老是寅吃卯粮，也不是个办法。有钱男子汉，没钱汉子难，手头没有钱，当领导的，睡觉都不踏实，谁知道什么时候冒出个花钱的地方来？就像这次突然搞这两个石狮子，你做梦都想不到。

当然，他还有一个小小的虚荣心，就是自己当上副部长后，也想露一手给部里的人看看。但话又说回来，他这么做，也是有风险的，谁能保证他能要到钱？要不到钱，空着手回来，脸往哪搁？现在要钱越来越难，真是要钱如吃屎，花钱如拉稀，不去要，你不甘心；去要，像是去吃屎。不了解情况的人，觉得你很牛，其实呢，那是光看到贼吃肉，没看到贼挨打，个中滋味唯有自己清楚。

衡量一番，他还是决定去。不去则罢，去了，一定得满载而归才行。这是他给自己下的死命令。

行动之前，他先打电话侧面了解过，最近上头风声不太紧，没有搞财务大检查、大审计方面的动作，他熟悉的几个人也都在京，似乎万事俱备，只欠东风了。以前进京要钱，备足礼品那是必须的，这次他不准备带了，一是没什么新鲜东西，无非是带点海参鱼翅冬虫夏草，这些东西人家并不缺，不如来点实惠的，到北京再说吧。

动身时间定了，飞机票买好了，给北京方面的熟人也打过招呼了，他还是觉得少点东西，心里空落落的，感觉不踏实，是什么，又说不清。傍晚，他推掉了一个饭局，在家随便垫巴点东西填填肚子，就下楼到院子里溜达，琢磨到北京后遇到的各种情况，以及排除困难的各种对策。这是他的一贯作风，不打无把握之仗。

溜达一阵，天就黑了，小风一吹，身上舒服了，蚊子也出来了，出其不意咬了他脖后颈一口，痒得他心烦，打算回家去，早点洗洗睡，如果来情绪，还可以顺便和刘娜亲热一回，上次亲热，他都记不清什么年月了，自从走上仕途之路，人的性欲就好像明显往下降，主要是太忙，太累，压力太大，情绪不高，性趣渐淡。他正挠着后脖颈往家的方向走，突然，身后传来一阵清脆的高跟鞋落地的声音，这样清脆的、有节奏的声音，不是一般女人发出来的，一定是个有着健美长腿、婀娜身姿的年轻女性发出来的。紧接着，他闻到了一股沁人肺腑的清香，这香味也不是一般女人发出来的，一定是个高雅的、有情调的、让男人着迷的女人发出来的。

他不由放慢了脚步。

他不好意思回头看。

他已经猜出是谁了，基地只有她，能发出这样的声音和气味，能有这样的气场，让男人拔不动腿。

"孟部长，您好。"身后传来甜甜的、圆润的、轻吟一般的声音。

对方主动打了招呼，孟广俊便赶紧掉转身子，面对款款走近的她，大方地说："徐晖你好。"

徐晖是基地电视台的播音员，很多男干部私下说，她是基地最美的女人，她是基地的一张香艳名片。孟广俊认为，这个总结太对了。现在他们站立的地方离路灯比较远，光线昏暗，但是孟广俊却觉得面前升起了一个小太阳，照亮了他的视野，他看到徐晖明眸皓齿，长发飘飘，腰肢柔软，长腿微颤，仿佛一个天使，突降人间。什么样的女人算好女人？他想，让男人来劲的女人，就是好女人，越是让男人来劲，就越是好女人……他不敢往下想了。

"孟部长，您散步？"

"随便转转。你呢？"

"我也随便转转，不转不知道，一转吓一跳。"

"怎么了？"

"咱们基地大院好美耶，以前怎么没发现呢？"

这是在变相夸孟广俊了。谁不知道，这几年基地大院面貌大变，他是首功一个？

"你是出来的少，老是藏家里怎么行？"

"不对，我是经常外出，你不知道罢了。我今天刚从深圳回来，休了十天假，旅游去了。"

"是吗？我说最近没从电视里看到你。"

"您当领导的，还看我的小节目？"

"那当然，咱基地有了什么大事，新鲜事，从你嘴里说出来，效果就是不一样。"

"谢谢。孟部长，有需要我的地方，您尽管吩咐，小妹一定尽力。"

这话让孟广俊心里一热，比听董政委做报告受用多了。他突然冒出一个念头，说："你明天上班吗？"

"不，我还有五天假没休完。"

"……愿去北京玩吗？"

"……您去北京？"

"明天我去。"孟广俊左右看看，没有人，只有他们两个，心里更放松了些。

"……我去合适吗？"

"……你觉得合适就合适。"

"……你一个人？"

"……加上你，两个。"

"……好吧，我听领导的……"

"我给你买头等舱。"

"真的呀？谢谢了。"

"明天上午九点整，我到你家楼下接你。"

"好的。"

他道了一声"再见"，仿佛怕她变卦似的，赶紧走了。走出好远，听到高跟鞋的声音往别处去了，他心里怦怦跳，不知道自己的这个决定会带来什么，是福是祸？谁知道呢，君子一言，驷马难追，现在想改变，也说不出口了。

回到家，他洗洗上了床。刘娜心领神会，赶紧去洗漱，进到卧室，关了灯，摸黑爬到他身边。她还喷了香水，怪刺鼻的，这香水的气味，跟人家徐晖身上的味道，完全不是一回事，感觉上差别很大，那个软，这个硬，那个沁人肺腑，这个刺鼻难耐。刘娜往他身上靠，他心里想着徐晖，想着明天的事，烦躁地推一下刘娜，说明天要出差，今晚早点睡。刘娜生气地转过身子，甩给他一个后背。不一会，他似乎睡着了，其实一直没睡死，脑子里涌出乱七八糟的念头，不知下一步会有个什么结局，但他感觉到，带徐晖去，一定是有利的，他一定是不虚此行的。想到这里，心里踏实了些，迷迷糊糊睡着了。

第二天上午，他没让司机送，怕司机看到他带徐晖一起走，说出去别人误解。他亲自开车，拐到七号楼接徐晖。八点五十九分，车子到了七号楼下，他正要打电话，就见徐晖提着个精致的紫色小皮箱出了楼门。她戴着墨镜，长发束在脑后，穿着藏青色的风衣，白色裤子，黑色的半高跟皮鞋，显得干练利落，和昨晚见到的她，完全不是一个风格。他的车刚停稳，她就动作麻利把小皮箱丢到后座上,然后飞快地坐到副驾驶位置上,像个训练有素的女军人。仿佛有默契,他们俩相视一笑。他前后左右看看,确认没人注意到他们,不由松了口气。

车子从东门驶出了营区。

出了营区,就像鸟儿飞上天空,鱼儿游进大海,一切自由了。

三

到了龙城国际机场,孟广俊把车停好。军车有个好处,可以随便停,不收费,所以有时坐飞机去外地,时间短的话,他们习惯把车扔这儿,回来时开上回家,免得司机接送。二人拖着行李箱进了大厅,徐晖吸引了不少男人垂涎欲滴的目光。孟广俊的票已提前买过,他需要给徐晖买一张同航班的机票,他昨晚答应徐晖,给她买头等舱,到了国航柜台前,当他提出买头等舱时,徐晖却不同意,说:"算了,我们买一样的,给公家省点吧。"

这让孟广俊微微的感动,她能想着给公家省点,这个女孩多懂事啊。

十一点,飞机起飞了,二人座位靠在一起,这么好的机会,可以单独交流,孟广俊却不知说什么好,嘴笨得有点哆嗦,舌头发木,嗓子发干,喉咙发紧。徐晖似乎昨晚没睡好,眼圈有点发灰,交谈的兴趣也不大,一会儿工夫,她就闭上眼睛,像是睡着了。

她原是巩河县电视台的播音员,第一师就驻扎在她的家乡巩河县,两年前,北京总部机关来了个少将部长,到一师检查工作,晚上偶尔打开电视机,正赶上徐晖出镜主持节目。部长对陪同他的王仁天司令说,中央台又换主持人了。王司令说,你看错了,这是巩河县电视频道。部长一愣,仔细一看,还真是巩河县电视台,就说,这个播音员,就这气质,拿到中央台,都不算差的,这么好的条件,放这儿,可惜了。王司令说,这个女孩名叫徐晖,我们一师的干部战士都喜欢她的节目,在这儿,巩河县电视台收视率比任何电视台都高。部长就说,你们基地不是有电视台吗?怎么不挖过来?王司令说,特招入伍,要总部批,很麻烦,很费劲,也有人提过这事,叫我给否了。

第二天,一师安排了一场活动,由巩河县县长带队,来部队慰问,来的人里面,有歌唱演员,有说相声的,有会武术的,还有一个人,就是徐晖,她来主持节目。慰问演出很成功,孟广俊当时陪同王司令等领导,在一师接待北京来的少将部长一行,参加了全程活动。晚上喝酒时,徐晖被安排到主桌,酒酣耳热之际,部长突然问,小徐,喜欢穿军装吗?徐晖说,当然喜欢,但是家里没有关系,要不早穿上了,上省艺术学院时有机会,让别人顶了。部长说,像你这样的优秀青年愿意参军,部队应该欢迎。在场的县长赶紧反对,说小徐不能走,她一走,我们电视台就黄了。部长说,我是说说而已,都别当真。

传说以后就是徐晖和部长单独联系了。没多久,徐晖就特招入伍来到基地当播音员兼主持人,因为基地电视台没有正式编制,人员都是兼职,她的命令下到通信团当工程师。她一来,基地电视台收视率一路攀升,一个人带活了一个电视台。后来又有传说她只是在基地过渡一下,将来要到北京去,到某电视台军事栏目当播音员、主持人,眼下想进入那里的女主持人太多,还要等一等。

在基地人眼里,她始终很神秘,被认为手眼通天。她不到三十岁,少校军衔,单身,开一辆价值五十多万的宝马,挂军牌,除了在电视上看到她,平时基本看不到她。

去年的一天,孟广俊到财务处结算中心办事,遇到徐晖在和一个财务助理较劲。徐晖去了一趟深圳,说是去开会,坐飞机去的,电视台领导也签字了,但是财务助理不给她报,说她级别不够,按规定师以上干部才能报飞机票，只能给她报火车票，而且还只能是按硬卧标准，还说她住宿费也严重超标准，只能按规定报其中一小部分。徐晖不干了，和财务助理在那争，引起一些人围观。越争对她越不利，因为她明显违反规定，这事只能私下办，嚷嚷开了，就不好办了。其实她并不缺钱，事情到这份上，她要的是面子。孟广俊见状，说正好有事麻烦她，请她来一趟他办公室。他巧妙地给徐晖解了围，到了他办公室，他说，你把票留下，我给你报。徐晖说算了，我不过是争一口气。他说，报了才叫争气，报不了叫憋气。后来，孟广俊真给她报了，当然不是拿到财务处报的，而是用营房处小金库里的钱给她报的。孟广俊派一个助理给她送去一个信封，她打回电话，说，非常感谢孟处长，以后需要小妹帮忙，一定尽力。

也许就因为这么点小事，这个基地最美丽的女人愿意陪他进京办事。她一路睡觉，阵阵幽香钻进孟广俊鼻孔，让他如在天堂，感觉身边的女人越发神秘。

徐晖终于醒了，飞机也落地了。

考虑到带徐晖过来，孟广俊没有从基地驻北京办事处要车接站，而是从首都国际机场打了一辆出租车，直接开到东三环的燕莎友谊商城，二人下车，进入商店，他动作麻利地到总台买了四张各两万元的购物卡，心里想着应该给徐晖买件礼物，问她喜欢什么。她笑一笑，摆手拒绝了。他心想，等事成之后再感谢她吧。往外走时，她放慢脚步，无意中盯着一款LV手包看了两眼。孟广俊看在了眼里。

出了商店，孟广俊把旅行包放下，让她看着，说是还有点事。他飞快地上楼，买下了那款令徐晖驻足的LV包，价格也真够贵，在孟广俊眼里，不如个二百块钱的牛皮包值钱，这玩意却需要一万多，顶他一个副师职干部快半年的工资。这家店是高档店，一是东西好，二是东西贵，来这儿的男人，要么给吓跑，不敢再来，要么激发你挣钱的欲望，回去努力奋斗。他拿着包下楼，把包藏在背后，走到徐晖面前，突然拿出来，放到她手上。她愣了，不知该不该接。他说："这是给你的，希望你喜欢。"

"谢谢孟哥。"她接过，那一瞬间，眼圈竟然红了红。

一个LV包就能够打动一个绝色女子的芳心，孟广俊想，物质的能量，可以大到无边，世界就是物质构成的，谁也不能忽视物质的力量，物质才能让男人昂得起头来。

下午在宾馆小小休息了一下，六点整，孟广俊和徐晖出现在离总部大院不远的朝晖国际大酒店，他和她并排而行，穿着半高跟鞋的她，高出他半个头，令人侧目。服务员把他们带到了朝霞厅，他有条不紊地点菜，等待贵客到来。

这个聚会的场所，是郎征指定的。当年那个三十岁左右的小助理，那个受到王司令、杨政委亲自接机待遇的年轻人，现在已经成长为部门的小组长，官不大，权无边，就因为一场隆重的、超乎常规的接待，孟广俊和郎征成了铁哥们儿，彼此照应，互通有无。

在北京求人办事请客，最好由被请者指定地方，如果你定个地方，请人家过来，人家也许会不高兴，北京太大，你定的这个地方大老远的，人家怎么过来？所以最好由被请者指定个他熟悉、离他家又近的地方，你颠颠跑过去侍候。今天孟广俊请客的地方，就是他请郎征预订的。

六点半一过，郎征先到。见到换了一身晚服的徐晖，郎征眼珠子都发直了。他和即将赶到的张局、王局、赵局一样，都没见过徐晖，但是一定都听说过她的芳名，A基地电视台有个大美女，总部机关很多人都知道，当然这些人都不知道，是谁把徐晖办到部队的。这个秘密只有极个别人知道，众人关于徐晖的一切的说法，不过都是猜测而已。

七点钟时，四个重要客人都到齐了，张局是正局长，他是最后一个到的。他们无一例外地对徐晖到来感到惊讶，这是他们绝对想不到的，这也因此使他们不敢小瞧孟广俊的能耐。趁张局、王局、赵局三人和徐晖交谈，孟广俊把四张购物卡塞进郎征上衣口袋。郎征心领神会，冲孟广俊挤一下眼睛，表示他会送到每个人手上。

菜陆续上来，菜品质量都是上等的，点的酒是53度飞天茅台，为了面子，孟广俊没有从外面带酒进来。服务员把酒打开，依主宾次序给每人斟酒。徐晖既然来了，就得喝酒，她谦虚了一下，说是不能喝，遭到那四个人的猛烈批评。徐晖说："我顶多喝二两。"张局说："你先倒满，你喝不了我替你。"

每个人面前一个分酒器，一个小杯子。仿佛为了鼓励徐晖喝酒，张局说："我实话实说，孟副部长是代表基地来要经费的，我心里边打好的谱是，给拨一百万。今天小徐来了，我们兄弟高兴，我提议，由这一百万垫底，然后小徐每喝一杯，"他拿起面前的小杯子，"就这个小杯子，三钱三的，三杯一两——小徐每喝一杯，郎征你给记上，我另加五万。"

王局、赵局和郎征起哄、鼓掌，说这个主意好。孟广俊看着徐晖，请她表态。她微微一笑，说："张局太小气了，我顶多喝个十杯八杯，你一杯加五万，不过加个四五十万，这点钱，你好意思往外掏呀？"

王局、赵局和郎征起哄，纷纷说："张局，你就大方点，再加点。"

"加多少？"张局征询大家意见。

"最少十万！"徐晖说，"要不我不喝。"

张局有点犹豫。有道是，酒桌子上怕四种人：秃脑盖儿的，吃药片儿的，勤小便的，梳小辫儿的（女人），徐晖说只能喝个二三两，她要是喝半斤，怎么办？喝半斤的女人有的是；又一想，半斤也不过是十五杯，十五杯不过是一百五十万，也没啥。于是，他一拍桌子，豪爽地说："好，十万就十万！"

众人热烈鼓掌，大声叫好。

张局转向孟广俊："老孟，咱得说好，就按这个规矩。"

孟广俊说:"一言为定!"

晚宴开始,孟广俊做开场白,首先说了几句感谢的话。张局迫不及待想喝酒,说:"都是自己人,少来虚的,喝酒!"众人响应,一起举杯,只不过徐晖每喝一杯,郎征都给她记上,为了保证不出错,张局吩咐,王局负责监督,绝对不能记错,一杯酒值十万哪;另外,赵局负责给徐晖倒酒,保证倒满,大家都一样,喝一杯是一杯,酒品就是人品,谁也不能偷奸耍滑。

有美女在,又有个悬念在——人们想看看,徐晖到底能喝几杯——这样的晚宴,气氛好得不能再好。徐晖陪喝了五六杯,就推说头有点晕。孟广俊心下惴惴,暗中焦急,他把徐晖叫来,就是想让她好好陪酒,哄领导们开心,多拨点钱。看她这样子,喝半斤都有点悬。她就是不来,凭他的人脉,也能要个两三百万,她来了,反而添了乱,孟广俊都有点后悔带她来了。又喝了两杯,徐晖脸也红了,头发也有点乱,虽说是艳若桃李,风情万种的样子,别人有心欣赏,孟广俊心下却乱了。这叫什么?这叫赔了夫人又折兵,她不但没为他争到脸面,争到更多的经费,反而要坏事,他现在愈发的后悔,但又不能表现出来,只能自己不停地给四人敬酒,说一些感谢的车轱辘话,为的是让徐晖多休息一会儿。

徐晖看上去真的不胜酒力,有些摇晃,而这时候她一共才喝了十杯。她解释说:"好久没喝了,酒力下降了。"孟广俊敢于带她来,就是因为听说她有酒量,而且孟广俊亲眼所见,一次搞活动,她去给基地首长敬酒,三两三的杯子,她一口气灌下三杯特供茅台,举座皆惊。但他不知道,她并不轻易喝酒,女人老喝酒,会被人认为不正经,尤其是喝酒影响容颜。这是她酒量不稳定,酒力难以保持的主要原因。

徐晖喝了十杯之后,张局认为结果很好,她为基地挣了一百万,双方都该满意了。孟广俊心里拔凉拔凉的,他很不满意。

张局让徐晖到沙发上躺一躺，兄弟们继续喝。徐晖过去躺了，好像马上就睡着了，脸侧身朝外，头发半盖了脸庞，隐隐的露出了肚脐，露出光滑的小腿，还有神秘莫测的乳沟……五个男人，除了孟广俊，那四人都有意无意地往她身上瞅一眼，端起酒杯，个个情绪高昂。孟广俊很快想通了，今晚已不是钱的事情，而是又加深了兄弟情谊，徐晖能来，兄弟们高兴，这个比钱值钱。他不再想钱的事，专心陪四人喝酒。五人里面，他酒量最大，徐晖不过小睡了十几分钟，这期间他直接用能盛三两的分酒器打圈敬酒，一圈下来，三瓶酒已经见了底。

很快，徐晖醒了，坐起来。她脸色恢复了正常，说："我还能喝吗？"

所有人都说，当然可以，看你了。

徐晖落落大方坐下，和刚才完全换了个人，给人感觉，女人变化就是快，像天上的云似的，不停地变幻，让人捉摸不定。

她开始敬酒，当然得让郎征记数，一杯不能乱。她给每人敬六杯，敬下来就是三十杯，敬到后来，五个男人都不行了，她就自己喝，喝得男人们都直了眼睛。喝到五十杯时，孟广俊见张局脸色涨成猪肝色，王局、赵局也都蔫了，知道该收场了，示意徐晖打住。

徐晖成了这一晚的女神。

这一晚，她挣到了五百万，加上垫底的那一百万，孟广俊拿到手六百万，可以高高兴兴回去交差了。

回到住宿的宾馆时，徐晖几乎快要虚脱了，孟广俊心中无比的感动，搀着她走路，感觉像小时候搀着自己的亲妹妹。她到卫生间呕吐了两次，孟广俊给她端水漱口，她说，吐出来就没事了，请他放心。孟广俊激动地表态说："回去我要报告基地首长，年底给你立个功，我还要奖励你十万。"

吐过两次，她清醒多了，说："这事你怎么报告啊？说出去多难听啊？孟哥，我什么都不要，就当我为咱基地、为你，出一份力吧。"

一句话，几乎让孟广俊落泪。人都说最难缠的不是美女，是美女蛇。此前他曾想过，她会是个美女蛇吗？沾上就会使人身败名裂。现在看，她很善良，很懂事，难怪少将部长一眼看上她。他突然想起黄大师不久前说过的话：他生命中的贵人就要出现了。

难道徐晖就是自己生命中的大贵人吗？

想到这里，孟广俊不由一阵眩晕。时间很晚了，他叮嘱她好好休息，然后告辞出来，回到自己房间，酒劲上来，头疼得厉害，顾不上洗漱，倒下就睡去。

第二天，孟广俊打算回龙城，徐晖说，她的假期还不到，她要留下玩几天，想去爬爬长城，逛逛颐和园。他说，这是必须的，你随便玩吧，我不能陪你了，所有花费回去我给你报。他塞给她一个装有两万元的信封，直接去了机场。

上了飞机，他突然想到，她留下，是为了和少将部长约会吗？想到这里，不觉一阵心尖子疼，仿佛被人挖去一块心头肉。自己什么时候有能力把她办进某电视台军事栏目就好了，她现在最大的心病就是进京，他看出来了。

他希望自己将来有机会帮她实现梦想。

四

初春的一天，张望所在连队的指导员李全来到布小朋办公室，是罗大海把他领进来的。李全汇报了一下张望的情况，说他当上了三班的班长，在刚刚进行完的冬季某型号新武器训练中，三班表现不错，一次营里组织的演习中，张望左手还受了点轻伤，现在已经痊愈，请布副师长不要惦念。李全的话提醒布小朋，转眼一年过去了，日子过得好快。

说罢,李全拿出一个信封,打开,露出一捆钱。布小朋说:"这是干什么?"

李全说:"这是张望攒下的钱,他攒了一年,把借我们的都还清了。他说他转士官,不能让公家垫钱,现在他有工资了,应该还给公家。这是五千。"

布小朋拿起那捆旧钱,看到大部分是百元的,还有一些面额五十元、二十元和十元的。沉默片刻,对李全说:"张望这么做是对的,他是个好兵,我终于信了。但这个钱,你还是拿回去交给他,他是个苦孩子,攒点钱不容易,以后用得着。"

李全说:"他不会要的。布副师长,还是还给公家吧。"

愣了好一阵,布小朋终于点点头,对罗大海说:"把这个钱交回财务吧。"

罗大海带李全出去了,布小朋心里很不平静,一个朴素的战士,能做到这点,谁教育他的?或许没人教育他,但他本质善良,有恩必报,想想我们有些干部,天天受教育,甚至天天给别人上课,做的又怎么样呢?位子、房子、车子、票子,哪一样都要,连一个战士都不如。这样的干部,怎样去教育别人?你在台上说的,人家信吗?

心中感慨一番,正要看一份文件,又有人敲门,进来的是干部科长周涛。他以为周涛找他批经费,琢磨着应对之策,周涛却说,他是为牛得宝的事情来的。

"牛得宝怎么了?"

"他今年报考军校,我都安排好了。"

"他考不上的,我心里有数,他都考过两回了,不要再浪费考学名额了,如果来得及,把名额给别人。"

"前两次没考上,怪我们没操作好。我做个检讨……"

"……操作?怎么个操作?"

"……我们负责和监考人员通融好,在牛得宝前后左右安排几个学习好的兵，由他们帮他做点题。这个请您放心，绝对不会出问题，以前这么操作过。"

布小朋愣着，久久地愣着。他和邱梅眼下最大的心病，就是牛得宝的事，他不能总当一个士兵，他提了干，那就一劳永逸，再也不用考虑回原籍了。牛得宝的父亲牛奔，自布花去世后，又找了个女人过日子，牛得宝烦死了他爸，发誓不再回老家。

现在，可能是最好的、也是最后的机会了。姐姐布花临终前的嘱托，布小朋历历在目，他不想对不起姐姐，不论用什么办法，都得把牛牛留下，一劳永逸，永远地留，和他一样，再也不用回老家，把那个后路永远切断，一往无前地向前走……

周涛耐心地站在那里，等他发话。

他咬咬牙，点了点头。

周涛会心地一笑，轻轻走了出去，带上了门。

周末，布小朋没有回龙城，他换上便衣，由罗大海陪着，随便在县城走走看看，不知不觉，又走到了位于城边上的四团营区。既然到了四团门口，那就进去看看吧。进了营门，三转两转，竟然转到了二营的宿舍楼门口。布小朋问："张望就在这吧？"

罗大海说："对。他在三连。"

"进去看看。"布小朋往前走去。

"我给三连值班室打个电话。"罗大海掏出手机。

"不用了，大礼拜天的，最好别惊动连队干部。"

门口值班室的战士认识罗大海，见罗科长过来，马上要跑去报告领导，罗大海示意他不要动。二人打听到三班的宿舍，推门而入。张望正在补衣服，飞针走线蛮像那么回事，屋里还有几个兵，各忙各的。张望一抬头看到布小朋、罗大海，猛地愣了一下，认出是谁来了，激动地站起来，喊了一声："立正！"

五六个兵赶紧起身，立正站好。

张望向布小朋报告，说三班今天休息，自由活动，请首长指示。布小朋请他们稍息，不要拘谨，该干啥干啥。布小朋扫了一眼三班的内务，看到内务保持得不错，找个马扎坐下了。

众人也都坐下来，不知师首长来干什么，均心中惴惴，大气也不敢出。布小朋问了问三班的情况，几个人，家都是哪里的，有什么困难等等。张望一一做了回答。但是布小朋听着听着，发现了问题。张望说，他们班编制十二个人，平时只有十一个人在。

"那一个人呢？"

张望看来也不甚清楚，他摇摇头。罗大海给他使眼色，想提醒他不要乱说，但是张望有些紧张，光盯着布小朋，没看到罗大海的提醒。

"你当班长的，少了个兵，你不清楚？"

张望想了想，说："我班花名册上有这个兵，叫胡新，入伍两年多了，从来没来过，我都不认识他。"

布小朋用狐疑的眼神看着罗大海。罗大海只好硬着头皮说："布副师长，这个胡新是胡德强的儿子。"

"……胡德强是谁？"

"蓝海宾馆的老总呀。"

布小朋一下想起来了，就是老胡，平时老胡老胡说惯了，竟然忘了人家的大名。老胡曾经是孟广俊的"恩师"，当年几番帮助孟广俊，他前期一直在基地首长就餐的小灶、一所和管理处工作，四星级的蓝海宾馆建成后，调到那里当了老总。蓝海宾馆的头头，按规定只能配个正团职干部，但老胡搞了个高级工程师的职称，现在是技术七级，相当于副师，以后还可以调六级、五级，领正师、副军的工资。

布小朋问罗大海："他儿子怎么不来，干什么去了？"

罗大海看一眼屋里的战士，布小朋知道他不便说，就没再坚持问。不大一会，李全和连长得到值班员报告，赶来了，又过了一会，营长和教导员也跑步来到。布小朋责怪："不让告诉你们，值班员还是报告了，我就是来转转。"

众人上到二楼，来到营部说话。在布小朋追问下，罗大海只好讲了实情。胡德强的儿子胡新，前年办了入伍手续，人却一直没来部队，住在龙城家里补习功课，就等着七月初来部队参加军校招生考试。

"他是个兵，领着津贴，领着服装，却不来尽一天义务，连队都没人认识他，这叫什么事？"布小朋简直气蒙了。

接下来，更令他吃惊的是，罗大海告诉他，全师像这种情况，有二十一个。

"全基地呢？"

"只有军务处知道……能少得了吗？"

"都是男兵？"

"也有女兵，但少。"

要是过去在国民党的部队，这叫吃空饷，当然，得饷银的是长官。现在，得好处的是挂名当兵的士兵及其家长，看起来还是进步了。这些人挂着空名，从不露头，躲在城市里学文化，为的是参加军校考试，而那些没有关系报考军校的士兵，只能训练之余，用业余时间复习功课。军校招生，就那么几个名额，最终的结局，可想而知。

还有作弊的呢？想起干部科长周涛说过的"操作"，布小朋一阵寒意袭身，尽管现在是阳春三月。

回到办公室，他让罗大海把那二十一个吃空饷的名单报上来。罗大海迟迟不报，他火了，拍着桌子说："你怕什么？"

罗大海说："反正我副团到头了，我倒是什么都不怕，副师长，你得好好考虑考虑。"

"你不怕，难道我就怕吗？"

"你和我不一样。"

"有什么不一样?"

"你爬到副师不容易,再往上拱一拱,就离将军不远了,我们小干部,无所谓了。"

"……你先把名单拿来,我看一下行不行?"

尽管很不情愿,罗大海还是把名单拿给了布小朋。名单后面,注上了每个人父亲的姓名、职务。布小朋扫了一眼,顿时吸了口冷气,感觉这张薄纸烫他的手。这二十一个人,父亲都大有来头,大部分是基地机关的副师职、正团职现任领导,好几个还和他很熟,有三个和他住同一个楼,还有几个人的父亲在龙城市核心部门工作,官职也是处级以上。

现在他有点后悔拿到这个名单。既然拿到了,就退不回去了。他拿着名单去找吴师长、丁政委,这两人都是去年接任的师长、政委。吴师长眉头皱了皱,点上一支烟,说:"这种情况不光我们师有,其他单位应该也会有。基地如果有要求,我们坚决清理,一个不少地叫回来参加训练。基地有要求吗?"

布小朋说:"没有。"

吴师长说:"其他单位,有动作吗?"

布小朋说:"好像没有。"

吴师长说:"人家都不动,我们瞎动也不好。今年让这批人考试完,过去算了,明年再说,下不为例。丁政委你说呢?"

丁政委说:"我同意师长意见。"

这个结果,是在布小朋意料之中的。二师是新人新班子,新班子最大的特点就是求稳,不想多事。

这事只能先搁下。这二十一个特殊兵成了布小朋的一块心病,他们在,对其他参加军校考试的兵,是极大的不公平;况且他们领着军饷,一天兵不当,躲在城里复习功课,这样的事情如果让老百姓知道，会怎么想？军费就这么糟蹋吗？太恶心人了。布小朋甚至想，以前自己怎么就没想到让牛得宝也用这个办法复习文化课？让他藏在城里，给他报一个复读班，到时候过来参加考试，没准他去年就考上军校了，凭他当财务处长、副师长的能力，是可以做到这个的。

但是他又想，他能这么做吗？他做得出来吗？如果他做这个，他还是以前的自己吗？

很快他了解到，类似这样的特殊兵，在不少部队存在，像这二十一个，猫在家复习功课，算是好的，有些办了入伍手续，人不来部队，而是在家做生意，或者在社会上混，两年后办个复员手续，档案里就多了份从军的经历，其实他一天军装没穿过。军校也有这种情况，某人是某某军校的学员，其实四年时间他一天也没来过，一堂课没上过，四年后，照样有他的毕业证，这辈子他就是军官了。

罗大海感觉布小朋太天真，入伍那么久，又在基地机关工作那么多年，对很多事情不了解。他把这个感受说了出来，布小朋说："我没办过这些事，更不去琢磨这些事，别人也不会给我说这些事，你说我怎么知道这个？其实还不如不知道，知道了，阻止不了，心里更不舒服。"

罗大海说："布副师长，比这邪乎的事多的是，要是天天为这个生气，还不得气死？现在没人管，早晚会有人管。您说呢？"

五

三月下旬，基地组织师团级领导干部理论培训班，人员全部集中到基地大院一所，脱产学习，为期十天，除了周末，任何人不得回家过夜。像这样的理论班，一般每年办两期。布小朋被安排在这一期。他坐车从二师师部赶回基地大院，到一所报到时，遇到了刚当上宣传处长的冉淮。培训班由宣传处承办，冉淮得一直在这盯着。此时的冉淮，看上去意气风发，胡子刮得干干净净，头发梳得溜光水滑。布小朋向他打听夏忧，问夏忧怎么样了。他很不高兴，说："我后悔死了，当初不该拿他做交易。"

"怎么了？"

冉淮倒起了苦水："这个夏忧，看谁都不顺眼，他眼里没一个好人，别人做什么他都看不惯，天天发牢骚讲怪话，嘴上没个把门的，像这样的人，要是在'文革'，早打成反革命了。"

"他都说什么了？"

"他说的太多了。我派他们编辑部的人，来会议上帮忙发材料，他说，现在的机关，好纸变废纸，好人变坏人，人民币变发票。你听听，有这样说话的吗？气得我刚把他打发回去，再也不要来会上。这话传出去，我们宣传处成什么了？"

"他就是这么个人，管不住嘴，他心是好的。"

"心好不好，谁知道啊？领导就看你能不能干，会不会干。他来后，编的稿子，净拣有棱角带刺的，他写的评语，说狠点，全是反动话，就会唱反调。每期稿子，凡他编的，我全给毙，他有意见，找我吵，说我只知道唱赞歌，害基地。你说我要听他的，我这个处长还能待得住吗？布副师长，你想办法把他弄走吧，算我冉淮求你了。"

冉淮义愤填膺的样子，说了一大堆。布小朋答应，办班期间找他做做工作，提醒他一定注意，不能给宣传处抹黑。

报到当天可以回家，邱梅知道他要回来，提早下班，做好了饭。女儿布依上高一，住校，周末才能回家。布依学习成绩一直靠前，让他们两口子很省心。布依很小的时候，邱梅就常给她灌输，将来要靠自己，不能靠父母，靠父母也没有用，父母都是平常人，没靠山，没后台，没什么大出息。这孩子也算听话，不娇气，没傲气，就像小时候的邱梅,很安静,很恬淡,对生活要求不高,从来不要名牌衣服什么的,给她买什么穿什么。邻居们说,有这样的孩子,是你们两口子的造化。

邱梅做了五个菜。下到二师后,布小朋基本两个月回一次家,即使回家,也就住个一两天,邱梅平时一个人在家,吃饭瞎凑合,感觉她瘦了一些。夫妻不常见,唯一的好处就是可以减肥。布小朋惦记夏忧,看到邱梅做了这么多菜,突然想到把夏忧叫来一块吃,但是那个家伙没有手机,没有传呼,办公室电话没人接,他家里又没电话,想找他只有去他宿舍。又一想,好不容易和邱梅一块吃顿饭,就不叫他来掺和了。两人坐下来吃饭,邱梅说,很多妻子讨厌老公喝酒,她倒是希望老公喝点酒。布小朋说,下辈子你找个酒鬼,补回来。二人说笑着吃饭,居然把所有的菜都吃光了,不吃不知道,一吃才知道,肚子能装下这么多东西。

吃罢饭,布小朋还是惦记夏忧,提出去夏忧家看看。邱梅在家收拾碗筷,他一个人去了。敲夏忧 714 房间的门,正好他在家。他可以去一所吃会议餐,他不愿去,在家吃方便面,墙角一堆吃过的方便面盒子。布小朋进屋后没给他好脸子,他感觉到了,问:"冉处长说我什么了吧?"

"你自己应该清楚自个的地位,不要乱说话,好好编你的稿,尤其不要锋芒毕露。抽空琢磨点科研选题。"

"我琢磨选题没有用。谁听我的?我没有条件搞科研。"

"没人让你搞科研,让你搞,你也搞不了。上次你琢磨的那个打卫星之类的设想,我把你写的材料转给技术部门,人家说,这个设想很好,早晚会实现的。这不很好吗?你展开想象,出个题目,至少算是给技术部门一个提醒。在这方面,我真希望你是个疯子,在别的方面,我真希望你是个哑巴。"

"我最近正在瞎想一个。"

"什么内容的?"

"将来要搞高超音速导弹,或者高超音速战机,一小时打遍全球。"

"一小时?这得多快呀?"

"八到十倍音速吧。"

"天哪,这个东西太厉害了……"

"我给冉淮说过,他说我脑子有毛病。"

"他说什么你不要管,你把这个设想写出来,交给我,我给你往上递。另外,我得提醒你,你在冉淮手下,一切都得听他的,不要让他下不来台。"

提到冉淮,夏忧嗤之以鼻。问他为啥对冉淮这么大成见,他说:"他手伸太长,什么好处都想捞。"

"宣传处是清水衙门,没多少油水,你不要瞎说。"

夏忧告诉布小朋,清水衙门不假,但也不是没有油水。每年除了正常经费之外,还有各种会议、演出、体育比赛、重大典型宣传、逢年过节营院布置,等等,都可以打报告要到钱。冉淮的前任就不说了,只说冉淮,拿到经费,他总是尽量少花到正事上,能抠就抠,尽量多节余,留着自己花。他个人买手机,给老婆、孩子买手机,在外面吃饭店,甚至到超市买双袜子、买袋水果,都要开发票报销。他买名牌衣服、家用电器、按摩椅,开的都是办公用品,打印机、电脑配件、复印纸、墨盒之类,每年光墨盒,就要报几十个。开会布置会场,他买个花,就要报销一千多的发票,都是白条子。有空他就出去找发票,也不知他从哪弄来那么多发票,别人私下都叫他发票迷。《先锋》编辑部每年那么点经费,他也要变着法儿沾一点,今天过来送张吃饭发票,明天过来送几张打的票,这样的人,你说我能看他顺眼吗?

布小朋沉默着,他相信夏忧说的都是真的,夏忧和别人的区别在于，别人都是私下里议论，发发牢骚，翻翻白眼，见了冉处长，表面仍是热情有加，脸上带笑，唯有夏忧，一切都写在脸上，冉淮反感他，那是自然。

夏忧说："你最近又帮冉处长搞创收了。"

夏忧说的是，不久前，冉淮申请办培训班的经费，给财务打报告要六十万，财务只给批五十万，冉淮打电话找布小朋，请老班长帮帮忙，给财务处打个招呼，他的理由是，各种费用都涨价，今年五十万肯定不够。布小朋就给接替他的宋处长打了个电话，六十万给批了。夏忧说："在内部招待所办班，五十万都用不完，你帮他搞到六十万，回来把他高兴的，快跳起来了。"

布小朋说："我不了解情况，以后这种情况不会再有了。"

二人又聊了些别的。布小朋看到夏忧仍然一个人独住，劝道："你争取换个房子吧，两口子老不住一块，时间长了，要出问题。"

"我问过，人家说我住的这套房子，够标准了，不准备给调换。"

"我抽空找找老孟，他当副部长，管房子，让他给你调。"

"算了吧，那人我不喜欢。求他干什么？"

"你住这房子，你老婆看样子永远不会进来住的，这样下去，怎么行啊？"

"不怪别人，就怪我那个老婆，典型的小市民，一身毛病。这房子我住两年了，什么时候闹过鬼？我住里面，感觉舒服得很，以前那些传说，全是瞎编的。我住这里，都住出感情来了，让我搬，我也未必搬。"

"你就不怕你老婆跟你离婚？"

"离婚与搬房子没关系。搬出去，该离照样离，道不同，不相为谋。"

"你们多久没见了？"

"我每个礼拜去岳母家看看儿子。有时能见上她。"

"儿子也不愿过来跟你住吗？"

"他要上学，我没有时间照顾，他想过来，我也不同意。"

"他真想过来吗？"

"……他妈天天教育他，说我这个房子闹鬼，孩子当然不敢过来。"

"他们娘俩一次也没来过？"

"是的。"

"你给我说实话，你想换房，我给你找人。到底想不想换？"

"布副师长，你也算中高级干部了吧？你也那么迷信？"

"不是迷信不迷信的问题。作为男人，你得为老婆孩子创造一个好条件，让人家满意。"

"……我们的婚姻，就没基础。真的与房子没关系，你不了解。我们的事，请不要过问了，好不好？"

基地所有人都拿夏忧没办法，他就是个另类，布小朋知道再劝也没用，就不再提这事。接下来，二人交流了一些读书心得，布小朋打个哈欠，看一下表，发现已经十点多，他赶紧告辞回家。

回到家，看到邱梅已经睡了，他简单洗了洗，上了床。平时邱梅一个人在家，睡得早，养成了习惯，雷打不动。他想弄醒她，做点夫妻该做的事，又一想，这回要在大院住十天，还有机会做这个，就没有碰她。

A基地师团职领导干部理论培训班，在一所大会议厅隆重开幕。像往常一样，一上来董方学政委做开班动员，日程主要有集中学习、小组讨论、个人自学、外出参观。头几天抓得紧，几天后，就有点放羊了，尤其是自习时间，布小朋注意到不少人关起门来打麻将、打扑克，晚上吃饭，基本没人，都出去应酬了，一桌一桌的饭菜，摆在那儿没人动。这天布小朋遇到冉淮，把这个情况说了。冉淮一点也不感到奇怪，说："布副师长，你不是第一次参加这种班吧？"

冉淮话里的意思，是布小朋少见多怪。以前布小朋当处长时，每年也参加类似的理论培训班，因为事情多，凡遇到自习时间，大都回机关处理事务了，与会者关起门来打牌，他没遇见过，现在亲眼所见，感到惊愕。他说："你们每年花几十万，都是这么办班的？"

"办班是上级要求，全国全军，各级都得办，不光我们这样。"

"可是很多人并不真学，打牌喝酒，这个班，不是白办了吗？"

"白办也得办。我这是完成任务。布副师长，你又心疼钱了吧？"

"这不光是钱的问题，是糟蹋了钱，没效果。"

"这个钱，必须得花，花出去是对的，省下是不对的。至于效果，我控制不了。我们提了各种各样的要求，你知道的。这些人都是领导干部，他关起门来不学，干别的，我们也没办法，总不能每个房间派个兵监视吧？对不对？"

布小朋意识到，这事全怪冉淮不合适，就换了副口气说："冉处长，咱不说这个了。我倒想问问，办个班你要那么多钱，用得完吗？"

冉淮愣了一下，感觉他给噎住了一样，半天才说："走，我带你去个地方。"

"去哪儿呀？"

"你跟我走就是。"

二人不一会儿到了办公楼，上了三楼。冉淮拿出钥匙打开三楼的一个房间，这是个仓库，里面堆得满满的，一股灰尘扑面而来。冉淮伸手打开门后的灯开关，说："老班长，你好好看看吧。"

布小朋上前一看，全是书，一捆一捆的，堆了一人多高，都没有打开过。冉淮打开一捆，拿出一本递给他，他接过一看，是一本新闻作品集。他不明白冉淮的意思。冉淮说："这里面堆着的，都是这些破玩意，你知道作者是谁吗？"

布小朋摇头。

冉淮说:"全是《子弟兵报》的编辑、主任一级,这些人把自己发在报纸上的豆腐块,合成一本书出版,定价都很高,让下面买。说实话,我真不想买,这些东西毫无价值,没人看。可是不买行吗?我敢得罪吗?基地还想不想上报纸?没办法,我每年得买几万块钱的书,每次还得做出很乐意买的样子。有些从火车站直接拉到废品站当破烂卖了。有人给你寄张发票,有人连张发票都不给,我得自己到市面上搞假发票。还有,下来人采访,晚上要出去活动活动,洗个脚泡个澡啥的,这些钱从哪出?这还没完,报社的、上级部门的、兄弟单位的,逢五一、十一长假,总有人带着老婆孩子,大小姨子丈母娘来龙城玩,我得好吃好喝好招待,这些钱从哪出?正常经费是没有的,你最清楚,我们政工费少得可怜,简直像打发叫花子,办这些事,没有正常经费,又不能打报告要钱,我得从别处挪,从别处抠。不当家不知柴米贵,当了处长,我才知道,没钱一天也过不下去……"

冉淮说到后来,布小朋心里就很有点同情冉淮了,对他的不满消减了大半,他拍拍冉淮肩膀,说:"老弟,你叫我老班长,说明你尊重我。你说了一大堆,我也想对你说两句。"

冉淮说:"老班长,你放开说吧,我听着呢。"

布小朋说:"我们每个人都不是生活在真空里,生活就是这样复杂,有时很难说谁对谁错。以前我管财务,经手的钱无数,但我就掌握一点,不该伸的手,不伸,一旦伸出去,可能就收不住。都说你这里是清水衙门,可能也是,要来点经费不容易,有时为了工作,得应酬,得乱花胡花一点,但还是尽量往正地方用吧,不管将来出什么情况,经得起检查,自己睡觉也踏实。"

冉淮愣在那里,回味着布小朋的话。

布小朋抬腿走出了灰尘弥漫的仓库。

六

在一所吃过晚饭,散步的时候,布小朋三转两转,抬头一看,竟然到了家门口。他看到家里灯亮着,邱梅一定在家,就上了楼,打开门。

邱梅坐在沙发上看电视,头一句就问他:"又出事了,你知道了吗?"

"什么事?"他微微一惊。

"这么大的事你不知道?"邱梅一指电视机。

"什么事呀,你快说。"他在招待所吃过饭就出来了,没看《新闻联播》。邱梅告诉他,在南海,一架美国的侦察机,把我们一架战斗机撞下来了,美国飞机没事,我们飞行员找不到了。

他愣在那里,第一个反应就是,美国人搞到我们家门口来了。如果说两年前炸大使馆离我们还比较远,那么这一次,硝烟味儿飘到我们家门口了。

不一会儿,手机响了,师侦察科长打来的,简单向他通报了一点情况:四月一日,在南海,美国海军 EP-3 型侦察机抵近我方领海侦察,我海军航空兵起飞一架歼 8-II 战斗机拦截,两机不慎相撞,我军机坠海,飞行员王伟失踪。

刚放下手机,家里电话响了,是夏忧打来的。夏忧约他聊聊,问他有没有时间,到办公楼后面的小树林见面。他去了。一见面,夏忧就急着问他,有什么感受?

他想听听夏忧是怎么想的,就没吭声,等夏忧发表感慨。夏忧坐下,说:"我看过一些资料,知道美军长年不停对我国进行抵近侦察,早猜到擦枪走火会出事,果然出了。他们太嚣张,就是因为我们太弱小,欺负你没商量。"

"叫我说,早该打掉他两架,他就不敢来侦察了。"

"谁有这个胆子呀?等你当了军委领导再打吧。不过我告诉你,即使你有这个发号施令的绝对权力,你也不敢。为什么?因为打不过,所以就得躲着,让着。唉,这都怪我们的拳头还不够硬。"

"拳头不硬,嘴巴得硬点。强烈地抗议吧,好让老百姓心里头舒服点,要不太窝心了。"

"抗议最终没用,得尽快把我们的拳头搞硬。好装备是用钱堆起来的,这没错,但是钱再多,花不到正经地方,还是没法雄起。比如,光我们基地,我听说每年接待费,就上千万,全军每年得多少?"

"难以估量。"

"这个先不说。我研究美军,发现他们天天调动、演习,老想着找个茬打一仗,几年不打,心就痒痒。我们的人,在干什么?"

"我们天天训练,但是训练确乏实战性。"

"我们的人,天天想啥?"

"……"

"我觉得,我们的干部,想的最多的,可能是升官、保安全,有的想搞钱;战士想提干,想转士官。就是不思军事,不思打仗。老连长,我说得对吗?"

"……你说的不全对,但是有一定道理。美军想打仗,我们当然不能这么做,我们要和平。但是和平是打出来的,不是守出来的,更不是躲出来的,当年抗美援朝打一仗,中印边境再打一仗,和平了多少年?如果不打呢?可能到现在东北、西南边境都是烽火连连,一天太平日子没法过。不要幻想强敌会送给我们和平。"

夏忧极为赞赏布小朋的话。

回家路上,布小朋回想起夏忧刚说过的话,干部想升官,这不是说他,但是战士想提干这句话,让他想到自己的外甥牛得宝,以及他为牛得宝所存的一介私心。

第二天李达非司令来培训班给大家上辅导课，又讲到中美撞机之事，说虽然这是个偶然事故，但说明我们的国防力量还较弱，没有跟对手掰手腕的实力，还需要几代人的努力，才能迎头赶上去。他要求各单位领导，非常时期管好部队，抓好训练，不要出意外，不要出事故。

散了会，李司令往外走，一干人陪着，布小朋鼓起勇气追上，说有事情跟首长汇报。李司令看了看身边众人，说："下午三点到办公室说，我还有事。"

李司令坐进车里走了。整整一个中午，布小朋都有一点后悔自己的唐突，午饭也没吃好。但事已至此，他只能硬着头皮按点赶过去。三点整，常秘书把他领进司令办公室，司令在批文件，不抬头看他，伸红蓝铅笔一指，意思是请他先坐。他惴惴不安坐下了。片刻后，李司令放下笔，摘下老花镜，说："说吧。"

他就把二师有二十一个特殊兵从不来部队，在家复习等着考军校的事情说了，又把名单递上去。李司令在屋里踱了一会儿步，说："你找常秘书，让他把军务处长给我叫来。"他答应一声往外走，司令又喊住了他，说："你回吧。"

他不明白司令的意思，懵懵懂懂回一所自习。培训班很快结束，众人回到各自单位。南海那边，每日仍是千帆万船出去找人，王伟还是没有找到，全国人民吊着的心，渐渐疲了，没再有人关心这事。其实出去找也是做做样子，那么大的海，一个孤零零的人，到哪去找啊？什么叫大海捞针，这就是，所以不可能捞起。

布小朋一直惦记的却是，他冒险去司令那里一趟，难道又是白去了吗？不觉心中灰灰，情绪低落。

这天，罗大海敲门进来，说："上边有动静了。"

"……动静？什么动静？"

"特殊兵的事。军务处来电话，让各单位清理，限一周之内所有人必须到单位报到,一个不能少。"

他心里一阵快慰,喃喃道:"我就知道,只要首长了解情况,不会不管的……"

许久以后布小朋才知道事情原委。那天下午他离开李司令办公室,司令马上把军务处长叫来,说有个情况,下边反映强烈,让军务处立即在全基地查,这种兵有多少,查实后,统统叫回部队,报名参加考试的,一边训练一边上部队办的复习班。司令说,这些人有不少一天兵没当过,按说他们没有考军校的资格,如果有人不按期回部队,就取消他的考试资格,把名额让给基层一线的战士。

也许是为了保护布小朋,李司令自始至终没透露是布小朋反映的情况,只说是下边反映的。悟到这一层,布小朋内心十分感动。

一周之后,罗大海来报告,全师二十一个兵,都回来了。

布小朋去找吴师长、丁政委汇报这事,两位主官很满意。吴师长说:"很多事情基地出面抓,才有效,这事如果我们抢先干,得罪人不说,阻力会很大,效果也不会好。现在基地领导要求抓,别人就怪不得我们了。"

丁政委感慨道:"身处逆境的时候,要学会忍耐,想干一件事情的时候,也得观望一下,忍耐一下再出手。当前我们在国际上,也是这样,不出头,先忍耐,闷头低调搞建设。枪打出头鸟,这也是中国传统文化的智慧啊。"

布小朋不想再听两位主官谈心得,借故出来了。他拐到三楼周涛的办公室。周涛这阵子最忙的就是战士考学之事,不断有人来找他,当然来找他的不是战士,而是战士的家长或者亲戚,他们总认为考试可以作弊,认为干部科有办法,追着周涛给想招。周涛苦口婆心告诉他们,监考很严,以前还好说些,一年比一年严,真的没有办法。

见副师长来了,周涛急忙把一对夫妻送走,关上门说:"牛得宝的事，一定会安排好，请首长放心。"

布小朋说："我想好了，今年不让他考了，他不具备提干的基本条件。"

周涛愣了，不知布小朋是何用意，说："您不用担心，不会有问题……"

"周科长，真的算了。我亲自找牛得宝做工作，让他主动放弃。"

"……"

"另外我劝你，不管对谁的孩子，都不要搞那一套了。这样对别人不公平，你说呢？"

周涛脸红红的，支吾一阵，说："我……好的好的，我保证，把考场纪律维护好……"

"真按你说过的那样，会有少数人沾光，但吃亏的，一定是穷人家孩子。我就是穷人家孩子，你呢？干部家庭吗？"

周涛脸更红了，头一低，说："我父母都是农民……"

布小朋出了周涛办公室。他觉得，经他这么一说，周涛应该知道该怎么做了。回到自己办公室，他给牛牛打个了电话，想说说他的情况。电话那头，牛牛好久才过来接电话，布小朋问他干什么去了。他说，连长安排一个大学生排长给他吃小灶补课。

"你感觉怎么样？"

愣了好久，牛牛才说："舅，请你不要给我压力好吗？我都考过两次了，今年谁知道呢？反正我尽力就是，你和舅妈别怪我就好……"

"……如果我不想让你再考呢？"

"为什么？"

"……我感觉你今年还是白考，不如把宝贵的考学名额，让给别人。"

"哇……"电话那头，牛得宝叫起来，吓了布小朋一跳："牛牛，你想不通是吗?"

"哇……舅舅!谢谢你!我终于解脱了,不考了,打死也不考了……"

电话那头,牛得宝笑得很开心,连说太好了,太好了,今晚可以睡个安稳觉了。放下电话,布小朋眼角湿了,他在心里对牛牛说一声对不起,这辈子就算舅舅欠了你的,但这本来就不是你的,如果用不正当手段得来,良心不安,所以不给你,也是正常的。

他又给邱梅打了个电话,说自己决定不让牛牛考学了,牛牛很想得通。邱梅说:"你这样做是对的,如果不是那个料,你逼他也没用。不提干,一样过一辈子,世上那么多人,干部才有多少?平头老百姓过日子更安稳。"

这就是邱梅的世界观,从来不争,不抢,不羡慕别人。珍惜到手的,就很好。

处理完这事,布小朋感觉自己也解脱了,身心顿时感到了轻松。

落海的王伟最终没有找到。五个月后,9.11那天,把中国飞机撞到海里的美国人,自己也被人撞了,纽约的双子星座被恐怖分子驾驶的飞机撞塌,几千人埋进废墟;另外还有两架飞机被劫,一架坠地,一架在五角大楼一侧落地爆炸。《新闻联播》重点播放了这个震惊世界的新闻,布小朋是第一时间,在二师自己宿舍看到的,他有些莫名的兴奋,他盯着电话,很想跟夏忧通个电话,交流下看法。自从夏忧到《先锋》杂志后,布小朋遇有重大事情就想听听他的高见。

没等他拿起电话,电话却响了。是夏忧打来的。二人想到一块了。电话那头,夏忧哈哈笑,声音怪异,像是他不喜欢、为人又差的邻居家中被盗,所以他特开心。夏忧止住笑,说:"报应,真是报应啊!"

"你认为谁干的呢?"

"不管谁干的,都是报应,这回轮到美国人哭了。哈哈,他炸我们大使馆，撞下我们王伟，这回别人撞断他双子星座，这不是报应又是什么呢？哈哈，你不是牛逼吗？剃人头者，早晚会被别人剃头。"

"小布什慌了，宣布美国进入战争状态。你认为，美国会采取什么行动？"

"我觉得，美国决不会善罢甘休，欺负到老子头上，这还得了？它一定会玩命找这个搞天字第一号恐怖袭击的对手。如果美国因此而转移战略目标，对我们的压力就会减小，对我国肯定是好事，我国就会赢得时机发展军备。哈哈，我们的机会，来了！"

夏忧和布小朋聊完之后，意犹未尽，独自跑到东门外的小饭馆喝酒，居然喝醉了，深夜他脚下拌蒜回到大院，醉倒在路边，被夜间巡逻的士兵发现，搀扶他回了宿舍。恰巧当时一辆小车经过，政治部主任聂先成坐在车里，目睹了这一幕。第二天一上班聂主任就把冉淮叫到办公室训斥一顿，让冉淮管好部属，少出洋相。冉淮很生气，回身找到夏忧大发脾气。夏忧心情超好，冉淮就是踢他两脚，他都不带生气的，他乐呵呵地说："我高兴，管你们怎么说，我就是高兴。美国倒霉了，中国机会来了，哈哈。"

那天晚上，布小朋宿舍如果有酒，也许他也会开戒喝上一杯。总感觉出了口恶气、郁闷之气，也许真像夏忧预测的那样，我们的好时候来了，果真如此，当是国家之福，民族之福。

七

刘美芹到了晚年，话格外多，仿佛前半生少说的话，晚年都要补回来似的。她说得最多的话，就是数落康又汉。

这些年，康家门前可以说是门可罗雀，极少有人登门。张道刚政委家最热闹，时常有人来拜访，因为他能给人办事，退下来照办不误，见到有小车停在张家门口，车上人提着大包小包往张家门里进，刘美芹就埋怨康又汉，看人家怎么混的，你是怎么混的，人家下来多少年，都有人请吃，送东西，你呢？你一点余热都没有，跟块石头差不多。康又汉这时就保持沉默，他不去搭理老太太，一是跟她说不清，二是让她唠叨唠叨也好，她的身体比年轻时好多了，他估摸着，与她天天唠叨有关系，《健康报》上说，老人嘴碎有好处，可以防癌。

　　康家确实太冷清。以前布小朋在大院工作时，隔个一两个月就来看一眼，后来他下到师里，基本就不来了。康文定虽说就住在本市，可他几个月都不登门，他说他忙着做生意，听那口气，他像个大老板，可是也没见他挣多少钱呀？他有辆奔驰车不假，但坐奔驰车，不一定就有钱，欠债的有的是。文定倒是十天半月派他的司机过来送点菜呀肉呀什么的，小伙子把东西一丢就走人，想从他嘴里打听点文定的消息都打听不出来。

　　康又汉以前有个司机小龚，提了干，后来当了营教导员，有段时间经常过来，有一天他突然提出，请老首长给基地现任领导说说，给他解决个副团。康又汉拒绝了，说自己退下来多年，和基地现任领导不熟悉，说不上话，想进步主要得靠自己干好工作。小龚没达到目的，年底转业到了地方，从此再没来过。

　　刘美芹每每数落康又汉，除了爱拿张道刚说事，就是拿李长水做教材。老干部里，康又汉最瞧不起的，就是李长水。恰恰李长水的儿子现在混得不错，都调正师了，在省军区当副参谋长，而他们的儿子康文定，对外说是大老板，其实连他们自己都不信。李长水还有一个女儿李燕，在803当医生，高级职称，技术七级，享受副师职待遇。李燕和康莉本是小学、初中、高中的同学，后来一块上护士学校，毕业后一块到803当护士。可是现在呢？康莉在美国，混得怎么样，自家人心里清楚。

这天，刘美芹念叨莉莉，说是一个月不来电话了。接着埋怨老头子，当年不给莉莉改医生，害得女儿在医院没混好，跑美国受罪。康又汉说："她学的护士，改了医生她也干不好，治死人，要负责任的。"

老太太说："人家李燕，不也是护士改医生吗？人家怎么没治死人？现在都享受师职待遇了，人都叫她李专家。"

老头说："莉莉非要去美国，如果她不走，没准后来也能改医生。"

老太太说："是你不给改，女儿才气走的。"

老头说："我不给改，是我不想胡来。"

老太太说："人家李长水胡来，谁又处理他了？"

老太太越说越来气，怪老头子不管儿子，你看人家李长水的儿子李山，现在是正师，没准提将军，文定呢？做个破生意，家都不顾，到现在连个老婆都没娶上。老头说，他都娶几个了？自己胡来，烂泥巴扶不上墙，怪我干啥？老太太说，人家李山小时候，学习成绩比文定差远了，人家现在还不是快升将军了？你要是多管管文定，当时给他换个单位，不让他转业，现在没准也该当将军了。

老太太越说越感到亏，收不住嘴，说完孩子说房子。人家李长水怎么混的，你怎么混的？你还是司令，他才是副司令，人家大连有房子，青岛有房子，东郊的龙潭湖边，还有房子，听说是基地军械修理厂盖经济适用房，在那给他留了一套，他不去住，现在租出去，每年光租金就一万多。你呢，就这套破房子，夏天还漏雨。把老头说烦了，一拍茶几，说："手伸太长，他早晚得出事！"

老太太冷笑一声："三十年前，你就说人家李长水早晚要出事，你看人家到现在都七十多了，出什么事了？就你胆小！没人理你，儿子都不愿见你，活该！别人都骂你不办事，瞎正经，不登你门，不请你吃饭，活该！"

老头并不生气，叹口气说："我康又汉革命一辈子，对得起党。

别人不说我好，没关系，党会说我好的。"

老太太又气又乐："党怎么没上门说你好？党什么时候说你好了？谁说你好了？你和李长水死了，你们悼词都是一样的，都是优秀的共产党员，我军高级指挥员，你比人家高多少？你只比人家多吃了亏！"

老头不吭声了，仰靠在沙发上，闭上眼，像是睡着了。

老太太说："老头，后悔了吧？"

老头不吭声。

老太太有点害怕了，凑近他，说："后悔了就吱一声，说出来心里好受点，可别憋出病来呀。"

老头突然睁开眼睛，大声说："活着得不到惩罚，死了，马克思还会惩罚他！"

老太太给说愣了，怔了半天，扑哧一声，大笑，笑得眼泪都出来了。

老头敲敲茶几说："有什么好笑？"

老太太收住笑，抹抹泪："老头子呀，你太天真，像个中学生。马克思惩罚他，那马克思在哪都不知道呢，你还指望这个？笑话！"

说罢，老太太又笑。老头气得哼一声，站起来，披上衣服要出门。走到门口，觉得话没完，抬头看天花板，吼道："我就不信没人管！让潜伏有道的贪官们，发抖吧！"

康又汉出了干休所院子，甩着罗圈腿往前走。他并不真生气，天天和老太婆拌嘴，习惯了。走着走着，遇到一个熟人，这熟人不是别人，正是刚才和老太婆议论半天的李长水。

李长水从菜市场过来的，手里提着一个塑料袋，里面装着一条一公斤重的鲤鱼。他喜欢吃鱼，不让炊事员去买，自己亲自去。鱼档上的鱼，分两类，死鱼和活鱼，活鱼贵，死鱼便宜，活鲤鱼六块，死的四块，他就蹲在鱼档前，看小贩忙碌。他盯上一条快要死的鱼，看它挣扎，跳动，越跳越慢……半小时后，渐渐它不挣扎了，他立即对小贩说："我要这条死鱼！"

小贩知道鱼没死利索，但也不想计较，豪爽地秤鱼，说："老师傅，给你了！两斤，八块整！"

他提着鱼往家走，碰上最不想见的康司令，想绕道来不及了，只能迎着头皮上前，抖动一下手中塑料袋，说："司令，你看，我用死鱼价买了条活鱼。"袋中鱼仿佛为了配合他的话，窜动了一下，证明还活着。

康又汉斜眼看他，说："你这老东西，还活着？啥时出殡，通知我一声。"

李长水哈哈一笑："干脆，你把我直接送火葬场烧了。"

趁康又汉发愣的当儿，李长水提着鱼，赶紧走开了。

这两人当年一个上级一个下级，工作上有摩擦，暗地里较劲，当面还是蛮和谐的，离了休住一块，抬头不见低头见，什么玩笑都能开，也没人真生气。李长水毕竟还是有点怕康又汉，见了他能躲就躲，能少说两句就少说两句。康又汉主要是拿李长水手伸得长说事，有一次，李长水有点急了，说："你别老给我过不去，好不好？当年我不过是多吃点多喝点，那时候经费少，不像现在，要是现在，我真发财了，你要盯，盯现在这些人嘛。"

康又汉对现职领导很少发表意见，他盯的是老干部。他认为自己远离当权者，对当下事情不熟悉，不想乱发表意见。但是老干部的作为，军内的，军外的，他都看在眼里。有些老干部退休后到处跑，还带着一大家子，吃好的，住好的，玩好的，大江南北，长城内外，哪儿好往哪儿去，基本全是公款消费，财政成了他们家的钱包，财政局长成了他们家的管账先生。而且没人管，谁都不想得罪这些老家伙，世界上有这样的国家吗？尤其是军队老干部，常常以功臣自居，他更看不惯。总政发文件说，各级要把服务好老同志作为政治责任。人民、国家照顾我们，但是，我们不能给脸不要脸！我们不是什么功臣，很多老干部就没打过仗，能当这么大的官，不是我们有多大本事，而是我们运气好，是人民信任我们。所以我们得要脸！这些年，有很多事情就坏在老家伙身上。自以为自己了不起，你算什么东西！你有什么功劳？你的功劳可能都不如一个农民，因为农民没做什么坏事，你可能是一路做坏事升上来的……

没人听他的牢骚，他就在家对老太太说。老太太同意他的部分意见。他认为，老干部的毛病，都是惯出来的。你们有些人觉得自己亏了，官没当大，钱没捞够，其实如果你们不跟党走，不当兵，可能现在和你老家的农民差不多。你们现在这样，已经是最幸运的，还不满足，还在找事，可笑！

他得出的结论是：像李长水张道刚这样的老干部，包括他自己，活着浪费空气，死了浪费土地，半死不活浪费人民币。

康又汉在山边转悠一阵，天就黑了。保姆过来喊他吃饭，他说不饿。保姆说："阿姨亲自下厨，给您做了蒜香排骨。"他肚子咕噜一阵，说不想吃。保姆又说："外国出大事了，阿姨让你回去看电视。"

"出什么事了？"他一惊。

"阿姨说，你回去就知道了。"

康又汉赶紧随保姆回家。原来这天美国对阿富汗动了手，开始轰炸塔利班和本·拉登基地组织的营地。美国这是对9.11事件进行报复，同时也是世界大规模反恐战争的开始。康又汉边吃蒜香排骨边看电视，他的心情好了不少，对老太太说："苏联在阿富汗折腾十年都没打赢，美国又来蹚阿富汗这道浑水，往后有好瞧的了，这回你美国能打赢吗？我倒要看看。"

刘美芹说："他那个巡航导弹很厉害，指哪儿打哪儿。"

康又汉说："我想我们也会有的。"

刘美芹突发奇想，说："能不能研究一种专打贪官的导弹，谁是贪官，导弹照着他就飞过来了。"

康又汉哈哈大笑，笑岔了气，咳嗽一阵，抹着眼泪，说："老太婆你真是个奇才……你想哪儿去了。"

刘美芹也笑了，笑得很灿烂。夫妻二人一下午的芥蒂，瞬间化解。

八

孟广俊第一时间得到一个重要消息，晚饭顾不上吃，赶紧去了803找孔均振。上回孔老前辈回老家，本不打算回来了，医院派去的人好劝歹说，都快给老人家跪下了，他才同意回来。回来后，孙院长态度大变，一是因为杨政委有交代，要照顾好老前辈，二是孟广俊当了后勤部副部长，是他的领导了。他给老头挑了间最安静的病房，在住院大楼最顶层，平时没人去，就当老前辈长住这儿疗养吧。这还不算，又给他换了个能说会道的女护士小曹，天天陪他玩，逛公园，上商店，遛马路，给他歌唱，说笑话。他高兴了，不烦闷了，这回真不想走了，人也胖了。

孟广俊找到孔均振时，小曹刚把老人爱吃的烩面端上来。孟广俊说："走走走，出去吃，咱去吃牛蛙火锅，陪您喝两盅。"老头天天盼人来，孟广俊一来，高兴得很，马上穿上孟广俊送给他的皮夹克，跟上走了。到了一家火锅店，找个僻静座位，倒上孟广俊带来的特供茅台，就着两个小凉菜喝下一杯，热气腾腾香气扑鼻的火锅上来了。老头吃得特开心，喝下三两酒。孟广俊夸他，八十的人了，老当益壮，像个壮小伙。老头说，要是在家种地，身体更好。

喝到差不多时，孟广俊告诉老头，有好事了。老头说，什么好事？你高升？孟广俊说："比我高升还高兴。你家侄子要来基地视察工作，你们爷俩可以见见面了。"

老头一个愣怔，有点不相信似的看着孟广俊，半天才说："真的？"

"这能有假？下午传真电报一到，我就看到了。"

"……家瑞哪天到？"

"十天后，十五号下午三点，坐专机来。"

老头眨巴几下眼睛，有些发呆。可能是因为太激动，他打了几个酒嗝。

"你们多久没见了？"

"……有个七八年了吧？家瑞年年叫人打电话催我去北京，我就是不去，去了不自由，哪有这儿好……噢，在老家更好……"

"七八年不见，该见见了。老爷子您先别吭声，任何人不能说，这事得保密。"

"你放心，我谁也不说。"

"等首长来了，我想办法安排你们叔侄见面，首长肯定也会很高兴。"

"那当然，他狗小子敢不高兴，要不是老子，他早……他早淹死了，哪有现在的大福大贵。"

"老爷子，我小孟对您老人家，怎么样？"

"那没得说，好！好得很！"

"见了首长，您可得替我多说几句，给他留个好印象。"

"你有啥要办的，我给他说，他敢不给办……"

孟广俊感动地一把握住老头的手："老爷子，我先谢谢您。就请他找机会把我调北京工作就行。咱们是老乡，那么近，过去讲，上阵父子兵，打虎亲兄弟，我们这叫啥？这叫……老乡靠老乡，老乡帮老乡，对不对？"

老头一个劲地点头。

孟广俊抽回手，说："谁坐轿都希望有几个硬手抬，亲不亲，故乡人，首长帮了我，我不会忘记他的，那还不得拼命干啊。"

有了老前辈的允诺，孟广俊这一晚很愉快。回家和刘娜一说，刘娜也很高兴。两口子一高兴，亲热了一回。孟广俊脑子里突然冒出徐晖，亲热的效果格外好。

孟广俊调北京的想法早就有了，并不是一时心血来潮。还在他当营房处长时，一次去北京开会，在龙城机场候机楼遇到一个熟人，此人姓张，是总部机关的一个副团职参谋。张参谋来A基地公干，返回北京，二人坐的同一个航班。上了飞机，简直让孟广俊大开眼界，他一个副团职参谋坐头等舱不说，空姐居然半跪着为他服务，一会儿过来一趟，送吃的送喝的，关怀备至。途中，孟广俊从后舱过来和张参谋聊天，看到这一幕，无比惊愕，以为他和这位空姐有什么瓜葛。张参谋说，他有黄金VIP卡，享受这等服务，是应该的。孟广俊问，黄金VIP卡是怎么回事？张参谋说，很简单，有空就天南海北到处飞，坐头等舱，积攒到一定里程，航空公司就会为你办一张。

张参谋以前和孟广俊喝过一两回酒，孟广俊的酒量让人惊叹，而且酒桌上从不偷奸耍滑，给张参谋留下深刻印象，感觉这人豪爽，值得交往，所以他没把孟广俊当外人，把自己的事情透露了一点。说他分管某些特种装备的采购，全国各地求他的老板很多，双休日节假日，只要有空，就闲不住，到处飞来飞去，到三亚打高尔夫球，到哈尔滨赏雪，到兰州吃烤全羊，到广州吃穿山甲，到东莞……反正到哪儿都是一条龙服务。飞机坐多了，就拿到了黄金VIP卡。

飞机刚落地，打开手机，张参谋就接到一个电话，是深圳一个老板打来的，请他周末到深圳玩，仿佛为了显摆一下，他要求老板晚上飞到北京请客。孟广俊以为他开玩笑，没想到刚进城住下，就接到张参谋电话，让他晚上到某某会所聚会，深圳老板此刻正往北京赶。

孟广俊还是有点半信半疑。晚七点赶到某某会所，深圳老板确实已在恭候，孟广俊这才信了，服了，太羡慕了。那晚的晚宴之丰盛，享受的服务之好，让他这个算是见过世面的人，感觉就像刘姥姥进了大观园，眼花缭乱。过后孟广俊才知道，每次大型演习，张参谋都要采购深圳老板几百万元的特种电缆。张参谋可以任意在北京的一些豪华酒店、会所签单，年底有各地老板给他平账。

张参谋不过是一个小小的副团职参谋，就有那么大能量，还是北京好啊！孟广俊常常想，他能有，我为什么不能有？当兵要当这样的兵，当男人要当这样的男人——但是我要想有，就得去北京发展。

促使他想进北京，还有一个重要原因，就是基地庙太小了，这里会阻碍他的发展后劲。多年前他第一次见黄大师，后者就暗示过他，龙城最终不是他待的地方，北京才是他的归宿。黄大师不是肉胎凡人，黄大师是神一级的人物，黄大师的话，他最信。他自己也反复衡量，留在龙城，充其量混个基地少将副司令，到了北京，那就不一样了，海阔凭鱼跃，天高任鸟飞，混个中将，应该不太成问题。当年刚授衔时，他曾经对布小朋表达过自己的宏伟志向，现在看来，要想实现这个梦想，就得去北京。从古到今，当官是中国最大的事，最正经的事，和它相比，其他的都不算啥，他有这个理想，不能说不对。

孟广俊最期待的人就要来了。

大首长要来，最难最头疼的就是接待问题，历来如此，各单位都是如此。自从接到孔家瑞要来基地视察的电报，基地就进入了接待状态，仿佛大战来临，高度紧张。各单位反复打扫卫生，不留任何死角，甚至马路上的一滴油漆都要铲掉，在内部进行层层检查，发现问题立即整改。孟广俊向基地领导建议，不妨学学东郊机场的做法，买一百斤香水，在大首长进营院之前，喷洒到路两旁的草坪和树上，让首长一进院子就闻到沁人心脾的香味。据说效果很好。基地有些领导被孟广俊说动了心，李达非司令听说买一百斤香水需要几十万，掂量一下给否了，叮嘱把卫生打扫好即可。

除了面上要做的打扫卫生等事情，接待工作无非有这几个方面：一是吃，二是住，三是工作汇报，四是让首长看点什么、见哪些人，五是安全保卫工作。基地专门成立了接待小组，李达非司令亲自当组长，江拥华副司令——就是以前的后勤部江部长，当接待组副组长，具体负责。江拥华在年龄即将过杠的关键当口，被"抢救"使用，当上了副司令，当得惊心动魄。孟广俊几次帮他涉险过关，他对孟广俊心存感激，他更相信孟广俊的能力，所以第一个就把孟广俊拉进来，让他负责前两项工作，就是首长及随员的吃和住。

住没啥好说的，以前所有来基地的大小首长，都住一所，只要把卫生搞好，细节上不出纰漏，就可以，以前孟广俊当过一所的管理员，多次参与接待，这事他不陌生。主要在吃。有的首长讲究吃，你得对他的胃口。以前有首长下基地，自己带厨师来，基地很欢迎，我只要配合好，你让我备什么食材我就备什么，这样最省心。

孟广俊专门跑到803，问孔老前辈，是否知道他侄子喜欢吃什么。孔老前辈与侄子多年不见，侄子官越当越大，他很难说准侄子喜欢吃啥，想了半天，说："你拣好吃的、贵的，可劲上就是了，什么海参、鲍鱼、燕窝、鱼翅、甲鱼、冬什么虫夏什么草的，这里面总有他喜欢吃的。"老前辈在医院住久了，又经常听人说起接待上的事，能随口报上一串高级菜名。

孟广俊问："他小时候，最喜欢吃啥，您还有印象吗？"

老前辈想了半天，说："小时候穷，能吃上块地瓜，就很高兴了，他喜欢吃啥？喜欢吃肉。"

这话等于没说。孟广俊回到办公室，召集第二小组的人开会研究。第二小组就是分管吃住安排的，第一小组负责材料工作，第三小组负责迎来送往接站送站，第四小组负责车辆安排安全保卫。研究的结果，就是拣最高档的上，这总是没有错，虽然说上边年年发文件，不让大吃大喝，但你不大吃大喝，接待工作肯定搞不好。一所的厨师不够用，水平也不够，除了从蓝海宾馆挑几个过来，还得从龙城几家大宾馆另请几个大厨，另外服务员也得从地方请几个，现在的一所，效益不好，服务员个顶个的让孟广俊看不上眼。用他的说法，一个宾馆招待所，条件好坏，就看它的服务员上不上档次，他进过北京的群众大会堂，那里面的服务员条件就是最好的。

孔家瑞来基地的日子越来越近，接待工作基本就绪。住的方面，基地一直延续当年的传统，司令亲自先入住01号大套间，体验一晚，查找问题，及时纠正。李司令严格按照日程表上的休息时间，晚九点进入01号房间，看一会儿文件，十点钟去洗漱，十点半上床。他发现了一个问题：暖气烧得太热，被子有点厚，老出汗，影响睡眠。董政委认为，司令太紧张所致，毕竟这是李司令来基地上任后迎接的第一个大首长。李司令不承认，董政委只好也入住一晚体验，发现司令说得有道理，临时决定暖气不要烧太热，室内温度控制在23度比较适宜。为了确保室温在23度，孟广俊到锅炉房蹲了一个晚上，和工人师傅一起研究怎样控制火候。

按照日程，孔家瑞第一站先到位于虎城的37集团军，然后才到龙城的A基地。由于37军和基地分属于不同的单位，双方来往少，孟广俊绞尽脑汁，才想起37军有一个熟人，但没有他的手机号码，通过基地总机转军区，再转37军，终于查到了这个熟人的电话，还好，他还没有转业，在军司令部当情报处长。孟广俊请他想办法搞到军里接待首长的菜谱，对方感到很为难，因为这事保密且不说，他怎么好张口打听？别人会怎么想？孟广俊开玩笑说，你还是情报处长，这点事打听不出来。对方说，让我搞敌情，那会不遗余力，搞内部人的菜谱，从来没干过。

本来属于有枣没枣打一竿试试，打听不出来，孟广俊也没感到有多失望。就在基地众多首长准备到东郊军用机场接机时，37军情报处长给孟广俊打来电话，说是完全的菜谱不能提供，只给提供一个细节，请做参考——军里负责接待的一个人说，首长不喜欢大吃大喝，吃饭特别简单，因为头一顿搞得太丰盛，发了火，不乐意，后两顿赶紧改了。

"他最喜欢吃的一样东西你根本想不到。"

孟广俊急切地问："什么？"

对方说："地瓜。"说完就把电话放了。

孟广俊有些发愣，感到自己精心准备的菜谱可能用不上。突然想起孔均振说过的话：小时候穷，能吃上块地瓜，就很高兴了。他们共同的家乡，百姓过去喜欢种地瓜，主要是地瓜产量高，好侍弄，年年丰收，现在不知道还有没有人种这个，如果早知道这个信息，派人回去搞一车来，多好！现在肯定来不及了。

孟广俊发一会愣，马上安排人到市场上买地瓜，要红皮的，他家乡就盛产红皮地瓜，特别甜。

九

按照日程，孔家瑞要在基地待三天，住两个晚上。也就是十五号下午到，十五、十六住两个晚上，十七号上午坐专机回京。孟广俊认真研究了一下日程表，感到十六号晚饭后安排他们叔侄见面比较合适。晚上首长自由活动，不开会，也不找人谈话。原本十六号晚上要看演出的，冉淮带人临时赶排出一堂晚会，总部来电话给否了：基地演出队水平太一般，就不要浪费首长时间了。冉淮给弄得灰头土脸，白忙活了。

现在孟广俊面临的最大问题，就是头一餐饭的问题，还上不上高档菜？首长不高兴怎么办？他紧急请示江副司令，江副司令不敢做主，又电话紧急请示李司令、董政委，李、董正在去机场的路上，电话里商量好一阵，决定效仿 37 军的做法，不上高档菜。

一个高档菜不上，孟广俊总感觉不对劲，不踏实，悄悄吩咐后厨，一切都要按原计划准备，至于上哪个菜，上不上，最后再说。接机的人回来后，离晚饭还有一个小时，孟广俊抽准时机，把李司令叫到一旁，说了他的想法："即便是挨批，我认为也得上几个硬菜，不上是态度问题，上了挨批，那又另说，首长嘴上不高兴，心里也许会高兴。下一顿改就是了。"李司令一个人不敢做主，抽个时机和董政委嘀咕两句，当下决定搞个折中，上两个硬菜：海参和鱼翅。

晚六点，众将军簇拥孔家瑞进入一号餐厅，李司令做了简短致辞后，晚餐开始。孟广俊坐镇后厨，指挥上菜。两个硬菜端上来，孔家瑞脸拉下来了，他一动不动。他不动，别人也不敢动，他只吃普通菜，别人也只能吃普通菜。酒也喝得不尽兴，简单比划几杯，就让撤了。服务员把一盘木炭烤地瓜端上来，李司令心里就有点不高兴了，上什么乱七八糟的东西，搞什么名堂？但是随即他眉头展开了，因为首长笑了，夹起一个大地瓜，也不怕烫，噗噗吹着，吃起来，说："这个好。"

消息传到后厨，孟广俊心里有数了。接着又让服务员把地瓜粥、煮地瓜端上来，都获得了首长赞许。这顿晚宴可以说获得了相当的成功。

第一顿最紧张，第一顿若顺利，效果好，以后就好办了。次日早饭，也是循着这个路子，尽量简单，地瓜是必不可少，孔家瑞喝了两碗地瓜小米粥，吃了一个烤地瓜，看上去心情很好。说到领导干部和群众的关系，他问李司令：你怎么看？李司令说：领导干部就是人民公仆嘛。孔家瑞说，你等于没说。他接着讲了一个军阀孙传芳的故事。孙传芳说：那些争当人民公仆的其实都是骗子，要当就当人民父母，不当公仆。因为当仆人的没有一个好东西，不是拐骗主人的小老婆，就是偷主人钱财，而天下父母没有一个不爱自己孩子的，所以，我提倡爱兵如子，爱民如子。他讲完，众人大笑，都说孙传芳说的也不是一点道理没有，把战士当成自己孩子，或许才更关心他们。

中午饭，还是如法炮制。面对地瓜，不承想孔家瑞却皱起眉头，放下筷子，说："我当初就是不想吃地瓜才当兵的，你们不能总让我吃啊？"

众人都是一惊，面面相觑。孔家瑞又说："晚上能不能出去吃？"

李司令、董政委双双急忙道："当然能。"

"你们这，有什么好吃的地点？"

李司令说："好吃的地方多着呢，就看首长喜欢吃什么。"

"你给我说说，都有哪些。"

李司令从外基地调来，对龙城不是很熟，他看着董政委。董政委是本地人，当兵后没挪地方，龙城好吃好玩的地方，没有他不知道的。他说了几处地方，都是大宾馆、有名的会所。孔家瑞摇摇头，说："有没有吃羊肉串的大排档？"

众人又是面面相觑。孔家瑞说："这么大城市，不会没有吧？"

董政委说："首长，肯定有。"

"有就好。晚上出去吃烤羊肉串，正好我也看看龙城夜景。"

下午，李司令、董政委抽空召集江副司令、孟广俊等人研究怎么办，去还是不去？不去肯定不行，首长交代过了。去，最大的问题就是安全问题，龙城的大排档倒是有很多处，吃羊肉串最有名的地方是南京中路，但就是环境差，经常有喝扎啤喝醉了闹事的人，动刀子的情况也常有，上月就发生一起，还死了人。把首长带到那种地方，几个人想都不敢想。

江副司令派出去考查大排档的几路人马都赶了回来，所有人都摇头，说安全没保障，地方都太乱，车多人多。李司令、董政委的意思，更是不能冒险，必须确保没有一点安全隐患。但是这个谁能保证？碰上个酒鬼在那闹事，操娘日爹的，不动手光动嘴，也是不好看啊，如果再有人认出首长来，秩序一乱，更坏菜。

最终还是孟广俊想出了办法，他提出选一处僻静的街道，最好离基地近一些，从别处大排档上请一些摊主师傅过来，带上他们的全套家伙什，多给钱；另外再选部分机关干部和家属小孩，装扮成食客凑热闹，街道两头请交警把守，尽量少放汽车过来。这样，安全问题就解决了。这个主意博得了李司令、董政委的赞同。

当晚七点钟，天刚黑，李司令、董政委等基地领导，陪同孔家瑞一行十余人，乘车来到了基地西门不远处新开设的夜排挡，大家都换上了便衣，车子也摘掉了军牌，看上去像普通的食客。孔家瑞吃烤串、烤馒头片、烤鱿鱼、烤韭菜、喝扎啤，兴致蛮高，他感慨地对李司令、董政委说："我在北京，都没有这样的待遇。"

孟广俊见效果很好，放心离开了，他亲自开车到803，开始他筹划已久的重大行动。但是到了医院孔均振的病房外，他有点傻眼——门锁上了。他拨打老头的手机，传来已关机的提示音。他楼上楼下跑了几趟，就是找不到孔老前辈，而他昨天还当面向他交代，今晚八点钟，务必等他来接。难道老家伙忘了？出去遛弯了？他翻到护士小曹的电话，打电话，没人接。急得他浑身是汗，又怕遇到熟人，只能躲到树影里，继续打小曹的电话。电话好不容易打通了，小曹说，她刚才在洗澡。

"老前辈呢？"

"他今天一大早回老家了。"

他一个愣怔："……他回老家干什么？谁让他走的？！"

电话那边，小曹吓了一跳。孟副部长的声音太吓人了，像在吼叫。

"你赶紧过来，我在住院部门东边的树底下。"

不一会儿，小曹慌慌张张赶了来，以为出了什么大事。孟广俊想起，今晚接老东西去见面的事，他没给任何人说，小曹当然不知道，孙院长更不可能知道，老东西要回家，别人也不好挡他。随即他态度缓和了些，问了问情况，原来昨晚睡觉前，老东西就向小曹提出，今天回趟老家，给他的哥哥上坟。

　　这样的理由，谁也不好拦他啊。

　　他说的哥哥，自然就是孔家瑞的父亲。

　　"你给孙院长报告了吗？"

　　"报告了。"

　　"孙院长怎么说？"

　　"让他快去快回。"

　　"……孙院长最近是不是找老前辈办事了？"

　　小曹闭口不言。孟广俊猜出了七八分，说："一定是找了，老前辈也给我提过，你不要瞒我。"

　　小曹只好说了，孙院长确实是找过孔老前辈，说是他侄子大首长来基地，请他去给侄子说说，给自己调级的事。孟广俊在心里怒骂，这个孙玉炳，胡提要求，一下子把老前辈给吓跑了。他让小曹打开房间，查看老家伙的东西，发现值钱的东西，都带走了。那部手机，却留下了，他意识到，老家伙再也不会回来了。

　　他极其失望地回到基地大院，看到几辆车驶向一所，知道吃大排档的人回来了。如果老家伙不跑，现在把他带到孔家瑞面前，叔侄突然相逢，该是多好的一幕喜剧，老前辈把几年来孟广俊对他的照顾，把孟广俊回到老家给孔家修祖坟的情况再一讲，该是多么感人的故事。

　　但是，老家伙一溜烟吓跑了，让孟广俊多年的努力一瞬间化为泡影，这简直有点把孟广俊打垮了。他坐在花坛上一连吸了三支烟，感到嗓子冒烟。他不想让机会从眼前溜走，一时苦于没有办法。他起身走走停停，想着对策，不知不觉又走到了一所门口，哨兵给他敬礼，保卫处处长亲自在一所值班，负责安全保卫工作，此刻就坐在大堂一角。见孟广俊走过来,处长起身说:"首长刚进房间,司令、政委陪着在里面说话。孟部长你回家休息吧,这里没事了。"

"杨处长辛苦了。"他说。

"还好,明天就解脱了。"

这话提醒了孟广俊,明天上午,孔家瑞就要离开,留给他的时间,不多了。他在一所楼道里漫无目标地转悠一阵,希望司令、政委早点出来,他打算以接待组成员的身份,请示一下住在01号套间对面的项秘书,就说自己是首长老乡,项秘书已经和他面熟,也许会带他进去见首长的。但是,到了接近十点,司令、政委才从01号房间出来,这时候已到了首长休息时间,再进去就不合适了。

孟广俊十一点钟回到家里,不让刘娜打扰自己,躲进书房抽烟,苦思对策,满屋烟雾腾腾,一个晚上,他感到自己老了五岁。时间过得飞快,抬头看墙上的钟表,时针已经快指向四点。他牙一咬心一横,决定行动。他穿上军装,戴上军帽,出了门,下了楼,步行五百米,到达一所。一所门口有哨兵站岗,哨兵当然不敢拦他。他走进大厅,大厅里有哨兵坐岗,哨兵见他进来,急忙站起来,给他敬礼。他郑重地还个礼,指一下01号套间的方向,说:"我过去看看。"

01号套间门外不远处,也有一个哨兵,坐在一把椅子上值勤。哨兵都认识孟广俊,见他过来,哨兵站起来,小声说:"孟部长。"孟广俊示意他坐下,自己站住,轻声说:"我睡不着,过来值会儿班。"哨兵让他坐,他摆摆手,表示不坐,然后笔直地站在那里。他这一站,就是一个多小时,他不坐,哨兵也不敢坐。他刚当兵时,站过两年哨,基本功还在,站一个多小时,并不觉得累,也许因为心中紧张,感觉不到累。终于,五点半钟一过,隐约听到01号套间传出有人起床洗漱的声音。快六点时,对面项秘书房间的门率先打开,项秘书着便装出来,站在套间门外等候。项秘书看了一眼站在那里纹丝不动的孟广俊,可能把他当成带班的干部,也没说什么。

六点整，01号套间的房门打开，孔家瑞一身运动装束出了门，项秘书说："首长早上好。"孔家瑞点下头，二人往这边走。孟广俊目不斜视，屏住心跳，笔直站立，手心里都是汗。待孔家瑞走到身边时，他啪地一个敬礼，使用带有家乡口音的普通话，说："首长好！"

孔家瑞看他一眼，微笑一下，点下头。

"首长，我是基地后勤部副部长孟广俊。我家和首长老家只有十里地……"

孔家瑞微微一怔："你是孟家庄的？"

"对。"

"……噢，我想起来了，是你，你帮我家做过事情呢，县里有熟人到北京，说到过你。"

看来首长对孟广俊帮他家修祖坟的事还是有所了解的，他抑制住内心无比的激动，说："我做得太少，这点事首长还惦记着，谢谢首长……"

"哎，得谢你。走，一块散步。"

"是！"

孟广俊心放下了一半，跟在孔家瑞和项秘书身后往外走。三人在一所门外的院子里散步，孟广俊感到，首长一点架子没有，非常亲切，非常和蔼，又有很强的气场，既像个儒雅的学者，又有一股英武之气，这便是军中蛟龙了，靠上他，还有什么办不到呢？

孟广俊适时提起孔均振老前辈，说老人身体很好，几年来由他安排，长住803医院，享受师职干部保健医疗，让一个孤寡老人晚年幸福，是他作为一个老乡，一个后辈的责任。孔家瑞对这个话题反应冷淡，认真想了想，说："你说的这个人，好像是我一个远房堂叔。三十多年没回老家，我都没印象了。"

孟广俊心下一惊，这才意识到当初老家伙骗了他，老家伙说自己是孔家瑞的亲叔，小时候还救过他的命，纯粹是胡扯。幸好老头吓跑了，如果贸然带他来见，会很尴尬的，此时，孟广俊感到很庆幸，又有些后怕。

停了停，孔家瑞又说："他不是军人，长住部队医院，不合适。"

孟广俊急忙道："老人已经回老家了，以后不会回来了。"

孔家瑞点点头，快步往前走。他有晨练的习惯，每天六点钟起来走路，要走够一小时。他说过，当领导，得有一个好身体。刚转了几圈，李司令、董政委匆匆赶过来，陪同走路。见孟广俊穿着军装陪首长，而且两人聊得很开心，司令、政委微微一怔。孔家瑞主动介绍说："小孟是我小老乡，我们两家只隔十里地。"李司令、董政委开始猛夸孟广俊，说他曾经是基地最好的营房处长，能力强，魄力大，点子多，办事让人放心，忠诚可靠，人才难得。

散步的气氛非常好，天气也好，微风吹拂，太阳照常升起，不冷不热。听说地瓜是孟广俊坚持上的，孔家瑞说："还是小老乡了解我。我们老家的人，都是吃地瓜长大的。"众人都大笑。这个早晨，是孟广俊生命中最重要的日子，他以后才体会到这些，同时也使他进一步悟道，有付出才有回报。

散完步，孟广俊送首长们进餐厅吃饭，然后去后厨张罗。走到后面，小凉风一吹，他才发觉自己后背全是汗。放松下来，他感到神清气爽，仿佛一下子年轻了十岁。

上午的日程是首长接见基地师以上干部，并且合影留念。合影时，孟广俊的座次，正好在第二排中间位置，他身前正对着孔家瑞。孔家瑞过来和众人握手，握到孟广俊时，用力晃了晃，笑得很灿烂，孟广俊如沐春风，看来首长真的记住他了。

布小朋也来参加接见和照相，孟广俊注意到，布小朋站在第三排，也就是最后一排，最靠边的位置。他纯粹是来凑数的，脸上没什么表情，丝毫看不出兴奋。

这个瞬间，望着眼面前近在咫尺的孔家瑞，孟广俊猛然想起黄大师的话，真真切切感到，孔家瑞才是他生命中的大贵人！

黄大师，真是先知先觉啊，得抽空去看看老人家，好好谢谢他。

十

美军在阿富汗的行动很顺手，没多久就把塔利班打得七零八落，余部转入地下，表面上看，比苏联当年顺利多了。但是夏忧分析说，阿富汗是个陷阱，美国人进去容易出来难，它一定会背上阿富汗这个大包袱。

阿富汗那边没整利索，美国又对萨达姆的伊拉克动了手，借口是伊拉克藏有大规模杀伤性武器并暗中支持恐怖分子。现在美国确实牛，想打谁打谁，什么联合国，狗屁，根本不放在眼里。什么俄罗斯、中国投反对票，更是没用，你反对你的，我打我的，你算老几？老子是老大，老大想干啥就干啥。

夏忧在电话里对布小朋说："如果世界单极化，美国一家独大，那么，世界永远别想安宁。原先指望俄罗斯重新崛起，看来不可能了，那么，指望谁呢？只能是中国。中国应该抓住机会，争口气，抓紧干，尽快崛起，打破美国的超级垄断地位，给世界一个战略平衡。换句话讲，我们越是强大，大仗越是打不起来。可是，就目前我们这样子，问题太多了，怎么不大刀阔斧改革呢？……"

布小朋知道他下面是一大堆的牢骚、怪话，这不满那不行，急忙打断他："行啦行啦，不要光说别人不行，你自己也得争口气呀。"

一说要他争气，夏忧赶紧道个别，放了电话。冉淮曾经打电话找布小朋，说，夏忧越来越难以驾驭，编的稿子不能用，写的稿子更糟蹋，专门写负面东西，要不给他把关，真要惹大麻烦。布小朋只好经常打个电话，或者发个短信提醒一下夏忧，甚至威胁说："再这样下去，冉淮让你转业，我就不管了。"

夏忧说:"冉处长怕自己丢官,我们杂志稍微带一点棱角的文章,都不能登,必须全唱赞歌,说好听的。唉,不让说真话,搞假大空,有意思吗?"

布小朋让夏忧把他编写的稿子寄过来。夏忧说,寄太麻烦,发你邮箱吧。布小朋不会上网,没有邮箱,他到走廊上找会上网的,正好宣传科干事严锐路过,严锐说:"首长,这点小事交给我吧。"严锐从复旦大学新闻系毕业,父母都是龙城大学的老师,她本可以留上海,但她喜欢当兵,就特招到了基地,分到二师宣传科,先当新闻干事,不久前改当文化干事。她算个才女,也是美女,追求者众,走到哪里都是吸引眼球的焦点,但她一直低调处事,也没见她和谁好上。

严锐和夏忧本就认识,她直接把自己邮箱用短信发给夏忧,夏忧当天就把稿子传了过来。严锐打印、装订成册,拿给布小朋。布小朋问她:"稿子怎么样?"她说:"我看了,全基地能写出这种水平稿件的人,唯有夏老师。"布小朋点点头,说:"我已想到这一层,你这一说,我就不用看了。"他们聊起夏忧,布小朋给严锐讲他的过去,严锐对夏忧的评价是:"夏老师不幸,他生错了时代。但他又算是幸运的。"

"为什么这么说?"

"他如果晚生二十年,他激进的思想,一定会被更多的人接受,他也许会是一个成功者的形象。但现在,至少在我眼里,他是一个失败者,领导不容,同事不亲,夫妻不和,父子不睦,事业不顺,才华溜走,一事无成。"

布小朋点点头,回味着严锐的话,感到她确实有一副好眼力。

"但他又算是幸运的,因为他遇到了您。"

"……遇到我,算什么幸运啊?我能帮他什么呢?顶多是多留他两年,希望他多为我们基地出点力。现在看来,不如让他早走,也许到地方，更适合他。"

"错了！他这种人，到哪儿都不会成功的，军队不容他，地方就能容他？天下是一样的呀！也许他思考的太多了，忧虑的太多了，如果是个凡人，是个吃了上顿不管下顿的人，是个过了今天不管明天的人，或许会幸福，但他不是。他属于'天下兴亡，匹夫有责'式的士，但是过时了，用当今老百姓的说法，他是吃饱了撑的，没事找事。"

布小朋深感严锐分析的有道理，再一次点点头："如果他脚踏实地一点，是不是会好一些？"

"也许会吧。幸亏有您，他遭到的挫折少了许多，否则他早夭折了。"

严锐走了，飘飘地走了，走到门口，再一次回眸，冲布小朋摆摆手，飘然而去。那一瞬间，布小朋心房微微颤动一下，仿佛一根心弦被风吹起，发出温柔的鸣响……

严锐分到宣传科时，布小朋也刚到二师任职。她到处采访，写了稿子投给《子弟兵报》，石沉大海，无声无息。一次遇到布小朋，他建议她去写写张望。她跟踪采访张望，跟了三天，写出一篇稿子《一个士兵的24小时》，传给报社，没想到这回成了，《子弟兵报》在第三版头条隆重推出，她和张望一下子成了基地的小名人。以前冉淮总是说，不花钱上不了报纸，这回严锐用事实证明，不花钱也能上报，只要稿件水平高。

上了报纸，风光一回，麻烦也随之而来。为她编稿的那位编辑三天两头打电话，发短信，邀请她去北京玩，表示以后她的稿子随便写，他负责给改，保证每年上多少多少篇。见她没有回应，那位编辑又向冉淮大力推荐她，希望把她调到基地宣传处。冉淮当然也早看上了严锐，觉得让她负责公关，只要她肯卖力，没有完不成的任务。冉淮专门跑来师里，协商她调动的事，师领导不想放，但又不好拒绝，表示由她本人拿意见。调到宣传处，最大的好处就是回到了龙城，不用在这小县城苦熬了，可以经常见到父母。她却明确表示，想在师里多锻炼两年。冉淮说，他有足够的耐心等。这事暂时圆过去了。但是还没完，那位编辑又提出来基地采访，吓得她赶紧报告了。政治部胡主任开玩笑说，都怪布副师长，如果不提供张望的线索，小严何来麻烦？布小朋说，谁让你招个美女进来？家里有鲜花，想一点麻烦不惹，不可能，打发过去就是了。几个人当下商定，让严锐改为文化干事，如果那位编辑下来采访，严锐肯定不能奉陪。这事也就过去了。

严锐在采访张望的过程中，弄到不少布小朋的素材，张望本人、连队干部，都说布副师长如何如何。严锐想采访一下布小朋，到办公室找他，被他打发走。她不死心，晚上拉着组织科女干事小田到宿舍找他。进了他家，二人都有些吃惊，布小朋身为师领导，家里除了公家配发的床铺桌椅和老式书橱，连个沙发都没有，更没有其他值钱的东西，这是师领导住的房子吗？而且他住的只是个普通的两室一厅，和一般机关干部在一个破楼上，并不像其他领导那样，住师职宿舍。布小朋解释道，他家在基地大院有房，不能两头多占住房。严锐说，别人不也在基地大院有房吗？布小朋说，他一个人，爱人很少过来，能住个两室一厅，已经很浪费了，当年在农村生长，哪想到能住上楼房？你们不知道，我本是一地主崽子，家里成份很高，能当上兵，能混到个师职干部，像我这种情况，全军可能都没有几个吧？

严锐不由得鼻子发酸，她没见过这样的领导，甚至都没听说过。如果不是来他家，谁说出来她也不信。采访进行不下去，布小朋根本不同意，说自己是师领导，你写我干什么？想拍我马屁吗？用不着，你还是去采访张望那样的士兵吧，全师多的是。

不让采访，就聊天吧，他聊了对全师工作的看法，觉得训练上还是太稀松平常，糊弄的时候多，考核走过场，新武器掌握太慢，士气不高；干部使用上，买官卖官的现象不少；财务工作，乱花钱现象相当严重，经费没用到正道上，每年仅餐费一项，全师就得五六百万，还有很多无法统计的。布小朋的思考和焦虑，令严锐深深切切感到，这样的领导，是她过去从文学作品中看到的，而在现实中并不多见。她当初携笔从戎，就是奔着这样的想象来的。军官得有个军官的样子，士兵得有个士兵的样子，不是吗？

工作中，严锐和布小朋接触并不多，有时几个月说不上一句话。但是这个男人，让她一直忘不掉。

电视上，美军一路所向披靡，特邀嘉宾张召忠预测的美军会在巴格达血流成河，没有出现。萨达姆实在不经打，连塔利班都不如，大家除了关心萨达姆什么时候给捉到，对战争进程，渐渐就没人感兴趣了。夏忱一如既往地关心，经常电话里和布小朋交流，他得出的结论是，萨达姆失去民心，快速失败是必然；陆军在现代战争中，地位大大降低，以后只能就是打扫战场的干活；三是精确制导武器和远程打击能力，是我军发展的重点方向。

夏忱关心战局，不关心自己，布小朋得时时处处惦记他。听说冉淮要办全基地新闻培训班，打报告要钱，要十万，财务处只准备给七万，布小朋就给财务处打了个电话，替冉淮求情，终于把全款要下来了。这还不算，他主动要求冉淮到二师办班，住宿费、伙食费还能给他省一些。冉淮心领神会，见了他，说："老班长，你放心吧，只要我当处长，夏忱留下来是没有问题的。"

夏季来临，全师进入夜训时段。夜训最紧张的关口，布小朋向吴师长、丁政委提出，下到主力第四团蹲点。他想摸一摸真实的训练情况，同时也督促下边，尽量按实战标准组织训练。他把铺盖搬进了三连张望所在的班，整整一个星期，吃住都在连队，和战士一样摸爬滚打，结果他病了，热感冒，发低烧，头疼头晕。卫生科要把他送 803 去住院，他不去，又让他住师卫生队，他也不去，回到宿舍打针吃药。他不住院，是怕别人提着大包小包去看他，住家里，谁敲门他也不开，就省了很多事。

这天严锐在路上碰到张望，张望说布副师长病了。严锐总想着为他做点事，她到军人服务社买了肉馅、馄饨皮，回到单身宿舍包起了馄饨。机关食堂伙食不好，平时馋了，她就爱包些小馄饨解馋，政治部的单身干部都吃过她包的馄饨。把馄饨煮好，盛在一个饭盒里，她到小车队找到布小朋的司机小章，请他给送去。小章怕挨训，不敢去，她就唬他，说是布副师长同意的。小章有布小朋宿舍的钥匙，直接打开门就进去了，把饭盒放在布小朋床头，说："严干事让给送的。"

他睁开眼睛，看到了冒着热气的馄饨，香喷喷的，全都是完整的，没一个破皮。小章出去了，他坐起来，拿起勺子，吃下一个，不知怎么的，眼圈竟然红了。

十一

让布小朋最操心的技术楼终于建起来了，将来在里面搞计算机仿真训练，并且为新武器的改进服务，可以使二师的战斗力提高一截，也能促进新式武器尽快列装。

他到技术勤务站转悠，站领导对他说："布副师长，我们站有你一个老乡，你们一个县的，他叫雷军。"

他平时很少遇到老乡，当年一同当兵来基地的人，基本上全走了，他算是硕果仅存，后来基地也没到他家乡征过兵。叫过来一问，原来雷军是从地方大学毕业后，特招入伍的，两家离得确实还很近，三十公里的样子。见到老乡，当然都很高兴，依稀听出乡音，备感亲切。以后雷军隔段时间就到布小朋办公室坐坐，有时晚上也陪他散散步。

雷军毕业来基地后，也曾在警卫一连实习过几个月，在北门站过哨。说起来，两人算是一个连队出来的。雷军说，他一当兵就听说有个老乡当领导，一直没机会见到，终于见到，真是太高兴了。

部队盛行拉老乡，抱团的心理使然。过去讲，在家靠父母，出门靠弟兄，基地私下有各种老乡会，什么河南帮、安徽帮、山东帮、江苏帮、东北帮等等，走得近的，时常聚到一起喝个小酒，议论一下新提拔的将领哪个是自己老乡，幻想着将来能帮上个忙。其实未必真能帮上忙，只是存个念想，宽宽心而已。

雷军中国科技大学毕业，现在是技术勤务站的计算机专家，搞软件很有一套，站里很看重他，这使布小朋愿意同他保持交往。一天，雷军神神秘秘来到布小朋宿舍，拿出两盒海参，说："师长，给您补补身子。"

这东西很贵，到外面吃饭，这是最费钱的菜品之一。布小朋说："我身子不用补，你拿回去，如果能退掉更好，你那点工资，买这个太不值当了。"

雷军不干，急了："你不抽烟不喝酒，东西我都拿来了，哪好意思拿回去？"

布小朋说："你结婚不久，孩子小，正用钱，不能乱花，听我的，拿回去折点价退掉。"他知道部队大院门外，有几个专卖店，东西可以退。

雷军还是不干。布小朋拉他坐下聊天，想起《东周列国志》上的一个典故，就说了出来：高飞之鸟，死于美食；深泉之鱼，死于芳饵。他说，战国时代，鲁国宰相公仪休好吃鱼，有人便投其所好，给他送了一些鱼，但他不肯接受，说：我今天做鲁相，有能力买鱼吃，假如我因接受你的鱼丢了宰相之位，到那时候谁还会给我买鱼吃呢？

他还想把一句古训说出来：钓者之恭，非为鱼赐也；饵鼠以虫，非爱之也。这古训有点伤人，碍于雷军的脸面，就咽了回去。

话讲到这个份上，雷军走时，把东西提走了。

过了一阵，雷军又来找布小朋，吭哧半天，才说出口：他想当一室的主任。

技术勤务站是个正团级单位，室主任是正营职。布小朋说："你是计算机专家，搞业务多好啊，非要当这个芝麻官干什么？"

"光搞业务，吃亏。"

"吃什么亏？"

"评个职称，调个级什么的，都是有职务的人先得，单纯业务干部总是靠后排。"

布小朋沉默了。

"还有，当室主任，有经费，请个客啥的，方便，可以签单……"

布小朋早就发现这个问题，技术单位，应该是谁的技术好，谁的成果大，谁先调级晋升职称，结果往往是当领导的先得到，而且有些领导根本就是外行，这就造成业务干部争着当官，业务荒废不说，坏了风气。见布小朋不表态，雷军从口袋里掏出一个大信封，说："这是三万块钱，就当我请您喝酒了……给嫂子侄女买件衣服……"

面对这个大信封，布小朋叹口气，说："你听说过我收礼吗？"

"没有，都说你最正。"

"那你还给我送。"

"咱们是老乡，关系和别人不一样。再说了，又没人知道，你就放心吧。"雷军表现得比较老练、镇定，看来不像是头一回送礼。

布小朋又给他讲了一个"入暗室而不欺"的故事：东汉年间，东莱太守杨震上任时路过昌邑，昌邑县令王密是杨震举荐使用的，为了感谢杨震知遇之恩，王密深夜带十两黄金来看望杨震，低声说：黑夜里无人知道，你就放心吧。杨震说：你送黄金给我，有天知、地知、你知、我知，怎么能说无人知道呢？

雷军的脸红了。布小朋把信封塞给他,说:"如果想当,就凭自己真本事去争取,这钱我不会收,也不要给别人送了。"

雷军低下头,说:"不送,肯定当不上。"

布小朋说:"宁可不当,也不要送。"

见布小朋真不收,雷军情绪低落,收起信封,默默走了。以后雷军基本就不来串门了,他也没有当上室主任。布小朋想,他当不上或许更好,他盯着的是经费,是吃饭可以签单,如果手伸得过长,早晚会出事,不如安心当他的工程师,扎扎实实干点事情,这样更稳妥。年底,听说雷军搞了个什么技术革新,还立了个三等功。这下布小朋放心了。

技术楼建成,要进行室内装修。按照工程管理规定,得招标,大约三百万左右的标的,算是个不大不小的工程了。这一块正好归布小朋管,招标会开始前,上至总部、基地,下到师、团,不断有人打招呼,要他关照某个工程队。他哼哼哈哈先答应,心里想的是,谁说也没用,走完整个招标过程,谁中标就是谁的。师后勤部长提出,最省事的办法就是,把打招呼的人按官职大小来排列,谁的官大就给谁,这样最好摆平,谁也没话说,你中不上,怪自己找的关系小,以前就是这么干的。吴师长、丁政委也是这个意思,丁政委说:"尽量做到摆平,实在不行,多发几个包,凡是总部机关、基地领导打过招呼的,争取都分一杯羹。"

但是布小朋不同意,说:"以前是以前,既然现在让我管,就得严格按招标程序来。看起来这样做得罪人,其实你只要公平,不玩猫儿腻,别人就无可指责。这样既能保证工程质量,还少花钱,都是关系户,结果肯定相反。"

布小朋坚持严格招标,不看关系,并且表示,如果不这样做,他就撂挑子,换别人管。师党委会上,争来争去,最后还是依了他。他说:"我来得罪人,你们不用怕,都推我身上。以前搞招标,没一次有正事，这回我来一回正事试试。把这股风扭过来，以后的工程都好办了。"

前来投标的公司共有十六家，初步筛选了一下，留下一半实力较强、信誉较好的。布小朋把八家的标书拿来看，一家名叫文新经贸装饰有限公司的标书吸引了他——吸引他目光的，是其法人代表的名字——康文定。

布小朋脑袋嗡地响了一下，他揉揉眼睛，确认没有看错。会不会是重名？这世上叫康文定的，不止他一个。但是直觉告诉他，不会是别人，就是这个康文定，这个与他的命运，与姐姐布花一家的命运密切相关的人。

记不清多少年没见面了，布小朋以前去康又汉家，一次也没碰到过他。他希望碰到他，又有点害怕碰到他。见面还能说什么？彼此留下的印痕，随着岁月流逝，渐渐淡了，就像一个基本愈合的伤口，没必要再去撕开它了。

现在基地能想起康文定这个名字的人，已经寥寥无几了。偶尔听到关于他的消息，有的说他发了大财，有的说他欠债累累，家庭婚姻生活似乎更是一团糟，结了离，离了结，搞不清折腾过几回了。大家一致的看法是：康文定是个好人，就是管不住鸡巴，他这辈子，坏就坏在这上头了。

布小朋目光抚摸着标书上康文定的名字，居然产生了一个想法：真希望他打个电话过来。尽管他转业后他们从来没联系过，但他是能够找得到布小朋电话的，康又汉家的电话本上，第一个号码，就是布小朋。如果康文定提出来，照顾一下他的公司，布小朋也许会的，哪怕自己打自己嘴巴，违犯一次规定，他也能豁出去。丁政委说过，多发几个包，给他其中一个，还是可以做到的。

到了快下班的时候，桌上电话响了。布小朋拿起电话，是个十分陌生的声音，对方问："您是布师长吗？"

布小朋说："我是副师长布小朋。"

对方说："布师长，您有个老朋友，晚上想请您坐坐，他在布谷鸟酒家等您，从你们师部大院北门往西走，过一个路口就是。"

对方不等他回答，就把电话放了。

布小朋一下子猜到，这个所谓的老朋友，就是康文定。看来他真打自己的主意了。他没再犹豫，下了班，换上便装，径直走了过去。刚才打电话的是康文定司机小辉，此刻小辉就坐在酒店门口的一辆奔驰车里，多年前他在康又汉家见过布小朋一次。见布小朋过来，小辉从车里出来，打个招呼，就在前面带路。布小朋一把拉住他，说："我自己进去。"

到了3号包间门口，布小朋停顿一下，平静一下内心，缓缓推开门。沙发上，一个中年男人蜷缩着，似乎睡着了。此时，布小朋眼里的康文定，头发白了一半，眼角皱纹深刻，看上去感觉背也有点驼了，留在他印象中的那个身形挺拔、相貌英俊的小伙子，成了眼下这个几乎完全认不出来的老男人，岁月给出的答案就是这么残酷。

康文定突然醒了，猛地一下站起来，然后又愣在那里。二人都愣着，不知第一句话该说什么。还是布小朋打破沉默，他伸出手来，两个人的手握到一起。

布小朋说："康参谋，你还好吧？"

"还好。小朋，你都当副师长了……我早想到会有这一天，祝贺你……"

"谢谢。"

二人落了座。服务员端上来四个菜，启开一瓶红酒，过来倒酒。康文定抓过酒瓶，给自己倒上，说："我知道你不喝酒，你就以茶代酒吧。"其实如果康文定给他倒一杯，他是不会拒绝的，不知为什么，今晚他特别想喝一点，以前可是从来没有这样的欲望。康文定点上烟，几口就吸下去大半截，他烟瘾很大，以前他是不抽烟的。

喝下两杯酒，康文定放开了一些，突然问了一句："你姐……她还好吗？"

布小朋心中一阵剧痛，愣了许久才说："……她去世了……都六年多了。"

咣的一声，康文定手中的杯子倒了，酒洒了出来，他慌乱地扶起杯子，烟头烫了手，他扔掉烟头，喘着粗气，抬拳捶了下脑袋，摇头不语，也是许久才说："……怎么会呢？怎么会呢？……你姐她是个好女人……"

布小朋此刻心中充满了愤怒，他攥紧了拳头，真想一拳把对面的人打倒在地。但是他不能打，他打不出去，他把拳头张开，又是许久才说："……我姐说，你也是个好人……"

康文定冷笑一声，似乎不同意这个说法，伸手拿起酒瓶，倒满一杯，端起，咕咚一声全灌下去了。

布小朋耐心等待康文定说出参与投标之事，如果他张嘴求情，他一定会满足他。康文定快要喝醉时，终于扯到这上头，他舌头打着弯说："小朋，今天来找你，一是我特别、特别、特别想见你，二是我想告诉你，我参与你们技术楼的投标了。"

"我知道。"

"以前我不知道你管这事。我来的目的，是想告诉你，我想——撤标。"

"……为什么？"

"你和我爸是一样的人，办事认真，我掺和进来，会让你为难。"

这话让布小朋心里一热。愣一下，他说："我不怕为难。"

"谢谢。但我还是决定撤。"

康文定把一瓶酒喝下去，人就醉了。布小朋叫来小辉，两人把康文定抬上车。布小朋望着奔驰车在黑夜里往前驶去，两个尾灯一闪一闪，渐渐不见了，被黑暗吞没。

十二

总部干部部电话通知基地,孟广俊一周之内到北京报到,他将担任总部机关某业务局的局长。尽管这事处理得很低调,没有声张,但还是很快传开了。一般情况下,平调进京就算高升,孟广俊不但进了总部机关,而且升了一职,副师升正师,尤其是他要去的业务局,是总部机关的重要部门,得有多少人觊觎啊!

对于他的这个任命,基地首长都感到突然,事前一点风声没有,命令说到就到,非常人所为。

这个结果孟广俊三个月前就知道了。这三个月他非常低调,酒也基本不喝了,下班就回家陪老婆,工作兢兢业业,按时上下班,见谁都很客气,他等的就是这个任职命令。

去年孔家瑞首长离开基地之前,孟广俊瞅个机会到了一趟项秘书的房间,把一个小皮箱放在项秘书面前,当着项秘书的面打开,里面装满现金。项秘书吓了一跳,说,要送你去送,我怕挨骂。孟广俊说,不是给首长的,首长还缺这个吗?是给你的,听说你要买房子,北京房子七八千一个平方,太贵了,我帮你拿个首付吧,算是哥哥的一点心意。

这以后孟广俊就和项秘书建立了密切联系。过去常讲,阎王好见,小鬼难求。把秘书比作小鬼,也许不恰当,但他早发现了,有些秘书是首长最信任的人,比对自己儿子都信任,你把秘书侍候好,就等于在你和首长之间架了一座桥,没有这座桥,你想飞过去,很难。项秘书后来就成了孟广俊和孔家瑞之间的桥,首长本人包括首长家里的种种消息和动态,源源不断地到了孟广俊这里。

孟广俊接到了项秘书的短信,孔家瑞的儿子八一那天要结婚,他当天一大早飞过去,十点半之前赶到了某个秘密会所,提前等着孔家瑞出现。那天参加婚礼的人虽然只有几十个,但都是举足轻重的人物,个个顶千军万马,真是让孟广俊开了眼界,这样的场景,以往做梦都不敢想啊。孔家瑞见了孟广俊,虽微感意外,但很高兴,用力和他握手,问了问基地的情况。孟广俊"代表"基地感谢首长的关心。

孟广俊送上的结婚礼物是一张银行卡,密码是888888。这笔钱几乎是他全部的积蓄,但他不心疼,他信奉有付出才有回报的哲学道理,花出去的钱,早晚会回来,而且会加倍。回到龙城,刚下飞机,就接到项秘书短信:首长甚悦。

他往北京调,实现进京的梦想,也就顺理成章了。

人要走,送行酒是少不了的,从基地领导,到司、政、后、装四大部,排着队来,各师也想请,排不上号了。孟广俊似乎把上三个月欠的酒都补回了,每天要喝好几顿,由于他神清气爽,春风得意,酒精下得快,也没见他醉,只是走路有点晃。

布小朋趁双休日赶回来,先处理夏忧的事。夏忧老婆提出离婚,夏忧同意。由于夏忧住的房子是部队的军产,没法给她分割,她提出夏忧的存款全归她和儿子,夏忧也同意,但只拿出五千多块钱,说就这些。老婆不信,来宣传处闹,再准处理不了,就把布小朋喊了来。布小朋赶过来一问,夏忧的确就这点存款。老婆问:"他的钱呢?他不抽烟不喝酒不买衣服,不嫖不赌,钱跑哪儿去了?一定打了埋伏。"夏忧只好把几张收据拿了出来,原来这几年他一直给803医院捐款,用来救助患有先天性心脏病的儿童,他已经帮助六个小朋友完成了手术,捐了三万块钱。这下他老婆不得不信了,然后还是闹,哭诉:"这个人太没良心呀,他把钱给不认识的人,也不给老婆孩子,当初嫁他,真是瞎了眼。"在布小朋调停下,夏忧答应把今年后几个月的工资全拿出来给老婆,这才把事情平息。

夏忧交回结婚证,领到了离婚证。布小朋怕他心里有疙瘩想不开，跟着去了他家，陪他聊天。说着说着，夏忧果真流了泪，布小朋劝他想开点，离婚不是世界末日，只要愿意，你一个军官，找个老婆有什么难的？夏忧抹抹泪，说："我不是为离婚难过，离婚了，我高兴。"

"那你哭什么？"

夏忧把一张《子弟兵报》递给布小朋："你看看这个头条。"

头条新闻说的是北方军区某炮兵旅，练习打巡航导弹，效果如何如何好。布小朋看不出端倪，说："这有什么好看的？"

"你认为炮兵能打下巡航导弹吗？这是不是瞎扯淡？它那几门破炮，怎么打巡航导弹？它用弹弓打，还是用竹竿捅？"

"你觉是这是造假？"

"反正我不相信，火炮能打下战斧式巡航导弹。报纸宣传这个，就是假新闻，糊弄人。还有，这个旅昨晚上了电视，里面用的镜头是美国大片《壮志凌云》的画面，让我看出来了。真敢做假啊。"

"现在这个旅成了重大典型。"

"冉淮也在琢磨树个大典型。搞出个大典型，就是政治工作的成绩，谁整出典型，谁就能升官。现在部队假新闻、假典型成灾，目的不是为了宣传典型，而是参与者都能从中得到好处，说到底就是为了升官。"

"把工作做好，升官无可厚非，你不要一概贬斥。"

"有些人心思没在正道上，这个你比我清楚。你的老战友孟广俊又升官了，都说他台上讲马列，台下拜鬼神，这样的人还能到北京升官，你怎么看？"

"……不要说别人，说说你吧，婚离了，生活有了变故，我希望你冷静一下，理理思路，以后怎么办。首先你得和大家搞好关系，把本职工作搞好，像正常人那样生活。"

"我不正常？"

"……我觉得有点。"

"我是不正常，我有数。我对部队失望了，年底想走人。"

"没人撑你，你走什么？地方就是那么好混的吗？"

"至少到了地方少生气。你看看，每晚有多少人出去大吃大喝？院子边上的几家豪华餐厅，多少当兵的在吃喝，一顿造几千块，他们一点都不心疼。每年吃喝浪费的钱，要是搞装备，得造多少飞机导弹？"

"吃喝浪费是全国性的现象，不光是军队。现在没人管，到了一定程度，总会有人管。这几年我们的新装备上得很快，远超前些年。部队发展上了快车道，待遇也会提高，你这时候走人，傻！"

劝了半天，夏忧答应先干着，年底看情况再说。布小朋知道他是心里有气，发发牢骚就好了，他对部队有真感情，轻易舍不得离开的，也就不太担心。从夏忧家出来，布小朋回到家，邱梅说："听说老孟明天走，我们两家今晚聚一聚吧。"

"可以。但是我告诉你，我们排不上号。"

"不一定吧，我给刘娜打个电话试试。"

邱梅当下就给刘娜打电话，刘娜说，咱两家这种关系，还用搞这一套吗？关系真正好的，不用聚；聚的，关系不一定好，老孟每天应酬，就是走走过场。刘娜说的倒是真心话。

刘娜早就不当幼儿园老师了，调到龙城市委组织部老干部局，管老干部，现在已经是副处级；他们的儿子孟涛，送国外读书了。布小朋和邱梅的女儿布依，在上大三，她学的医，将来当医生，邱梅瞅机会就唠叨，以后要靠自己本事吃饭，尤其不能收病人的红包。这些年，两家来往明显少了，基本不再串门，一是忙，二是没有共同感兴趣的话题。前几年，刘娜邱梅遇见，二人还常常说起两家搭亲家的话，邱梅回家说给布依听，布依很反感，说孟涛长得像头猪，肥头大耳，五短身材，我怎么能嫁这种人？布小朋开玩笑说，他家有钱。布依说,他家就是有一百个亿,也不嫁。布小朋笑了,说,我女儿有志气,以后不要再说这个话题了。

邱梅毕竟和刘娜是多年的好朋友,说起刘娜不久也要走,以后见面就难了,不觉心里酸酸的。布小朋说,老孟明天一走,你多去陪陪她,不就完了嘛。

今晚后勤部为孟广俊饯行,就在一所搞。到九点半钟时,布小朋估计该结束了,就下了楼,看能不能碰到孟广俊,不和他说几句告别的话,布小朋感到不对劲。刚出楼门,果然就看到几个人送孟广俊回来,两家就在一个楼,不是同一个门洞。孟广俊微微摇晃着和那几个人挥手道别,转身要往楼里走,布小朋从身后喊住了他。

二人没有去家里,在营院里走走停停,说一些告别的话,二人都有些依依不舍之情,此时,布小朋感到,再说客套话、恭维的话,没什么意思,想说点真心话,比如想提醒他,到了大地方,不要太张扬,得夹着尾巴做人;又比如,权力大了,得多为下边办点事,不能光盯着上头。可是这些话,他又说不出口。吭哧半天,他对孟广俊说:"老孟,我上高中时,读过宋朝人黄庭坚写的一首诗,有这么几句,一直忘不掉,你要走了,我想送给你。"

孟广俊哈哈一笑,说:"老布,你还给我来文绉绉的,好啊,说吧,我听着。"

布小朋就背起来,他只记住了其中四句:"薄酒可与忘忧,丑妇可与白头,徐行不必驷马,称身不必狐裘。"

布小朋背完,孟广俊又是哈哈一笑,说:"照这个姓黄的说的,他出来当官干啥?我们出来又是图啥?不必狐裘,我们不当这个兵,我在家当工人,你在家当农民,不就完了吗?老布,甭信这种狗屁歪诗,得不到的人才这么说,其实都是蒙人的,反正我是不信。"

布小朋知道自己白说了,轻轻叹口气:"老孟,那我只能祝你到了北京,一切顺利,一生顺利。"

孟广俊有所触动，点点头："那我谢谢兄弟。"愣了愣，突然又说道，"调往北京，可能走上了一条不归路。"

这话听着让人心头一颤，有点风萧萧兮易水寒，壮士一去兮不复还的味道。二人当下也都没想更多，继续往前走。不知不觉到了北门口，两个岗位上的士兵，认识二人，老远就一齐打敬礼。孟广俊挥挥手，想起什么，说："老布，咱俩一起站会岗吧，就算告别了。"

布小朋笑了："这个主意好。"

二人正好都穿着迷彩服，便走到哨位前，两个士兵见状，急忙把头盔、武装带和佩枪摘下来，递给二人。二人装束完毕，站到哨位上，面对面望着，仿佛回到当年，都有了一种威武、神圣之感。凡是在这个哨位上站过岗的士兵都不会忘记，这座大门正对着北京天安门，当年的老兵、班长、排长、连长们都是这么说的。

此时已是十点多钟，经过北门的车辆和人员很稀少。布小朋和孟广俊就那么站立着，微风吹拂，头顶依稀见到星光，熄灯号悠悠响起，大院一片寂静，喧闹的一天结束了。

第 六 章

一

早晨五点钟布小朋就起床了，一夜没怎么睡，眼睛有点酸涩。东西昨天晚上就已收拾好，两个箱子，一个装书，一个装换洗衣服。五点半，司机小章就过来了，把地板拖了一遍，公家的东西归整好，垃圾提到楼下倒掉。六点整，起床号悠悠响起，小章提着两个箱子下楼，布小朋出了门，把门锁上，拿着钥匙往下走。一出楼门，他愣了一下，面前已经站了几十个人，吴师长、丁政委以及其他师常委都到了，还有不少人往这边走。

昨天上午，布小朋接到了正式任命，他将担任基地后勤部长，让他把工作移交给即将接替他的四团团长，三天内回龙城报到。昨天下午他用一个小时就把工作移交完毕，昨天晚上，师常委搞了个小规模的欢送会，在招待所准备了一桌酒席，因为他不喝酒，就闹不起来，草草收场。本来昨天晚上他想连夜回龙城，感到不打招呼就走人，不合适，临睡前给吴师长、丁政委打了个电话，说自己一早就走，千万不用送，也不要给其他人声张。

他没有想到，刚吹过起床号，就有这么多人赶来送他，一会儿的工夫，机关干部们几乎都到了，各团的团长政委基本也都到了。还有不少家属孩子，打开宿舍楼的窗子，往下面看。这个场面让他始料不及，人多来不及一一握手，只能不断地冲众人抱拳作揖，然后一头钻进小车,逃也似的往院门口驶去。

车子拐弯的时候,他隐约看到女干部们居住的小楼上,严锐的窗子打开着,严锐伸出手来,朝他的车子挥了挥手,一晃就不见了。车子驶到营门口,卫兵行举手礼,他回望一下院落,想到这是在跟这个生活了四年的营区告别,不觉眼睛湿了。

能当上后勤部长,不少人认为他沾了孟广俊的光,如果孟广俊不走,是不会轮到他的,他运气好。此前曾有好心人提醒他,得花点银子打点打点,尽管排名靠前,也不能干等,煮熟了的鸭子飞走的事情常有。他不想花钱,自家也没有多少钱,只能干等。结果,命令到了,并没出现什么意外,可见不是所有的进步都要用钱来铺路。

中间有个小插曲,有人往总部举报他偷改年龄,本来一九五八年出生,改成了一九五九年。总部纪检部门来人调查,他承认有这回事,当年参与此事的老首长康又汉、张道刚、杨廷江都站出来作证,说当年给他改小一岁,是基地研究决定的,是组织行为,为了给他提干,保留下这个骨干,不是他个人所为,当时他只是个普通战士,他个人是没有能耐偷办这事的,何况,真要偷改,还不得多减几岁,何苦只改小一岁?基地党委写了个情况反映,上级决定把他年龄改回实际年龄,不影响提升,这件事情也就过去了。

车子开往龙城,自从有了高速公路,一个多小时就到。快到龙城时,手机响了一下,是个短信,他以为是告别短信,或是祝贺的短信,就没看,过了一会儿,又是一个,他打开手机一看,都是严锐发来的。严锐说:你走了,突然感觉天空很灰暗;严锐又说:我刚刚答应冉处长,同意调宣传处,你会祝贺我吗?

他吓了一跳。平时他很少接触严锐,这个女孩子这么大了不找对象,脑子里想什么?女人心,海底针,深啊,难以琢磨啊……他突然有些烦躁,忙把思绪调到工作思路上,把严锐的形象从脑海中抹去。

回到老单位，搬进部长办公室，工作和生活回到了先前的节奏。他办的第一件事，就是把财务处长叫来，吩咐他必须严控餐费的报销，把吃喝的费用降下来，大吃大喝，糟蹋钱不说，主要是败坏风气，而且伤害身体。他拿自己的身体说事，说自己从不喝酒，极少聚餐，身体各项指标都很正常，没有这高那高的，凡是胡吃海喝的人，最终身体都要受到惩罚。

当一把手，面临最多的事，就是不断有人来跑官要官，有的明要，有的暗要，有的托人来要。他发现，只要不收人家的礼，事情就好处理，他告诉所有来要位子的人，只要把工作干好，管钱管物管人的人，你不乱伸手，他一定会优先考虑。他不收礼，早就有了名，群众的眼睛雪亮，既然你真不收，也就没人敢给他送，少了好多推来搡去。

他不乱给别人办事，却有人主动给他办事，办的还是牛得宝的事。牛得宝考不上军校，并非没有提干的机会，这不，机会来了。有人告诉他，总部来了规定，表现优秀的士兵可以直接提干。他问："什么条件？"

对方说："主要有三个。一是年龄不超过二十六周岁；二是立两个三等功，其中可以包括一个集体三等功，或者单立一个二等功也行；三是在正规连队担任班长一年以上。"

"牛得宝符合吗？"

"年龄正好，今年不办，明年就过界了。他所在的班立过一个集体三等功，这算一个，年底给他再单立一个，这个不难做到。"

"他好像不是班长吧？"

"可以给他补下一个班长命令。"

"时间不够呀？"

"命令时间可以提到去年，满一年就行。"

"他当兵六七年，连个班长都没当上，说明表现很一般，怎么给他立三等功？一个连队一年只有两个立功名额，你给他一个，合适吗？别人会不会有意见？"

"……可以私下办一个塞档案里，不占用连队名额，谁也不知道。团一级政治处就可以办。"

"符合这一堆条件的士兵，都可以直接提干吗？"

"不可能，每个师顶多两个指标。到最后，肯定谁关系硬提谁。"

听到这里，布小朋笑了笑。

对方诧异："部长，您笑什么？"

"我数了数，一共有五项硬指标，牛得宝缺两项最重要的。这行吗？"

"部长，什么事情都可以操作嘛……"

"不瞒你说，我曾经最大的愿望，就是给这个外甥创造一个好前途……他妈妈死了，爸爸不来往了，他像我的孩子一样，甚至比我的孩子还要亲……这个心病本来早解除了，给过他两次考军校的机会，他都没抓住，不具备能力。现在你又提出来，让我心又痒痒了……"

"部长，只要您点头，我们去办。不会有事的……"

布小朋站起来，踱了一会儿步，然后停下来，看着对方，说："可是一个师才两个指标，你给一个不怎么样的兵提干，所有人都会想到，这是因为他舅舅现在是基地党委常委、后勤部长。如果没有他舅舅，就是有一千个指标，恐怕也轮不到他吧？"

"……"

"五项硬指标，需要两项去造假不说，还要挤占别人。给你说，这些年过来，我已经造不了假啦，不习惯了。我常对部下说，不要伸手。这不就是伸手吗？虽然这不是收钱，可和收钱比，有什么区别吗？"

对方心里一定是后悔了，不该伸着热脸来蹭这个冷屁股，想办好事,给弄得灰头土脸;想拍马屁,拍到马蹄子上。遂苦笑笑,不说话。布小朋意识到话有点硬,怕伤了对方,换个口气说:"这事算了吧,你们的心意我全领,非常非常感谢。我还有件事情,想请你们给办办。"

"部长您请讲。"

"四团三连有个叫张望的兵,我认为不错,能给他提干吗?"

"张望是师里的训练标兵,也纳入视野了,好像还缺一个功。他才二十三岁,还有三次机会,他提干,没问题!"

"那就好。你们帮张望,就算帮我。先谢谢了。"

对方情绪平稳地走了。布小朋想,牛得宝的事,终于可以真正放下了,自己这么一搞,谁也不会再来热脸蹭冷屁股。

一年之后,张望提干的事情有了着落,却就在这时候,张望出事了。

四团组织夜训,张望班里的一个新兵打瞌睡,不慎掉下山崖,张望第一个跳下救他,把他托上来,自己却滚落到更深的沟中,脑袋被尖石撞破,当即身亡。

冉淮第一时间得到了消息。前些天他正在犯愁,基地已经一年多没上《子弟兵报》头版头条了,董政委不高兴,让他今年无论如何上一个,否则拿他是问。他私底下埋怨经费太少,囊中羞涩,不敢去北京;同时又责怪严锐,说,把你调来,你不愿搞新闻,调你来干什么?他组织了几篇稿子,要带严锐到北京活动,严锐坚决不去,正好赶上她患感冒,她有理由拒绝。冉淮百般无奈,打算亲自跑北京送稿,又担心去了完不成任务,回来没法交代。他无比纠结,几天时间人瘦了一圈。他有个习惯,事情拿不准的时候就到处打电话,看似东拉西扯,实则是讨主意。当年新闻学习班的一个同学在北方军区某集团军当处长,年年上几个头条,冉淮向他请教,不愧是老同学,而且还是老乡,磨叽好一阵,老同学终于给他支了一招。冉淮实在没招,只好硬着头皮采用这一招。

他先到军需处价拨了两套女战士的服装，又通过熟人从一家夜总会雇了两个陪酒员，当然是漂亮的，看上去清纯的，而又放得开的，把她们带到大院东门外的宾馆开了个房间，为了避嫌，他特意带上新闻干事小巩，并且让小巩的女朋友帮忙，对两个服务员进行培训。小巩的女朋友以前当过兵，复员后当交警，小巩教两个女孩一些部队的基本常识和新闻采访方面的内容，小巩女朋友进行军姿、军仪方面的指导。两个女孩很聪明，对新知识掌握得快，站有站相，坐有坐相，没两天就很像个女战士了。

冉淮和小巩准备带两个女战士出发时，小巩遇到严锐，说漏了嘴。严锐问他干什么去，神神秘秘的。小巩说，你不出马，我们只好给你找个替身。严锐早就察觉到冉淮和小巩这几天有些异常，鬼鬼祟祟，突然意识到什么，感觉事态严重，就向政治部聂主任报告了。聂主任马上打电话把冉淮叫来，厉声问他搞什么名堂。冉淮见躲不过去，只好如实说了。他说，《子弟兵报》有一个主任，还有一个主力编辑，喜欢找战士报道员谈心喝酒聊天，我们基地没有合适的女战士报道员，有也不敢带去，只好从外面找了两个，培训一下，准备带北京帮忙落实稿子。聂主任闻听此言，发了大火，指着冉淮鼻子破口大骂，让他少去北京丢人，即使不上头条，也不能用这种下三烂的办法去公关。挨一顿臭骂，冉淮情绪十分低落，取消了北京之行，甚至撂挑子年底走人的心都有了。

正当他心灰意懒，口舌长疮，看谁都不顺眼的时候，二师宣传科长胡传信打来电话，一惊一乍地说："冉处长，有个重要情况，我们四团的老典型张望，为救战友牺牲了！"

冉淮条件反射一般，腾地跳了起来，脑子里快速闪过张望的先进事迹，他像打了一针强心剂，立马换了个人似的，跑去见聂主任。他激动地拍着胸脯说："主任，一个大典型，一个我们多年来梦寐以求，可遇不可求，轰动全军，甚至可以轰动全国的重大典型，终于出现了!"

布小朋得到消息要晚一些,是严锐打电话告诉他的。严锐在电话那头哭着说:"部长,张望……张望……人没了……"

布小朋脑子嗡的一声响,手一抖,不慎碰翻了茶杯,杯子滚落到地上,叭的一声碎了。

二

基地专门召开常委会,研究张望典型宣传事宜。董政委、聂主任作为政工首长,干什么吆喝什么,主张进行大规模宣传,树一个在全军,乃至在全国有影响的重大典型。李司令和几位军事首长态度不是很积极,认为现在的典型,在老百姓眼里,不像过去那么吃香了,你吆喝动静再大,他也不买账,主张做个一般性宣传,在《子弟兵报》上个头条就可以了,避免劳民伤财。布小朋心情沉重,他讲了几个张望的小故事,谈了他对张望的看法,认为像他这样爱军习武,不畏牺牲的士兵,在当今时代尤其难能可贵,是士兵的楷模。布小朋带有感情的发言,最终打动了所有常委,会议决定,给张望同志记一等功,评烈士,争取由总部授予他一个称号,以基地党委的名义发出"关于开展向张望同志学习的决定",尤其要大张旗鼓对外展开对张望的宣传,专门成立"张望同志先进事迹宣传办公室",简称"张办",基地于副政委担任"张办"主任,政治部聂主任具体负责。

会议刚结束,布小朋就收到冉淮发来的一条短信:谢谢部长,太谢谢您了。

大力宣传张望,让其他人学习他爱岗敬业、爱军习武、勇于奉献、敢于牺牲的优秀品质,是布小朋的真正目的,他不需要谁感谢。张望出事那几天,布小朋心情很不好,少见地批评了两个大中午跑出去喝酒的处长，勒令二人写出深刻检讨。

冉淮很快拿出了方案，重点有：一是组成写作班子，搜集张望生前的素材，大规模地毯式展开对张望身边人的采访，尽快拿出一本张望故事集；二是以基地党委名义给总部写一份请示，要求总部宣传部门协调好对张望事迹的宣传事宜，并且在适当时机授予张望荣誉称号；三是组织记者团，重点从北京请中央级、国家级媒体来基地深入采访，集中时间见报上电视，铺天盖地造舆论；四是成立张望同志事迹报告团，到总部和部分驻京单位做巡回报告，最后到群众大会堂作一场报告，请总部和军委首长参加，这将是张望典型宣传的最高潮。

李司令、董政委圈阅了这份方案。

严锐主动要求加入到写作班子，十几人的写作组，进驻二师招待所，进行全方位采访。冉淮要求他们，要发扬愚公移山的精神，深挖不止，争取把所有素材都拿到，不能遗漏。

搞典型宣传，花钱是少不了的，或者换句话说，典型要用钱堆起来。冉淮打报告申请经费，财务处长拿着冉淮的报告来找布小朋，说宣传处狮子大开口，要一百五十万。

像这种临时性申请经费，没办法提前做预算，只能双方先协商好，再请首长签字，常委会上研究通过。

"首长们什么意见？"布小朋问。

"李司令和江副司令让我们先核算一下，看能不能用那么多。"

"你们怎么想的？"

"一百五十万太多，快盖一座楼了。给六十万，就不算少了。"

布小朋心肠一软，说："给他八十万吧，这个典型要搞大，花钱是免不了的。"

财务处长点点头，出去了。

冉淮很快知道了消息，直接跑来见布小朋，一进门就赔笑脸，说：

"部长,您得高抬贵手啊。"

布小朋请他坐下,亲自给他倒上一杯茶,他恭敬地接过,说声谢谢。布小朋说:"我已经把手抬高了,你想要多少呢?"

"……最好一点不卡,照单全付。"

布小朋犹豫着,不说话。

"部长,树典型和你们盖楼一回事,都是工程,都得靠钱堆起来。"

"我看了你的报告,很多开支不该列的,比如这一项,"布小朋拿过报告,"中央、国家级新闻媒体记者采访费,这就是所谓的红包吧?"

"算是。"

"计划请三十人,每人五千,光这一项就是十五万。记者来,都要给红包吗?"

"肯定给。"

"如果是一般的小典型,你请记者来给吹吹,送个红包,我理解。可是张望就不同了,他的事迹明摆着,非常过硬,非常感人,对任何媒体都是有吸引力的,这种情况下请他们来,还要给红包吗?"

冉淮笑笑:"部长,您不了解行情。您以为张望有可能成为大典型,媒体就老老实实给你报道?全国这样的人,这样的线索,多了!人家为什么非要报道他?这些记者,常年下来采访,手伸惯了,你不给他试试?稿子就是登不出来,或者登出来也是个豆腐块,根本发不了重要位置,不够恶心你的。我说句难听话,就是雷锋放到今天宣传,你请记者来,红包也是不能少的。我这只列了十五万,其实不止这个钱,还要到北京开新闻发布会,到时候,还要给这些记者的上级,甚至上级的上级,上级的上级的上级发红包,只有都打点到了,稿子才能在所有大媒体同一时段发出,这样效果才能好。部长,您如果不信,我把电话打给总部宣传口的一个处长,他最了解行情，让他给您说。"

冉淮掏出电话真要打，布小朋示意不要打了，他想起那年到宣传处仓库，看到那么多非买不可的书，听到冉淮倒的苦水，弄到最后，你就觉得欠他的，给他钱给少了。果然，见布小朋沉默不语，冉淮又倒起苦水，说，宣传处长实在不是人干的，要钱没钱，要权没权，到处求人，都说宣传工作重要，都不把宣传当回事，政治部最牛逼的是干部、秘书、组织口，现在纪检也开始牛了，他们总有捏住别人的地方，能扼住别人咽喉，只有宣传和保卫口，啥也不是，没有人把你当棵菜。保卫口至少加班少，材料少，图个轻闲，穷点就穷点吧；我们宣传口呢？天天写材料，天天写稿子，烂事一大堆，我办公室的灯，哪个晚上不亮到最晚？当三年宣传处长，得少活十年……

冉淮越说越激动，布小朋不想听他发牢骚，又不好打断他。冉淮眼里布满血丝，这段时间他可能就没好好睡觉，一直处于极度的兴奋中，而又极度的忐忑。说到后来，他压低声音，诚恳地说："老班长，我正团快五年了，就等个副师。把这个典型搞大，让上面高兴，这是我最好的机会，我上面没人，又没钱送，就靠这个了。老班长，你得帮帮我。如果年底再上不去，我可能就没机会了，只能脱军装了。那些管钱管物的上不去，还可以搞点钱走人，我上不去，我什么都没有，当半辈子兵，真是太亏了……"

话说到这个份上，布小朋不想帮也得帮了。他站起来，对冉淮说："冉处长，我只有一个要求——把张望的事迹宣传好，让更多的人信服、感动，不要花了钱，达不到效果。"

冉淮明白了布小朋话里的意思，激动地说："部长您放心，我会竭尽全力，推一个过硬的典型。"

一百五十万经费，一分不少地拨给了冉淮。

一个多月后，张望故事集编好了，厚厚的一本，常委每人送了一本。布小朋一篇不落地认真看，越看越不对劲，这已经不是他所认识的张望了，是另一个张望，一个陌生的张望，一个他所不知道的张望。故事里面，张望经常说一些大话，空话，冠冕堂皇的话，像个政工干部，根本不像一个朴实无华的战士，而且很多事情不全是他一个人做的，是班里战士，甚至全连同志共同做的，结果都堆到了他身上，几乎成了他一个人的功劳。比如去年三连被评为全师训练先进单位，故事里就说，张望一心为打赢，刻苦练精兵，正是在张望的感召下，全连同志发奋努力，终于夺得了一面锦旗。这样的张望，就不是个班长，而是个连长了。还有，故事里说，张望每月都拿出一半工资，资助驻地附近家庭贫困的小学生。事实是，张望每年只拿出一个月的工资助学，布小朋当副师长时，张望亲口给他讲过这事。又比如，有一次张望发烧四十度，排长让他去医院看病，他坚决不去，抱病到训练场摸爬滚打，布小朋认为发烧四十度还不去医院，本身这事不值得提倡不说，四十度这个数字恐怕也有水分。

布小朋忍不住拿起电话，打冉淮手机，手机关机，他又打冉淮办公室电话，严锐接的，说冉处长给于副政委、聂主任汇报去了，记者团马上要来，研究接待的事。严锐柔声问："部长有什么指示？"

布小朋说："没什么，我就是对故事集有点看法，他不在就算了。"

快要下班时，冉淮气喘吁吁从三楼下到布小朋办公室，见面就吐苦水，说抓个典型，能把人活活累死，搞不好张望的事情没完，我先完了。问他为什么，他说，电视台三个记者耍大牌，提出要住套房，坐头等舱，又不敢得罪他们，可是你给他们搞特殊，别的记者看到，心里不痛快呀，没办法，只好让他们和别的记者分两个航班来龙城，来了后其他人住一所，他们住蓝海宾馆，正在协调这事，麻烦死了。布小朋不想听他倒苦水，把故事集往冉淮面前一推，直截了当地说："张望的事迹，我觉得假了。"

"是吗？董政委李司令于副政委他们都觉得不错，很感人。"

"我更了解张望,我感到拔高拔得有些过分了。"

"……部长,您不了解现在的新闻,口味轻了,显得没分量。"

"原汁原味,效果会不会更好?"

"搞点小菜,自己吃可以,端给别人,就不行,好比饭店做菜,就得高油高盐重口味,色香味俱全,这样别人吃得才带劲。你原汁原味,他会觉得淡而无味。"

"真实是新闻的生命,这话没错吧?"

"……没错,但是,如果光我们张望真实,别人的李望、王望不真实,他猛拔高,我们张望就吃亏了是不是?树典型,肯定是越大越好,搞出个雷锋第二来才好,你太老实,不下点猛料,没人关注。再说了,我们自己不拔,记者们来了,也得拔。部长我说句难听话,搞新闻,想不拔高,不可能的,当年雷锋宣传,听说也是往上拔了的。"

"哎哎,你没有证据,别瞎说啊,雷锋是盖棺论定的最大典型,不能为了说你的事,拿人家垫背。"

冉淮象征性地抽了自己一个大嘴巴:"该死!好好,我记住了,记住了,以后不敢瞎说了。部长,您没别的事,我得走了,一大堆事呢,明天记者团就要来,今晚我得通宵加班。"

冉淮快步离开了。布小朋想到原本一个真实感人的张望,就要在笔杆子们手下变成一个掺了水的典型,不觉隐隐心疼,他甚至有点后悔在常委会上力推此事。想到媒体上宣传的典型如果都像冉淮讲的那样,那么,老百姓不买账,也就顺理成章了。下了班,办公楼里人基本走光了,布小朋才往外走,在大楼门口遇到夏忧,夏忧近视,待看清是他,又想躲。自从布小朋当部长后,夏忧总是有意无意地躲着他,也许怕别人闲言碎语,才有意这么做。

布小朋喊住了夏忧,问他为什么没参与张望事迹报道。夏忧说:"我进去三天,就被冉淮撵出来了。"

"为什么撵你?"

"我反对他搞虚假宣传,动不动就把张望往高了拔。"

布小朋笑笑,说:"我们想到一块了。"

夏忧说:"我们和某些人出发点不同。我们只是想把真实的张望告诉大众,没有想到从中谋利,有些人就不同,他们指望靠张望升官发财呢,所以,为了搞大张望,他们不择手段。"

布小朋指着夏忧:"话说出来就伤人,嘴巴不能太狠,得讲点方式方法。"

"我是给你说真话,别人面前,我现在基本沉默了,因为我说了也没用,没人听。"

夏忧告诉布小朋,冉淮这次是孤注一掷了,拼了命就想提一职。晚上即使不加班,办公室的灯也开着,因为董政委每天晚上在办公楼前散步,习惯抬头看谁的办公室亮着灯,他亮灯政委就高兴。布小朋刚才注意到冉淮最近瘦了不少,心想他为了前途拼命干工作,即使玩点小花样,也还可以理解,就说:"夏忧,以后一定管住自己嘴,我说过你多少次,不要再议论别人了,就像你说的,瞎议论也没用。冉处长为了留住你,也算操心出力过,他也不容易,工作上还是得配合他。"

夏忧迟疑一下,点点头,往前走了。从他背影看去,他越发消瘦,肩也有点佝偻了,似乎一阵风就能把他刮跑。

三

张望的事迹,很快见诸各大报端和电视电台,在社会上引起一定反响,初战告捷。最让基地领导操心的,却是那场张望先进事迹报告会。冉淮组织基地、师、团三级共二十多个笔杆子,住在二师招待所,在总部宣传口几位专家的指导下,用了近一个月时间,拿出五篇报告稿,报告人分别是二师副政委林宏雨、四团团长赵守业、三连指导员黄华、张望训练时的"对手"——该连一班班长杨宇康以及被张望所救的新兵万小明。这五篇报告稿分送基地常委和有关部门审阅,征求意见。冉淮让严锐到布小朋办公室送稿子,顺便给布小朋吹吹风,说是经费可能不够,光是组织这几份报告搞,就花了二十多万,请部长继续给予关照。布小朋说:"你全程参与张望事迹宣传,感觉怎么样呢?"

严锐说:"宣扬典型,是时代的需要,无可厚非,就是钱花得多一点。"

布小朋点点头,说:"张望活着时,非常俭省,破了的衬衣衬裤都不舍得扔,缝缝补补接着穿,如果他知道公家花一百多万宣传他,他一定不会同意的。"

"您欣赏张望,看中的也正是他这一点吧?"

"小时候我和张望情况差不多,都是穷人家的孩子,都是父母早亡,生活困难。我最看不得别人糟蹋东西。现在我算是个不大不小的官了,手里管的钱,数以亿计,可我还是改不了以前养成的习惯,我不明白,是我落伍了呢?还是时代进步太快?"

"部长,您是对的,那些不把公家钱当钱的人,我也看不上眼。"

布小朋苦笑一下:"人们羡慕管钱管物的人,可是让我管钱管物,有时候真是感到痛苦,很多不该做的事情,自己阻止不了,不得不违心地签字画押。唉,想到那么多的钱打了水漂,心中的那种愁苦滋味,真是常人难以理解。"

"您也别想太多,只要独善其身,自己干净,在这个世界上,已经很不容易了。"严锐飞快地看他一眼,把目光移开,眼圈竟然红了。

布小朋不敢看她,目光望向窗外:"严锐,听我一句话,赶紧把个人问题解决了,不然你父母也牵挂,是吧?"

"……你又不是我父母,我个人的事,不要你管。"严锐说罢,头一低，出去了。

布小朋叹口气，收回思绪，坐下来，翻动几份报告稿，却怎么也看不下去。

董政委要求，报告会必须达到催人泪下的效果，否则就是失败。五个报告人到礼堂试讲了一次，除了万小明的稿子比较感人，其他四篇报告稿，效果都很一般，基地首长很不满意，董政委把冉淮叫过来，当着很多人的面批了一通，说："你花那么多钱，用一个多月，就弄出这么几篇破稿子，怎么好意思拿到总部、群众大会堂演讲？人家别的典型到北京演讲的稿子我看过一些，无论思想高度，还是文字水平，感人程度，都比这个强。我再给你一个月，拿不出满意的稿子，你这个处长别当了！"

冉淮吓得大气不敢出，立正站好，眼冒金星，汗水下来了。

董政委又说："报告会是张望典型事迹宣传的重头戏，重中之重，我代表基地党委，只提一个要求：到总部做报告，必须让总部首长流泪；到群众大会堂做报告，必须让更高的首长流眼泪。如果首长不流眼泪，那就说明没被感动，报告会就算是失败！"

冉淮顶着巨大压力，带人重新起草报告稿，很快他又瘦了一圈。布小朋路上遇到他，提醒说，报告团人员构成可能有点问题，全是男的，缺一个女的。

这话顿时让冉淮开了窍，他以前也不是没想过这个问题，因为张望母亲早死了，他没有女朋友，入伍后也不可能接触女性，受伤后当场牺牲，没有住过院，想找个护理过他的女护士都不可能，所以报告团成员中难以加入女性。他甚至幻想，别的典型搞报告会，报告人基本都是男女搭配，这回剑走偏锋，全部让男人唱戏，或许会收到奇效呢。

现在看来，不按常规出牌，就容易出问题。撤下一个男的，换上一个女的，势在必行。冉淮带一个干事紧急驱车五百公里，赶到张望的故乡——三台县张家洼,寻找与张望最亲近的人。张望七岁那年父母遭遇车祸双双去世,是他的一个堂叔收养了他。从此以后,张望跟堂叔堂婶一块生活了几年,他渐渐长大,离开堂叔堂婶家,自己单过,初中毕业后当兵离家,没再回来。冉淮见到张望的堂叔堂婶,发现堂婶形象还可以,嘴巴也能说,就是家乡话浓了点,这个可以请播音员培训她,问题不大。

冉淮在张家洼采访了三天,挖到不少张望小时候的事情,比如他很小的时候为了保护村里的果林,与偷苹果的坏人搏斗,被打折了胳膊;又比如他有一年过生日,堂婶给他煮了一个鸡蛋,他舍不得吃,送给一个孤寡老人;再比如他上初中时,遇到小流氓欺负女同学,别人不敢上,他勇敢地冲上去救下女同学,被小流氓打破了头。这些故事串起来,由堂婶这个抚养人演讲,效果一定好。冉淮请示过之后,当即把堂婶带回龙城。堂婶提的条件是,让她演讲可以,得把张望的抚恤金发给她家。冉淮认为,反正张望没有继承人,发给抚养过他的堂叔堂婶,别人也不会有意见,就同意了。

布小朋听说冉淮打算让张望的堂婶做报告,不干了。他来到冉淮办公室,问道:"你知道张望小时候的事情吗?"

冉淮说:"采访过了,知道一些。"

布小朋有些不高兴,说:"你根本不了解,你的采访有问题,太片面,为达到目的直奔主题,甚至不择手段。"

冉淮脸涨红了,又不敢顶撞。布小朋告诉他,张望父母去世后,张望的堂叔堂婶因为没有儿子,确实收留张望做了干儿子,但是不久,堂婶生下一个儿子,张望马上就不受待见了,堂叔堂婶开始虐待他,不让他上学,让他割猪草,小小的年纪喂七八头猪。张望反抗,常常遭到暴打,最后干脆把张望赶出家门。村里分给张望一亩多地,他一边下地干活一边上学,读完初中,遇上基地到三台县征兵,他几乎给接兵的人下跪,打动了人家,一打听,这个孩子虽然从小无父无母，但不偷不抢，没什么坏毛病，靠自己种地和学校救济读完了初中，而且学习成绩还不错，就把他带到了部队。布小朋下连队的时候，有一天晚上和张望散步聊天，张望把这个经历告诉了他，说，将来有机会，他会报答张家洼的父老乡亲，但他不会原谅堂叔堂婶一家。

"你让堂婶上台作报告，张望会死不瞑目的！"布小朋眼睛红红的，心里难受。

冉淮愣了许久，说："部长，怪我采访不细，我检讨……可是董政委已经同意让她作报告，再撤下她，出尔反尔，我怎么解释呀？"

"我去找政委解释。"

"没有一个女的作报告，还是不行呀？"

"为什么非要盯着张望堂婶呢？"

"没有别的女人可找呀？"

"谁说的？你身边就有！"

布小朋撂下这句话，转身走了。冉淮一拍脑门，又一次开了窍。私下已经有传言，说严锐和布小朋走得近乎。身边有这么个大美女，却没好好利用，冉淮真恨不得扇自己两个耳光。

严锐不同意作报告，冉淮只好又向布小朋求援。布小朋当即打电话给严锐，说："你不是想让人知道一个真实的张望吗？给你机会，为什么不上？"

"那我讲什么呢？"

"就讲你眼里的张望，把你心中的张望，如实告诉听众。"

一句话打动了严锐，她同意上，顶替四团团长赵守业，本来让一个主力团的团长参加报告团，放下工作不干，到处作报告，李司令就有意见，这下摆平了。冉淮组织精兵强将为严锐写报告稿，拿出了稿子，严锐不满意，认为这不是她要讲的张望。她提出自己动手写稿，冉淮求之不得。严锐仅用一个晚上，拿出三千字的《我眼中的张望》，没有刻意拔高，没有往哪个主题上靠，更没有什么"主题思想"，就讲了一个她眼中朴素至极的年轻士兵。他善良、真诚，见了穷人就动心，愿意帮助别人；他爱好自己的职业，爱护自己的士兵，作为班长，训练场上总是第一个带头完成任务，从不说豪言壮语，也说不出来，他用自己的行动，默默地感召身边的人；他也爱玩，累极了的时候，就躲到一边，自己跟自己下四子棋；他从不乱花钱，转士官四年多，攒下六万块钱，打算适当的时候找一个女朋友，用其中的一半结婚，另一半捐给张家洼小学校，当年他上学的时候，很多同学资助过他，有的送过一元，有的送过十元，有的送过一角，有的送过两个馒头，他都记着，这种钱物是不能用数字来衡量的，他无法偿还，只盼着他们的孩子快些长大，到张家洼小学校上学，那时候，用他捐出的钱盖上一座漂亮的两层教学楼，让孩子们在明亮的教室上课。这就是张望最大的理想……

冉淮拿到稿子，拿不准能不能用，就报给聂主任，聂主任也拿不准，报给"张办"的负责人于副政委，于副政委也拿不准，报到董政委那里，董政委没看完，眼泪先下来了，把冉淮叫来，又批了一通，说："你们花了几十万，就这篇稿子好，因为有真情实感，说的都是心里话。你们为什么不能像严锐这样，说点真话？为什么老是说大话空话？"

这篇报告稿得到政委首肯，冉淮挨骂也认了。同时他也委屈：报告稿主题先行，思想突出，立意高远，催人泪下，哪一次开会，领导不都是这么要求？其他报告稿空话多，大话多，全是领导逼出来的，想催人泪下，可能吗？为了催人泪下，写稿的人感觉命都快搭上了，谁理解啊？当然这些话他只能背后发发牢骚，还得硬着头皮继续组织人马改其他四篇稿子。又过了一个月，那四篇稿子终获通过。

报告稿前后历时三个多月，十易其稿都不止，参与者人人扒了一层皮一般，深感文字工作的不容易。第一站在基地通信站试讲，效果很好，冉淮让人简单统计了一下，有百分之三十多的人流泪。第二站到总部大礼堂作报告，董政委亲自带队，总部首长和机关、直属部队一千多人参加。轮到严锐作报告时，她声情并茂，加之她形象好，气质好，声音好，用真心演讲，她赢得的掌声和眼泪最多，把报告会推向高潮。冉淮一直留意董政委，他看到董政委一直往总部主要首长席上瞅，也跟着悄悄瞅过去，当严锐讲到动情处时，几个主要首长眼圈都红了，带头鼓掌，董政委表情放松了，冉淮心下也踏实了。

在总部的报告，大获成功。总部一个首长放出话来，严锐如果愿意，可以来总部机关工作，这样的人才，打着灯笼都难找。

到群众大会堂作报告，手续比较烦琐，光组织出面还不行，需要熟人出面协调，这样可以安排得快一些，免得老等场地。基地领导出面找孟广俊帮忙联系，并由他出面邀请孔家瑞等首长出席，很快定下了报告日期。

群众大会堂场租费很昂贵，没办法，谁让你非要到这地方作报告呢？冉淮往外掏钱时，心里像被刀割一样。另外，工作人员态度很蛮横，管你多大的官都敢训，冉淮因为想多买点价格同样昂贵的请柬，给训斥得没鼻子没脸，深感这里不是人来的地方。报告会举行那天，冉淮在会堂大门外迎接陆续到来的首长车辆，一个执勤的交警向他提出，能否给意思一下，中午哥几个吃顿午餐，大冷天的站一上午，这滋味谁体谅？冉淮心里一紧，没想到这种地方，警察也敢索钱，心里很反感，但是考虑到如果得罪他，首长们的车过来，他让停到离大门很远的地方，首长们的面子不好看啊，挨训的恐怕还是自己，咬咬牙掏出一千块钱现金，那人飞快地接过，还给他敬了个礼。

报告会开始前，时间尚早，严锐在会堂内四处转悠了一阵，她第一次来这么宏伟的地方，感到新鲜，但是等她想去会场时，一个便衣拦住了她，说什么也不让她过去，报告会马上开始，她好说歹说也不顶用，急出一头汗，最后才想起给冉淮打电话，冉淮过来说了一大堆好话，才把她领进了会场。

报告会取得圆满成功，冉淮留意到董政委不时地瞅孔家瑞等大首长，孔家瑞终于眼圈红了，用纸巾揩泪，董政委表情才彻底放松了，冉淮心里也才彻底放松了，几个月来的努力，没有白费。报告会结束，离开庄严的群众大会堂，冉淮感到天旋地转，晕倒在地。

四

北风呼啸，杨树上的叶子都掉光了，地上黄叶飘零。天气寒冷，虽然是周末，龙山东麓的这片林带却少见到人，张望的墓碑竖在烈士陵园的一角，是这里最新鲜的一座墓碑，碑前有一些已经枯萎的花束，北风吹拂，残花洒了一地。

布小朋手拿一束鲜花，缓缓走到墓碑前，弯腰把鲜花放置好，用一块石头压住。他站起来，久久凝视着墓碑上张望的名字，像面对一个活着的张望。张望向他走来，一脸的汗水，一身的泥巴，那是在训练场上摸爬滚打不知疲倦的张望。张望向他挥挥手，然后向着黑暗的远方缓缓走去，他的背影好像在说：这个兵他没当够，如果有来生，他还要当兵……

布小朋不觉眼角湿润了。张望的后事都已经处理好，按照他生前的愿望，他的抚恤金和存款捐给了他的故乡，要在张家洼盖一所以张望名字命名的希望小学。参与宣传张望事迹的冉淮、严锐等人，都受到奖励，冉淮功劳最大，荣立二等功，提升有望。一百五十万的费用花超了，冉淮又打报告要了三十万，布小朋痛快地给他办了。

身后有动静，布小朋知道是严锐来了。严锐直接走到墓碑前，把一个花环套在墓碑上，又冲着墓碑鞠了一个躬。今天是张望二十五岁的生日，以后能记住张望生日的，恐怕也就他们两个了。

严锐告诉布小朋，基地要给她立三等功，表彰她在宣传张望事情上的贡献。"但是我没要。"她说。

"为什么不要？"

"张望人都死了，我却因为他得到一个好处，我能要吗？我不能要，我心不安。"

"这是两码事，你应该要，这对你成长进步有帮助。听说你马上要调北京，到了总部机关，再想立个功就难了。"

"我现在后悔了，不该从二师调出来。"

"……为什么？"

"因为你要回二师。"

布小朋一愣。他下到二师当师长的事，只有基地上层知道，命令还没下，严锐竟然知道了，她消息够灵的。

他们慢慢往回走。他一心希望严锐早点离开龙城，到北京去，他推荐她参加报告团，就是想给她创造离开的机会，他们离得远一点，她会慢慢淡忘这里的一切，尽快建立一个温馨的家庭，像正常人那样过幸福的生活。哪想到这个女孩子的心底竟然这样深？她还是不想割舍与他的这份说不清道不明的情愫，让他无言以对。他放着好好的后勤部长、常委不当，愿意下到师里，是不是也想离她远一点？他不否认有这个因素在里面。当然，到一个主力师当一任师长，放开手脚真刀真枪真家伙干一场，是他的愿望。这是主要的原因。吴师长要去国防大学深造，李司令、董政委感到两个候选人有点弱，布小朋半开玩笑地说："我去怎么样？"李司令说："你如果舍得后勤部长这个宝座，你想去，我支持。"就这样，他去二师的事情基本定下来了。

布小朋和严锐在一个岔道上分手。天气寒冷，两人却都觉得心里热热的。布小朋走出好远了，严锐还站在原地不动，久久地望着他的背影出神。布小朋不敢回头，他有点逃跑似的，加快了步子。

孟广俊消息更灵，总部那边党委会一过，他就给布小朋打来电话，他不理解。人往高处走，水往低处流，虽然后勤部长和师长平级，但后勤部长是常委，是基地首长，在别人眼里那是高一级的，放着人人艳羡的后勤部长不当，非要下到师里，让人不可理喻。这人是不是脑子有问题？电话里，孟广俊说："老布，你是不是疯了？"

布小朋说："我这人犯贱，不愿管钱管物，就愿管兵。"

"你当部长，靠两年，弄个副司令干干，一点问题没有。下到师里，搞不好出点事，上不去，天下可没有卖后悔药的。"

"上不上的，我真不考虑这些。已经是正师了，当初从老家出来，哪想到有这一天？别说师长，连长都不敢想！知足了，就想干点实事。"

命令到的那天，李司令、董政委给布小朋谈过话，他坐车上了山，到了康又汉家。康司令正拿着遥控器发牢骚骂娘，时下播出的不少抗日题材的电视剧，他认为都是胡写乱编。电视里，一个八路军手提驳壳枪，一枪一个，撂倒几十个鬼子，简直像儿戏。还有的场面更加火爆，几十挺轻重机枪一齐开火，打得鬼子人仰马翻。他对老太太和保姆说，当年他们一个县大队，一百多号人，打一个班的鬼子都困难，他们牺牲十个，打不死人家两个；拼刺刀，三个人拼人家一个；更没有那么多的好枪，鬼子快投降时，他所在的团，只有五挺机枪，还有一挺是坏的，打鬼子哪像电视里那么容易？来一个鬼子，就可以把全村的百姓都吓跑，像电视里拍的，你中国人这么厉害，他鬼子还敢来吗？你这叫什么？这叫意淫！自己逗自己玩，麻醉中国人。

康司令借题发挥，说到时下中国有三种人最傻，一是电视电影观众，拍那么差的片子还有人看，票房那么高，傻瓜观众太多，没有判断力；二是球迷，足球水平那么差，连个亚洲小国都打不过，还有那么多人买票看球；三是股民，股市就是骗小股民的，可还有那么多人愿意上当买股票。刘美芹就是个老股民，最近套住了，割肉亏了不少钱，心情不佳，老头一唠叨，她更烦，说："还有一种老干部最傻，一辈子啥也没捞到，你看看人家李长水张道刚……"

一提李长水张道刚，老头马上制止道："少提他们！我啥也没捞，睡觉比他们安稳，你怎么不说？"

老太太说："人家照样睡觉，也没见谁失眠。"

老头说："早晚会睡不着的，等着吧。不搂不贪就是福啊！"

两人正吵得不可开交，布小朋进来了，老头想站起来迎接，动了几下，起不来。布小朋急忙走到老头跟前，扶他坐好。老头转眼八十好几了，一次见面一次老，脸上的老年斑越来越密。刘主任倒是不见老，头发还没怎么白。她打个招呼，就扶着楼梯上楼去了。

说起抗日电视剧，布小朋说："我也从来不看这种东西，太胡扯了，看了让人生气。"

两人聊起中日关系。布小朋认为，一百多年来，日本从来不怕中国，抗日战争胜利，日本人认为自己输给了美国和苏联，它第一怕美国，第二怕苏联，苏联占领它的北方四岛，它连个大屁都不敢放。但它就是不怕中国，认为如果不是美国和苏联帮忙，中国别说八年打败它，八十年都打不败它。所以，要让它服气，必须在适当的时候狠狠教训它一下，让它彻底服气。否则，中日之间，永无宁日。另外，中国必须打一个大胜仗，才能象征着中华民族真正崛起。

老头同意这个判断，说："再打仗，就靠你们了，我是不行了。"

布小朋说："我也未必能赶上，希望这一仗晚一点来，等我们强大起来，就不怕了。"

老头说："真要强大起来，就不用打了，不战而屈人之兵嘛。你去当师长，要告诉你的部队，不能当和平兵，要随时准备打仗。"

布小朋微微一怔，这消息传播得比导弹还快，说："您知道我要下去？"

老头说："李司令征求过我意见。"

布小朋释然一笑，说："我就是来告别的。"

老头说："闻鼙鼓而思良将。你去带兵，我高兴。"

布小朋小心翼翼提出，晚上想请老首长夫妇吃顿饭，认识快三十年了，他早都是师级干部了，竟然从没请老首长吃过一顿饭，有点不像话了，再不请，老人就走不出屋子了。

老头说："发财了？"

布小朋说："没有。这辈子很难发财了。"

老头说："请我喝什么酒？"

布小朋说："茅台。"

老头说："这酒现在多少钱？"

布小朋说："七百多吧。具体多少我也说不清。"

老头用狐疑的目光望着他："酒是哪来的？"

布小朋说："都知道我不喝酒，我家里就一瓶茅台，是我外甥送我的。现在我车子里。"

老头说："你不喝酒，他为什么送你？"

布小朋说："这我不清楚，前年我过生日，他来我家，带来一瓶酒，说是祝贺我生日，我没有喝。"

老头终于信了，愣一下，说："我们免了吧。"

布小朋不甘心："今晚我叫上邱梅，还有布依，如果方便，再叫上……文定两口子，陪陪您和刘主任……"

老头轻轻一拍沙发扶手："不见他还好，不争气的家伙……还是免了吧。"

见布小朋有些失望，老头又说："等茅台降到三百块钱以下，你再请我喝……几十块钱的东西，凭什么卖到七八百，疯了吗？就因为有那么多的公款吃喝，才有那么多的高档场所，一瓶酒可以卖到千儿八百，以后会更贵，等着吧。我劝老太太，卖了股票买酒，存起来，保证赚钱，她还不信。唉，都这么胡来，现在没人管，以后总会有人管的，中国不缺伟人。"

又聊了一会儿，布小朋告辞出来，老头非要送他，拄着拐棍走到绿漆斑驳的大门口，望着他的车下山，车子走出好远了，老头还在招手。

路过蓝海小区，布小朋突然想起，应该去看看杨廷江政委。他按响杨家的门铃，杨政委仿佛知道是他来了，亲自过来开门。杨政委红光满面，身体很硬朗，引他到一楼客厅坐下。他很想看看房子，当年蓝海小区的房子因为超标，总部曾经派工作组下来检查过，基地党委还往上写过检讨。自从建好后，他从没进来过。杨政委叫老伴找出一串钥匙，自己拎上钥匙，带着他，从一楼往三楼边看边走。这栋房子一共有八个卧室、两个客厅、两个书房、两个厨房、四个卫生间，可是奇怪的是，杨政委只使用一间卧室、一个客厅、一个书房、一个厨房、两个卫生间，其余的全落了锁，打开门，里面几乎全是空的，满地灰尘，看来锁上已有些年头了。他不解，杨政委说："孩子在国外，常年不回，家里就我和老伴，那些锁上的，都是用不着的，多余的。"

杨政委老伴插话说："住这个小区的人，都老了，有人抱怨，弄这么个大房子干什么呀？每天打扫卫生，累死个人。"

可是当初为什么没人嫌大？布小朋很想问问。杨政委仿佛看出他的心思，说："不是自夸，我当时就嫌大，可我没有提出减面积，因为会得罪人，我不想多要，别人想，又不用自己花钱，不要白不要。就这么着，顶着风盖了这一片超标准的大房子。"

布小朋不好说什么，听杨政委继续说。杨政委又说："人性之恶，需要匡正。人在官场，身不由己。官性之恶，更需匡正。"

"政委说得太好了。"布小朋感叹。

他突然好想问问,为什么当年他当团长时出了事,自己都提出转业了,基地领导不但没赶他走,还让他当了财务处长,属于重用,这不太合常规。

他忍不住提出了这个问题。杨政委想了想,说:"越是风气不好时,关键岗位上,越应该坚持使用手脚干净作风好的干部,比如干部处长、军务处长、工程处长、营房处长、财务处长等等,这些人正派,风气就会扭转一些,不然全乱套了。当时我们坚持留下你,就是出于这个考虑。"

首长们一直把他看成正派人,令他心中颇为感动。杨政委也已经知道他主动弃了部长,去当师长,赞同他去带兵,说:"别人是往上争,你是往下争,不同凡响啊!但是我想提醒你,以后有了更高位置,你就得去争,那位置总会有人去干,与其让个坏人干,不如让个好人干。希望你越走越高,最好能当上中央军委委员,甚至军委副主席。"

这话把布小朋吓了一大跳,脸红了,急忙站起来,说:"去当个师长,我都心里没底,能不能当好都难说……"

杨政委淡淡一笑,也站起来,说:"你把自己看得越低,别人反而把你看得越高。以后的事,谁能说得清?路是一步步走的。老子说过,人在无疾而终时,牙齿几乎都掉光了,可舌头还在,可见柔的力量。你就是这样,有一股柔劲,以柔克刚。我还希望你,柔中有刚,刚柔相济。"

布小朋说:"政委,我都记住了。"

杨政委送他到大门外,仿佛有一肚子的感慨,又道:"有人当了官,以为了不起,下了台才知道,并不是自己了不起。不要以为你很高,这种高是因为你骑的马高,下了马该多高还多高。我的经验是,老实人吃小亏,不老实人吃大亏,老实人吃眼前亏,不老实人吃长远亏，老实人吃一两次亏，不老实人出了事一栽，那叫不得善终，他就算吃一辈子的亏！小朋，你是老实人，厚道人，善良人，连老天爷都会保佑你的……"

五

除了和康司令、杨政委告别，布小朋没忘记夏忧，到二师报到的头天晚上，他约夏忧到楼下见了个面，告诉他自己要下去了，问他有什么要说的。夏忧说："听说要搞大演习，你去了，也像他们那样糊弄吗？"

布小朋说："你连我都怀疑吗？"

夏忧说："我现在怀疑一切人。"

布小朋说："你有权利怀疑，但我也想正告你，我们的部队，战斗力逐年提升，这是不争的事实。"

夏忧说："如果都像你这样，就好了。"

布小朋说："谢谢你还信任我。对于大演习，你有什么忠告？"

夏忧说，据他考察，美军演习，结果总是自己"输"，我们演习像演戏不说，总是自己大获全胜。人家有忧患意识，我们有吗？我们只有眼前的欢乐意识。我们的将军正在准备昨天的战争，而不是明天的战争，明显落伍了。不战而屈人之兵，是至高的战争道理，但是你首先得有这个实力，不然谁屈服你？就目前来说，更新装备出战斗力，反腐败出战斗力，强化训练出战斗力，没别的路子可走。

布小朋表示会记住夏忧的话，他们告辞。布小朋往家的方向走，手机震动了一下，是个短信，他低头一看，严锐来的，内容是：能出来坐坐吗？郁闷中……

该来的迟早会来，他觉得，应该有个结果了。就是严锐今晚不约他，他早晚也要约她一次。他往家打了个电话，对邱梅说，自己马上出去一下，和几个朋友道个别。这好像是他头一回欺骗邱梅，握着手机的手，有点发抖，手心里全是汗，心怦怦狂跳。

他一边往外走，一边又给严锐打电话，约她到一个背街的咖啡馆，店名叫"梦回昨天"。他说："你知道那个地方吗？店面不大，离南京一路不远。"

严锐说："我能找到。"

他打了个出租车，不到十分钟就到了咖啡馆，这里生意不大好，门前没停几辆车。服务员问他，要包间？还是在大厅？他冲口而出："108包房。"

门打开了，《二泉映月》的乐曲，在耳畔流淌。这里似乎还是二十年前的摆设，样式古老的桌椅，门窗好像也还是老样子，墙上有一面心形的镜子，二十年前就挂在这里，吊灯、壁纸、硬木地板……一切都没有变，变的是人，他已经有了白发，背似乎也有点微驼，眼角的皱纹深了，小肚子微微凸了起来。而对面的座位上，二十年前的某一天，曾经有个名叫康莉的女子，坐在那里，他们娓娓私语，轻轻作了道别，从此天各一方，再也没有彼此的消息……

时光如梦如幻，同样的情景，又要再现，将要坐在他对面的，是一个名叫严锐的女子。刹那间，严锐款款走了进来，带着一阵香风，坐下了。两杯咖啡，几样小碟，依然是当年的风味。二人默默相望，虽近在咫尺，却仿佛隔着千山万水，想说的话，一时都说不出口。

"祝贺你。"她终于开了口。

"也祝贺你。"他说。

"祝贺我什么？"

"马上要进京。"

"你的消息不准。"

"……怎么了？"

"我回掉了。"

"为什么？"

"……不想离你太远。"

"……太近，会彼此伤害的，你想过吗？"

严锐目光如电，缓缓站了起来。他也只好站了起来。严锐离开座位，试探着朝他伸出双手。他的手有点抖，尽管内心极度矛盾，最终还是伸出了手。两双手握到一起。都沉默着……

突然，严锐扑进他怀中！他想推开她，但是浑身没有力气。她的脸贴在他宽厚的胸脯上，他的手轻轻搂着她纤细的腰肢，大气也不敢出。她喃喃地说："我不要名分，什么都不要，就想和你好一回，决不公开，愿意一辈子不嫁，就在背后默默守着你……"

他说："……不行。"

她说："你怕？……怕丢官？怕党纪处分？怕离婚？……"

他说："都不是。"

她说："那你怕什么？"

他说："我怕这辈子对不起你，不想伤害你。"

她说："是我自愿。"

他说："我不能给你婚姻，不能给你家庭，不能给你后代。这样对你不公平。我是个男人，不能做伤害女人的事情；我还是个军人，如果不穿这身军装，跟你私奔都是有可能的，但是，今生却不能！"

她说："……这就是命运吗？"

他说："或许是。"

她哭了，肩膀微微抖动。他不劝她，一动不动，就那么轻轻搂着她，等待她自我克制，他相信她也是一名军人，会战胜自己的。果然，片刻之后，她不哭了，抬起头来，凝望着他的眼睛，说："我早知道会是这个结果。"

他说："小妹妹，我谢谢你的厚爱。"此刻他想哭，但他不能哭，尤其不能当着女人哭,他极力克制着,眼泪流回到嗓子眼里,酸辣苦咸。

她说:"朋哥,你是个好男人……好好奔你的事业吧,一定加把劲,干出名堂来啊!你要当一个好官,不要当贪官,贪官表面上荣华,内心空虚,繁华过后,一地鸡毛。干大事的男人,都是眼里有苍生,心中有天下。你会是这样的人吗?"

他平静下来,说:"以前我只想干好眼前的事,没想那么远,以后我会的。"

她点一下头,说:"那就再见吧。"

他竟然不舍得松开搂着她腰肢的手,不知哪来的勇气,搂紧她,脸轻轻贴上她的脸,亲了一下她温润的唇。她的眼泪再次奔涌而下,猛地一下挣脱他,飘然而去。他们就此分开,《二泉映月》的乐曲缓缓流动,他回过神来时,她已不见踪影。

他往外走去,一个经理模样的人在他身后说:"这里马上拆迁,以后再也没有'梦回昨天'了……"

布小朋一身轻松来二师报到,丁政委带领林宏雨等全体班子成员在会议室迎接他。林宏雨是布小朋当后勤部长之后过来任副政委的,其他成员都是老班底,大家都很熟悉,他和林宏雨就更熟悉了。丁政委精心准备了迎接新师长的书面讲话稿,众人落座后,丁政委掏出稿子要读,布小朋打断了他,说自己现在最关心的是总部组织的"和平之光"跨区跨军种大演习,二师是参演主力部队,还是说说演习的事,咱们都是自己人,就不用客套了。

当下众人就在会议室打开图表,研究演习方案。布小朋提出,首先应该确立一个指导思想,就是让演习符合实战标准,不为好看而偏离战场,不为热闹而自鸣得意。他说起一个故事:有人在参观以色列军队夜间演习后,抱怨什么都没看到。而以军认为,夜间行动本来就是快速、隐蔽地行动,如果连参观者都能看到,就说明演习失败了。一位美空军老飞行员也谈到：战斗飞行与参加航展的区别在于不被看到和被看到，在战场上被看到，已经被击落了。

布小朋接着说，我们很多单位在组织演习时，喜欢搞大场面，不是彩旗飘飘，就是口号阵阵。按说，一次演习结束后，得到最多的应该是与作战有关的数据、教训，而我们留下最多的却是演习脚本和一堆录像资料。这种地上战车纵横，空中铁翼飞旋，看上去轰轰烈烈的演习，到底能破解多少训练难题，战斗力有哪些新提升，有时候连自己都说不清楚。他说："战斗队不是表演队，实战化不应好看化。演习作为未来战争的预演，就应让人看不见全貌，摸不着头脑。如果让别人看得见，看得懂，就是演习的失败，必定为未来战争种下祸根。演习不演戏，为战不为看，需要领导干部在思想上来个变化。上级喜欢看热闹，部队就会搞大声势、大阵容，让你只见表面好看。其实那都是装门面、撑脸面、争彩头、抢噱头的虚功，是唱折子戏、摆龙门阵的虚招。只要我还当这个师长，我们师就要把战斗力标准当铁律，把实战化训练搞起来，那样的话，演习不好看，就会成为常态。"

布小朋一席话，赢得众人热烈的掌声。也有人提出，出了事怎么办？比如张望就是在夜间演练中牺牲的。布小朋说："真刀真枪地实战化，出事是难免的，只要能把战斗力搞上去，我认为是值得的。现在不出事，将来还会出，现在不死人伤人，将来死伤更多。当然，和平时期无谓的牺牲一定要尽力避免，如果为训练出了事，上级领导也应该主动担当起责任，不能老怪下面。"

历时一个月的"和平之光"跨区跨军种大演习，二师表现优异，且没有发生任何事故。布小朋对自己的部队很满意。

除了演习，他还惦记一件大事："101工程"上马的事。

101工程是他当副师长时启动的，两年多过去，进展缓慢。这项工程需要从俄罗斯进口一座先进的探测雷达，安装在大型训练场附近，用来跟踪单兵发射的小型地对空导弹，它可以跟踪数百个目标，用来引导、检验发射的成功率，对演习实战化有很大帮助，专家团已经进行了前期论证，认为可行，但由于耗资巨大，需要八千万元，一直没有正式立项。布小朋来二师上任前，专门给李司令做了汇报，请基地抓紧与总部联系，尽快上马。

两个月后，李司令亲自打电话给布小朋，告诉他，101工程总部已经立项，并且上报国家有关部门正式批准，工程基建可以先行展开。布小朋马上组织力量进行选址，成立了领导小组，由他担任组长。

工程上马之际，布小朋又想到了夏忧，觉得他在《先锋》杂志碌碌无为，101工程这边正需要人，何不让他来这里干？他给夏忧打电话，提出把他调过来。夏忧考虑了两天，同意了，过来后，被任命为第三小组的副组长，负责技术协调和资料搜集工作。夏忧换了个环境，人也变得开朗了，他被这项浩大的工程吸引，吃住在工地，三天两头给布小朋汇报进展情况。

演习成功和101工程顺利上马，令布小朋深感欣慰。

这天，他接到了严锐发来的一条长长的短信，自从上次分手后，他们再没联系。严锐告诉他，基地批准她转业后，她到了深圳，今天嫁给了一个一直苦恋他的大学同学，婚礼现场盛大而隆重。布小朋静下心来，给她回了一条短信，向她表示真诚的祝福，祝她今生幸福美满。

打这以后，她像一道闪过天际的美丽彩虹，在布小朋的世界永远地消失了。据说她嫁入的是豪门，有亿万家产，离开龙城后她和基地所有人断绝了联系，她父母原本在龙城大学教书，双双退休后去了南方，她与龙城的联系彻底中断。

布小朋咬咬牙，把手机里面严锐的号码删掉了。

六

　　一支豪华车队离开龙城,朝二师所在地唐高县驶去。高速公路路况很好,路上车也不多,坐在第二辆里的孟广俊心情很爽。他已经提升为副部长,跨入将军的行列,肩上四颗豆变成了一颗金星,下部队他选的第一站,就是到老单位A基地调研。李司令问他想去哪个师,他说去二师。李司令安排副司令邓作军亲自陪同他去二师,李司令有事走不开,不然一定会陪他去。

　　回到老单位,孟广俊有一种强烈的自豪感,他很想为基地做点事情,带来了局长崔正民、副局长郎征,他们是坐飞机过来的。他的专车由司机千里迢迢提前从北京开到龙城,一下飞机,他坐的是自己的奥迪A6,他不愿坐别人的车,里面总有一种他闻不惯的怪怪的气味,所以他下部队,只要不是太远,习惯带车过去。

　　孟广俊在自己的车里眯了一小觉,就到了唐高县。布小朋、丁政委带领班子成员,早早在办公楼前迎候,下了车,众人好一阵寒暄,都是老朋友,见面格外亲,一点不生分。到会议室座谈一阵,孟广俊说:"别来虚的了,来点实的,下去走走,看有什么我能帮上忙的。"

　　布小朋要到作战值班室值班,邓副司令、丁政委陪同孟广俊一行到营区溜达。邓副司令悄悄提醒丁政委,大胆向孟副部长提要求,不要客气。丁政委领着众人往营区最破的地方走,向孟广俊提出,营区有些道路破得不像样子,得翻修;战勤营的宿舍楼也有年头了,最好列入翻修计划;营区的自来水塔上头也裂了,担心它要倒;几个连队的食堂也应该改善一下……

　　丁政委提了一大堆,孟广俊都没吭声,甚至连眼皮都懒得抬。丁政委等人心里打鼓,不知道孟副部长葫芦里装的什么药。路过师部大礼堂时,众人没有停,径直往前走,孟广俊却停下了脚步。

丁政委说:"孟部长,怎么了?"

孟广俊说:"这礼堂多少年头了?"

丁政委说:"得有三十多年了吧?"

孟广俊说:"三十七年!我比你们谁都清楚。"

众人啧啧赞叹,夸孟部长熟悉营区的一草一木。孟广俊说:"你们有什么想法吗?"

丁政委和邓副司令等人面面相觑,更加不知他葫芦里装的什么。孟广俊说:"不打算盖个新的吗?这礼堂太土气,太难看,它可是个门面,你们看北京的人民大会堂,龙城的人民会堂,都多气派!"

丁政委心里打鼓,犹犹豫豫道:"这可是个大数目,没有六千万拿不下来,我们不敢想。"

孟广俊轻轻一笑,掏出一支烟,紧紧跟随他的郎副局长飞快地掏出打火机给他点着。他吸了几口,众人都看着他。他哈哈一笑:"老丁,你呀,真是没出息!"

丁政委赔笑脸:"部长,您的意思是……"

孟广俊把烟头一丢,抬脚一踩:"你是不是瞧不起我呀?"

丁政委急忙说:"不敢,部长,您打算……"

孟广俊豪爽地说:"我给你七千万,要不要?"

丁政委有点傻眼,邓副司令也是始料未及,都张大嘴巴看着孟广俊。

"不要就算了啊。"孟广俊往前走去,崔局长和郎副局长紧紧跟上。

丁政委在后面大声说:"要!要!谢谢孟部长啦,谢谢,谢谢……"

众人都哈哈大笑。丁政委还是有点不敢相信,孟广俊当即向崔、郎两位局长吩咐,回去就办。丁政委感觉简直像做梦一样,摸摸脑门,说:"孟部长到底是大手笔,佩服啊!"

众人又是哈哈大笑，气氛十分热烈、融洽。

孟广俊出手大方，一次给七千万，布小朋却没有感到特别高兴，他认为，礼堂还能凑合用几年，暂时塌不了，七千万巨资如果投到技术楼试验项目上，可以解决好几个大问题。他悄悄把这个想法给崔局长说了，崔局长说："科研经费不归孟部长管，孟部长批的钱，只能盖房子修路。"他这么一说，布小朋只好作罢。

布小朋很想找个机会和孟广俊单独聊聊，毕竟两人知根知底，算是兄弟，不说经费的事，不说当官的事，就说说他进京两年多的感受。但是孟广俊身边围着的人太多，从下午三点半到达师里，一直到晚上六点半吃饭，老孟身边就没断过人。他去厕所撒尿，都有一群人围在厕所门口等他。

孟广俊一出手就给七千万，晚上这顿饭，一顿大酒是少不了啦。丁政委亲自张罗晚餐，从县里唯一的一家四星级酒店请来了厨师和服务员，他担心的不是饭菜，而是谁陪孟广俊喝酒，孟广俊酒量大是出了名的，号称一瓶不倒，两瓶不醉，师班子成员没有一个酒量过一斤的，都不是他对手。

布小朋这天在师作战值班室值班，其实他是有意躲避晚上这顿酒，都知道他不喝酒，他以值班为由不参加，是最好的掩护。这天陪同他值班的，是副参谋长罗大海，罗大海去年提拔的，布小朋来了后，一直琢磨着让他下到团里当团长，他也愿意当团长，认为可以发挥他更大的作用。

丁政委打来电话，让罗大海晚上过去陪酒。罗大海有酒量，又曾在基地大院警卫一连干过，和孟广俊算是"连友"，孟广俊也比较熟悉他。既然丁政委发话了，布小朋不好拦，同意罗大海过去，提醒他说："孟副部长酒量大，喝不过就认输，别逞能。"

罗大海摩拳擦掌，说："轻易不能认输，不能给咱师丢脸嘛。"

晚餐七点钟开始，地点就放在师招待所大餐厅。丁政委让人准备了六瓶茅台特供酒，不够再拿。孟广俊对这个酒有感情，那是他当年给基地立下的大功，至今人们仍然享受着，并且成为基地的荣耀，龙城市委市政府想搞个特供酒都办不到。

酒上来了，孟广俊却对邓副司令和丁政委说："老邓、老丁，你们这个酒，档次不够啊。"

邓、丁二人都是一愣，每次上面来人，包括总部首长来，都是用这个酒招待，孟广俊却嫌酒差，令他们始料不及，不知该上什么档次的酒，又没提前准备，有些发呆。孟广俊对郎征说："你到我车里取酒，都取来。"

郎征愣了一下。孟广俊一瞪眼睛："去呀！"

郎征往外走，罗大海急忙跟上。二人回来时，各抱着一个箱子，打开，共有十瓶茅台年份酒——竟然是50年的茅台！基地一方，包括邓副司令在内，都傻眼了。这种品质的酒，在中国算是顶天了，谁也没有一次见过这么多50年的茅台年份酒，而且看样子今晚要喝光，更是令人惊讶不已。孟广俊哈哈一笑，说："今晚就这点小酒，喝完拉倒。"

上桌的人，孟广俊一行三人，基地包括师里一方九人，共十二人。十二人喝十瓶酒，咬咬牙也不是不能办到。三个女服务员忙活着上酒，刚打开一瓶，便酒香四溢，其味道与基地的特供茅台，完全不在一个档次，众人皆称叹，孟广俊面露喜悦。

在座诸位一个不落，分三口每人先喝下一大杯，大约有三两三，这算是共同课目，然后单个教练，基地一方轮流给孟广俊和两位局长敬酒。孟广俊酒量大不假，但他调到北京后，已经有所控制，因为孔家瑞首长的一句话，让他印象深刻："当领导，得有个好身体。"毕竟年龄不饶人，身居高位，你不收一收，下边的人会灌死你，或者说敬死你。但是今天回到老部队，他不能端架子，得放开喝。最近他喜事连连，至少是三喜临头，一是晋升将军；二是把徐晖调到了北京，终于让她当上了某电视台军事频道的主持人，那地方真是难进，以前发现她的少将部长直到退休，都没帮她办成，他给办成了；三是他和徐晖已经有过单独约会，那感觉，妙不可言……

无论从哪个方面说，孟广俊今晚都得一醉方休。不一会儿，众人的注意力都到了他和罗大海身上，显然这两人最能喝。孟广俊是主角，罗大海是主将，丁政委叫他来就是喝酒的，他得主动站出来。

罗大海敬了孟广俊一个大的，还要敬第二个，孟广俊知道此人厉害，得先把他打倒，于是说道："小罗，你知道我今年多大吗？"

罗大海说："部长，我当然知道。"

孟广俊问："我比你大几岁？"

罗大海说："十岁。"

孟广俊说："那好。服务员，拿个小点的杯子来，这个太大，我不能欺负小罗。"

服务员拿来三种杯子让孟广俊选，他选了个一两左右的，说："拿十个这样的。"

众人都瞪眼看着，谁也不好插话。服务员拿来十个杯子，放在罗大海面前。孟广俊说："都倒上。"

十个酒杯，倒满了酒。孟广俊说："小罗，我大你十岁，一岁一杯，可以吧？你先喝下十杯，咱们再来。"

罗大海挠挠头皮，有点犹豫，最终他还是咬牙站了起来，接受挑战，他在众目睽睽之下，一口气喝下十杯。从来没有这么多的领导这样关注他，他喝得酣畅淋漓，快意无比，最后一杯，摇晃之下，留了个底，孟广俊眼尖，说："喝酒留一口，这样的干部要调走；喝酒留一半，这样的干部要查办。"

众人大笑。罗大海眼睛发虚，重新站起来，把剩下的酒喝得一滴不剩。孟广俊带头鼓掌，众人热烈鼓掌。罗大海把这顿酒推向高潮，丁政委赞许地冲他点点头。

凌晨三点多钟，布小朋在值班室刚躺下，他想睡一会，一个作战参谋敲门进来，喊醒他接电话。半夜三更来电话，一般不是好事。果然，他闭着眼睛拿起总机转接过来的电话，只听了一句，头发就竖起来了。

电话是林宏雨从师卫生队打来的，他也参加了昨晚的宴会，但没喝多。他语音沉痛，说："师长不好了，罗大海醉酒，没抢救过来……"

布小朋腾地坐了起来，穿衣服下床，竟然穿反了鞋。邓副司令、丁政委等师班子成员，都在同一时刻接到了电话，从招待所和各自家里，汇聚到师部会议室。布小朋进入会议室时，包括邓副司令在内，个个都耷拉着脑袋，像做错了事似的。屋里烟雾腾腾，平时不抽烟的人，也点上了。因为昨晚都喝足了酒，此刻散发的酒味还很大，熏得布小朋睁不开眼。

不大一会儿，林宏雨从卫生队赶来，通报具体情况。据他说，罗大海昨晚十点钟回到家，倒头就睡，夜里一点多，他老婆发现不对劲，赶紧给卫生队打电话，卫生队来人一看不好，叫来救护车，立即把罗大海拉去抢救，赶到卫生队时瞳孔放大，人已经不行了。林宏雨昨晚回到家一直睡不着，惦记罗大海，忍不住往罗家打个电话问情况，他女儿罗玲接的电话，说爸爸给抬去医院了。林宏雨预感不好，赶紧骑自行车去了卫生队，他赶到时，罗大海身上已经蒙上了白床单，他家属哭得谁也劝不住。

显然这是一起亡人责任事故。喝酒死人，以前基地机关发生过，三师也出过一起，二师这是头一起，死的是个副参谋长，让人震惊。众人都沉默着，都有些发蒙。布小朋眼里布满血丝，他突然一拍桌子，吼道："孟广俊知道了吗？"

众人都吓一跳，看着邓副司令。邓副司令摇摇头："深更半夜的，天亮再说吧。"

布小朋又一拍桌子，站起来："我去找他！他喝死了我的副参谋长，我不能饶了他！"

邓副司令一使眼色，林宏雨和王参谋长急忙上前，拦住布小朋。布小朋咆哮："我不要他七千万，我让他赔我人！"

邓副司令站起来："布师长！你冷静点！不能全怪人家，我们都有责任……"

布小朋继续咆哮："他有权给这个单位钱，给那个单位钱，都是让他这个权给害的！应该按预算拨经费，不能一个人随便说了算，他要是没有这个权，不下来显摆，罗大海怎么能死！"

丁政委也劝："布师长你冷静一下，我把罗大海喊去的，我责任最大，你没责任，好不好？"

几个人挡住布小朋，他走不开，只好颓然坐下，擂着桌子说："现在不是说责任的时候，死了同志，死了战友，他不是死战场上，也不是死训练场上，他死在酒场上，他白死了！他不值！我心里……接受不了啊……"

布小朋潸然泪下。众人也都眼圈红了。布小朋渐渐冷静下来，邓副司令提议赶紧商量个办法，怎么把后事处理好。商量到天亮，拿出初步意见：邓副司令、丁政委马上去龙城，当面给李司令、董政委汇报，争取不把这件事情往总部报，因为报上去不好，毕竟是总部机关下来人喝酒造成的，影响总部机关的形象，也影响孟广俊等人，压住最好，只要做好死者家属工作，家属不去闹，一切还好说。

孟广俊起床后，林宏雨把这个不幸的消息告诉了他，他感到震惊，表示要去看看罗大海妻子和女儿。林宏雨说："部长你最好不去，因为罗大海家属情绪不稳，怕她说出难听话来。"孟广俊打消了念头，吩咐崔局长，回到北京马上拨五十万专款安抚死者家属。又对林宏雨说："这五十万是另外给的，你们该给多少给多少。"林宏雨代表死者家属，表示感谢。

后事处理得很顺利，罗大海妻子很通情达理，除了一开始提出给丈夫评个烈士，没别的要求。后来得知评不了，就没再坚持，最后定了个因公殉职。布小朋在常委会上提出，罗大海的女儿罗玲师里不能不管，她今年刚满十二岁，等她长大了，如果愿意当兵，或者想考军校，要以师党委的名义帮她办理，到那时，哪怕在座诸位还有一个人在，都不要推托。他要求把这件事情写进党委会议纪录，班子换届的时候，要作为一件大事列入移交。布小朋叹口气，说："罗玲她再也没有父亲了，这个缺憾是终生的，痛苦是终生的，难以弥补的……记住这个教训吧，在孩子面前，我们都是有愧的……"

说到最后，布小朋流出了眼泪。

七

总部文工团派出的一支文艺小分队来基地演出，第一站选在二师，林宏雨亲自带车到龙城国际机场把人接到师部招待所，安排住下，演出将于明天晚上在新落成的大礼堂举行。傍晚，林宏雨陪布小朋和新任政委徐国健到招待所看望小分队，刚进院子，碰到一个著名的女歌星，她是小分队最大的角。徐国健主动伸出手，叫着人家的名字，想跟人家握手，女歌星几乎眼皮都没抬，手也不伸，只说了声"你好"，向前走去，恰好这时候开过来一辆宝马X6，女歌星一头钻进车里，车子一溜烟开走了。

布小朋忍不住冷笑一声。徐国健脸上无光，林宏雨赶紧解释，大明星都是这样子，让人惯坏了，你看她不到四十岁吧？都成文职将军了，我们辛辛苦苦在下面干，五十出头混上将军，都算快的，她不就会唱个歌吗？你们看我，快五十了，连个正师还没混上呢。

徐国健赶紧安慰："老林，你也快了，别急嘛。"

布小朋望着跑远的宝马车，问："这谁的车？"

林宏雨说:"可能是一个搞房地产的大款。刚才住下时,这女的就嫌房间条件差,看样子今晚不回来住了。"

布小朋说:"以后这些人不要请,下来只能带坏风气。"

林宏雨说:"谁请他们了?上面硬派来的。养这些人,不如把钱发给部队,想看节目,有钱啥节目不能看?牛逼哄哄的,谁愿看这些人的脸子?"

最近林宏雨心情不爽,丁政委到C基地升任政治部主任,空出的政委位置,都认为是林宏雨的,结果徐国健从一师政治部主任的任上,过来上任。好在他还有机会,基地政治部的一位副主任年龄到了,即将退休,林宏雨接任的希望很大。作为老战友,布小朋提醒他,忍一忍,该来的迟早会来。

年底,总部一位退下来十几年的老首长突然带着老伴、小孙子、秘书来到龙城,住进基地一所。当晚,基地常委请老首长一行吃饭,席间,老首长提起一个人,问:"常坤怎么样啊?"

李司令、董政委都迟疑一下,没有立即回答。老首长又问:"常坤他表现不好吗?"

李司令马上说:"首长,常坤同志表现很好啊。"

老首长当即说:"真的表现很好?"

董政委接过话来,敷衍道:"首长,他真的很好。"

常坤是老首长的亲侄子,现下在三师当副政委,表现还行,就是水平能力差点,没有进入干部梯队,也就是说,只能转业,或者在副师岗位上退休。

老首长来了精神,颤巍巍站起来,主动给李司令、董政委敬酒,感谢基地领导对他亲侄子的培养、关怀。放下酒杯,老首长说:"既然他表现不错,什么时候用一用啊?"

众人都看着李司令、董政委。现在李、董二人可能有点后悔了,刚才不该夸常坤。老首长话已说到此,看来是绕不过去了,李司令只好硬着头皮说:"首长,我们不是不用常坤,主要是现在没位置。"

老首长说:"噢,没位置……什么时候有位置啊?"

李司令看一眼董政委。董政委硬着头皮说:"首长,最快也得明年底。"

老首长步步紧逼:"明年底?……那好吧,我就住这了,什么时候有了位置,我再回北京。"

如果是在职首长的亲侄子,那要另说,不用首长出马,下边就主动给办了。但是这位退下来的老首长也有他的杀手锏,让你没办法拒绝。就这样,原本内定林宏雨升任基地政治部副主任一职,常坤最后胜出。李司令、董政委让布小朋做做林宏雨的工作,希望他能想开,多体谅基地领导的难处。布小朋犹豫半天,才敲开林宏雨办公室的门。

他们二人自打606仓库分手后,林宏雨在803医院干得不错,来到二师干得也中规中矩,廉洁勤奋,这次晋升机会应该给他。突然遇到这种情况,布小朋怕他想不开,又不知该怎么劝他,默默陪他抽起了烟,呛得直咳嗽。林宏雨说:"不会抽就别抽了。"

聊天的结果很出乎布小朋预料,林宏雨表现得很大度,他没发一句牢骚,而是说,自己能当上副师职干部,已经是烧高香了,没有关系,没有后台,没有送钱,一个农民的孩子,成为个大校军官,还有什么不满足呢?他说:"布师长,我今天叫你小朋吧。"布小朋急忙点头。林宏雨说:"小朋,当初在仓库,如果不是你给我打了一剂强心针,我早滚蛋了,不可能有今天。在我们之前,606仓库的历史上,只出过一个正团职干部,不说你,我都是副师了,从这点上来说,我也是成功者。小朋,今天我只想说,谢谢你。"

布小朋说:"老林,你能想到这些,把我真正当朋友,我很高兴。人这辈子,不能以官位大小、财富多少衡量其价值,人生一世,上对得起天,中对得起事业家庭朋友、下对得起地,就很难得。一个人死后留下的最有价值的遗产,不是曾经的官位,不是金钱,而是良心、品行和道德。"

林宏雨难得一见地笑了笑,说:"我赞同。"

布小朋说:"说说你的想法吧?下面怎么办?"

林宏雨冲口而出:"转业。"

布小朋说:"你不想等等了?"

林宏雨说:"我今年四十九,今年不走,明年过了五十,地方不接收了。趁还能干,到地方上换个活法。说实在的,在部队压力也太大,你看你,比我还小一岁,头发都花白了。"

布小朋说:"换个活法未尝是坏事,你走,我支持。今天顺便打个招呼,过些天,我也要走。"

林宏雨一愣:"你往哪儿走?"

布小朋说:"到国防大学培训。"

林宏雨轻松地一笑:"这是大好事,回来就提将军了,提前祝贺你。"

布小朋当了两年师长之后,接到去国防大学深造的通知。他最牵挂的事——101工程基建项目进展顺利,已经封顶,设备正陆续从俄罗斯启运,有十几个俄罗斯专家长驻师里工作,他希望自己学习归来时,工程能全部完工。

放下工作到北京学习,而且时间近一年,对布小朋来说是个很奢侈的事。多少年了,基本就没好好休过假,没有好好陪老婆孩子,整天就是工作,感觉时间过得很快,一年又一年,眼看就年至半百了,过了五十,人生就是下坡路。同学们从全军各地来,他所在的班号称将官班,毕了业回去提将军,不能说百分百,基本是百分之九十九。他们这些人的人生路,是在上坡,令人钦羡,同学们个个也都踌躇满志,刚一熟悉就你请我,我请你,换着法儿吃喝,北京城最不缺的就是高档酒店、会所,布小朋因为不会喝酒,就不愿参加这种场合，所以他是个另类，跟他称兄道弟的人，基本没有。

他注意到，不少同学来北京上学，竟然带来个跟班，说秘书不是秘书，因为正师职干部没有专职秘书，其实就是来照顾吃喝，应酬买单的，还有的单位专门在京设了秘密小办事处，在某个招待所租两间房子，放下一辆好车，派一两个人长住侍候。和布小朋宿舍相邻的杨大群，是南方军区某师的政委，常到布小朋房间聊天，闲聊之中他就透露，师里专门派了一个助理员住北京照顾他，随车捎来的茅台酒，就有几十箱。他的计划是，每周安排一次聚会，把北京熟悉的老首长、总部机关熟悉的朋友以及将官班的同学，都要宴请一遍，宴请老首长和总部机关的朋友，还要每人送个红包。布小朋听了感到心疼，他在北京一顿饭，最少也得几千块，加上送出去的红包，可以救助多少个农村地区患有先天性心脏病的儿童？你省一顿酒饭，救几个儿童，这是多大的造化呀，老天爷会看得见的。

他管不了别人，只能管自己。这天，师里来了个人，是后勤财务科的副科长何明利，说是后勤部领导专门派他来的，进屋说了没几句，何明利就把手里提的一个小箱子塞到布小朋床底下。布小朋一瞪眼，说："你这是干什么？"

何明利老练地说："师长，您可能不知道，以前师领导来北京上学，都是这么办的。"

"什么这么办的？你搞什么名堂？"

何明利只好明说，后勤部领导专门派他过来，代表后勤部看看师长，留下一点钱，让他该请客请客，该串门串门，别不舍得，反正是公家的，你不花别人也要花，如果不够就打电话，再汇一些。

布小朋一听，伸手到床底下拿箱子，何明利见状，急忙溜走了。布小朋打开箱子一看，里面是整整二十万。这些钱让他犯愁。想了想，他把钱锁进了柜子里，准备中间回部队，或者毕业回去之后，再交还财务科。

他没有想到，这笔钱后来让他惹上了麻烦，差点断送他的政治前途。

周末，别人去串门，去吃喝，他要么去公园，要么去图书馆和博物馆。这天有同学送他一张著名国画大师张大有画展的门票，在中国美术馆，他坐地铁去了。张大有有一年曾经到基地访问过，是孟广俊通过冉淮请来的，当时此人名气没那么大，如今在画界已是如日中天，据说一张画能卖几十万，不久前又竟选上中国美协副主席，画价更是涨了一大块，一平方尺都要三十万。他一张宣纸，一点墨水，成本不到十块钱，却能卖到上百万，顶一个普通人一辈子挣的，说出来很是吓人。

此次展出的，都是张大师近几年的力作，以牛为主，听说大多数画作已经卖出去了，成了私人的，以后再想看，就难了。来美术馆看画的人不少，以学画画的年轻人为主，一个四十多岁的洋人吸引了布小朋的目光，他个子高高的，一米九以上，手里拿着个大笔记本，往上面写着什么，布小朋好奇地往跟前凑了凑，看到他写的汉字，非常正规，比一般中国人写的都要好，不禁多看了几眼。洋人冲他笑了笑，他冲洋人竖起大拇指。洋人突然开口说："朋友你好！认识你很高兴。"汉语说的也是非常流利，不看人以为是长江以南的中国人说普通话。布小朋说："谢谢。请问你是哪国朋友？对中国文化这么感兴趣，已经和地道中国人差不多了。"

洋人告诉布小朋，他叫沃克，澳大利亚人，中文名字李杜白——他喜欢李白、杜甫、白居易的诗，就取了这样一个名字。来中国七八年了，在北大当访问学者，研究中国古典诗文和绘画。李杜白一眼看出布小朋是军人，布小朋问他怎么看出来的，他说："头型、步伐、腰板，还有气味，军人的气味。"布小朋笑了，感觉沃克或者叫他李杜白，真的很可爱，像个邻家的大男孩。

"你对张大有先生的画怎么看？"李杜白问。

"我不懂画,只听说很贵。我有同学说,趁他活着多搞点他的画,他百年之后,更值钱。"

"不不不。"李杜白大幅度地摇头,"当今中国画,价格虚高。你们的大画家有人一辈子画马,有人画牛,有人画骆驼,有人画狗,有人画虎,有人画虾,有人画仕女、钟馗等等,或者画山水草木,他们大多数是在重复制作,艺术含量不高,应该叫画匠更合适。画家纯粹为了钱,制造得太快太多,不像西方有艺术良知的画家,每一幅作品都是不同。就说这个张大有吧,你们叫他大师,他画的牛,市场上成千上万张都不止了吧?凡·高的《向日葵》之所以昂贵,因为世上只有一张,如果有一万张《向日葵》,会是什么情况?"

"物以稀为贵,多了就不值钱。"

"对对对。张大师现在的画值钱,跟他的职务有关,更与你们风气不好有关,画成了行贿的物品。他百年之后,不当这个官了,就不会那么值钱了,所以你不要买。"

布小朋笑了:"我也买不起。"

他感到李杜白很有见地,聊了一会儿,二人不看画了,出了美术馆,他邀请李杜白进了一家茶馆,要了一壶茶,他很想听听李杜白还有哪些高见,权当是社会实践吧。李杜白遇到一个中国军人,军阶看样子还不低,而且能够听他的高论,也很兴奋,放开了谈,从书画卖高价扯到当下的腐败上,他的观点是,什么时候你们这些大师的书画不值钱了,就表明腐败少了。他说,中国现在反腐很难,因为贫穷太久,穷怕了,很多人对钱的欲望太强烈,你当了官,你想廉洁也没用,因为你的老婆孩子、七大姑八大姨,会以你的名义搞钱。在中国,我发现最抢手的就是官帽子。也许等过几十年,一百年,你们富了,对钱不那么感兴趣了,腐败就会减轻。

布小朋认为李杜白讲的不是没一点道理，感觉这堂课比在学校听课还有意思。李杜白接着说，改革开放，中国最大变化就是钱多了。钱多是好事，美国就是钱多。但是，在获得金钱同时，有些人丢失了信仰，没有信仰，很容易失去道德。世界上最好的东西是钱，最坏的东西可能也是钱。钱，可以毁掉一个人，一个家，甚至一个国家。有些仕途上的人，为了做官可以不择手段。还有，过去坏人没有空子可钻，但是现在坏人可钻的空子多了。没钱的人，就容易怨天怨地骂娘骂国家。问题是，这些穷人，你让他当官，他可能更贪，一边骂贪官，一边想着自己贪，就连车场看车的，也想着收点小钱不给票。自己贪可以，别人不能贪。一边痛恨腐败，一边自己腐败。当官的，不贪你会被踢出去。现在的情况是，你不贪，很多老百姓也不会认为你干净，在他们眼里，没一个好东西。全民之贪，这很可怕啊。但是，你们不能怪老百姓，责任在干部，套用你们中国的一句老话：上梁不正下梁歪……

李杜白说得布小朋冷汗都下来了，后背都湿了。他不想打断他，听他继续说。他说，西方人希望你们腐败，越腐败越好，他们好借机搞和平演变。你们中国军队，是伟大的军队，可以说战无不胜，也许只有腐败能战胜你们，继续腐败下去，就会不战而亡。这是西方最乐意见到的。你们过去的历史，朝代更替，全因为腐败，你们要想长久繁荣，只有反腐败，再难也要反，否则还会重复历史……

辞别李杜白，布小朋没有坐车，一个人沿着五四大街往西走，不一会儿就走到了故宫北门附近，他看到北京的天空暮色苍茫，紫禁城的倒影映在护城河中，十分壮美。他想，请李杜白这样的老外，到国防大学讲一课，效果会怎么样呢？也许不比某些教授讲得差。一个外国人，在中国生活几年就发现这么多问题，作为中国人，尤其是一个有担当的中国男人，真是羞愧呀……

八

夏天，二师出了件大事，差点让布小朋中断学业。

总部保卫口的主要领导带几个人从北京赶来，在龙城市国家安全局一位副局长带领下，没给基地打招呼，更没给师里打招呼，直扑技术勤务站雷军的办公室和家里，把他用的电脑和资料搬走，把雷军控制起来。

事情闹大了。

雷军一看这阵势，知道抵赖是徒劳，很快全都交代了。

雷军一直没当上室主任，只是个普通的工程师，看到比他年轻的人纷纷上去了，心理不平衡，工作上变得吊儿郎当，业务上渐渐被年轻人超越。他老婆看上了海边的一套房子，需要五十多万，他把仅有的十几万付了首付，每月要从工资里扣还贷款，他没有其他经济来源，感到生活压力大，上网把自己的简历挂出去，想找一份与计算机有关的兼职。不久有人主动联系他，说自己是深圳的一个老板，请他帮忙做一个小课件，他很快完成，老板很满意，给他汇了三千元。两人QQ上聊天，成了网友。老板提出，能不能搞点军队的资料，可以多给钱。他犹豫再三，借着到龙城出差的机会，找到一家网吧，把一份师里的年度训练大纲加密发给了对方。其实是一份几年前的旧大纲，他把日期改成了当下，个别数据也做了改动。对方很快给他寄来一张银行卡，内有人民币一万元。同时对方指责他不诚实，拿旧资料糊弄人，有些数据不准确。他感到对不起人家，并且判断出对方是高手，不好糊弄。从此以后，他一共发过四份资料，都是真实的，最重要的一份资料是某型新式武器的相关数据，属于绝密级。因为数据包很大，他切割成三十五块发出的，每一块都设置了密码，他把密码提前告诉了对方。龙城市国安局监控到从A基地发出的特大数据包，打不开，就此怀疑有人出卖情报，而全基地共用一个IP地址，暂时无法找到发出数据的人，直到雷军收到一笔从南方电汇过来的十万元钱，便盯上了他，继续定点监控，雷军落网。

遗憾的是，那个和雷军联系的人，没有抓到，让他溜掉了。

雷军一共出卖了五份情报，共获利二十一万元。总部首长对雷军间谍一案作了重要批示，雷军很快被批捕。

雷军犯罪的时间，正是布小朋当师长，丁一盛当政委时期，丁政委已经离开基地，徐国健刚来不久，这两人都好摆脱干系，布小朋目前还是二师师长，尤其别人都知道，他和雷军是一个县的老乡，二人曾经来往密切，布小朋的干系似乎最大。总部首长指示，布小朋暂时离开国防大学，返回师里协助处理雷军的事情。

布小朋接到雷军出事的消息时，脑袋大了一圈。这样的事情，基地从未出现过，天天搞教育，防泄密，没想到手下出了一个间谍，而且还是自己老乡。利欲熏心的人，不会有好下场，手伸太长，早晚会出事，这话布小朋不是没给他说过，但他当了耳旁风。被抓后天天哭鼻子，后悔万分，但是一切都晚了。

孟广俊主动给布小朋打了一个电话，善意地责怪他，拖着官腔说，当初不该放着好好的后勤部长不当，非要下去带兵，现在的兵，是那么好带的吗？在部队当个主官，哪年不扒一层皮？哪有在机关舒服？这下后悔了吧？布小朋对他的关心表示感谢。孟广俊说，电话里不多讲了，安全保密要紧，现在打手机很让人不放心。

此时，已经有传言说，孟广俊即将把"副"字去掉，当正军职的部长，他正春风得意。调北京后，他进步飞快，前途无量。现在他可以傲视布小朋了。

回到师里后，布小朋向组织上写了一份情况说明，把自己和雷军的关系原原本本讲了，没有任何隐瞒，本来也没什么好隐瞒的。

他认为，自己作为师长，有不可推卸的责任，他应该负主要的领导责任，请求组织上严肃处理。

雷军被判死缓。布小朋去看守所见过他一次，三十几岁的人，头发都白了，他说："师长，我这辈子最大的后悔，就是没听您的话。"

布小朋说："我的话听不听没关系。作为党员，应该听组织的话；听组织话，很可能会吃点亏，但是起码不会摔跤跌倒；人生路上什么最重要？不摔跤不跌倒，做到这个，跑慢点不要紧，最起码你会比较顺利走到终点。作为军人，你出卖情报，损害的是军队利益，国家利益，这是最不可饶恕的，能保住一条命，是法律对你的宽恕，军队对你的仁慈。以后怎么做，我就不说了。"

雷军低下头，又哭开了。

布小朋问他："如果当初我帮你当上室主任，你还会走到这一步吗？"

雷军想了想，说："当了官，我可能就不缺钱了，就不会上网找兼职，也就不会认识这个拉我下水的间谍，也许我没事……"

布小朋说："缺钱的人很多，我也缺钱，没当官的人更多，为什么别人就没有出事？"

雷军："……说到底还是我个人的问题……不出这事，还会出那事，我走向深渊不是偶然，是必然……"

雷军一案，影响到很多人，他身边的领导都受到不同程度的处分。布小朋主动要求辞去师长职务，总部同意他回国防大学继续深造。年底，毕业回到基地，他没有岗位，等待分配，暂时到基地司令部帮助工作，这和他刚当团长出事后的状况非常相似，整天没事干，很悠闲，也很尴尬。

他和夏忧的接触又多了起来。上国防大学后，布小朋让出了101工程领导小组的组长，夏忧没有他的照顾，"本性"暴露，和身边的人搞不好关系，一个重要的原因就是他看不惯别人胡乱花钱。

参与工程的人,只要有办法,就挪用工程资金,报销假发票,大吃大喝,游山玩水。他向师里反映,向基地反映,没人理他。后来,领导看他确实不是搞技术的料,又和同事搞不好关系,只好把他调回了原来的单位——基地政治部,只是不再让他编《先锋》杂志,而是让他进了基地史志办。

史志办只修史,不用写文章,夏忧即使想犯文字方面的自由主义错误,也没机会了,领导也省心。史志办除了他,还有两位女干部——张大姐和李大姐,张大姐是副司令邓作军的爱人,李大姐是宋参谋长爱人,两位大姐很热心,整天嘻嘻哈哈,她们发现夏忧时常一个人发呆,半天不说一句话,怀疑他有忧郁症,给政治部聂主任汇报过,聂主任指示:找个机会带他到医院看看,适当时机安排他转业。布小朋来基地司令部帮助工作后,两位大姐嘱咐他,多去找夏忧聊聊,夏忧好像只愿意和他一个人说话。

这天,布小朋去夏忧办公室,一进门,就见他气哼哼的,问他为什么,他把一张《子弟兵报》往布小朋面前一推,指着头版说:"你看看这两篇文章,是什么东西?"

他拿过来浏览一下,一篇是某上将到河南视察一个预备役师,大讲民兵工作的重要性,号召大力加强民兵建设;一篇是某航空研究所研制出一款新发动机。他看不出什么问题,说:"怎么了?"

夏忧指着后一篇文章说:"我有个国防科大的同学在这家研究所,听他说,他们所几年前给国家要了十几亿的科研经费,一直拿不出真东西,最后买俄罗斯的回来仿制,还说研制出一款新发动机,纯粹是糊弄国家,太可恶了!"

布小朋说:"没有证据,不要瞎生气。民兵工作这篇,你认为有什么问题?"

夏忧说,都什么时候了?你看看美国人都打了什么仗?他还提民兵工作重要性,还要打人民战争。将来真打仗,美国人不会来一兵一卒，地面正规军都用不上，你还训练民兵干什么？纯粹是浪费资源，没事找事，有钱乱花。人家导弹飞过来，你人再多也是炮灰！夏忧借题发挥，侃侃而谈，根本不像是什么忧郁症患者。他说，部队的问题，主要是观念落后和腐败问题，当年北洋水师失败，就与制度和腐败有关，晚清军事变革、辛亥革命的失败，根子在于思想没有脱胎换骨，首鼠两端，摇摆不定。落后的民族不一定是贫穷的民族，但一定是思想保守的民族；落后的军队不一定是劣势装备的军队，但一定是观念陈旧的军队。这位领导，你说他大张旗鼓号召训练民兵，观念陈不陈旧？他应该去抓拳头部队。

夏忧思想越来越犀利，布小朋承认他说的对，但是又不得不提醒他，不要太尖锐，有些话私下说说可以，不能当面乱说，很多人看他别扭，如果不是布小朋保护他，他不知给撵走多少回了，部队哪里有他这种人的饭碗？布小朋希望和他聊天，又有点害怕和他聊，怕他过于激愤，于身体不利，每次说到动情处，他牙齿咬得咯咯响，样子很吓人。

转眼在司令部帮助工作快两年了，布小朋还没有被启用的征兆，他同期国防大学的同学，全都上去了，基地机关的人都以为他没戏了，对他变得不冷不热。这期间基地领导层有过重要变动，先是董政委到龄退休，政治部聂主任升任C基地的政委，离开了龙城，钱玉亮从总部机关下来，接替董政委，接着是李司令到北京任职，邓作军副司令升任司令。

此时，孟广俊在总部机关也已经担任了正军职的部长，远远地把布小朋甩到后面，离他最初给自己订立的目标——中将，无限地接近了。

布小朋度过了从军以来最轻闲的两年，不用加班，不用提心吊胆，半夜不用害怕突然来电话，他甚至感到，就这样混到退休也不错。邱梅天天高兴得什么似的，做家务时经常唱歌儿，因为生活有规律，两个人都胖了好几斤，每周能有两次房事，比年轻时候还勤。

北京一位大首长的秘书赵龙，空降到基地担任政治部主任，这位赵主任只有四十五岁，没有在基层任职的经历，一直做秘书工作，谈不上任何政绩。年纪轻轻当上将军，凭什么呀？夏忧跑到布小朋办公室，为布小朋喊冤。布小朋说："人家赵主任是政工干部，我是军事干部，他并没有挡我的路，你不要乱打抱不平。"

"他没挡你的路，他挡了别人的路，那些常年在部队任职的干部，谁能有这样的好事？这正常吗？能让人服气吗？"

布小朋无言以对。夏忧讲了一个故事：龚自珍的儿子龚半伦，带领英法联军把圆明园洗劫一空，然后又作为英国公使的翻译，代表英国和恭亲王谈判，百般刁难。恭亲王怒道：你等世受国恩，却为虎作伥甘做汉奸。龚半伦说：我们本是良民，上进之路被尔等堵死，还被贪官盘剥衣食不全，只得乞食外邦。今你骂我是汉奸，我却骂你是国贼。

这个故事让布小朋脊背发凉。夏忧说："吏治腐败非常可怕，它会伤筋动骨，它会挫伤一大批人的积极性。长此以往，部队还能不能打仗？很难说。"

说得最多的话题，还是腐败。夏忧说，腐败是我们最大的敌人，比拿枪的敌人还可怕。因为他就在我们队伍里，表面是我们的同志，穿着和我们一样的衣服，说着一样的话，但他却在背后噬咬着我们的大厦，你不抓他，总有一天，他把大厦啃倒。就说我们基地吧，几万人的部队，十多年没抓出一个贪污犯，你认为这正常吗？现在应该大力正风气，反腐败，应该是谁抓的腐败分子多，谁评先进，提拔谁。后来他牙齿咬得咯咯响，说，我们党是伟大的，可以说是世界上最好的党，人类历史上从来没有这么好的党，但是党身边，总有一批小人，腐败成性，投机钻营，败坏党的形象，而且有的组织有时还包庇这些坏人，希望党不要被这些小人蒙骗，拿出壮士断腕的勇气，割掉这些毒瘤。就好比母亲是好的，是伟大的，母亲生了一堆儿子，难免有几个是不好的，不能因为母亲生了几个不好的儿子，就说母亲不好。当然，母亲也不能护犊子，把自家庄稼地里的毒草拔掉，是应该的。

他又说，根据历史经验，腐败分子一般都是卖国者、汉奸。我只恨三种人：汉奸、贪官和小人，汉奸一般是小人，贪官一有国难，就会转化为汉奸，小人则永远都不会变好。现在尤其要当心这些官二代、三代们成为汉奸，为外国人所用。清朝的灭亡与八旗子弟的腐败有很大关系。这些人卖起国来，能量巨大。

夏忧说着说着，晕倒了，布小朋赶紧掐他的人中，折腾一阵，他吐出一口长气，喝了几口水，慢慢恢复了平静。问他去不去医院，他说："医院治不好我的病，天晴了，风清了，春天一到，我的病就会好。"他近来患上了哮喘病，一到冬天就加重。

一直得不到提拔，布小朋说不着急是假，但他也确实无计可施，只有被动等待。有关心他的人出主意说，对将军位置，虎视眈眈的人太多，不活动一下，恐怕天上很难落馅饼，落下来，也砸不到你头上。有人伸出三个手指头，说你表现再好，也得出这个数。他囊中羞涩，拿什么送啊？一个手指头他也出不起，他一个当过后勤部长、师长的人，家里的钱，可能还不如一个管钱管物的助理员、参谋、处长钱多。他已经过了五十岁，想转业，地方也不要了。

他做好了干到五十五岁退休的准备。正师职，顶多只能干到这个年龄。

一个周末，牛得宝来到布小朋家，一进门，放下一个帆布包，拉开拉链，露出几捆大票。布小朋问："你这是干什么？"

"这是七万块，我这些年攒的。"牛得宝得意地说。

"攒了不少。交给你舅妈给你存上吧，将来娶媳妇用得着。"

"娶媳妇着什么急？舅，你都拿去吧，以后我再挣。"

"……我拿去？我拿去干啥？"

"舅舅，你不能干等，我战友说，你得花点钱，要不谁提你？现在都兴这个，你这么正，是不行的。再等你就老了，我还指望你上去，好帮我呢。"

布小朋板起脸，不想理他。牛得宝说："舅舅，我说的可都是心里话啊，你别嫌钱少……"

布小朋一拍茶几，吓了邱梅和牛得宝一跳。邱梅急忙过来，把帆布包拉链拉上，说："你舅舅从来不靠这个，别人是别人，咱是咱，千万别再说这个了。一会儿我包饺子，吃完饭你把钱拿走，出门找个银行存上。"

整整一顿中午饭，布小朋没给牛得宝好脸子。牛得宝知道自己好心办了坏事，不敢言语，一顿饭吃得很沉默，像受刑一样。牛得宝走了后，邱梅怪丈夫，人家孩子是好心，你不该这样对他。布小朋说："不想走正路的人，我不爱搭理。雷军一开始就是这样，用心不正，到头来差点把命搭上。"

晚上，布小朋收到牛得宝发来的短信，他承认自己错了，希望舅舅不要生气。他在短信上说："舅舅，你已经很棒了，当上师长，咱县你是头一个。我要向你学习，靠真本事吃饭。"布小朋把手机拿给邱梅看，邱梅说："孩子还是很懂事的，你给回一个短信，就说没事了，免得他心里七上八下。"布小朋说："冷淡他一下，对他有好处，他当兵十二年了，我就是给他两拳，他都应该能挺住。明天再回，睡觉！"

趁布小朋去卫生间洗澡，邱梅用他的手机给牛得宝回了一条短信，说："没事了，好好干！"

101工程是布小朋最牵挂的事，这两年进展一直不顺利，拖拖拉拉，经费追加了不少，还是不能投入使用，设备安装完毕后，问题成堆，合练过几次，根本达不到设计要求。有人说是豆腐渣工程，有人说是坑爹工程，白花那么多的钱，起不到一点作用。布小朋不是专家，无法论证，他只希望工程快点验收，正式投入使用，为训练实战化助一臂之力。

九

这顿晚餐是康文定精心安排的，一共六个人，他和同居女友苏菲、矿业老板蔡德山和女友马丽、副区长杨宣和女友谢静宜。本来他和蔡德山、杨宣不熟悉，因为他们三个人的女友是大学同学，属于闺蜜，就这样三个男人慢慢熟悉了。

康文定转业后，没用国家安排，把档案放到人才中心，自己下海做生意。他曾经有过一阵辉煌，财产达数千万，但是后来逐渐走下坡路，眼下除了一辆旧奔驰车和一个空壳公司，就只剩下两套三室一厅的房子，存款少得可怜，对外还得硬撑着，装出一个成功生意人的样子。以前还养得起司机，后来干脆把司机辞退了，苏菲兼任他的老婆、情人、司机、秘书、保姆、财务总监、公关部长。

一年前，他心血来潮，成立了一个"文定航母基金会"，号召人们为中国早日拥有航母捐款，收到的钱将来捐给海军，或者捐给船舶研究机构。他在新闻媒体上自费反复登载账号和捐款地址，并且进行了公证，热忱欢迎各界监督。很久以前，他就有航母情结，就像有人有恋母情结一样，他认为航母是海空武器的母亲，也是他的钢铁母亲。

一年下来，他虽然联络了一批大款，但是很少有人捐助，基金会迄今为止收到的最大一笔捐款来自美国，是一位名叫玛莉的美籍华人捐的，三万美金，最小的一笔捐款来自山区，是一个小学生捐的，一元钱。一年下来，总共收到捐款折合人民币不到五十万元。他十分失望，酒后常常大骂国人不爱国，南海的岛礁让周边小国惦记，我们没有航母，战斗机飞不过去，顾不过来；将来和日本也会有麻烦，钓鱼岛就被日本占着不还，和美国更是不用说，有了航母，胆气就会壮，领土领海就会少一些麻烦，海军将来要走向深蓝，冲破第一、第二岛链，没有航母，说啥也没鸡巴用。平时他文雅，醉了就管不住嘴巴，他说粗话，骂人，说："天下是老子……是老子的老子打下的，所以，老子得珍惜。"在他眼里，很多人像是汉奸、卖国贼，马打江山驴坐殿，一代不如一代，你们少吃几顿饭，少贪点，省点钱，造一艘航母不行吗？他醉醺醺地说："没有国，哪有家呀？你把别墅修得再漂亮，国家没了，有什么用？鬼子来了，还会奸污你女人……"

苏菲负责基金会的工作，他怪她工作不力。苏菲原是个售楼小姐，他去看楼盘，一来二去，认识了，很快上了床，苏菲不再售楼，跟他干。在这之前，他结过四次婚，没生下一个孩子，每离一次婚，他都得付给对方一定数目的财产，这也是他财产不断缩水的原因之一。

苏菲的两个闺蜜马丽和谢静宜，分别攀上了矿业老板蔡德山和副区长杨宣，这两个男人都有实力，康文定让苏菲约他们一起吃饭，借机宣扬一下造航母的意义，请他们赞助一下，争取在"文定航母基金会"成立一周年之际，凑到一百万，然后大张旗鼓捐出去，搞个仪式，请各路媒体宣扬一下，明年争取搞到两百万。

康文定和苏菲到达请客的酒店，刚点好菜，蔡德山和马丽先到了。两个女人见面，喊喊喳喳说个没完，康文定和蔡德山坐到一旁抽烟，康文定问道："老蔡，你是不是准备全家移民？"

蔡德山一愣："你怎么知道？"

"前几天我路过你矿区，看到挖的乱七八糟，典型的过了今天不管明天，不为子孙后代着想。"

蔡德山笑了笑："先装满腰包再说吧，我不挖别人也会挖。"

"到澳大利亚？"

"对。"

"你到了那儿继续挖，把他们的地盘也给挖烂。"

"不行，那里的干部真他妈不是东西，就是不让挖，特别傻逼，给钱都不要，比我们的干部差远了，真该把他们送到我们的党校培训一下。说来说去，还是我们的干部好交朋友啊。"

苏菲听到蔡德山全家移民，小声问马丽，你怎么办？马丽说，老蔡把老婆孩子办出去，事业主要还在国内发展，他老婆孩子一滚，我们见面更方便了。两个女人嘻嘻哈哈笑成一团。不一会儿，杨宣和女友谢静宜赶来，时间已不早，六个人赶紧上桌吃饭。马丽戴着一个新买的翡翠手镯，很漂亮，水头很旺，颜色也好，谢静宜看上了，当场逼杨宣答应给她买一个。杨宣知道这种成色的手镯动辄都在十万以上，开玩笑说："我可拿不出那么多钱，你如果非逼我买，我只能卖个官。"众人哈哈笑，气氛很是热烈。酒酣耳热之际，康文定提出请二位给基金会办点事，凑个份子。杨宣答应给几个熟悉的老板打打招呼，请他们掏点钱，蔡德山则不干，说："我马上成澳大利亚人了，你们的航母又保护不了我，我捐钱干吗，不如给小宝贝买件礼物。"马丽说："就是。"伸嘴巴亲了一下蔡德山。

说来说去，他就是一分钱不掏。康文定急了，说，"国家就是个大树的根，根烂了，别想结好果子，别想有好叶子，都不来保护，国家完了，日本鬼子还会进来奸我们的女人，烧我们的房子，你再好的房子，再多的钱也没用，你就是跑到海外，成了什么狗屁澳大利亚人，你的祖国完了，你也只能是澳大利亚下等公民。只有你的祖国强大，你才能牛起来，你家的苍蝇蚊子都跟着牛。别以为你跑出去就没事了，你的祖坟跑不出去，日本人照挖你的祖坟。"

说到最后，康文定和蔡德山差点动手。蔡德山叫上马丽先走了，谢静宜瞧不上马丽、蔡德山的做派，说："我怎么觉着美国的资本家好多是红色的，人家乐善好施，像比尔·盖茨，特能捐款；我们中国的资本家，好多是黑色的，他们的原始积累充满罪恶，真该把他们的黑金全部收归国有，发给穷人。"

苏菲响应谢静宜，说："就是。国家设想让一部分人先富起来，再带动周围的人致富。你看看咱身边的有钱人，谁管别人？那么多钱，还不收手，还在拼命搞钱，恨不能把全中国的钱都划拉到他家，可恶至极！"

这顿饭康文定感觉白请了，回到家借着酒劲，又是大骂一通，说我现在真是怀念在部队的日子，那么多的战友，为了国家流血流汗，像布小朋那样的人多一些，国家才有希望啊。不一会儿，谢静宜给苏菲打来电话说："成了。"

苏菲问："什么成了？"

谢静宜说："老杨刚回到家，就有人来找他买官，拿来十万。为了我，他咬牙收下了。哈哈，明天就可以买个好手镯了。"

放下电话，苏菲冲着康文定埋怨道："都跟你两年多了，你给我买过什么值钱东西？"

"我会有钱的，不出三年……"话没说完，他躺在沙发上睡着了。他们平时都是分开睡。四十岁以后，他就阳痿了，靠吃伟哥勉强行事，恨不得拿刀削掉不争气的鸡家伙。苏菲在外面和一个大学同学偷偷来往，他不知道而已。

康又汉亲自给康文定打电话，请他来家一趟。老爷子打电话给他，而且还很客气，这种情况很少很少，以前他半年不回家，老爷子都不带给他打电话的。即使他一年只回家一趟，见面老爷子都和他说不了三句话。难道老爷子生病了？电话里听声音不像生病。难道是人之将死，其言也善？他不敢想了。

赶紧开车回到久违的家，父亲半躺在沙发上，精神头儿还不错，什么都不像。他谦恭地问："爸，叫我有事？"

父亲示意他坐下。他赶紧坐下。父亲说:"我这辈子快完了,离死不远了,临死之前,我还想办件事。"

"爸,您说,我听着呢。"

父亲从茶几上拿起一个信封,是一封没有封口的信,递给他,示意他打开看看。他抽出信纸,里面是父亲很工整的毛笔字,墨迹尚潮,散发出幽幽墨香。信上说的全是布小朋的事,父亲以自己八十五岁之身、六十五年党龄,向一个名叫冷新的"侄儿"推荐布小朋,希望尽快给他一个职务,这样的人不用,太可惜了。

父亲喃喃道:"猛虎别在当道卧,困龙终有上天时……"

他合上信封,问:"爸,冷新是谁?"

"抗美援朝时期,他爸是师长,我是他爸手下团长,有一次师长来我团,遇到美机轰炸,我用身体替师长挡了弹片,我肩部负了伤,算是救过师长一命。他很小的时候,我就抱过他,他家有不少我和他爸的合影,他应该知道我是谁。"

"老师长还在吗?"

"文化大革命给人打死了。"

"这个冷新,他做什么的?"

"他是个上将,刚从南方军区调到北京。你连他都不知道,还搞什么航母基金会。"

"……您让我去找他?"

"你去。记住,永远不要让小朋知道。"

"明白了。我马上去。"

父亲点点头,从沙发底下拖出一个陈旧的小皮箱,说:"我给你捐二十万,趁你妈不在,赶紧拿走吧。"

他愣了:"爸……"

"赶紧走!事办不成,别回来。"

他拿上信封,提起小皮箱出了家门,父亲的声音从身后传来:"路上开慢一点。"他答应着,开了车门,放下东西,车子启动时鼻子一酸,差点落下泪来。路上,他给苏菲打电话,想让她把所有的钱都提出来,凑八十万,加上这二十万,就是一百万,现在是吃豆腐办豆腐事,吃肉办肉事,光凭一封信,办这么大事,有点不靠谱,有这一百万垫底,加上父亲曾经救过冷父的命,人家一定会尽心尽力的。在他眼里,就怕男人仁义,就怕女人善良,像布小朋这样的人,你不但没法坑他,而且惟有帮助他,才觉得心安,人比船重要,现在顾不得什么航母了,先顾人吧。

苏菲的手机显示关机。大白天的,小婊子,关什么机?他骂了一句。他赶往公司所在地——也就是自家的另一套三室一厅的房子,打开门,傻了眼,保险柜开着,里面干干净净,一块钱都没有。他拨打银行营业厅电话,查询基金会账号,上面也是一块钱没有。他在屋里转了三圈,把自己都转晕了,抽棵烟稳稳神,当即决定,卖掉一套房子,无论如何得凑齐一百万去北京。

最让他心疼的,是被小婊子卷走的那三万美金。他早猜到了,那个美籍华人玛莉,不是别人,正是自己的亲妹妹康莉。妹妹的心血,用在布小朋身上,该有多好!但是现在不可能了。他慌慌张张下楼,同时给链家地产打电话,同意将自己所住的那套新一点的房子,以八十万卖掉,越快越好,最好今天成交,而那套房子,原本标价在一百万,卖九十万,一点问题没有。

他暗暗发誓,永远不要让布小朋知道这事。

十

基地原副司令李长水吃一枚核桃时噎了一下,剧烈咳嗽一阵,突然倒地,抽风吐沫,心脏骤停而死。基地成立治丧委员会,新任副司令布小朋担任主任。

李长水突然离世，令康又汉感到意外，有点悲伤，老东西身体好好的，怎么突然人就没了？刘美芹说："你盯人家老李半辈子，总觉得他要出事，结果呢？人家一直到死都平安无事。这下你该闭嘴了吧？"

"人不干净，手伸太长，到了阴间，马克思要剁他手的。"

"拉倒吧！什么马克思牛克思的，少拿他忽悠人。"

"好，不说马克思。我问你，他钱多、房多不假，他晚上睡觉，占几张床？"

"……睡觉谁还能占几张床？不就是一张嘛。"

"好。他一天几顿饭？不会吃八顿吧？"

"嗨，人一般都是吃三顿，你想说啥呀？"

"老东西十年前就'三高'，不敢吃肉，我今天还能吃肉，中午咱炖个排骨。"

"好！想吃就炖。"

"他这一死，钱呀，房子呀，能带走吗？"

"他往哪带啊？火葬场只烧人，不烧这个。到了天国，人民币不流通。"

"这不就对了吗？既然带不走，划拉这么多干什么呀？人生一世，留下不干净的钱财，不如留下个干净名声。"

老太太琢磨着有理，终于点点头："老头子啊，你都修炼成精了……"

干休所通知，老首长只要能行动的，希望都能去参加追悼会。布小朋来康又汉家征求意见，想请他参加。康又汉说："我就不去了，让老太太代表我吧。"

"首长，您为什么不去？身体不便？"

"那倒不是。"

"您能告诉我，为什么吗？"

"我去了李长水同志会怕我,他后半辈子一直怕我……我不去,他会走得安静一些……"

布小朋主持了李长水的葬礼,悼词中说他是"中国共产党优秀党员,我军优秀的军事指挥员",还说他"坚持原则、廉洁奉公、两袖清风"云云。总之,盖棺论定,他是个好官。

李长水追悼会当天晚上,康又汉突然发病,咳嗽、有点低烧,医生说肺部感染,送到803医院高干病房输液治疗,布小朋和康文定一直陪着。到了第二天,病情有所缓解,老头说:"趁还清醒,我想留个遗言,把老太太叫来吧。"

老太太来了,老头对她说:"我那点存款,留给你,将来你处理。干休所的房子,属于公家。等你没了,交还给公家吧,不能留给儿女,儿女自有儿女福。我干净一辈子,不想死了遭人骂。"

老太太说:"人家都不交,你交了,才会遭人骂,骂你傻,骂你没事找事。"

老头说:"你就是不同意,我也会坚持上交。房子是公家分给我的,我说了算。"

老太太沉默许久,说:"好吧,你说了算,我都听你的。"

老头问康文定:"你什么意见?"

康文定说:"爸,你们定。我又不缺房子不缺钱,我……我好几套房子呢,干休所的这套老房子,我还真没看上。"

当下由康又汉口述,康文定把遗言写在纸上,最后由康又汉、刘美芹签字。布小朋站在一旁,不知说什么好,当康文定把遗言折叠好,放进信封的时候,康又汉欣慰地笑了,布小朋却想哭一场。

留好遗言,老头让老太太和儿子回避一下,他要和布小朋聊几句。布小朋坐在病床前,老头说了这样一段话:你要好好干,将来你当了大官,要管住部下的心,看住他们的手,不能让他们手伸太长。怎样管住他们的心?要有信仰。信仰什么?信仰除了以前常说的共产主义之外,眼下要培养的,就是向真、向善、向美以及敬畏之心。有责任感的人,尤其男人,要为国家、民族、后代,有所担当。要为子孙后代着想,给后代留下一份好遗产。军队是保卫国家的,是国家机器,军心不能散,装备要上去。如果军人都信仰钱,就完了,钱是万恶之源,真正的恐怖,不是被人打烂了头,而是被人操控了心……"

布小朋最后含着眼泪说:"首长,我都记心里了。"

老头住了几天院,病情大为好转,快过年了,搬回家住。回到家的当天夜里,他在睡梦中告别了这个他奋斗了一生的世界。第二天早晨老太太喊他起床吃早饭,他没动静,喊了三声,还是没动静,老太太伸出手来,放到他鼻端一试,早没气了。老太太感叹:"要是李长水不死,你还能多活一阵。唉,干净的,脏的,都走了,都走了……"

布小朋担任康又汉同志治丧委员会主任,老太太提出,不搞遗体告别,不举行安葬仪式,不给组织添麻烦,不影响基地正常工作,不收礼金,这是康又汉同志生前多次交代过的"五不",只在家设个灵堂,接受亲朋好友吊唁。

没想到,有那么多的人来到康家,很多人根本不认识他,但人们还是来了,从基地大院,从各师、团赶来,有干部、战士、职工、科研人员、家属等等。人们排队进入到康家客厅,冲着他的遗像鞠躬,干休所成立二十多年,死了很多老干部,没见过这么简朴而又隆重的场面。前来吊唁的人,每人拿到一张《康又汉同志生平》,上面说他是"中国共产党优秀党员,我军优秀的军事指挥员",还说他"坚持原则、廉洁奉公、两袖清风",除了简历与李长水不同外,其他的内容都差不多。

都以为康莉会回来与父亲告别,她去美国二十多年,没回来过一次。这次她答应回来,但是到最后又说不回了。她给哥哥打电话,说她写了一封信，发国际快递过来，请哥哥在父亲坟前烧掉。

康文定告诉布小朋，莉莉去美国后，一直没有找到她所谓的狗屁爱情。先是嫁了一个台湾移民，过不到一块，又嫁给一个从北京去美国的诗人，还是不行，第三次嫁人，嫁给一个非洲移民，过了一年就要离，她走不开，是因为正在办理离婚诉讼。

"她回国内发展不好吗？"布小朋说。

"去美国的人，两种人不愿回，一是过好了的，扎下了根，不想回；二是没过好的，没脸回。"又说，"她当初要是嫁你就好了。"

布小朋没有接话，心想，女人心，深似海，你一句话哪能说得透呢？

康又汉的遗体在北郊殡仪馆火化，是在宁静的晚上，只有布小朋和康文定两个人守着，工人把死者的遗体推进火化炉，半小时后，一具完整的、人形状的白色骨灰，呈现在他们面前。工人师傅往骨灰盒里装骨灰，一块没烧透的小骨头掉到地上，布小朋弯腰去捡，烫了他手一下，一会儿就起了个泡。布小朋觉得，这是老首长在提醒自己，不要忘了他说过的话。

离龙城二十公里的东北方向，有一座山，叫七宝山，山上有骨灰堂和老干部墓地，算是干部公墓。李长水刚刚安葬在那里。康又汉生前给刘美芹交代过，他死后不进七宝山，不愿与李长水这样的人再住一起，只需找个干净清静地方，把他的骨灰撒了。布小朋和康文定开车，载着康又汉的骨灰，来到龙城郊外的一片小树林，这里是龙城森林公园的一部分，不远处就是基地下属的一个卫星地面站，有一个连的人驻守，把老首长埋在这里，让他每天听到军号声，听到士兵操练的声音，应是一个他喜欢的地方。

布小朋和康文定把掺着花瓣的骨灰，轻轻撒到几棵小树下。康文定边撒边告诉父亲，他这些年做的，都是正经生意。他说，儿子虽然没混好，但坑害国家的，坑害百姓的事，从没做过。撒完骨灰，康文定拿出妹妹寄来的信，点火烧掉。妹妹的信充满歉疚，她说，这辈子没能在国内陪父母亲，没有做出成绩，实在对不起父母养育之恩，下辈子她只做一件事，天天陪爸爸妈妈。

布小朋从车里拿出一瓶茅台酒，启开盖子，轻轻洒在树下面的骨灰上。老司令到死也没有喝上布小朋的茅台酒，更没有等到茅台降价，此时53度飞天茅台已经涨到了一千二百多元。他在天国听到这个消息，会难过的。

十一

当上基地副司令的第一个春节，布小朋遇到了一件烦心事。进入腊月后，各师、旅以及机关业务部门，像司令部、后勤部、装备部，包括这几个部门下面的业务处，纷纷派人来他办公室汇报工作，汇报工作是由头，主要是来送红包。红包有大有小，大的五万，小的三万、两万，也有一万的，都是现金，放在他办公室的茶几上，或者他办公桌上，绝大多数是代表单位来的，偶尔也有个人来表示的，众口一词，感谢首长一年来对本单位（或个人）工作的关心支持，快过年了，没什么好拿的，送点小钱意思一下，就算请首长吃顿饭。

开始布小朋坚决不要，对方说，每个常委都有一份，不光给你个人。布小朋表示退回去，对方说，你退回去显得不好，毕竟别人都不退。万般无奈之下，他只好先收下，专门放在一个文件柜里。等到快过年的时候，他在办公室加班，邱梅来他办公室转悠，他想起这事，打开文件柜，里面一堆信封，一看就是钱，吓了邱梅一跳。邱梅说："你哪来这么多钱？"他就把过程说了。他让邱梅数了数，一共三十二万。

过一个春节，坐地不动就能收三十多万，加上中秋节呢？一年下来，收个五六十万没问题。他半开玩笑说："以后就有钱花了。"

邱梅眼睛瞪得溜圆："你真敢要？"

他说："退不了，有什么办法呢？没有不透风的墙，我把它退回去，别人很快就知道，我就会成为众矢之的。"

邱梅说："看来不想同流合污，真难啊。"

他说："你别怕。我想了个办法。"

邱梅说："什么办法你快说，这么多钱放你这，压得我心口疼，晚上睡不着觉。"

他就把想法说了。803医院开展的为农村先天性心脏病患儿手术募捐活动，一直进行着，夏忧曾经救助过几个孩子，不如把这些钱，分批捐出去。当然布小朋不好出面，得邱梅出面，或者布依出面，最好不要暴露身份，免得引起猜测。邱梅认为这个办法好，以后再收到钱，就这么处理。

最让布小朋烦心的，还不是这事，而是101工程。这项耗资巨大的工程，自从立项开工后，前期尚顺利，到了后期，问题成堆，随着时间推移，原本比较先进的俄罗斯装备，渐渐落伍，国内某些厂家生产的同类设备，无论从质量还是效益上，都超越了俄罗斯设备，仅需几百万元，就能达到布小朋所要的效果。但是因为有了101工程在先，总部不可能再批准立项同一类设备，没办法，只能对101工程进行维护和改造，所花的钱，比买一个新设备还要多。弄来弄去，几年过去，依然不能投入正常使用，今天要更换这个零件，明天要改造那个设施，它所招致的非议，越来越多。

布小朋很后悔，当初是他头脑发热，力推这项工程，才有今天的这顿夹生饭，这不是一点小钱，前前后后投入的经费，一个亿。他后悔死了，盼着它能起死回生，尽快投入使用，总不能当一堆废铜烂铁，扔这儿不管吧？一想起这事，他就急得头顶蹿火。

夏忧竟然有一次当着布小朋的面说："我考察过了，101工程是咱基地创建以来，最大的一个败家子工程，应该追责。"

布小朋脸一红，愣了愣，说："你没听说过吗？这个工程是我倡议并力推的。如果追责，头一个是我。"

夏忧也愣了愣，说："真的是你牵头搞的？"

布小朋说："千真万确。"

夏忧脸上现出极其失望的表情，半天才缓过来，说："你是太想做事了……你是好心办坏事，可以原谅……不过，布副司令我提醒你，不要再对101工程抱希望了，早点下马，就能减少损失。认输有时候不是无能，而是一种勇气，敢认输的，往往是真男人。"

夏忧躬着腰，远去了。

现在就让布小朋认输吗？他不敢想。作为副司令，除了日常工作，布小朋惦记最多的就是101工程，可以说这个工程，让他心力交瘁。

夏忧也是让人不省心。医生诊断，夏忧确实患了忧郁症，但他本人死不承认，不配合治疗，他成了政治部赵主任的一块心病。赵主任专门来布小朋办公室汇报夏忧的事，提出尽快安排他转业，部队不能养这样的人。赵主任说："布副司令，都知道夏忧是你的人，如果你不想让他走，就给他换个单位吧，不要放我们政治部了。"

布小朋表示，夏忧是个副团职干部，已到了服役最高年限，下个年度安排他转业，是正当的，合适的。他会抽空找夏忧做做工作，争取让他愉快服从组织决定。

这天，布小朋忙里偷闲，没打招呼，一个人突然来到夏忧办公室。史志办有两间办公室，夏忧本来和张大姐一间，张大姐受不了他的毛病，搬到李大姐那间屋了。门虚掩着，布小朋轻轻敲门，里面没动静，他推开门，看见满地都是图表，墙上挂着的也是一些乱七八糟的图表，夏忧弯腰伏背，聚精会神在画一张草图，全然没察觉有人进来。布小朋咳嗽一声，夏忧头也不抬，说："别打扰我。"

布小朋看到一张图表上写着几个大字：全军整编方案。他微微一愣："夏忧你又搞什么名堂？"

过了一会儿，夏忧放下笔，站起来，推一推比酒瓶底还厚的眼镜，说："大陆军主义会害了我们。"

"你啥意思？"

"我们解放军的老祖宗是陆军，军队上层、总部机关，绝大多数人出身陆军，他们对陆军有感情，天下是陆军打下来的，就好比大清是靠八旗铁骑打下的天下，他们迷恋弯弓射雕，对现代化的武器不感兴趣，结果大清死在现代化的火药铁炮和长枪下。现在情况也差不多，如果再抱残守缺，不改革，不转变观念，守着大陆军主义当饭吃，可能死得比大清还惨，等着看吧！"

"你认为怎么好？"

"不大力改革不行！所谓改革，就是党和人民与庞大的利益集团的斗争，改革有时候会你死我活，全军大整编势在必行！"

夏忧把桌上的、地上的、墙上的图表都捡起来，厚厚的一摞，放在布小朋面前："我做了一个整编方案。"

布小朋觉得他这项研究有点意思，听他仔细讲下去。他讲道，美军搞全球战略，陆军才五十万，我们多少？人家的三倍！还有那么多的武警建制师。我们有七个大军区，有的大军区只管两个军，国家还管三十个省市自治区呢，效率如此低下，留着它有何用？无非是安排职位，真不如成立陆军总部，把十八个集团军都管起来，这得节省多少资源？以后作战，敌人根本不来，它远远地打你，你保留那么多陆军干什么呀？拼刺刀吗？你地面部队越多，炮灰越多，陆军应该向特战分队转化，同时精简总部，大力发展海、空军、二炮，建立空天一体战略，未来的战略制高点，在太空，中华民族的生存空间，得拓到蓝海，拓到太空，越远越好，越高越好……

布小朋心中感叹，夏忧说得太好了。

夏忧接着讲:"我们本来军费不高,可是养了多少闲人啊!唱歌的,跳舞的,演戏的,搞体育的,写字的画画的,还有那么多的医院和院校,他们发挥了多少作用?二百多万人的部队,光开车的司机,就得有十多万吧?有些老干部,家里有一个班的人侍候。一个师,一万多人,真有事,拉不出多少人来,闲杂人员太多,这样的部队能打仗吗?"

布小朋问:"在你的方案里,我们基地撤销吗?"

夏忧说:"不但不撤,还要扩编。我们基地是一支新型部队,但是需要脱胎换骨,这样下去不行。"

说到后来,夏忧牙齿咬得咯咯响,说:"我们这支军队,它过去是那么好,现在存在这么多问题,一个有良心的中国军人,尤其一个高级指挥员,应该经常睡不着觉。"

布小朋离开夏忧办公室,往外走时,耳边咚咚响起的就是夏忧这句话:"一个有良心的中国军人,尤其一个高级指挥员,应该经常睡不着觉……"

十二

很多人受到困扰,冉淮也是其中之一。困扰他的问题,仍然是职务问题。类似这样的问题,困扰了他半辈子。

他当三师副政委三年多了,总感觉自己还能迈一个台阶。再迈一个台阶,就离将军位置很近了。他想放手一搏,但是干等肯定是不行的,得主动出击。盘算半天,基地主要领导邓作军司令和钱玉亮政委那边,他靠不上,思来想去,打算采用迂回战术,从总部找人。扳起指头数了数,总部那边真正能给他说话的人,只有一个,那就是孟广俊部长,孟广俊现在炙手可热,有传言说,他很快将出任总部的副职首长,由他出面给办,想不成都难,就是一句话的事。

他往孟广俊办公室打电话，打了几次没人接，打手机，他也不接，发短信，他不回。好不容易打通了一次办公室电话，电话那头，孟广俊很冷淡，说自己马上要开会，以后再说。就把电话挂了。

以后再打，更打不通了。他很失望，当年他也算是为孟广俊出过力，姓孟的头一回上报纸，就是他写的稿，那年他竞争后勤部副部长，就是他请了一批画家给其助阵，怎么人一阔脸就变了呢？

离了孟广俊，还真没别的办法，他不想放弃，思来想去，又想起一个人来——胡德强。

龙城东郊的龙潭水库，经常有人到这里钓鱼。周末，冉淮拿上一副钓竿，坐上车去了龙潭水库，车子绕着水库转了半圈，终于看到一个熟悉的身影，胡德强脚边放着一个桶，一个人孤零零坐在那里垂钓。冉淮让司机把车开远点，自己拎着渔竿，走到胡德强身边盘腿坐下。胡德强抬头一看，有点吃惊："哟，冉、冉副政委，你、你也有空钓鱼？"

冉淮说："离退休不远了，先来预习一下。"

胡德强说："得、得了吧，你还有希、希望，别、别泄气呀。"

胡德强本来还不到退休年龄，因为在蓝海宾馆天天陪领导喝酒，得了一回脑梗，救活后留下后遗症，右腿略有不便，左手抖动，有些张口结舌，便办了病退。只要天气好，每天他都骑自行车过来钓鱼，一是骑自行车可以锻炼身体，二是垂钓可以练习臂力，三是可以修身养性。冉淮瞅准了他来钓鱼，特意来碰他。

胡德强一眼盯上了冉淮手中的渔竿，最新式的太平洋牌，一次也没用过。冉淮把鱼竿递给胡德强，说："老哥，你用我的，咱俩换换。我本来不会钓，平时也没空，今天纯粹过来凑热闹。"

胡德强也不客气，接过新渔竿，装上鱼食，甩到水中。不一会儿，就有大鱼咬竿，胡德强屏住气息，猛一甩动渔竿，钓上一条一斤多重的鲤鱼，他兴致颇高，也不结巴了，说："老弟，有用得着我的地方，你就说。"

冉淮抓住机遇，当即把他的想法说了，他很诚恳，剖析自己说："没当官前，想当官，当了官后，又想当更大的官。当上官，要啥有啥，办事方便，吸引力太大。当然，为了当官，我得干好工作，客观上为了国家，主观上为了自己。胡大哥，我说的过分吗？"

胡德强说："非、非常理解。"

冉淮说："可是当官路上太拥挤，有道是又跑又送，提拔重用，光跑不送，原地不动，不跑不送，靠边被动。我想请你老哥亲自给孟广俊打个电话，说说我的事。谁都知道你是孟部长的师傅，没有你胡德强，就没有今天的孟广俊，你肯出马，这个面子他不会不给。"

胡德强犹豫片刻，说："好、好久没联系他了，不知我说话，还管、管不管用。"

冉淮说："一定管用。"

胡德强说："我试试吧，先给老、老孟打个招呼，后面的事情，你、你去跑。"

冉淮说："你打过招呼，我马上进京。"

胡德强提醒冉淮说，有个叫张大有的画家，画很值钱，孟广俊很喜欢收藏他的画。冉淮笑了："这好说。当年我请张大师来过咱基地，以后每年都给他发短信拜年，我亲自找他要张画，这个面子他得给我。"

冉淮达到了目的，兴致很高，陪胡德强聊了好一阵，说起当领导的收藏字画，冉淮认为，领导收字画，一是相信它值钱；二是感觉这不算受贿，顶多算雅贿，比直接收钱好听一些，风险要小得多；三是领导家里本来不缺钱，弄点古玩字画玩玩，显得上档次。就因为领导喜欢这个，让一些书画家肥了。其实呢，很多画家的字画，有价无市，你拿到手想卖出去，难。

冉淮临走时，把那副新渔竿丢给了胡德强。并说，事情有了眉目，还会来感谢他。

三天后，胡德强打电话给冉淮说，可以去北京了。周末，冉淮没有请假，提上一个沉重的皮箱，悄悄飞到北京，先找个部队宾馆放下东西，然后去长城画院找张大有，想讨一幅画。结果碰了一鼻子灰，张大师根本不见他不说，大师的一个经纪人还把他羞辱了一番，说你想拿十万块钱买张先生的画，你连一条牛腿都买不到，只能买一个牛蹄子，你知道张先生四平方尺的牛，值多少钱吗？

他问："多少钱？"

经纪人说："少于二百万，免谈。"

差一点把冉淮吓得尿裤子，他仓皇逃离长城画院张大有画室，出了门，悲愤交集，心中怒骂：你姓张的算什么东西！你一张破纸片卖二百万，你凭什么？这不是打劫又是什么？你们不就是沾了腐败的光吗？没有腐败，你一张画，五千可能都卖不出去，谁要这破玩意啊？不顶吃不顶喝，你画一辈子牛，就像木匠做一辈子桌椅板凳，全是重复，艺术含量没多少。你们这些画家的身价，就是靠腐败拉起来的，是腐败分子养肥了你们，你们是腐败链条上的一环，是最大的受益者之一，而且还没风险，太便宜你们了，将来反腐，不能漏掉你们这帮画痞……

心中怒骂一阵，心里好受多了。站在马路边思索一阵，他打个出租车去了琉璃厂，那里果然有人悄悄卖张大有的模仿画，也就是伪作，他讨价还价一番，花两千块钱买了一张四牛狂奔，回到宾馆提上那个沉重的皮箱，打车去了孟广俊家。

十三

又到年终，政治部确定夏忧转业，一位副主任约他谈了话，他表示服从组织安排。回到办公室，他久久地呆坐那儿，一动不动，眼神迷离，唉声叹气。张大姐过来说："小夏，你没事吧？"

夏忧讷讷道："离开部队，你说我还能干什么？"

张大姐说："部队不好混，到地方好混。你才四十出头，什么不能干？"

夏忧说："你说得不对，我就是个混子，我觉得部队好混，我在这里混了二十年，没干过什么正事，不也过来了吗？"

张大姐说："谁都有退役那一天呀。"

夏忧说："部队不需要我了，我活着还有什么意义吗？"

张大姐吓了一跳，说："小夏，你可别想不开呀……"

夏忧笑了笑："大姐，我要真想不开，早死多少年了，你看我，老婆离了，孩子成了别人的，每天叫别人爸。我没有存款，没有房产，没有车子，没有朋友，只有一屋子旧书。我这个人，是个完完全全的人生失意者。在你们眼里，我就是一个疯子、神经病、不正常、吃饱了撑的、没事找事。可我还活着，我很坚强，是吧？"

张大姐急忙说："坚强，你真坚强，以后我们叫你夏坚强。"

张大姐走了后，夏忧一改常态，把自己办公室收拾得利利索索，卫生打扫得干干净净，忙活了大半天，还把从基地图书馆借的三本书还了回去。张大姐和李大姐看在眼里，都有些歉疚：平时因为夏忧懒、脏、爱发牢骚、不会看眼色，她们背后说过他不少闲言碎语，如果多说点他的好话，也许政治部今年不会让他走。

连续两天，夏忧没来办公室上班，张大姐往他宿舍打电话，没人接，他又没有手机，没法联系他。到了第三天，还是不见人，张大姐就觉得不对劲，三转两转，来到了夏忧住的九号楼，714房间的门，好像没锁，她轻轻一推，就开了。她进到屋里，看到满屋子的书，收拾得整整齐齐，地板也很干净，垃圾篓里，没有垃圾，被子也叠成了豆腐块，但就是不见夏忧的踪影。她喊："小夏，小夏，你跑哪去了？"

没人回应。

张大姐转到卫生间门口,看到卫生间的门也是虚掩上的,门上贴有一张小纸条,张大姐花眼,离远点仔细看,见纸条上写着:"门后有人,当心。"张大姐不明白啥意思,伸手推开门。她顿时惊呆了,当即瘫坐在地,半天才回过神来,爬行到屋门口,狂喊:"来人哪,快来人哪……"

夏忧用一条背包带,把自己吊死在卫生间的水管子上,发现时尸体早已经僵硬。

同样的地点,曾经有一个年轻女护士,把自己的生命终结于此。

难道这是天意吗?

夏忧的遗言,写在一个摊开的笔记本上,内容主要有:我说真话没人听,我到一个有人听的地方去;希望我军成为世界上最强大军队,捍卫和平,缔造和平;父母把身体给了我,我没办法还,只能把骨灰还给父母,由父母处理;死后所有应该给我的钱,全部捐给803医院,给山区孩子看病。

布小朋第一时间赶过来,亲眼看着殡仪馆的工人把夏忧遗体抬走,他托着夏忧写有遗言的笔记本,泪湿眼眶。基地钱政委指示,尽量不要声张,尽快把夏忧后事处理完,给上面报,就说是患忧郁症自杀。

事实也是,夏忧确实有忧郁症,有医院的病历为证。

布小朋坚持要为夏忧举行一个告别仪式。钱政委和赵主任有些不高兴,布小朋执意要搞,地点就放在714房间。本来以为没几个人来,结果来了不少人,屋里站不下,排到了走廊上。夏忧的骨灰盒被军旗覆盖,布小朋即席讲了一段话,大意是:夏忧是中国最优秀的军人之一,他是中国军人中的精神贵族,他忧党,忧国,忧军,他不是瞎忧,而是真忧。他工作上成绩不大,生活上一塌糊涂,但他思想上异常深刻,具有真知灼见,眼里容不得沙子,是个干净的人。

他早生了三十年,有些生不逢时。他用自己的薪水,资助二十七个山区儿童进行了心脏手术。除了军装,他没有一件像样的衣服,没有一双好鞋子……

讲到最后,布小朋说不下去了,他泪光闪烁,嘴唇发颤。有不少人落泪。这个时候,人们心中,已经不会再把夏忧当疯子看了。布小朋心里隐隐觉得,夏忧的死与自己有关,是不是101工程的失败,刺激了他,让他彻底失去了信心?

十四

二〇一二年九月二十五日,康文定看电视,一条新闻让他极度兴奋——国防部宣布,中国首艘航空母舰辽宁号正式交接入列。

这天晚上,康文定在他的住所兼公司办公地,一个人喝下两瓶红酒,他觉得肚子里、脑子里翻江倒海一般,喉咙一甜,狂喷出几口红色的东西,他以为是酒,但是气味告诉他,是血。

120把他拉到龙城市第一人民医院,一查,脑癌晚期。他顶多还有一个月的生命。他不敢把这个消息告诉母亲,他首先想到布小朋,犹豫一阵,打电话说了。布小朋赶来,迈着沉重的步子上楼,走进他住的病房。

康文定躺在病床上昏睡,人已经脱形。仅仅一天的工夫,昨天还自以为是个健康的人,今天就要迈向死神的怀抱,人没了精神气,一下子就垮掉了。布小朋坐在康文定病床前,思绪不由回到三十多年前,面前这个形容枯槁的人,那时候风华正茂,风流倜傥,他改变了自己一家的命运,对于他,说不上是恨还是爱,心中是悲苦的,难以言表的,莫可名状的……康文定艰难翻了个身,又睡了过去。布小朋就坐在他病床前,耐心等他醒来。

门口有响动,布小朋知道是谁来了,轻轻说:"进来吧。"

牛得宝提着一个旅行箱，轻步走到布小朋身边。布小朋说："假请好了吗？"

"请了半个月。"

布小朋点点头："先待上半个月，到时候我再帮你续假。"

不知过了多久，康文定终于醒转过来，缓缓睁开眼，先看到布小朋，说："小朋，你来了……"

"我来了。"布小朋转向牛得宝，"来，牛牛，这是你康……康伯伯。"

牛得宝立正站好，对着康文定说："康伯伯好。"

"这是？"康文定看着牛得宝。

"这是我姐姐的儿子，大名牛得宝，小名牛牛。"

"牛牛……"

"在。"牛得宝本能地一个立正。布小朋示意他坐下。他坐下了。

"牛牛……你爸爸好吗？"

"我爸……我早不和他联系了……"

布小朋打断他们的话题，说："文定，以后就由牛牛来照顾你，有什么需要，你尽管说。"

"谢谢了，谢谢小朋，谢谢牛牛……"康文定的眼角，流出了泪。

接下来的一个月，牛得宝就住在病房里，形影不离照顾康文定。癌肿盘踞、占有了他的脑子，他时常处于昏迷状态。对于一个晚期癌症病人，已经不需要治疗，只是用药物减轻他的疼痛。布小朋每隔几天来一次，给他们带些吃的用的。这天，康文定把车钥匙交给布小朋，请他帮忙把那辆旧奔驰卖掉，然后又交给他两把钥匙，一把是家门钥匙，一把是保险柜钥匙。他说，保险柜里有一百万现金，请布小朋以"文定航母基金会"的名义，把钱捐给海军。他咳嗽一阵，说："现在我们有了一艘航母，还不够，这么大国家，得多搞几艘，这点钱就算是我的一点心意，为未来的航母，买一个小零件吧。"

这一百万现金，连同父亲的亲笔信，三年前他亲手交给了冷新上将的秘书，秘书让他留下电话和地址。布小朋担任基地副司令的命令刚下，有一天，一个年轻人来到他的公司，他一看就知道对方是个军人，对方自称是冷新首长的警卫参谋，遵照首长指示，把这个箱子还给他。对方说完，放下箱子，向他敬了个礼，就离开了。他把钱锁进保险柜，一直到现在都没动用。最后的时刻，他决定完成一个心愿，献给他此生最热爱的航母事业。

当然，整个送钱、还钱的过程，他永远不会告诉布小朋。他一死，就会成为永远的秘密。小朋还是不知道的好，虽然他是五十多岁的男人了，但他内心纯净，像一个婴儿。

布小朋拿着保险柜的钥匙，不想离开，说："钱你留下看病吧。"

"我快完了，花不了几个钱了……花也是白花。把车卖掉，付医疗费没问题。"

布小朋只好拿着三把钥匙走了。

康文定精神头好的时候，牛得宝帮他洗澡，意外发现，他后背上有一块胎记。而自己的后背上，几乎在同样的地方，也有一块胎记。这难道是巧合吗？牛得宝不敢往下想了。康文定似乎也发现了什么，半夜他疼醒过来，咬牙忍着，柔和的灯光下，他看到牛牛躺在小床上睡得很香甜，牛牛脸部的侧影多么像他年轻的时候，还有牛牛的眼睛，细长细长，像月牙儿，他和母亲刘美芹的眼睛就是这样的形状，还有鼻梁，秀挺秀挺的，多么像自己年轻时候啊……

他觉得疼痛减轻了。

有了这个发现，二人都客气了许多，沉默了许多。

布小朋再一次过来，康文定把牛得宝支走，说："小朋，我快死的人了，随时会死，你还有什么要告诉我的吗？"

布小朋沉默着，不吭声。

"小朋，我想知道牛牛的身世……"他无力地抓住布小朋的手，像是在央求。

布小朋沉默良久，叹口气，说："文定，你就放心走吧，将来你坟前，会有人的……"

康文定终于信了，眼泪夺眶而出，无声地抽泣。布小朋起身离去。后来的几天，康文定躺在病床上，进入弥留之际。清醒时，他常常是久久地望着牛得宝出神。牛得宝告诉康文定，自己已经转了五期士官，这个官阶，可以在部队干到退休，不用复员，他现在是技术兵，其他兵没这个机会转五期士官；他找到了一个女朋友，快的话春节就能结婚，他三十三岁了，早该结婚了，他女朋友是个电脑专业的大学生，到上海培训去了，很快就会回来，一回来马上来医院看望康文定。

牛得宝的女朋友终于来到医院，女孩羞涩地给康文定献上一束鲜花。康文定笑得很开心，入院以来，他从没这么开心过。当天夜里，他辞世了。他把遗言写在了一张报纸的角上：把他唯一所剩的那套房子，给牛牛做婚房。

布小朋在东郊的公墓给康文定买了一个墓穴，葬他那天，没叫别人，只有布小朋和牛得宝，以及布小朋的司机小汪。把骨灰盒放入墓穴，布小朋把小汪支走，然后按住牛得宝的脖颈说："跪下吧。"

牛得宝双膝一并，跪下了。

布小朋没敢把康文定的病情和死讯告诉刘美芹，他对老太太说，文定到深圳做生意去了，暂时不回来，家里的事，一切交给他。

十五

二〇一二年底，布小朋出人意料地被任命为A基地司令员，邓作军退休，钱玉亮回北京任职，冯正宇从总部机关下来，接任基地政委。据传闻，冯正宇在机关口碑一直不错，得知冯正宇和自己搭班子，布小朋长长地舒了一口气。

总部一位首长从北京赶过来主持了新老班子交接仪式，会后，布小朋对冯正宇说："政委，咱们两个也交交心吧。"冯正宇说："好，到你办公室。"布小朋说："我先带你去个地方。"布小朋拉着冯正宇到了新落成的基地文化中心，中心最底层是一个新游泳馆，设施先进，里面却没有一个人游泳。布小朋告诉冯正宇，光这个游泳馆花了三千多万，但是建成后基本没人进来过。为什么没人来？因为长年不见阳光，你闻闻这味道，很不对劲。本来基地已经有一个文化中心，还有一个露天游泳馆，建这个纯属多余。接着，布小朋又拉上冯正宇到了基地办公大楼一侧的一栋尚未落成的建筑，电梯没装好，二人爬到五楼。这是计划中的基地指挥所，十二层高，造价一个亿，将来基地领导和作战值班人员搬进来办公，首长们的办公场所气派豪华，光司令和政委就占了整整一层，每人办公室面积接近一百平方米，包含办公、会客、休息等功能，另外还有秘书办公室、接待室、活动室、小会议室等等。现在停下来了，为什么？因为钱花超了，没钱了。

冯正宇问："光这两项工程就得两个多亿吧？哪来的钱？"

布小朋说："三年前卖了一块地，得两个多亿，都砸这上头了。"

冯正宇说："这么个花钱法，真是崽卖爷田心不疼，胡作啊！"

布小朋告诉冯正宇，他那时是副司令，分管作战训练，钱政委常委会上提出，营区搞大拆大建，争取三年旧貌换新颜，文化中心、指挥所是龙头工程，先建起来，没有钱，卖地。当时除了布小朋，没一个人反对，布小朋提出自己的意见，认为即使有钱，也应该先投到基层和训练设施上，尽量少在大院搞工程。钱政委不高兴，说："布副司令你把训练的事管好就行了，这事不归你管。"房地产老板看上市中心属于基地的一块军产土地，市价可能值五个亿，结果两个多亿就给人家了。布小朋说："当时我自己花钱买官的心都有了，如果我当司令，这个事非制止不可，钱政委他就做不成。"

听完布小朋的讲述，冯正宇沉默着，点上一支烟，用力吸。

布小朋说："过去讲，军营三腐败：招兵黑，基建肥，军办企业油水多。现在不是了，驻大城市部队的房地产，问题可能最大。还有买官卖官问题，令人发指，它严重破坏了军队的政治生态。"

二人站在五楼的一个大厅，满地都是建筑垃圾，灰尘扑面。身边没有随从，就他们两个。布小朋说："政委，今天咱们两个就在这里交心吧。我今年五十四，你呢？"

"我五十五。"

"如果在这个岗位上不动，我们两个都还有五年左右的样子。我说句大话，一个民族，一个国家，总得有敢于担当的人，总得有一批不那么自私的人，总得有那么一批不蝇营狗苟的人。一个单位也是。现在这座营盘交给我们两个了，我认为，幸好我们两个还不算太差，交给我们，国家可以放心。以后的事情我们管不了，起码这五年，我想我们要保证，不使这座营盘堕落下去，战斗力再提高一点。我们都是这座营盘的暂住者，我们每人也都是这个地球的暂住者，人每一天都在通向死亡，一代人有一代人的使命。政委，我说得对吗？"

冯正宇大为感动，说："布司令，我可以保证，我当这个政委，不卖一个官，不插手一个工程，不收一块钱。这可以吗？"

布小朋点点头。二人同时伸出来手，两只手用力握到一起。阳光透过脏污的窗玻璃透进来一部分，大厅里灰尘起舞，他们下楼，到了外面，一股清新的风扑面而来，二人竟然都有些陶醉。

眼看就是新年元旦，冯正宇向布小朋提出，他就不一一拜访各位老首长，老领导了，把大家请到招待所一起见个面吧，搞个茶话会，中央刚出台"八项规定"，军委发布"十项规定"，咱们不摆酒席，不大吃大喝，简单点，每人吃碗云南过桥米线，怎么样？

布小朋赞同。

茶话会开得很热烈，过桥米线味道也不错，老同志牙口不好，吃这个很合口。送走老首长们，布小朋才知道，这碗米线不便宜，机关的人为了把事情办好，专门从昆明请了两个厨师过来做米线，又到位于民族街的"七彩云南"去借碗筷，算下来，一碗米线要好几百块，不比喝顿酒便宜。

布小朋把这个事情给冯正宇说了，两人均感叹：落实八项规定，任重道远啊。布小朋说："我想起一件事——把茅台酒厂每年给基地的五吨特供酒，停了吧。"

冯正宇说："赶紧停。"

布小朋又说："还有个事，我想征求你的意见，就是老干部迎新春晚会的事。"

布小朋告诉冯正宇，每个春节来临之前，基地都要搞一台老干部迎新春晚会，政治部和宣传处要费很大劲，从各师抽人，组织一台节目，花费一两百万，可是往往只演一场，顶多两场。花那么多的钱，没几个人看，效果也好不到哪去，真是不值得。我想，今年是不是停了？如果群众知道我们花一两百万军费，只为了让老干部高兴一回，会不会骂我们？

冯正宇思索着，不吭声。布小朋说："政委，这事属于政治工作，最后由你拿主意，我只是个建议。"

冯正宇点点头，说："司令，你想过没有？人家美国退休的总统、副总统、国务卿啥的，也得有一大堆吧？美国各单位，也会有老干部，是吧？"

布小朋说："是。"

冯正宇说："你听说过美国举行什么老干部迎圣诞晚会吗？"

布小朋说："孤陋寡闻，没听说过。"

冯正宇一拍巴掌，说："我也是没听说过。干脆，咱们豁出去挨骂，停一年试试？"

布小朋笑了："我同意。停掉，不但省下这一两百万，也省不少心，审查节目什么的，麻烦死了。"

十六

一天晚上，八点多钟，布小朋想一个人到院子里走走，刚下楼，突然接到一个人的电话，这个电话让他猛地一愣，犹豫一阵，他还是接了。

电话是孟广俊打来的，说他现在就在大院北门。

布小朋又是一愣。

"老布，还能见一下吗？"

"……你都来了，怎么能不见啊？"

电话那边，孟广俊显得很激动："老布……谢谢……你最好带辆车过来。"

布小朋马上给司机小吴打个电话，让他把车开到北门。他快步走到北门外，人到，车也到了。马路对面，一辆龙城地方牌照的小车停在那里，从车上下来一个人，此人穿着大衣，戴墨镜，头上扣一顶帽子。布小朋一眼认出来，他就是孟广俊。孟广俊走向布小朋的车子，二人进入车里，那辆地方牌照的小车随即开走了。

近一个月来，关于孟广俊将要被查办的风声不断，基地一些和他来往密切的人，都很关注这个事。布小朋预感到，他非栽不可。今天他这个样子突然跑来，更加验证了布小朋的判断。

孟广俊来到了人生最重要的关口上。大难临头，他最犯愁的是钱太多，没法处理。他甚至想买几台碎纸机，在家里把无数的现金打碎，冲到下水道里。但又舍不得，如果能过关呢？那么好的东西，不是瞎了吗？他的房产也太多。他积攒的茅台酒也太多。他的古玩字画也太多。还有他的女人，也是个问题。除了徐晖，他另外还有三个女人，一个唱歌的，一个跳舞的，一个演戏的。这三个女人不足惜，因为她们本来就图他的钱，无非是金钱与肉体的交换，真要出事的话，把她们抛出来，是免不了的。现在他只想保住徐晖，徐晖是爱他的，而且还给他生了一个儿子，两岁多了，他希望徐晖平安无事，把儿子养大，他给徐晖交代过，儿子大了，不从政，不经商，老老实实做一个读书人，凭自个儿本事吃饭。今天上午他偷偷离开北京，飞到龙城找黄大师掐算，黄大师闭目掐算良久，眉心上都沁出了汗珠，睁开小三角眼睛告诉他："年关一过，逢凶化吉。"他像吃了颗定心丸，立马踏实了些。黄大师又给他一块小桃木，让他揣在口袋里，以"桃"代"逃"，说是必能助他逃过一劫。他定的是深夜的机票，时间尚早，突然怀念起老战友布小朋，让接待他的地方朋友把他送了过来。

他们有两年没见了，两年前，志得意满的孟广俊回故乡修祖坟，在风水最旺的地段为父母建造了豪华墓园，回京时路过龙城，来基地吃过一顿饭。当时人们都对他趋之若鹜，只有布小朋对他冷淡。今天他以为布小朋对他更冷淡，会拒绝见他，没想到他只等了三分钟，布小朋就握住了他的手。

布小朋没让小吴开车，他亲自开车，拉着孟广俊进入基地大院。车里就他们两个，说话方便。车子在大院里缓缓行驶，孟广俊一直望着窗外，除了尚未建成的指挥所大楼和新文化活动中心，其他的建筑他都是熟悉的，基地大院一半的房子，是他当营房处长、后勤部副部长期间建造的。车子路过警卫营宿舍区，他一眼看到警卫二连宿舍后面的那棵歪脖子柳树，这棵树上，曾经吊死过一个名叫徐三虎的老兵，此人是他们新兵连时的班长。楼是新的，树还是老样子，现在基地很少有人知道这么个事情了。孟广俊让布小朋停车，两人下了车，走到歪脖子柳树下。

他们都还记得，当年徐班长出事后，两人曾经到过这里，发出过一顿感慨。布小朋说，做人不能学徐班长，心胸太小，遇事想不开，这样的男人不适合当兵。孟广俊说，咱当兵的，也不能学康文定，得看好自己的裤腰带，不能犯这种下三烂的错误。布小朋又说，除了看好裤腰带，还得看好口袋，不该装的东西，不能往里装。那天，布小朋还给孟广俊讲过一个故事，说是古时候，一个偷针的人和一个偷牛的人一起被抓游街，偷针的感到委屈，说自己不过偷了一根针，为什么和偷牛的一起游街，太不公平了。偷牛的说，我走到这一步，也是从偷针开始的。这个故事是姐姐布花小时候讲给他的，他一辈子都忘不掉。

　　一晃三十多年过去，他们站在同样的地方，此时的心境大为不同，孟广俊偷偷跑来找黄大神算命，等待他的，将是难以预知的、凶险的未来，尽管大师信誓旦旦，其实他心里半信半疑，甚至越发恐惧。多年来，布小朋不时提醒他，敲打他，让他手伸短一点，人在做，天在看。曾经有一次，杨廷江政委带他们到监狱去看前市委书记雷国良，杨政委也曾提醒他们，钱可以让人下地狱，这些他都没往心里去。现在，说什么都晚了。他有一种来到地狱门口的感觉，冷飕飕的，浑身发颤。天堂离地狱有时只有一步远，两个月前，他还在天堂，他终于晋升中将，实现了自己最初的夙愿，然后会是上将，离搬进八一大楼办公，并不遥远……可是转眼之间，所有的一切，或许就要灰飞烟灭。而这个常常被他瞧不起的布小朋，却成为这座庞大营盘的当家人，而且他脚底稳当，绝无翻盘之忧，每天都能睡踏实，这实在让人羡慕极了……

　　此时此刻，布小朋什么也没说，自从中央出台"八项规定"，他就预感到，这回动真格的了。还好，还来得及，再不动真格，也许就会像夏忧说的那样，离完蛋不远了。孟广俊和他的后台老板们，以及无处不有的孟广俊这样的人，到了发抖的时候。这一切，怪谁呢？都是高级领导干部，还用给他们上课吗？他们天天给群众，给部下上课，说得都很好，怎么自己偏偏不信呢？不信，就会遭到惩罚，人在做，天在看，就是这样简单。

二人默默回到车上，车子在院子里转圈，孟广俊突然说："老布，我去北京上任的时候，你给我背过一个宋朝人写的诗，还能背一背吗？"

"是宋朝人黄庭坚写的。"布小朋略一沉吟，道："'薄酒可与忘忧，丑妇可与白头，徐行不必驷马，称身不必狐裘。'"

"……他写得太对了……"

"还有两句，当时我没给你背出来，现在补上：'薄酒一谈一笑胜茶，万里封侯不如还家。'"

孟广俊低下了头。再抬起头来时，眼里亮晶晶的，想必他流泪了。

车子开到北门口，两个士兵站在哨位上，见司令员的车子过来，一齐敬礼。孟广俊很想下去，再和布小朋一起站一班岗。但是他知道，不可能了。

当晚，布小朋让小吴开车送孟广俊到机场，他特意嘱咐小吴，务必保证安全，不准出任何意外，要看着孟广俊过了安检再离开。

两人在北门口握别。布小朋看着车子向前驶去，突然想起孟广俊去北京上任时说过的一句话："调往北京，可能走上了一条不归路。"

没想到一语成谶。

一个月后传来消息，孟广俊被宣布"双规"。同时流传开来孟广俊的两句感叹："一切都是报应啊。人到底斗不过命。"

十七

春节又到了。除夕那天晚上，十一点多钟，布小朋穿上迷彩服，一个人出了家门。营区路上几乎没有人，他来到北门口，两个哨位上的士兵向他敬礼，他还礼，走到一个哨位前，示意士兵让他上去。士兵把武装带和枪套解下来递给他，他扎上，抬腿站到哨位上，一动不动。不知何时，天上飘起雪花，晚风浩荡，像一曲雄浑的合唱。大约三十四年前，他第一次上岗，就站在这个地方，对面是孟广俊。这座营盘大约已有六十年历史，站在这个哨位上的人，无以计数，绝大多数他不认识，他的眼前闪过一些熟悉的人，王新亮、康文定、孟广俊、夏忧、冉淮、罗大海、雷军，以及没在这个哨位待过的张望、严锐、林宏雨等人。有些人永远地离开了，有些人即将离开，最终大家都要离开。做一个干净的人，像老司令康又汉那样，是人一辈子最高的境界，也是最难达到的。

好像从各家的电视机里，传来零点敲钟的声音。新的一页已经掀开。雪越下越大，大地被白雪覆盖，世界变得干净了。

尾 声

一

半年后。

在布小朋的提议下，A基地对久负盛名的北大门进行了改造，原先看上去寒酸的北大门，变得宽阔、敞亮多了，所谓的风水问题，没人再提。蹲在门外的两个巨型的石狮子移走了，门里面的两块泰山石——左龙右虎，也撤掉了。营区不需要它们保护。

但是刚刚改造完北大门，就出了一件事，而且牵扯到布小朋，这使人们感到，神圣的北门是动不得的。

二师后勤部财务科现任科长何明利、女出纳王萍合伙贪污二百多万元，东窗事发，其中有一笔八十万的款项，牵扯到布小朋。总部军事检察院、纪检部派大员赶到龙城，处理这个案件。据何明利、王萍交代，布小朋上国防大学期间，后勤部领导从小金库里拿出八十万，让何明利赶到北京，亲手交给师长布小朋，就说这是给他上学期间的零花钱。何、王二人克扣下其中的六十万私分，剩下的二十万，何明利在国防大学布小朋宿舍，亲手交给了布小朋。

布小朋对办案人员说："是有这个事。"

在场的人，都感到有些窒息。

布小朋又说："雷军出事后，我从学校回到师里，顺便把那二十万带了回来，就在我的办公室，我交给了何明利，让他还给公家。后来的事，我没有再过问。"

办案人员再去找何明利核对，他终于承认，布小朋把那二十万原封不动交还给了他，他悄悄扣下，装进了自己腰包。

何明利的证词，把布小朋拉出了泥潭。

一波刚平，紧接着又出了一件事——803医院院长孙玉柄退休之前，终于调上了技术三级，他搬进了将军楼，坐上了崭新的奥迪车。多年来，803医院与地方单位和人员搞合作医疗，都认为这里面有猫腻，水分很大，都怀疑孙玉柄手脚不干净，好处巨大，但一直风平浪静，啥事没有。孙玉柄退下来不久，803医院合作医疗上的漏洞终于见了阳光，医院有一批人卷入其中，孙玉柄首当其冲，很快被"双规"。据他交代，他搞钱，就是为了往上面送，给自己搞个所谓的"文职将军"。

接连出事，有人认为，北大门不该动，一动就出乱子不是？

轮到布小朋了。

十八大后，A基地全面脱胎换骨，按照上级要求，将要改造成一支纯技术型的高科技试验部队，作为司令员的布小朋，由于技术储备不足，再当司令员不合适。中央军委决定，调他到军纪委担任正军职的纪检委员，负责对孟广俊一案的调查。

接到命令，布小朋感到突然。他是基地第十一任司令员，也是任期最短的一位，满打满算，他当司令只有八个月。

现在，他又要面对孟广俊了。这是不是命运给二人开的一个玩笑？

二

一年后。

A基地指挥所大楼，仍然没有完工，成了一座烂尾楼。

本年度，基地的招待费比上一个年度，降了百分之七十多。

基地军车更换新牌照，四十多块被私人占用的牌照收缴。新式牌照，没发给一个私人。

老干部退出了五十三台多占用的车辆。

共清退三百多套多占的房屋。

影响最大的，是前任政委钱玉亮在龙潭湖边的一栋占地八亩、建筑面积一千平方米的豪华别墅，迫于压力，他主动上交了别墅钥匙。据传他还主动退出了两千多万。

茅台从最高时的两千块，降到了九百块左右。

这一年夏天，A基地所属部队参加了总部组织的"和平之舟"三军联合演习，收效很大。

当年夏忧幻想过的打卫星、反导以及高超音速武器，据说都搞出了名堂。他盼望的军队整编的事，也有了风声。夏忧在天有知，会高兴的。

人事方面，罗大海的女儿罗玲，入伍到基地通信团当了一名战士。

长住803医院的那位植物人老红军陈超，九十三岁了，当年最早侍候他的护士小方，现在人们叫她老方，她都退休了，女儿当了护士来接替她，继续侍候老首长。陈超的两个儿子一年没来医院了，因为来慰问的领导都是献个花篮。冬天到来时，陈超终于谢世，冯正宇主持了他的追悼会，悼词中说他的去世，是军队的一大损失。

人们很关心的孟广俊贪腐一案，已经由军事检察院提起公诉。他的后台老板孔家瑞也已退休，据传他成为"大老虎"的重点候选人，风声日紧，海内外都在翘首以待。

基地原司令王仁天，已在北京退休多年，不料东窗事发，被采取措施，成了"老老虎"队伍中的一员。他老婆、儿子也受到牵连，一块进去了。

除了何明利、王萍一案，以及803医院的窝案，基地在职干部中已有四人因经济问题落马，冉淮是其中之一。办案人员在清理孟广俊家的地下室时，在众多的箱子中，发现了一个箱子，里面有一百万现金，一幅大画家张大有的画，一份冉淮亲笔所写的简历，上面有他本人的联系电话。总部纪检部门的人从北京专程赶过来，带走了他。他感到很委屈，因为他并没有得到提拔，出事前还是个副师。

基地装备部副部长李可平从自家所住宿舍楼的八楼跳下，当场死亡。内部人传说纪委的人盯上了他，对外则宣称他因忧郁症而导致自杀。

也许还会有更多的人落马……

凤凰涅槃，浴火重生，这支队伍的魂还在。只要魂魄在，就有希望。

历时七年，前后投入一个亿的101工程彻底宣布失败，成为一堆废铁。在它旁边，造价只有三百多万的同类新型装备建成使用，效果很好。

101工程成了布小朋心头永远的伤痛。这项工程他是始作俑者，一个亿啊，自己半辈子省啊，卡别人啊，也没省下一个亿，可是脑袋一热，一项决定，就浪费一个亿！多少老百姓的血汗啊？作孽啊！每次坐车路过那里，他都不敢看，不忍看，他觉得自己是个罪人。

为这个，他一辈子不会原谅自己。

有天夜里，在北京的新家，他做了一个梦，梦见自己因为这件事，被钉在基地历史的耻辱柱上。他吓醒了，坐起来，呜呜地哭了。邱梅起身抱住他，像抱着一个孩子，也不劝他，让他哭个够。

三

两年后……

2014年1月1日至12月31日，写于北京、济南、天津、西昌、北戴河、桂林、北海、广州、昆明

后 记

孔子说:"五十而知天命。"什么叫"知天命",我的理解是,人到了这个年纪,应该知道自己几斤几两,到底能干点什么,命中注定该干点什么。

一晃,自己已经越过五十岁了。而先前,曾经觉得离五十岁那么遥远。时光催人老,这个世界上,最无法征服的,最无情的,就是时光,就是岁月。

五十年,主要干了三件事:上学,当兵,写作。故乡在鲁西平原上,离黄河很近,离贫穷更近。父母都是农民,没文化,处于社会最底层,靠出力流汗拉扯几个孩子,日子艰难得很,上学可是一件顶顶奢侈的事。祖父认为读书无用,白糟蹋钱,上学的孩子"坑爹",于是反对我上学,希望我早点退学,下地挣工分。母亲坚决不干,说不让儿子上学,不但"坑儿",到头来更是"坑爹"。正是在母亲顽强坚持下,我读完初中读高中,然后于一九八〇年参加高考,竟然考上了军校,成为改革开放之后,也许是解放之后,村里头一个考上大学的人——命运就这样被改变。

从我十六岁上军校算起,至今已当兵三十五载,算是个不折不扣的老兵了。当兵,没做出军人该做出的成绩,没吃过多少苦,没有建功立业,只是在基层部队晃荡几年,就到机关写公文材料,不久又开始写小说。一九九三年,二十九岁的我成为军队专业作家。

当兵的岁月，其实有一大半与写作为伴。

现在回头总结，自己爱上文学创作，与读了一些小说有很大关系。上世纪八十年代初我刚刚迈入青春门坎，无聊之际，读了王蒙、刘心武、张贤亮、李国文、丛维熙、蒋子龙、鲁彦周、张一弓，以及军队作家徐怀中、李存葆等人的小说。当时这些作家最大的一个特点是（那时候几乎所有的中国好作家都是如此），他们站在时代的潮头上写作，勇于揭示民族的苦难，反映人民和社会的疾苦，点燃被压抑的人性的光辉，直面人生，直面社会现实；他们让文学走在了时代前列，开创了新时期文学的空前繁荣。换言之，那个时候我读到的中国小说，强烈的政治色彩与充沛的文学激情相融汇，读来痛快淋漓，作家敢说真话，尖锐大胆，让人读后大呼过瘾。

于是，你就很难舍弃它。

就这样我爱上了文学。

好景不常在。十几年之后，大约上世纪九十年代中期，文学之树已呈现出凋敝之态，后来愈发不堪。文学的衰落，一个重要的原因是多元文化的爆发和大众娱乐的狂飙突起，文学空间被挤占，读书人越来越少，文学后备力量流失严重。

作家本身有没有责任？

我认为，责任不小。正是从那个时候起，不少作家写作越来越小众化，不关心现实，远离时代，缺乏担当，热衷于描写杯水风波、鸡毛蒜皮、家长里短，不痛不痒，自说自话，顾影自怜。本来社会上有两种人最需要为民族担当，一种是有良心的政治家，一种是有良知的知识分子，作家是其中重要的组成部分。结果，作家部分缺席，不去关心国家命运、民族未来，很少出现振聋发聩的作品。你不关心时代，时代就会抛弃你；你不关心大众，大众就会抛弃你；你不关心生活，生活就会抛弃你。就这么简单。

当了十年专业作家之后，我感觉文学创作已如鸡肋，弃之可惜，食之无味。作为军旅作家，不能去抒写基层官兵的精神苦闷，反而要重复以前的作品，我看不到创作希望。二〇〇三年前后，我暂时放弃了小说创作，开始写电视剧本。有人认为写剧本是为了钱，我不否认有这个原因在里面，但还有一个更重要的原因，就是希望知道自己作品的人多一些。辛辛苦苦写一部小说，卖一万册都困难，压根儿没有几个人读，你还有心情写吗？写一部电视剧，哪怕再差，只要能在卫视播出，就会有成千上万人观看，骂也好，夸也好，作为编剧，总能满足一点小小的虚荣心，对吧？这也是一些作家转行写电视剧本的原因之一。

在影视圈里折腾了十年有余，个中滋味，酸辣自知。原以为写剧本比写小说容易，一头扎进去，才发现哪条道都不好走。与文学相比，影视创作的禁区更令人无奈，另外，影视圈本身就是个名利场，唯利是图，利欲熏心，一个单纯的、脸皮薄的作家在那里面混，终归是要吃亏的。终于，在参与写作了八个剧本之后，我开始怀念文学创作。文学创作，多自由啊！当一个作家，多幸福啊！我这才发现，写小说为了灵魂，写剧本为了肉体；写小说是享受，写剧本是煎熬；写小说是形而上，写剧本是形而下；写小说是挤牛奶，写剧本是老牛下地拉犁——当然这些都是我自己的感受，肯定不那么准确。

回头写小说，不能再写过去那种不疼不痒不咸不淡的东西了。我下决心写《一座营盘》，有一个重要的契机——十八大以后，风向变了，一个最重要的标志，就是反腐，这回是真反，不是忽悠。作为一名老兵，我亲眼目睹了改革开放后中国军队的巨大变化。说实话，现在我们的战力，已经足以令老对头们发怵，我们的武器装备发展之快，连内部人都感到吃惊，我们和美军的差距逐渐缩小，在个别领域已经齐头并进。但是，我们最大的心病也越来越包藏不住，那就是腐败。正像党报上所说，腐败是我们最大的敌人，在当今这个世界上，能够战胜我们的，只有腐败。写三十多年军队的变革，如果有意忽略这个重大问题，那就是一个军队作家的失职。因此，我不想粉饰现实，不想回避矛盾，我想改变过去军事文学高大上的传统，把军人拉回到地平线。在以前这样写是不可能的，但现在正是时候。于是，我写出了部队建设中的一系列问题和矛盾——形式主义，用人不察，面子工程，缺乏科学的决策，讲排场，惊人的浪费，买官卖官等种种腐败现象。这些大都是我听说过的，遇到过的，身边发生过的，甚至不需要去体验生活，信手拈来就是。

作品完成之后，一些最早看过稿子的朋友反映说，以前从来没人这样写过当下的军队。也有的说，它堪称第一部批判现实主义军旅小说。其实呢，我只是写了很小一点的矛盾和冲突。一是自己阅历所限，二是笔力不逮，远未反映出火热而严酷的生活。尽管如此，已经感觉够尖锐了。有人认为，作品中的孟广俊在现实中到处都有，不同的只是官位大小而已，贪多贪少而已，他有广泛的代表性。还有人认为，书中的主人公布小朋，不过是一个虚构的人物，生活中很少有这样的人，像这样的人，根本不可能当上将军。也许是这样，但我必须塑造一个具有浩然正气的主要人物。生活中越是罕有布小朋这样的人，这样的人就越显珍贵。他是我的理想，是我理想中的中国军人，有点像《射雕英雄传》里的郭靖，有点傻乎乎，但又极为善良、真诚、正直，品行超一流，历经磨难之后，最终成为顶天立地的英雄。像这样的人多起来，我们才有希望。

为了防止有人对号入座，我得进行各种各样的文字处理。但是党中央对腐败零容忍，反腐全覆盖，反腐不留死角，反腐无禁区，不封顶设限，正着力营造不敢腐，不能腐，不想腐的政治氛围，军队决不能成为腐败分子的藏身之地，那还怕什么呢？

我和书中主人公布小朋有类似的少年时代经历。如果不是改革开放，像我们这种处于社会最底层的农家子弟，是难有机会成为职业军人的。十六岁那年我来到军队，为了混一碗饭吃，打的是自己的小九九。三十多年来，国家人民用军费养育了我，给了我尊严和小小的地位，我总想着为军队做一点事情。我是个文人，不能到训练场上摸爬滚打，掌握不了高科技武器，无法到边境线上站岗放哨，那么，只能利用手中这支秃笔，写几部作品，回报国家和军队。军队是镇国利器，军队强，国家才强。让军队强大，就是让民族强大，世界上所有强大的民族都是因为军队强大才强大。军队如果不好，国家怎么可能好呢？亡国都是有可能的。就像作品中的康文定生气后所说：都不来保护，国家完了，日本鬼子还会进来奸我们的女人，烧我们的房子，你再好的房子，再多的钱也没用，你就是跑到海外，成了什么狗屁澳大利亚人，你的祖国完了，你也只能是澳大利亚下等公民。只有你的祖国强大，你才能牛起来，你家的苍蝇蚊子都跟着牛。别以为你跑出去就没事了，你的祖坟跑不出去，日本人照挖你的祖坟……

　　说到底，中华民族的伟大复兴，首先应该是军事上的复兴，没有军事上的强大，中华民族的强大与复兴，就是一句空话。作为一个不拿枪的军人，也许是我站着说话不腰疼，但这分心情，这分心思，却是实实在在的。

　　还想回过头来说创作。自己搞了小半辈子创作，一直在文坛边缘行走，文坛上我认识的人不少，认识我的人也不少，但自己并没拿出真正有份量的作品，没有开过作品研讨会，没有得过国家级的文学奖，深感惭愧。五十岁的人了，得学会总结，回头看，发现自己走过不少弯路。年轻时迷恋意识流，迷恋魔幻现实主义，迷恋现代派，迷恋法国新小说，不好好讲故事，喜欢玩点文字游戏，现在看来，很是可笑。当作家，首先得学会讲自己的故事，迷恋别人的收割机，不如打磨好自家的镰刀。每个民族都有自己的文学传统，中国土地上最好的文学风景，不是什么魔幻，而是中国式的现实主义。现实主义，才是中国文学的根。拥抱生活，反映现实，是拉近和读者距离，挽救文学的最好办法。真正的力作，应该是深刻反映社会矛盾的。

二〇〇二年上鲁院首届高研班，著名评论家雷达课堂上讲过一段话，一直没忘。他说：当今文学回避宏大叙事，钻入小型叙述和个人化的迷宫成风，鲜有表现时代民族命运的大主题，鲜有对民生疾苦的深切关注，鲜有对父老乡亲的大悲悯、大关怀，总之，反思精神、启蒙精神、悲剧精神趋于弱化，这是当下最忧虑的。这段话拿到现在来听，提到的问题依然存在，而且尤甚。

真正的作家应该勇于立于潮头。中国作家缺少的不是才华，而是勇气和担当，畏首畏尾，缩手缩脚。怕三怕四是我们作家，包括出版人的通病。由于我们所站的高度不够，太关心身边琐事，而不怎么关心国家民族命运，缺乏大格局、大思维；再就是急功近利，不能沉下心来从容做事，这就不免影响到我们作品的高度和质量，大作品也许就这么溜掉了。

我不认为《一座营盘》是一部反腐小说。我只想让读者通过它关心一下中国军队的现实，进而思索一下国家、民族的命运。稿子快写完时，我遇到军队评论家汪守德，告诉他我写了这样一部小说。我说，如果你们认可它，那么以后我就继续写小说，如果你们不认可，那我回头再去写剧本。我衷心希望读者和评论界认可它，好促使我继续在小说创作的道路上行进。

感谢为了这部作品的发表、转载、出版给予热情帮助的领导、老师、战友、朋友们。深深地感谢你们！

陶　纯

2015.3.16